中国古典小说丛书

禅真逸史

［明］方汝浩 著

江西美术出版社
全国百佳出版单位

图书在版编目（CIP）数据

禅真逸史/（明）方汝浩著.--南昌:江西美术出版社,2018.10（2020.5重印）
　　ISBN 978-7-5480-6187-8

Ⅰ.①禅…Ⅱ.①方…Ⅲ.①章回小说—中国—明代Ⅳ.①I242.4

中国版本图书馆CIP数据核字（2018）第139094号

出品人：周建森
企　　划：北京江美长风文化传播有限公司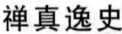
责任编辑：楚天顺　朱鲁巍　康紫苏
责任印制：谭　勋

禅真逸史
CHANZHEN YISHI
（明）方汝浩　著

出　　版：	江西美术出版社
地　　址：	江西省南昌市子安路66号
网　　址：	www.jxfinearts.com
电子信箱：	jxms163@163.com
电　　话：	010-82093808　0791-86566274
邮　　编：	330025
经　　销：	全国新华书店
印　　刷：	河北盛世彩捷印刷有限公司
版　　次：	2018年10月第1版
印　　次：	2020年5月第2次印刷
开　　本：	690mm×960mm　　1/16
印　　张：	35.25

ISBN 978-7-5480-6187-8
定　　价：82.00元

本书由江西美术出版社出版，未经出版者书面许可，不得以任何方式抄袭、复制或节录本书的任何部分。
版权所有，侵权必究
本书法律顾问：江西豫章律师事务所　晏辉律师

"中国古典小说丛书"出版说明

所谓"古典小说"云者，其义有二焉：一曰，但凡古代之小说，皆可谓之"古典小说"；一曰，但凡技法未受泰西影响之小说，亦可谓之"古典小说"。然此特就今人之观念言之耳。

揆诸坟典，"小说"一词，出自《庄子·外物篇》，其言曰："饰小说以干县令，其于大达亦远矣。"由此观之，庄子所谓"小说"，不过琐屑之言，以其无关道术，故以小说名之耳。

炎汉成、哀之世，刘向、刘歆父子典校秘书，检讨百家学说，取桓谭《新论》"小说家合丛残小语，近取譬论，以作短书，治身治家，有可观之辞"之意，把《伊尹说》《鬻子说》诸书，归为"小说家"之书，而《汉书·艺文志》（以下简称《汉志》）继之。夷考其说，"小说家者流，盖出于稗官，街谈巷语，道听途说者之所造也"（语出《汉志》），此亦非后世之小说也。

唐修《隋书》，其《经籍志》立论本诸《汉志》，以小说为"街谈巷语之说"（《隋书·经籍志》语）。当此之时，小说之名虽同，而其类目稍广，举凡《燕丹子》《世说》《迩说》之属，皆可入诸小说名下。

后晋修《唐书》，其《经籍志》立论与《隋志》无异，以《博物志》隶小说，此为"神异志怪之书"入小说之始。

天水一朝，欧阳文忠公撰《新唐书·艺文志》（以下简称《新唐志》），以《列异传》《甄异传》《续齐谐记》《感应传》《旌异记》等"史部·杂传类"之书移于"小说类"。至是，小说之部类日棼。

及元脱脱修《宋史》，《艺文志·小说类》承《新唐志》之旧而增广之。

明胡应麟以小说繁夥，派别滋多，于是综核大凡，分小说为六类：一曰"志怪"，一曰"传奇"，一曰"杂录"，一曰"丛谈"，一曰"辩订"，一曰"箴规"。至此，小说一类已蔚为大观，脱《汉志》"街谈巷语"之成规。

清修"四库"，《总目提要》（以下简称《提要》）别小说为三派，"其一叙述杂事……其一记录异闻……其一缀辑琐语"，而又损益之。考诸《提要》，则损益可知：一曰，进"丛谈""辩订""箴规"为"杂家"；一曰，隶《山海经》《穆天子传》诸书于小说。小说范围，至是乃稍整洁矣。其分目虽殊，而论述则袭诸旧志。

曩者宋元明清之史志，难觅"平话""演义"之书，此特士夫习气，鄙其为末流所使然也。史家成见，一至于斯。今人刻书，自当脱古人窠臼。

说部诸书，以文体分，有"白话""文言"之别；以体裁分，有"话本""传奇""演义"之别；以内容分，有"佳话""世情""侠义""家将""神魔"之别。细玩其文，既有劝世之良言，亦有"诲淫诲盗"之糟粕，而抉择去取，转成读说部书之第一要务。以此之故，编者特于说部诸书择其精者，辑之而为"中国古典小说丛书"，凡百余种。

然说部之书浩如烟海，其精者又何限于区区百十之数？此次出版，难免遗珠之憾。然能俾读者因之而省择取之劳，进而得窥说部精要，示人以津梁，则尚不违出版"中国古典小说丛书"之初心。

说部之书，多出自书坊，脱误错乱，在所难免，故于"取其精华，去其糟粕"外，尚需广施校雠，始得成其为可读之书。以此之故，编者多方搜罗以定底本，精排其版以美其观，躬自校雠以正讹误，然后付诸枣梨，装订成书，以飨读者。

限于编者学力有限，书中疏漏之处，在所难免，尚祈广大方家、读者诸君不吝批评斧正。凡能指出书中一二谬误者，皆为吾师，吾人不胜感激之至。

戊戌仲夏上浣，邵鹏军序于丰台晓月里

目　录

第一回
高丞相直谏辟邪　林将军急流勇退……………………001

第二回
钟爱儿圆慧出家　梁武帝金銮听讲……………………013

第三回
林长老除孽安民　丘县尹荐贤礼释……………………026

第四回
妙相寺王妃祝寿　安平村苗二设谋……………………036

第五回
大侠夜阑降盗贼　淫僧梦里害相思……………………046

第六回
说风情赵尼画策　赴佛会赛玉中机……………………060

第七回
绣闺禅室两心通　淫妇奸僧双愿遂……………………074

第八回
信婆唆沈全逃难　全友谊澹然直言……………………090

第九回
害忠良守净献谗　逃灾难澹然遇旧……………………106

第十回
贪利工人生歹意　知恩店主犯官刑……………………118

第十一回
弥勒寺苗龙叙情　武平郡杜帅访信……………………130

第十二回
都督巧计解僧头　守净狼心验枕骨……………………141

第十三回
桂姐遗腹诞佳儿　长老借宿擒怪物························158

第十四回
得天书符救李秀　正夫纲义激沈全··························174

第十五回
佞子妙相寺遭殃　奸党风尾林中箭··························188

第十六回
夺先锋诸将斗勇　定埋伏陈玉麀兵··························200

第十七回
古崤关啜守存孤　张老庄伏邪皈正··························213

第十八回
梁武帝愎谏纳降　虞天敏感妻死节··························231

第十九回
司农忠愤大兴兵　梁武幽囚甘饿死··························247

第二十回
都督冥府指翁孙　阿丑书堂弄师父··························260

第二十一回
窃天书后园遣将　破妖术古刹诛邪··························275

第二十二回
张氏园中三义侠　隔尘溪畔二仙舟··························292

第二十三回
清虚境天主延宾　孟门山杜郎结义··························308

第二十四回
伏威计夺胜金姐　贤士教唆桑皮筋··························319

第二十五回
遭屈陷叔侄下狱　反囹圄俊杰报仇··························332

第二十六回
山径逃踪锄秃恶　黄河访故阻官兵··························344

第二十七回
计诈降薛举破敌　图霸业伏威求贤 ……………… 357

第二十八回
汤府丞中计败兵　杜元帅纳言正位 ……………… 369

第二十九回
轩辕庙苏朴遭擒　延州府伏威遇弟 ……………… 379

第三十回
沈兰劫寨陷全军　牛进迎街惩大恶 ……………… 392

第三十一回
报仇沥血祭先灵　释怨营坟安父骨 ……………… 404

第三十二回
张善相梦中配偶　段春香月下佳期 ……………… 421

第三十三回
计入香闺贻异宝　侠逢朔郡庆良缘 ……………… 437

第三十四回
善相破法斩冯谦　士开解围推段帅 ……………… 453

第三十五回
元帅兵陷苦株湾　众侠同心归齐国 ……………… 466

第三十六回
双玉人重逢合卺　三义侠衣锦还乡 ……………… 478

第三十七回
罗默伽肆凶受戮　尹氏女尽节还魂 ……………… 495

第三十八回
土地争位动阴兵　孽虎改邪皈释教 ……………… 506

第三十九回
顺天时三侠称王　宴李谔诸贤逞法 ……………… 521

第四十回
禅师坐化证菩提　三主云游成大道 ……………… 537

第一回

高丞相直谏辟邪　林将军急流勇退

诗曰：

  魏帝逃禅建法幢，谐臣媚主激忠良。
  纵横铁骑人难敌，婞直金銮气莫当。
  不肖游田残稼穑，英雄肮脏厉刚肠。
  急流勇退真豪杰，乐道逍遥云水乡。

  话说梁武帝即位以来，酷信佛教，崇尚虚无。长斋断荤，日止一食，轻儒重释，朝政废弛。至天监十六年，诏：宗庙用牲牢，有累冥道，今后皆以面易之。识者知其为庙不血食，遍处建立寺庙。改元大通，舍身同泰寺。群臣以钱亿万赎之。

  后贤有诗讥之曰：

  梁武不知虚寂道，却于心外觅真禅。
  弑君篡国皆甘忍，煦煦求仁奚裨焉！

  梁武帝于大通十一年正月，敕禁城内造一大寺，名曰妙相寺，极其壮丽宽敞。颁诏天下文武官员，荐举才德兼全高僧二员，为本寺正副住持。消息传入东魏来时，魏主临朝，闻奏梁主建寺招僧，舍身作善一事，暗暗称羡，问侍臣道："朕亦欲洛阳城外仿梁主所为，也创一个大刹，筑起浮图，召高僧广行法事，上祝皇太后圣寿无疆，下亦可祈黎民之福。卿等以为何如？"众臣等一齐俯伏赞扬道："陛下立此善愿，上延圣寿，下庇苍生，乃天地仁孝之心也。"魏主大喜，颁诏工部知道，择日兴工。朝内大小官员，见了旨意，尽皆不悦，同聚集渤海王府中商议此事。

却说渤海王乃是东魏大将军左丞相，姓高名欢，因立清河王世子善见为帝有功，故封王爵，赐衮冕九锡，剑履上殿。当下众官见了高欢，礼毕，共禀此事。高欢低首无言，沉吟半晌，正与决不下。只见班部中闪出一员大将，高声禀道："皇上新登大宝，众心惶惶，正宜澄心窒欲，求贤礼士，宵衣旰食，以副民望，以保金瓯。今乃不明君道，反信异端，建寺筑塔，劳民伤财，甚非治体。主公为朝廷柱石，若不极言谏阻，则社稷险危，恐非大臣事君之道也。"众官视之，却是镇南将军林时茂也。

这将军身长八尺五寸，碧眼虬须，状貌魁伟，膂力绝伦。猿臂善射，箭不空发。使一枝方天画戟，无一个对手。能骑劣马，上阵如飞。立性鲠直，临事不苟。妻戈氏，甚相恩爱，早亡，誓不再娶。昔曾随高欢出征，与尔朱世隆大战。高欢兵败，尔朱世隆率军赶来，林时茂匹马截住。世隆部下六员健将：岳铭、程廷锡、王骄、陶钊、尔朱世宁、尔朱敬，一齐来战。林时茂独战六将，一戟将尔朱敬刺死回阵。五将奋怒力追，林时茂又回身一箭，将程廷锡射于马下，翻身又战四将。尔朱世隆在土山指麾众军，重重围裹。林时茂撇了四将，一马奔上土山，势如猛虎之入羊群，无人敢当，被他直杀上山顶。尔朱世隆措手不及，林时茂箭到，早中左足，翻身落马，众将校拼死救出。四将亦不敢恋战，救护主将而去。因此高欢得脱大难。班师之后，重加擢用，升为镇南将军，参赞军务，次后屡建大功，不能尽述。

当日高欢听了林时茂之言，心下大悦，道："将军所言，甚合孤意。明日早朝，必当面诤。皇上。如不听孤言，只索挂冠而去。"众官俱各欢喜散讫。

次日魏主临轩，百官齐集。有诗为证：

龙烟日暖紫重重，宣政门当玉殿风。
五刻阁前卿相出，下帘声在半天中。

文武臣僚皆随着渤海王高欢，朝见已毕。高欢俯伏金阶奏事，魏主令内侍扶起，钦赐坐下，其余宰臣侍立丹墀。高欢道："臣昨见圣谕，欲建寺筑塔，延召僧众，不知陛下圣意将欲何为？"魏主道："皇太后年高多恙，朕欲创寺召僧，广修善事，为太后祝寿，以尽人子之心耳。"高欢道："陛下为皇太后祝寿，此乃尧舜之心。但寿算在天，非释氏所能延；孝道在人，亦非佞佛所能尽。皇上聪明睿智，岂不闻帝王之孝，有虞舜可师，文武可法；布衣之孝，有圣门曾闵，贤士奇莱。皆未尝谄佛修行，以为善事。若夫持斋诵佛，造寺妆金，乃异端惑民之术，非圣主所宜留心也。若尊释教以为孝，则舍本而务末矣。"魏主道："朕闻藏经有云：'一人成佛，九族升天；往生净土，能超万劫。'又云：'帝王相继以治天下，皆缘罗汉托生。'可见佛力无边，为三教之首。相国反言其异端惑民，恐非确论。"

高欢道："陛下身登九五，务要清心寡欲，亲贤远佞，成就圣德，何故信此虚浮妄诞之教，以为修善也？必有奸党蛊惑圣聪者。臣请为陛下解之：夫佛氏崇尚虚无，绝灭人伦，悖逆天理，误天下之苍生者也。人禀阴阳之气，则生生化化终始不穷，理所必有。假令尽皈佛法，则灭而不生，人无遗类，成何世界？世俗子女难育，故借佛老之教以冀延旦夕之命，出乎不得已，谅非其本心也。虽云披缁削发，而男女之欲人孰无之？不能遂其所愿，轻则欲火煎熬，忧思病死；甚且逾墙窥隙，贪淫犯法而不之顾。至于佛会之说，其恶尤著。科敛人财，聚集男女，阳为拜佛看经，暗里偷情坏法，伤风败俗，紊乱纲常，莫此为甚，其罪一也。天地生物，以滋养人群，若从释氏戒杀之说，则兽蹄鸟迹充斥宇宙，鱼虫鳞甲，填满江河，人生又何赖焉？此尧舜之所焦劳而治者也。坐关实无罪之囚，讲经为聚物之薮。持戒者是贪官污吏忏悔之私门，削发者乃强暴奸顽避罪之活路。圣人为民立教：仕禄于朝，农耕于野，商趋于市，工习于艺，莫不尽心殚力以资国家之用。惟此缁秃，暖衣饱食，游手好闲，口诵弥陀，心藏荆棘，蠹国害民，又莫此为甚，其罪二也。凡人既脱红尘，以皈净觉，则宜布衣蔬食，随缘而足。今之沙门，贪鄙万状，有如叩头乞食，剜肉点灯，屈膝桥栏，匍匐途路，沿门打坐，送渡求钱，此丧廉失耻，僧而乞丐，以求富者也；书符咒水，请圣参禅，惯分缘簿，善说因果，摇唇鼓舌，此僧而幻术，以求富者也；谈禅说法，塑佛印经，筑寺建庵，修桥砌路，此又假公营私，托善缘以济所欲者也。至于涉险履危，梯山航海，贱入贵出，贸易开张，能思善算，以罔天下之利，此又僧而商贾者也；更若钻仓掘洞，鼠窃狗偷，据山掳掠，谋财害命，丧心肆恶，此则僧而贼盗者也；又若鬼计神谋，争田夺产，倚官托势，贿赂公行，争讼以求必胜，图谋以期必得，博弈赌钱，酗酒宿娼，逞无厌之欲，以为师徒衣钵计，此则僧而贪婪奸险、持诈力以乱天下者也。僧为世蠹，又莫此为甚。其罪三也。负此三大罪，重佛何为？臣素奉教于贤人君子，振纲肃纪，崇正辟邪，乃圣帝明王相沿之法。释教之谬，实所未闻。臣愚戆，冒渎天听，伏乞圣涵。"

魏主闻奏，微笑道："朕闻相国所言，已洞见缁流之妄。但佛称三教之魁，何也？往往显灵护国，阐法济民，亦似有益于人世，相国不可不察也。"高欢道："臣闻上古圣主御世，惟以仁义为重。君臣敦睦于上，人民亲爱于下，故熙皞之治成焉。彼时佛老不尚，何助国济民之有？世祖永平年间，专尚释氏，远近承风，无不佞佛，十数郡中，共有一万三千余寺。后梁将陈庆之进兵荥阳，一路纵火，烧掠殆尽。佛苟有灵，何不显身救护，而使济民利国之身，化成灰烬？可笑世间愚夫愚妇，不辞跋涉艰难，远出烧香，邀福求祥。至于登山遇虎狼之噬，渡海遭风涛之溺，损躯丧命，悔恨无及。佛若有灵，又何不预先警觉以救之乎？设以此二端问彼愚人，彼必委之以数。夫既有一定之数，则事佛又何益焉？盖禅教易以惑人者，生前谈果报之因，死后论地狱之苦。富贵而修行，必获来生禄寿；贫穷而敬佛，能消往昔冤愆。女可转男，祸堪为福。犹恐智士达人不尊其说，故谬云：'谤经毁佛，必堕阿鼻。'立此危言，以愚心志。举世受其迷妄笼络而不觉，可胜叹哉！固亦有英雄杰士，功成名遂，而怀鸟尽弓藏之虑者，寄迹禅林，遨游云水，效子房之辟谷，仿莲社之参禅，此明哲以保身，非实崇事于三乘也。陛下万民之主，社稷安危所系，正宜肃纲纪，正百官，承天顺民，创制立法，垂训百世，以为子孙不拔之业。岂可尊奉夷教，劳疲弊之民，靡费脂膏，构无益之寺乎？臣切为陛下不取焉。"魏主大悦道："若非相国良言，几被众佞所误。烦卿传示诸臣，朕即缴旨，不复建寺矣。"高欢谢恩出朝。

　　当晚圣旨批黜近臣二员：田有思、邬泮，削职为民，永不录用。朝野尽皆相庆，遍处播扬高丞相、林镇南有回天之力。因此，林时茂名闻四海，人人敬仰。只有高欢世子高澄，心下不足，暗成仇隙。

　　看官，你道高澄为何不足林时茂？原来高澄为人狠毒，性如烈火，酒色财气，博弈游猎，无所不至。侍妾数十，稍不如意，辄致之死。家丁僮仆，打死无算。高欢每每教训，只是纵性不改。极好阿谀奉承，凡是逃亡死命、无籍之徒，投他府中，尽皆收用。这一班人狐假虎威，残虐百姓，远近人民，无不嗟怨。因父亲称扬林时茂材能，暗里不服，偏要灭他威风。

忽一日，正逢初夏天气，四月初旬，到处村乡田麦成熟，高澄带领一班棍徒，擎鹰逐犬，击鼓鸣锣，骑着高头骏马，径往东门外打猎作耍。凡是高山峻岭，无不游遍。哄至一山，名系舟山，乃大禹治水时，曾系舟于此。山边有一石如环轴，故名系舟嵬。满山树木，遍岭藤蔓，十分险峻。但见：

> 巍巍万丈，叠叠千层。四围翠柏参天，遍岭苍松蔽日。翠柏上但见猿呼，苍松顶惟闻鹤唳。昏沌沌云封山岫，黑沉沉雾锁山峦。蓁棘里虎狼逐队，草丛中狐兔成群。呜呜咽咽，山禽鸣古树高枝；习习潇潇，岚气吐巉岩幽壑。深林蔚秀，从教健翮飞腾；大麓宽平，一任良材驰骋。惊心处，无非水怪山妖；触目间，尽是闲花野草。只见潺湲飞瀑布，屈曲路崚嶒。不闻鸡犬之声，罕见行人之迹。正是：攀藤附葛犹难上，涉险登危路怎行！

却说众人打攒赶上山顶，放鹰逐犬。正打围之间，见一只大白鹿睡在草内，众人呐喊捕捉。那白鹿失惊，跳起来，冲开人，径往山下奔走。真个是疾同鹰隼，快似流星。高澄喝众军士放箭。内中有一个善射的弓弩手，连忙弯弓搭箭，觑清射去，正中白鹿背上。这鹿带箭负疼，没魂的乱窜，一直赶到山下田畈里。高澄与众人骑马一齐赶来，追得这鹿慌了，一味地乱滚，将这田内结成的麦子，尽皆滚倒，约有一二十亩宽阔。众人那里肯舍，不顾人田麦，呐喊围将拢来，钢叉、苦竹枪、长刀、大棍，并力乱戳，登时将这白鹿结果了性命。高澄即教军士将索捆缚扛去。

正要抬起，只见一人蓬头跣足，叫苦连天，两脚似碾车儿一般，飞也赶来。这人是谁？原来此人姓齐名德，就是本村农夫。正在沙沟里簖蟹，邻近牧童报说此事，慌忙跑来看时，众人兀自未散。见了这景象，不觉心内火生，腮边泪落，搥胸跌脚，痛哭道："天呀！这几亩田麦将已成熟，一家男女十余口性命，全赖此过活。如今被你众人踏倒了，怎生是好！"高澄怒道："汝是甚人？敢这等撒赖无状！军校们，着实打这厮。"众棍徒听得公子喝打，一齐动手，却如众虎攒羊，将这齐德打得皮开肉绽，面肿血流，横倒地上。高澄还嚷道："将这厮锁了，送到县衙去。"此时过往人众，见齐德受亏，俱忿忿不平，奈是渤海王世子，何等势耀，谁敢向前，只得远远站立观望，互相唧哝道："没天理，这时候雷公那里去了！"

正在喧闹之间，只见林时茂骑一匹黄马，随着苍头，因往城外访友，打从系舟山前经过。见这伙人喧嚷，问苍头："这是什么人在此厮哄？"苍头打一看时，覆道："高公子领着军士，打一个村夫。"林时茂就下马来见高澄。礼毕，问："公子为何打这村人？"高澄道："林将军，你不知道，这狗才无状，不识尊卑，辱言秽骂，因此打这厮。"林时茂又问齐德道："你这村人，为何不知上下，辱骂高爷？若送官司，罪责不小。"齐德大哭道："老爷呀，你只看这些田麦就是了。"林时茂抬头看时，见满田麦子，尽皆踹坏，惊道："这却为何？"齐德道："小人满家男女，全靠此田麦过活，被高爷带这伙不达事的军士，因捉鹿放马，将小人麦子尽情踹坏。如今麦已成空，又被痛打，不如就死也罢。不然，日后免不得做个饿死鬼也。"说罢，号啕大哭。林时茂听说，激得怒气冲天，嚷道："高公子忒没分晓，他的田禾被你人马踏坏了。人若无粮，岂不饿死！他来哭诉，出乎不得已，你们知事的，就当赔偿安慰他才是，为何反打他这般模样？忍心害理，不体民情。"高澄骂道："你这狗职，也与村牛一样。汝在我父王麾下为将，是何等样抬举你？得到今日，不思报本，反与村牛分疏，抵触俺，可恶，可恶！"众棍徒一齐嚷道："这是什么鸟官，敢来触犯公子！"林时茂骂道："都是你这伙无籍棍徒引诱公子。明日对丞相面讲，把你这干人尽行驱逐，方豁俺胸中之忿。"高澄喝众人："与我打这厮。"众军士见说，素知林时茂手段高强，都不敢动手。林时茂发话道："今日不与你角嘴。明日早朝后，同你到会议堂高爷处说个明白。"回头吩咐齐德道："你且去，俺明日将些银两赔偿你便了。"齐德磕头道："深谢老爷恩德。"爬起来,一步一跌,叫苦连天的自回去了。林时茂策马带苍头向西而行。这高澄带领军士,扛着大鹿,慢不为意,一头笑一头骂,也进城中去了。众人领赏散讫。

次日,林时茂同众官早朝已罢,齐赴会议堂,参见高欢,共议朝政,至巳时皆散。高欢将欲退堂,林时茂向前道:"总参有事禀上主公。"高欢问:"有何事说?"林时茂将高澄打猎踏坏民田,打伤齐德之情,循头至尾,细说一遍。又道:"公子终日游荡,不理正务,淫人妻女,僭人产业,为害不浅。不知何处寻来一伙无籍恶少,引诱公子,无所不为。若使圣上闻知,主公面上须不好看。速宜把这班棍徒流徙边远,晓谕公子改过,不惟主公之幸,天下亦幸甚矣。"高欢听罢,道:"孤已知道,将军请回。"林时茂拜辞自回。

高丞相上轿回府,厅上坐定,唤管门官进来,问:"公子在外,一向作何事业?"管门官道:"公子在府则攻书史,出外则习弓马,并无他事。"高欢怒道:"总是你一班蠢材蒙蔽引诱。若不直言,先斩汝首!"管门官见丞相发怒惧怕,只得跪禀说:"公子近来与一伙花拳绣腿无赖之徒,终日饮酒作乐,出猎游戏。常打乡村百姓,坏了田中禾稼,吃了人家鸡犬。这些百姓,一来感老爷德政,二来惧老爷法度,敢怒而不敢言。街坊上乱纷纷说公子的过失,此事是实,余者不知。"高欢将管门官喝退,当下怒发冲冠,坐在堂上。午牌时分,只见高澄醉醺醺回来了,高欢骂道:"你这畜生,在外做得好事!若非林总参禀知,几被汝所误。"喝令军士拿下斩首。原来高欢的军令极严,众军士不敢不遵,只得将高澄松松缚了,且未动手。早有人报入衙里。只听得当地一声,云板响传出堂来,夫人请老爷议紧要话,高欢带怒退入私衙。

原来这高欢的夫人娄氏,所生四子,独爱高澄。当下闻报,惊惶无措,急请高欢,劝道:"丞相差矣。父子天性之恩,况儿子不犯军法,何故致之死地?只是训诲一番,教他改过便了。"高欢道:"夫人不知，这畜生带领一起棍徒，在外生事害民，非止一端，为祸不小。异日干出事来，孤与夫人为他所累。今日不若早除，免致后悔。"言罢，即传令刀斧手速斩报来。娄氏双膝跪下道："看妾薄面，饶他死罪，但重责这畜生，戒他下次。把这些无籍之徒重治，连夜配发远方，无人引诱，便没后患。"高欢思想一会道："夫人请起，孤自有处。"即出堂，叫军士拿转不肖子来，开了绑跪下，喝道："你这畜生，罪不胜诛。且看夫人之面，把你这头，权寄在颈，以后再蹈前辙，必然诛戮。今日死罪既饶，活罪不恕！"教军士行杖。众军士跪下道："公子虽然犯罪，小的们焉敢行刑。"高欢喝散军士，令虞候带进衙里，自打至数十余下，怒气不息。夫人又力劝，方才住手。随将高澄监禁在书房，不许足迹出门。当晚升堂，凡是高澄平日亲近的军士，相随的棍徒，尽发有司问罪，驱遣刺配。又着虞候赏白银十两，送与齐德。因此乡村百姓互相传扬，感叹林时茂的恩德。

且说高澄监禁在书房中，闷闷不已，又无一个心腹人在身旁，咬牙切齿，深恨林时茂，痛入骨髓。只待身子挣扎些，决寻衅隙，害他性命，方泄此恨。不题。

再说林时茂已知高澄被父责打，棍徒俱已赶逐，心里暗想："是我一时路见不平，将此事对丞相说知。这伙凶徒赶逐，却也罢了；只是他父子至亲，高澄虽然被责，日后相合时，必进谗言，终须有祸，不如及早寻一个避祸计策。"心下踌躇半响，点头道："是了，是了。俺如今妻妾双亡，又无男女，单只此身。平生不知害了多少生灵性命，罪业深重。今此一计，一者避祸保身。二者消魔解瘴。想这魏国里安身不得了，闻知梁武帝最重佛教，不如走入中国，削发为僧，逃灾躲难，免遭暗害。"当下预将金银财物藏顿匣内，随身衣服包裹停当，又修下一封辞职的文书。次日聚集本行虞候军士人等，分付道："俺今日要去访一亲故，路途遥远，来往须费月余。若辞丞相，必定羁留不放。俺今不辞而去，汝众人须要谨慎，各守执事。如丞相爷差人问时，有书一封，着个精细的去呈上，自然明白。不可有误。"吩咐毕，即改换衣妆，扮做道人模样，令一苍头向上挑了行囊，一主一仆，悄悄离家，出了城门，径望东南而进。

且不题林时茂主仆二人远行，再表往事。梁朝建康城外，有一村民，姓钟名子远，娶妻朱氏，两口儿极是好善。年至四十余，并无子嗣，典田卖地，斋僧塑佛，不吝施舍，愿求子息接续香火。梁武帝普通二年，朱氏忽作一梦，梦一猛虎入宅，因而有孕。于十二月初五日丑时，产下一子。生得眉清目秀，相貌奇俊，人人称羡可爱，就取名叫做爱儿。年至七岁，聪明乖巧。无所不知，读书过目成诵，只是禀弱多病。一日，钟子远在家无事，与朱氏商议道："我与你两个年纪许大，求神拜佛，生得这个儿子。虽然聪明，却是常有疾病，未知养得成人否。毕竟我夫妻二人，命里不该招子，以此多恙。闻得过继在外，改姓移名，便养得大。不如将爱儿送与近村寺院，出家为僧，不但他有所传靠，抑且我和你存这点骨血，死亦瞑目。未知你心下何如？"朱氏道："儿子是你生的，由你张主。但是千难万难，止得这点骨血。如今送他出家，心下一时怎地割舍。倘有缘，遇得个忠厚的师父，庶可度日；若撞着不知冷热的人，朝捶暮打，教我如何放心得下？"子远道："浑家，你的言语也说得是。且不必性急，慢慢地打听，择一个忠厚老成的师父，送与他便了。若无好的，且留在身边，另作区处。"

也是这爱儿命该出家，子远夫妇商议之后，未及半月，一日，子远往地上灌种，将及巳牌，朱氏闭上门，正要到厨房内整治午膳，只听得有人敲门。朱氏笑道："老人家终不耐饥，出门不多时，就回来吃午饭了。"走出来开门看时，原来不是丈夫，却是一个年老的和尚。朱氏看那长老时，生得：

> 眉长耳大，体健神清。手持小磬，项挂数珠。身穿一领不新不旧褊衫，脚着一双半黑半黄僧履。却似阿难降世，犹如弥勒临凡。

原来这和尚是本村圆慧寺中法主,姓阎,法名智觉,每常来钟家打斋米的。这长老合掌向前,叫一声:"施主问讯了。"朱氏连忙回礼道:"师父请坐。"智觉坐下,击动小磬,诵了数卷经,念了几句咒,吃了茶,问道:"钟檀越那里去了?"朱氏答道:"他去地上种菜,还未回来。"智觉又问道:"二位施主都一向安乐否?"朱氏道:"仗托三宝庇祐,遣日而已。"正说之间,只听得笑声渐近,却是爱儿读书回来。对和尚唱个喏,智觉回礼道:"好位小官,回来吃午饭了?"爱儿道:"师父猜得着。"这智觉定睛看了一会,猛失声道:"咳咳,可惜!"朱氏问道:"师父为何叹惜?"智觉道:"施主莫怪,贫僧有一句话,不好出口,怕施主见责。"朱氏道:"师父有话,但说不妨。"智觉道:"令郎相貌甚清,只嫌额角上多了一块华盖骨,此为孤相。若在俗门中,恐无受用,又且寿夭。贫僧有一个救他的道理,但恐施主见怪,故此失声叹惜。"朱氏道:"多承师父好意,指示迷途,焉敢见怪。"正说话间,钟子远回来了。智觉即起身问讯,袖手相别而去。

子远吃饭毕,依旧往地上种作,直至天晚方回。临睡时,问浑家道:"日间曾有人来寻我么?"朱氏道:"并无人来。有一事说起,到也凑巧。"子远道:"甚事凑巧?"朱氏道:"就是日间看经的长老,把爱儿相了半晌,蓦然叹道:'可惜!'我问他为何叹惜,他说:'好一位清秀贤郎,只嫌额角上多了华盖骨,大抵寿少,恐无受用。贫僧有个好方子救他,只是怕怪难说。'我正欲问时,你却回了,隔断了话头,他就相别去了。察他的念头,想是要爱儿出家的意思。我正欲与你议此一事如何。"子远道:"这机会却也凑巧。我前日与你商议,正没个好师父出家,倒将这位长者忘记了。浑家,你不知这智觉是个笃实老成的长老,况且寺又邻近,不如选个吉日,送爱儿与他为徒孙绝好。"

夫妻二人商量停当,次日侵早,钟子远径行圆慧寺中来。进了山门,只见殿门半开半掩,静悄悄并没个人影。子远咳嗽一声,也不见有人答应。子远就佛殿门槛上坐了一会,心里想道:"这些和尚着实快活，日高三丈，尚兀自安睡未起。"正想之间，猛听得咚的一声响，子远吃了一惊。也是机缘辐辏，遇着响这一下。正是：

有意种花花不活，无心插柳柳成阴。

毕竟响的什么东西，且听下回分解。

第二回

钟爱儿圆慧出家　梁武帝金銮听讲

诗曰：

> 削发披缁作野僧，只因多病入空门。
> 无缘歌舞三更月，有人修持一卷经。
> 诵梵罢时知觉路，参禅静里悟无生。
> 偶逢武帝求贤诏，引向金銮面圣君。

话说钟子远听得伽蓝案前一声响，急抬头看时，见一个老鼠在琉璃上偷油，见了人跳将下来，不偏不斜，却好跳在签筒上，将签筒扑倒，响这一声。子远思量道："这寺里伽蓝甚有灵感，不如将这事求一签，问爱儿出家，日后成得功否。"就跪在伽蓝案前，通诚求一灵签，以卜凶吉。求得第二十四签，子远看时，签上四句诗道：

> 枯木逢春月至秋，他乡遇故喜相投。
> 求名问利虽成就，未若禅林更好修。

子远看了诗，正合其意，甚是欢喜，坐在门槛上念诵。只听得有人叫一声:"钟施主,为何大侵早到我敝寺中闲坐?口里念些什么?"子远回头看时,却是管园的矮道人。子远慌忙起身道:"阿公,要见你阇长老说话,有烦转达。"矮道人笑道:"我去。"即忙进去。不移时,阇长老出来,迎子远到方丈里坐下。智觉问道:"钟老丈久矣不到敝寺中来,今日甚风吹得到此?"子远道:"小子不为别事,就是师父日昨到舍诵经,相小儿无寿,说有什么计较可救,今日特造宝刹求教。"智觉道:"一向看令郎容貌,是一孤相,在俗门中,惟恐寿薄;若空入门为僧,必成正果,又且可以延寿。这便是救他的方子。虽如此说,只恐你夫妻二人未必割舍。"子远道:"小子正为这事而来。适间问伽蓝求一签在此,请看一看。"智觉看罢道:"不必说了,这一签是上吉的,只怕施主心下恍惚。若出家时,必有收成结果。"子远道:"有何恍惚?既承师父美意,肯收留小儿,即选吉日送来。"智觉道:"施主,再要和你今正商议,不可造次。待贫僧拣一个空亡日子,办些盒礼过来,请令郎出家,方是道理。"子远道:"这也不消了,亦不必和贱荆计议,师父拣定日期,小子送来便是。"子远茶罢,起身告别而回,一一与浑家说了。过了数日,智觉着行童送束帖到子远家里来,说道:"本月十二日,是华盖空亡日子,果肯不弃,此日圆成更好。"

话不絮烦。真个是光阴迅速,倏然又是十二日到了。这智觉长老着道人挑些盒礼送来,不过是蔬菜点心之类。子远即央贴邻当里长的孔爱泉,写一张将子情愿舍身出家文契,叫:"爱儿过来,别了娘,送你到寺中快活去。"这爱儿对朱氏唱了一个喏,叫声:"娘,我去呀!"只见两泪交流,不忍离别。朱氏放声哭将起来,道:"我儿,不是我做娘的心毒,只为你多灾多病,我爹娘命里招不得你,不得已送你出家。从此去,切要向上学好,勤谨听教训,不比在父母身边撒娇。"说罢,悲咽不胜。子远亦垂泪道:"爱儿呵,寺若远时,也不舍得你去了。今幸喜寺院邻近,阇住持老师又且纯厚的,你去决然快活,不必苦切。"可怜母子二人,牵衣难舍,连这道人邻舍,亦各垂泪,免不得拭泪而别。子远携了爱儿手，往寺中来。这智觉和尚出来迎接，到方丈坐下。子远将文契双手奉与智觉，智觉看了，收于袖中。吃茶已罢，即办斋供佛。子远叫爱儿先参拜佛像，次拜师父，凡寺中和尚，俱备相见。行礼毕，长老取法名，唤作守净。众人坐下吃斋，斋罢，子远在寺里东西两廊、前后佛殿，闲玩到晚。斋毕，又嘱付了爱儿几句方回。闲话不题。

且说这钟守净自到圆慧寺出家之后，真是缘会，精神倍长，灾病都除。智觉请师训读，果然颖悟异常，记作两绝。年近十四。经典咒忏，念诵乐器，无不精妙。更兼性耽诗画，善于写作，寺中和尚四五十众，尽皆敬服。智觉长老甚是爱惜。年至十六岁，长老与他讨度牒披剃为僧。好一个清秀俊俏的和尚，凡是宦门富室之家有佛事者，请得钟守净去，方才欢喜。自王孙公子以至骚人墨客，无不往来交游。

说这金陵城里，有一公子，姓谢名循，乃是有名才子。其父谢举，现任梁朝左仆射之职，武帝甚相亲信。为人惇厚，家资巨富。这公子谢循，酷好诗画，与钟守净文墨往来，情义稠密。闻得妙相寺工程已完，朝廷颁诏，要文武官举荐和尚为寺中住持，谢循意欲父亲荐举这守净与天子，无便可说。一日，谢举晚朝回来，父子二人饮酒，说话间，公子问道："爹爹在朝，曾有什么新闻否？"谢举道："朝内别无甚事，当今圣上，酷信佛法，最重的是沙门。如今城中新创这妙相寺，不知用了多少钱粮，靡费太甚。又诏众官举荐两个有才德的和尚，为此寺住持。朝中外郡诸臣，至今未有所举。我寻思这城内城外庵庙寺院僧人，那得个出类拔萃有才德者？只这件新闻，心下踌躇未定。"谢循道："儿子也闻知这件事沸沸的说。儿子有一个相识的和尚，经典咒忏，件件皆精；琴棋书画，般般皆妙；况兼除荤戒酒，性格温柔，举止诚实。这长老可荐得与圣上么？"谢举道："依汝所说，这和尚果然如此，尽可去得。你且说他姓甚名谁，在何寺挂搭？"谢循道：

"这和尚名姓，爹爹多分也尝闻得，就是圆慧寺姓钟的年少长老。"谢举道："莫非是钟守净么？"谢循道："正是此僧。"谢举点头道："我倒失忘了。只怕他年幼，未必老成。待明日早朝面奏定夺。"二人晚膳毕，歇息了。

次早五更，谢仆射起来梳洗，穿了朝服，到朝房内来，只见纷纷文武官员，齐集早朝。但见：

> 山河扶绣户，日月近雕梁。虬漏初停，绎帻鸡人报晓；鸣鞭甫动，黄门间使传宣。太极殿钟鼓齐鸣，长乐宫签簧竞奏。黄金炉内，游丝袅袅喷龙涎；白玉阶前，仙乐铿铿和风管。九龙座缥缥渺渺，红云里雉尾扇掩映赭黄袍；五凤楼济济锵锵，紫雾中獬豸冠厮配红珠履。侍御宫娥袅娜，谨身内监端详。两班文武肃威仪，一国君王垂衮冕。左列着紫袍玉带，世官世禄，果然大老元臣；右立的翠绶金章，铁券丹书，端的皇亲国戚。苍髯阁老，公公正正，调和鼎鼐理阴阳；铁面台官，是是非非，培植纲常行赏罚。纠弹的绣衣御史，专飞白简之霜；匡弼的骨鲠谏垣，惯作青蒲之伏。挥毫草诏，操象管潇潇洒洒，翰林学士，卖弄着山斗文章；挂甲顶盔，执金瓜狰狞狞，镇殿将军，妆点出貔貅气象。羽林卫军容严肃，旌旗影里剑光寒；神策军队伍整齐，戈戟丛中彪体壮。班部中叮叮当当玉佩响，品臣执笏觐天颜；鸳队里翩翩跹跹袍袖动，忠宰扬尘呼万岁。

这正是：九重宫阙开阊阖，万国衣冠拜冕旒。只听得净鞭三响，文武两班山呼舞蹈已毕。帘内中贵官喝道："众臣有事早奏，无事退班。"忽见文臣班内左仆射谢举，执简当胸，俯伏启奏道："臣启陛下，今有妙相寺工程完毕，臣等奉诏，荐举两员才德兼全之僧，为正副住持。臣访得圆慧寺中一僧，姓钟，法名守净。戒行清高，立心诚实，禅宗透入玄微，密谛悉窥精蕴，才德俱优。此僧可充寺中住持之职。未敢擅便，伏乞圣裁。"武帝道："朕方博访名僧，未得其人。今卿所荐不虚，可速召来面朕。"即着中书官写诏，就差谢举为使。谢举谢恩，领旨出朝，差虞候飞马先到城外圆慧寺中通报，然后上马到寺中来。只见寺门前悬花结彩，众和尚击鼓鸣钟，请仆射下马，迎进山门，径入佛殿。看的人拥满寺前。钟守净忙排香案，领众僧一齐俯伏。谢仆射开读诏书。诏曰：

奉天承运皇帝诏曰：释教宏开，爱启三途之苦；佛门广大，聿除人难之灾。登一世于春台，跻四生于仁寿。招提既建，国家之福德无边；慧照日新，佛教之法轮常转。惟尔左仆射谢举所荐圆慧寺沙门钟守净，秉性圆明，不失本来面目；操功清净，能培夙世根基。神定而戒行精严，律明而禅机透悟。在朕素为渴想，惟师一指迷途。兹即差谢举为使，前来礼请入朝，匡朕不逮。诏书到日，主者奉行，即速趋朝，毋违朕命。大通十二年七月日诏。

读诏已罢，钟守净和众僧山呼谢恩已毕，款留谢仆射素斋。谢举道："君命召，不俟驾而行。圣上临轩以待，长老同下官就行。"钟守净穿了袈裟，慌忙上马，同仆射进朝。谢举先入朝内奏道："臣奉圣旨，召圆慧寺僧人钟守净，已在朝门外候旨。"武帝传旨宣上殿来，黄门官引钟守净直进殿上。武帝举目看时，果然好一个少年俊秀沙门。有《西江月》为证：

头顶五山绣帽，身披百袖禅衣。飘飘俊逸美丰姿，罗汉端然再世。红晕桃花两颊，青分柳叶双眉。儒门应自步云梯，何事招提栖止？

钟守净山呼朝拜已罢，武帝道："朕今新构妙相寺，每听政暇时，欲到寺中谈经说法，参样礼佛，以求正果，免堕轮回。特抡一位才德拔萃之僧，引归正党。适间仆射谢举盛称贤卿才德，朕欲面受教益。况朕皈依佛教已久，经典之义，颇知大略，但不识释门真诠，果以何者为先。卿可细剖，以开朕茅塞。"钟守净俯伏金阶，正欲开谈启奏，武帝道："卿开讲佛法，安可轻亵，敕赐锦墩坐下。"钟守净谢恩，右首侧边坐了。奏道："夫佛者，寂灭之道也。诸经典千言万语，只是教人守其灵明，勿使物欲迷障。所谓寂者，澄然清静；灭者，冥然浑化。人能守其初心，不为物欲所蔽，则心静神清，依然本来面目，不惟可以延龄，抑且圆寂时，魂凝魄结，圆陀陀正觉菩提，自然登于彼岸。此'寂灭'二字之正果也。人能解得此意，然后持斋布施，诵佛看经，方有功德。不然，佛灯不照，不过是糟粕而已，何与于正觉哉！"武帝道："卿言深透禅机，使朕豁然省悟。谢仆射荐举得人矣。"令光禄寺大排蔬筵，着谢仆射陪宴。斋毕，谢恩退朝。次日早朝，谢举又率钟守净进朝候旨。武帝御笔亲封钟守净为僧纲司都法主、妙相寺正住持、宏仁阐教大师，一概寺院僧人，俱受节制。钦赐锦绣袈裟一件，九宝僧冠一顶，锡杖云鞋。又赐近城良田二百顷，以为斋供。外赐御轿一乘，差中贵官人员，两人持幢幡，两人捧僧纲司都法主、妙相寺正住持印匣，两人赍敕诰，一人捧御烛，一人捧御香。其余细乐、金鼓、旗帐，何止百余人，前呼后拥，送至妙相寺来。钟守净下了轿，进入大雄宝殿，参佛已毕，望阙谢恩。本寺僧众和道人行者，撞钟击鼓，俱来参见。钟守净一一礼毕，厚赠中贵还朝覆旨。以下乐人轿夫等，俱各赏赐，不必细说。

原来这钟和尚素有名望，因此妙相寺中僧众俱无他议，虽有些器量窄狭，众人也只道佛家当如此俭啬。况又是天子钦差来的，寺里人不必说服他管辖；即公侯将相，国戚皇亲，俱各敬重往来。自钟守净进寺之后，天子时常驾临，说法谈经，参禅打坐，哄动了远近僧俗士女，都来听经，参见活佛。俱各载米赍钱，远来布施。烧香的人，隆寒盛暑，络绎不绝。施舍的钱财米麦，不可胜计，真个是富堪敌国。不要说钟住持受用过于国戚王亲，便是钟子远夫妻二人，享用极其丰足。子远常对浑家说："也不枉了教儿子出家一场。"此时村民俗子，看了钟守净的样子，个个羡慕为僧，天下习以成风，出家者甚众，不在话下。

再说林时茂主仆二人，自从离家避难，行了数日，不觉已到沁州沁阳驿地界了。看看天晚，过了绵山，投一村店安息。苍头放下行李，向厨下炊饭，林时茂客房暂睡。苍头正炊饭间，有一个老者，也在那里烧火，坐于灶下，将苍头不转睛的窥觑。苍头见了，心下疑惑，问道："老丈为何瞧着小人？"那老者道："我看兄有些面善，兄莫非在太原府中来的么？"苍头道："我正在太原阳曲县内住。"老者又道："兄尊姓？"苍头道："在下姓林，住升仙院前。"老者思想了一会，嚷道："我想着了，兄莫非是林将军尊使么？"苍头道："是也，老丈何以相认？"那老者欢喜道："我当初在高丞相麾下犯罪，辕门临斩时，你拿酒饭与我吃，至今不忘。为何至此？"苍头道："老丈莫不就是杜旗牌么？"老者笑道："然也。"原来这老者姓杜名悦，绰号石将军，因他有些膂力，颇通武艺，投在皇亲王骠骑麾下为旗牌官。因随高欢出征，失机当斩，亏林时茂一力救解，免死充军。在边塞上十余年，逢赦回乡，不期在村店相遇。

当下杜悦问道："你家老爷好么？"苍头道："如旧。现今要远出，访什么亲戚，唤我跟随出来。想是途路辛苦，身体困倦，睡在客房里，等我炊饭吃哩。"杜悦道："爷爷，你便早说些也好。隔了十余年，不想恩人在这里相会。"跳起身就往客房里来，口里叫道："林爷在那厢？"林时茂问道："是什么人叫？且低声。"这杜悦走到床前，跪下道："老恩主，小人受了莫大之恩，未得衔结之报，讵料今日在此相会。"说罢，纳头就拜。林时茂起身道："老丈请起。素不相认，何劳重礼。"杜悦拜罢，起来道："老爷，你可记得十年前失机的杜悦么？"林时茂惊道："你既是杜旗牌，当时俺救了你性命，免死出配边方，何以至此？"杜悦道："一言难尽。恩主请睡，待小人去沽壶村酒来酌一杯，以表孝心，慢慢的告禀。"即出房门，问店家讨一个酒瓶儿，径往市上去沽酒。

不多时，提了一瓶酒，买了几味肴馔回店，叫苍头烫起酒来，就在客房里桌上摆下肴馔，请林时茂上面坐了，杜悦侍陪。两个吃了数杯，林时茂道："公在边塞受尽风霜，俺常时思念。今日得赦还乡，万千之喜。"杜悦答道："小人自从老爷救拔之后，即往边上，一路历尽多少艰难苦楚，不可胜言。今得赦回故土，依栖着一个故友过活，因他借些资本与这店家、左右乡民，时常令小人来收些账目，不意得遇恩主。小人得获残生，实赖老爷再造之德，小人虽粉骨碎身，不足以报万一。"说罢，又吃几杯。杜悦道："老爷如今欲往何处请亲？"林时茂道："俺非是访亲，因有一腔心事，难对人言，今与公谈，谅不泄漏。"将高澄打猎害民、被父责罚的事情，备细说了一遍："俺如今意欲走入梁国，削发为僧，潜身远害，故此全真打扮，以辞故国。"杜悦道："老爷一生忠孝，真乃豪杰丈夫，若入菩提，必归正道。正是知机避害，明哲保身，出人头地之处，有何不可。只是一件，老爷这般打扮，虽似道家，但这些英雄气概，毕竟是一个将门模样，未免被人识破。况且又无文凭路引。梁魏两地，关隘防闲甚紧，惟恐有阻，难以过去。老爷有心出家，不如就在这里近处寺院，削发为僧，讨了度牒，消停几时，然后往梁国去，岂不美哉？"林时茂道："此论甚高，但这里近处寺院，大概厮认者甚多，或看破时，反为不美。怎地得一偏僻幽静的寺院方好。"杜悦一面劝酒，笑道："小人有一亲弟，自幼出家，在泽州析城山成汤庙侧首问月庵内为僧。这庵甚是僻静，此去却是顺路，数日可到。自小人问军之后，彼此并无消息。明日小人就陪老爷同去那里访问，一来为老爷大事，二来就探望舍弟一遭。倘或在时，就彼削发披剃，甚为便也。"林时茂道："若得如此，足感盛情。"二人商议已定，叫苍头收拾杯盘，同榻抵足而睡。

次日，三人鸡鸣起来，别了店主，一同往东。随路而进，夜住晓行，不一日，已到泽州析城山下问月庵前。林时茂举目看时，真个好一座清幽庵院。但见：

　　松篁交翠，湾一带流水小桥；殿角巍峨，显几处钟楼古刹。门临山岫，隔溪每听野猿啼；址靠岗峦，绝顶时惊斑虎啸。伽蓝殿树悬薜荔，梵王宫炉喷旃檀。两廊彩壁画菩提，倒座观音随龙女。经翻贝叶，禅床老衲响金铃；花供优昙，精舍沙弥称佛号。果然景致清幽，须信一尘不到。不闻贵客来相访，惟有僧敲月下门。

当下三人径进山门，只见金刚殿上，有一个小头陀扫地。杜悦问道："小沙弥，动问一声，宝庵有一位永清长老可在么？"小头陀道："永清师太在禅房里打坐。"三人听说，不胜之喜。杜悦道："相烦你通报一声，说是一个姓杜的弟兄，特来相访。"小头陀丢了扫帚，忙进禅房通报。这永清长老听得，即忙出来迎接。见了亲兄杜悦，十分欢喜，笑颜可掬，请二人进禅堂内相见。

礼罢坐下，兄弟间别十余年，一旦相会，免不得叙些寒温，说些离别相念之意。当下永清长老吩咐办斋管待。问杜悦道："这一位道者是谁，与兄同来光顾？"杜悦道："我正为这道者特来见贤弟。这就是高丞相部下镇南大将军林爷。"永清长老慌忙起身稽首道："失敬！失敬！"问道："林爷正好享福，为何这般打扮做云游的模样？"杜悦即将林时茂出家情由，细说一遍。永清长老道："原来林爷为这个缘因。既要出家，贫僧敝庵，极是僻静，人迹罕到。况贫僧还有几张空头度牒、抄化文凭路引，待明日早晨，替林爷斋佛削发便了。"林时茂拱手称谢。当日晚斋已罢，各自安歇。次日，永清长老办斋供佛，看经诵咒，林时茂跪在佛前，摩顶受戒。削发已毕，长老代取法名，名为太空，别号澹然。即将空头度牒一张填上法名，又有抄化文凭路引，俱付与林澹然收了。

在庵盘桓了旬余，林澹然思欲投梁，即便告行。永清长老弟兄二人，苦苦留住。又过了数日，林澹然辞长老坚执要行，永清长老和杜悦款留不住，只得办斋送行。永清长老捧出一条熟铜打成的禅杖，一领缁色褊衫，一顶纯绵头褡，一个金漆钵盂，笑嘻嘻道："这条杖子却也古怪,两月前有一禅和子,长眉赤脚,来此挂搭斋供,临去时道:'无以为谢,愿留此物。'贫僧再三不肯受,他道:'权且收下。日后可转法轮,施与一个盖世英雄,佛家领袖。'不想今日却好遇着尊驾,正是法缘,伏乞笑留。"林澹然收了,稽首称谢。杜悦又赠白金二十两,以为路费。林澹然道:"老师所赐,小僧不敢不领;老丈之赠,决不敢领。既已出家,要此何用?"杜悦道:"些须之物,不足以报大恩,聊为路途薪水之助。"林澹然坚辞不受,杜悦亦不敢强,道:"既然不收薄礼,小人相送一程。"林澹然道:"如此足感厚意。"当下拜辞永清长老。林澹然道:"日后得有进步,必不忘吾师大德。"永清送出山门,稽首而别。

　　林澹然同杜悦、苍头三人,一齐取路,行了一日,投店歇了。次日行至河内地方万善镇前,三人腹中有些饥了。见一村店,酒旗招扬,三人进店里坐下,叫酒保拿酒来。这酒保烫热两壶酒,铺下些鱼肉菜蔬。三人正吃之间,杜悦忽然泪下。林澹然道:"杜公为何垂泪?"杜悦道:"小人非为他事悲伤,一来今日与恩主拜别,老朽年近七旬,风中之烛,朝不保暮;不知与恩主还有相见之日否。二来老朽止有一子,名成治,颇读兵书,亦通武艺。自我未犯罪之前,令他去梁国投母舅麾下,图一个进身,谁知去后杳无音信,十余年不见一面,未知存亡若何,常怀悒怏。有此二事系心。所以惨切。"林澹然道:"俺为僧道的,云游四海,与你虽然暂别,也有相逢日子。便是令郎远投令舅,精通兵法,必不落于人后。但不知令舅尊姓大名,目今为梁朝什么官职?"杜悦道:"妻弟姓傅名恽。向来闻得人说守边有功,官为总兵统制,镇守南陵郡,管辖十三州、四十五县军民。到梁朝问时,便知端的。"林澹然道:"既如此,老丈不必惨切,快修书一封,待俺带去,慢慢访问令郎消息。若遇得机会送书与他,必然回来父子相会。"杜悦拭泪称谢。即借店主笔砚,写了书,封固已毕,送与林澹然。澹然收了道:"古人云:'送君千里,终须一别。'承君相送，已是数日，足见厚情。就此告别，再留后会。"杜悦算还酒钱，苍头挑着行李，驮了禅杖，三人走出店门。行至三岔路口，杜悦道："今此一别，实觉心中恋恋不舍，未知何日再相会也。"林澹然道："君今年老，不可忧郁，以伤天和。相会有期，即此告辞。"二人垂泪而别。

话分两头。却说高欢一连数日不见林时茂来参，心下疑惑，差值日虞候往参府衙门查问。此时参府军士一同虞候进高丞相府中回话，呈上文书。高欢拆开放在案上，细细展看。书云：

> 部下末将林时茂薰沐叩首状上大恩主明公大王麾下。窃以茂乃一介征夫，常蒙国士之遇；区区武弁，更叨提拔之私。学不请于韬钤，身不通乎谋略。常怀垂髫之情，未效衔环之报。数茂之罪，擢发难穷；感王之恩，粉身莫罄。兹者茂有眷属，系瓜葛之至亲，远处遐方，叹鳞鸿之久绝。欲行一心探访，敢惜半载途遥。意欲叩别军门，恐妨静摄；遽尔潜离政府，罪律难逃。惟恩主大德海涵，使茂感恩岳重。冒死状上，统冀垂怜。回首故乡，不胜眷恋。年月日部下沐恩小将林时茂状禀。

高欢看毕，失惊道："林总参去访甚亲？为何有数月路程？汝等可知道么？"军士道："参爷临行，只说这亲住得穹远，不曾说什么地方去处，小的们故此不知。"高欢发付军士去了，暗中思忖："林镇南是个知机烈士，虑那畜生寻他衅端，故此不辞而去。可惜没了一员智勇足备的大将！"心下郁郁不乐。部下将士一齐禀说："林镇南此去，多分投于梁国。我这里军情虚实，他尽知之，况他智略过人，勇力盖世，若为梁朝所用，异日为患不小。丞相可速差精骑追赶转来，免生后患。"高欢道："汝等不知。这林时茂为将，随孤多年，遇战敢前，有功不伐，立性鲠直。想他此去，不过是知几隐遁而已，焉肯事二主，以为不忠之人？尔等毋得多言，孤自有处。"众人无言而散。次日早朝，高欢将林时茂辞官探亲之事，面奏魏主不题。

却说林澹然自与杜悦分别之后，同苍头向上往东南进发，迤逦行了数日，一路无话。看看走近梁魏交界地面，到晚投饭店安歇。次早苍头正欲挑担出门，林澹然道："向上慢着，俺有句话与你说。自你随俺以来，勤谨老实，众仆之中，不能如你，俺故带你出来。如今俺已为僧，况前面是梁朝地界，出家人仆从同行，甚为不便。今日与你分手，拿这行囊过来。"苍头双手递过皮匣，林澹然取出两封散碎银两藏了。次后只取禅杖、钵盂、褊衫、便服，余者金银财物，尽数交与苍头道："不是俺今日无情撇你，只是俺既跳出红尘，便要云游天下。自此之后，你当随便拣一个好去处，将此财物，买些田产，自耕自种，足以养老终身，不必记念俺了。"向上听罢，拜倒地上，放声痛哭道："小人自从老爷收录之后，养育深恩，未尝忘报，今日又赐小人许多财物。老爷今日孤身出外，野店风霜，路途劳苦，正当小人跟随伏侍，虽使上天入地，粉骨碎身，死而无怨。何故老爷今日不用小人？毕竟还要随老爷同去。"林澹然道："俺主意已定，何必多言。就此分路，不须啼哭。只是前途谨慎平安，俺亦放心得下。"说罢，手持禅杖钵盂，背驮包裹，出门欲走。这苍头苦痛难禁，赶出门外，拖住林澹然衣服，跪在地下悲哭，不忍分手。林澹然含泪，假意发起怒来，喝道："可恶这厮胡缠！"向上只得在地上拜了几拜，起身挑担，滴泪往西而去。

　　林澹然独自一人到武津关口，即是战国昭关，伍员适陈处也。守关吏见是个游方僧人，也不甚盘诘。况林澹然又有度牒、抄化文凭路引，大落落地径闯进关里。就关口饭店坐下，叫店主办饭来。店内后生即忙铺下蔬饭。林澹然吃饭之间，问店主人："贵境到建康还有多少路程？"店主道："敝地到京师，尚有千里之程，只是有些阻碍，惟恐难行。"林澹然道："清平世界，浪荡乾坤，怎么难去？"店主道："我说起来，委实惊心。"澹然骇异。正是：

乌鸦与喜鹊同鸣，吉凶事全然未晓。

不知店主人说出甚地艰难话来，且听下回分解。

第三回

林长老除孽安民　丘县尹荐贤礼释

诗曰：

> 古道荒凉人影绝，红颜土穴遭磨折。
> 天生侠士逞神威，叱咤一声妖兽灭。
> 贤良县宰能鉴别，荐引双双朝凤阙。
> 声名远播鬼神钦，千载流芳林俊杰。

话说林澹然在店中欲往京师，问店主人路程，店主道："建康有千里之遥。但此去百余里，地名嵇山，乃睢阳地面，向来太平，不知怎生，近日出一野人，虎头熊掌，身长丈余，专一吃人。本府太守差猎户土兵，山前山后，日夜用心剿捕，反被他伤损多人，因此行人难过，大都辗转往别路走了。若过得此山，一路平坦，直到建康。"林澹然笑道："不信此畜有这般利害。"店主道："师父，你不知这野人，口边露八个獠牙，长三五寸。一双臂膊，一丈有余。那十个指头，就如钢钩一般，利似霜锋。腿上粗毛，硬如针刺。跳一跳有三四丈远。浑身黑肉似镔铁打成，刀箭不能入。人若撞见，就骑着快马也难逃脱。一手揪来，先抠眼珠，次剜胸膛，吃了心肺，然后受用四肢身首哩。纵是八臂哪咤，也近他不得。师父若去时，早晚切不可行，直待午牌前后，等有伙伴，聚集了数十人，方可去得。"林澹然道："多承指教。但俺出家人，一心以救人除害为念，前途有此妖畜，若不驱除，怎显得慈悲救物之意？除他不得，死而无怨。不知这畜巢穴在于何处，那里是他出入路径？"店主道："我一向听得人传说，在嵇山正南路上，一座土地庙里藏身。庙前是走路，庙后是一条阔溪，东南两边都是山村。东边还有几村百姓，西首人民都被他吃得慌，搬移别处去了。师父若要去，切须谨慎。今日天色将晚，且就荒店暂宿，明早起程罢。"林澹然称谢，就在店中歇了。

次早，算还饭钱，辞别了店主。澹然初入梁国，路径不熟，只望大路而走，一路无话。至第三日午牌时分，看看走到嵇山，并不见一个行人。远远望见正南路口一座古庙，果然寂静，真是荒凉。趋步上前看时，但见：

  屋宇皆倾坏，门窗四下空。雕梁尘满积，画壁已通风。乱草生阶道，啾啾吟砌蛩。神厨无顶板，案桌没签筒。左廊悬破鼓，右庑缺鸣钟。土地脱须发，夫人褪脸红。判官靠壁北，小鬼拄门东。烛台堆鼠粪，炉内可栽葱。屋檐蛛网丝，瓦片似飘蓬。萧条真惨切，四顾绝人踪。

林澹然将包裹除下，和禅杖放在土地神座前，对土地稽首，将包裹内所余干粮吃了。手提禅杖，周围廊下前后细细寻看，并不见一毫踪迹，也没一个人影。只见土地橱座下白雪雪几堆骨殖，橱左边侧首一块石板，滑溜溜却似水洗磨光的一般，其余都是些灰尘乱草，并无别物。林澹然暗忖道："这孽畜在此栖身，败得庙里光荡荡的，只有这几堆骨头，甚是可怜。"忖了一会，无处搜寻，提起禅杖，在这光石板上撤了几下，嗟叹数声。只听得石板底下，嘤嘤的有人做声响。林澹然道："却不作怪么？莫不这孽畜在石板底下存身，也不可知。"挂着禅杖，将石板四围看了一转，原来是摇得动的。将禅杖双手用力撬起来,只见底下是一土穴,穴内甚宽,两个少年妇人,鬓发蓬松,形容憔悴,坐在石条上。内有一张床,两头是石,中间数根乱木横搁为床,上面铺些乱草。余外山禽野兽,堆积满地。林澹然喝道:"你两个妇人,是人是鬼?为何在这石板底下安身?好好对俺实说!"那两个妇人一齐哭道:"佛爷呀,我两个是本村居住的百姓,一姓唐,一姓宓,丈夫都是倚靠田庄过活。一日丈夫出去耘田,我两个在门口闲话,猛然起一阵狂风,风过处,见一怪物走到面前,把我二人惊倒在地,被他一手一个,拿到石板内。只疑命尽,谁知不分昼夜,轮流淫媾。每日采些山桃野果,与我们度命,就如在阴司地狱一般,苦不可言。今日遇着活佛,望救蚁命。"言罢,双膝跪下,泪如涌泉。林澹然道:"你且说这畜物怎么样出入?"妇人答道:"每常间夜里出去,日间躲在洞中。近来却又早晨出去,傍晚方回,止有些野兽山禽之类拿来。今日天色阴暗,这时分已晚,将次回来了。望乞佛爷怎地救得我两人性命,实是再生父母。"林澹然道:"你二人且不要慌,只躲在这洞里,待俺把这孽畜断送了,然后方救得你二人出来。"

三人说话未完,忽然一阵腥风,刮得尘飞满庙。林澹然忙将石板仍旧盖了,手提禅杖,立在庙门内张望时,又见一阵风起。这风比前更大,腥气触人。远远望见野人,双手提着一只大鹿,走将来了。林澹然闪在门后,定睛细看这野人,果然生得利害。但见:

> 身躯怪异,分明野兽又如人;状貌狰狞,却像魔王疑似鬼。光闪烁,眼射两道金光;乱蓬松,顶撒一丛黄发。两条臂膊,浑如靛墨妆成;十个指头,一似纯钢打就。腥气难闻,行动处阴风匝地;雄威可畏,哮吼时霹雳喧天。且体言勇力超群,果然是吃人无厌。虎豹见伊魂魄散,豺狼撞他命遭倾。

只见这孽畜眼观着他处,看看走入庙中,不提防林澹然在门后举着禅杖,大喝一声道:"畜生休走!"将禅杖劈头打去。野人吃了一惊,侧身闪过,就丢了鹿,大吼一声,舒两只黑爪,向前扑来。林澹然舞动禅杖，滚将入去。那畜物并不惧怯，揸手舞脚向前扑人。两个斗了一会，林澹然暗想和他这等相斗，怎能除得？心思一计，倒拖禅杖，往东山凹里便走。这野人伸开长脚，箭一般赶来。林澹然觑他来得近了，扭回身，将禅杖照肩膊一掠。说时迟，那时疾，野人即忙躲过，澹然却不打他肩膊，就势往下毛腿上用力一扫，正扫着他臁儿骨。只听得"咽"的一声，这毛腿早已打折。野人就挫倒地上，挣扎不起。林澹然随即照顶门着力一下，打得个发昏章第十一，就连肩带脊，不住手的打了数禅杖。那消半顿饭时，除了一村大害。有诗为证：

野兽无情势莫当，村民数载尽遭伤。
贤僧试展屠龙手，一杖当头命即亡。

话说林澹然仗平生武艺，没顿饭间，将野人打死。见他气绝了，用得力乏，即走到庙里门槛上坐了半晌。喘息已定，跳起来，仍将禅杖橛起石板，叫道："这孽畜已被俺打死，你两个且上来说话。"这两个妇人欢天喜地，答应道："谢神明，原来也有今日！佛爷且住，待我们取些物件上来。"林澹然道："却又作怪，土窟里有什么东西？"只见两个妇人在洞里将些竹木搭起，你我相扶，爬将上来，手里各提了一个破衣包。见了林澹然，只是下拜，口里齐叫："救苦救难的佛爷，重生的父母，再世爷娘，救我二人性命，何以报答！"磕头不止。林澹然道："你且起来，不须拜了。你二人趁早寻路，认回家去。贫僧自在庙内暂过一宵，明早取路，要上京都。这野人可叫人来烧毁就是了。"那两个妇人道："佛爷说什么话！你今舍生拼命，除此畜物，救了妇人与满村百姓，恩德如天，如何便去？今晚佛爷同村妇到家里用些晚饭，就在草舍权宿一宵，明早着地方报县官知道，办些香花灯烛礼物，即谢佛爷留下大名，以便各家供奉。这两个包裹内，都是这畜生吃了人遗下的金银首饰，乞佛爷收下，权为路费。"林澹然道："俺出家人，要此金银首饰何用？你两个自收去养活，或者与丈夫做些资本。也不必报知县官，亦不劳众人酬谢。俺今晚在此庙中暂歇一宵。你女俺男，若到汝家，甚为不便，你两人自去罢。"两个妇人再三道："佛爷，这古庙中甚是荒凉，并无人影，怎地在这里安歇？还是到我们家里去不妨。"林澹然道："贫僧断然不去的。不必多言，天色已晚，快去快去。若再夜深，难以寻路。"两个妇人见林长老坚执不去，只得背了包裹，拜辞出庙，寻路去了。喜得七月中旬，正值皓月当空，两个妇人趁着月光，一步步捱到家时，但见空闺冷落，四壁歪斜。推门一看，屋内止有破桌破凳，家伙数件而已。两个只得在破凳上坐了，商量道："今夜且将就坐，到天明门前伺候，若有人行过，教他去报地方知道，请这活佛转来谢他便了。"

且说林澹然独自一人，在庙里神厨内睡了一夜，不觉天色已明。心内忖道："若再迟延，必被这地方人等缠住，不如及早收拾动身。"慌忙将包裹装束，手提禅杖，拽开脚步，往东南而走。这两个妇人等不到天晓，五更时就站在门首伺候人过。将及天明，有一伙近村菜户，约十数人，口唱山歌，挑着菜担到城内去换柴米，手里都拿着一条枪棒，也是防备这野人的。两个妇人连忙叫道："你众位那里去的？"内中一个答应道："我们都是进城里去做买卖的。你问我们怎地？"妇人道："列位，生意且请暂歇起。有一桩喜事，与你计较，烦你们到村前村后猎户保正人家通个消息。"那伙人问："有甚喜事，要我们通报？"妇人道："你众人手里拿着枪棒做甚？"那伙人道："你岂不知这村里土地庙中野兽吃人？故用枪棒防备他。你这两个女人好大胆，在这孤村破屋里住，又没个男子，好险也。"妇人道："我们正被野人掳去，昨晚赖一位进京的活佛，不消几禅杖，除了这畜，救我两人性命。故烦你们通报，好叫地方得知，重重谢他。"这伙人听见说野人被个和尚打死了，个个伸舌摇头道："有这等事，必是佛来下降了！"各各丢下扁担，四面八方飞也似跑去传报。

少刻间，各村居民，若大若小。扶老挈幼，都奔到土地庙里来，喧天震地，闹丛丛，何止五七百人，将野人尸首围住了看。内中有一人道："众位不要看这孽畜，且理正事，同到庙里拜谢活佛要紧。"众人都应道："说得是。"一齐挤到庙里，并不见个人影。众人四下搜寻，亦没踪迹，一齐笑道："又是异事。这长老想是有翼翅的，腾空去了。"有的道："此长老决非凡人，必是什么神灵下降，杀这畜生，救了我满村百姓，依旧上天去了。不然，如何除得这般恶物？"又有的说道："不要慌，先着两位保正去县里报知。方才听得报事的说，这长老要往建康去，料他去亦不远，我们一齐赶上，毕竟追着，拜求他转来如何？"众人齐道："此论甚当。"有几个保正里长，忙忙的到县里报去了。这一班后生村民猎户，一窝风同望东南赶来。原来林澹然从早辰走到午时，走不上三十里之路。看官你道为何？一者路上没了饭店，未曾饮食，腹中饥馁；二者对付这野人费了气力，因此精神疲倦，慢慢的挨着。走不多路，被这伙人一霎时赶着了，一齐喊叫："师父慢行。"林澹然听得叫唤，立住脚看时，只见一起人抢向前来，拜的拜，扯的扯，不由澹然做主，平空地挼将转来。

再说睢阳县尹乃浙东人氏，姓丘名吉，字祥甫，是一清正之官。当日才坐早堂，见这几个里老慌慌张张撞到堂上，知县道："你这几人为甚事的？"里老道："小人是嵇山保正等，为报喜事。蒙老爷德庇，嵇山土地庙里野人，幸遇一位游方长老打死了，故此特来报知，乞爷钧旨。"丘吉道："这野人是猎户相助打死的，是这和尚独自一人打死的？"里老道："昨日晚间是这和尚一人打死的。今早众人方才知道。比及奔到庙里，这长老已自去了。故小人等先来报知，另着人追赶去了，未知追得着否。"丘吉道："与地方除害，合当重酬。既然去追，谅他也去不远，必追转来。"叫跟随："快备马，我须亲自去迎他一遭。"丘吉上马，急急望土地庙来。未及到庙，远远见人声喧哄，打团团围住一个和尚，在庙里跪拜。丘吉即下马，步行到庙。众人见县尹来，都一字儿排列两边。林澹然起身，合掌问讯。丘吉回礼，叫里正快备座来，宾主坐了。丘吉道："吾师高姓大名？仙乡何处？今欲进京贵干？怎么遇着这野人，被吾师所毙？"林澹然道："贫僧姓林，法名太空，贱号澹然，北平人氏。游方数年，为到建康访一故友，打从贵境经过。昨晚偶在庙前遇着这孽畜，被贫僧数禅杖断送了性命。此乃些须小事，何劳大驾亲临。"丘吉道："敝治嵇山，出此异兽，吃人无厌，勇不可当。满村百姓、来往人民，尽遭毒害。下官屡着土兵猎户捕捉，反被所伤。今日得遇吾师，除此大害，真乃神人，下官与百姓皆叨覆庇矣。"林澹然道："出家人慈悲为主，佛祖尚舍身以利物，今日替民除害，乃贫僧分内事，何劳尊官过誉。"丘吉即携手同出庙外看这野人，惊得毛发皆竖，道："好利害之物，不知伤了多少生灵！"看了半晌，依旧到庙里坐下，吩咐各村里老、保正、百姓人等，都要打点幢幡香烛、笙箫鼓乐，迎林老师到县中去。

这些百姓听得县尹吩咐，各自去备办齐整，县尹叫该房书吏一边办斋款待。顷刻，村民聚集禀覆，一应鼓乐幢幡等项，俱已齐备。丘吉请林澹然上马，令猎户等一面放火烧毁野人尸首。只听得一派鼓乐之声前面开导，后边一班百姓焚香点烛，簇拥而行。不一时已到县前，丘吉同林澹然下马，上堂重新施礼，分宾而坐。次后众百姓、书吏、皂甲人等，都到堂上拜谢林澹然，澹然各各答礼。丘吉发付众人："且去。明日里长、保正等，率众人早来伺候。"众人答应散讫。请林澹然后堂饮酒，不觉天晚，令人送至县前安惠寺中歇宿。当晚，丘吉与六房书吏商议道："我看这林长老一貌堂堂，仪表出类，决非凡俗僧流，必是一等豪杰。近闻京都妙相寺已有一员正住持了，因寺内钱粮广大，屡遭盗贼偷劫，朝廷颁旨，要天下官员人等，荐举一员有才德兼武艺者为副住持。我欲亲送此僧到京，以充乃职，汝众人心下如何？"众书吏道："老爷主意甚好。小的们也看这长老磊落不凡，若为此寺住持，决替朝廷出力，老爷必定高升。"丘吉心下欢喜。

次日天色黎明，门皂跪禀："各村里老、保正，领众百姓捧着金银段匹，在门外候老爷发落。"丘吉随即上马，率领百姓到寺中来。本寺和尚，撞钟击鼓迎接。丘吉入殿参佛毕，林澹然出见，平揖坐下。茶罢，丘吉令承直与众百姓捧过金银彩帛道："昨蒙吾师大德，无以为报，今有官给银一千贯，并敝治百姓备得些须薄礼相酬，乞笑留万幸。"林澹然合掌辞谢道："贫僧云游四方。托钵为生，随缘度日，要此金银何用？身上破衲，足以避寒，要此段匹何用？昨承大人款留，叨领盛斋足矣。今早正欲登堂叩谢，又蒙大驾光临。乞尊命发付众人，各收金帛回去，将官给赏银，周济贫穷被害之家，即贫僧之受惠矣。"丘吉再三苦劝，林长老坚辞不受。丘吉只得教众百姓拜谢，领礼物回去，将官银散给百姓。安惠寺住持安排斋供款待，林澹然起身拜谢告行，县尹道："吾师请坐，下官有片言相告。适才众人谢礼，吾师坚执不收，下官亦不敢强；今愚意欲伴吾师同往建康，未知尊意若何？"林澹然道："大人理摄县事，岂可离境运行？上司知道，亦不稳便。贫僧随路抄化而往，岂敢劳车驾也。"丘吉笑道："吾师有所不知。本朝京城之内，敕建一妙相寺，极其广大，费了偌大钱粮。今已有一员正住持在彼卓锡。近因寺内施舍者众，广有金银财帛，屡被盗贼偷劫。圣上降旨捕获，并无下落，连朝廷也无如奈何。敕下各省官员人等，举荐才德武艺兼全长老为此寺副住持，如举称其职，荐官升擢重用；倘或受贿妄举，荐官一体究罪。下官看吾师临财不贪，有力不伐，立身谨慎，膂力过人，堂堂一表，乃才德皆优之高僧也。野人肆毒吃人，无人敢近，吾师只身除害，此万夫之勇也。荐与朝廷，必称此职。下官已动文书，申明上司矣。明日吉辰，即与吾师同赴京都。"林澹然稽首道："贫僧有何德能，当此大任？况今年迈力衰，经典未谙。这妙相寺住持不比寻常，设或差池，有累尊德，此实不敢奉命。"丘吉道："下官主意已定，吾师不必太谦。"即叫本寺和尚分付道："好生管待林大师，不可怠慢。明日起程。"林长老再三辞谢，丘吉坚执敦请，相别回衙。安惠寺和尚将林澹然敬奉款待，酒肴茶饭，极其丰盛，诚心服侍。一官无话。

次早，丘吉升堂，令该房书吏写了文书，差押司皂快，分投各上司去了。将县印交与县尉权管，收拾行囊，带了干办，径到安惠寺接林长老，并马出城，取路往京都进发。路中闲话不题。不一日已到建康地面，当下两人进金川门来。林澹然仔细观看，这建康城中，果是皇都气象，繁华富贵，与外郡不同。但见：

> 皇都壮丽，时看玉烛之调；紫禁巍峨，永奠金瓯之固。六街三市，肩摩毂击尽王孙；八相九卿，展采分猷皆髦士。库藏中钱如山积，仓廒里粟似泥沙。家家户户尽笙歌，往往来来俱礼乐。聚八方之玉帛，会四海之珍奇。随他俭啬也奢华，任你贫穷都饱暖。

当日寻觅客馆安歇。

次日五鼓，丘吉同林长老齐赴早朝，远远见午门外灯火荧煌，文武官员聚集于侍班阁子前，等候朝见。只听金钟响罢，却早天子临轩。众文武鸳序排立，山呼舞蹈毕，丘吉出班，俯伏奏道："臣乃睢阳县知县丘吉，有事奏陈。"黄门官道："汝是县尹，为何不理县事？又非朝觐之期，擅离本县，所奏何事？"丘吉道："臣奉圣旨，特荐一员智勇足备沙门，为妙相寺副住持。亲送至此，恳乞转达天听，以陈备细。"黄门官启奏，武帝传旨，宣丘吉上殿。丘吉随至殿阶俯伏。武帝道："卿所荐之僧，何方人氏？是何法名？何以知其智勇足备？一一详奏，朕当选用。"丘吉道："臣叨圣恩，除授睢阳县知县。到任之后，喜得岁稔年丰，民安物阜。近来离县四十里有一村，名为嵇山，出一异兽，虎头熊体，身长丈余，爪似钢钩，行如飞鸟，满身铁肉，专一吃人，村民过客尽遭其害。臣屡差士兵猎户捕捉，皆被伤损。满村百姓，惊惶逃走，无人敢近。忽于七月中旬，一游方僧人，姓林，法名太空，别号澹然，从东魏来，经过嵇山，土地庙中遇此恶兽，被僧数杖剪除。酬以金帛，坚辞不受。臣见其廉而且勇，非寻常缁流可比，特荐为妙相寺副住持，伏乞圣裁。"武帝听罢，道："这僧今在何处？"丘吉奏道："此僧在午门外候旨。"武帝即传旨，宣林和尚面君。林澹然随着黄门官进入殿上，山呼舞蹈已毕，武帝看林澹然一表人材，威风凛凛，心里大悦。有《蝶恋花》词为证：

炯炯双眸欺闪电，态度雍容，喜色春风面。满颊蒙茸星万点，达摩飞锡来金殿。破衲离披随体转，云水为家，不把功名恋。侠骨天生金百炼，芳声遍处人钦羡。

武帝道："卿是自幼出家，还是中年披剃？通何经典，习何武艺？睢阳害人之言，怎生剿灭？可详言之。"林澹然奏道："臣乃将门之子，自幼颇习武艺。因见阎浮世界，功名富贵到底无根，生死轮回缠劫无尽，中年猛省回头，削发披缁，以了生死。经典咒忏尚未精习，弃家云游，导师访道。偶从稽山经过，一路闻人传说野人凶狠吃人，臣奋死除害，以救地方百姓。今因丘县尹得瞻天颜，若为妙相寺之住持，臣实不称。乞赐臣云游方外，自在逍遥。祈保陛下万寿无疆，皇图永固。"武帝道："朕视卿堂堂仪表，必是英雄豪杰，可惜出家为僧。经典之类，卿试习之，自然通达，何虑不精。今能除害救民，其功不小。妙相寺正少一员副住持，朕访求久矣。得卿为之，大慰朕心。朕意已决，卿勿因辞。"即着光禄寺办斋，敕礼部侍郎程鹏、光禄卿吴继宣、荐官丘吉，三人陪宴。丘吉、林澹然二人谢恩而退。正是：

不因渔父引，怎得见波涛？

毕竟林澹然果肯为妙相寺副住持否，且听下回分解。

第四回

妙相寺王妃祝寿　安平村苗二设谋

诗曰：

> 作善从来是福基，堪嗟世道重阇黎。
> 三乘未祝皇妃寿，万镒先为快士窥。
> 纸帐漫惊禅梦觉，黄金应使盗心迷。
> 变生肘腋缘何事？只为奢华一着非。

话说丘吉荐林澹然于朝，梁武帝大悦，即敕光禄寺大排蔬筵款待。丘吉、澹然谢恩出朝，光禄寺中已差人迎请。众官见礼毕，分宾主登筵，奏动一派鼓乐，互相酬劝，至晚不散。丘吉同林澹然在会同馆驿中安歇。

次日五更，枢密院官传出圣旨，着礼部官送林长老进妙相寺中，封为僧纲司副法主、妙相寺副住持、普真卫法禅师。钦赐袈裟冠杖等项有差。升丘吉为晋陵郡丞。又差僧纲司僧官率领人众，各执宝幢细乐，一同送到妙相寺来。正住持钟守净，率领本寺僧众来迎。林澹然一行人进寺，俱入佛殿，参佛谢恩，次后一一行礼坐下。礼部侍郎程鹏道："此位禅师姓林，法讳太空，别号澹然，祖居东魏。才德兼全，智勇足备，在嵇山除了恶兽，救济万民，睢阳县尹丘先生廉得，荐为宝刹副住持。奉圣旨，令下官送登法座。伏愿二师同心阐教，合志修持，互相翼赞，大转无量之法，使佛日增辉，皇图巩固，勿负朝廷恩典是幸。"钟守净道："早晨圣旨到来，山僧已知其详。目今寺中屡遭贼寇，为此日夜索心。今幸林住持飞锡光降，敝寺增辉多矣，敢不尽心听教。"林澹然道："小僧本意云游方外，托钵随缘，不期偶逢丘县尊荐拔，得面朝廷，又蒙圣恩钦赐为本寺副住持。小僧一介卤夫，不通文墨，惟虑才不称职，有负圣恩。或有不到，乞师兄海涵指教为幸。"钟守净逊谢毕，排下蔬筵，邀众客进禅堂饮宴。酒行数巡，食供几套，众官起身告别，钟、林二住持送出山门，上马相别而去。其余人从，各有赏赐。

　　不说丘吉辞朝临任，特表妙相寺自从林澹然入门之后，光阴迅速，又早月余。二位住持打浑过日，我看你动静，你看我行藏，二人都冷眼偷瞧，无所长短。林澹然终是将门出身，度量宽大，器宇沉雄，不以财帛介意。寺中众僧人等一团和气，本寺僧众，俱各悦服。钟守净毕竟是个小家出身，胸襟窄狭，吝啬贪鄙，爱的是小便宜，待人时装模作样。恃着自己有些才能，不以他人为意，僧众外虽敬惧，内实不平。凡寺中一概钱粮财帛出入，皆是钟住持掌管，林澹然毫不沾手，惟坐禅念佛而已。又过了数月，时值初冬天气，黄菊篱边甲褪，芙蓉江上装残。寒威逼体，边关戍卒整征衣；冷气侵肤，山寺老僧修破衲。当日却值十月初三日，乃是梁武帝宠妃王娘娘寿诞之辰。圣上钦差内监、太尉，赍捧香烛纸马、钱米蔬菜，到妙相寺来，令钟守净、林澹然主坛。又差二十四员僧官，做七昼夜预修功德。免不得敲钟击鼓，诵经念佛，满寺僧众，各守执事，循规蹈矩，毫不紊乱。城里城外来看道场的，堆山积海，早惹动了一伙强人。

　　看官，你猜却是何故？原来钟住持欠了主张，每常寺院做道场，所用都是碰漆器皿；这钟住持以为朝廷宠妃生日，与寻常不同，供桌上都用那御赐的赤金香炉烛台、金丝果罩供佛奉僧，碗盏之类，皆用金银。还有那古铜玩器花瓶，动用之物，尽是金镶玉碾，人间罕见，世上希闻，极其华丽奢侈。果然财动人心内中引动了一个歹人，姓苗名龙，排行第二，离禁城三十里，地名安平村居住。祖父出身微贱，全凭奸狡成家，创立田庄，颇为富足。父名苗守成，中年无嗣，也是祈神拜佛，求得这个儿子，就如掌上珍珠。只因溺爱不明，失于训诲，任性纵欲，撒泼放肆，长成来惟爱结交花哄，饮酒宿娼，秉好赌博。苗守成夫妇训治不落，郁郁成疾，相继而亡。自此家业凋零，田园卖尽。这苗二嫖赌不止，后来渐渐无赖，习了那飞檐走壁、东窃西偷之事。前村后舍，人人怨恶。故取他一个绰号，叫做"过街老鼠"。村坊上人编成一出曲儿，互相传唱：

　　老苗儿费尽了平生辛力，一味价剜肉成疮，经营货殖。可怜见破服缠身，齑盐充口，何曾见锦衣玉食？亏着这些儿俭啬，成就了百千万亿。呀！划地里祸生不测，老阎王肯容时刻？

　　小苗儿忒煞风流，镇日介舞榭歌楼，花朝月夕。浪伙贪欢，那知稼穑！霎时间将铜斗儿家私，尽归他室。幸投了明师，暗传艺术，欲上高墙，平生两翼。这的是替祖宗推班出色，方显得没来由为儿孙做马牛的样式。老天呀，要后代兴隆，须修阴德。

　　此时苗龙也挨挤在寺中看这道场，见了殿上白雪雪银器皿，赤光光金炉台，心下暗忖："我一向偷偷摸摸，纵得些财物，那里够我受用？今日殿中这些金银家伙，算来将及万金，若纠合得十余人劫将去，岂不是一场富贵？"睁着眼，仰着天，自思自想。站了一会，即抽身离了寺中，取路回家。奔出通济门外，已是申牌时分。行不数里，到一镇上，地名鸡嘴村，却也是人烟辏集去处，内中有几家开赌坊的闲汉，与苗龙亦是相识。当日苗龙正走到镇上，只听见背后有人叫道："苗二哥，那里去来，这等忙忙的走？"苗龙立住脚，回头看时，乃是相识旧友，姓韩，双名回春，是个积赌闲汉，苗龙财物，不知被他骗了多少。近时遭了一场官事，弄得手里无钱，身上甚是褴褛。苗龙见了，答道："韩大哥，许久不会，一向好么？"韩回春道："小弟一言难尽。今日二哥为甚事进城去来？"苗龙道："本月初三日，是王妃寿诞。钦差二十四员僧官，在妙相寺做七昼夜预修功德，又着钟、林二住持主坛，好生齐整，好生富贵。今日起早，特地到城里去看一看，忙回来，天色已晚。小弟有桩事，正要见大哥商议，不期凑巧相遇，却喜利市。"韩回春道："二哥有甚事要与小弟计议？"苗龙正要说时，又复闭口。韩回春道："二哥有话便说。何故半吞半吐？"苗龙道："这里不是说话处，寻个幽僻所在方好。"韩回春口中不说，心下暗想："这呆老鼠来得跷蹊，有甚心事计议，且听他说出来便知。"应道："二哥，小弟一向疏失，正要寻你酌三杯，今日偶凑，这镇市后面山坳里有一座冷酒店，甚是清楚，并无闲杂人往来，店主人又与我厮熟，我和你且去那店里沽一壶酒，慢慢说话何如？"苗龙道："怎地恰好，只是扰兄不当。"韩回春道："相知弟兄何妨。"二人厮拖厮扯，脚赶着转入山坳里来。奔到酒店内，拣一副座头坐下，叫酒保："打几角酒，有什么好下酒之物，拿几品来。"酒保烫了两角酒，切了一盘熟牛肉，煎了一碗黄豆腐，搬来放在桌上。摆下杯箸，二人筛酒来吃。

吃过数杯，韩回春道："适才二哥说有甚事见教，这里颇寂静无人，试说何妨。"苗龙道："再吃数杯了讲。"两个又吃了五七杯。苗龙道："大哥平素是个快活人，无拘无束，极其脱洒。近日为何衣衫褴褛，面色无光，蹙着两道眉头，这般狼狈？"韩回春叹口气道："不要提起，若说将来，羞死人罢了。"苗龙道："兄为甚事，可与弟说知。"韩回春道："不怕二哥笑话，小弟这桩事，应了两句俗言：卖酒的淹坏了溪边田，汤里来，水里去。小弟一向亏这几个骰子，弄的是酒头，赢的是全筹。真实丰衣足食，薄薄地成了些家业。近来被一个砍驴头的神棍，姓周，浑名醉老虎，是当朝周太尉之侄，最惯妆局诈人。不知怎地闻知小弟的大名，故意叫一家中人，拿些财物，奔到舍下来，与小弟赌。小弟不省其意，这一双手毛病不改，何消三掷五掷，弄些手段儿，把那厮囊中之物，赢得罄尽。不期这醉老虎暗带伴当，立在人丛里，见那厮输了，即向前抢去骰盆筹马，叫破地方。我家这些相识朋友慌了手脚，各自逃散。醉老虎将小弟与他家中人，一条绳子缚了，着落本图总甲，登时送入县堂，暗中用计。那县官不由分说，先奉承我三十大竹片，押入牢房监禁。那厮将家人保出，贿赂了县主上下。县主听人情，将小弟三拷六问，定要招成二百两赃银。小弟受刑不过，只得一笔招了。央人变卖产业家伙，不够还他，又借贷了一半，尽数当官赔纳。那县官狗情，又枷号我一月，折钞免配，方才脱得罗网。自从吃了这场苦官司，门面被他破坏，鬼也没得上门。半年之间，历遍苦楚，衣不充身，食不充口，又要还债，几番待悬梁自尽，又舍不得这条穷性命。思量别寻生计，手中缺少本钱，正是羊触藩篱，进退无路。二哥，你怎地带挈得小弟些儿也好。"

苗龙心下暗喜道："此事有几分机括了。"便道："大哥遭此飞祸，小弟一些也不知。自古说：苦尽甜来，否极还泰。兄长不须烦恼，目前有一场大富贵，若要取时，反掌之间，只怕兄长不肯向前。"韩回春笑道："二哥又来取笑。贫困之人，那里去寻富贵？若果有些门路，二哥提挈小弟得一日快活，水里水里去，火里火里去，上天入地，皆所不辞。"苗龙拍着手道："这一套富贵非同小可，若弟与兄长取得来时，可知道一生受用。"韩回春陪着笑脸道："好阿哥，委是何等富贵？便实与小弟说说。可行可止，自有权变，何故欲言又忍，藏头露尾的！"苗龙道："大哥不要性急。这一桩事不比寻常，兄长若对天立誓，不露消息，方好尽心相告。"韩回春道："今日苗某与韩某计议一大事，若有不同心协力，别存他意。以致败露者，天雷击死，必遭横祸，身首异处。"苗龙听罢，即移身近前，与韩回春一凳坐了，附耳低言道:"不瞒兄长说,这一场富贵,远隔着万里,近只在目前,就是适间所说妙相寺中佛殿上摆的白银器皿、古铜玩物、金香炉、金烛台等项,细算来,约莫有万两之数。这些物件都是妄费的钱财,怎地劫得到手,尊驾与小弟,今生快活不尽。"韩回春摇着头道:"这却是难,这却是难。这一桩财宝,劝二哥休要想他,不必费心,免劳算计。"苗龙道:"小弟略施小计,手到可擒,大哥何故出此不利之言?"韩回春道:"二哥有所不知。妙相寺新添了一员副住持,叫做林澹然。原是将门子弟,有万夫不当之勇,好生了得。若遇着他,空送了两条穷命。二来这皇城地面,不比乡村去处,我等若明火执仗,打将进去,免不得惊动人众,纵然劫得金银,巡城军卒追上之时,怕你飞上天去!这叫做竹管煨鳅——直死。故此难以下手,只索留了性命。"

二人正说话间,忽然一人赶近前,将苗龙劈胸揪住,喝道:"我这里是什么去处,许你二人在此商议做劫贼?我先出首,免受牵累。"惊得苗龙面如土色,目瞪口呆。韩回春也吓得发颤,定睛仔细看时,大笑道:"李大哥,休得取笑。不是小弟在此,苗兄几乎被你唬死。"那人放手笑道:"苗二哥,不必惊惶,前言戏之耳。"苗龙方才心定。二人声喏而坐,那人叫酒保再烫酒来,另添肴馔,点上一盏灯,重新酌酒。韩回春道:"苗二哥未曾与李大哥相会?"苗龙道:"未曾拜识尊颜。"韩回春道:"这就是店主人,姓李讳秀,号季文,是一位仗义疏财的杰士。小弟自幼与他莫逆之交。"苗龙道:"有眼不识泰山。未得亲近,今日幸会。"李秀道:"不敢。动问苗二哥,适才说妙相寺这一套富贵,小弟在间壁房里听了多时,尽知其事,但不知果是实么?"苗龙道:"李兄既与韩大哥相知,都是个中人,说亦无害。这寺内金银物件,皆是小弟亲眼看见,岂有虚诈?正在这里计议,若依韩大哥所言,只落得眼饱肚饥,空成画饼。"

李秀笑道:"苗兄无谋,老韩太懦。依着小弟愚见,管取这金银财物,唾手而来。"苗龙道:"足下有何妙策,见教为幸。"李秀道:"适间二兄商议之时，小弟窃听说到金银二字，不觉热血攒心，手舞足蹈，恨不得飞去抓来，好机会如何错过！若依韩兄畏刀避剑之言，到老不能发迹。我也闻得林澹然武艺高强，也知道禁城中军卒严谨，如依我行事，万无一失。"韩回春欣然道："李兄，你且说什么妙计？"李透道："我店中有三个做酒后生，前后有四个相知有手段的庄客，连我们三个共是十人。明日却是第七日道场圆满，我与你计议停当，陆续进城，到寺中看了动静，且四散在近寺幽僻处藏身。待到三更道场散时，谅这些秃厮辛苦了七昼夜，岂不熟睡？苗二哥须放出那飞檐走壁的本事来，我们如此如此，这般这般，一齐照会入去，不用明火执仗，亦不许呐喊杀入，径到钟守净卧房里，将守净捉住绑起，逼他金银物件出来，叫他不敢喊叫。得了手，挑出门时，将守净又如此而行，只不要惊动林澹然，便是高手。却是五更时分，城门开了，我们捱城而出，若路上撞见巡城军卒，也不怕他了。比及地方与寺中知觉时，天已大晓，我们到家安顿，还可睡一觉将息。二兄，此计何如？"苗龙拍掌笑道："好妙计，好妙计！虽然不上凌烟阁，也赛过诸葛与张良。我们几时去？"韩回春笑道："看兄不出，倒有此贼智。我们就安排起来，依此而行。美哉！妙哉！"李秀道："二兄谨言，隔墙有耳，不可造次，被人知觉，反成大害。"三人计议已毕，放怀尽兴而饮。

　　此时夜色深沉，李秀道："我们且去睡觉，养养精神，明夜方好行事。"苗龙、韩回春，就在李秀家下歇宿。次日直至日午，起来梳洗。这做酒后生并庄客，李秀早间预先照会，都到李秀家中伺候。李秀叫浑家炊了一斗米饭，煮一个大猪首，宰了一只鹅，开了一大罐酒，苗龙为头，洞洞之声，念了几句，烧了利市纸，众人一齐狼飧虎食，享了福物，吃得醉饱。收拾了杯盘，打点进城器械。苗龙、李秀、韩回春，都暗藏一把腰刀，带了一根铁尺，先取路入城。次后酒生、庄客，各暗藏利刀短棍，一个个闯进城里。

却说苗龙、韩回春、李秀三人到得妙相寺时，又早红日将沉，天色将晚。三个走入佛殿上，细细游玩一遭，果然热闹，实是繁华，比寻常道场不同。但见：

> 三尊大佛，尊尊顶嵌夜明珠；侍刹诸天，个个眉攒祖母绿。文疏贵重，上印着舞凤飞龙；经典庄严，外护的绣衣锦套。斋供般般精洁，都盛在白玉雕盘；器皿件件新奇。俱系是良工巧制。香炉金铸，上面有万寿回文；灯架银妆，下蟠着双螭交尾。净瓶奇特，乌金界道献珊瑚；香盒玲珑，雕漆为胎镶玛瑙。铙钹纯金打就，笙箫碧玉碾成。桌围经袱尽销金，禅氅袈裟皆织锦。磬声嘹亮，原来是千载古铜；铃杵辉煌，正不止百年旧物。净水注三爵，每爵重四十余金；盂兰只一盆，满盆贮镇国之宝。正柱上贴一对万花异锦春联，祝赞皇妃千万寿；山门外挂一张四六对仗文榜，开陈佛事许多般。真赛过金谷国中，说什么临潼会上。人言白酒能红面，我道黄金解黑心。

再说三人看见金炉、烛台、银器之类，各各暗喜。细细看了半晌，走出殿外闲立。只见庄客、酒生，也都在人丛里闲看挨挤，李秀见了，把眼一瞥，各各点头会意，前后四散，往卧房库房看门路去了。不一时，敲动晚钟，佛殿上两廊、左右侧殿禅堂，点上灯烛，照耀如同白日。钟守净、林澹然二住持上坛诵咒念经，与王妃解冤释劫，普度群生。坛下僧官奏动细乐，做大功德。此时看的人，挨肩叠臂，越发多了。将近更尽，管门道人报道："圣上差王妃亲弟王太尉来寺中送圣，已进山门。"二住持即忙下坛，迎接到佛殿上参佛。见礼毕，王太尉吩咐虞候，凡一概闲杂人等，夜深之际，不许在寺混扰，都教赶出山门外去。这一班虞候拿着藤条，只顾赶逐，看的人渐渐散去。苗龙、李秀只得闪在山门外面僻静去处。看看二更尽，经事功德已完，众僧吹打一通，却早化纸。二住持款王太尉吃斋。少顷斋散，又听得谯楼已打三鼓，二住持率领僧官，送王太尉上轿回衙。次后僧官各各拜辞回守而去。钟守净叫道人闭上山门，发付行童执了几盏灯笼，分头前后两廊、殿上殿下。遍处照过，方才回房。收拾金银器皿藏顿，灭了前殿后殿两廊灯烛，二住持与僧众，各自回房歇息不题。

再说苗龙、李秀、韩回春、庄客、酒生，都在近寺左侧幽僻处藏躲，侧耳听时，已是三更将尽。苗龙摸到寺前，咳嗽一声，李秀、韩回春俱会意上前，和苗龙轻轻商议道："四鼓起了，不动手更待何时！"三个走到寺后墙边看时，酒生、庄客都在那里探头张望。苗龙查点人数，十个仍是五双，一齐涂黑了脸。李秀道："苗二哥，你可先进墙里去，开了后门，我们好进来。"韩回春道："这一带土墙打紧又高又厚，二哥怎地过去？"苗龙一面笑着，一面将手腰里去摸，摸出一对熟铁尖钉，光溜溜有一尺余长。一只手捻着一个钉，左手将钉插在墙上，左脚蹲土墙去，右手将钉插在墙上，右脚蹲土墙去，却似猢狲溜树一般。眨眼间，早扒土墙头，知会了众人，往下轻轻一跳，跳在草地上。摸着墙门，扭开铁锁，开了后门。李秀见了，照会一干人，闯入墙内，将墙门依旧闭上。一齐摸到里面耳房边听时，只听得鼻声如雷，正是夜眠如小死。这寺中僧众道人，一连辛苦了数日，才得着枕，却早都睡思昏沉。苗龙听了一会，见没动静，双手去撬门，撬得门咯咯地响，惊动一只黄犬，钻出洞来乱吠。苗龙提起铁尺，照头一下，已是半死，又复一尺，但见四脚朝天，见阎王去了。韩回春惊得寒抖抖地道："不好，不好，黑魆魆不辨东西，钟和尚卧房不知在那厢哩！"苗龙道："不要慌！日间我已看得备细，西首那土库里却是林和尚的卧室，东边黑墙内却是钟和尚的卧房。我们径往东首，闯将入去就是。"

苗龙将门扇一重重都撬开了，一齐穿过厨房，闪出禅堂，又摸过穿堂，却到黑砖墙外。苗龙扯过一株晒衣竹竿，靠在墙上，溜进墙里，将石门开了。众人一同闪入里面。苗龙又将房门撬开，悄悄地闪入房中。李秀向前捱到钟守净床边，只听得钟守净梦中说道："我的活宝，放撒手些，定要拿班做势，弄得我一身热汗。"李秀笑道："好和尚，在这里做春梦，骗小沙弥哩。"即身边抽出火草，点起火来。苗龙抢到床前，将守净一手按住。钟守净梦中惊醒，吓得魂不附作，急待挣扎，早被李秀、韩回春将绳索背剪，馄饨样捆了。钟守净叫道："不好了，行者快起来！"这行童正在睡中，听得叫唤，急忙跳起身来，一双眼再也睁不开，不知住持叫些什么。拿了裤子作布衫穿，左扯右绷，只是穿不上，也被庄客、酒生向前捆了。苗龙腰间掣出一把明晃晃腰刀，搁在钟守净项上，喝道："不要做声，若叫喊时，便杀了你！我等众好汉，不为别事，只要那日间佛殿上金炉烛台、银宝器皿，还要借白银三五千两使用。好好献出，佛眼相看，留你秃厮性命。倘若执迷不悟，先教你一命归阴，然后将这寺中大小秃驴，尽皆砍死。"钟守净哀告道："大王爷爷，乞饶草命。金银物件都在侧首库房内地窖子里，任从大王爷爷拿去，只是乞留狗命。"苗龙听罢，着酒生看守着钟守净、行童，自同韩回春、李秀、庄客一齐动手，摄开侧首门扇，奔入库房里来。正是：

不施万丈深潭计，怎得骊龙颔下珠。

毕竟苗龙众人果然劫得金宝去否，且听下回分解。

第五回

大侠夜阑降盗贼　淫僧梦里害相思

诗曰：

　　财物从来易动人，偷儿计划聚群英。
　　窖中觅宝擒奸释，杖下留情遇侠僧。
　　谈佛忽然来活佛，观灯故尔乞余灯。
　　梦中恍惚相逢处，何异仙援人武陵。

话说李秀、苗龙、韩回春等，一同抢入库房，撬起石板，果然香炉、烛台、金银器皿，都在地窖子里。又见侧首一个皮匣，扭开一看，约有数百两散碎银子。苗龙等不胜之喜，叫庄客打开带来的细布叉袋，将香炉、烛台、皮匣物件，都装在袋里。酒生、庄客、韩回春，每一人驮了一袋。李秀将房侧悬挂的旧幡扯下两条，把钟守净、行童两个口都包住了。李秀挟了行童，苗龙挟了钟守净，一伙人悄悄地走出卧房，径奔前门而来。

　　却说林澹然从夜深送佛、化纸、吃斋，收拾已罢，回到禅房，正脱衲衣要睡，猛然想道："这道场做了七昼夜，城里城外，不知引动了多少人来看耍。佛殿上供奉摆列的都是金银宝贝，自古财物动人心，倘有不测，不可不防。且在禅床上打坐，待到五更睡也未迟。"闭目定神，坐了一会，只听得东首后门边，犬哗哗地吠响。侧耳听时，又不见动静。心内疑惑，跨下禅床，手提铜杖，步出卧房，径往东首佛殿后廊下穿堂看时，只见一带门直到厨房都是开的。林澹然大骇，急走后墙来看，后门依旧关闭。复翻身趱出，来钟守净土库边，见石门大开。林澹然走进石门禅房里，觉有些灯亮。此时苗龙等正在房中动手，隐隐地听见一个低喝道："好好献出宝来，饶你性命！"一个道："乞饶贫僧狗命，宝物任大王取去。"林澹然心里想道："是了，必有劫贼。日间看见金银器皿，故深夜来此劫取。怕俺知觉，悄悄地在此做事。俺若赶入去，反要伤了钟守净性命。谅这伙毛贼决不敢从后门出去。后路窄狭，难以转动，况又近俺禅房，必从前门而走。俺且坐在山门侧首等他，不怕他飞上天去了。"有诗为证：

浩气凌霄贯斗牛，无知鼠辈起戈矛。
夜深不遇林时茂，守净资财一旦休。

这林澹然终是将官出身，心下甚有见识。轻轻闪出佛殿禅堂，径到山门右边一株大杨柳树下坐了，将禅杖倚在村边。等了一会，只听得金刚殿侧门开处，黑影里一伙人走将出来。前头两个汉子，挟着黑魆魆两样物件，后面七八个大汉，都驮着布袋。看看走近前来，林澹然跃起，倒提禅杖，大喝一声道："狂贼！劫了金宝，待往那里去！"李秀、苗龙听得，吃了一惊，即撇钟守净、行童，掣出腰刀，向前砍来。这韩回春、庄客、酒生都慌了，胆战心寒，没奈何丢了布袋，也拿着短棍、铁尺，上前助力。林澹然一条禅杖挡住，交手处，却早一禅杖撩着李秀手腕，扑的倒在地上。又一个溜撒些的庄客要抢功，提起铁尺，望澹然顶门上打来。林澹然把禅杖望上只一隔，将铁尺早隔在半天里，庄客右手四个指头都振断了，负着疼也倒在地上。苗龙看见风势不好，心里已知是林澹然了，撇却手中腰刀，跪在地下叩头，叫："爷爷饶命则个。"这韩回春见苗龙跪了，与众人也一齐跪下，叩头乞命。

　　林澹然是慈心的人，见众贼跪下求命，即收住禅杖，喝道："俺这里是什么去处，你这伙毛贼辄敢恣行劫掠？莫说你这几个鼠贼，俺在千军万马中，也只消这根禅杖。谅你这几个到得那里，大胆来捋虎须！今日你自来寻死，如何轻放得过！"说罢，举起禅杖，正欲打下。这苗龙是个滑贼，有些胆量，他双手爬向前来，寒簌簌地哀告道："爷爷，待男女禀上，再打未迟。男女等也是良家儿女，只因命运淹蹇，又值恶薄时年，卖妻鬻子，家业凋零。出于无奈，只得做这偷摸的勾当。日间窥见爷爷佛殿上金银宝玩，动了歹心实欲劫取，图半生受用。不期冒犯虎威，乞爷爷开天地之心，施好生之德，佛门广大，饶恕则个。"说罢，众贼哀哀的只是磕头。

　　林澹然踌躇一会，远远望见草坡上圆混混两件东西滚来滚去，因黑夜月色朦胧，看不明白。林澹然喝道："那草坡上滚的是什么物件？"苗龙磕着头道："爷爷，不敢说，小人等罪该万死。这是东房正住持钟法主老爷和一个行童。"林澹然失惊喝道："你这一班该死的泼贼，快快救起钟老爷来。"众人即忙点起火草，向前将守净、行童解了绳索，去了布条，脱衣服替他穿了。林澹然上前看时，兀自口呆目瞪，动弹不得。林澹然怒道："泼贼！既要饶命，好好将器械纳下。"这班贼都将腰刀铁尺，战兢兢纳在林澹然面前。澹然又喝道："都脱衣服俺看。"一齐都脱衣解带，赤条条的待林澹然搜看，身边并无暗器。林澹然道："着两个好好地扶钟法主、行童进房去。"苗龙道："若爷爷不打，情愿服事钟老爷。"随令韩回春扶了钟守净，一个酒生扶了行童，一直送到钟守净卧房里去了。余贼低头伏气，跪在草里喘息，也不敢动。这李秀和庄客两个，倒在地上哼哼地挨命。

　　顷刻间，韩回春、酒生两个，带一个道人出来禀覆道："已送钟老爷回房了。"林澹然分付道人："快去办些茶汤，调理钟老爷。"那道人飞也似去了。原来这两个贼恐怕林澹然生疑，故叫这道人出来回话。众贼跪在地下，面面相觑，没作理会处。欲待弃了李秀、庄客奔走，又虑明日扳扯出来，进退两难，犹豫不定。林澹然道："俺已饶你，为何不走，还指望些什么哩！"这伙贼都哭将起来。苗龙道："小人等今日穷极，干了这犯法的事，万死尤轻。蒙爷爷慨然赦宥，正是死里重生，感恩无地。只一件，小人等虽然得生，终久难脱罗网。这两个被爷爷打伤的挣扎不动，须是小人们扛他回去，路上若撞着巡军盘诘，定遭擒拿，终是死数。若小人们各自逃去，丢下这两人，爷爷虽大发慈悲饶了，钟老爷受亏，必然不肯甘休，着落官府拷问，这两个必定扳出小人们，也是个死。算来算去，左右是死，不如各人受爷爷一杖，落得干净，不枉了做英雄手内之鬼。"说罢，只是磕头。林澹然笑道："你这泼皮，倒也有些志气。也罢，汝等且打开袋子皮匣与俺看。"众贼将叉袋皮匣开了，林澹然一一检过，喝道："快将袋里金银物件，送到钟住持卧房里去交割明白。这皮匣内银两，赏与你众人拿去均分，做些本分生理，不许再生歹心，有害地方。若蹈前非，撞到俺手里时，这番休想得活。"众贼听了，一齐磕头跪拜。拜罢起来，将叉袋照旧驮到钟守净房里交割了，又带那个道人出来回话。林澹然又道："汝众人轮流背这两个打伤的人，俺自押送到城门边，以免拦阻，保全汝等去罢。"众贼不胜感激。苗龙等抹去脸上煤黑，两个酒生扶了庄客，两个扛了李秀，苗龙背了皮匣，一齐都出山门，林澹然押后。幸得一路无人知觉，直送到城外。众贼倒身拜谢，悄悄都去了。

　　林澹然独自个拖了禅杖，回到寺里，却早邻鸡三唱，天色黎明。澹然走到钟守净房里探望，钟守净、行童被绳索缚伤了四肢，浑身麻木，都睡在床上叫疼叫痛。一见林澹然来，即以手挽住衣服，扯澹然坐在床上，口里不住声叫："师兄是贫僧重生的爹妈，恩若丘山。今夜若非恩兄解救，几乎命丧黄泉，此情此德，铭刻肺腑。"林澹然笑道："师兄休得如此说。俺与你义同手足，蒙圣恩受了偌大供养，愧无以报。况俺与师兄职任不小，圣上钦赐许多金银、炉台等物，若被劫去，查点怎了？今幸佛力浩大，得以完璧，万全之喜。乃师兄鸿福，何谢俺为！"钟守净睡在床上，合掌称谢不已。林澹然又道："这件事不可播扬于外，就是寺里知觉的人，须吩咐他不可传说出去。圣上知道，只说你俺无一些才干。适才皮匣里银两，俺已赏与众贼去了，若少钱粮，待后补上。师兄可将息贵体，内外墙壁门扇，小僧自着人修葺。暂且告别，晚间再来探望。"钟守净道："多承活命之恩，誓当补报。外边若有动静，乞师兄遮盖则个。"林澹然道："这个不必吩咐。"当下辞了钟守净，自回房中歇息。有诗为证：

> 挥金施剧盗，耀武教同袍。
> 思义须兼尽，威名泰岳高。

却说钟守净口中不道，心下思量："林住持好没分晓！盗已擒获，为何不送官诛戮，以警将来，反饶放去了，将这一皮匣银两赏他？自古道：'莫信直中直，须防仁不仁。'莫非自己藏匿过了，假说赏与贼人，未可知也。有心不在忙，慢慢地看他冷破便了。"后人看到此处，单叹这人心最是不平，"落水要命，上岸要钱"，这八个字真道不差。有词为证，词名《重叠金》：

> 昨宵见你炎炎热，今朝倏尔成冰雪。今昔一般情，如何有二心？
> 急里闲人贵，闲外亲人赘。搔首自评论，从来无好人。

话分两头。再说苗龙等一行人，自城边别了林澹然，抱头鼠窜，都到李秀家里，闭上店门，放下李秀并庄客，却好天色已明。随即打开皮匣，将里面银子取出看时，一齐欢喜。苗龙做主，将一半自与李秀、韩回春三人分了；这一半，庄客、酒生七人均分毕，都坐在李秀房里。苗龙先开口道："我们这十个弟兄，几乎到阎王殿前、阴司地府走一遭。若不是遇着这仁慈慷慨的林爷爷，如何得有今日？实系再生，好险好幸。"韩回春拍着大腿道："罢，罢，罢！古人说得好，知过必改。我弟兄们今日在万死里逃得性命，重见天日，从此后将分的银两，各寻生理，图一个长进，莫辜负林爷爷一片好心。"李秀睡在床上道："自古及今，也没这样好人。我适才手腕上被打，血晕在地，实料命归阴府，那思再活人间。今得性命，重见妻儿一面，实出望外。这恩爷大德如天，报答不尽，谁承望又赏这若干银两。自今日为始，各人家里安立林澹然爷爷一个牌位，上书着姓名，把赤金贴了，每日早晚侍奉拜祷，愿他身登佛位，早证菩提。若遇每月朔望、四季节序之辰，各出分子做功德，保他寿年千岁，福享无疆。你众弟兄们道我这主意如何？"众人一齐道："好！受了他莫大之恩，正该如此报答。"众人吃了些酒饭，各自散了。这李秀并庄客有了钱钞，自去寻医疗治，不在话下。

再说林澹然在妙相寺中赶散了盗贼，救了钟守净性命，又是隆冬天气，幸喜防闲得密，内外人等并不知觉。钟守净趁林澹然不在时，几次到他房里搜检，并无踪迹，钟守净方才心里信林澹然是个好人。自此后，凡寺里一概钱粮财帛等项，与林澹然互相管辖，有事必先计议，然后施行。不时烹茶献果，讲法谈禅，就似嫡亲弟兄一般。寺里僧众见他两个如此，也各心里喜欢。光阴荏苒，疾似流星，但见爆竹声中催腊去，梅花香里送春来。当日是正月十三，上灯之夜，家家悬彩，户户张灯。怎见得好灯？古人有一篇词名《女冠子》，单道这灯的妙处：

  帝城三五，灯光花市盈路，天街处处。此时方信，凤阙都民，奢华豪富。纱笼才过处，喝道转身，一壁小来且住。见许多才子艳质，携手并肩低语。

> 东来西往谁家女？买玉梅争戴，缓步香风度。北观南顾，见画烛影里，神仙无数。引人魂似醉，不如趁早，步月归去。这一双情眼，怎生禁得，许多胡觑！

贴近妙相寺有一员外，姓周名其德，也是金陵有名富户。因染了疯疾，岁底许下本寺伽蓝船灯一座，又许下经愿数部。疾痊之后，酬还心愿，雇匠人造下一只木船，五彩油漆，外边俱雕刻小小人物，撑篙架橹，掌号执旗，吹打乐器，枪刀剑戟悉具。四围悬挂彩结珠灯，船里供养伽蓝神像，两边排列从人。船灯之前，又结一座鳌山，灯上将绢帛结成多般故事。寺里寺外都悬灯结彩，哄动了满城士女，那一个不来妙相寺里看船灯，因此上惹出一个妖娆，适偿了前生孽债。说这佳人，住在本寺后门东首小巷里。丈夫姓沈名全，乃是个旧家子弟。自小生来好穿好吃，只耽游玩，懒读诗书。况自幼娇养，不会生理，不尴不尬的。有一伙恶少，起他个浑名，叫做"蛇瘟"。街前街后，贴上数十张没头榜文，名为《蛇瘟》行状。写道：

> 双眼斜睃不亮，两袖低垂不扬。语言半吞不吐，行步欲前不上。贪睡假鼾不醒，生理佯推不惯。饮酒盅儿不放，吃食箸儿不让。廪无粒米不忧，囊有千文不畅。腹中干瘪不饥，肚里膨脝不胀。满身风痒不搔，遍体腌臜不荡。巧妻侮弄不亲，邻族情疏不向。凭君炙口不焦，任你口煎不烂。先君克众不良，生下贤郎不像。编成不字奇文，好做蛇瘟行状。

这沈全早年父母双亡，娶个浑家，也是富户之女，姓黎，小名赛玉，生得甚是飘逸。嫁与这沈全数年，家业渐渐凋零，奴仆逃散，田产填了债负。止留得一义男小厮，名唤长儿。亏这黎氏十个指头挑描刺绣，专一替富贵人家做些针指，赚来钱米，养着沈全。当日沸沸地闻得人说，妙相寺里船灯鳌山甚是好看。黎赛玉是个少年情性，又值闲月，当下对沈全道："这妙相寺里船灯，人人说好。我这里止隔一两重墙，甚是近便，远处的若男若女，兀自来看耍，怎地不去看看来？"

沈全道："你要看，自和长儿同去，我在家里寻个觉好睡。"黎赛玉见丈夫应允，随即梳头插花戴簪，换了衣服，叫长儿执些香烛，步行到这寺里来游玩。进得山门，到了佛殿上，点了香烛，拜了几拜。次后同长儿到廊下看了船灯，又到山门边观看鳌山，在人丛里捱来捱去。看了半晌，长儿道："娘，回家去罢。"黎赛玉笑道："寺虽近便，却也难得来的。今既来此游玩一番，你可引我往禅堂、后殿、两廊、小殿里左右看一看去。"长儿引娘回步，同到后殿、禅堂、厨房周围观看。忽听得一伙人道："东首法堂中，钟住持在那里讲佛法，我们也去听一听，不脱人身。"黎赛玉闻得，也同长儿到东首法堂里来，听这钟住持开讲佛法。两个立在人丛背后听了一会。

钟守净端坐在坛上，开讲那"南无阿弥陀佛"六个字义。正讲到第六个佛字，道："善知识，欲解佛字，只不离了这些儿。"把手指着众人之心。众人把身一开，钟守净猛抬头，忽见黎赛玉站在人后。钟守净斜眼一睃，见他生得十分标致，有《临江仙》词为证：

　　宝髻斜飞珠凤，冰肌薄衬罗裳。风来暗度麝兰芳。缓移莲步稳，笑语玉生香。微露弓鞋纤小，轻携彩袖飘扬。天然丰韵胜王嫱。秋波频盼处，佛老也心狂。

钟守净不觉神魂飘荡，按纳不住，口里讲那个佛字，一面心里想这个女菩萨。正谓"时来遇着酸酒店，运退撞了有情人"。这钟守净到也是聪明伶俐的，不知怎地看了黎赛玉一点风情，就是十八个金刚也降伏不住了。一时错了念头，锁不定心猿意马。这妇人也不转睛的将钟守净来觑。钟守净只得勉强在坛上支吾完了。行童进上茶果，钟守净道："贫僧今日困倦了，众施主暂且散去，明日再来听讲。"众人见说，一齐散了。黎赛玉领着长儿，同众人出了山门，取路回家。有诗为证：

从来女色动禅心，不动禅心色自沉。
色即是空谁个悟，反教沙里去淘金。

却说钟守净初次见这妇人，虽动尘心，不知妇人姓氏住居，又不好问得，只自心里乱了一回，也只索罢了。不想临出门时，这妇人领着一个小厮同走，钟守净心里想道："这小厮好生面熟。"想了一会，猛然省道："是了，这小厮时常到我寺中井里汲水，得便时问他端的，便知分晓。"当下寺里闹丛丛地早过了两日。至第三日，却是正月十五元宵佳节。钟守净、林澹然早上斋供了神佛，令管厨房的和尚备斋，庆赏元宵。至晚击动云板，聚集合寺僧众，禅堂里点上灯烛，摆下斋席。钟守净、林澹然二人为首，余者依着年岁序坐两旁。内中也有吃酒的，也有不吃的，或谈玄理，或讲闲话，直至更阑才散。钟守净对林澹然道："贫僧数年不曾看灯，今宵幸得风和月朗，天色晴明，况今岁之灯，比每年更盛。虽然夜色深沉，谅此良宵，残灯未彻，欲与师兄同步一回何如？"林澹然道："承师兄带挈，本当随行；但有一件，目今寺里看船灯鳌山的士女甚多，黑夜之中，或有不良辈乘隙偷盗，如前番故事，或是非火烛，干系不小。师兄若要看灯，带一小童随去，贫僧在此前后管理，以防不虞。"钟守净道："师兄见教极是。小僧略略遣兴即回，乞照管则个。"

钟守净戴了一方幅巾，穿了一领黑线缎子道袍，着一个行童，小名来真，提了灯笼，出山门，取路到御街大道看了，又转过于家市口，遍处观看。只见香尘滚滚，士女纷纷，灯月交辉，果是人间良夜。有赋为证：

绛蜡光瑶，千百种花灯竞放；皇州景丽，亿万家弦管争鸣。飞复道以连云，凌星桥而渡汉。鳌山炫彩，聚四方五岳之精；瑶岛增辉，竭人力天工之巧。龙盘玉树，收罗水族之奇珍；凤舞梧桐，毕献羽翎之幻像。毛虫灯麒麟作长，走兽灯狮子居先。张异域之屏围，挂名人之手笔。珍珠灿烂，纵然鲛客亦神惊；锦绣辉煌，便是离娄须目眩。万卉中牡丹领袖，百果内文杏枢衡。行行技艺尽标能，物物雕镂俱极巧。又见众仙试法，更有百怪呈灵。玲珑灯架饰珠玑皎洁球妆翡翠。说不尽繁华世俗，接不暇富贵民风。金鞍玉勒有王孙，翠幌朱帷咸贵戚。绮罗队里，多少花容月貌足惊郎；冠盖丛中，无数墨客骚人堪动女。

正是浓情乐处香盈路，游倦归来月满庭。

钟守净和行童趁着灯月之光，也不点灯笼，两个穿东过西，走遍了六街三市，看之不足。又早谯楼鼓响，却是二更天气，家家烛烬，户户收灯，看灯的渐渐散了。但见：

条条街静，处处灯收。蟾光斜向禁城倾，银汉低从更漏断。笙箫绝响，踏歌人在何方？锣鼓声稀，逞技郎归那院？王孙公子收筵席，美女佳人下绣帏。

钟守净唤行童点了灯笼前导，自却徐步而行，取路回寺。与行童一头走，一头讲道："夜已深沉，若往大路回去，一发远了，不如抄路往后墙小巷去，到也省走几步。"即取路往小巷里来。却好转得弯时，远远的听得一个小厮在月下唱吴歌。唱道：

好元宵，齐把花灯放。捱肩擦臂呀，许多人游玩的忙。猛然间走出一个腊梨王，摇摇摆摆，妆出乔模样。头儿秃又光，鼻涕尺二长，虱花儿攒聚在眉尖上。乾头糯米，动子个夵巢行，把铜钱捉住了就缠帐。何期又遇着家主郎，揪耳朵，剥衣裳，一打打了三千棒。苦呵，活冤家，跌脚泪汪汪。明年灯夜呵，再不去街头荡。

钟守净抬头一看，见个年少妇人，一只手扶着斑竹帘儿，露着半边身子儿，探头望月，似有所思。守净促步上前，细看那妇人，就像十三日来寺里听讲经的冤家。那唱歌的原来就是随行小厮。这黎赛玉因当口元宵佳节，见别人家热热烘烘开筵设宴，张灯酌酒，庆赏灯夜，自己夫妻二人，手中没了钱钞，寂寂寞寞的吃了些晚饭。沈全原是懒惰之人，早早先去睡了。黎赛玉无可消遣，因想昔日荣华，目前凄楚，心下不乐，不欲去睡。冷清清立在门首，板着脸儿看灯望月，聊遣闷怀，不期钟守净却好走来撞着。黎赛玉眼乖，月下便认得是钟和尚，即抽身闪入帘里。钟守净走了几步，心里不舍，故意将灯笼一脚踢灭了，转喝行童不小心，"为何把灯笼灭了？快到那家点一点烛，好走路。"行童即忙转去到黎赛玉家里，借灯点烛。钟守净随即跟着行童，走到帘儿外站立窥觑。黎赛玉叫长儿忙替行童点烛，钟守净在帘外假意骂道："叵耐这畜生，将灯笼打灭，半夜三更，搅大娘子府上。"赛玉笑道："住持爷怎讲这话。邻比之间，点一点灯何妨。"钟守净忙进帘里，深深稽首谢道："混扰不当。"赛玉慌忙答礼道："不敢，请便。"行童提了灯笼，钟守净又作谢了而行，不住的回头顾盼，迤逦回寺。林澹然与众和尚都在排堂等候，见钟守净回来，各归卧室去了。

　　钟守净进房里禅床上坐下，吃了一杯苦茶。行童铺叠了床，烘热了被，伏侍钟守净睡了，方才自去熄灯安歇。钟守净虽然睡在床上，心里只是想着：这妇人如花似玉，怎地能勾与他说一句知心话儿，便死也甘心。翻来覆去，再三睡不着。直捱到五更，神思困倦，朦胧在太湖石畔，凭着栏杆看池里金鱼游戏。正看间，道人来报："佛殿上一位女菩萨来许经愿，要接住持爷亲自忏悔。"钟守净至殿上看时，却是这听讲经的美人。钟守净打个稽首，扯着风脸问道："施主娘子，今日许经愿，还是择日接众僧到府上诵经，还是在敝寺包诵？"那美人答道："妾有一腔心事，特来宝刹拜许经忏，以求早谐心愿。寒舍不净，敢烦住持爷代妾包诵此经。敬奉白银二两，以为香烛之费。"说罢，伸出纤纤玉指，将银子一锭，双手递将过来。钟守净双手去接，却是一枝并头莲钗儿，藏在袖里。此时钟守净心痒难抓，又问："施主高姓贵宅？为甚心事许愿？"那美人道："住持欲知奴家姓字住处，乃田中有稻侧半初，人下小小是阿奴。寒头贝尾王点污，出沉帝主为丈夫。为有一段因缘，特许良愿，以求如意者。"钟守净听罢，不解其意，即请美人到佛堂里用斋。那美人并不推辞，就携着钟守净手，到佛堂中。守净愈觉心痒，忍不住挨肩擦背，轻轻问道："施主适才许愿，实为着甚的一腔心事来？"那美人云鬟低鬈，星眼含娇，微笑道："实不相瞒，贱妾身耽六甲，常觉腹痛不安，故烦许愿以求一子。"钟守净趁口道："和尚有一味安胎种子灵丹，奉与娘子吃下去，管取身安体健，百病消除，临盆决生男子。"美人欢喜道："若蒙赐药有灵，必当重谢。"钟守净道："我释门中郎中，非世俗庸医之比。先求谢礼，然后奉药。"美人道："仓猝间未曾备得，怎么好？"钟守净笑道："娘子若肯赐礼，身边尽有宝物。"美人道："委实没有。"守净道："贫僧要娘子腰间那件活宝，胜过万两黄金。"美人带笑道："呆和尚，休得取笑。"钟守净心花顿开，暗思道："今番放过，后会难逢，顾不得了。"即将美人劈胸搂住，腰间扯出那话儿，笑道："这小和尚做郎中，十分灵验。善能调经种子，活血安胎，着手的遍体酥麻，浑身畅快。"那美人掩口而笑。二人正欲交欢，忽见壁缝里钻出一个红脸头陀，高声道："你两人干得好事，待咱也插个趣儿。"一手将美人夺去亲嘴。钟守净吃了一惊，心中大怒，按不住心头火起，将一大石砚劈面打去。头陀闪过，赶入一步，把钟守净劈领掀翻，大拳打下。钟守净极力挣扎不得，大声喊叫："头陀杀人，地方救命！"行童来真听得喊叫，谅是钟守净梦醒，慌忙叫唤。钟守净醒来，却是南柯一梦，挣得一身冷汗，喘息不定，心下暗暗嗟吁不已。

少顷天色黎明，行童请吃早膳。钟守净披衣而起，漱洗毕，举箸吃那粥时，那里咽得下喉。即放下箸，止呷两口清汤，叫行童收去。自此之后，恰似着鬼迷的一般，深恨那红脸头陀。又想梦中四句言语不明，自言自语，如醉如痴，废寝忘餐，没情没绪，把那一片念佛心，撇在九霄云外。生平修持道行，一旦齐休。合著眼，便见那美人的声容举止，精神恍惚，恹恹憔悴，不觉染了一种沉疴，常是心疼不止。林澹然频来探望，请医疗治，并无效验，林澹然也没做理会处。凡平日缙绅故友来往的人，并不接见。寺中大小事务，都凭林住持一人管理，钟守净只在房中养病。这病源止有伏侍的行童略晓得些，也不敢说出，终日病势淹淹。

又早过了一月，忽值三月初三日，乃是北极祐圣真君寿诞。本寺年规，有这一伙念佛的老者，和一起尼姑，来寺里做佛会。当下众士女念佛诵经，哄哄的直到申时前后。化纸送圣毕，吃斋之际，内中有一个老尼问："今日为何不见钟法主出来？"众和尚答道："钟住持有恙在身，久不出房矣。"那尼姑失惊道："怪道久不相见。钟住持出家人，病从何来？既有贵恙，须索进去问安则个。"斋也不吃，袖了些果子，起身径入钟守净卧房里来。

原来这老尼姑姓赵，绰号叫做"蜜嘴"，早年没了丈夫，在家出家。真是俐齿伶牙，专一做媒作保。好做的是佛头，穿庵入寺，聚众敛财，挑人是非，察人幽隐。中年拜一位游方僧为师，法名妙本。街坊上好事君子，撰成一出无腔曲儿，教闲耍儿童念熟了，每见赵尼姑行过时，互相拍手歌唱，以成一笑。曲云：

  妙妙妙，老来卖着三般俏：眼儿垂，腰儿跳，脚儿娇。见人拍掌呵呵笑，龙钟巧扮娇容貌。无言袖手暗思量，两行珠泪腮边掉。斋僧漫目追年少，如今谁把前情道。

  本本本，眉描青黛颜铺粉。嘴儿尖，舌儿快，心儿狠。捕风捉影机关紧，点头掉尾天资敏。烟花队里神帮衬，迷魂阵内雌光棍。争钱撒赖老狸精，就地翻身一个滚。

这赵尼止有一个儿子，名叫乾十四，又无生理，倒靠娘东拐西骗，觅些财物，以过日子，还要偷出去花哄哩。因食用不足，常得钟守净周济些钱米，故这尼姑是受恩过的人。见钟守净有病，怎得不惊？急急走入去探望一遭。只因此去有分教，正是：

游鱼吞却钩和线,从今钓出是非来。

不知见了钟守净有何话说,且听下回分解。

第六回

说风情赵尼画策　赴佛会赛玉中机

诗曰：

诙谐利口若悬河，术秘机深识见多。
活计摆成花粉阵，芳名播满丽春窝。
甜言蜜语如铺锦，送暖偷寒假掷梭。
古诫谆谆人莫悟，至今犹说重尼婆。

话说钟守净正坐在禅椅上纳闷，见赵尼姑来到，便问道："赵菩萨许久不见，今日方来望我？"赵蜜嘴蹙着眉头道："我的爷爷，谁知道你染成这等贵恙？若早知道时，忙杀也偷一霎儿工夫来问安，这是老身多罪了。若果实知道不来望你呵，阿弥陀佛，我顶门上就生个盘子大的发背。"钟守净笑道："但你讲话就脱空，顶门上可生发背哩？妈妈，你是个贵冗的人，我怎的怪你。向来尊体健么？"赵蜜嘴道："靠佛爷洪福，老身却也穷健。如今贵恙有几时了？怎地面皮黄黄的，瘦做这般模样。"钟守净道："从正月里得了贱恙，淹淹缠缠，直到如今不得脱体。"赵蜜嘴道："我的佛呀，怕少了钱，少了钞？怎么不接个医人疗治？"钟守净道："名医也延过十余人，并不见一些应效。只落得脾胃烫坏了，因此久不服药。"赵蜜嘴道："自古养病如养虎，轻时不治，重则难医。还须另请良医调治便好。"钟守净叹口气道："我这病体，不争这两个时医便医得好的，纵使扁鹊重生，卢医再世，亦恐劳而无功。"赵蜜嘴道："佛爷，怎地就讲这没脊骨的话？你正在青春年少，又不是七十八十岁的人，怎的便医不好？还自耐烦调理则个。"钟守净道："我这一种心病，比诸病不同，不要说吃药无效，便是众医生诊脉时，先不对症了，故此难疗。"赵蜜嘴口中不说，心下思量："这个和尚话语来得跷蹊。什么一种心病，其中必有缘故。"又问道："贵恙若说是心病，这病源区人那里参得透？昔日染病之初，还是受风寒起的，呕气起的，伤饮食起的，忧愁思虑起的，辛苦起的？病有根源，佛爷必自省得。自古明医暗卜，必须对医人说明了起病根由，方好服药，自然有效。"钟守净又叹口气道："说他怎地？"赵蜜嘴哈哈地笑道："佛爷只管讳疾忌医，那个是你肚里的蛔虫？"有诗为证：

　　老妪专能说短长，致令灾祸起萧墙。
　　闺中若听三姑语，贞烈能教变不良。

钟守净道："我这病症，难对人言。你是我的意人，讲与你谅亦无妨。从正月元宵夜间，得一奇梦，忽然惊醒，自此以后，渐觉精神恍惚，情绪不宁，就如失魂的一般。饮食无味，梦魂颠倒，更是一样心疼，最不可当。常是虚寒乍热，口渴心烦。日间犹可，夜里最难。今将两月，渐加沉重，只恐多是不济了。"赵婆听罢，摇着头道："古怪，古怪，这病体应了一句话道：'心病还将心药医。'我是个不识字的郎中，不诊脉的医士。"附耳低言道："佛爷，你这症候，有一个阴人缠扰，故此日轻夜重。若要病痊，除非服那一贴药才好哩。我这猜何如，快对我讲。待我替你寻这个胡子郎中。"钟守净道："休得取笑。"赵蜜嘴道："取笑取笑，各人肚里心照。佛爷休要瞒我。要知山下路，须问过来人。我当初丈夫初殁，得一奇疾，与你贵恙不差分毫。病了半年，恹恹将绝，毕竟也去寻了一条活路，救得性命。我赵婆不是夸口说，凭你说风情，作说客，结姻亲，做买卖，踢天弄地，架虚造谎，天下疑难的事经我手，不怕他不成。自有千般本事，只是手中没了钱，被人鄙贱，故此动掉不得。一向承住持爷厚意，赏钱送米，不知受了多少深恩，未有丝毫报答。设若用着老身，虽生人头、活人胆，也会取将来。"

钟守净满腔心事，被赵婆一言道着，点醒了念头，心里热杂杂的，把嘴一呶，叫行童点茶。行童自去厨房里烧茶去了。钟守净起身，关上房门，红着脸，将赵婆纳在交椅上，双膝跪下。赵婆失惊道："我的爷老子，我只可请医，年纪老了，做不得医人了。"慌忙双手扶起钟守净来。守净道："待小僧拜了干娘，然后敢讲。"赵蜜嘴笑道："休要如此。尊体不健，有话但讲，果有着得力处，无不尽心。事成之后，拜亦未迟。"把钟守净拖起来，纳在椅上。守净道："适才干娘所说，句句钻着我的心，如今瞒不过了。正月十三那日在东厅里，和一伙道友正讲佛法，只见一个女人，立在人丛后听讲。生得十分美貌，粉腻腻一个俏脸儿，笋纤纤一双玉手儿，身材窈窕，性格温柔。那一双翘尖尖小脚儿，更是爱杀人，俨然活观音出现。临去时频以秋波送情，一时心动难制，这也只索罢了。过了两日，正值元宵之夜，我见今年灯盛，随着一个行童，到大街三市看玩。不想回来夜深，抄路打从后墙小巷里过，忽见这个冤家，立在门首竹帘边看月。我已走过了，心中不舍，以借灯为由，回步在帘外细看半晌，月下更是俊俏得紧。回到寺中，越发难过，一夜睡不着。捱到五更，方才合眼，梦见冤家来寺许愿。讲道：'我是田中有稻侧半初，人下小小是阿奴，寒头贝尾王点污，出沉帝主为丈夫。'我不解其意，诱到房中调戏他，正在妙处，被一个红脸头陀瞧破，闹将醒来，出了一身冷汗，心中耿耿不乐。自此得病，直到于今，不知他梦中四句是何解说。小僧也不思量这块天鹅肉吃，只求得见一面，讲句知心话儿，死也甘心。"赵蜜嘴听罢，瞋着眼道："好个出家人，要思量干这没天理的勾当。我若替你图谋，连老身也要落阿鼻地狱。快休指望，老身那里耐烦管这等闲事，撒开撒开！"抽身就走。钟守净慌了，将衣袖一把扯住，哀求道："妈妈，你方才说的十能九会，许了小僧，故诉衷肠。你若不许小僧时，小僧也不敢央烦干娘了。若怎地变卦，真真害杀我也。"赵蜜嘴笑道："且不要慌，我假唬你一唬，就如此慌慌张张。若要与那话儿成就时，他必有许多做作，或打或骂，假怒佯嗔，都是有的。像你这样胆怯，怎能成事？自古说：色胆大如天。若要干这事，须是胆包着身方才好。我已思量定了，这女人宿缘有在，梦中那四句话，正合著这个人。住持与他前缘宿分，故此梦里泄漏真情。"

钟守净见他说话有些来历，连忙跪下求告道："干娘，你且猜是兀谁，待小僧快活则个。若果有门路，我小僧可是辜负干娘的人？"赵婆揎起道："我是猜诗谜的惯家。你若叫别人猜，十年也猜不出，须是我一猜就着。他梦中对你道：'田中有稻侧半初，人下小小是阿奴。'这两句是拆白的话，讲出他那姓来。田中有稻是禾字，侧半初是侧边加半个初字，人下小小是余字，凑完成却不是个黎字？他与你讲道他姓黎。"钟守净点头道："是了，是了。后两句如何解？"赵婆道："后两句是他的小名。寒头贝尾是个赛字，王字污一点是个玉字。他小名唤做赛玉。出沉者，沉字出一出头。帝主者，人之王也。他讲沈全是她的丈夫。住持爷，你这般聪明，如何不省得？"钟守净听罢，拍手突将起来道："原来如此。你真是个活神仙，若是读书，赛过聪明男子。是便是了，不知这小巷里竹帘中的那人，果是沈全妻子黎赛玉么？干娘密为之计，救拔小僧，倘得事谐，必有重谢。"赵蜜嘴道："佛爷讲那里话。老身平日受了多多少少恩惠，些须小事，反讲起酬谢来。这墙外小巷中，果是沈全家，他妻名为黎赛玉。但请宽心调养，待贵体平复，方可行得。此一节事，托在老身，不怕不成。只一件，性急不得，缓缓图之，自然到手。"钟寺净道："这黎赛玉，只怕干娘不曾与他相识。"赵蜜嘴道："老身昔日曾替他家换些珠翠，如今许久不曾相会。这女人的父亲叫做黎钵头，一生本分，家里亦颇过得。生下这个女儿，嫁与沈郎为妻。沈郎出身到也好的，不想是个蛇瘟，不务生理，弄得家业凋零。亏这女人做得一手好针线，赚些钱米养活丈夫，虽在不足之中，却也不见有甚闲话。俗语道得好：'世间无难事，只怕有心人。'男子火性，妇人水性，须用些精细工夫，慢慢挦弄他心随意肯。你不知这份风情，要随着性子儿走。也有爱钱喜物的，也有贪酒好色的，也有重人物的，也有听哄骗的，我到其际，随方逐圆，一步步儿生情透路，便是铁石心肠，我这张蜜嘴，一哄就要软了。你也要用些心机，第一来惜不得钱财，二来顾不得面皮，三来论不得工夫。依此三着而行，好事决然成就。"

钟守净听罢，喜不自胜，笑道："小僧听了干娘这话，不觉病体宽爽了一半，这三件别人须不能，在小僧都依得。我有的是钱，有的是工夫，面皮要老也容易。乞在意早日，不可爽信。"赵蜜嘴道："你但放心，不必叮嘱。今日天色晚了，老身暂且告回，待静夜再思良策，挺身做事，好歹后一日来覆你。"说罢起身。钟守净道："今日本该留干娘一饭，只是西房林住持有些夹脑风，不通世务，若知道必生疑忌，因此不敢款留。有慢干娘，莫怪。"赵蜜嘴道："我与你怎讲此话，慢慢的有得吃哩。你且宽心睡一觉儿。"打个稽首，相别而去。钟守净随即着一个道人，提了一壶好酒，两盒蔬菜，送到赵尼姑家里去，说："住持爷送来与老菩萨做夜菜的。"赵蜜嘴收了不题。

却早过了两日，钟守净眼巴巴望这赵婆覆话，自早至晚，并不见他踪影，心里惆怅了一夜。次日巴不得天明，绝侵早起来，着行童悄悄到赵尼姑家里去，分付道："住持爷立刻等老菩萨讲话，请他就来。"行童到得赵婆门首时，大门兀自未开。行童叩门，赵婆问："是谁？"行童道："是我。"等了半晌，只见赵乾十四蓬着头出来开门。问道：

"小官那里来的，清早敲门做甚？"行童答道："我是妙相寺钟住持爷差来，请老菩萨讲话的。"赵婆儿子听罢，也不做声，自在地上拾了一把乱草，去寻茅厕去了。有诗为证：

　　婆子刁钻不是痴，钟僧须索自寻思。
　　入门欲问荣枯事，观着容颜便得知。

　　话说这赵婆故意做作，上身穿了一领破布袄，下把一条旧裙子挂了腰，扶墙摸壁，走将出来。问道："小官莫非是钟老爷差来的么？"行童应道："正是。"赵婆道："请坐，我昨日早间正要煮些粥儿吃了来见住持爷，不期灶下无柴，柜中缺米，因此将儿子骂了几句，反被他嚷我一场，饭也没得吃，倒捞了一场大气。饿得眼花，气得头晕，昨日睡了一日，不曾来望得住持爷。小官烦你转达，待老身寻得柴米，贱体略略挣扎些，来拜覆住持的话头便了。"有诗为证：

　　俐口伶牙，拿班做势。
　　柴米送来，方能了事。

　　行童道："住持爷立等老菩萨讲话，同我到寺中吃早饭去。"赵蜜嘴道："这个却使不得，成甚体面！况且身子狼狈，寸步也移不动，多分明日来见住持爷，相烦申意。"打发行童回寺。此时钟守净眼巴巴等候回音，忽见行童来到，便问："赵妈妈怎地不来？"行童将赵婆与儿子争闹，少柴没米的事情说了一遍。钟守净笑道："这老婆子却也没些转智。既无柴米，何不着人到我这里借掇，却在家里寻闹。"看官听说，赵婆这些做作，正是骗财物的圈套，钟守净那里省悟着。两个道人驮了五斗白米。挑了一担大柴，送到赵婆家里来。这赵婆与儿子，料得钟守净决然着套，都不出去，烧茶专等，果然见两个道人挑柴送米来了。赵婆接了，欢天喜地，陪道人吃茶罢，送出门道："拜上住持爷，承惠柴米，午后面谢。"道人自去了。

　　赵蜜嘴午饭后，换了一身衣服，径往妙相寺里来。进得寺门，见那一个挑柴的道人，正在殿上点香。一见赵尼姑来到，丢了香，先进房里通报去了。钟守净吩咐厨下预先烧好茶伺候。只听得脚步响，赵婆哈哈地笑入房里来。见了钟守净，连连的打问讯，谢了又谢。钟守净道："小可的事，何必致谢。且请坐吃茶。"就问："干娘，你原约昨日来见小僧的，使我悬悬地望了一日，望得眼穿，盼得肠断，好失信人也。"赵婆笑道："不要提起，只为家里少长没短，呕了一场闹气，贱体不快，故此失约。不合又在行童面前老实告诉了，蒙住持爷赐柴赐米，正谓却之不恭，受之有愧。暂且收了，再留后报，特来拜谢。目前贵体比往先好些么？"钟守净道："贱恙颇觉有一分儿好意，只是心里热焦焦的过不得。前日所求事体，曾有些良策么？"赵婆道："老身费了一夜神思，设下一条妙计，今日特来商量。"钟守净道："既有良策，即便施行，小僧无有不依。"赵婆低声道："耳目较近，难以言语。"钟守净发付行童出房去了。赵婆将椅子移近前来，附耳低言道："如此如此，这计何如？"钟守净听罢，跌脚道："妙！妙！果然是个女张良。"赵婆道："不要先欢喜。若言容易得，便作等闲看。还须密用心机，到手时方才是稳。"钟守净带笑叫行童换茶，赵婆起身告行。钟守净道："且坐，小僧有一件粗物相赠。"就在箱里取出一匹茶褐色绝细的绵绸，对赵婆道："权送与干娘做件衫子穿。"赵婆推辞道："此绸老身决不敢受。未有寸功，焉受重赏？"钟守净道："干娘不要嫌轻推却。若收去，小僧心里才安，另有计较。"赵婆接在手里，谢道："常言讲得好：长者赐，不敢辞。老身只得权收了，后当补报。"作谢而别。

　　钟守净独坐，思量这赵婆计较，果然有些妙处，越想越有滋味，随着他此计而行。当晚吩咐厨下道人，磨起一斗糯米粉来，做成豆沙馅子，明早候用。当夜睡不安枕，天未晓，便穿衣起来。着道人买了两个猪腿，将那隔夜磨起的米粉，裹了馅子，做下一盒凉圆，蒸熟了，用两个朱红盒子盛着。又取象牙梳子一副，名人诗画、檀香骨子金扇二柄，藏于匣内，使道人挑了，行童引路，送到元宵夜里借点灯的那一家去，分付道："如此如此。他若不肯收时，不要管他怎的，只出了盒子就走。

　　行童领了吩咐，和道人一径到沈全家里来。却好沈全不在家，那妇人坐在轩子内做针指，忽闻帘外声唤，步出看时，见一小厮和道人挑着盒子走入来。赛玉问道："你两位是何处来的？"行童答道："我们是妙相寺钟法主差来，有些薄礼奉送。"那妇人道："妙相寺虽然邻近，日常间未有往来，何故有礼相送？二位莫非差了？"行童道："大娘子，你记得正月十五夜更深时分，有一位长老同小人来借灯点烛么？"黎赛玉道："正是。那元宵夜里，长老来借灯，我想著有些像妙相寺里的钟住持，果然是他？"行童道："那长老正是钟法主。因搅了大娘子府上，心里不安，次日要来拜谢，为染了些小恙，一向失礼。昨日圣上差一员中贵官，赍此圆子，赐寺中二位住持。钟住持想那夜搅扰，无可奉谢，特着小子送这几个圣上钦赐的圆子来，与大娘子做点心。望乞笑留。"黎赛玉笑道："何须住持爷如此费心，这礼物怎好受得？烦二位带转去。"行童道："住持说一定要大娘子收的，小人们怎好带得转去。礼虽菲薄，到是住持一点敬心。若大娘子不受时，教我们不好回话。"黎赛玉道："佛门中的东西，难以消受。况且无功受禄，决不敢领。"两下推逊了半日。长儿向前道："娘，既是钟住持送来的，也是一点敬意，收了待后回礼就是，何必恁般推却。"黎赛玉笑道："蠢牛，你省得什么子！"道人趁口道："还是这位大哥讲得有理。"行童把眼一瞅，道人即将盒子递与长儿。长儿接了，顺手倒在桌上，就抢一个圆子，丢在口里吃。黎赛玉再欲推托时，行童又将这猪腿也出放桌上。道人接了空盒，先挑出门。行童开了拜匣，将金扇、牙梳放于针线筐里，三五步也跳出门去了。黎赛玉勉强收了道："有劳二位，多拜上住持爷，另日奉谢。"行童和道人回寺而来。钟守净倚门痴痴的专等回话，见行童回来，忙问何如。行童把初时推却，次后收留的话说了，钟守净不胜之喜，即着行童通知赵尼姑去了。

话休絮烦。却说黎赛玉虽然收了这些礼物，他是个伶俐的人，有些瞧科，终是不安，也不去收拾，就放在桌上，心内自想自猜。不多时，丈夫回来了，进得门，见桌上放着两个猪腿，又有许多圆子，筐篮上金扇、牙梳，惊讶道："此物何来？"黎赛玉道："我不讲，你不知道，也是没要紧的事。正月元宵夜间，我在门首看月耍子，见一和尚同一个小厮，行过我门首。偶然灯笼黑了，问我借灯点烛。原来就是妙相寺里钟住持。他道打搅了我们，今日特送这些礼来相谢。我再三不肯收，被行童定要放在这里。我正等你回来计较。"沈全笑道："有甚计较？他好意送礼物来，反怪他不成？只顾收下吃了再处。这和尚到也是知趣的，正为雪里送炭。我昨晚到今午时，点了一日肚灯，早上出来寻相识借钱，捱破面皮，并无一人肯借，只得空手回来。今放着许多现成之物，不讨自来，不吃待怎地！俗言说得好，看了米囤到饿死？长儿，快烧起锅来煮猪腿，先将圆子来点饥。"黎赛玉见丈夫如此说，心下也放宽了。

沈全看了扇上诗画，十分欢喜。正在夸羡之际，只听得帘外有人咳嗽。赛玉门眼里张望，见是赵婆，忙迎出来笑道："老妈妈，许久不来寒舍耍耍，今日甚风吹得到此？"赵婆道："一向穷忙，不得工夫望你。今日因便，特来相拜。大娘子，你近日好么？"黎赛玉道："有什么好？日用不敷，苦守薄命。妈妈，你到更觉清健了。"赵婆道："儿子没挣扎，终日淘气，怎得清健？今有一串上好滚圆雪白珠子，是一宦家侍妾，央我货卖几百贯钱钞。我想起大娘子是识货的，故特来问一声。或要时，倒也便宜。"黎赛玉道："苦也，那得闲钱，换这珠玉受用。妈妈，你不知我家艰苦，只看我身面上，布草兀自不充，焉能够想这富贵的道路？"赵婆道："大娘子又来太谦了。你是不要他用，若要时，打什么紧？"黎赛玉道："恁般光景，今生休要指望。"赵婆道："青春年少家，休讲这话，大官人发迹时，正要受用哩。"黎赛玉笑道："莫想这地步。"

赵婆即起身道："大娘子既不要，老身告别，另日再来看你。"黎赛玉道："且请坐，用几个点心了去。"赵婆道："不消了。"黎赛玉道："又不是为你买的，有现成的在此。不嫌时，便吃几个何妨。"赵婆道："大娘子恁地讲时，只得吃了去。"长儿用盘托出圆子来，赵婆接上手，吃了两个，问道："这圆子是何处买的？恁般细腻好吃。"黎赛玉笑道："是妙相寺钟住持送的。为元宵夜间问长儿点灯，他道是打搅了我们，今日着道人送两柄金扇，一副象梳，两个猪腿，一盒圆子来相谢。"赵婆道："天呀，你自不吃，倒先请我吃。这钟和尚莫不就是那正住持钟守净么？"长儿答道："正是，正是。"赵婆拍着手道："这个天杀的和尚，好不富贵，好不受用。不知怎地结得当今皇帝的缘法，钦赐他许多金银宝贝，封做天下都法主，四海闻名。那一家皇亲不钦敬，那一个仕宦不结交，等闲的和尚，只好比他脚上毫毛，兀谁赶得他上！"黎赛玉笑道："讲他怎的，这也是宿世修来福分，故今生有这般受用。"赵婆点头笑道："大娘子讲得有理。我和你只是前生未曾种得福根，今世里却有许多磨折。如今再不结些善缘，一发堕落了。正谓：人身难再得，作善是根基。"黎赛玉道："我也晓得，只因手里少了钱，要行行不得的苦。"赵婆道："不是这等讲。他富贵的，行那富贵的事；我贫穷，干我贫穷的事。比如那修桥砌路，塑佛造殿，这是有钱的所为；我和你行些方便，积些阴德，烧些香，念些佛，听经拜忏，也是修行的道路。还有那千人会，若去得几次，人身不脱。只怕大娘子惧官人拦阻，不肯出去烧香赴会哩。"黎赛玉道："不怕甚人敢来拦阻，只愁没人引路。况兼年幼，怕惹人笑话，故此一向未敢出门。"赵婆道："大娘子旧家儿女，谁敢笑话？古人道：'公修公德，婆修婆德。'临欲回首之际，丈夫儿女也替不得你，怕什么外人谈讲！"

下次或遇做佛会时，我来相请，可也去么？"黎赛玉道："妈妈若肯带挈时，怎地不去？"赵婆又坐了一会，讲笑谈天，作谢出门。自此以后，赵婆时常到沈全家里来，或央黎赛玉补些衣服，做些寿鞋，或是拿绒线来挑花刺绣。不时送些柴米资助，或将酒食来同吃，这都是钟守净的钱财，要赵婆交结他，好引进干事。这黎赛玉夫妻二人，那知赵婆奸计，只道是他好意，甚是感激。赵婆若来时，就如嫡亲父母一般，不离口的亲娘妈妈，冷水也烧做热茶款待。

却又过了月余，早是四月初八日，乃释迦牟尼佛生日。不拘大小庵观寺院，都做盂兰盆大会。当日却是初六，赵婆预先和钟守净计议定了，却到黎赛玉家里来。赛玉烧茶，殷勤相款。赵婆道："今日特来相请大娘子去赴佛会哩，不知有工夫去么？"黎赛玉道："终日清闲耍子，怎地没工夫？但不知是何处佛会，望妈妈带挈则个。"沈全道："老妈妈又来多事了。做佛会有甚好处？男女混杂，惹是招非的。与我撒开，别寻道路，免劳挈带。"赵婆变了脸，正言作色道："阿弥陀佛，大官儿讲这等落地狱的话，虚空过往神明，鉴察着你哩！谤佛的罪孽深重。佛偈讲得好：人生将相与公侯，累劫皆从三宝修。种瓜得瓜，种豆得豆。就如大官儿生得五官周正，不哑不聋，得这样一个男身，与女人先差五百劫，岂是容易？又配着这等如花似玉、百能百会的一位娘子，皆是前生种成善根，修行得来，今世方能受享。还有些儿修不到处，止是一个平民。若前世修行念佛，结缘种福，苦行精进得到时，今世就做那荣华富贵、福寿双全的人了。你看，又有那贫穷孤苦、残疾夭折的，这都是前世谤佛行凶，不登三宝地，不赴千人会，不修不积，未曾结缘种福，故此今生受苦。少年人正要惜福延寿，不可讲这堕落的话。佛阿佛，大官儿还不知道哩。"

沈全笑道："自盘古到今，也有修行的，并不曾见何人做佛，空白吃了一世苦。也有作恶的，不曾见谁人落地狱。俗语云'黑心人倒有马儿骑'，落得快活。老妈妈，据你这般说时，富贵的有金银布施做会，就代代富贵；贫穷的口也糊不来，那得银子布施做会，就代代贫穷。这样看起来，世上人不消争名夺利，只消去做佛会，便世世富贵了。我不信，我不信！人死就罢了，四生六道凭你去投胎，有何报应！"赵婆道："大官儿，你虽是聪明，那晓得我佛门中的奥妙。比如你们读书的尊孔圣人，道家尊太上老君，我们尊佛，各尊一教。其实三教总是一教，惟有我佛教最大，不生不灭，变化无穷，包得那儒道两教来。盘古皇帝未生，先有我佛出世。太上老君是我佛的化身。就是孔夫子，也是我佛的化身。故此孔夫子也修行，也吃蔬。"沈全大笑道："老妈妈专会扯谎，孔夫子可是信佛的人么？他为何肯吃蔬修行？"赵婆道："我贴邻有一学堂，常听得学生读书读道：'夫子在齐，三月不知肉味。'这不是吃月蔬？又读道：'斋必变食，饭蔬食饮水。'这不是吃短头蔬，苦行修行？我皈依的师父尝说，愚夫谤佛，犹如醉汉骂人，都是迷而不悟。大官儿放省悟些，不可口孽造罪。"这沈全呵呵地笑起来，跳起身，伸一伸腰，口里道："妙妙妙，三般俏。我不管你们闲事。"遂一面走，一面唱出去了。

赵婆也起身要行。赛玉留住道："老妈妈，不要理这失时的短命，我自与你讲讲儿。"赵婆道："我怎与这蛇瘟计较。他男子汉只说得男子汉的话，不知我们做女人的苦处哩。三绺梳头，两截穿衣，上看公姑脸嘴，下凭丈夫做主。最可怜我等五漏之体，生男育女，污秽三光，罪孽不小。若不生育，老来无靠；身怀六甲，日夜耽忧，及至临盆，死生顷刻。幸而母子团圆，万分之喜，倘有不测，可怜就登时三魂渺渺归阴府，七魄悠悠入九泉。那时万孽随身，一灵受罪。阎王老子好生利害，查勘孽簿，叫牛头马面叉落血污池里，不得出头。又有那鹰蛇来嚗，恶犬来咬，此时丈夫儿女都替不得，好苦楚也。若有钱的，阳间做功德超度，还有托生日子。如夫主无情，别偕姻眷，不修佛行，这一点阴魂浸在池里，永劫受苦，不得翻身。皆因不曾在佛地上走过，以致如此。若走过佛地的，虽落池中，无诸苦楚，池里便生莲花接引他托生，不受恶缠了。"

黎赛玉听罢，不觉耸动心肠，眼泪纷纷的滚下来。赵婆道："大娘子，不必垂泪，若能及早回头念佛，来世便女转男身。如今四月初八是西方佛祖释迦如来的寿诞。妙相寺年规，大雄宝殿里做会，男女僧俗道众何止千人。本寺两位法主会议，男女混杂，不当稳便。今年改了旧规，两位住持，各管辖一处。东首敞厅里是钟住持为主，接引女眷们念佛；西首厅里是林住持为主，接引男客烧香。这规矩甚是有理，省了许多是非。老身在东厅里簿子上写了一个为头的名姓，要我拉请三五十位女眷同去赴会。我想这钟住持是有德行的老爷，行事极有法度，谁敢不服。况且女众们一处儿拜经念佛，极其清净，又没半个闲杂人敢来混扰，故劝大娘子去走一遭，免些罪过。比那小去处，胜过百倍。讲便是这等讲，大娘子你自主意。别人勉强劝去念佛，是没功德的。"黎赛玉道："恁地时必然去走一遭。妈妈千万挈我同去，只是不知要多少斋钱？"赵婆道："斋钱不必在意，都是老身一力包办。今日就要吃蔬净身，初八日起早梳洗，我来接了你同去。切不可二心三意不志诚，反造罪孽。"黎赛玉道："念佛是一桩正事，岂有二心三意？只是妈妈须索早来相伴同行。"赵婆道："不必讲，决然早来同往。"讲罢，相别而去。

黎赛玉到初八日，五更便起来点灯梳洗，一面着长儿煮熟了早饭，预先吃了，只等赵妈妈来就行。不多时听得敲门，赵妈领着几个女伴进到家里，约了同行。黎赛玉穿了一身齐楚衣服，吩咐长儿晚间寺中来接。和这赵婆一行人，取路往妙相寺来。进了两重山门，果见纷纷人众往来。一应游僧、长老、道人、野老，都寻着男子队里，径到林住持西首禅堂去了；一概尼姑女众，都随着女伴到这钟住持东首厅里来。只因这个佛会，有分教：面壁禅师沉欲海，守贞良妇煽淫风。正是：

酒不醉人人自醉，色不迷人人自迷。

毕竟听经后做出什么勾当来，且听下回分解。

第七回

绣闺禅室两心通　淫妇奸僧双愿遂

诗曰：

　　念佛人图种福田，反为奸秃结良缘。
　　巧言一片凭婆伶，刺佛千尊赚玉仙。
　　桃浪乍翻津莫问，草庐三顾水成欢。
　　终须仗得弥陀力，极乐西方在目前。

话说黎赛玉随着赵婆等，同到妙相寺东厅里来，夸不尽禅堂精洁，铺设整齐。这些烧香念佛的女眷，约有三五百人，普同打一问讯就坐。不移时，行童、道人等捧茶出来。女众们吃茶已罢，道人焚香点烛，上了琉璃，诸佛供桌上都摆列果品蔬食之类。内中有几个为首尼姑，入里面拜请正住持钟法主老爷上坛。敲动云板，行者出来回覆："奉钟住持爷法旨，道今日盂兰盆大会，佛祖寿诞之辰，本当上坛主行法事，普渡群迷众生，无奈期疾作，心疼不止，难以上坛。令周阇黎、朱班首二长老代行执事。"行者讲罢就去了。又等一会，忽闻钟声响处，细乐齐鸣，众和尚簇拥周阇黎、朱班首二僧出来，女众们一齐稽首。二僧上坛讲经说法，女众一齐念佛，声振天地。诵一卷经，念一起佛，吹打一通乐器，到午时暂歇。吃了午斋，依旧诵经念佛，直到申牌时候化纸散场，就于禅堂、佛堂、敞厅、侧殿，各处摆下斋席。这些念佛的女众。各自寻班逐队，与熟伴儿同坐，你我互相告诉。有说媳妇不孝的。有讲儿子不肖的；这个恨夫主不体贴，那个怨家道甚艰难；或谈妯娌是非，或诉邻居过失。人人嗟命薄，个个叹无缘。不在话下。

且说赵婆和黎赛玉一伙同来女人，坐在侧首佛堂里吃斋。斋席将阑，见一行童来道："赵妈妈，钟老爷请你讲一句话，立等就去。"赵婆即随行童往守净房里去了。黎赛玉却无熟伴，冷清清地坐在那里伺候同回。等了一会，不见出来。这些同席女伴们斋毕，俱纷纷的起身散去了，只落下黎赛玉一人在斋堂内。黎赛玉坐立不安，要回家去，又不见长儿来接。等得心焦，又不敢去催逼。看看天色将晚，不见一人来往，心下疑惑不定。正徘徊嗟怨，忽见赵婆走出来，笑吟吟道："大娘子等得心焦了，老身进内与钟老爷讲起话来，不觉又是半晌。"黎赛玉问道："钟住持和妈妈讲什么要紧的话？教我等得好不耐烦。快快回去罢。"赵婆道："大娘子且慢着，有一句话要和你商议。适才钟老爷不为别事，请我进去，只因目今圣上择日做大道场，超度阵亡将士，特宣钟住持主坛。钟住持要做一领簇新的大红川锦袈裟，上面要绣三百六十尊小佛。已备一个缘簿，托我举荐几位女施主，每一位绣佛十尊。绒线金条，钟住持都有，只要施主们出手替他绣一绣，将次绣完一半多了。我想大娘子手段甚高，针指出色，方才在住持面前讲出大名，钟住持这原有一面之识，甚是欢喜。老身斗胆，已书大娘子姓氏在缘簿上了，只不曾押得花字。不知尊意如何？"黎赛玉道："日前受了钟住持厚礼，常常在心，未曾酬答。今既要绣佛，甚是易事，有何不可。"赵婆道："既蒙大娘子慨许，还要亲手押个花字才准。"黎赛玉道："既是妈妈代我上了姓氏，何必押字？"赵婆道："这钟老爷是个笃实的长老，若没有花押，犹恐不稳。缘簿上施主们，人人都是有花押的。"黎赛玉道:"花押不难,教人将出簿子来,我押就是。"赵婆道:"房里现成笔砚不去写,却要搬来移去的? 我伴你略进去押了花字,即出后门回家,路又近便,却不是好?"黎赛玉应允。

赵婆引路,一同进去。转弯抹角,都是重门小壁,足过了六七进房子,方引入一间小房里。黎赛玉仔细看时,四围尽是鸳鸯板壁,退光黑漆的门扇,门口放一架铁力木嵌太湖石的屏风,正面挂一幅名人山水,侧边挂着四轴行书草字。屏风里一张金漆桌子,堆着经卷书籍,文房四宝、图书册页、多般玩器。左边傍壁,摆着一带藤穿嵌大理石背的一字交椅。右边铺着一张水磨紫檀万字凉床,铺陈齐整,挂一顶月白色轻罗帐幔,金帐钩,桃红帐须。侧首挂着一张七弦古琴,琴边又斜悬着几枝箫管,一口宝剑。上面放着一张雕花描金供桌,侍奉一尊渗金的达摩祖师。面前一对古铜烛台,点着光亮亮两枚蜡烛。中间一个蹲狮香炉,口里喷出香馥馥龙涎凤脑来。两旁放着一双紫玉净瓶,插着时鲜花草。这阁里甚是清楚洁净。黎赛玉看了,暗暗称羡道:"好去处,好受用。"当下问道:"妈妈,缘簿在何处? 将来押字。"赵婆道:"缘簿叠在经卷里。怎地钟住持老爷还不出来? 我去请他相见了,好押花字。"即转身走出门外,随即将门关上,口里道:"省得闲杂人来搅扰。"

黎赛玉坐在椅上,等了半晌,不见赵婆与钟住持出来,心里惊惶。起身推门,门已锁上,却推不开。四面看时,又没门路。叫了几声赵妈妈,并没人答应。正踌橱无计,只听得呀的一声,壁门开处,一个和尚挺身入来,依旧双手将板壁上了,走向前对黎赛玉深深稽首。黎赛玉看时,却正是钟住持,即忙答礼,问道:"赵妈妈却在何处,怎地不见他?"钟守净笑道:"赵干娘有事,自回去了。"黎赛玉道:"住持爷,将那绣佛缘簿来,待我押了花字好回去。"钟守净陪着笑脸儿道:"不要押什么花字,只要成全了好事,才放去哩。"黎赛玉道:"既不要写缘簿,黄昏黑夜,留我女人在此何干?"钟守净向前一把搂住，双膝跪下道："我的亲亲娘，没奈何，救小僧一命，胜造七级浮屠。"黎赛玉两手推开，红着脸道："阿呀，出家人不羞，好做这没天理落地狱的事，成甚模样。我若喊叫起来，你却怎的见人？"钟守净跪在地上笑道："小僧这阁里，四面都是高墙，莫讲喊叫，便是敲锣擂鼓，兀自没人听得。只求亲娘方便小僧。"黎赛玉怒道："贼秃真有心机！老狗做成圈套，骗我来此，强求淫欲。明有王法，暗有鬼神，妾身宁死不辱！"钟守净道："亲娘息怒，容小僧诉禀衷肠。自从正月十三日东厅讲经之际，偶然见了亲娘玉貌，爱慕不禁。亲娘临去之时，又承青盼，小僧愈觉难熬。至十五元宵夜，重蒙厚爱，从此小僧废寝忘餐，得了相思病症。讲不尽黄昏寂寞，白昼凄凉，吃药无功，求神少应，小僧自分多死。今日幸得亲娘降临，可怜见小僧伶仃病体，费尽了万千神思，方得见亲娘一面。若赐片时欢会，救小僧一命，这是莫大的功德。"黎赛玉道："这个却使不得。我丈夫亦是有名器的，你不要倚势强奸，逼人性命。"钟守净道："娘子还是真不肯，假不肯？"黎赛玉摇头道："实是不肯，不要胡缠！"

钟守净立起身来道："罢罢罢！小僧无福，娘子不肯垂怜，这病越添得重了，终须是死，不如死在娘子跟前罢了。"即伸手在袜统里摸出一把明晃晃尖刀来，向颈上欲待自刎。黎赛玉看见慌了，即双手抱住道："痴冤家，怎地要女色到不要了性命？"夺了刀，往地下一掷。钟守净乘势转身，将黎赛玉紧紧搂住道："亲娘既不容小僧自刎，乞哀怜救济则个。"常言道：妇人水性。黎赛玉被钟守净缠了这一会，又见他少年聪俊，是个富贵有势力的和尚，不觉欲心也动，按捺不住，当下双手亦抱住钟守净，同到床上。正欲脱衣解带，共枕欢娱，黎赛玉猛然腹中绞痛起来，一霎时唇青面紫，手足皆冷。钟守净惊惶无措，抱住道："我的奶奶，这是什么缘故？唬死我也。佛爷保祐，人命关天，怎了，怎了？"赛玉忍着痛，推手道："不妨，这是我的旧病，速将姜汤我吃。"守净方才心定。忙推开壁门，奔入厨房。取了姜汤，复进阁中来。赛玉呷了数口，转觉腹中作响，一股气从膈上卷至脐下，疼痛不止。钟守净搀扶摩抚，不住的茶汤调理，直至四更将尽，方才疼定。赛玉和衣靠在几上，弄得钟守净神疲力倦，连珠箭的打呵欠，也倚着桌儿睡去了。

顷刻间晨钟声响，遍处鸡鸣。钟守净醒来，搂定黎赛玉道："我的娘，这会儿玉体好些么？"赛玉道："好了。"钟守净欢喜，双手捧走赛玉脸儿，在灯下细细看觑，依旧如花似玉，非复病时模样。搂过来亲了数个嘴，一手摸入怀中弄乳，一手替解衣带，复求云雨。赛玉推辞道："今日断然不可。"守净笑道："晚上已蒙娘子慨允，脱衣就寝，因病发阻了高兴。今已无恙，正好与小僧一乐，为何又言不可？"赛玉道："我自幼爱吃冷物，积成一病。每月行经之期，必先腹中绞痛，然后经通。凡经次不忌房事，要成血淋。况住持早晚佛前行动，若秽污了身体，罪过不轻，连我也难逃罪孽。"守净笑道："我们佛祖是大慈大悲的，那里管这等闲事。"此时钟和尚欲火难禁，兴发如狂。正是火烧眉毛，且顾眼下，一手将赛玉搂住，一手持入裤里。赛玉慌忙推时，也被他摸着那话儿。守净忽失声道："我的亲亲，为何这等着慌，尿皆溺出来了？"赛玉笑道："呆和尚，你且将手看一看，可是溺么？"守净伸出看时，满掌鲜血淋漓，心下大骇道："这是何故，终不然原有血淋病症的？"赛玉道："适才我与住持讲过，女人家经水，每月通流一次，人人如此。你这只手只索罢了，有一个月点不得香烛，近不得佛像经典哩。"守净一面取汤洗手，一面将元宵夜间之梦讲了一遍，笑道："我向来恨这个红脸头陀阻住了巫山云雨。大娘子今夜经通，败了一场高兴，只是我和尚福薄，不得消受。"赛玉道："佳期有日，不必愁烦。"

二人谈讲之间，不觉天色已曙。赛玉猛然省道："昨早我出来赴会，近晚长儿必来接我，不见空回，我丈夫怎不生疑？倘问我时，教我如何回答？"钟守净笑道："娘子放心。小僧和赵干娘计较定妥，方好放胆做事。昨日傍晚，长儿果来接你，被我骗进后边房里，将酒灌醉，扛在床上，将房门锁了。只怕这早晚还未醒哩。你丈夫处晚上我使赵干娘先去讲了，说大娘子和几位女众们在寺里看钟住持上坛放焰口，老身和长儿在那里陪伴，直到明早方回。你自去睡。不消等候。这事已预先调停定了，娘子何必忧虑。"黎赛玉听罢，方才放心。取镜梳洗毕，二人对膝而坐，细谈衷曲。守净道："荷蒙娘子错爱，小僧感恩无地。今日别去，又不知佳期在于何日？"讲罢潸然泪下。赛玉道："男子汉好没见识。既有长情，但问赵妈妈求计便是。俟个机会，即可相见，何必如此苦切。"钟守净流泪不止，赛玉再三温存，安慰了一会。

忽听得人叫开门，赛玉已知是赵婆声音，令守净开门。赵婆走入来，哈哈的笑道："大娘子，住持爷，你两个双贺喜也。"钟守净道："多谢干娘作成。"黎赛玉不觉面皮通红，低着头翻书不应。赵婆道："大娘子许大年纪，还害羞哩。这个何妨？斋僧布施，倒有大功德的。"钟守净道："干娘休要取笑。可吃些早饭么？"赵婆道："早饭不用了，大娘子可作急回家，免被傍人瞧破。"钟守净令行童拿钥匙到后边小房里，叫那长儿来讲话。行童开了门叫长儿时，兀自齁齁酣睡不醒。行童将手摇了几摇，长儿方才醒来。一头伸着腰，口里还道："好酒，好酒。"行童笑道："好酒再吃一杯。"长儿起来，睁眼看时，吃了一惊："我怎的吃醉了，却在这里宿了一夜？娘知道决要打哩。"呆瞪瞪立着。行童道："不要慌，且随我来，钟老爷唤你讲话。"

长儿跟着行童到小间里来，只见赵婆同娘、钟和尚三个坐在那里。长儿失惊问道："娘怎地昨夜不回家去？"黎赛玉骂道："蠢才，你怎的贪这口黄汤，吃得滥醉？亏了住持爷着人扶你进房里睡了。这等长夜，尚兀自不醒，若不着人叫你时，明日也睡得去哩。昨日夜间钟住持做焰口道场，累赵妈妈在此陪伴一夜，不然教我独自黑魆魆怎地回去？"长儿立在侧边，不敢做声。赵婆笑道："大娘子骂他怎的，我和你左右是念佛看道场耍子,便等他睡睡何妨。只索打点回去,不消絮聒了。"讲罢,斜着眼看着长儿,把眼一瞅,即起身走出阁子外。长儿会意,即随出门外来。赵婆衣袖里摸出个纸包儿递与长儿,轻轻的道:"钟住持讲你老实至诚,日后有抬举你处。因见你衣裳褴褛,与这三钱银子做件袄子穿。回家去大官人问时,只随着娘的口讲便了。"长儿接了银包,口中不讲,心下思量道:"这钟住持为甚的昨日灌我醉了,今日又有银子与我?必有缘故。该不与娘有什么不伶俐的勾当么?且收他银子,再做道理。"答应道:"我理会得。"二人复身到阁子来。桌上又摆下点心茶果,因恐赛玉脸红,不敢用酒,钟守净陪着赵婆、黎赛玉同坐吃茶,长儿也吃些点心。黎赛玉即起身辞谢钟守净告回,守净欲留不敢留,欲别不忍别,一步步掩泪送出阁子门外。黎赛玉亦有留恋之情,因碍长儿在前,勉强忍泪道:"请住持爷自便,不劳送了。"钟守净怕人看破,只得包着两眼珠泪回步,怏怏而别。有诗为证:

情投爱笃两留连,顷刻分离意黯然。
郁结相思多少恨,低头含泪闷无言。

黎赛玉同赵婆、长儿径出后门,悄悄穿小巷而回,却值沈全坐在门首,看见浑家回来,进得门即问道:"昨日念佛,怎的晚上不回,直念到今日这时候才来?少年女眷被人谈论,成何体面?"黎赛玉笑道:"昨晚道场圆满,正要回来,女众们都劝我道:'千难万难出来一次,夜间钟法上放焰口超度众生,极有功德,怎的不看看去?'因此在寺里念了这一夜佛。却有甚事谈论?"赵婆接口道:"谈论他娘的鸟!寺里多少妙年女伴,在那里做会看道场,偏你有人谈论?终不成我老身也在那里打和尚?大娘子不要理他。我晓得你熬了这一夜,精神困倦,且去睡睡儿,不要淘气。"沈全听罢,呵呵大笑,自走出街上闲耍去了。黎赛玉送赵婆到门首，自去房里寻睡。

这赵婆别了赛玉，复转身取路，又到妙相寺钟守净禅房里来，只见钟守净坐在禅椅上打瞌睡。但见：

> 四体浑无力，昏昏常似梦中；面上失了神，处处可为卧榻。腰酸腿软，低着头微露眼睛；骨痛筋麻，开半口斜流津唾。鼾声不作，原来睡思正浓；两手低垂，无奈精神疲倦。

赵婆走近前，悄悄道："住持爷，好睡也。"钟守净惊醒，开眼看时，却是赵婆，忙起身声喏道："多谢干娘费心，无恩可报。"赵婆笑道："老身此计，果然百发百中。住持爷怎地谢我？"钟守净道："感承干娘妙计，小僧自当重谢。但夜来好事将成，谁料又成画饼，空费了干娘一片心机。"赵婆道："怎地讲来？沈娘子在你房中一夜，不知受了多少摩弄。和尚们手段，老身平素知道的。咦，住持爷，你好受用，却又来讲鬼话了。"守净道："干娘跟前，小僧焉敢调谎。昨晚干娘去后，小僧径入阁中，那些温存风脸不必讲得，直至乌江自刎，方得玉人回心，将我抱住。那一时，小僧的魄灵不知飞在何处去了。"赵婆笑道："妙呵，后来怎地作乐？"守净叹口气道："不要讲起，有何乐处！刚刚上床，谁期平地风波，那人突然肚中作痛，面青唇紫，十分危迫。小僧服事，慌了一夜，不得着枕，直至天明方才平复。意欲求欢，那人讲行什么经，决意不允。小僧无奈，只得罢了。你道晦鸟气么？随后干娘已到。小僧这会子觉贱体不快，莫非旧病又发作了。"赵婆摇头道："不信，不信。猫儿见腥，无有不吞。我为住持爷用尽了机神，千难万难勾搭得他到这里，怎么就轻轻地放过了？老身只要你事成，不是那苍蝇见血的馋眼。谢与不谢，出乎住持一点本心，为何将这隔靴挠痒的话来班门弄斧？"钟守净气得满面通红道："干娘讲这话，教我有屈难伸。委实和那人不曾沾身，如一字虚谎，小僧落拔舌地狱，万劫不得超生。"赵婆笑道："阿弥陀佛，何必立这样香。只是住持爷忒也软弱，你两手又不是疯瘫的，他的又不是铁皮包着的，为何不曾到手？我想那沈娘子是一个人尖儿，他到此地步，无可解救，故假妆病发脱身而去。咳咳，正是鳌鱼脱却金钩去，摆尾摇头再不来。可惜这个好机会错过了，下次怎生能够？"

守净听了，懊恨无及，跳起身叹道："罢罢罢，留此性命何用！"对柱上一头撞去。赵婆两手扯住，劝道："住持爷怎地这等性急？啊呀，头皮也撞破了，什么要紧！"守净道："玉人已去，后会难期，恁的福薄，不如死休。"赵婆道："一宿姻缘，皆是前生注定，不可性急。慢就是快。适才老身自是取笑，怎么住持爷就认起真来？俗言道：'由你奸似鬼，吃了老娘洗脚水。'随你卖杀乖，也出不得我老娘手里。住持不必心焦。"钟守净回嗔作喜道："若得干娘如此，小僧感恩不尽。但那人乖觉，不肯复上钩来了，如之奈何？"赵婆道："不难。云里千条路，云外路无数。除了死法，另有活法。凭着我老身一张口，管教他复上钓鱼钩。只是一件，住持爷惜不得破费，方能好事圆成。"守净道："钱财小僧尽有，恁凭干娘调度。"赵婆道："可有什么首饰么？"守净道："有，有。目今打得一枚金簪，做就数件袄子，要送与老母的。干娘要用，任从拿去。"赵婆道："我若自用，就是起发你了，我如何要？这簪子自有用处。"守净欢喜无限，忙取簪子，送与赵婆道："感干娘厚恩，决不忘报。"赵婆指着金簪道："这一件东西，又是一个冰人了。住持爷宽心安睡，耳听好消息。"讲罢，作别而去。

再说黎赛玉直睡至午后方起，做着针指，心里暗想："这钟和尚温柔布腼腆，十分情爱，便与他往来，谅不负心。"自此以后。眠思梦想，只是念着钟和尚。隔了数日，忽见赵婆来到，赛玉迎进轩子里坐下，叫长儿厨下烧茶。赵婆道："大官儿何处去了？"赛玉道："不过在外厢闲耍。"赵婆附耳道："钟住持念大娘子情意，甚是感激，浼老身特来作谢。"赛玉笑道："谢妈妈作成，几乎露出丑来。羞答答还讲他怎的。"赵婆也笑道："和尚房里睡了一夜，丑也丑不去了。委实那夜怎地行事，可与我讲。"赛玉道："小钟毕竟对妈妈讲来。何必问我。"赵婆道："不要提起。那脓包一味的长吁短叹，怨恨啼哭，我那里有气力问他，特来问你。"赛玉道："那晚妈妈进去久了，我正等得不耐烦，忽见壁门里小钟钻将出来，将我搂住，被我变起脸来，一顿抢白，抵死不从。妈妈，你道天下有这样不要性命的呆和尚，袜统中抽出一把利刀，就欲自刎，惊得我魂不附体，将刀夺了。他反把我抱住，苦死胡缠。此时无计可施，幸得救星又到。"赵婆道："敢是有人冲破了？"赛玉道："不是人来，却是我的病来，一时间经水大至，幸得全璧而返。"赵婆笑道："真人面前讲假话。如今钟和尚还俗了，习成一样手艺，做了染博士。"赛玉道："为何做了染博士？"赵婆道："他不做染匠，何故指手都是红的？"引得赛玉嘻嘻大笑。

赵婆袖中取出簪儿送与赛玉道："这根簪子样范好么？大娘子是识货的，可值几换？"赛玉看了道："真是赤金，样式更好，多分也要十倍之价。"赵婆道："好眼睛，估得不差。大娘子用得着，买了罢。"赛玉道："阿弥陀佛，那有家计买这般首饰，除非将我身子去卖。"赵婆大笑起来道："我自说要。这是你心上人浼我送来的，可收了戴在髻子上，也显他一团美情。"赛玉推辞不受。赵婆道："金扇、梳子也都收了，何必假惺惺？大娘子以后倒不须恁的做作。"赛玉收了，笑道："钟住持有什么话讲？"赵婆道："要知心腹事，尽在不言中。大娘子是个聪明的人，何必细讲？"赛玉道："妈妈跟前，焉敢卖乖。他既有我情，我岂无他意？目今十九日是我外祖寿诞，我打发蛇瘟去贺寿，喜得路远，次日方回，那夜可教小钟来我家相会。"赵婆道："娘子若肯如此，一生受用不尽，切莫失约误事。"赛玉道："一言既出，岂有变更。"留住赵婆吃饭，相别而去。

赵婆入寺，将此话覆知钟守净。守净听了抓耳挠头，喜得发疯，昼夜悬悬盼望佳期。央赵婆探听消息，果然沈仝被妻子撺掇，十九日早上整备盒礼,出城贺寿去了。赵婆预先两下照会定了。当晚钟守净对行童来真讲知此事,吩咐:"如此伺候。不可泄漏风声。日后有抬举你处。"来真应诺。至更尽,守净头戴一顶纱巾,身穿一领石青绮罗道袍,悄悄出了后门,径到沈全家里来。轻轻将门弹了三下,赛玉亲自开门迎进,两个叙礼携手,同入轩子内坐定。赛玉谢道:"蒙惠厚礼,何以克当。"守净道:"些须薄礼,聊表寸心。自从娘子相别,自分后会无期,何幸今宵灯下重逢,恍惚还疑是梦。"赛玉道:"感住持不嫌丑陋,过蒙错爱,但恐恩情一时容易,久处为难。向后不忘今日,妾身死而无怨。"守净双膝跪下,对灯立誓道:"燃灯佛祖、护法韦驼爷爷作证,弟子守净若负了沈娘深恩,异日必死于刀剑水火之下。"赛玉扶起道:"奴自戏言,兄何设此大誓。"只见长儿走出来,对娘轻轻讲了几句,赛玉就请守净登楼,二人对席促膝而坐。赛玉露纤纤玉指,举起杯儿来,将衫袖拂拭洁净,满斟佳酝,敬与守净。守净接了,放在桌上,另取杯筛酒回敬赛玉。赛玉接酒,一饮而尽。守净停杯不饮,赛玉道:"哥哥为何不饮?"守净道:"小弟自幼出家,荤酒未曾破戒。"赛玉笑道:"荤且莫破,这淡酒便酌一杯何妨?"守净坚辞不饮,赛玉令长儿烹茶相款。二人细谈往事,欢笑不胜。赛玉自斟自酌,吃了十数杯,渐渐脸晕桃花,分外风情可爱。有诗为证:

> 从来倾国最撩人,故把妖颜摄魄魂。
> 醉后海棠轻带雨,无由采得一枝春。

黎赛玉酒已微醺,欲心萌动,显出那妖娆态度。星眼含娇,酥胸半露,起身剔灯,就将身坐在守净膝上。右手搂定守净颈子,右手举壶斟酒,自先呷了半杯,将剩酒奉与守净道:"哥哥请此半杯,以表奴家敬意。"此时钟守净神魂飘荡,张主不定,再欲推托,不觉唇已接杯,被赛玉顺手一倾,咽的倾下咽喉去了。赛玉又斟一杯相劝,守净道:"吃下酒去,心里如火烧一般,这一杯不敢饮了,多谢美情。"赛玉将酒自饮了半杯,与守净亲嘴,吐在守净口中。守净接了酒,闻得脂香,不得不咽下去,一连被赛玉口哺口的度了数杯。两个搂抱顽耍了一会,守净道:"小弟一时头晕,乞贤妹见怜,可睡了罢。"赛玉道:"你且请先睡,待我洗澡即来奉陪。"此时天色炎热,守净卸了衣巾,赤身卧于床上。赛玉叫长儿提浴盆上楼,倾了汤,发付长儿厨房收拾去了。赛玉浴罢,掀开帐幔,和守净并头而睡。乘着酒兴,正欲倒凤颠鸾,不期钟和尚初开酒戒,勉强吃了几杯,酩酊大醉,只见他沉沉睡去,推摇不醒。赛玉无奈,唧唧哝哝骂了几句:"没福分的贼秃,不知趣的和尚。"也渐觉酒意融融,身子困倦,将欲蒙眬睡去。

　　此时正是三更,忽听得街上喊叫有火,失惊跳起来,开眼一看,满室通红,原来是隔邻王凹鼻家失火。这凹鼻性极好酒,醉后回来,浑家已先睡了,凹鼻失忘灭灯,和衣睡倒楼下,灯花落在草里,一时火起。街坊上鼎沸起来,赛玉急急推摇叫钟住持:"间壁有火。快快起来。"守净含糊应了,又复睡着。赛玉十分着急,顾不得私情恩爱,将守净左臂上着实咬下一口,守净负疼惊醒。只见火光透壁,守净惊酥床上,不能动身,口里还叫行童、道人快来救火。赛玉忙扯道:"活冤家,这不是寺里,快走,快走!"钟守净方才醒悟,跃起身,披衣逃命,乱慌慌的滚下楼去,开了大门,一溜烟走了。有诗为证:

　　　　可怪邻家不徙薪,致令荧惑肆威神。
　　　　假饶避得茶毗祸,灭却燃灯拜世尊。

　　话说这王凹鼻家失火,幸巡更军卒、地方人等,打进门去,救灭了火,将王凹鼻一索子锁了,送入本县去了不题。
　　且说钟和尚被火惊得心胆皆颤,光着头跑出沈全门外,将道袍袖子遮了光头,飞也似奔回寺来,只恨爹娘少生了两只脚。急忙忙推开后门，奔将入去，不提防黑影里一个人劈头撞将出来，见了钟和尚遮着头脸不认得，大声喊叫："有贼！有贼！"将钟守净劈胸揪住。钟寺净是个惊慌奔路的人，喘吁吁气做一团，一时不能言语，两个扭做一块，滚倒地上。当夜林澹然和合寺僧人因墙后有火，都起来看视，忽又听得喊叫有贼，点了火把，一同抢出后园来，却是矮道人将钟守净捽倒在地，众皆失惊。原来这道人姓古名溑，因他生得矮小，众人都叫他做"秤砣"。为人本分勤谨，只是性子倔强。当时因着火，赶出后围，见了守净，错认是贼，扭结不放。林长老喝开秤砣，将钟守净搀起。一个和尚揪了古溑耳朵，同进方丈，细问其故。钟守净扯谎道："适才为墙外有火，亲自开门去看，不知什么物件，吹入眼内，眯了眼，疼痛难禁，故将袍袖掩面。谁想这狗才撞出来，不分皂白，将我结扭做贼。仔细思量，实为可恼。"众僧嚷道："这矮杀才无状，吊起来打他三五十杖，细问他住持爷可是贼么！"林澹然笑道："不然，黑夜之中那里认得。此为失误，非是犯上，饶他打，但罚汲水一月罢了。"守净自知心病，乘机道："林老爷讲方便，恕了他罢。"秤砣咕哝道："古怪，钟老爷未尝破戒，为何口里喷出酒气来？实是蹊跷。"众僧听得，慌忙喝出门外，簇拥守净回房，各自歇息。

　　钟守净叹息了半夜，次早令来直接赵蜜嘴来，备细告诉一番。赵婆宽慰道："好事多磨，自古如此。住持爷请宽心，这一节事在我身上，包你完就。"守净道："没奈何，再烦干娘撮合，重续姻缘，早图密约，誓当衔结。"赵婆道："且住。我想昨夜光景，寺僧岂不生疑？再仓猝行事，反为不美。今有一计在此，住持依我，决然圆就。"守净道："干娘吩咐，无有不从。"赵婆道："五月十三是我先夫七旬生忌，老身措办香烛之资，烦住持爷做些功德超度他，就里延接亲邻女众们拜忏，沈娘子也邀他来，那时任凭住持爷做作，岂不是一举两得？"守净大悦，笑道："那日道场之费，都是小僧包办，不要干娘破一文钱。只要期得定，打点行事便了。"赵婆道："如此多谢住持爷破费了，老身临期再来相会。"讲罢，相别自回。

再说黎赛玉那夜被人惊走了钟守净，心下不乐，见桌上放着纱巾，拿起来扯得粉碎，就在灯上烧毁了。自此郁郁不乐，旧病复发，一连数日不起。直至端阳，方离卧榻，起来梳洗，整备酒肴、角黍，请赵蜜嘴同过佳节，排遣闷怀。赵婆进得门来，即对赛玉丢了眼色，赛玉会意。夫妻二人一同坐下，举杯劝酒。赵婆停杯道："老身每来扰闹，未曾有一毫答礼，欲屈大娘子舍下一叙，奈蜗居陋室，不敢仰攀。今月十三日是亡夫七旬忌日，委曲措置得数两银子，送与钟住持包做道场，请十数个女道同拜忏，欲屈大娘子素斋，望乞同去甚好。"赛玉道："妈妈见招，本该相陪同往，但少年妇女穿庵入寺，甚为不便，故此不敢奉陪。"赵婆笑道："这般说时，我那乾十四三分不像人，七分不像鬼，讲的话倒也中听。"沈全道："令郎讲甚话来？"赵婆道："我昨晚和他商议，接大娘子寺中一住，他阻我不要来接，我问他为何，他道：'如今的人，只有锦上添花，谁肯冷灶中发火？我们穷得这副嘴脸，那个与你往来？劝君休结高头壁，我若无钱也不亲。'今大娘子不肯光顾，果应其言。"赛玉道："妈妈休如此讲，是罪我的话了，怎当得起？"沈全笑道："承妈妈相招，你便去走一遭，只是傍晚即回，不可耽搁。"赵婆大喜道："还是大官人有趣，大娘子切莫推托。"赛玉见丈夫肯了，连忙应允。至晚，赵婆作别而去，两下暗通关节定了。

至十三日，沈全备办两个蔬食盒子，令长儿挑了，打发浑家同赵婆等进妙相寺来。钟守净已在禅堂内铺设齐整，令本房心腹僧六众诵经拜忏。赵婆等同声和佛拜忏，照常斋供，不必细讲。申牌时分，道场将散，黎赛玉忽然叫声头痛，渐渐坐立不住，起身作别先回。赵婆假意款留，烦恼道："这怎么好，难得大娘子随喜，偏遇尊体有恙，斋也不曾用得，先去了，另日作东补礼。"赛玉道："长儿又不在此，烦妈妈送我回去。"赵婆道："我陪你从后门去，也省得走几步。"赛玉和众尼作别，扶着赵婆肩膊，一步步捱出禅堂，穿过侧门，从小路周折行至阁前，钟守净笑脸相迎，携手同入。赵婆言道："这回稳取得荆州，莫忘我黄忠老将。少刻就来暖房贺喜。"讲罢，转身出外去了。二人笑吟吟将门儿掩上，同入罗帏，两酬心愿。有《西江月》为证：

  守净色中饿鬼，黎娘欢喜冤家。两人不必自嗟呀，从此彩鸾同跨。
  一任翻云覆雨，何妨恋酒贪花。胭脂韶粉染袈裟，败坏门风不怕。

  当时钟守净、黎赛玉两人交合之际，说不尽绸缪态度，正谓干柴逢烈火，久旱遇甘霖。这钟守净是未经女色的长老，那黎赛玉是好风流的妇人，直至力倦神疲，方得云收雨散。二人整衣而起，守净道："承亲娘盛情，得谐枕席之欢，若得朝暮相亲，小僧虽死无恨。"赛玉道："朝朝暮暮，妾之深愿。但寺中僧众繁杂，邻舍耳目切近，倘频相往来，难保不露风声，或惹祸端，悔恨无及。此事还求赵妈妈另作良策，方保久长欢乐。"守净道："亲娘良言，字字金玉。"说话未毕，赵婆已到，推开门催促道："天色将暮，大娘子作急行动，我送你回家，然后来化纸送圣。"赛玉别了守净，同赵婆踅出小弄，悄地出后门回去了。赵婆复入寺中，候道场完毕，陪女众晚斋散讫。

  数日后，赵婆闯入钟守净禅房，守净款留赵婆，提起日前许谢之言。守净道："感承干娘妙计，小僧得遂此愿，已铭心刻骨，不敢有忘。只是还有一件，片时之乐，终不畅意。干娘没奈何，怎的再设一个计策儿，使我两人得长久欢乐，那时并酬重礼。"赵婆笑道："也罢，你讲将甚物讲我？讲得开，我自又有妙计。"钟守净即开箱取出一锭雪花白银，约有十余两，双手递与赵婆道："些少薄礼，先送与干娘买果子吃，待计就之时，再容后补。"赵婆见了这一锭银子，心花也是开的，满脸堆落笑来，假推辞道："老身自是取笑，怎收得住持银两？"钟守净道："干娘不要推却了，只管收下。但有妙计，便见美情。"赵婆道："住持爷如此讲时，只得收了。就是这一段事情，不必住持讲得，老身一向也思量在心里，图个久长之计，方见手段。算起来却也不难，只有一桩儿碍手，故此尚费踌躇。"钟守净道："却是甚事碍手？小僧力量可办，亦是容易。"赵婆拍着手道："容易，容易，略差些儿遮蔽。若得这路通时，可保百年欢会。"正是：

计就月中擒玉兔，谋成海底捉金龙。

毕竟赵婆说出什么碍手的事来，且听下回分解。

第八回

信婆唆沈全逃难　全友谊澹然直言

诗曰：

　　五戒之中色是矛，愚僧何事喜绸缪，
　　情轻结发生离别，爱重沙门反作述。
　　俊逸小童传信息，真诚君子献嘉猷。
　　奸淫不识良言好，计密烟花暗结仇。

话说钟和尚求赵尼姑设计，赵婆道："天台须有路，桃源可问津。你要长久快乐，有何难处！"这钟守净听了，喜不自胜，双手揉着光头，笑嘻嘻的道："我的干娘，委实是什么路数，博得这长久欢娱？此计若成，你便是我重生父母。"赵婆指着墙外道："这沈全住宅，正在住持爷墙外东首小巷里。我时常用心看来，与你这禅房止隔着一重土墙与墙外这所空房子，就是沈全家里了。若怎生买得这一所房子，墙上开了个方便门儿，就通得黎赛玉家，任意可以往来，朝欢暮乐，有何阻碍！只是这房子，恐一时难入手，故此狐疑。"钟守净道："这房子却是兀谁的？我也忘了。"赵婆道："若讲起这个人，住持爷也有些眉皱。他是当朝皇上第一个宠臣侍御王琪。此人最是贪婪鄙啬，谁敢惹他。"钟守净道:"这房子是王侍御自居的,还是赁与人住?"赵婆道:"住持爷真是个不理闲事的人。墙外这一所小小厅楼,王侍御怎地自住得,向来租与人居。因有鬼魅,来住的便搬了去,故此常是空的。无人敢住。"钟守净笑道:"恁地时却也容易,小僧自有处置。只有一说,这沈全终日在家守着老婆,又不出外,纵然用计得了这房子,怎地能够与他长久欢娱?"赵婆道:"若说这沈全,又好计较了。他混名叫做蛇瘟,只图自在食用,并无半点经营,今正在不足之中。老身用些嘴沫,假意劝他生理,他必回说无资本,难以行营。住持爷多少破几两银子,待我打发他出外经商,那时要早要晚,任从取乐,有何不可?"有诗为证:

> 红粉多情郎有意,暗中惟把蛇瘟忌。
> 堪嗟好色少机谋,算来不若贪财计。

钟守净听罢,摇着头喝彩道:"干娘,你真有意思,我枉自聪明半世,到此处便摆拨不来。干娘在意者,若得恁地全美,干娘送终之具,都在小僧身上。"赵婆笑道:"如此饕餐住持爷了,须看手段还钱。"告辞而去。钟守净不出门,在禅房中将息。

倏忽又过了数日。看官,你道天下有这般凑巧的事:当日乃是六月朔日,王传御为夫人病痊,亲自乘轿赍香烛至妙相寺还愿。先着于办通报,管门道人忙到里面报说:"侍御王爷来还香愿,请老爷迎接,有帖在此。"守净展开帖子看了,心下暗喜,忙整衣冠出迎,叙礼邀入方丈待茶。焚香点烛,对佛忏悔酬愿毕,王侍御送了礼物要行,钟守净一片巧言,苦死留住吃斋。王琪见他意思殷勤,只得到禅堂坐下,铺设斋席,十分齐整。二人吃斋,闲谈今古,钟守净满面春风,一味足恭谄谀。这王琪是个好趋承的,见钟守净如此款待,言语相投,心中甚喜。钟守净将手指着东厢道:"墙外那一所厅楼,闻说是老大人贵产，果然否？"王珙道："果是学生薄业，住持何以问及？"钟守净笑道："有一异事，小僧怀疑数日，今喜驾临，故敢动问。"王珙问："有何异事？"钟守净道："贫僧于四月初八日，释迦如来圣诞，设盂兰盆大会。夜半会散，小僧禅定，见一金甲神，手持柬帖，与小僧道：'本寺伽蓝传示尔六句偈语，尔宜用心。'偈云：'王公之宅，邻于垣墙。内有冤魅，潜生火殃。预宜防避，毋轻传扬。'小僧看罢，梦里双手扯住金甲神，求他免祸。金甲神道：'不必怆惶，只看柬帖后面便是。'小僧急看后面时，又有两句道：'欲攘此难，改为佛堂。'小僧再欲问之，被金甲神一推而觉。心下忧疑，着人问那墙外房子，说是老大人贵产，又是空的，不知何故。彼时就欲奉达，不敢造次；欲待不言，犹虑祸及。今得面晤，斗胆奉达，天幸，天幸。"王珙听罢，心下半信半疑，含糊答道："阴阳之事，不可不信。若论伽蓝显圣，此事亦须提防，待学生从容再做道理。"钟守净道："小僧多口，莫罪。"又劝了数杯，王珙起身告辞，钟守净送出山门，相揖而别。看官听说，钟守净欲图这房子，一时编此大谎，说有火殃，岂知后来火烧妙相寺，果应了这句谶语，莫非前定？不在话下。

且说王珙上轿回衙，一路暗忖："这和尚讲的话，不知是甚来历，且到家和夫人商议。"原来这侍御夫人宋氏，平生慈善，酷敬佛道，吃斋念佛，看经布施，每劝丈夫行些好事，是个好善的女人。王珙回府下轿，香火前烧了回头香，卸下冠带，夫人从后堂迎出来道："相公如何在寺许久方回？还愿是何僧忏悔？"王珙道："就是正住持钟守净忏悔。还愿毕，留住吃斋闲话，以此耽搁。"夫人道："为何又去扰他？"王珙笑道："扰这和尚且不在话下，却有一事，要和夫人议之。"夫人忙问："有何事故？"王珙道："这钟守净是个真诚的和尚，见我去千万之喜，斋宴齐整，善于讲谈。说话间，他猛然问及贴寺那一所房子为何空的。他讲道，四月初八夜梦伽蓝令金甲神传柬与守净，上有六句偈语道：'王公之宅，邻于垣墙。内有冤魅，潜生火殃。预宜防避，毋轻传扬。'钟守净心惊求恳，金甲神说：'不必慌张，且看帖子背面。'又有两句续道：'欲攘此难，改为佛堂。'我想起来，有什么冤鬼作祸？若钟守净无此梦兆，又何苦谄谎？我心半信半疑，犹豫不决，特与夫人商议，未知虚实若何。"夫人道："一向闻人传讲，钟守净是有德行的长老，莫讲那仕府乡宦敬重，便是今上兀自把他如活佛一般供养，他焉肯打诳语？鬼神之事，自古有之。这房子不要说目今有祟，无人敢住，相公，你不记未第之时，住在此屋，遇天阴雨或黑夜，常闻啼哭之声，撒泥掷瓦，每欲谪僧道驱遣，只因乏钱，蹉跎过了。后来相公贵显迁居，却就忘了驱遣一事。今有这梦，想必是那些鬼魅作祟，至今未除。但后面两句，改为佛堂，方免此灾，若改佛堂，必须召僧看管，焚香侍奉了。安思与相公托上天福庇保护，富贵产业尽多，那在这所小屋，不如将这房子舍与妙相寺供佛罢了，可以免此火难。又且我与你老景做一香火院，常好去烧香念佛，免得又召僧人看管。不知相公意下何如？"王洪道："夫人言之极当。只一件，白送与他，太便宜他了。我自有道理。"不题。

再说钟守净虽然讲了这一片脱空大谎，心里也蹀躞不下，未知事体成否何如。次日午时时候，正在佛殿上乱想胡猜，远见一人慢慢地摆入殿上来，对守净声喏。钟守净答礼道："兄从何来？"那人道："小人是王侍御府中干办，敝主差来见住持爷，有事请教。"钟守净即邀于办人侧厅坐下。于办道："家主王爷差小人来禀知，特为寺后墙外这所房子。昨日住持爷说有甚梦兆鬼火之异，家主与夫人计议，欲奉与住持作个香火院，特使小人来达知。不知尊意若何？"钟守净听罢，笑逐颜开，十分欢喜道："承贵主王爷美意，救了敝寺与前后人家，此乃莫大阴骘，福德无量。小僧领命，但不知房价几何，乞明示奉上。"于办道："原契价银一百三十六两，修理在外，这也说不起了。"钟守净即令道人整治酒肴款待，着一个心腹徒弟陪坐，自却忙忙的到库房里秤兑房价银子停当，又取一锭白银藏于袖内，依旧锁了库门，走至侧厅道:"老都管宽坐,甚是有慢。"干办道:"打搅住持爷,实为不当。"钟守净着行童斟酒,陪着笑脸,再三苦劝。干办吃得酩酊大醉,辞道:"小人实不能饮了,只此告辞。"钟守净道:"都管且坐,既不用酒,不敢苦劝。"叫道人拿出天平来,放在桌上,袖里取出银子,一封封当面兑明。钟守净道:"烦老都管多拜上老爷,深蒙厚情,今照原价,兑足纹银一百三十六两。理合亲奉到府,但恕小僧有些贱恙,烦足下收明送上,并此回帖拜覆,小僧另日竭诚踵府面谢。"又取出袖中那锭银子,连与干办道:"些须薄意,奉都管以告慢简之罪。"干办千欢万喜收了,作别而去。回到府中,见了王侍御覆道:"钟住持甚是欢喜,待小人酒饭,将屋价依原数奉上,有回帖在此。"王琪接了银子,看了回帖,笑道:"这钟守净不枉是一个能僧,果是富足有余,做事干截。"又问道:"还有什么讲话?"干办道:"钟住持多拜上爷,另日还要面讲。"王琪即取原契、谢帖,再差干办往妙相寺中,交与钟和尚。有诗为证:

思探太楼春,吞房计划深。
古今多异事,天亦助奸人。

钟守净和黎赛玉偷情之后,日夜心里忧思,无计可图长久。却得赵婆大开方便之门,点醒了念头,用计赚了王侍御这所屋子,心中欣喜无限,忙着道人去接赵婆来计较。赵婆正在家思忖钟和尚和黎赛玉这段事情,缘何数日两处不见一个人来,正闲想间,却好道人来接,随同取路到寺,进钟守净禅房相见。赵婆密问:"日前所说房子,曾深得些门路么?"钟守净道:"正为此事来接干娘计议。这房子,贫僧略施小计,王侍御双手送来,原契已入我手。明日就开墙门过去修整,改为佛堂,好快乐也。再要做些功德,遮掩外人耳目,这都是干娘所赐。但怎地得那沈全出去方好?"赵婆失惊道:"住持爷用甚计就赚得屋子这等快？"钟寺净将那还愿吃斋、假梦赚骗的计，一一说了。赵婆跌脚笑道："天杀的活贼，说我乖，你更滑，倒有这般手段。如今既得了活路，还愁些什么！明早老身就去，把言语激他，包得沈全离家远出。"钟守净道："不瞒干娘说，小僧和这冤家一会之后，半月有余，日夜牵挂，寸肠欲断，寝食之间，无一时不想他念他，正谓一日如三秋。乞干娘作急遣他出门，感恩不浅。"赵婆道："不必叮嘱，老身自有道理。"吃罢茶，就起身出寺，也不回家，取路径到沈全家里。掀开竹帘，咳嗽一声，惊动了这个前世冤家。

　　黎赛玉在轩子里和沈全闲坐，心里正想着钟和尚，欲见无由，忽听得有人咳嗽，认得是赵婆声音，慌忙出来看，正是这撮合山。两个道了万福，各自心照。赵婆道："一向久违。"黎赛玉道："亲娘有甚见怪，许久不到寒舍走走？"赵婆捣鬼道："老身穷忙失望，今有一紧急事情，特来通报。你大官人在家么？"黎赛玉道："在轩子里闲坐，干娘有甚话讲？"赵婆道："须见大官人方可讲知。"沈全听得，便出来唱喏，同到轩子内坐下。沈全便道："妈妈要见小生，有何急事？"赵婆故意张惶低声道："大官人，你兀自睡在鼓里哩，目下祸事临头，全然不晓！"沈全夫妻二人失惊问："有甚祸事？"赵婆道："午前，老身到普照寺前余太守衙里卖些珠玉，正和夫人讲话，只听得太守在前厅发怒大嚷，几个丫环忙走入来禀道：'大相公被老爷着县里公人押去了。'老身惊问，夫人叹气道：'惶恐难言。我与相公年过半百，上有这一个不肖之子，指望他成名显达，谁想不务读书，终日只好吃酒嫖赌，老爷教诲不改。半月前被一伙泼皮赚去赌钱，赌得输了，暗将儿妇一双金钏偷去赌，又被这班棍徒局骗了去。老爷知道，故此发恼，昨晚已缚起来打了数十，我也劝不住。指出几个积赌光棍，姓名一录写明白，今早具一纸呈子，连这畜生送到县里，要县尹捉拿这班赌贼，追赃究罪。县尹不敢监禁这畜生，依旧送回，讲明早出牌提拿赌贼。老爷发怒，仍要押这畜生去，我也没法处置，难以向前劝解。这都是前世冤孽.'老身又开口问道:'这一班赌贼却是兀谁,敢来赚骗公子?'夫人道:'一伙共有十余人,为头六个,第一名积赌姓都名卢,插号叫做都酒鬼。第二个叫做朱拐子,次后张绊头,郝极鬼,沈蛇瘟,李小猴,共六人,说都是邻近住的。老爷俱要问他个大罪哩。'老身听得沈蛇瘟三字,吃了一惊,含糊答应几句,生意都不做,别了夫人,急来报你。你可作急计较,不要临渴掘井,坠马收缰。"沈全听罢,惊得目瞪口呆,手足无措。有词为证,词名《长相思》:

   坐如痴,立如痴。何异雷惊孩子时。心头裹乱丝。饥不知,饱不知,平地风波悔恨迟。踌躇暗自思。

  看官,你道为何赵婆说这席话,这等圆稳,能惊得沈全动?原来这蛇瘟一向在赌博场中着脚,和余公子素相交往,每常赢他些财物,回来用度,平日间黎赛玉曾告诉与赵婆,故生出这段枝节来唬他。沈全惊得面如土色,顿足道:"怎地好?若送到官司受刑不起,却不是死?"黎赛玉心里却明白,知是赵婆的诡计,假意慌张道:"老亲娘,真有此事么?"赵婆道:"呀,这是老身亲见的,为好特来通知,无故哄你做甚!"黎赛玉掩面假哭道:"我一向劝你莫赌,不听好言,致有今日,此事怎了!"沈全道:"赵妈妈在此,我若果得他的金钥,便吃官司也是甘心。不知是那个横死的忘八赚了去,牵我吃屈官司。若手里有钱,也不愁他,如今双手扑尘,一文也没,倘若发下牢中监禁,岂不活活饿死?不如寻个自尽罢了。"赵婆道:"你夫妻二人不要慌,趁今日县里公差未出,不如作急为计。俗言说:三十六着,走为上着。及早逃出远方避难。自古罪人不孥,大娘子是好计较的,何必自寻死路。"沈全道:"纵要逃窜,身边缺少盘缠;便去时,又怕浑家独自一人支持不来,教我怎的丢得出门!"说罢,两泪交流,黎赛玉也帮着假哭。赵婆道:"你两个这样哭,岂是哭得无事的?连我也没主意了。老身蓄积数年，藏得八九两散碎银子，要防老景结果送终之物。如今幸得贱体还健，且暂借与你救急，一来出去避这官司，二来随便做些生理，出一出景，且在外边躲避半年三个月，打听得官司散了，你再回来完聚未迟。"沈全纳头便拜道："若如此，多感干娘扶持。天幸避得过这场大祸，必效犬马。只是浑家早晚间望乞照管周全则个。"赵婆道："我念佛人慈悲为本，这都在我老人家身上，不消挂意。你今且在家里隐身，不可出门露影，待我回去取了银子就来，趁今晚人不知鬼不觉，早早赶出城外，寻客店安歇了，明早长行。"说罢，抽身别了黎赛玉，径往妙相寺里见钟守净，说："沈全被我如此如此哄动，今晚就要动身出外。老身慌忙赶来，快取散碎银子十两，拿去与他做盘缠出外，快杀也有三五个月才得回家哩。"钟守净大喜，忙忙的银包里撮了十数块银子，也不用秤，约莫十两有余，递与赵婆，声喏道："千万烦干娘玉人面前替我申意，好事只在目前了。"

　　赵婆藏了银子，别了钟守净，出寺到一僻静去处，将银子拣好的撮出一大块，约有二两余，藏过了，出将八两放在衣袖里，一口气跑到沈全家来。进门把门关了，沈全忙问："干娘，银子拿得来否？"赵婆道："在这里了。"袖中取出一大包碎银子，递与沈全道："这是八两纹银，你可收好，利息由你不论。路上小心在意，不可造次。老身告回，你可作急离家远去，惟愿官司消散，财喜十倍而还。"沈全和黎赛玉拜谢不已。赵婆作别，开门而去。沈全即打点包裹干粮，将银子藏顿已了。天色将暮，吩咐赛玉道："你在家早晚谨慎，缺长少短，可问赵妈妈借贷些，待我回来，本利一总送还。"黎赛玉道："这都不消记挂，但愿你早去早回，省我朝夕悬望。路上小心，水陆保重。"讲罢，夫妻二人挥泪而别。有诗为证：

　　　　堪笑区区一沈全，美妻不庇送人眠。
　　　　当时若探真消息，何必悲啼离别间。

却说沈全别了浑家，背上包裹，取路出西门来。一面走，一面心下暗想道："我与余公子顽耍，向来不过赢他几贯钱钞，并不见金玉首饰将出来赌，为何言没了金钏，告在县中？事有可疑。适才赵妈妈说郝极鬼也在所告之内，这厮住在西门外，开古董店，不如往他店中问个消息，便见真假。"一路上以心问心行了里余。将近城门，远远见一个小厮，手内捧着拜匣，走近前来，见了沈全问道："沈一哥何处去？天色晚了，这等着忙走路。"沈全看时，却是余公子家僮。因他生得白净乖觉，故取名雪儿。当下沈全答道："我要出城去取些账目，故此乘晚而行。小雪，你却往那里去？"小雪道："大相公令我送些礼物与一个相知，适才偷空和小厮们赌钱耍子，不觉天色暮了。我看你走路慌张，面皮青色，必有什么事，这般晚了赶出城，你莫瞒我。"沈全笑道："看你不出，倒也识得气色。你来，我有一句要紧的话问你。"两个走入一条冷巷里，街沿上坐了。沈全道："我闻人讲你大相公赌输了一双金钏，是兀谁得了去，你可知道么？"雪儿将沈全照脸呸了一口道："好扯淡！大相公被你这伙人引诱去赌，每每输了银两钱物，老爷十分着恼，即日要排除你这伙狗贼，还来问什么金钏银钏哩。早早撒开罢了！"讲罢，跳起身就走，一道烟去了。沈全听了这话，信是十分真实，依旧背上包裹，急急出城，赶到郝极鬼店中。正欲扣门，只听见里面夫妻二人争闹。其妻骂道："我把你这狗杀才，不顾家业，终日去赌，不吃官司，不肯罢休。你这臭皮囊，少不得猪拖狗嚼哩！"沈全听见"吃官司"三字，谅得是这话了，不敢敲门，拽开脚步，取路往西南而进。当晚寻店安歇。次日更名改姓，避难去了。有诗为证：

> 赵婆设计意何深，一路风闻错认真。
> 不是蛇瘟离旧穴，游蜂安得宿花心。

且说赵婆次日侵早到寺里通知钟守净："沈全昨晚已打发出门，任凭住持爷来往无碍。"钟守净欢喜酬谢。随叫匠人开了墙门，将王侍御房子里供奉几尊佛像，挂起幢幡来。又着本寺和尚做些禳灾功德，跋碌三五日，才得宁贴。这黎赛玉发付丈夫离家之后，心里也有些恋恋不舍，只是事已到此，推却不得。又见钟守净终日做道场，无些动静，心里越闷。到了第五日夜间，将次更深，正欲息灯脱衣而睡，猛听得窗外扣得声响，黎赛玉轻轻推开看时，却原来是钟寺净立在梯子上，靠着楼窗槛，槛下是半堵土墙，故用梯子搁上窗槛，方可跳入。守净将指弹得窗儿响，一见赛玉开窗，便爬入窗里来，两个欢天喜地，搂抱做一块。黎赛玉急闭了窗道："住持，你好人儿，如何今日方来，撇得奴孤孤零零！"钟守净道："我的奶奶，不要讲起。我自那晚欢会之后，切切思思，恨不能够一面。亏煞那赵干娘用尽心机，今夜又得相逢，天随人愿。"讲罢，吹灯解扣，上床同寝。当夜二人拥抱而卧。睡到黎明，守净起来，穿了衣服，从窗上爬落梯子趔回禅房去了。自此为始，每日黄昏，即将酒肉果品，度到黎赛玉楼上来。二人秉烛笑谈，直饮到更深方睡。沈家左邻右舍巷里的人，也有晓得的，只是畏钟守净势大，无人敢惹他。编成一出小小曲儿唱道：

　　和尚是钟僧，昼夜胡行。怀中搂抱活观音，不惜菩提甘露水，尽底俱倾。
　　赛玉是妖精，勾引魂灵。有朝恶贯两盈盈，杀这秃驴来下酒，搭个虾腥。

正是光阴迅速，拈指一月有余。一日天色将昏，钟和尚取数贯钱，着来真到街坊上买一对熏鸡，沽几壶豆酒，原来赛玉专好熏鸡吃。这来真走至十字路口，人烟辏集，挨挨挤挤，不觉衣袖里将钱失落。及到店取钱买酒，方知脱下了，心内忧惊，只得空着手回寺。钟守净问："你买的酒与菜在何处？"来真道："路上不知怎地，铜钱遗失了。"钟守净从来吝啬，一见来真失了铜钱，勃然大怒，取竹片将来真打了十余下。两个老道人再三讨饶，守净方才罢手。来真从此记恨在心。

又过数日，正值七月初旬，钟守净买了数枝新藕供佛，令来真将两枝送与西房林住持。每常林澹然和钟寺净讲谈闲叙，近觉守净精神恍惚，言语无绪，举止失措，心里也有几分疑惑：莫非干了些不端的事么？只是不好问得。当日却在侧首柏亭上乘凉，见行童捧着两枝嫩藕走入亭来，道："钟老爷送新藕与住持爷解热。"林澹然接了，问道："钟老爷这几日怎地不见？"来真答道："钟老爷这几时甚是忙，那有闲工夫。"林澹然笑道："出家人清闲自在，为何这等忙？"来真道："却也不清，却也不闲。"林澹然道："钟住持的忙处，俺都知道，你可讲来，看与俺知道的对也不对。"来真道："钟住持干些瞒昧的勾当，小人一向也有心要禀知老爷，但恐转言成祸。"林澹然道："不妨，决不累你。"来真将钟守净初见黎赛玉，次后着灯得病，和赵尼姑设谋局，骗王侍御房子，打发沈全出门奸宿的事，细细讲了一遍。林澹然听罢，笑道："你也讲得不差。出家人干这等有天理上天堂的事，怪道这几时精神清减，情绪不宁，原来恁般做作，恁般快乐。"发放来真道："你去拜上住持，多谢新藕。"来真又道："住持爷，适才所言的事，千万不可与人讲知。"林澹然道："俺已讲过，不必多言。"来真自去了。有诗为证：

   莫开嗔戒打来真，打得来真不敢嗔。
   更有嗔心吐真意，来真真是个中人。

却说林澹然自从来真说知守净所干之事，心下暗想："这妙相寺不知圣上费了多少钱粮才得构成，圣旨宣你做一个正住持，管辖多少僧众，享尽多少富贵，谁不敬重？岂意今朝干下这等犯法事来，如何是好？若有些风声儿吹在圣上耳朵里，岂不死无葬身之地？可惜若大一个招提，必致折毁矣。古人云'朋友有责善之道'，俺须相个得便机会,把几句言语讥讽,点省他迷途,也是俺佛门相处之情。"自此每每在心,却遇不着个机会。又早荷叶凋残,桂花开放,正值八月十五中秋佳节。林澹然吩咐厨房整办蔬食月饼果品之类,开了陈酒,着行童到东房里接钟住持赏月。这钟守净一心想着今夜要和那心爱的人儿玩月取乐,偏遇他来接看什么月,好不知趣的人。对行童道:"我今日身子不快,可多拜上林老爷,不得赴席了。明日面谢。"行童应诺,即至西房,回覆林澹然。澹然微微冷笑道:"今夜天清月朗,又是中秋,他必和那淫妇登楼玩赏,做个人月双圆,故此推托不来,我有主意在此了。"吩咐厨下:"蔬食整备完时,来对俺讲。"看看天色渐暮,但见红日西沉,冰轮初涌,宋贤苏东坡有词一首,名《念奴娇》,单道这中秋明月的妙处:

凭高眺远,见长空万里,云无留迹。桂魄飞来光射处,冷浸一天秋碧。玉宇琼楼,乘鸾来去,人在清凉国。江山如画,望中烟树历历。

我醉拍手狂歌,举杯邀月,对影成三客。起舞徘徊风露下,今夕不知何夕。便欲乘风,翻然归去,何用骑鹏翼。水晶宫里,一声吹断横笛。

管厨道人来禀:"蔬食果品,俱已齐备。"林澹然吩咐:"送过东房钟住持花园中去。"道人即忙打点,送到钟守净花园里来摆定,钟守净吃了一惊。随后林澹然也到,二人稽首。林澹然道:"小弟今日办得一味蔬菜,请师兄玩月。闻贵体不安,故送至此,闲谈片时,庆赏佳节,兼得问安,请教玄理。"钟守净道:"多承厚爱。但贱体染疾,专好静坐,故劳枉驾,心实不安。"林澹然笑道:"弟兄之间,何出此语。"二人坐下,林澹然叫行童斟酒。钟守净道:"师兄忘矣,小弟向来不曾开戒,何劳赐酒。"林澹然笑道:"师兄请此一杯,小弟有片言请教。"钟守净笑道:"如来五戒,以酒为先,小僧自来不饮,岂可擅破佛戒?此酒决不敢领。若有见教处,但讲何妨。"林澹然道:"小弟不知释教戒酒之义,乞吾兄见教。"钟守净道:"师兄又来取笑。小小童子一空入门便知五戒，师兄乃高明上人，怎么反下问于小僧？"林澹然道："五戒之说；小僧岂不知之，但酒乃先贤所造，天有酒量，地有酒泉，人有酒圣，虽仲尼亦道惟酒无量，但不及乱耳。酒可以和性情，合万事，飨天地，格神明，怎地如来反以为戒？"钟守净道："原来师兄有所不知。人之败德乱性，莫酒为甚。出家人一耽此物，焉能炼性参禅？故我佛以为首戒。"林澹然道："这个极戒得是了。经云：'色即是空，空即是色。'色之一字，正合空字之义，如何我佛反又以为戒？这个只恐戒得不是些。"钟守净口中不讲，心下暗忖道："毕竟此事被他识破，言语来得跷蹊。"只得硬着口答应道："彼大菩萨，六根清净，四大皆无，如莲花出污泥中，亭亭不染，方可具色空空色之解。我辈初学，立脚未定，一犯色界，永堕阿鼻。然各人自作自受，我与你莫要管他。"林澹然拍手笑道："师兄讲得是，管甚闲事，且和兄看看月色何如？"钟守净道："最妙。"林澹然命将桌子移在太湖石边，林澹然自斟酒，钟守净自啜茶。两个坐了一会，一面玩月，一面把闲话支吾。看看坐到更深，皓月当空，并无一点云翳，果然好个中秋良夜。钟守净心如刀刺，不能脱身与黎赛玉并肩玩赏。有诗为证：

> 素影映秋山，满天风露寒。
> 楼头空怅望，禅室泪潸然。

林澹然不用行童斟酒，自酾自饮，吃得兴豪，将钟守净这一桩心事接纳不下，欲要讲破，又不好明言，心下想了半晌，眉头一蹙，计上心来，问道："师兄，那做佛头的赵蜜嘴，一向来么？"钟守净道："许久不见，师兄问他则甚？"林澹然道："小僧久闻这赵婆是个女张良，今有一事，欲要见他，偶尔问及。"钟守净满面通红，心头撞鹿，只得把他事胡遮。林澹然又道："向日师兄讲有什么梦兆，买得王侍御房子，又做了禳灾功德，这梦兆果是实么？"钟守净道："已往之事，不必提起，且与师兄玩月。"林澹然佯醉，拍手笑道："师兄，你看好月色呵，明而且清，真赛过玉也。"钟守净听了这话，愈觉坐立不安。心下思量这桩事，谅来瞒他不过了，不如和他讲知，省得如此点缀消遣。立起身来，也笑道："小弟之事，正欲告罪于师兄法座。不才一时被色欲所迷，陷入火坑，急忙摆脱不下，师兄谅已觉照。适间见教，使小僧愧赧无地。这也小事，容小弟忏悔，望师兄海涵，誓当重报。"林澹然摸着肚子笑道："兄言差矣。俺和你义同手足，祸福共之，兄今干下这坏法的事来，外人岂有不知？小弟不言，便非同宗之义。你俺受朝廷眷顾大恩，上及公卿，下及士庶，人人敬仰，个个钦尊，都只为这德行二字。兄今一旦惑于女色，倘若今上知道，取罪匪轻，不惟进退无门，抑且把僧家体而丧尽。王法无情，地狱难免，十余年戒行，一旦成灰，徒贻话靶。小弟不得不苦口直言，兄勿见怪。"一席话，讲得钟守净默默无言，呆了半晌，谢道："小僧知过了，承教，承教。"勉强又坐一会，林澹然令道人收拾杯盘，作别回房。有诗为证：

几句良言利似刀，奸淫秃子律难逃。
受恩深处多成怨，祸福无门人所招。

林澹然自回西房去了。月色沉西，满天风露。却说钟守净走入禅房里，也不思睡，点着一盏灯，和衣而坐，心下辗转思量林澹然所言，忧疑不决。欲要弃了这妇人，改行从善，心里实舍不得如花似玉美娇娃；欲待不听林澹然之谏，又恐声扬起来，难以自立。千思万想，踌躇一夜不睡。比及天明，又睡着了。直至巳牌起身，茶饭也不吃，只在禅堂里走来走去，就如中酒的一般，好闷人也。不觉天色又晚，吃了一盏清茶，精神困倦，正在寻睡，心下又想着黎赛玉，昨夜必然等我去赏中秋，见我不去，必生疑恨，且往墙外佛堂中一看，再睡不迟。悄悄地走入王侍御的房子里，一眼看着楼上。

立了好一会，猛听得呀的一声，楼窗开了。钟守净急抬头，见那人儿在窗口将手相招，钟守净一见，却如摄了魂灵去的一般，不觉手舞足蹈，掇过梯子来，依旧爬将上去。赛玉纤手相扶，走入楼中，连骂道："好负心的贼秃，昨宵教我整整等了一夜，今日好不耐烦。怎地这等时候，要我招方才上来？莫非你心变，另叙上个人儿了？"钟守净道："岂敢心变，焉有他情，讲起来令人烦恼杀人。"黎赛玉道："端的为何，你且细讲来。"钟守净叹了一口气，不做声。黎赛玉道："我晓得了，想是你口儿不谨，或做事不密，被人知道了，故此欲言不语。你对我实说何妨。"钟守净点着头道："不必讲了，你聪明人猜的不差。正为昨晚我安排肴馔，只等候人睡静了，来和你取乐，以赏中秋，月下佳期，画楼双美。不想西房住持林澹然天杀的，邀我赏月。你想我有何心绪与他扯淡？推病不去，他又移了酒果，到我花园里来，闲话之中，反被他频频讥讽。我与你被窝里的事情，依他讲就如眼见，因此我被他消遣，忿气难当，一夜不睡。今特来与你商议一个长便，不知怎的是好？"黎赛玉笑道："何必愁烦，男子汉家，好没主意！你若怕他言语时，只索与我分离罢了。若有心和我久情相处，何虑他人议论？"钟守净道："不然。承娘子相怜垂盼，小僧虽粉身碎骨，难忘美情，只要地久天长，岂惧闲人说话？只是林澹然这厮，娘子还不知他，极是刚直，比诸人不同，我倒有几分畏他。况是圣上敕赐的副住持，倘或暗中构衅，那时夺了我的权，坏了我的事，以此心下忧疑，岂有抛撒娘子之理。"黎赛玉道："我岂不知他是副住持，向来做人执傲刚愎，不得人意。如今你须假意趋迎，比前更加亲密，委曲奉承，不要忤着他便是。已下行童使用之人，也须好意相看。倘遇着个便儿，你在皇上前暗用谗言，逐他出寺。若得除了这人，寺中已下之人，再后谁敢多口？我再和你任情快乐，复何虑哉？"钟守净快活道："还是我的妙人儿大有见识，使小僧如梦方觉。自古道，无毒不丈夫，待我暗里用些计策，赶他出寺便了。"正是：

明枪本易躲，暗箭最难防。

毕竟钟和尚用何计策逐林澹然出寺，且听下回分解。

第九回

害忠良守净献谗　逃灾难澹然遇旧

诗曰：

> 万乘巍巍胜法王，翻持异教坏纲常。
> 奸婪秃竖居华屋，忠谠真僧窜远方。
> 沽饮酒家逢故旧，烧灯窗下诉衷肠。
> 通宵说到知音处，暂问幽闺躲祸殃。

话说钟守净听了赛玉之言，不胜快乐，重剔银灯，再整酒肴，并肩而坐。你一口，我一杯，直吃到更尽兴浓，脱衣交颈，二人大展酒兴。有三字句为证：

> 个中情，不可说。连理枝，双凤穴。软如绵，白似雪，嫩过酥，光如月。雨自来，云自接。又不泄，又不歇，又不疲，又不说，两般人，各有悦。所以然，心固结。夜既分，情难竭。

钟守净天未明即起来，穿衣回去。

来往既久，寺中僧众，无一个不知。其间有几众老成阇黎，每每向林澹然告诉："钟住持做下这般非礼，圣上一知，为祸不小。乞住持做主，劝化他改过方好。"林澹然道："汝众人毋得多言。自古眼见是实，耳闻是虚，钟住持是个有操行的人，恐无此事。纵或有之，亦须隐晦，不可播扬漏泄，坏了本寺体面。"众僧见林澹然吩咐，皆不敢多言，嗟吁而退。林澹然屡问来真，打听消息，知钟守净不改前非，心下暗忖道："俺若再阻他时，反招其怪，是不知机了。姑待数月，如或不悛，俺只索离了这寺，云游方外，免使祸及，有何不可。"闲话休题。

却早秋残冬到，又是十月天气。十五日乃是下元令节，解厄水宫圣诞。前一日，梁武帝差两员内官，至妙相寺传旨知悉：次日御驾亲临本寺烧香。钟守净预出晓谕，令合寺大小僧众，次日五更沐浴焚香，整肃衣冠，打点迎候御驾。次早，钟、林二住持在寺中焚香点烛，悬花结采，洒扫殿堂，撞钟击鼓，打点斋供，俱已齐备。到辰牌前后，飞马来报，御驾出五凤门了。钟守净、林澹然忙出山门一箭之地迎驾。俱头戴五佛毗卢帽，身穿蜀锦采绣袈裟，足穿僧鞋，率领寺中众多和尚，排列得斩斩齐齐。少顷，御驾已到。远见前列扈驾羽林军，后是文武百官拥护。梁武帝端坐龙车，头戴冲天嵌宝金冠，身穿素色衮龙袍，脚踏龙凤履，腰系碧玉带。宦官仪从，不计其数，紧随銮驾，望妙相寺而来。钟守净等远远伏道迎接。武帝至山门，下了辇步行，钟守净等众官，都跟随入大雄宝殿来。众僧、多官侍立两班，仪从屯扎丹墀，羽林军屯于寺外。

武帝上了殿，即命脱下龙袍，换了禅衣，卸下朱履，换一双素鞋，除下金冠，戴一顶素绢软翅巾，腰系一条黄绒双须绦，手上圈一串明珠穿成的念珠，乃是道家打扮。顶礼诸佛已毕，殿中摆一张素木交椅，方才坐下。钟、林二住持率领众多和尚，正待朝贺，武帝开言道："今日下元令节，朕专为斋供诸天，开讲佛法，众僧不必行君臣之礼。"钟守净等谢了恩，俱各向前稽首，行释教礼。左首一个绣墩，钦赐钟守净坐；右边一个竹墩，钦赐林澹然坐。二僧俯首，不敢就坐，武帝道："朕正要与二卿谈论佛道，毋得如此拘束，赐卿坐下无妨。"二住持稽首谢恩，即脱了锦绣袈裟，换却禅衣，然后坐下。文武官员与众僧皆两旁侍立。钟守净献茶已毕，武帝问道："今日乃水官大帝寿诞，可曾斋供否？"钟守净合掌答道："请佛尊天，侵晨俱已斋供过了。"武帝又道："朕于先年曾在同泰寺设四部无遮大会，听道林支长老开讲佛法，甚合朕心。朕慕释理玄微，凡欲出家修焚，与支长老传其衣钵，无奈众卿以钱亿万，苦苦奉赎，表请还宫。朕彼时立志不回，群臣再三上表，朕不得已，姑且还朝理政。切思身为万民之主，富贵极矣，光阴迅速，苦海无边，不早回头，后悔何及。朕一心只要皈依佛法，往生净土，众臣苦谏，将朕身羁绊至今，踌躇未决。二卿可为朕指迷，使朕早登觉路。"钟守净躬身道："陛下贵为天子，富有四海，享无疆之福，万民乐业，天下升平。此虽是德政所孚，亦由前生种成善果，所以今世为太平天子。先觉有云：'欲知来世因，今生作者是。'陛下虽洪福齐天，然亦不可不修。如来云帝王人中尊贵，自非宿福，何以能然？若比转轮圣王，犹是鄙陋。陛下欲证菩提，回头是岸，群臣之谏，无非各尽其道而已，陛下何必踌躇。"武帝听罢大喜，点头道："卿言句句慈航，甚合朕意。"

右边林澹然低头不语。武帝道："朕特为与二卿讲道而来，卿独无言，何也？"林澹然顿首奏道："臣愚不谙禅理，但闻开辟以来，历代明君圣主，皆以孝弟治天下，名垂不朽，声施无穷，未闻皈依释教而成佛者也。臣等孑然一身，内无父母妻子之累，外无天下国家之寄，故可以出家，了此本身事业。陛下为万乘之王，宗庙社稷、子孙黎民萃于一身，当法先王之道，亲贤远奸，行仁政以覆育苍生，使天下乐尧舜之世，子子孙孙，瓜瓞云仍，万代继统，岂可披缁削发，效匹夫之所为乎？况今东魏存觊觎之心，南齐生侵掠之意，陛下不理国政，倘百姓叛于内，敌国乘于外，臣恐金瓯之国家，非复陛下有也。臣愚不识忌讳，冒死上言，伏乞圣鉴。"武帝听罢，俯首沉吟。

钟守净见林澹然话不投机，心里暗想："不趁这机会挑动皇上赶他离寺，更待何时？"即合掌上前道："林太空之言差矣。万岁欲皈依如来，弃富贵而避轮回，割恩情以归觉路，这正是智过百王，勇超千古，广大智慧，登彼岸也。我与你合当赞勷，为何反出此言，以阻圣意？甚非臣子爱君之心。"武帝原有几分不乐，又听钟守净谄佞了这几句，愈加不喜，拂衣而起。林澹然再欲分疏，武帝已移步看佛像去了。有诗为证：

> 忠言逆耳不堪听，朝内无人敢谏争。
> 身死国亡天下笑，披鳞馀得一真僧。

林澹然心中暗思："钟守净这厮好生无理！适才言语，分明是离间之意，暂且容忍，看他怎生排陷。俺若再苦苦谏时，眼见得落他圈套之内。"一面忖度，一头观钟守净动静。只见武帝步入侧殿里去，止有钟守净紧紧随侍，并内监数人。武帝问殿后还有什么殿宇，钟守净躬身答道："殿后就是后殿，次后是排堂、香积厨、方丈、各僧房。库房东西两庑之内，俱有太湖石假山园林，花卉池阁。"武帝道："朕今日不回宫了，且在寺中一玩，夜间还要与卿讲参悟之诀。卿代朕传旨，发放众臣，明日早朝俟候。"钟守净领旨出殿，传谕众臣散去，明早候驾，止留宦臣等侍卫。众文武官员仪从听了圣旨，各各嗟吁而散。这寺里管厨和尚，午斋已备，禀知钟守净，守净迎武帝至禅堂进午斋。武帝吩咐："众僧各自回房，止留卿一人伴朕。"林澹然和众僧各自散了。武帝在排堂坐定，独钟守净一人侍陪。内监等侍立两旁，道人、行者纷纷献上斋来。武帝一见，尽教撤去，原来盛蔬食的俱是金银器皿，况品数又多，武帝不悦，都教搬去，止用瓦器盛一味素菜，瓷碗盛一箸粗饭。钟守净领旨，陪侍吃罢，君臣二人又谈经说典。看看傍晚，晚斋已备，武帝止住不用，只呷了一碗清汤。林澹然率领众僧，同在禅堂外侍立。武帝又分付道："朕与钟卿在方丈中打坐，究竟些静里禅机，众卿各自方便，不必在此伺候。"众和尚依旧散去。

林澹然自回西房，心里想着："钟守净做下若大犯法之事，不思改过，反欲谮俺。日间之言，奸心毕露，设或暗中再进谗言，俺老林必遭奇祸。须令人打探消息，预先准备方好。"着一个道人，往东房密寻行童来真计议。来真向前声喏道："住持爷有何吩咐？"林澹然道："俺与你商量，就是钟住持那一段隐情。俺于中秋赏月之夜，苦口相劝，彼不思自悔，反怪俺言。日间在圣驾前，当面抢白俺一场，幸圣上慈善宽容罢了，倘是个急躁量窄的，岂不登时受祸？故俺心下不安，特烦你去打探消息，或有甚话头，你须急急报俺知道，自有重赏。"来真道："不须住持爷费心，小人已在意了。早上钟住持对圣驾诽谤老爷，小人甚是不忿，适才又讲许多碎话，但含糊不甚明白。我如今去用心窃听，倘有紧切言语，即来报知。"讲罢，慌忙去了。

再说钟守净和武帝在方丈中细谈细讲，武帝问及之言，钟守净一一分剖，对答如流，武帝甚喜。看看问到寺中之事，武帝道："朕创这妙相寺，敕卿为住持，却又早三四载了。寺里钱粮出入，事务纷嚣，赖卿料理，但不知本寺除卿与林太空之外，还有能事有德行的和尚几人？"钟守净道："臣托陛下天恩，寺中大小僧众，各守法度，虽无出类高僧，却也循规蹈矩，无敢坏事者，向来肃然。自从去年来了这员副住持林太空，寺中法度，尽被他紊乱了。"武帝惊问："却是怎生被他紊乱？"钟守净道："陛下不知。这林太空倚陛下敕赐封为副住持，又恃著有几分武艺，目中无人，每每欺臣特甚。臣怕失了体面，亦不和他计较。时常酗酒撒泼，杀狗偷鸡，寻人厮打，搅得众僧不安。臣苦劝，反遭叱辱。臣与他讲，我等出家人，该清修戒律，毋作非为，佛门不饮酒，不茹荤，不使气，才是僧家法度，为何饮酒食肉，醉后凌人？圣上知道，必取罪戾。他却呵呵大笑起来道：'不妨，不妨。无事时佛眼相看，设或圣上有一些儿伤着俺，只消一纸书到东魏，结连高欢，要早要晚起一枝军马，杀奔前来，俺却做个里应外合，反掌间梁地可得，何况你这一干和尚乎！'臣听了此言，心胆皆堕，屡欲奏闻陛下，却无指实，不敢妄言。早间阻挠陛下修焚，又将东魏来压陛下，这岂是出家人的心肠？奸险之极，难逃陛下圣鉴。今陛下问臣，臣不敢隐讳，伏惟早赐驱除，免生后患。"有诗为证：

不秃不毒，不毒不秃。颠倒是非，覆亡人国。

武帝听罢，大怒道："这厮直恁无礼，卿何不早言？清净法门，怎容得这般无赖。所以日间出言唐突，侮弄朕躬，明早即差校尉拿下，着枢密院官好生勘问。果得实情，必当枭首。"君臣二人说话，却被来真立在板壁后，句句听得明白，惊得魂不附体，急抽身奔到林澹然方丈里，却被门限绊了一跌。林澹然见来真来得慌张，已知消息不好，忙问："你去打探，有甚说话？"来真道："住持爷，不好了，这场祸事比天还大。"忙将钟守净对武帝讲的话，及武帝大怒要拿问的言语，细说一遍。林澹然大惊道："不期直如此害俺。"低头暗想，无计可施。来真道："住持爷不可耽搁，快寻生路。"林澹然因这句话，陡上心来。便道："俺趁今夜无人知觉，不如及早闯出城门，逃窜他乡，暂避此祸。留得五湖明月在，不愁无处下金钩。只是忿这钟秃驴不过。罢罢罢，向后有对付他日子。"开箱取一锭银子，赏了来真道："亏你报知，救俺性命。今与你一锭白银，拿去做几件衣服。钟守净跟前，切不可露一些风声，若走透消息，俺命休矣。"来真叩头道："住持爷此去，路上保重。这里我自理会，决不露风。这银子住持爷带去，路途正要盘费，小人决不敢受。"林澹然道："不必推辞了，你收去，俺倒放心。"来真道："恁地只得收了。老爷可作急远离此地，不然必遭罗网。"林澹然道："俺已揣度定了。你快去,那秃驴寻你不见,反要生疑。"来真道："老爷讲得是,小人且去,但不知日后还有得见住持爷的日子么?"说罢,垂泪叩头而去。

林澹然咨嗟慨叹,闭上房门,急急收拾金银书札,将几件布帛细软衣裳,拴成一个包裹,驮在背上。手里绰了禅杖,走出房外,将房门拽上,悄悄地从侧殿小弄闯出山门,却已是一更将尽。这些和尚道人,都在东首禅堂内伺候钟守净,并没一人知觉。林澹然出得山门,拽开步,取路径奔北门而走。却幸城门未关,此时太平无事,守门兵卒都去吃酒顽耍,并没人来盘诘。澹然忙忙如丧家之狗,急急如漏网之鱼,赶出城外,乘着月光,不住脚走了半夜。渐觉脚步酸软,身子疲倦,心内暗思:"那里沽得一壶酒来,接一接力也好。"一步步捱到一个市镇上,还有几家酒饭店不曾收拾。但见:

不村不郭,造一带瓦屋茅房;夹旧夹新,排几处柜头案子。壁上挂亮烁烁明灯数盏,锅里烫热腾腾村酝数壶。靠边列着酒缸,只只香醪满贮;正中摆开客座,处处醉客酣歌。照壁间画水墨仙人,招牌上写"家常便饭"。

林澹然待要走入店里,又虑被人认得,走漏消息,只得耐着饥渴,一直且走。看看行至市稍头,见侧首山坳里影影有一道灯光射出来,林澹然暗想:"这山坳里灯光,莫非也是个酒店?且向前打一看,再作道理。"拽步奔入山坳里来,只听得三红四开,人声喧嚷,在那里掷色赌钱。近前细看,前面数间平屋,粉壁上写着"零沽美酒"四字。一带门扇,都是关上的。后边靠着山岗,四围土墙,内藏着一所宅院。门上格子眼里,射出这灯光来。林澹然踮着脚,格子眼里张时,看见五六个大汉,靠着一张桌子赌钱哩。但见:

一个蓬着头,饥寒不管;一个舒着臂,痛痒不知。一个极口唤三红,一个连声呼一色。这个输筹未讨,那个夺子便来。睁双眼决不转睛,掷五子只赌手快。一个说还我顺盆来,一个说且将三俉去。大面小方随起落,钳红坐绿任施为。

侧边一个瘦脸黑汉,手里拿着骰子,正要掷下去,听得门外有人走响,就在门缝里张,见是个胖大和尚,站在门首,慌忙丢了骰子喊叫:"门外有贼,有贼!"众人一同开门,赶出看时,果然是个长大和尚,齐向前道:"你这和尚,黄昏黑夜。手里提着禅杖,闪在人家门首张望,欲作何事?"林澹然合掌道:"贫僧不是歹人,是去武当山进香的。为因贪走路程,错过了饭店宿头,一时饥渴,欲求施主沽一壶素酒解渴,因此惊动了列位,莫怪。"众人道:"恁地时,天下人间,方便第一。便去叫大哥出来,卖壶酒与他吃也罢。"众人依旧入去赌钱。

林澹然立在门首,等了一会,内中一人叫道:"大哥,你好睡也,门外有个长老要买酒吃哩,你快去卖与他。"只见应道:"来也,来也。"脚步响,一个瘦小汉子走到门外道:"长老要买酒,请里面来坐。"林澹然走入店里侧屋中,拣付座头,除下包裹,倚了禅杖坐下。那汉子一见林澹然,已自认得,因众人赌钱未散,不好动问。且叫酒生起来烫热了酒,倾在壶里,摆下三四个蔬菜碟子,放下碗箸,林澹然自斟自饮,巴不得吃了起身远遁。忽见那汉子挨入赌场,把一个人的衣服扯了一下,那人会意,便把筹马收了,走来与店主讲话。两人在暗处附耳低言讲了数句,那人口里道:"原来如此。"便走入场中来抢骰子。那掷色的睁着眼道:"是我的顺盆,你如何来抢?"那人嚷道:"方才我与店主讲得几句话,你就把我顺盆夺去,反讲我来抢你的。"那掷色的道:"谁教你不掷,且去讲话?待我掷这一回,过去了还你盆。"那人大怒,劈手来夺,这人抵死不与,二人争闹起来,险些儿将骰盆打碎。店主人劝道:"弟兄们不可如此,破面伤情。今已夜深,众人且暂歇了,明日再要不明白的,管头并筹马都交与我收着。列位请回。"众人道："有理有理。我们且去，明早讲话。"遂一哄而散。止有店主与那人闭上门，走近林澹然座头边来。

澹然吃酒已完，正立起身取禅杖包裹，要还酒钱出门，二人道："且莫还钱。你是林住持老爷，为何半夜三更独行至此？必有大故。且请到里面讲话。"即把林澹然直扶至后头内室里坐下。澹然道："我是过往行脚僧人，武当山进香去的，那里是什么林住持。你二人素不相识，却差认了。"店主道："住持爷，你记得昔日夜间来寺中打劫金银炉台的这伙贼么？"澹然听了这句话，猛然省起道："足下莫非亦在其中？敢问高姓大名。"李秀道："小人姓李名秀，这个兄弟姓韩名回春。去岁十月初九夜间，同临宝刹，蒙老爷大恩饶恕，又承赏与诸人银两，小人买得这一所房屋，移在此间开酒店。今日丰衣足食，皆出老爷恩赐，某等无以报德，各家俱立牌位，写恩爷大名。早晚侍奉香火，祈保恩爷寿年千岁，身康体健。不想今日亲身降临，实是天字第一号的喜事，快叫浑家来拜了恩爷。"林澹然止住道："不必如此。慈悲救度乃出家人分内之事，何劳过谢。"李秀又道："恩爷实为何事，背包提杖，黑夜独行？必有变异。"林澹然道："若他人跟前，也不敢实讲，既是二兄相知，在此讲也无害。"将钟守净奸黎赛玉，及劝谏招怨，钟守净谗言嫁祸，今欲远逃避难之情，诉说一番。李秀失惊道："有这等事？不要讲别的好处，只那夜恩爷救了他性命，此恩此德，重若丘山，一世也报不尽哩，为何反生谗言，要害爷爷性命？这贪财好色、背义忘恩的秃贼，小人实是容他不得。若依小人之意，先开除了这贼，然后逃避不迟。"林澹然道："不然。这厮乃圣上所宠，若杀了他，即是欺君逆主，反为不忠。且今日杀他不及了，不如远避潜身，天理自有报应。"李秀道："虽然如此，小人心下只是不忿。"一面叫浑家整治现成酒肴，请澹然上坐，二人两边侧坐相陪。

酒过数巡，李秀问道："如今恩爷欲往何方避难？"林澹然道："俺欲依旧回魏国去，只愁路上阻滞难行。"李秀道："老爷不弃，不如且在小人家里暂住几时，再做区处。"林澹然道："你这去处，怎的藏得俺身？明早皇上不见俺时，必然差官着落地方人役远近搜捕。风声一露，祸及于你。今夜趁未有人知觉，急离此地便了。"韩回春道："爷爷既执意要去时，小人兄弟两个，护送爷爷到魏国何如？"林澹然道："这更是昭彰了。俺单身走路，欲行即行，要止便止，纵遇关津盘诘，自有路引、文凭遮掩。若和尔等同行，动人耳目，如何脱身？"李秀道："小人今日得会爷爷，喜从天降，不意匆匆又欲离别。惟恐后会难期，还留爷爷在此暂避数日，看一个下落，然后去的是。不然怎地放心得下？小人这所在虽近官衢，颇为隐僻，一时没人寻得着。若有差错，小人舍一家性命，救恩爷出去。尊意若何？"林澹然笑道："承兄好情，甚是感激。只怕六耳难谋，终须露泄。况且你这里窄逼，无藏身之所，怎生教俺坐立得稳。"李秀道："小人等虽在赌博场中生活，倒也个个重义疏财，同心协力。不要讲爷爷是我们大恩人，便是萍水相逢落难的人，兀自都有扶持他的心肠，今日爷爷恁般大事，谁敢走透消息！若这里没处藏身时，小人也不敢相留。我引爷爷去看一个所在，尽可藏躲，莫讲三五日，纵是三五个月，也躲得过。"林澹然道："既如此，这所在且待俺一看。"

李秀执灯，领林澹然同进卧房里，叫浑家过来拜了。将灯放在桌上，对林澹然道："爷爷要藏身避难，这大厨下极妙。"林澹然笑道："这厨下何以容身？又来取笑。"李秀、韩回春将厨抬开，厨下有一块四方青石，李秀用棍撬开，林澹然细看，原来是一个地窖子。韩回春执灯，李秀扶林澹然走入里面，四围都是磨砖砌就，并无一点尘秽。侧首有洞，通着地气。不拘昼夜，常要点一盏灯。动用家伙，床帐桌椅，窖中全备。林澹然看了，点头道："这所在亦可安身，但只是闷人些个，怎生过得？"李秀道："这也不难。如朝廷差人捱查搜捉得紧，爷爷只得在这里藏身，不然只消在小人卧房里坐地。待事体宁静后，从容定计远行，却不是好？"林澹然道："承见教，甚好，但搅扰尊府不便。"李秀道:"我的爷爷,怎地讲这搅扰二字?便是将小人身子与浑家卖了,供奉恩爷,也是甘心的。"韩回春作别要去,林澹然分付道:"兄去可传知诸友,凡立俺牌位者,速宜烧毁。不然,殃必及身。"韩回春领命而去。李秀在侧房内,铺叠床帐,服事林澹然睡了。有诗为证:

> 从来积德是便宜,人善人欺天不欺。
> 畴昔若非恩惠普,何能到处免危机。

却说武帝和钟守净谈了半夜,觉得困倦,就在排床上闭目假寐。次日五更,钟守净已闻报林澹然走了,未敢奏闻。武帝醒来,只听得钟鼓之声,满朝文武摆下銮驾,都来寺里请武帝还朝。武帝步行至大雄宝殿,众臣朝见已毕,一同跪奏道:"陛下皈依佛道,虽为美事,但国不可一日无君,社稷为重,请陛下还朝理政,臣等不胜惶悚之至。"武帝道:"朕修行之意已决,烦卿等协忠辅佐太子登基,以理国事便了。"众里又恳恳奏道:"千岁虽然圣哲,奈未禅大位,未告天地宗庙,未诏天下军民,臣等焉敢造次,擅立新君。乞万岁回朝,再议此事。"钟守净向前俯伏道:"陛下暂且回朝,综理国政。万机之暇,仍可修持三宝,此乃两全无害。待万岁寿过八旬,然后禅位削发,以完正果。伏乞圣裁。"武帝道:"卿言甚善,朕今暂且回朝。"众文武齐呼万岁。尚衣监进上冕服,武帝卸却纱巾,依旧戴上冕旒,着了衮袍,穿了龙凤履,稽首佛像,上辇起驾,却忘了拿问林澹然一节事。

钟守净急俯伏驾前奏道:"副住持林太空昨夜逃窜,不知去向。"武帝惊讶道:"这厮却缘何知风逃了?"钟守净奏道:"蒙圣旨要拿问这厮,不知怎生便知风,连夜逃窜。臣料此去,必投东魏,乞陛下及早追擒,尚未去远。"武帝立刻传旨,差驾前军骑,飞马追捕枭首。只见一大臣幞头象简,金带紫袍,移步向前连道:"不可,不可!"众人看时，却是礼部侍郎程鹏，谏道："这林太空素有德行，秉志坚贞，侃直敢言，刚勇不屈，陛下岂可因一言而即加擒戮，恐非待贤之初意也。乞少息雷霆，缓缓追究，谅亦不敢为害。急则速其入魏矣。"武帝不语。钟守净高声道："程侍郎何故纵贼养奸，以资敌国？这林太空原系东魏武夫，因得罪于魏主，削发逋逃到此。圣上不知，降天恩敕这厮做个本寺副住持，实已过分。进寺以来，旧性不改，夸己英雄，欺压僧众，常夸魏主的贤能，暗通书信。今日逃回东魏，我国虚实他已尽知，若助魏主兴兵侵扰边界，为害不小。况这厮有万夫之勇，正宜趁他孤身独行，离此未远，差铁骑追上剿除，去却心腹大患。若今不杀，任彼远逃，是纵虎归山，放龙入海，日后悔无及矣！"有诗为证：

　　去逸并远色，二者原相关。
　　古来贪色者，未有不工逸。

　　武帝原是没主意的官家，听了钟守净谗言，反责程侍郎道："卿言几误朕事。"叱退程鹏，差骠骑将军王言带领铁骑五百，限一昼夜要追林太空转来，过限究罪不贷。又敕翰院颁诏，自京城以及外郡州县各衙门官，画影图形，挜家搜捕逃僧一名林太空。又着中书省官写下榜文，遍处张挂，有能拿得林太空投献者，官给赏银三百两；如窝藏在家，搜出全家处斩。又特旨差官，提晋陵郡郡丞丘吉，勘问举荐失人之罪。武帝颁旨已罢，起驾回朝。正是：

　　饶君走遍焰摩天，脚下腾云须赶上。

　　不知林澹然这番怎地脱身，且听下回分解。

第十回

贪利工人生歹意　知恩店主犯官刑

诗曰：

跬步之中有戈矛，小人之中有君子。
神蛟失水欲张罗，野豕突篱咸啮指。
一介村夫胡不惊，周旋甘以身为市？
夫宁为私不畏公，洵是士为知己死。

话说王骠骑领了圣旨，将马军五百分为二处，自领二百五十军，径出北门，另委部下家将卢德邻，领二百五十军，奔出西门，分头追赶。再说各郡府县官员见了上司批文，奉圣旨追捕逃僧一员林太空，系谤君重犯，十分紧急，即忙发下六街三市、各村里保乡正，挨查捕捉，如风火一般搜捕将来。这江宁县乃建康所属县分，县尹祝鹍闻知此事，心下慌张，当堂点委缉捕使臣、巡兵民壮，至京都内外遍处挨查，不拘庶民官宦，国戚皇亲，庵观寺院，挨家搜捉。果然是山摇地动，鬼哭神愁，恼得满城百姓，遍村入户，不安生理。但见：

做公的成行逐队，手内拿器械麻绳；传令的快马如飞，一路上鸣锣击鼓。

家家搜检，那管卧房内室，径入来揭帐翻床；户户揸查，纵是宦族富家，也要去敲门击户。睁着眼到处行凶，倚着势随方吓诈。中意的饮酒食肉，起身时还索钞取钱；拂意的掳袖挥拳，动口处是窝家贼党。搅得六家没火种，都来四境不平安。

再说林澹然被李秀苦苦留住在家，虽然坐在房里，心下忧惊不决。侵晨捱到午，午捱到晚，度日如年。只听沸沸地门外有人揸查寻究，军马之声，喧嚷不绝。林澹然如坐针毡，十分忧闷。忽见李秀奔入房中，连声道："恩爷，祸事了！朝廷颁下圣旨，附近郡县村坊市镇，张挂榜文，限三日内，务要寻获爷爷投献，窝藏者全家处斩。又差王骠骑带领铁甲军五百，四散追赶，半日之间，何止三五起人搜寻过去。事已至急，爷爷暂且在窖子内藏躲，待后再寻活路。"林澹然道："俺已分定一死，奈何贻累足下一家耽惊受怕，怎生是好！"李秀道："且不要讲这话。"急忙撬开石板，点了灯，林澹然走入里边，李秀拿些干粮饼食，付与澹然充饥，依旧将石板盖上，移过大厨，放在上面。一连两昼夜，不住的有人闯入李秀前后房屋搜检。自古说："官无三日紧。"这各处官吏、巡捕军兵，一连辛苦了两昼夜，人人疲倦，个个懈弛，也不比在前紧急了。这王骠骑两处人马，皆渡大江，一枝往和州追赶，一枝往扬州进发，一昼夜马不停蹄，追上三百余里，不见一些踪迹，只得收回军马，进朝覆旨待罪。

话分两头。且说李秀酒店中，新换了一个酒生，姓陈，小名阿保，做人狡猾不端。从进店之后，便偷摸物件，况又躲懒贪嘴，被李秀抢白了数场。当日因店内缺少酒药，李秀取一二十贯钱，令陈阿保进城去买酒药。陈阿保吃了早饭，驮了一只旧袋，取路进城。行到通济门边，觉得有些倦了，就在城门侧首一条石凳上坐了，歇一歇力。有两个卖草鞋的后生，也坐在石块上闲讲，一个道："我今日偏不利市，自早到午了，草鞋一双也未曾卖去，好生烦恼。"这一个答道：

"大哥，正是偏不凑巧，甚难脱手，却也恼人情绪。仔细想起来，我与老哥卖这些草鞋，止好度日，怎的得个出头日子？"那一个道："没干。自古说得好，蹦跷的不吃跌，八字脚捉定的。我和老兄命合贫穷，只索苦守罢了。"这个道："目今有一场大富贵，只是你我没福。"那个笑道："大哥又来笑话，那里有什么大富贵轮得到我们。"这个道："你原来不知，如今妙相寺里逃走了副住持林太空，各门张挂榜文，讲有人晓得林太空投献者，官给赏银三百两。我思量怎地待我撞得林和尚献官，这三百两却不是我的了？"那个道："你我有这样造化，不卖草鞋了，只好做梦。"二人大笑。

陈阿保细细听得明白，起身提了叉袋，到铺中买了酒药，取路出城回家。一面走，一面心里暗想道："我替人家做酒生理，起早落夜，终日劳碌，吃的是粗茶淡饭，一日所得工钱几何，那里讨得几百两银子的快活？我想日前那胖大和尚夜深沽酒，主人一见，就叫他是林住持。散了赌场，令我先睡，和小韩邀他入内室讲什么钟守净，这不是林太空是谁？决与主人有亲，将他藏匿在家。叵耐主人无理，常常欺骂，我不如趁这机会，往县里首告，把这厮且去受些刑法，我便得这三百两雪花银子，娶一个标致浑家，买一所齐整房子，置几十亩好田地花园，讨几个丫环小使，终日风流，一生快活，岂不乐哉？煞强似在这里佣工受苦。"又算计道："且住，我如今就去县里首告何如？倘或林和尚走了去时，岂不害煞阿保？不如去与姐夫酌量，先着一个守住了这厮，然后去出首，方才这三百两是稳稳的。"一头走路，一头忖度，不觉行至店门首，口里兀自喃喃的自讲自道。李秀看见，问道："阿保，你回来了，口里念诵什么鬼话？"陈阿保方才省悟，忙应道："不不不，我自算酒药账。"走入店里，将酒药算明，进与李秀。李秀收了道："你饥渴了，快去吃些酒饭。"陈阿保进侧房吃酒饭去了。有诗为证：

妄想钱财意不良，自言自语貌张惶。
若非李秀机关巧，侠士何由入魏疆。

　　李秀终是个机巧的人，虽然一时窝藏林澹然在家，心中时时担着血海干系，凡一应来往的人，俱留心察言观色，以妨漏泄。这陈阿保心下有了三百两银子打搅，一刻也把持不定，吃罢酒饭，即站立门首呆想。面皮变色。李秀故意把些闲话挑拨他，陈阿保口虽答应，却是半吞半吐，有前没后。李秀心下甚是疑惑，一面门前做着交易，一面款住陈阿保，不放他走开。捱至天晚，烫了几壶好酒，切了一盘熟牛肉，上了门扇，叫陈阿保到后边房里，坐下饮酒。陈阿保道："今日为何叨主人盛设？"李秀道："你且吃酒，有一桩心腹事，要和你商议，特意请你酌一杯。"陈阿保又吃了几碗，问道："主人委实有什么事吩咐小人？讲明了吃得下。"李秀道："你今日进城买酒药，可听得有甚新闻异事么？"陈阿保暗想道："这厮问我甚的新闻，必缘故，不如将机就机，把几句言语试探他，看他如何回答。"即应道："别无什么新闻，但主人藏留那夜买酒的和尚在家，甚是干系。日前止见巡捕搜查，不知道有甚赏银。今日小人进城，闻人传说，有人拿得林和尚者，官给赏银三百两。我也有些不信，想官府要这住持得紧，故将此言哄人，若见了林住持时，又舍不得三百两了。"李秀绰口道："怎的哄人？血沥沥榜文各门张挂，有了林住持，自然当官领赏。今正为这三百两银子，与你计议。那夜林太空买酒之时，我已认定他了。他告诉逃奔一事，我想是朝廷重犯，故假意款留住了，希图一场富贵，亲无心腹之人可以行事，故此踌躇不决。"陈阿保此时已有几分酒意，不觉笑道："不瞒主人讲，小人初意正欲首告林太空出来，请受那赏钱享用，但恐连累主人，因此不敢发动，不期主人先有此心。"李秀拍手笑道："我不为此银子，留这林和尚在此何用？我和你明早同去出首，领的赏银，我得七分，你得三分。"陈阿保道："若主翁肯挈带小人时，得来赏银，任凭分派，小人焉敢讨论。"李秀道："既与你同行出首，财帛必要分明。我留养着他，该得二百两，你得一百两，方见公道。但此事切要机密，不可泄露。"陈阿保道："主人吩咐，焉敢漏泄。"

　　二人又吃了数壶酒，陈阿保被李秀灌得大醉，斜倒在桑木凳上，齁齁的睡着了。李秀用绳索缚住了手脚，将房门锁上，忙进卧房，移开厨，掇过石板，跳下窨子里，见林澹然细道其事。又道："这厮被我将酒灌醉了，锁在房内，特来和爷爷酌议。"林澹然叹气道："事已到头，亦难回避。"李秀道："不是这等说。小人先把这狗男女杀了，爷爷另生计较，脱离此处便了。"林澹然道："这一场祸患，皆由前生种成罪孽，今世领受。俺今生死听天，大数由命，岂可妄害他人性命？烦足下与尊阃整顿些干粮，待夜阑人静，俺只索离此远去。惟虑难脱虎口，这也听其自然，若稍迟缓，立刻必遭大祸，连你一家送了性命。"李秀忽然垂下泪来道："小人只是舍不得恩人远去，便是我一家受害，亦所甘心情愿。"林澹然道："不然，害了你一家，仍救俺不得，彼此受累，有何益哉？或者脱得此难，日后还有相见之期，也未可知。若不放格去时，毕竟你俺皆遭罗网，那时海之无及。俺却罢了，你须无辜，何苦何苦！"有诗为证：

　　　　要出天罗地网，怎辞宿水飧风。
　　　　骐骥岂拘驽枥，凤鸾肯锁营笼？

　　李秀拭泪，转入厨房，和浑家安排炊饼干糕果食之类，盛贮一袋。却才齐备，又早三更天气。林澹然问李秀取了一方皂帕包了头，帕上又戴一顶矮檐黑色毡帽，身上着一领青布道袍，脚下穿一双软底布鞋，饱飧酒饭，提了禅杖，背了包裹，辞别李秀。李秀送到门前，再三嘱付："路上小心，前途保重。"林澹然道："感承厚情，他日再图相见。"李秀又不敢送远，二人在门首挥泪而别。有诗为证：

  执手临歧泪满襟，感恩报德诺千金。
  村夫反有英豪志，愧杀忘恩负义人。

  且说林澹然夜深逃难，取路望西北而行。此是乡村僻地，又无月色星光，顾不得脚步高低，忙忙地走了半夜。渐渐城楼鼓罢，野寺钟鸣，又早天色将曙。林澹然欲寻一个藏身的去处，待至天晚再行。转进山弄，远远望见一伙樵夫，三三两两，口里唱着歌儿，都上山来砍柴。林澹然不敢行动，将身闪入山岗之下，让那樵夫过去。忽见一座破窑，澹然想道："在此可以安身。"低头走入，放下包裹禅杖，拣一块没草处坐了。打开包裹，取些干粮吃了，铺开衣服，在地上权睡。直到夜静，依旧取路而行。

  再说李秀送林澹然出门之后，心中怏怏不乐，和浑家商量道："林长老虽然去了，陈阿保这厮怎生发付他？欲待杀了，又恐惹祸；不杀时，酒醒后声扬起来，难免这场争闹，怎么是了？"浑家道："清平世界，怎讲这杀人的话。如今林长老已去，看这厮醒来怎的讲。便出首到官，差人搜捕，又无本犯，可以厮赖。那时还要问他一个捏情虚诈的罪哩，怕他怎地！"李秀听了浑家言语，执灯开了侧屋，轻轻将陈阿保绳索解了，自收拾和浑家回房歇息。

  这陈阿保被酒灌醉，一觉睡着了，从凳上滚落地下。直到天色微明，看看酒醒，觉得身上隐隐的寒冷，手脚有些麻木。将手摸一摸，却睡在地上。口里道："却不作怪！"双手将眼睛擦了几下，一骨碌爬起看时，乃是桑木凳边。自怨道："昨晚为何吃醉了，却睡在这里？"坐在凳上，呆呆地思想。猛见侧门开处，李秀蓬着头，走出来叫道："小陈，怎地不做生活，在这里闲坐？"陈阿保笑道："昨晚扰了主人好酒，只顾贪杯，吃得沉醉，适才酒醒起来，方知在地上睡了一夜。主人昨晚讲的心事如何？"李秀笑道："你真醉了。昨晚讲甚心事来？"陈阿保道："主人休要取笑，昨晚计议的事情，止隔一夜，岂就忘了？"李秀道："是什么事？"陈阿保笑道："小人醉了，主人不醉，为何颠倒问我？就是出首林和尚这一桩事。"李秀睁着眼道："林和尚在何处？甚时和你商议？你敢搜得出来么？你这油嘴蠢材，昨日吃了饿酒，今日反来我跟前捣鬼。"陈阿保听罢，气得眼中火爆，喊道："明明地和你商量了一个黄昏，今日推聋妆哑，遮掩胡诌。眼见得你放他走了，把这活现的三百两银子脱下海去了。气杀我也，如今和你不得干休！"李秀骂道："我把你这不识高低、不知进退的蠢牛，敢在我跟前撒泼放刁！如今且不和你对口，你只要寻出林和尚来，就是三百两银子。"陈阿保骂道："骗贼，分明昨夜将我哄醉，放这秃驴走了。这是你的奸计，放走了人，好对我厮赖。我如今死活毕竟要你个明白。"李秀道："放你娘屁，有甚明白！"即伸手将阿保照脸打一个满天星。陈阿保激怒，一头撞将入来，李秀侧身闪过。陈阿保又复赶进一步，李秀将手劈胸挡住。陈阿保挥拳劈面打来。李秀隔开，将右脚挑入陈阿保裤裆，右手将衣襟一扯，这唤做顺手牵羊，将阿保扑的跌了一个狗吃屎，李秀挥拳打下。外面邻居庄客并过往的人，听得这里边喧嚷，一同赶进来看，将李秀劝住了。陈阿保爬起来，一直往外跑了，口里喊叫道："天大一件事，你倒放了去，白白的没我三百两赏钱，反要行凶打我！"众人方知林澹然躲在李秀家里。内中为好的邻友，扯住陈阿保的手，劝他住口，那里掩得他的口住，在门前横跳八尺，竖跳一丈，只顾嚷叫。来往看的人，哄做一团。有诗为证：

  闭口深藏舌，安身处处牢。
  只因言不忍，惹出祸根苗。

  却惊动了一起缉捕公人，为因江宁县知县祝鹏差委搜捕这林澹然不着，被本县两日一比卯，十数日间，众人受了许多限责。为头一人姓刁，名应祥，也是个积年有名的缉捕。手下管辖六七班眼明手快公人，各村乡市镇，古寺深山，分头追觅。正在没做理会处，当日领着这一班人，却好打从李秀门首经过，见一伙人在那里打哄争闹，都立住了脚。近前察听，只见一人披头散发，指手画脚的喊叫，口里不住的恨说没了三百两银子。刁应祥谅得有些脚手，分开众人，向前将陈阿保捉住。问道："你这蛮子，口里讲甚三百两赏钱，好好对我实讲，饶了你。不然，送到县中去。"陈阿保将李秀收留林澹然，因我要出首，赚醉放逃相打的事，说了一遍。刁应祥听罢，取麻绳将陈阿保缚了，交与公人，自却赶入李秀家里。李秀正出门来分辩，劈头相撞，刁应祥动手也将绳索缚了。这些劝闹和闲看的人，见势头不好，俱各四散走了。

刁应祥带着李秀、陈阿保，径到江宁县里来，就如拾得珍宝一般。李秀却也有些心慌，口里还硬，一路嚷道："雇工人打家主，该得何罪？反把这没影的事刁我，不要慌，到官和你分说。"一霎时已到城内，齐拥到县中，正值县尹升堂。刁应祥先进堂上禀道："小人领老爷钧牒，比限捉拿逃僧林太空，今日打从鸡嘴镇北山坳里缉访，偶见一伙人喧嚷，小人向前探听，乃是一个酒生，为家主放走了什么和尚，没了三百两赏银。根究起来，酒保说家主李秀收藏林和尚，用计放走了等语。小的擒拿二人到县，听候老爷详审，便知端的。"

祝鹍听罢，十分欢喜，笑道："这场大功，是你成了。快带进来。"刁应祥将二人带到厅上，祝鹍叫将李秀带下去，陈阿保跪上来。李秀跪在厅下，陈阿保跪在案桌前。祝鹍细细审问，陈阿保将李秀窝藏林澹然的根由，一一说明。祝鹍再叫带李秀上来，怒道："世上有你这一等大胆泼皮。那林澹然是奉圣旨擒拿的重犯，你焉敢擅自窝藏在家？如今纵放何处去了？好好从实供招，免受重刑。"李秀道："这话却都是陈阿保捏造出来诬害小人的。当初是小人晦气，雇这厮在店做酒，不想日逐偷盗，又将酒做坏了，屡被小人责骂，因此记恨在心。昨日又将小人酒缸打破，故早间和他争论几句，他反恃强殴打小人。小人说雇工人殴家主，律有明条，毕竟要告官惩治。他情知理亏，难以对理，故把这一桩没影大事诬陷小人，有何指实？乞爷爷明镜，申察冤枉。"祝鸥道："我跟前尚要花嘴强辩。你道无据，他打你可曾有伤证么？不动刑法，如何肯招！"叫左右夹起来。两班公人一齐向前，施动夹棍，将李秀双足夹起。李秀连声叫屈，不肯招认。带夹棍又打三十板，打得皮开肉绽，血流满地，只是不招。祝鸥叫将李秀连陈阿保暂且收监，好生看管，晚堂再问。退入后堂，令人叫刁应祥进衙，吩咐带两个公人，径往李秀家里去拘他妻子，速来见我，不可泄露迟误。

　　刁应祥领火牌，飞星奔到李秀家内，将浑家秦氏锁了，进县衙回覆。祝鸥随即升堂。秦氏跪下，祝鸥叫左右取那重刑具过来，大喝道："这妇人，你丈夫窝藏林澹然和尚在家，俱已招明，说有百余两赃银，是你藏匿，特地叫你对证。好好从实讲来，便不伤你，不然，一体治罪。"秦氏道："妇人夫妻二人，靠卖酒度日，不曾留甚和尚，也没有甚银两。妇人不知。"祝鸥怒道："你这刁钻泼妇，丈夫一笔供招，你反扯赖。"叫拶起来。左右将秦氏双手抄起。终是女人家捱不得痛苦，才收拶，就疼得泪流昏晕，只得招成道："收藏林和尚是实，百两银子是虚。"祝鸥笑道："你且讲为甚缘故藏匿着他，看你说得实否，若有虚言，再加刑法。"秦氏哭道："林和尚原与丈夫有旧，因避难至妇人家里，丈夫推他不去，役奈何暂且容留。昨夜出陈阿保要行首告，丈夫乘黑夜打发他去了。若问百两赃银，藏于何处，实是屈情。"

　　祝鸥依秦氏口词，细细写录明白，令监里带出李秀、陈阿保来。李秀一见浑家跪在堂上，心下大惊道："罢了，罢了！这一条性命，断送在这妇人口里。早知昨夜不要听他言语，将陈阿保杀了，今日决无这场大祸。"只得到堂跪下。祝鹍喝道："李秀，这妇人是你何人？"李秀答道："是小人妻子。"祝鹍笑道："你这刁徒，昨夜放林澹然何处去了？你妻子俱已招成，这番如何抵赖。"李秀低头招认道："青天爷爷在上，小人死罪难逃。但林澹然昨夜逃窜，小人不知去向。"祝鹍道既已供招，喝左右又打三十。唤该房书吏分付道："这是朝廷重犯，不比寻常。取具招由，叠成文卷，尔等用心，不可有误。"令取一面长枷，将李秀枷了收监。秦氏、陈阿保，俱发套监。

次日五更，祝鹍进朝面驾。武帝道："妙相寺林和尚犯罪逃窜，朕有旨大索，着该衙门严缉。今已数日，如何并无回奏？似此单身和尚，从禁城中逃出，兀自捕捉不着，倘僻野地面，崇山海岛，峻险去处，盗贼生发，何以剿灭？从今日始，各衙门俱要用心搜捕。七日后再无消息，皆住俸问罪。擒得此犯者，与获敌同功，连升重用。"众臣面面相觑。班中走出一臣，执简当胸，俯伏殿下，奏道："臣乃建康府江宁县知县祝鹍，特为林太空一事，启奏陛下。"武帝道："敢是卿擒得林太空来？"祝鹍奏道："此犯虽未现获，臣已知其踪迹。昨有乡民陈阿保首告店主李秀，窝藏林僧在家，因阿保欲行出首，李秀故放逃窜去了。臣拘李秀拷问，俱已招成，今将首人窝犯，俱下狱中。臣谅林太空逃去不远，若差老成缉捕，督领会事公人四方追擒，必然可获。不敢自专，伏乞圣裁。"武帝道："卿既知其踪，就委卿差拨能事人，必须于关津要路仔细盘诘，从东魏去的路，急追勿失。卿能捕得此僧，即加尔为侍中大夫。李秀等罪犯，照旨施行。"祝鹍叩头领旨。又一大臣出班，乃是大司寇陈庆文，奏道："臣奉圣旨，勘问晋陵郡丞丘吉妄荐野僧，忤触圣驾。本宜治以重罪，姑念为国之心，一时错举，实无交结私情。谨拟削职为民，伏候天断。"武帝道："既非同谋，依卿所奏。"陈庆文谢恩而退。又着中书省官，颁旨三道，差武士飞马驰驿，赶至近魏边界，敕守关总制等官，钦遵谨守关隘，盘诘奸细。凡一应游僧野道，俱要严加搜检，勿致漏脱，取罪不赦。众武士领旨出朝，各自分头飞马去了。

再说祝鹍回县钦遵圣旨，将秦氏、陈阿保放回。应领赏银，待捉获逃僧之日，另行给发。李秀问成大辟，上了镣杻，监禁狱中。当晚金押牌票，次早拘集人役，点起二百名军兵，又选二十名积年能事了得的公人，刁应祥为头，外给一匹快马，带领人众，离皇城取路望西北而进。一面追赶，一面搜寻，一路张挂榜文，真个是海沸山摇。遍处传说林和尚有了窝主，事露在逃，凡西北一带郡县地方，关防愈加严紧。

这林澹然自从别了李秀，在破窑中躲了一日，至晚又行。一路历尽艰辛，日间藏躲古寺深山、乡村僻野之处，黑夜行路。一连奔驰了四五夜，奈是黑夜行走不便，故此迟滞，不能远遁。此际干粮已完，当日却又夜行，乘着月色赶路。心里暗想："如今抄路而来，幸喜荒野之地，可以行走。再往前进，却是城郭去处了，怎地闪得过去！"心下十分烦恼。行不上十余里，早是二更天气。一路俱是山弄，两边茅草过人，单身独行，甚是凄楚。看看走出山弄来，又是一座大岭，生得险峻。林澹然嗟叹道："前生造甚冤孽，今世受这般苦楚。你看峻岭高山，好怕人也！"但见：

　　巍巍岗岭，滚滚尘沙。满山怪石插狼牙，遍地乱峰排剑戟。虽然有路，滑挞挞陡壁难行；四顾无人，静悄悄神仙也怕。萧萧削面，一天风露逼人寒；飒飒惊心，四下松杉遮眼暗。走一步倒退一步，浑身战栗不能升；上一层又是一层，满目凄凉无处歇。深草内虫声唧唧，僻坳里鬼哭啾啾。黑中又怕虎狼侵，脚下常忧蛇蝎咬。

正行之间，不觉双脚被物一绊，跌倒地上，禅杖抛在半边。急待挣扎，只听得铜铃响处，两边山坳里走出五六个大汉来，将林澹然捉住，用索缚了。一个大汉拾了禅杖，一个夺了包裹，这三四个吆吆喝喝，一齐笑道："今日却造化，得这一头行货，必有重赏。"将林澹然横拖倒扯，一直推上岭来。澹然叹口气道："早知如此，不如自去投到，便吃了一刀，也得个清白之名。今日如何死于此处！"正是：

才脱得虎穴龙潭，又遇着天罗地网。

不知林澹然性命何如，且听下回分解。

第十一回

弥勒寺苗龙叙情　武平郡杜帅访信

诗曰：

谠言遭谤即宵征，苦历高岗复陷坑。
古刹款留情意洽，离亭酌别酒杯倾。
固辞孽地行吾志，运厄关津受尔擒。
帅府谈言逢故旧，卷舒如意入都京。

话说林澹然正行山路，被绊马索绊倒，一伙喽啰将绳索绑定，解上山来。林澹然心里暗想："这班人决是绿林豪客，俺做了半世英雄，不期将性命送于此地。"渐渐走到山顶，月光之下，抬头细看，乃是一座大寺院。众喽啰将老林押入寺门，那个提包裹的先跑入殿里去了。不移时，走出来道："二位大王爷正吃酒哩，见报拿着一头行货，二大王大喜，叫快解进去。"众喽啰闻说，喊一声，将澹然推入殿里。林澹然偷眼看时，上面左首坐着一筹好汉，生得虬髯碧眼，大脸长躯，身上穿一领赭红绗丝袄子，头上戴一顶软翅纱巾。右边坐的一个汉子，生得微须白脸，短小身材，身上穿一领遍地金鸦青百花锦袄，头上戴一顶彩绣扎巾。左首那个好汉问道："你是甚人，辄敢大胆，夜静更阑,在我山中行走?明知山有虎,故作采樵人?"右边那个喝道:"大哥问他作甚,使儿们拿去剥了皮,砍做肉丸子,将来下酒。"两边喽啰齐喊一声:"得令!"把林澹然叉脑揪出殿外来,却将毡帽揪落,露出光头,那些喽啰同喊道:"原来是匹秃驴。"林澹然大喝一声:"贼奴休得胡讲!"那虬髯大王听见,喝叫拿这厮转来,众喽啰又将林澹然拥上殿去。虬髯大王大怒道:"这秃驴大胆,你敢骂谁?你是何处寺院来的?村鸟无知,先割去舌头,然后剖腹剜心,犒赏众孩儿们。"林澹然也大怒喝道:"胡讲!俺出家人视死如归,要杀便杀,你这厮何必恁般鸟乱!"

那第二位好汉听了声音,跳起身来,令喽啰移烛近前细看,失惊道:"这和尚好生面熟,却像在何处曾会来?"想了半晌,问道:"长老莫非曾在建康妙相寺出家么?"林澹然道:"俺原在妙相寺里为僧,只因与本寺正住持不和,逃难至此。有犯虎威,乞赐一死。"那二大王听了,慌忙喝退喽啰,亲解其缚,脱下百花锦袄,披在林澹然身上,谢罪道:"我的爷,何不早讲大名,险些儿害了恩人性命。大哥快过来相见,这就是小弟时常讲的英雄,林住持长老是也。"双手扶在交椅上坐了,纳头便拜。林澹然躬身答礼。众喽啰见了,各各摇头伸舌。

那虬髯大王向前和林澹然施礼罢,分宾主而坐,问道:"在下向闻二弟说林住持英名盖世,智勇无双,久怀企慕。今日为何事幸临敝地?真乃千载奇逢也。"林澹然道:"一言难尽,从容奉禀。二位将军高姓大名?小僧平生未曾拜识,荷蒙大义,实感再生。"那个白脸汉子道:"小人姓苗名龙,排行第二。向日曾合几个弟兄侵犯宝刹一番,意欲苟图富贵。不期被住持爷知觉,施恻隐之心,释放我等,又赐诸弟兄财物,至今感佩不忘。小人切切在心,报恩无地。日前为与邻豪构讼,县官受贿,诬盗下狱。小人得便,越墙逃难,打从这里经过,遇着此位结义弟兄,收留在此。今得恩人到来,实出望外,正应小人昨夜之吉梦。"林澹然问道:"此位将军尊姓?"苗龙道:"这哥哥是小人总角之交，姓薛，双名志义。人见他虬髯黑脸，都叫他做黑判官。两臂有千斤气力，学得一身好武艺。为报父仇，杀了恶宦康刺史全家，逃到这里，做这本分生理。此处却是定远地方，此山名为剑山，此寺名弥勒寺，甚是险峻宽阔。逐去僧众，聚集一二百人，打家劫舍，拦截客商数年，官军不敢正眼儿相觑。留小人坐了第二把交椅，果然快乐，甚是英雄。小人时常和大哥讲妙相寺有一位恩人林住持，智勇足备，小人受恩未敢少忘。今日得会，诚为天幸。"吩咐喽啰，整顿酒席相待。

饮酒间，苗龙又问及出寺远来逃难之故。林潸然潜然泪下道："小僧不幸，受尽迍邅，屡经坎坷。自从东魏与高丞相世子高澄结怨，削发为僧，走入中国挂锡，指望寻一个终身结果。蒙圣恩敕为妙相寺副住持，不期撞着那凶徒正住持钟守净，贪财好色，不守释门戒行，以念佛拜忏为由，着做佛头的赵蜜嘴同谋，赚骗寺后邻人沈全浑家黎赛玉通奸，来往情热。因俺责善，反生仇恨。十月十五日，值圣驾临寺听讲涅槃经，那厮乘隙暗进谗言，说俺毁谤朝廷，不守清戒，酗酒凶狂，私通东魏。皇上信了，便要擒俺置于死地。亏了行童来真潜通消息，俺只得乘夜而逃。撞到鸡嘴镇李秀店中，李秀亦如苗兄一般认得面貌，说起昔日之情，抵死留住不放。那时俺也昏聩，失了计较，不合在他家藏躲了几日。官司缉捕得紧，一日捱查数遍，到处张挂榜文，说拿得小僧献上者，官给赏银三百两。店内有一酒生，贪利生心，待要首告，幸李秀识破，将那厮灌醉，放俺出门逃窜，昼伏夜行，受尽苦楚，致令惊动二位将军。幸蒙不赐诛戮，复承厚款，感激不胜。"苗龙离座大怒道："有这等事，不杀这负义忘恩的孽畜，空做人间好汉！"薛志义道："二弟且莫性急。当今世上，直道原是难容的。林住持只是太直了些，惹出这场奇祸。知恩报恩仗义的事，除是豪杰才做得来。这一班狗男女，人面兽心焉可以此望他？今日幸会林住持，且请住持为了山寨之主，缓缓用计剿除这厮。不知住持允否？"

林澹然合掌道："俺出家人，生死听天，随缘度日。恩怨之间，宁人负俺，毋俺负人。多蒙二位将军盛情，暂借一宿，明早拜辞，归于东魏，以终天年。"薛志义道："住持何出此言，既离虎窟，又入龙潭？自禁城到得敝山，已是万分之幸。离这里到东魏，路程遥远，关隘阻隔；况住持名闻远近，圣旨画影图形，那一处不当心盘诘。前去乃是河南地界，城市中人烟稠密，不比那深山僻路所在。住持今要前去，若遭罗网，那时悔之晚矣。还在小寨暂且安身，将图后计。"林澹然道："多承美意，本该尊命，但小僧久甘恬澹，最厌繁华，意欲归魏，寻一搭儿僻静山崖，结个茅庵，修焚念佛，以终天年，无心再恋尘俗。设被擒获，是亦命也数也。"苗龙道："住持爷执意要去，小人亦不敢强。但求宽住数日，另作商议。"林澹然谢道："若得如此，足见厚情。"苗龙又问："李秀哥哥近来生计何如？"林澹然道："颇为富足，尽是清闲。小僧在他家藏避数日，那酒生要行出首，放俺奔逃，两下必成仇讼。苗兄可念平昔交契之情，乞着人打听消息，方知下落。"薛志义道："既是苗二弟相识，明日必须差人打探。"苗龙道："事不宜迟，明早即行。"三人盘桓说话间，不觉星移斗转，野店鸡鸣。林澹然道："贱体困倦，望乞随便借宿。"苗龙二人又劝了数杯，令喽啰打叠床铺，伏侍林澹然歇息。有诗为证：

昨宵得脱虎狼窝，今朝稳卧中军帐。
不数古今豪侠流，绿林高义云霄上。

次日又排筵席款待。傍晚时，林澹然辞谢要行，苗龙、薛志义苦苦相留，只得又住了一夜。次早侵晨起来相别，苗龙道："小人有两桩心事，要留住持爷。停当了，即便送行。"林澹然道："兄有甚事，望乞见教。"苗龙道："我这位薛大哥，武艺虽精，韬钤未谙，今欲拜在门下，求传授些兵法。二者小人正要差人打听李大哥消息，如平安无事,却也放心;设或落难时,亦好同住持商议救他的门路,故此要屈留数日,方敢送别。"林澹然道:"既为此二事相留,便往数日。兄可差能事心腹之人,赍带银两,往建康去。倘李秀有事,即可随便上下使用,以留性命,从容救他。俺这里一面和薛君开讲兵法,待尊役回时告行。"薛志义、苗龙二人大喜。随差两个精细会事的喽啰,带了百余两白银,往京都打探消息去了。三人在寨中讨论兵法,演习武艺,酌酒高歌,谈今说古,不觉又早半月有余。

一日喽啰回寨,禀覆道:"小人两个一路打听去,只见城市通衢,乡村户落,处处张挂榜文,图形画影,寻获林住持爷爷。小人抄得榜文在此。"苗龙接过,三人一同观看。其榜文云:

> 某府某县某官,遵依枢密院行文,钦奉圣旨,为追剪奸僧,以杜国患事:照得本朝在京妙相寺副住持林太空者,不守清规,通谋外国,将为城社之奸,摇惑军民之志。十月十五日,毁谤朝廷,抵触乘舆,反情已著,不可姑留。即欲拿问,明正典刑,不意知风逃窜。今特遍行国内远近,画影图形,疾速追拿。不论军民人等,如有擒获者,该地方官给赏银三百两,本官连升三级。若窝藏在家,知情不报,故意纵逃者,不论贵贱,一概处斩。事同风火,顷刻毋违。须至榜者。右榜谕众通知。年月日给。

"沿路听人传说,李某被陈阿保首告窝藏林住持,本县拿去三拷六问,招成死罪。现监在狱。小的们到江宁县中,认作李家的亲戚,凡一应衙门上下人等,并狱中禁子,俱各用银买求宽释,见了银子都已应允。又用计见了李官人,他吩咐转谢住持爷和二位大王爷,再三致意,得空便要越狱而走,也来入伙。小人们特来回覆。"三人听罢大喜,重赏喽啰,设筵相庆。

当晚,林澹然起身作别,道:"将军韬略已精,贫僧在此,终不为了。"薛志义道:"今日已暮,还乞草寨荒宿,明日决然送别。但住持爷这条铜禅杖,似非凡物,出家人提此行路,动人疑忌。何不留于敝寨，另奉宝剑护身，庶为稳便。"林澹然道："蒙谕良言，感戴无尽。但此杖乃故人所赠，山僧朝暮不离，今在颠沛之中弃之，是背故人也。生死与俱，岂忍轻弃。"薛志义叹息道："当今之世，面交者多。饮酒宴乐，情若同胞；利害相关，视如陌路。此辈真犬彘耳，岂能如住持于患难之中，不忘故人也！"倍加敬服。苗龙道："我有一计在此，管教路中无阻。"便令喽啰砍一株斑竹来，截去头尾，打通了节，将钢杖藏于竹中，两头镶嵌坚固。对林澹然道："住持爷，此法何如？"澹然道："妙甚。又可防身，又可挑行李，深感深感。"众皆大喜，痛饮通宵。次日，薛志义大排筵席，请林澹然饯别。歌舞吹弹，二人殷勤相劝。林澹然吃得酩酊，乘着酒兴，辞别要行。薛志义亲手捧出白金一盘，赠为路费。林澹然收了两锭，其余银子，赏与日前打探的喽啰。苗龙、薛志义令喽啰驼了竹禅杖，背上包裹，二人亲送下山数里。林澹然再三请转，苗龙只得将竹杖包裹递与林澹然，三人洒泪而别。

不说薛志义、苗龙回寨，且说林澹然拽开脚步，取路望西进发，走了三十多里，酒却醒了。远远见人烟揍集，屋舍相连，乃是个市镇去处。此时正是早春天气，但见：

  六街三市上，来来往往尽村民；门面店肆中，济济攒攒皆贸易。也有绫罗段铺，也有米麦油行，卖鱼卖肉闹嚷嚷，买菜买葱喧哄哄。沽酒楼前扶醉汉，秋千架上坐娇娃。

林澹然不敢行动，即闪入山坳里幽静所在躲避，直到夜静，方才走路。一路夜行晓住，奔驰数夜，早到了武平地面。此时日色将沉，林澹然心里暗想："前去已是睢阳郡武津关口，此是紧要去处，惟恐盘诘难行。过得此关，即是东魏地方，可脱网罗矣。"行近大梁城门口，思量无计，只得大胆拽步前行。忽见一个山东汉子，背着一搭裢毡货，在城门外出卖。林澹然忽然自想："除是恁般，方过去得。"便取钱买了一个敞口大暖帽戴了，拽下檐来，遮着脸，取路进城。行不数步，劈头一伙公人拦住去路，当先一人问道："你这厮是何方人氏？那里住居？作何生理？快放下包裹杖子，待我查检，方放你过去。"林澹然道："在下姓张，排行第三，北平人氏。因出外经商被盗，没了资本，欲到贵城合亲处借些银两，以作盘缠，何必盘诘？"那人道："我自不曾见做客的嘴边剃去胡须，必是奸细。"赶向前将林澹然暖帽劈头揪下，拍掌笑道："饶你乖是鬼，难脱这场灾。你这狡猾秃驴走得好，遮了头须遮不得口。"叫众人动手，将绳索绑缚了这厮，再做道理。可怜盖世英雄，撞入天罗地网。

一个公人劈手将竹杖抢去，向前一扑，几乎跌倒，把竹杖抛在地上，为头的那人慌忙扶住。这公人摇头道："好古怪！好利害杖子，如何竹有这般重，莫非是外夷出的？"那人伸手取杖，也不能移动，用力两手提起，却有百余斤。心下大骇道："这条小小竹棍，就使是实心的，未必这等重得狠，必有缘故。"便在腰边拔出短刀，劈开竹棍，里边露出铜禅杖来。那人哈哈大笑道："好奸滑的和尚，恁般做作，到我老爷手里，自然雪化见尸。"令众公人鹰拿雁抓，将林澹然缚绑定了。正是单丝不线，孤掌难鸣。躬身道："列位知俺是谁，将俺缚绑，却为甚事来？"那为头的指着手喝道："你这秃厮，兀自要强嘴。为你受尽艰苦，用煞心机。惭愧，也有今日见你的时节。且讲大名于你听着：我乃江宁县中驰名的缉捕使臣刁爷便是。当日你这厮诽谤朝廷，潜地奔逃，我这一班一辈的人，为你不知受过多少限责，你却躲在卖酒的李秀家里快活。那李秀被你拖累，拟成大罪，监禁狱中，你却又走了，教我脚底也赶穿。谅你也飞不过关去，故先到这里，却好等着。图形在此，这番走往那里去！"林澹然闭口无言。刁应祥喝众人："带这厮元帅府中监禁，待造下陷车，解到京师请货便了。"众人拥着刁应祥，将林澹然解到元帅府来。有诗为证：

千里驰驱策杖行，岂期窄路遇军兵。
　　早知今日风波险，何不山营且暂停。

　　当日那都督正升晚堂，审理军务，猛听门外擂鼓声急，把门将官进来禀道："门外有一伙缉捕公人击鼓，因拿着一个和尚，口称朝廷重犯，要见老爷。乞台旨。"原来这都督姓杜，即令放进来。刁应祥发付一伙公人门外俟候，自带林澹然随着把门官，径入跪下。杜都督问刁应祥道："你是何处缉捕人役，拿这和尚，擅入我军门击鼓？"刁应祥答道："小人是建康江宁县缉捕人员刁应祥，领本县公文，奉圣旨追捕犯法逃僧一名林太空。一路追来，至此方才擒获。本欲就解入京，一来要禀过老爷，方敢解去；二来这秃厮甚有勇力，路上搅有贼党劫夺，乞老爷钧旨，赏一辆陷车，差军护送到京，庶无失误。"杜都督道："这和尚就是妙相寺副住持么？"刁应祥道："正是此人。"杜都督道："日前连接两道旨意，都为这厮，因此遍处着人搜捉盘诘，不想今日你擒获得来。这厮有什么器械行李么？"刁应祥道："止有禅杖一条，包裹一个，别无他物。"杜都督教取进来，当厅检看，收入后堂。令将士："将林澹然松了绑，取一面铁叶长枷枷了，押入牢中监禁。发付刁应祥一应人役，都在府门外相近去处歇息，待我审问情由，后然写表申奏，着军士护卫汝等入京。"刁应祥声诺而退。

　　杜都督退入私衙，着虞候往狱中取林和尚，去了长枷进来。林澹然跪下，杜都督道："久闻人说京都妙相寺中副住持林和尚为人刚直，武艺高强，人人契慕，遍处传扬。如今却为甚事，触忤朝廷，以致逃窜？汝可一一从实说来，毋得隐讳。"林澹然满眼垂泪道："僧人本欲隐迹逃名，不料反投罗网。念贫僧原是东魏人氏，将门出身，姓林名时茂，在高丞相麾下为将，替国家东征西讨，屡立汗马功劳。与高丞相世子高澄不睦，虑惹灾迍，愁无结果，因此削发为僧。"遂把那入梁怎生遇着丘县尹，荐举为妙相寺副住持，怎生与正住持不睦，暗进谗言，激怒武帝，欲正典刑，又怎生逃躲，夜行昼伏，欲归东魏之事，备细说了一遍。"岂知灾迍难脱，复被擒拿，送在老爷台前，伏乞大恩，原情鉴拔。再造之德，重于山岳。"杜都督又问道："你既是东魏高欢部下将官，可知有一位杜旗牌么？"林澹然道："姓杜的将士也有，但不知贵表尊名。"杜都督道："单讳一个悦字的，绰号石将军。如今年已高大，过于七旬，是我至亲。可曾相识么？"林澹然道："有，有。曾有一个杜悦，号为石将军，日前原在高爷麾下为旗牌官，失机当斩，是僧人一力救释，免死充军。后来僧人云游入梁之时，又于沁州旅邸相会，因魏主降恩，得赦还乡。相别之后，未知在否。"杜都督道："你既与他旅邸相会，他曾有甚言语嘱付你入梁否？"林澹然道："彼时杜公曾和小僧说来，他有一子，在梁投托傅统制麾下，十年不知音耗，日夜萦怀。待要入梁寻访，奈何年老难行，乃借酒肆中笔砚，写下家书一封，付小僧带来，倘得邂逅，转寄此信。小僧一向羁留妙相寺中，欲访无由。那一晚慌慌逃窜，匆忙之际，不知曾带得否，或者在包裹中，未可知也。"杜都督即命取包裹付与澹然。澹然打开检看，却在护书中，双手呈上。杜都督接书，拆开看时，上写着：

　　父书付男成治知悉：自汝离家出外，家中事变多端。我为你泪不曾干，终朝思念。你母亲病伤去世，使我形孤影只，满目荒凉。骨肉摧残，可叹可叹。不期我运蹇时乖，失机当斩，自分今生与你永无见期，感得大恩人林爷一力申救，得全残喘。此恩此德，重若丘山。我今已老，无由补报，倘天不绝人，或有再得尽心之日，也不可知。今因林老爷出家，法讳太空，别号澹然，云游中国，偶于旅邸相逢，草此数字，寄与你知。倘得一会，须不要忘了林爷大德，当效犬马之报，不必说得。你也须知父母养育之恩，十月怀胎，三年乳哺，推干就湿，容易得抚你成人？你竟飘然出游，不思父母为你哭得肠断，望得眼穿，实是凄楚。我今年近八旬，风中之烛，你若稍有人心见书即日一面，使我九泉之下，也得瞑目。书不尽言，总宜知悉。年月日书于沁州邸中，爷字再嘱。

杜都督看罢书，失惊站起身来，双手扶起道："恩人，你何不早言？小侄获罪多矣。"慌忙躬身行礼。林澹然忙忙答礼道："小僧是提督案下死犯，何故相敬若此？"都督道："恩人不知其详，且请坐了，细诉根由。"这杜都督是谁？原来不是别人，乃东魏人氏，姓杜，名成治，就是杜悦的儿子。自别父亲，走入中国，寻着娘舅总兵都统制傅恽，收在部下为书记。因他能文会武，精通韬略，常随傅恽出征，屡获奇功，升为参谋。又数年，傅恽阵亡，武帝见他无嗣，即敕杜成治袭封总兵都统制之职，统领傅恽大军。钦赐武平城内盖造府第居住。后伐齐有功，复升为帅府都督大元帅。上马管军，下马管民，假节钺，管辖十三州三十四县人马，镇守西北一带地方，先斩后奏，极有威权。当下替林澹然换了衣服，宾主坐下，忙点茶汤。林澹然不安，又谢道："僧人何福，蒙都督如此厚待？"杜成治道："论恩人，乃是父执，这杜悦就是家尊。小侄名成治，自幼不才，每好骑马试剑，颇通韬略，爱客重贤，以致家业凋零，只得远游梁国，投入家母舅傅统制麾下。幸得皇天庇祐，圣上洪恩，滥叨重位。不想父罹军法，幸蒙吾师大恩救拔。小侄屡屡差人打探家尊消息，十余年杳无音信，每每在心，今日方知端的。此恩此德，铭刺肺腑。小侄真不肖之罪人也。"言毕，泪如涌泉，悲不自胜。有诗为证：

独怜父子各西东，犹喜逢恩患难中。
莫道蜉蝣真似寄，人生何处不相逢。

林澹然惊道："却原来是令尊大人！小僧不知，惶悚无地。"杜成治即命在后堂整酒饭相待。林澹然道："令尊大人与小僧相处数年，情同骨肉，后因问罪，两下暌违几载，后来又于客舍相逢。今日偶然又会着都督，正为亘古奇闻，人间罕遇。"杜成治道："小侄幸逢老叔，但不知家尊何日相见？'哀哀父母。生我劬劳。'小侄身享富贵，母死不得奔丧，父亲年迈，不能奉养，使飘零道涂，流离失所，小侄不孝之罪，实无可逭。"说罢又哭。林澹然劝道："都督今日身享万钟，位居极品，显亲扬名，正是大孝处，何必悲苦？待后差人打探，必有相见之期。"杜成治拭泪相谢，再坐吃酒。林澹然辞酒道："小僧不幸，遭此不赦之罪，蒙都督雅爱，心实不安。小僧算来这场大祸决难回避，乞都督明早打发解京，了此孽冤，免致贻累。"杜成治笑道："老叔何出此言，小侄岂忘恩负义之辈？今日必当尽力救援，管取平安无事，送回东魏，聊表寸心。"林澹然合掌道："多承都督厚情，只怕贻累，反为不美。"杜成治道："不必介怀，且请放心宽饮几杯。"林澹然谢了，又饮数杯，不觉大醉，就在侧房睡了。

杜成治当夜和夫人蒋氏商议，要救林澹然一节。夫人道："君为督抚，统握大权，欲救一个和尚，有何难哉？如此如此救他便了。"杜成治道："夫人言之极当。"事不宜迟，连夜差心腹干办到司狱司唤狱官来议事。那狱官姓戚名锦，正在睡梦中，听得报杜爷呼唤，忙起来整冠束带，随着干办进私衙里来。正是：

    欲知心腹事，但听口中言。

  毕竟杜都督与狱官有何话说，且听下回分解。

第十二回

都督巧计解僧头　守净狼心验枕骨

诗曰：

> 绿林豪客困圆丘，午夜承恩出禁囚。
> 祝发岂知重正法，临矛方悟中机谋。
> 神鳌脱网归沧海，鬼蜮多疑验髑髅。
> 自古庇人番累己，杜君喜出变成愁。

话说这戚司狱夜半进见杜都督，禀道："老爷呼唤，有何台旨？"杜成治道："我有一机密事和你商量。你还不知，日间所获那林和尚，却是我的故旧恩人。因与本寺正住持不睦，暗进谗言，谤他私通东魏，故圣上震怒，欲拿究罪，不期逃窜至此遭擒。我想朝廷重犯不可私放，若解去，又遭诛戮，如何救得他？思得一计，可以周全，特唤你来计议。大狱之中，重犯何止数百，或有与林和尚面貌相像者，烦尔将罪犯面貌簿上逐一查看，如有相似的，则此僧有可生之路。切不可泄露。事成之后，重加荐拔。"戚锦道："老爷台旨，怎敢有违。但是这林和尚初下狱来，狱官未曾看得详细，乞再赐一见，方好查检。"杜成治道："此言有理。"命掌灯，亲自和戚锦到侧房里来。近床掀开帐幔，林澹然酣睡不醒，戚锦仔细看了一会，笑道："这长老有福有缘，眼见得老爷是他救星，大难可脱。此面貌与一个囚犯俨然无二，只是多了一部胡须。若剃去了胡须，活现是个林和尚了。"杜成治大喜道："有这等凑巧事，快快取来。"戚锦道："领钧旨。"卿和干办到监房里，叫禁子取出一名重犯，姓王，名唤歪七，原是得财强盗，生得魁伟长大，也是一条好汉。因打劫赴任官员事，杜拟成死罪在牢，吃了数年官饭。当下戚锦吩咐禁子道："老爷军令，取此重犯，外面不可声扬。若漏泄必按军法。"禁子应诺。

　　戚锦带着王歪七，径到后堂来。杜成治一见，发付众人回避。戚锦和众人散去。杜成治道："那犯人上来，你可是王歪七么？"王歪七是睡梦中提醒来的，不知甚地来历，蒙眬答应："小的是，是，是。"杜成治道："向来闻你与我有亲，今细查，果然是我姨党枝派。我念姨公一脉，心下欲放你去，你可去得么？"王歪七道："小的罪犯重辟，法在不赦，每思改恶从善，奈无门路。今老爷若肯释饶得命，实天地重生之德。不敢认亲，只愿爷爷万代公侯。"杜成治道："放尔何难，只有一件碍手处，纵放你去，毕竟又遭擒捉。"王歪七道："爷爷位尊权重，令出谁敢不从？若肯释放小的，何人又敢拦阻？"杜成治道："汝知其一，不知其二。假如今夜放你去了，有人见你这鬓发蓬松，举止觳觫，岂不是狱中重犯在逃，谁肯放过？必要擒来请赏，那时我仍放你不得，岂不辜负我一片亲情？"王歪七磕头道："老爷神见高明，小的决难逃脱，空费了老爷一片天心。"杜成治道："不难，有计在此了。将你剃去须发，赏你褊衫一领，僧鞋一双，空头度牒一纸，扮作游方和尚。待五更将晓之际，放你出去，只要赚出城门，自然无人看破。我这里又不差人追捕，汝好放心前去，依然蓄发，可立功边塞，报效朝廷，莫忘我今日之情也。"王歪七磕头道："谢爷爷深恩，使小的重见天日，何惜粉骨碎身，以报大德。"杜成治令虞候取刀，剃下须发，取出僧鞋、褊衫、僧帽穿戴了。杜成治在灯下细观时，却与林澹然面貌相同，规模无二，心下暗喜。吩咐王歪七在衙后小房暂歇，着人守护。

又蚤隔邻鸡唱，天色黎明。外边吹打两次，堂上传了云板，杜成治山堂。该房书吏都捧过文案牌票等项来，禀金押销缴。杜成治道："这些文卷暂且消停。有一大事，和汝等商议。昨晚江宁县缉捕所获僧人林太空，系是朝廷重犯。闻说此僧有万夫之勇，况系东魏出身，解去路途遥远，倘有疏虞，关系匪轻。我意欲就这里斩了，将首级付与缉捕，传入京师，再进表中奏此情，庶无失误。你众人心下何如？"众书吏同道："老爷钧旨甚明。传首京师，实为思便，省了许多干系。"杜成治即教写下犯由牌，辰时三刻取斩；一面吩咐管本稿的书吏，备细写下奏章，次后金押牌票。印发文书已毕，堂上又传云板三声，只听得门下大吹大擂，放了三个铁，吆喝开门。阴阳官传报辰时，杜成治亲出辕门，传令着监斩官辕门外俟候，四围军卒摆齐。一声炮响，军士们将王歪七绑下。王歪七惊得魂飞魄散，心里想道："杜爷说念亲情要放我去，为何反绑我出来？"此时魂已不在身上。众军校将王歪七拥出辕门，口内塞了麻核，头上插一面黑旗，旗上写着："毁谤朝廷通谋魏国叛僧一名林太空。"杜成治判了个"斩"字在王歪七脸上。但见：

> 人人嗟叹，个个胆寒。都言此去几时回，尽道这番逃不脱。负冤屈何处声言，含苦情只堪跌脚。有人说这的是没头鬼和尚自做，谁将甘露施孤魂？有人说这还是刀剑狱削秃自当，谁启阴司苏饿鬼？刽子手提刀，何异牛头马面；监斩官捉笔，俨如地主阎君。此时莫想重生，顷刻仁看命丧。

监斩官读罢犯由牌，王歪七听了，不能叫屈鸣冤。突地一声鼓响，头已落地。刽子近前献头，杜成治吩咐："将头用石灰敛了，木桶盛贮。尸首令扛出郭外。"自上轿回衙。

再说缉捕使臣刁应祥，带领着一伙公人，往元帅府听候发解林和尚。及到辕门，方知杜都督已将林澹然斩了。刁应祥暗疑："杜爷不将活人与我解去请功，却先取决，这是何意？"单身撞入辕门，进元帅府禀这一桩事。杜成治道："汝等昨日所擒林和尚，本待差军护卫解京，闻这和尚勇力异常，党类甚众，倘或路途有失，岂不误却大事？故就在此取斩，将头解京，庶无失误。另有表章，差官与汝等即刻起程，同至建康，进上朝廷，自知分晓。"刁应祥只得领命。杜成治差官一员，干办二人，赍了表章，当堂将林澹然首级用了封皮，和包裹禅杖，付与刁应祥。又赏银十两，以为路费。刁应祥收领首级等物，磕头谢赏，和差官公人等取路回京。一路无话，直至建康。当日到得晚了，刁应祥留差官干办在家，招待酒饭，自先赶着晚堂，径入江宁县里，来见祝鹍。向前声喏，祝鹍见了问道："我日前差你去缉拿林和尚，为何去了这多时？曾有些消息么？"刁应祥道："林和尚被小人一路直追至武平城外，方才获着。本该就解回京，恐怕路途有失，当下进城至都督府杜爷处报知，求杜爷差军护送进京。杜爷也虑路上或有差失，就在本府将林和尚斩了，传首级解京，另差官赍本上闻，故此迟延耽搁。"祝鹍听了，十分大喜，赏了刁应祥，发付回家，明日五更伺候。

　　次日四鼓，刁应祥领着杜府差官，捧了表章，差两个做公的抬了头桶，同列县门，随着祝鹍进朝。众官朝见罢，祝鹍俯伏金阶奏道："臣江宁县知县祝鹍启奏陛下：为缉获逃僧林太空一事，前蒙玉旨颁降，臣兢兢业业，昼夜用心，差人捕捉。不期林太空走离京都，逃至武平地面，被臣县中缉捕使臣刁应祥所获，即往都督衙门讨军护送。都督臣杜成治，虑路途有失，就彼处取斩送首京师。赍有实封表章申奏，乞陛下圣鉴。"武帝叫接本，到御案前拆封，宣学士高声读表。表曰：

　　　　武平总制都督臣杜成治，奏为预诛僧犯以杜变逆事：某月日江宁县缉捕人员刁应祥，见获逃僧一名林太空，赴臣所请军护解。臣思林僧素称勇悍，力敌万夫，矧与东魏相通，机诈叵测，设若中途有变，边衅复生。臣谨于次日便宜行事，斩首付与刁应祥，并包裹、禅杖解京奏上，庶不为奸宄之所算，而国家永永无患矣。乞皇上原臣擅杀之罪。臣不胜战栗惶悚之至。

武帝看罢笑道："这秃厮藐视朕躬，今日英雄何在？倚着能言舌辩，难逃命丧刀头。"当殿传旨，升祝鸥为吏部郎，刁应祥为都捕使臣，仍给赏银三百两。又将林澹然首级、包裹、禅杖付与刁应祥，传入妙相寺中，令钟住持相验的实，然后悬挂寺门示众。祝鸥等谢恩出朝。

不说祝鸥莅任，且说刁应祥领旨径往妙相寺来见钟住持。这钟守净自从逼林澹然出寺之后，一向心事不宁，寝食俱废。后闻得捉了窝主李秀，稍觉心安。还只虑林澹然走脱，致生后患，日夜悬悬，亦无心与黎赛玉取乐。当日正在方丈中间坐，管门道人传报，朝廷差官到来，钟守净慌忙出迎，殿上相见。礼毕，刁应祥道："小可是本县都捕使臣刁某，奉圣旨追捕逃僧林太空，至武平地界，已经擒获，当送求杜府护解。杜都督虑有走失，枭首解京。今奉旨将首级、包裹、禅杖，传与住持检验，敕挂寺门示众。"说罢，令从人抬过，交与住持。钟守净掀开桶盖看时，惊得毛骨悚然。呆了半晌，方才神定。将手指着首级，点头道："林长老，林师兄，咦，偏你能文会武，说短论长，为何也有今日！正谓舌剑自诛，老兄还能讲话否？"一面说，一面翻转头来细看。不看时万事皆休，只因这一看，却又重兴一段风波，费了多般周折。有诗为证：

得好休时且罢休，老钟何苦结冤仇？
直交满寺葫芦骨，个个他年似此头。

看官，你道为何？那林澹然脑后另生出一块三台骨，圆溜溜就如肉瘤一般，自有记认。林澹然和钟守净日常闲话时，尝说自己日前颇得际遇，全亏脑后这一块三台骨，故此钟守净记在心中。当下翻过头来，看这头颅一似刀削平的，没有这三台骨凸出，心下大疑。连声道："怪哉，怪哉！"又仔细看了一会道："不是，不是，真不是也。"刁应祥道："住持此话却是何故？"钟守净笑道："这头却是假的。"刁应祥失惊道："钟住持不要看错了，何以见得不真？"钟守净道："小僧和林澹然相处非止一日，他的头颅，岂不相认？他脑后有一块三台骨，就如三个鸡子也似凸出来，常时戴僧帽，刚刚顶着帽口。如今这头脑后，却是平平的无一毫脑骨，岂不是个假的？"刁应祥道："那日擒拿林和尚时，众多做公的同我送入杜爷府中，次日枭首，谁不见来？只看这包裹、禅杖，岂是假的？住持不要错认了，此事非同小可。"钟守净道："小僧为何得错？这包裹内物件与禅杖，俱是真的，林澹然拿获焉得是假？多分杜都督处有甚缘故，未可知也。今日不须争辩，明日早朝面圣，自有道理。"刁应祥初入寺来，何等欢喜，听了这话，就如分开八片顶阳骨，倾下一桶冰雪水。若果然是个假头，诳君之罪安达？垂首叹气，半晌无言。心下暗想："这事却也作怪。分明是林澹然的头，怎讲不是？终不然杜府有甚机谋？稳稳一个都缉捕，白雪雪三百两官银无福承受，这事尚小，若说诳君，便要斩首，如何是好！"对钟守净小心道："既是如此，住持爷明日面圣时，恳乞方便，足感大德。暂且告辞。"钟守净也不款留，止将头桶物件留下，相送而别。

钟守净回方丈中，聚集徒弟们商议道："这厮得了林澹然贿赂，卖放去了，却将假头献与皇上请赏。自古道：'斩草不除根，萌芽依旧发。'后来林澹然倘做出事业来，岂不反受其害？明日早朝，必要讲明，再差人缉访，驱除这厮，方免日后之患。"内中一个徒弟，姓雷，法名履阳，向前道："师父，等不得明早。那缉捕已受恩赏，倘和本官老祝计较，今日预向驾前遮饰，或另生枝叶，我和你又成空说。不如趁早写下表章，连晚陈奏，庶不有误大事。"钟守净道："贤徒之论最是。"忙取笔砚，写成章疏，换了冠服，径投朝房里来。当日却是谢仆射轮该接本，和钟守净施礼罢，问："住持何事，乘晚来此？"钟守净却将林澹然事告诉一遍，道："今日这一封奏章，乞仆射速速进呈圣上，至紧，至紧！"谢仆射收下表章，送钟守净出朝而去。当晚谢举将钟守净奏本送入官中。武帝正在禅床上打坐，入定醒来，中贵官捧上表章，武帝拆封看时，写道：

妙相寺住持臣钟守净，奏为奸臣狡役，受贿纵凶，假首诳圣，误国放君事：臣奉圣旨检验逃僧林太空首级，视其面貌似真，细验枕骨实假。太空原有脑骨三块，凸然而起，名为三台骨，合寺僧众，皆所目睹。今脑后平削无骨，非林僧之首可知矣。再验禅杖、包裹，又系太空之物。臣细谅度，必是祝鹍、刁应祥等，通同作弊，受赂卖放，复将假首诳上，冒功请赏，情迹显然。乞皇上差官勘问，再即遣军兵搜捕真犯，庶免后患。臣不胜忧怖惶惧之至。

武帝看罢，龙颜大怒，骂道："这尸位素餐的犬彘，敢来诳朕！明日鞫问明白，焉可轻恕。"即御笔亲批旨意，连夜发出枢密院来，敕左仆射谢举同三法司，提拿吏部郎祝鹍、缉捕使臣刁应祥二人，勘问诳君之罪。谢举接了圣旨，忙差锦衣卫武士，带了铁索手杻，立刻拘祝鹍、刁应祥至枢密院审问。

却说刁应祥自别钟守净回家，闷闷无言。浑家问道："丈夫目今捉了林住持；朝廷赏赐不小，为何反生不乐？"刁应祥将钟守净认首级不真的情节说了。浑家劝道："不必愁烦，凡事自有天理，终不成将真作假，诬害有功之人。纵有事端，当官理辩，何必恁地烦恼。"刁应祥听了浑家相劝，勉强饮酒排遣。睡了半夜，未及鸡鸣，听着叩门声急，刁应祥披衣而起。开门看时，只见四个人走入来。向前相问，方知是卫中武士。刁应祥已知钟守净那事发作，不敢动问。一个武士取出铁索，将刁应祥锁了，又上了手杻。口里道："奉圣旨拘拿到枢密院去，不可羁迟，速行速行。"刁应祥随着武士至枢密院来。此时祝鹗青衣小帽，已先站在门首。两人见了，祝鹗埋怨刁应祥干事不切，刁应祥无言可答。

不多时，天色已曙，升堂鼓罢，陆续官员皆到，众武士将祝鹗、刁应祥带入堂上。二人抬头看时，见正堂中间放着圣旨，侧首三张公案，左边上首立着左仆射谢举，下首立着刑部尚书王明，右边立着大理寺卿黄相。祝鹗、刁应祥向前俯伏。谢仆射开口道："奉圣旨勘问吏部邮祝鹗，通同缉捕公人，卖放妙相寺犯僧林太空一事。因甚枉害平民，将假头诳君，冒功请赏？依直供招。"祝鹗道："原来如此，实实屈死人也。自林太空逃亡，奉圣旨追捕甚紧，微臣日夜用心差人缉捕。幸使臣刁应祥访出窝主李秀，微臣立刻拿来拷打。李秀供招窝藏是实，知风逃窜，料他要回东魏，微臣就着刁应祥一路追捕，使尽心机，不辞劳苦，追至武平地界，密密缉访，幸而获得。怕有疏虞，拿到都督臣杜成治处取军护送，不知杜成治为甚事故，就彼处枭首，将头解京。此一节事情是实，并无私曲。况有杜成治表文，及赍表官和林太空禅杖度牒等物可证，乞三位大人明鉴。"正卿黄相道："这也讲得是。"再问刁应祥时，刁应祥自始至终，备细说了一遍，与祝鹗言语相同。黄明道："据汝讲来，似乎无弊。但当初在武平杜元帅处斩林澹然时，你可曾当面看斩否？"刁应祥道："小人当时送林澹然到都督府中，杜都督发付小人在府前附近伺候，次日差军护送解京。小人至次早，正欲往府催军解送，不期杜都督已将林和尚绑出辕门斩了，呼唤小人分付道：'这林和尚勇力绝伦，党类甚众，路上虑有疏虞，故此枭首解京。'那日斩林太空之际，小人实不曾见。"谢举笑道："这等说，眼见得那杜都督有些情弊了。"黄相道："不必多疑。一向闻得杜公原系东魏人氏，冒籍中原，这林和尚也是东魏人，或是相识旧知，岂无救援之意？朝廷颁例，杀人有时，必日午施刑。彼今不待时而取决，又不使缉捕眼同见斩，只此两事，情弊显然。他倚着先斩后奏之权，伪将他人首级解来影射，纵放林太空走了，未可知也。"王明、谢举俱道："此言甚明，不可屈陷了有功之士。"刁应祥磕头道："青天明镜！适闻爷爷之言，使小人如梦方醒，若不是爷爷超生，这屈事那里去辩。"谢举发付祝鹍暂回衙门，将刁应祥收下刑部天牢监禁，明早候旨定夺。审罢，各自散讫。谢仆射三人次早入朝，将刁应祥口词逐一奏陈。武帝大怒，御笔手诏，差武士人员，内官二员，星夜往武平郡捉拿杜都督成治，进京勘问。这武士内官接了圣旨，即忙起身，各骑快马，不分昼夜，到武平郡来捉拿杜都督。有诗为证：

脱难还罹难，销愁又结愁。
报恩遭大辟，留与子封侯。

却说林澹然当夜被杜成治殷勤劝酒，饮得大醉，一觉直睡到巴牌时候方醒。虞候等捧着茶汤伏侍，林澹然道："生受你们。感你家老爷厚情相待，奈小僧名已登于鬼录，何以奉报？"虞候笑道："住持爷贺喜。适才辕门外已斩了一位林长老也，谅住持爷决不妨了。"林澹然道："又来取笑，怎地世间更有一个林长老，与俺一般当斩的？"虞候道："我家老爷为住持爷费了一片神思，已将狱中重犯扮作住持模样，绑出辕门斩首，岂不是住持爷贺喜？"林澹然惊道："可怜为着小僧，却害了他人性命！"正叹息间，报杜爷来了，林澹然慌忙起身迎谢道："小僧受都督再生之德，将何酬答！"杜成治道："此乃住持大福，天假其便，得脱此难，小侄何功之有？缉捕公人等，已赍假首级、包裹、禅杖回京，止留下书简之类。谅今者关隘防闲已懈，住持可作急打点行程，管取安然至魏。"林澹然道："盛情感激不尽。只是外面传扬数月，小僧突然而出，岂不动人耳目？惟恐声张起来，难以前进。"杜成治笑道："小侄已预备在此了。"令人取出青绢幔成的敞口大帽一顶，纱眼罩一方，青布直身一件，黑油皮靴一双，宪牌一纸，白牌一面，黄绢包袱一个，铺陈弓箭食箱雨具等物，放在面前。杜成治道："住持可知此意么？"林澹然道："小僧已会其意，但劳杜爷神思，何以为报！"杜成治道："住持可将此一套穿戴起来，小侄差两个能事虞候帮衬住持，妆做打差出使人员模样，一路去决无拦阻。设或有人盘诘，又有小侄宪牌路引为证，放心前去。若至东魏遇家尊，乞为转达，得赐一信息，更感大恩。"林澹然道："都督不消叮嘱，小僧决然留意。"说罢，头上戴了大帽，身上穿了直身，脚着油靴，腰缠板带，杜成治看了大喜道："住持如此妆扮，却竟不像和尚了。"两下大笑。此时筵席已备，杜成治举杯劝酒，盘桓一会，不觉天暮。杜成治吩咐虞候，好生伏侍林爷前去。虞候整顿行囊，带定骏马，预在后门伺候。林澹然作别起身，杜成治道："小侄本宜运送，惟虑外人知觉，有所不便耳。住持莫罪。"林澹然再三拜谢，杜成治送出私衙侧门相别。

　　林澹然出了后门，戴了眼纱上马，连夜起行。马不停蹄，走了二十余里，昏黑难行，就在官亭客馆安歇。五更鸡唱，即忙上马趱路，已过了武津关口，一路并无阻滞。三人行了数日，又到梁州地界，虞候将手指道："前面即是梁州，乃东魏地方，小人们难以前去。住持爷可于僻处换了衣服，依旧释门打扮，穿过古崤关，即是东魏了。"林澹然策马走至仓颉墓上，甚是幽僻。树林中下马，除了大帽、眼纱，脱下直身、油靴，换了僧鞋、僧帽、褊衫，打送了一个包裹，自己背了。将以外行囊物件，尽数交与两个虞候，乞致意杜爷，作别分路而行。径过梁州。至次日已到古崤关口。遥见关门半开，闹丛丛人众报名，盘诘过关，林澹然也混在人丛里报名。管门官道："我看你这和尚形容古怪，举止异常，莫不是做奸细的么？"林澹然道："俺原是东魏人，中年出家，云游天下，随处挂搭，今复回敝山焚修。关主不信，只看俺度牒、路引便是。"说罢，打开包裹，取出度牒、路引，递与管门官。管门官接过看时。度牒上写着是本国问月庵披剃，路引上面又有梁魏两国印信，心里方知是有来历的和尚。忙陪笑脸道："师父，冲撞了，请自行路。"林澹然笑道："小僧是个奸细，怎好过去？"管门官也笑道："出家人不直得便回话。我这里梁魏交界处，检点来往之人，是这般严紧，休要见罪。"林澹然呵呵大笑，拱手而别，拽开脚步，径入关内。有诗为证：

> 才脱火坑，便游清净。意适心闲，功行圆映。

话说杜成治自送林澹然出门之后，重赏狱官。心下大悦，纵乐饮酒。醉后不谨，染成一疾，寒热大作，忙唤医官进行诊脉。医官禀是内伤证候，又感冒了风邪，表里受亏，须服发散兼补之药。杜成治一连服了数剂，反觉发起颤来，变成疟疾，暂且在私衙里养病。数日后，送林澹然的虞候回来禀覆，林住持已过关至东魏地方了。杜成治心内放下一件大事，觉病体稍宽。正欲出堂理事，忽飞报朝廷差人员武士，两个内官，赍圣旨到来。杜都督明明晓得事情决撒了，心内惊惶，病体举发，无奈勉强扶病出堂，排香案迎接圣旨。中贵官出武帝手诏，高声开读：

> 皇帝诏曰：忠臣许国，竭志奉公；烈士殉君，赤心报主。但尔武平郡杜都督元帅杜成治，当东南一面之寄，宜克勤天日之诚，不思尽悴鞠躬，反致欺君罔上，擅纵僧犯林太空脱逃，假斩他首，欺诳朝廷。律有明条，法所不赦。特差内臣，传责殿前锦衣武士钱程等速至任所，杻械来京。
> 着三法司严究，拟罪施行。特旨。年月月手诏。

杜成治听读到"欺君罔上"、"杻械来京"，惊得魂不附体，面如土色，一时间手足噤颤，口眼歪斜，跌倒堂上，咽喉中不住的痰响。两班将士人从，慌忙抬入衙里，急灌汤药，口已不受，牙关紧闭。医官急入看时，脉息沉沉，四肢不举，一时痰壅而绝。合衙老幼悲哭，帐下将士，无不垂泪痛伤。内官与武士商议道："有恁般异事，莫非是

第十二回 都督巧计解僧头 守净狼心验枕骨 151

奸计假死？"齐到衙内看验，杜成治果然气绝而亡。有诗为证：

> 生在东朝仕在梁，功勋汗马勒旗常。
> 只因故释林和尚，致使英雄一命亡。

昔贤又有诗叹曰：

> 匹马纵横宇宙间。将军仗剑镇边关。
> 知恩欲报身先死，朝里无人莫做官。

这诗单说世间做官的，身任外职，必须朝内有门生故吏，或亲戚相知，荐扬保举，虽胡行乱做，反升美任，富贵荣华；若无人扶持之时，你便一廉似水，爱军惜民，也要旋乡归里。杜成治若朝里有大汲引，就再多几个武士来，也不在意。只因他是魏国人氏，梁朝并无亲故，又自倚着功高望重，平日间不肯结识朝中宰执，虽有谢仆射、黄正卿这班正人，只好说两句公道话罢了，谁人肯舍着身家保举他？算来祸烈难解，安得不惊？所以说"朝内无人莫做官"，是实实的话。

闲话且打叠起。再说内官、武士等见杜成治死了，都叹息怨恨道："我等这般福薄！钦差至此，指望一场发迹，谁知空自驱驰，只得素手还京回旨。"这杜都督夫人蒋氏，未有所出，一面安排棺木贮殓，停枢私衙，又请释道诵经超度，俟候圣旨发落搬丧。

却说武士等径回建康，进朝复旨，将杜成治身死情由，备细陈奏。武帝降下圣旨，着枢密院官查按杜成治家产，依律拟缴。左仆射谢举和右仆射牛进、大理寺卿黄相接了旨意，一同会议。谢举道："杜都督久经汗马，屡立功勋，虽不合私放逃僧，今已身故，理应将功折罪，何故圣上又欲籍没他家产？"右仆射牛进素与杜成治不睦，因昔年任福州参军时，克减军粮，被杜成治参劾，因此怀恨。今幸成治之死，乘机报仇。便道："这杜都督擅放逃僧事小，私通东魏事大，况欺君罔上，罪所不赦。今日身死不论，亦当流其妻孥，籍其家产，庶不废了朝廷法律。"谢举道："论法度，则杜公以私情而忘公义，罪应远戍。然非叛逆不轨之比，何至抄没家产，流徙妻孥，有伤公道大理？"黄相道："目今朝廷正缺军饷，据圣意，似欲抄没家财以充国用。虑人议论，故发下旨来，令我等拟议陈奏。若从公道论之，杜公虽然私放林僧，依律：伪首诳君、知情故纵者，与犯人同罪。当拟如律。今既身死，罪人不孥。必欲尽法，亦仁政之所不忍。只合查盘仓库钱粮，充为军饷，以外田产之类，留还家属，赡养终身，以见国家待功臣之意。如此，则可以济国家之用，而无伤圣主之仁，公道昭矣。愚见如此，乞二位先生大人酌之。"牛进笑道："如公所论，却便宜了老杜。"谢举道："不然，黄先生之言，情法两尽。依此复奏皇上，谅无他议。"三人议论已定。

次日早朝，将所议之言，面奏武帝。武帝降下旨意，令枢密院选才能官二员，往武平郡查盘杜成治仓库钱粮，尽解来京充饷。这右仆射牛进得了玉旨，即选本院心腹人署丞周乾、院判史文通，密密嘱付了，率领三十余能事军校，即刻起程，星夜趱发，不一日来到武平郡。本府太守程星马探知，亲出城迎接，并马入城，同入府堂，排下香案，程太守跪听圣旨。院判史文通开读诏曰：

奉天承运皇帝诏曰：爵禄者，君所以待贤；忠荩者，臣所以报国。有功之士必旌，紊法之奸必治。朝无幸位，律有明条。兹尔武平郡都督杜成治，受赃枉法，卖放逃僧，假首欺君，律应不赦。今已身故，削去原职，追回敕诰外，复查库所有钱粮，尽行解京充饷。呜呼！赏罚明而官箴无玷，功罪当而舆论允谐。旨意到日，主者奉行。钦哉。

宣旨已毕，留入后堂设宴相待。史文通、周乾、程星马同到都督府中，众将士书吏，俱来参见。程太守口传圣旨，要查盘杜府钱粮，解京公用。将士书交俱吃一惊。库官、库史等向前禀道："杜爷一向清廉，库中并无余蓄，乞爷台作主。"周干笑道："执掌钱粮，官居都督，怎说库无余积？今奉朝廷圣旨，尽抄入官，岂容虚诳。"库官道："杜爷委是清官，并无一毫积蓄。纵有羡余，即赏有功将士，故此将士皆肯出力，库藏实是空虚。"程星马道："那库官不须多辩。你只取本府库藏册籍来看，便知分晓。"库官取出文册，当堂揭开，逐一看过，果实不多。共算来，止有五千三百余两钱粮藏于库中。本府共有五千军士，倒有月余不曾支给请受。史文通、周乾二人看罢，心下懊悔，思量杜成治好没见识，官至都督，管辖十三州三十五县钱粮，我只道有几百万堆积，原来也只有这些须，怎地是好？周乾把眼一瞥，立起身来净手，史文通会意，也出门来。周乾附耳道："当初牛恩主怎地吩咐你我来？眼前如此光景，我等怎生回覆？"史文通道："老兄不必心忙，小弟自有措置，不怕牛恩主不欢喜。"二人依旧坐下。史文通道："程老先生在此，这库内钱粮，是朝廷国课，自宜充饷，不必说得。但圣意要抄没杜公家产入官，亦须交割明白。"程星马道："圣旨上明明说盘仓库钱粮，不曾提甚家产，怎好没抄入官？"史文通笑道："程公与杜都督必是厚交，故此事事遮庇。谅林澹然脱难之时，程公决知消息。"程星马道："史天使不必多疑，凡事自有公论。库中钱粮，学生照册交割，杜公家产，不敢与闻。"说罢上马而去。

周乾、史文通大恼，将杜成治家僮、干办尽数拿出，逼取财物产业。家僮你我互相推托，史文通大怒，将一个老干办上起夹棍，逼他招认。老干办受苦不过，只得将杜公产业财帛，一一呈明。周乾依言誊写，将杜成治家产尽行抄没，却如洗荡一般，并不存留毫忽。收拾星夜回京，参见牛进，备言其事，献上财物。牛进大喜，带领二人进朝面驾。牛进奏道："臣等领圣旨，籍没杜都督钱粮，今已回京，专候圣旨。"武帝道："将此银两，照册给赏边军。"牛进又道："枢密院署丞周乾、院判史文通俱有才能，毫无私曲，可差此二臣赍银赏边，决能服众。"武帝准奏，即差周乾、史文通赍边。二人奉旨，径往边地去了。

　　武帝降旨吏部郎祝鹀复降为江宁县知县，缉捕刁应祥释放出狱，陈阿保举首得赏，应给赏银一百两。祝鹀钦奉圣旨复理县事，差人拘唤陈阿保领赏。这阿保自从地方保领出监听候发落，因这场官司，费用了些银两，反致衣食不敷，换了一个店家做酒。当日被公差拘提至县，祝鹀当面照数给与赏银，陈阿保谢赏，口至店家备办牲礼，烧了利市纸，请店主人和酒坊内弟兄们散福。夜深酒罢，阿保进卧房内将门儿拴了，台子上点着一盏灯，盘膝儿坐在床上，腰边裹肚里取出银子，对灯细看，无限欢喜。心下算计要娶浑家，买田产，讨奴仆，办家伙，做衣服。掐指头儿，左思右算，不能同备。猛可里恼将起来，笃："这皇帝老儿恁地可恶，说谎赚人。我若得了三百两到手，岂不件件完成，一时发迹？如今不三不四，难以摆布。"恨了一会，又将银子逐一称过，点头自解道："也罢，譬如不出首，要十两也不能够的。今有了这一百两雪花官银，不是穷鬼了。且将这银子做起生理来，一年两倍，两年四倍，四年八倍，数年之中，亦可做财主了。"又思忖把这银子暂托与主人藏顿，犹恐他放心赖掉；欲待带在身畔，行动不便；要埋于土内，又怕有人瞧见，暗中窃去。千恩万虑，无计可施，紧紧将银子搂在胸前，闭目静想。

　　算计了半夜，渐觉精神疲倦，和衣睡倒。忽闻有人叩门，侧耳听时，乃是姐夫巴富声音，慌忙开门迎入。姐夫道："货已齐备，今日凑着顺风，正好开船。过海数日，可到女真，大舅利市。决有十倍利息。"阿保欢喜，催促起程，同到海口下船。扯起风帆，只听得潺潺水响，舟行如箭。忽地里狂风骤起，大浪滔天，将船掀翻水面。阿保落水，扳着一片船板，游至海边，爬上岸来。树林中闪出一条大汉，手持钺斧，拦住喝："要买路钱，放你过去！"阿保磕头哀告：因渡海翻船，身边并无财宝。那汉持斧劈头砍下，阿保大呼饶命，脱身就走。那汉随后赶来，阿保追得心慌，拼命奔走，失足跌下粪窖内，过头没脑，浸在粪里，蛆虫满身，钻入口鼻。阿保喊叫救命，奈何声哑，极力挣不出声，魇将起来。幸隔房听得，叫他方醒。阿保连声啐道："呸，呸，呸！"心头兀自踯踯的跳，惊得一身冷汗。忙将银子们摸，喜得尚在，翻身朝壁再睡。

　　矇眬合眼去，觉自己挑了一副水桶，往溪边汲水，忽见水底一群鱼游，阿保脱衣跳入水中捉鱼。猛听得掌号声，见上流头一只大官船，船头上摆列旌旗剑戟，金瓜钺斧伞盖之类。桅杆上悬一面黄旗，闪出六个大金字。船两旁站立着戎妆将士。那船一面吹打，顺水摇将下来。阿保钻入水底，只听船中一人道："水下为何有恶气冲天？是何怪物？"船傍军上覆道："是一个凡夫。"舱里叫抓上来，那军士用挠钩将阿保赤淋淋钩上船头，用索捆了，丢在旗下。阿保偷眼暗觑，舱里虎皮椅上，坐着一位官长，修眉红眼，白脸长髯，头戴朝冠，腰横玉带，紫袍象笏，相貌威严，是一王者模样。两旁侍立青袍角带数个官员。陈阿保心下大骇，扯住执旗军士问道："是何老爷？"那军士道："你不见桅竿上旗号么？"阿保道："我一字不识，乞你说与我知道。"军士道："俺大王乃水府正法明王是也。"阿保不敢做声。少顷傍岸，执事前导，次后仪从人等，簇拥那大王进一大衙门。阿保意欲逃遁，被军士拖入二门，吊在左廊檐柱上。阿保抬头四看，正中五间大殿，殿前一带朱红栏杆，栏杆外遍插枪刀旗帜。殿中珠帘半卷，灯烛荧煌。东西两廊，一字儿排列着黄巾力士。前后皆有两道，四围齐竖木栅，正似总制衙门一般。忽然三通鼓罢，将士齐声吆喝，大王升殿，喝令拿那恶人过来。一个赤脸獠牙使者，将阿保倒提入殿，跪于案前。大王道："这厮恶气甚重，必犯天条。令罚恶判官，检查簿籍。"左班青脸判官，将簿子逐一看了，覆道："此人姓陈，名阿保，和州人氏，年二十七岁。近因出首林禅师，致于死地，害家长李秀禁锢大狱，夫妻拆散，妄受赏银一百两。损人利己，犯陷害忠良之条，律应阳世处斩，阴受刀剑地狱之报。"大王又令注生判官："看这厮原注禄寿何如？"右班白脸判官，展开簿子看了，覆道："此人前世业屠，恣行杀戮，宠妻逆母，言清行浊。转生阳世，孤贫愚蠢，艰苦伶仃。寿元四九。"大王道："论这厮犯此大罪，本定依律断发，姑念无知下愚，减他一等。"举笔离座，判十六字于阿保脸上。正是：

　　雨露岂滋无本草，横财不富命穷人。

不知那大王所判何字，且听下回分解。

第十三回

桂姐遗腹诞佳儿　长老借宿擒怪物

诗曰：

> 一纸丹书下九天，忽闻司马已归仙。
> 魂随鹤驾升彤阙，子得麟胎继大贤。
> 变幻妖狐迷秀士，英雄僧侠救青年。
> 从兹意气相投合，白石楼前稳坐禅。

话说陈阿保梦入水府正法明王殿中，十分恐怖。明王令判官查看簿籍，阿保罪犯天条，举笔书十六字于其脸上，云："福善祸淫，神目如电。宝归二春，禄终一练。"写毕，令判官读与阿保听了，喝教赶出去。那赤脸使者，将阿保提起来隔墙一撩，阿保大叫一声，忽然惊觉，天已大晓。暗详梦中境界，闷闷不乐。起来梳洗，吃了早饭，复将裹肚藏贮银子拴系腰下，径往姐夫巴富家内来。巴富留住吃午饭，阿保把梦里言语细细告诉。巴富心下暗忖：这狗呆常是调谎，不要理他。但答道："朝廷赏银不容易得，是你天大的造化。可作速娶房妻室，做些务实生理，不可浪费了。"阿保应诺，作别出门。

一路闲荡，信步行至玉华观前，见一人引相招，近前声喏，乃是本观道士杜子虚，与阿保有亲，原是表叔侄之称。杜子虚道："贤侄许久不面。近闻你大是得彩，愚叔正要来作贺。"阿保道："惶恐，有甚喜可贺？"杜子虚邀入观中后房饮酒。二人开怀谈笑，渐渐醉了。杜子虚道："贤任出首林和尚，得了若干银两，好福气也。"阿保叹气道："小侄为这桩事，受尽了腌臜闲气。昨日方得赏银入手，又止得三分之一，害得我通宵不睡。"即将夜间之梦，备细又告诉杜子虚。子虚道："此是春梦，有何灵应？不必介怀。且与你说正经话。如今升元阁前有一土妓，十分标致，我今作东，送贤侄往彼处一乐何如？"阿保笑道："尊叔是出家人。怎讲这嫖妓的话？"杜子虚道："你怎知我们传授，朝廷设立教坊，正为着我等。比如俗家。他自有夫妻取乐，我道士们岂无室家之愿？没处泄火，嫖妓取乐，乃我等分内事，当官讲得的。故和尚唤做光头，道家名为嫖头。"阿保大笑道："这话儿小侄平素未曾闻得。"杜子虚道："此话是我道家秘诀，你怎么知道。嫖头二字，有个来历。假如和尚光着头去嫖，被鸨儿识破，连了光棍手，打诈得头扁方休。我们道家去嫖，任从妆饰。头上戴一顶儒巾，就是相公。换了一个大帽，即称员外。谁敢拦阻？故叫做嫖头。又有一个别号，和尚加了二字，叫做'色中饿鬼'，道士添上二字，名为'花里魔王'。"阿保道："色中饿鬼，是诮和尚无妻，见了女人如饿鬼一般。道家花里魔王，这是怎地讲？"杜子虚道："我等道士看经打醮，辛苦了一昼夜，不过赚得三五钱衬仪，若去嫖耍，不够一宿，故竭力奉承那妓者。年壮的精元充足，力量可以通宵；年老的根本空虚，须服那固元丹、虾须丸、涩精散、百战膏，助壮元阳，鏖战不泄。因此妓女们见了我道家，个个魂销，人人胆怯，称为花里魔王。"阿保道："据老叔所言，做和尚不如做道士，但道士贫富不同，富足的方有钱嫖耍，贫苦的那话儿怎生发泄？"杜子虚呵呵笑道："俺们穷的道士，另开一条后路。不怕你笑话，我当初进观时，年方一十二岁，先师爱如珍宝，与我同榻而睡。一日先帅醉了，将我搂定亲嘴，干起后庭花来。怎当这老杀才玉茎雄伟，我一时啼哭，先师忙解道：'这是我道教源流，代代相传的。若要出家做道士，纵使钻入地裂中去，也是避不过的。太上老君是我道家之祖，在母腹七十余年，方得降生。这老头儿金皮铁骨，精气充满，善于采阴补阳，百战百胜。后过函谷关，见关吏尹喜，丰姿可爱，与之留恋，传他方术修炼，竟成白日飞升。几道家和妇人交媾为伏阴，与童子淫狎为朝阳，实系老祖流传到今，人人如此。'愚叔只得忍受。这唤做道教旁门，富足的径进正门，不入旁门了。"

阿保听了这话，引动心猿意马，笑道："小侄已醉了，天色又晚了，适才老叔所言之妙人，乘此时去看一看何如？"杜子虚道："相陪同往。但贤侄这般妆束，不是那嫖客的行径，待我打点嫖具，方好去得。"道士头上戴一顶撮顶罗巾，身穿一领霞色潞绸道袍。陈阿保头戴大顶帽子，身穿橘绿䌷丝旋褶，一样换了鞋袜，令道童阿巧带了拜匣，同出观门，取路往升无间来。一路吩咐阿巧道："汝到彼处，不可露出道士脚色。称我为相公，陈大叔为大官儿，凡事要帮衬。"阿巧领诺。到了升元阁前，转入小巷，进了一座墙门。跫过竹屏，方是妓馆。门前挂着斑竹帘儿。二人进客座内坐了，咳嗽未毕，屏风后转出一人，怎生打扮？但见：

　　头撮低眉尖帽，身绷狭领小衫，酒肴买办捷无边，烧火掇汤最惯。
　　嫖客呼名高应，指头这口轻言。夜阑席罢洗残盘，归缩行中好汉。

那汤保站在街下问："二位爷从何处来？"巧儿道："我家大相公和大官儿，特来拜你家姐姐，怎不出来迎接？"保儿慌忙磕头，陈阿保也要跪下答礼，杜子虚忙把手扯住道："生受你了，姐姐可在家么？"保儿道："姑姐昨晚接了一位山东毡货客人，蒿恼得不耐烦，方才出门去了。故此贪睡未起。"阿保拍手笑道："这又是个花里魔王了，不显你道家手段。"阿巧连忙丢眼色，方才住口。杜子虚道："姐姐青春多少？排行尊字？精何技艺？"保儿道："姑姐新年二十二岁，行居第一，小名媚春。琴棋书画，无有不通。村夫俗子，等闲不得一见。"杜子虚道："久闻大名，特来相访，烦你转言求见。"

保儿进去不多时，媚春出来，果然生得风流窈窕，如弱柳临风。叙礼逊坐毕，杜子虚道："久仰大雅，梦怀渴想。今睹芳容，凤缘有幸。"媚春道："承过爱了。请问相公高姓尊字，何处下帷？"杜子虚道："小道姓杜，贱字伯实，敝馆寓玉华观中。"媚春笑道："相公儒者，怎称为小道？"杜子虚改口道："小弟久在观中，最爱的是《黄庭》《道德》诸经，朝夕讲诵，深得道家旨趣。久奉三清，故此儒名道行，所谓有道之士是也。"媚春道："相公既读孔孟之书，宜尊圣贤之教。那道士们，极其势利的，口诵《黄庭》，心如黑炭。相公轻儒习道，是弃美玉而抱顽石矣。取笑，取笑。"杜子虚道："从来三教一家，这也无妨。况近来儒者，俱尚子书，小弟亦趋时而已。"媚春又问："员外高姓尊字？"阿保道："小子姓陈名阿——"杜子虚忙将脚踢，阿保就住了口。媚春道："陈员外尊讳是那一个阿字？"杜子虚接口道："表侄贱名为约。因他久在江南生理，习成乡语，约字读为阿字，此乃是乡音闭口字眼。别号保之。"媚春口虽应答，暗中将二人品格，已自估定。杜子虚令阿巧开拜匣，拿一封银子，交与保儿整办东道。媚春取过棋枰，和子虚对局。阿保看了半晌，不解其意，斜倚桌儿睡了。顷刻间酒席已备，巧儿将阿保推醒，一同上楼，分宾主坐下。酒过数巡，杜子虚举杯敬酒，要媚春唱曲。媚春轻嗓莺喉，慢敲檀板，唱一出北调《江儿水》：

> 琼宫王府，却离了琼宫玉府。新翻风月谱。你可也辨着青州从事，紫诰真符，改衣妆来混取。翠馆莫冠笏，红楼不用呼。俺自有礬帅驱魔，汤氏当炉，甚酸甜堪救苦。你是绣衣士夫，好一个绣衣士夫！正配着这缸边吏部，又何须踏魁罡做了挈壶。

二人不知是嘲他的话，鼓掌喝彩。媚春敬了酒，另取一壶一菜，与巧儿楼下去吃。三人复猜枚掷色，吃了一回。媚春奉酒要杜子虚口谈一令，杜子虚道："小弟是东道主，贤姐是客，岂敢占先？"媚春道："如此小妹僭妄了。要俗语一句，六个字，暗合席上三人之意。"饮酒毕，说令道："一客不烦二主。"传杯与阿保。阿保仰天思想，猛然喜道："有了！"忙忙吃酒，呷得太急，将酒反呛出来，喷了一桌，呛得泪滚涕流。杜子虚掩口大笑。媚春一面拭桌，一面斟酒另敬阿保。阿保饮毕，说令道："一壶两卖。"媚春道："一共两，虽合成三，但少了两个字，罚两大杯。"当杜子虚说令了，杜子虚饮罢酒道："一上香，二上香，此是六个字。"媚春道："虽然六字，此是烧纸的祝文，又非成语。"敬一大碗。

杜子虚罚酒毕，媚春敬杜子虚行令。杜子虚道："如此而行，觉俗之哉；数色而行，美焉乎也。"乃掷色数点。又该媚春行起，阿保道："久闻大姐精通文墨，见教个把斯文今儿更妙。"杜子虚敲桌道："有理之。"媚春道："承命。我就讲一句书，便诗也好，要一个天字，不拘先后。止许五言，增减一字者，受罚大杯。我讲起：天地之大也。"杜子虚便道："太乙救苦天。"媚春笑道："此句非诗又非书，又无成说，请敬大杯。"杜子虚争道："小弟是《雷经》上的太乙救苦天尊。"媚春道："怎么落了尊字？"杜子虚道："说出尊字来，便是增一字了。"媚春道："令不中式，况多一字，共罚二碗。"阿保笑道："老叔空称饱学，诗书上'天'字有十万八千，怎讲到《雷经》上去？"杜子虚道："因此受罚了。该贤侄讲令，请，请。"阿保道："小侄的是一句诗。"讲道："味淡须添曲。"杜子虚啧啧称羡道："妙，妙，好一个'味淡须添曲'，斯而文，中式，中式。"媚春道："帮衬的先罚一大觥。请问陈兄，此诗出于何典？添字又不是这天字，罚一大碗。"阿保忙道："且住。你不知这诗，是我敝馆中一个有意思的朋友撰的，非同小可。"媚春道："员外目今还读书吗？"阿保道："不是不是，少年时之话也。"媚春道："也罢，诵得全章出，免罚一半。"阿保道："此诗何曾离口，一字不忘，我且念与你听： 仪狄访同袍，麻姑引手招。配成三昧火，酿就五香醪。传下神仙术，吾侪救腹枵。木瓢常盖脸，绡裩每垂腰。香处夸琼液，酸来恨祸苗。焚薪须半燎，钻灶鬓先焦。味淡须添曲，浆甜灰更调。笊篱恒窃米，笮袋可藏糟。试酒频频醉，偷钱暗暗嫖。做了棉花客，沿街骂饿殍。历数知音者，谁人有下梢。"媚春听罢大笑道："诗句绝佳，添字更妙，免罚兄酒罢。"阿保道："何如尽去得？"媚春道："这番该陈兄行令了。"阿保摇手道："小子从来立誓不做令尊，敢烦姐姐代行罢。"媚春辞道："焉有此理？一人僭行三令，是强宾压主了。"杜子虚道："令无三不行，还求见教。"媚春只得行起道："如今取一句诗，要一'洞'字，不中式者罚一壶。我讲的是：洞口桃花也笑人。"

　　杜子虚侧首思量了半晌道："有一句在此，但是曲子，可用得么？"媚春道："酒后将就准了。"杜子虚道："洞口涩难攻。"媚春道："小妹耳中，未曾闻有此曲。"杜子虚道："岂是杜造？我还你个出处。昔日同房一友，往勾栏中行过，见一垂发女子，万分美貌，特意去梳拢他。数日后回馆，编成个曲儿赠那女子，小弟窃见了，谨记在心。每逢闲暇，唱一唱儿却也有趣。"媚春道："你唱与我听，若果妙，只罚半壶。"杜子虚打扫喉咙，举筯作板，唱一曲《黄莺儿》："洞口涩难攻，仗将军津唾功。一枪戳透相思缝，情和意融，灵犀暗通。金莲高举，深深送，兴何浓。浑身畅快，一阵热泉冲。"媚春道："音曲两绝，但中有讥诮之意，到底还敬半壶。"杜子虚不辞，一饮而尽。

　　媚春打板，催阿保说令。阿保已酩酊大醉，斜着眼道："你讲的是什么令？"媚春道："要一个洞字。"阿保摇头道："动不得，动不得。"杜子虚道："你这般梗令，岂不是个洞蛮？揪住耳朵灌酒。"阿保把身一仰，望后便倒，豁剌地跌了一交，口里骨都都吐出酒来，吐了一地。杜子虚埋怨道："少年人不老成，这等发颠，成何体统？"即起身作别下楼。不期一脚跨个空，翻筋斗倒撞下去。媚春执灯，令保儿扶起，嘴唇都跌破了，血流不止。保儿笑道："这正是老成有体统的相公。"媚春暗笑不已。杜子虚发怒要打保儿，巧儿见了，忙点灯挽了道士回观去了。

媚春复身上楼，陈阿保已自齁齁睡着地下。媚春举手相扶，忽见腰下露出银子来，吃了一惊。暗想这人的口谈，是个酒生无疑，身边银两从何而得？心中疑虑，发付保儿收拾先睡，楼上停灯伺候。直交五鼓，阿保方醒，媚春挽扶上床，脱衣同寝，着意温存。云雨才毕，阿保又复睡去。媚春有事关心，竟不合眼。捱至黎明，先起来筹画此事，忽保儿来说："韩大官人来望姐姐。"媚春悄出客座相见，原来就是韩回春。自从李秀家分了银两，跳出赌博场，溷入烟花寨，分拨水钱，放债取利。因与媚春相交情密，当早路便，进来一望。

媚春邀入轩里吃茶，媚春道："小妹有一事，正要与大哥计议，来得却好。"韩回春道："有甚事计较？"媚春道："昨晚有二客来我家，一个是道士，一个是酒生。那道士饮酒，至更深去了，留这酒生在此。岂料这厮身边藏着一裹肚银子，我看起来，约有百余两，决是歹人偷盗来的。日后倘露出事来，牵累我吃官司怎了？"韩回春道："有我在此，怕他怎地。此人今在何处？"媚春道："睡着未醒。"韩回春悄悄上楼，仔细看了，一时间两眼直视，跳下扶梯，奔入厨房，拿了一把厨刀，飞身出来。媚春见这般凶势，谅非好意，一手扯住衣袖，拖出轩外道："大哥，这却使不得，须带累我。"韩回春道："待我杀了这厮，再与你讲知端的。"媚春慌了，哀告道："我的亲老子，害杀我也！"抵死抱住不放。韩回春道："你不知这杀材，是李秀店中酒生陈阿保。因贪官赏，出首林住持，害彼乘夜而逃，存亡未保，又累李大哥监禁在狱。我几番要开除了这厮，无处下手。今日狭路相逢，岂可轻放！待我砍这厮驴头，替恩人报仇，然后自行出首，便偿他命，如所甘心决不累你。"媚春道："好痴汉子，人命关天，岂同儿戏？你为恩人雪恨，杀他抵命，虽是丈夫气概，少不得贻累我吃官司，好没分晓！凡事要虑始虑终，方才行得，岂可如此燥暴。"韩回春踌躇一会，点头道："杀人偿命，我所不辞，但贻累于你，心中不忍。然事已至此，放之亦难，与你怎生作个商量？"媚春附耳道："只消如此如此，足可雪恨。"韩回春甚喜，掷刀去了。媚春暗与保儿照会。

少顷陈阿保醒来，移桌傍床，罗列肴馔，对坐饮酒。正饮间，忽有人扣门，媚春停杯下楼。不移时复上楼来，满斟热酒，殷勤相劝。阿保一连吃了五七杯，推辞不饮了。正欲举箸吃饭，一霎时头晕眼花，跌倒床上。原来媚春令韩回春买了蒙汗药，藏于酒内，把阿保麻翻，昏迷不醒。媚春解下他腰间银子，收拾细软衣饰，先上轿去了，其余粗重家伙，尽皆弃下。随后韩回春与保儿，反闭大门，径往韩回春家里，和媚春将银子两下均分，另取三两散碎的赏与汤保，乘夜雇船渡江，往和州而去。

再说陈阿保被药迷倒，至次日午后方才苏醒，甚觉口中烦渴，呼唤茶汤，并无一人答应。腰边摸时，裹肚也不见了。急忙奔下楼来，只见灶下无烟，神前缺火，媚春、汤保等，皆不知何处去了。阿保心知被赚，捶胸大哭，一脚踢下大门，喊叫贼妇盗银逃遁，地方快来救应。奈此处是一条冷巷，四围空地高墙，又无人家，那得人来劝解？阿保独自叫了一回，猛然省道："这事分明是杜道士害我，且去和他讲理。"蓬头跣足，气咻咻走入玉华观里来。见了杜子虚，一手扭住，喊屈连天。众道士围将拢来，问其缘故，陈阿保将同嫖失银之事，哭诉一番。隔房一个殷道士最有识见，怕到官坏了本观体面，将阿保劝进本房宽解道："虽然杜伯实不合同你去嫖，兄亦欠了主张，岂有带百余两银子，至衒衒中作耍的道理？那妓女们心肠，比强盗又狠三分，见财起意，用药迷人，窃银逃遁，这是常事。兄也有一半的不是。假使当官追究起来，令表叔只须求谢仆射老爷指头阔一条纸儿，送与执行官，天大的事也就罢了。你那时叫做失贼遭官，重受其害。不如在小房消停数民待我劝令叔出几两银子，暗嘱能干积年缉捕人役，查访娼归去向，若有了消息，这一百两银子，稳取还你，不须愁烦涉讼。"陈阿保听了，也不答应，却如木雕泥塑，呆呆的坐着不动，一日茶汤并不入口。傍晚殷道士整酒相待，阿保只是不饮，滚到床上睡了。众道士叫声惭愧，各自散去。独阿保睡不着，暗恨命薄至此，不能消受。待要与杜子虚结扭到官，又虑势不相敌；待要寻娼妇下落，并无一些踪影可问，只索拼此一命，对付这道士罢了。呜呜咽咽的哭到三更，解下束腰带，悬梁自缢。一次早殷道士进房，只见陈阿保悬于梁上，急急放下，已气绝无救，呜呼哀哉死了。

　　殷道士将门锁上，径奔杜子虚房中报知。杜道士惊惶无措，忙求解救之策。殷道士问陈阿保有甚嫡族至亲否，杜子虚道："他止有姐夫巴富，别无至亲瓜葛。"殷道士欢喜道："只消恁般如此，必然瓦解。"一面令杜子虚去寻巴富，一面暗中打点衣棺伺候。不多时巴富来到，殷道士满面春风，迎入三清殿后侧轩内，盛设酒肴款待。酒至半酣，殷道士方说出陈阿保身死之故。巴富惊讶流泪道："有此不测之事，何不早言？显见得谋财害命是实了。"殷道士笑道："休恁般说。银子偷去了，或能再来，死者不能复活，明人不须细讲。今日之事，并无欺盖。一则一，二则二，守与战，任凭尊裁。"巴富道："有何见谕，亦求明说。"殷道士袖中取出六锭白银，指着道："这是三十两银子在此，实是我等所出。足下若肯海涵，不到官告理；奉此为谢。不然，真只还真，假只还假，留此银子衙门使用，不到得问了杜伯实的死罪，两下准备打官司便了。"自古财动人心。巴富见了这六锭大银，心就软了一半，笑道："据公所言，似非谋害。但是一条人命，岂止于三数而已？杜老丈又系至亲，在下不敢较论，乞添至五数就罢了。"殷道士道："宝剑赠与烈士。便添十两，不与了别人。再有他说？"两下和议定了，殷道士方开锁进房。巴富向阿保尸首放声啼哭。忽抬头见门枋上有一个小匾，写着"一练居"三字，巴富收泪叹息道："天定之数，不可逃也。"告诉："阿保梦中，大王批十六字于脸上，'福善祸淫'四句。适才闻那妓女名为媚春，今观仙居名一练，正应着'宝归二春，禄终一练'。大数前定，禄命难逃，不必讲了。"巴富还不知韩回春同谋，故为"二春"的话。当日收殓尸首殡葬，延僧超度毕，殷、杜二人送那四十两银子上门相谢，两下欢天喜地而散。街坊上人闻陈阿保身死，个个讲说没福承受赏银，出首好人的看样。有诗为证：

　　朴嫩穷檐压酒徒，横心愿外获青蚨。
　　烟花巧计猛于虎，财尽囊空一命无。

　　话分两头。再说杜都督夫人蒋氏，因朝廷籍没家财，和妾冯桂姐抱头痛哭，夫人晕绝数次救醒。桂姐道："老爷不合放了林长老，害却性命，又抄没了家产，早知今日，悔不当初。"蒋氏哭道："死生由命，成败在天，不必怨他，只索苦守罢了。"程刺史回府，一路心下不平，差公人到都督府打听，已知抄没情由，心中大怒道："朝廷好没分晓，用这班狼心狗行之徒，残害忠良，眼见得国家将亡了。"闷闷不乐。于是择日买地，将杜都督棺木安葬已毕，时常差人馈送些礼物，周济杜夫人一家，赖以度日。但二人形影相吊，凄凉万状。自古道：世态炎凉，人情冷暖。自杜成治死后，亲戚故旧渐次疏了，家僮奴仆尽皆散了。昔贤观至此，有《行路难》古风一篇叹道：

　　金卮九酝斗十千，玉盘三品轻万钱。投杯推案不复御，吞声踯躅宾筵前。人生运命本在天，贱贫贵富总适然。雨云何事易翻手，自古谁人能独久？九华七彩簇黼帷，便持红颜欲长守。青霜一旦委天衢，桃李纷纷今在否？君不见昔日柏梁铜雀台，豪雄汉魏争崔嵬。梁倾雀堕复平地，黄昏白日飞尘埃。

　　又有古风一首劝世云：

炎凉态，君莫讶。春深草木俱献妍，秋残枝叶皆凋谢。天道一似趋势利，达人勿将冷暖诧。廷尉属张吏部何，宾客门前日觉多。一朝罢官居寂寞，车马不来乌鹊过。只有明月超世情，不照绮筵照绿莎。绩筵有银烛，蓬户仰隙光。劝君勿作锦上花，渴时一滴等沧浪。

光阴迅速，顷刻过了月余。冯桂姐觉容颜清减，精神恍惚，终日思睡，每作呕吐。蒋夫人急请医人调治，医士诊脉，称贺是喜。蒋氏欢喜道："老爷在时，每为无子不乐，幸得桂姐遗腹坐喜，皇天有眼，可怜见杜门不该绝嗣。倘生得一男半女，也不枉了都督为人一世。"及至临月，又不见动静，夫人心下忧疑不决，日日愁烦。直待到十七个月，乃是太清元年二月初七日亥时，方才产下一个男儿，生得面方耳大，目秀眉清。此夜红光绕室，异香不散，夫人心下大喜。弥月之后，取名叫做过儿，夫人抚惜他胜似亲生不题。

按下一头，且说林澹然自赚出关门之后，回到东魏，举目见民物如故，风景依然，心下感叹不已。一路晓行夜住，随缘抄化，不比在梁地惊惶。这一回安心走路，但是心中计念杜都督，不知回覆武帝事体若何。一连行了数日，却好来到河东府广宁县地界。当日看看天色晚了，登至石楼山下，前后打一看，并无客馆饭店。况值微微雨下，路滑难行，一步步捱着，寻个人家借宿。走了数箭之地，远远见竹林中闪出些灯光来，林澹然近前看时，却是一个庄院。但见：

一周遭矮矮粉墙，三五透低低精舍。后面有蒙蒙茸茸，柳岸横连芳草径；前头见苍苍翠翠，竹屏相传小柴扉。几湾流水，滔滔不竭绕围墙；一带石桥，坦坦平铺通侧路。篱边露出娇娇媚媚野花开，户内忽闻咕咕哞哞龙犬吠。房廊不大，制度得委曲清幽；空地尽多，种植的桃梅李杏。果然浑无俗士气，惟有读书声。

林澹然放下包裹，上前扣门。柴扉开处，走出一个童子来，问道："谁人在此扣门？"林澹然稽首道："弟子是云游僧，错过宿头，大胆欲借宝庄暂宿一宵，未知容否？"童子道"我这里是读书之所，房拔窄狭，不敢相留。师父别处去罢。"林澹然道："今晚天雨难行，如贵庄不能相容，就借檐下捱过一宵，明早即便去了。"童子摇头不允。正说话间，屏风后转出一个老者来，生得苍颜古貌，须发皓然，手扶竹杖，问道："何人在此说话？"童子未及回答，林澹然向前深深稽首道："老衲是云游僧家，要往太原进香，打从贵地经过。因贪走路程，错过了客馆，暂借贵庄歇宿一宵。盛使不容，在此闲话。老丈休怪。"那老者笑道："师父何出此言。出家人着处为家，暂宿一宵？有何不可？"书童咕哝道："游方和尚做强盗的极多，太公不可留他。"老者喝道："胡说！"遂留林澹然进侧厅内坐下。茶罢，老者道："适间小奴不知事体，出言唐突，老师莫罪。"林澹然合掌道："山僧搅扰，心下不安，焉敢见怪。请问老丈高姓尊号？"老者道："村老姓张，贱字完藻。请问吾师高姓，贵乡何处？"林澹然一一答应。张老命安排晚饭，相待毕，命书童执灯，送到厢房内歇息。次早林澹然起来，立欲谢别，书童又送出茶汤来。少顷又请到厅上吃斋，太公出来相陪。林澹然起身拜谢欲行，张太公道："师父慢行。老朽观师父是一位有道行的高僧，意欲屈留尊驾，盘桓数日，请教样理，万勿推却。"林澹然道："感蒙老丈萍水相逢，如此厚爱，岂敢推托？但是无故搅扰檀府，于理不当。"太公笑道："四海之内，皆兄弟也。只是有慢，休怪。"自此，留林澹然一连住了三日。太公朝夕相陪，或谈佛法，或讲坐功，相待甚是殷勤。

  林澹然每于静夜打坐时，听得西首轩子里叫疼叫痛，呻吟之声不绝，心中疑惑，又不好相问。当日正和太公午后闲话，只见书童搀着一个黄瘦后生，从侧轩步出草厅上来。林澹然看那后生，年可二旬，生得容颜清丽。器宇不凡，只是身无血气，病势恹恹。头上包着一个皂绢包头，身上穿一领白绫绵袄，白绢裙拴着腰，手扶了书童肩膊走出来。林澹然起身问讯，太公扯住道："老师不敢劳动。小儿病躯，不

第十三回 桂姐遗腹诞佳儿 长老借宿擒怪物 169

能见礼。"二人拱手。太公道:"大郎且睡睡将息,为何又出来闲走?"后生道:"我心烦体倦,睡着转觉难捱,暂且闲步消遣。"林澹然道:"好一位郎君,为何患病如此狼狈?急急医治方好。"太公垂泪道:"老朽年过六旬,止有这一子,名为张找。生平朴实温雅,颇肯读书,有志上进,未定妻室,尚未毕姻。寒舍在城中居住,那日节届中秋,小儿在书室,夜间玩月,因触景吟诗一首道:

　　银汉冰轮满,娟娟万里辉。
　　桓娥如有意,引哦上云梯。

朗吟数遍。贪看月色。至夜静欲睡,倏见一女子推门而入,生得千娇百媚,年方二八,貌赛西施。对小儿道:'郎君独自寂寥,妾乃姮娥,引君上云梯去也。'小儿年幼,不能定情,与之缱绻。朝去暮来,约有两月。不期容颜瘦减,举止异常,老朽再三究问,方知端的,因此心慌。谅是妖魅所迷,打发在此小庄避之。不想那女子复来缠扰,镇夜如醉如痴,半迷半醒。这几日身子愈觉沉重,多是不久于人世了。老朽不舍,特出城来伴他。连日因心绪不宁,屈留尊驾,闲谈排遣。"说罢流泪不止。林澹然听说,不觉伤感,答道:"这一位好公子,怎忍被妖邪所迷?老丈何不请术士遣他一遣?"太公道:"前者在城之时,何日不烧符念咒遣送,并没一些灵验,无法可处。"林澹然道:"山僧从来不信邪祟。今闻老丈所言,世间亦有此辈妖魅乎?老丈不必愁烦,这妖孽小僧定要结果了他,救大郎性命,方显区区手段。"太公拱手道:"若得老师法力救命,感恩非浅。但这妖怪亦有神通,急忙里怕收他不得,反遭其害。"林澹然笑道:"不妨,临时自有妙用。"太公口虽称谢,心中还疑惑不定。

　　当晚林澹然问太公取利剑一口,铜铃数个,令扶大郎别室安寝。吩咐合庄僮仆,不可大惊小怪,暗暗藏灯伺候,只听房中铃响,便可进房来看。太公听说，一一措办了，自和几个家僮，各执器械等候，命书童掌灯，引林澹然进大郎房里来。澹然到房里挂了铜铃，床头藏了利剑，停灯几上，掩门和衣在床假寐，放下帐幔，暗暗念佛。等至夜静，不见响动。心里想道："莫非这怪物通灵，预知俺在此，不敢来了？"渐交三更时分，正当万籁无声，忽然起一阵冷风，逼得透骨生寒。风过处，呀的一声门响，一个女子袅袅娜娜走入房来。林澹然隔帐看时，那女子如何？但见：

丰姿绝世，艳质怜人。浑如腻粉妆成，宛似羊脂琢就。凤眼朦胧，勾引人魂无定；娥眉淡扫，巧传心事多般。轻盈态度，低头微哂有余情；娜袅腰肢，又手抱来无一捻。津津檀口，相傍处私语生香；脉脉春心，偷送时娇羞婉转。声音细嫩，分明似金笼里学语雏鹦；性格聪明，合当似绣榜上风流女史。便是画工须束手，纵令巧笔也难描。

这女子熄了灯，款款走近床边，低声问道："可意的哥，你今夜为何不待我先睡了？"双手掀开帐幔，来摸林澹然身上，道："怎地不脱衣裳，和衣而睡？"林澹然只不做声。那怪又道："亲哥，我和你同心合意，似漆如胶，并不曾有半点儿差池，你为何今日有不瞅不睬之意？莫非是怪我今夜来得迟了些个？"一面说，一面解衣，摸上床来，将身子逼着林澹然，伸手来替林澹然解衣带。林澹然将手摸着那女人左手，就如春笋一般，纤纤指甲，滑润如脂。那怪笑道："我也道亲哥决不嗔我。"又将手来摸林澹然胯下。林澹然大喝一声："孽畜，休得无礼！"即将那怪左手中指，咯的一声掐断了。一手紧紧揪住，一手摇动铜铃，那怪挣扎不得。门外人听得铃响，一同持灯执棍，呐喊奔进房里来。近床看时，那怪却现了本相，是一个玉面狐狸，生得毛光爪利，两眼灼灼有光，众人大惊。看官，你道这狐狸精，既能迷人，必会变化，为何被林澹然拿住逃遁不得？原来这狐狸属阴，感受月华，积累成精。每遇月夜，戴死人骷髅拜月，则能变化为人。雄者变男，雌者变女，全凭前爪捧头，化形脱体。当夜却被林长老掐断了中指，一来十指连心负着疼，急忙里捧不得头；二来心慌胆落，当不得林澹然力大如山，威风凛凛，用力捺住，故此逃遁不去。

此时林澹然令人将灯向前，用左手将狐狸提起来，右手仗剑，喝道："你这孽畜，不知迷害了多少人的性命，碎尸万段，不足以偿其恶。"说罢，正欲砍下。那狐狸双爪捧住宝剑的柄儿，口吐人言，哀求道："老爷饶命。小畜虽犯淫条，合当斩首，但有一桩大事，未曾完得，负真人付托之重，虽死亦不瞑目。"林澹然听了"真人"二字，便收住剑，将剑尖儿指着狐狸笑道："孽畜害人，万死犹迟，有何大事未完？负谁人之托？编这般巧言骗俺，指望逃生？俺断不是屈杀你也。"狐狸垂泪道："小畜受生已来，寿延五百余年了，朝暮吐纳修炼，不是一日功夫，到得这变化地位。老爷听我细诉衷曲，且莫动手：三十年前，在本地独峰山五花洞里藏身，洞前有块大青石，光润洁净，每常在上跳跃。至夜间石上便有三道金光，从中冲起。小畜谅下边有宝，欲击碎来看。将石击至千下，不损分毫，惊骇不敢再动。后来山前土地庙里，来了一个年少的全真。小畜不合化为女子，夜去调戏，欲采他真阳修炼铅汞，那全真毫不拒却，留我吃酒。谈笑至更深，小畜正欲近身迷谑，被那全真将手一指，小畜便露出原身，无处逃躲。全真对我道：'汝亦是成气之物了，我岂害汝？不必惊惶，我有一事托汝，汝须牢记。'小畜叩头问故，全真道：'我有书一封与你藏着，等我一个道友来，即当付与他。'小畜问道友是谁，全真道：'是一位释门中人，姓林，法名太空，号澹然，生得魁梧磊落。见时，切切不可有误。'就替小畜摩顶受戒，敕我不许乱性迷人，异日再来超度。说罢，化一道清风而去，原来是一位仙人。小畜整整待了三十年，不见有什么林长老相遇，不觉旧性复萌，又做出这般行径，撞在爷爷手里。小畜破戒迷人，一死不辞，可惜误却真人重托，不曾会得林长老，送得书也。"

林澹然和太公等听了，甚是骇然。太公便道："这位长老正是澹然林爷。"狐狸方敢抬头一看，失惊道："阿呀，今日方遇得爷爷，万幸万幸。"林澹然释剑放手道："那封书可在何处？"狐狸道："神仙所托，紧紧藏在身旁，不敢少离。"就于胯下小袋中，取出来献上林澹然。澹然接过看时，一个小小封儿，封筒上写着"褚真人传示"。拆开看里面什么话说，却是一幅笺纸，写着八句诗道：

　　　　混沌生伊我，同修大道身。
　　　　无羁登昊阙，有欲滴凡尘。
　　　　历尽风波险，迁归清静真。
　　　　天书藏璞石，入手可凌云。

　　后又有符一道，下注云："依此符样，画于五花洞石上，将左手叩石三下，此石即开，天书可得。"林澹然看罢，心中暗暗称奇。正是：

　　　　踏破铁鞋无觅处，得来全不费工夫。

　　毕竟林澹然果得天书否，且听下回分解。

第十四回

得天书符救李秀　正夫纲义激沈全

诗曰：

> 天道任奇幻，丈夫自侠烈。
> 片纸燃死灰，一言蹶跌鳖。
> 直可死回生，能令懦成杰。
> 血性不委蛇，纲常宁玷缺？

话说林澹然得了仙传诗句，发付狐狸道："看真人之面，饶汝一死。向后改过自新，不可重蹈前非。明早俺同太公到你洞中相会。"狐狸叩头而去，倏然不见。太公大喜拜谢："吾师真天神也。夙世有缘，得遇恩师，救了小儿之命。"林澹然道："此乃老丈洪福，山僧何功之有。但不知独峰山五花洞在于何处？"太公道："离此不远，有人认得。"随教家僮安排蔬菜，整顿酒饭，吃罢安歇。

次早，太公和林澹然率领僮仆，一同到独峰山里来。寻到五花洞口，静悄悄并无人迹，但见兔鹿成群，鸦鹊乱噪。张望洞里时，又深又黑，不敢走入去，只在外面东张西望。转过一个山嘴，远远见一女人，年可三十以上，身穿白绢衫儿，下面系一条绿纱裙子，不施脂粉，雅淡梳妆，容颜娇艳，飘逸动人。手执铁锹，独自个在山湾里掘草药。有诗为证：

> 狐魅从来不惑人，人心狐魅自贪淫。
> 淫除贪释存忠正，邪亦归真奉秘经。

林澹然向前问道："娘子，借问这山五花洞里可有人么？"那妇人道："长老问他做甚？"林澹然道："有一个相识在此修行，特来相访。"那妇人笑道："长老快行，不要问他，山洞里谁人敢来修行？里边都是些山妖野怪，蛇魅猪精，豺狼虎豹。狐狸魍魉，不计其数。你这五六人若进洞去，不够与这伙妖一食点心。快回去罢，不要当耍，要吃人哩。"家僮听了，惊得魂不附体，牙齿相打，两脚都是软的，急即奔走。林澹然止住道："太公不必心慌，有俺在此。"又问那妇人道："既然洞中有精有怪，俱要害人，娘子为何不怕，独自一人在此掘草？"妇人道："我们久居于此，和这洞中却是比邻。古人道：兔儿不吃窝边草。故此不妨。"内中一个家僮埋怨道："昨夜刚刚捣了半夜鬼，老师父只是杀了那精怪才是，反被他脱空扯谎逃遁去了。"林澹然笑道："不然，笺纸上仙笔犹存，岂肯相戏。这都是妇人一片胡言，不要理他。俺们再去找寻，定要见个明白。"太公阻道："那里去寻他，多是捣鬼。老师不如且回，另日再来罢。"那妇人接口道："正是，老人家更要作急回去，这些妖怪常说后生的细皮嫩肉，腹饥得快，不如老头儿皮坚骨硬，有些咬嚼，专要吃老的。你们若撞见妖精时，老人家却先到口。"太公听罢，心胆皆落，扶着拐杖，转身便走，后边家僮也一齐都跑了，止有林澹然立定脚不动。只见那妇人拍手呵呵大笑，现出原身，却就是夜间迷张大郎的狐狸。林澹然喝一声道："畜生好大胆，辄敢狐假虎威，如此来侮弄俺。"狐狸跪下道："非敢侮弄。小畜绝早即在此等候爷爷，不知太公等俱来，故斗胆作戏，耍他一耍，不想认了真，就慌张走了。"林澹然忙招手叫太公转来。太公和家僮正走，听得林澹然叫声转来，站住脚回头看时，林澹然远远引手相招。太公等回步转身近前，见是这个狐狸立在身旁，太公问道："老师，小狐狸倒来了，妇人何处去了？"林澹然带笑指着狐狸道："这不是扯谎的妇人？"太公怒道："这畜生到会扯空头，惊我老人家。快伸过腿来，与林长老打三五十杖，消我这口气。"林澹然笑道："他是真正畜生，且饶这一次。"众人都笑。

狐狸引着一行人进洞里来。可煞作怪，外面看洞里时甚是黑暗，进到里面，反觉明亮。原来是山岩倒照，故此外暗内明。一望时峭壁奇峰，果然是洞天福地。看不尽奇花异卉，仙草灵芝，涧水澄清，重山叠翠，实是好景。但见：

<blockquote>
阆苑名山，蓬瀛福地，隐士避人之境，神仙修炼之乡。层层叠叠，重峦耸翠，分明是华岳三峰；突突兀兀，峻岭横空，那数庐山五老。进一洞又进一洞，倒挂的怪石玲珑；转一湾又转一湾，壁立着青松蓊郁。高高下下，悬崖峭壁，呦呦麋鹿衔花；缠缠绵绵，附葛攀藤，两两猿猴献果。山岩里几处琳琳琅琅，如敲金击玉，数道清泉喷雪浪；头顶上一声咿咿哑哑，似龙笙凤管，一双白鹤唳青空。夹道上瑶草奇花，浦路中紫芝贝叶。清清净净不染着半点尘埃，杳杳冥冥那识有人间甲子。仙鹊噪枝如报喜，浮云出洞本无心。
</blockquote>

这狐精引林澹然走入洞天深处，不异仙境。里边有无数小狐狸，见人来慌忙窜避。狐精请林澹然、张太公石凳上坐了，自奔入小洞里去。不移时献出仙桃异果，蜜酪杏仁。林澹然同太公吃了几个，余者令与家僮。林澹然问："那一块宝石在于何处？"狐精指道："那西南上青青洁洁，兀的却不是也？"林澹然上前看觑，果然好块青石：方围高四尺有余，四边俱蔓紫苔，石面平如明镜，光润细洁。倚着一株大柏树，顶上覆着柏叶，团团如盖。林澹然叫："老狐，你站开。"用左手石上依样画符一道，轻轻扣了三下，只听得豁剌地一声响，此石

分为两下，就如刀削一般，两块裂开。太公、狐精等也都上前来看。中间有一石匣，匣内有书三册。林澹然顶礼三匝，然后取出。怕狐精有变，不敢开看，即藏于袖中，和太公等径出洞门。老狐叩头自去了。

一行人回到庄里，太公欢喜无限道："老朽根生土长在此，只知这独峰山，未曾晓得有洞天福地，如此仙境。若非吾师提挈，何能一见。适间石中之书，是甚名色？"林澹然道："小僧也不曾开看。"当时在厅上焚香展开，原来第一册面上书着"天枢秘笈"，内中俱是观星望气、排兵布阵、驱神役鬼之法；第二册面上书着"地衡秘笈"，内中却是奇门遁甲、堪舆地理、阴阳术数之法；第三册上面书着"人权秘笈"，内中却是补阳炼阴、降龙伏虎、超天缩地变化之法。林澹然看罢，不胜之喜。张太公道："人有善愿，天必福之。吾师广行阴德，兼有宿缘，得此天书，非同小可。"林澹然谢道："此皆托太公福庇，感谢不尽。"有诗为证：

> 灵符秘笈鬼神愁，妙彻三天入九幽。
> 诸葛当年扶蜀主，林僧今日证真修。

却说林澹然自得天书，每日默诵，书符念咒，心下自觉灵通。又在张太公庄上住过月余。张大郎病体渐渐全愈，容颜复旧，饮食起居如故。太公父子二人深感林澹然之德，款待如父母一般殷勤周密。一日，林澹然思念故乡，辞别张太公父子要行，张太公与大郎再三留住不放。林澹然道："小僧在贵庄搅扰多时，感恩不浅。但小僧久游方外，今欲归故园，暂且告别而图后会。"太公心下不舍道："小儿被魅，名已登鬼箓，幸吾师救拔，得全性命，恩若丘山。老朽久怀修行之心，恨无接引之路，今得吾师早晚教诲受益实多，岂忍遽别？况狐精畏吾师威德，故不敢来，倘吾师去后，此怪复来，小犬之命又难保矣。吾师不嫌小庄鄙陋，改为佛堂，在此修持，朝夕相处，胜如云游远方，奔驰辛苦。乞老师三思，幸勿推阻。"林澹然辞道："贫僧在此叨扰已久，今日之别，非是无情，实欲归故乡一探父母坟墓，以终天年耳。"张找道："敝境亦是东魏地方，又非他乡外国。小庄虽窄，颇可容身，粗茶淡饭，足供朝夕。吾师出家人，随处为家，何必如此坚执？"林澹然道："大郎恁般说时，使小僧措身无地矣。非有他说，只因在此搅扰，心实不安。"张太公道："吾师此别，相会未卜何日，使老夫恋恋不舍，心实黯然。小儿无福，不能终获庇祐。"说未毕，泪随言下。林澹然道："贫僧何德，感承贤乔梓如此相爱，何以克当？使小僧不忍相别，愿在此朝夕聆教。"张太公父子大喜。自此林澹然住在张家庄内，择日妆塑佛像，改造禅堂方丈，后面另起卧室厨房，修缉墙垣完固。拨三四个家僮伏侍，洒扫炊口。张太公使人馈送不绝，时常往来，谈禅讲道。

　　荏苒之间，不觉寒来暑往，又早一载有余。林澹然朝夕演习天书，自天文星象以至术数阴阳，无不精妙。虽然安逸清闲，但朝夕计念杜成治和李秀，放心不下。后闻得传言杜成治受惊物故，朝廷抄没家产，暗中垂泪叹息，寝食不安。继后又闻得梁国人来说，杜都督妾生一遗腹之子，心下私喜，恨不能一见。只是难返梁国，怏怏而已。当下时值隆冬天气，彤云密布，白雪飘扬，自早至午，看看下得大了。怎见得好雪？宋贤有赋为证：

时惟岁暮，序值隆冬。拥红炉而不暖，披重裘之蒙茸。叆叇云气，凛冽阴风。瞻昏霾之四合，睹冰霰之集空。始焉飘飘洒洒，顷之霏霏芄芄。如鹅毛之细剪，似玉甲之零空。张君无由会莺红于月下，郝子何能晒诗书于腹中？程门伫立，盈尺弥恭；山阴访故，半道运踪。谢蕴之才高，不言飞絮；子卿之节劲，独矢孤忠。翳边城之遘寇，银夏忽丧夫黄屋；蔽潮阳之谪夫，蓝关漫拥乎青骢。披鹤氅而绕竹，神翁兴逸；指白马而作赋，子建才充。以至渔人独钓，学子勤攻。寒江披一蓑于芦荻，庭除映万卷之雕虫。嗅梅花于岭上，折竹梢于修丛。号猿声于谷口，印虎迹于林东。乱曰：儿童喜而埏为人兽兮，且幻出夫奇峰；诗人感而形诸吟咏兮，拟麻衣之色同。农庆为瑞，士征为丰。唯寒素之怨尤兮，苦裂肤于陶穴；羌戍卒之甲冷兮，悲堕指于胡风。彼华堂欢宴檀板兮，觉犹嫌乎酒薄；况山僧独宿纸帐兮，又何堪寂寞之情惊。

　　林澹然策杖独立柴门内竹屏边看雪，只见一个黑瘦汉子，头带卷檐毡帽，身穿青布道袍，脚着多耳麻鞋，背上斜驮包裹，手里撑着雨伞，张头探脑望着门里。林澹然正欲问时，那汉放下伞，走入门来，对澹然声诺，问道："师父，这里可知道有一位林长老么？"林澹然道："俺这里不知，别处去问。"那汉道："原来京都妙相寺中为副住持的，因触犯了梁主，逃奔出来。一路打听消息，寻到此间，闻说在这地方左近处藏顿，师父岂有不知？"林澹然怒道："俺出家人那管闲事！快出去，不要在此缠绕。"那汉又仔细看了半响，把伞柄顿一下，笑道："几乎错了！林老爷休得相瞒，老爷正是林住持。虽不认得详细，却也曾在图像上记得明白。今日相逢，他乡遇故，也不枉了小人一场跋涉。"林澹然惊道："足下是谁？那里相会？为何认得林某？"那汉道："暂借一步告禀。"

　　二人同到佛堂上来，那汉放下包裹，纳头下拜。林澹然扶住道："足下何姓？从何处来此？敢劳重礼！"那汉拜罢，道："老爷与小人是旧邻，曾相见数次，为何忘了？"林澹然思了一会，道："虽然而善，实失忘了尊姓。"那汉道："小人姓沈名全，浑名叫做蛇瘟便是。住在妙相寺后墙小巷内，每常寺中往来，老爷却也曾会面。"林澹然笑道："原来就是沈兄。黎赛玉娘子，就是公浑家么？"沈全道："正是小人妻子。"林澹然道："向闻人说你出外为商，怎地不回家去？却来寻俺有何话说？"沈全道："一言难尽。小人被赵蜜嘴老猪狗将些资本借我，赚我在外生理，只道他一团好意，不期出门之后，将我浑家引诱与那野驴钟守净通奸。今春小人回家，听得街坊前后人诽诽扬扬，讲这钟守净反怪林住持好言谏讽，朝廷处暗用谗言逼他走了。小人初时不信，数日之后，试探妻子，果有外情。欲待杀了这淫妇奸夫，又一时难以下手。欲待捉奸告理，争奈这厮结交豪贵，上下情熟。况朝廷宠他，势焰滔天，又教人暗中害我，故此弃家出外，别作良图。不想行至定远剑山下过，被伙强人掳归山寨，小人哭诉其冤，幸得苗寨主认是同乡，收留帐下为一头目。苗寨主悬念住持林爷单身奔窜，不知下落，故差小人从梁至魏，遍处寻访。前村问着樵夫，说张太公庄上有一长老，如此模样，故寻至此间，果是林老爷。苗寨主有书在此。"说罢打开包裹，取出书礼，双手呈上。林澹然接书，分付道人："陪沈兄方丈中酒饭。"拆书看时，书上写道：

苗龙顿首百拜：暌违师范，倏尔一春，遐想大恩，无由仰报。前者偶尔相逢，私喜倘能得效犬马，不期又成离别，使人怅然。近闻李季文虽蒙宽纵，不能得脱图圄，实是度日如年。今春正月十三夜，某私闯入牢，欲救李兄逃出，不料被人识破，几乎两命俱倾。幸带得钱多，随处贿赂逃脱。

今愤气招集人马，已得精锐数千，粮草俱足，意欲整顿军马，攻破城池，杀尽奸僧淫妇，救出李兄，与天下吐气。然而智短力绵，未敢轻举。特恳恩师驾临指挥，以成义举，万乞留神。倘慨然飞锡枉顾，则慰藉不独在龙，实天下之共望也。专候回示。外奉赤金二锭，白珠百颗，聊申薄敬，希叱人为荷。

林澹然看罢，暗想道："苗龙一介卤夫，亦知大义。然俺既入禅门，岂可复行军旅之事？欲救李秀，吹毛之力，何必兴兵动将，自惹祸胎。"当晚留沈全宿了。灯下修书封固，次日赠沈全盘缠二两，并回书一封，发付回寨。沈全道："薛、苗二大王差小人接住持爷同归山寨，怎地不去？"林澹然笑道："俺出家人怡情山水，久耽疏懒，不涉世务矣。烦你拜上二寨主，多谢厚礼。凡事须行方便，不可恣害生灵，相会有日。你须一路小心谨慎，关津盘诘甚严，书可藏好。不宜耽搁，速回山寨。"沈全拜辞而去。

一路无词，径到山寨里，却值薛志义、苗龙在殿上饮酒。沈全唱喏，苗龙道："差你去寻林住持，可曾见么？"沈全道："小人费尽心机，得到东魏广宁县石村山下张太公庄上，寻见了林住持。住持十分之喜，书札俱已收下。有回书在此。"薛志义道："一路辛苦。"叫喽啰赏沈全酒二瓶，肉一腿，且去将息。沈全叩头谢赏，自和一班儿弟兄接风吃酒去了。苗龙当席拆书与薛志义同看。上写道：

　　客春叨扰，感激不胜；今辱厚仪，叨惠更重。二兄各负雄才，堪为世用，而据山掳掠，恐非良谋。日者朝廷佞佛，变乱渐生，上下焚修，尽崇释教。老僧仰观天象，不十年间，国家将为他有，二兄可招集士卒，多蓄粮草，广行仁义，延接四方豪杰，待时而动，辅佐明主以图大业，留名青史，此大丈夫之所为也。第不可损害贤良，妄行杀戮耳。李兄一事，足见苗兄仗义任侠，可敬可仰。窃思皇都守卫甚严，军将如蚁，以三二千乌合之众，敌数十万精勇之师，如驱羊搏虎，鲜有不败者也。仆得异术，可救李兄。敬画灵符一纸，烦差精细健卒潜入狱中，付与李秀，救他岁终除夜，乃丁亥日辰，六丁神将聚于巳时，可贴符额上，写路径于符下，作速遁出，自有神护，并无阻碍，半日间，可相会于山寨矣。密机勿泄，至嘱至嘱。

　　老朽无能，习懒成癖，已无意尘寰事，非敢忘凤雅也。统希情谅，不宣。

　　薛志义、苗龙看罢，感叹不已，藏符匣内。次日，苗龙差一本乡心腹喽啰，原来是个缝皮待诏，曾与李秀识熟，吩咐如此如此而行。喽啰谨藏了符，挑了一副皮担家伙，取路进京。不一日已到京都，进得城门，挑着皮担，一直奔清宁卫大狱里来。此时却值年终岁逼之际，这些囚犯，亦都要修补旧鞋过年，倒也忙忙的修补不迭。喽啰一面缝鞋，一面张望李秀，只见李秀拿着一双新鞋，出来道："待诏替我缝一双主跟。"喽啰接了鞋子，见身畔无人，轻轻问道："李季文一向好么？"李秀记得起，道："在下与兄阔别许久，何期今日得见？"喽啰腰边摸出一个封儿来，暗暗递与李秀，附耳低言道："灵符一道，如此如此，速行莫滞，快到山寨来相会。"李秀接符，藏于袖中，喜从天降，走入里面凑些散碎银子，谢了喽啰。喽啰急急缝了几双旧鞋，慌忙挑担出狱，取路自回山寨去了。

且说李秀得了灵符，心中暗喜。看看又是除夜，李秀预先收拾银两，写路程在符下，额角上贴了灵符，试行几步看，心里就如撞小鹿儿相似，慌张起来。果然好神符妙术！李秀两脚，即有神鬼拥护，走不上十余步，已近监口。见狱门半开，大着胆索性撞将出去，并无人见。直出清宁卫衙门，亦无一些拦阻。取路飞奔北门外来，却似云推风卷，耳边只听得飕飕地响，足不沾地，那消三五个时辰，已到山寨关口。天色傍暮，李秀抬头看时，关门早闭。随即高声叫门，关上喽啰喝问是谁，李秀答道："是我李秀。"喽啰道："是李将军来了么？"李秀道："正是来了。"喽啰道："既是李将军，为何不见形影？"李秀道："我站在这里，为何不见？"一个喽啰道："却不作怪，只听得人声，不见人形，莫非我和你着鬼了？"李秀道："二位壮士，一个人站在关前讲话，休得取笑。"两个喽啰四围张望，不见人影，齐嚷道："不好了，何处来这一个屈死野鬼，假名托姓在此缠扰，快进去，进去。"一面嚷，一面念"太上老君急急如律令敕"。管二门喽啰听得处边喧嚷，一齐拥出来，只见两个喽啰在那里喊叫有鬼，问："鬼在那里？这等大惊小怪！"喽啰道："适才有人叩门，开关问他，说是李将军越牢而来。仔细看，又不见人，再问时，照前答应。东捞西摸，不见一些，却不是鬼怎的？"众喽啰不信，喝道："胡说，那有此事！"正要赶出来问，忽听得面前有人道："李秀已在此，不须出去。"众喽啰失惊道："李将军，你在那里说话哩？"头顶上应道："我在你面前立的不是？"众喽啰住目细看，又不见人，俱各呆了。内中一个乖觉的道："不要慌，此事来得蹊跷，且去报与二位大王得知，再做理会。"

管门喽啰报入寨中，薛志义、苗龙亲自来看。一路点着灯火，照耀如同白日。李秀见苗龙来到，慌忙迎着施礼道："苗二哥，间别久矣，好享福也。"苗龙道："李大哥既来到此，为何躲了，不近前相见？"李秀道："小弟在这里拜揖，却怎生皆言不见？"苗龙叫喽啰高执火把，四围遍处照燎，只不见人。苗龙低头一想，拍手笑道："聪明一世，失智一时。李大哥，你额上灵符可曾揭去么？"李秀道："未曾揭去。"苗龙道："是了，快揭符相见。"李秀即伸手将额上灵符揭下，不觉滴溜溜在虚空跌将下来，睡在地上。有诗为证：

  李秀一村夫，遥闻近却无。
  不因灵秘术，怎得出图圄！

  众喽啰向前扶起，一同欢笑入寨里上殿。李秀下拜道："小弟监禁大狱，自分死期将近，今蒙寨主与苗二哥救拔，得以出狱，实再生之德也。"薛志义、苗龙答礼道："大哥下狱，使小弟等寝食不宁。幸得聚义，实出望外。此非二弟之力，乃林住持之妙法也。"邀入后殿饮宴，三人谈笑欢喜，至夜深寝了。

  次日杀牛宰马，祭赛天地。三人在殿上焚香歃血，拜为兄弟。薛志义年长为兄，立为寨主，李秀坐了第二把交椅，苗龙坐了第三把交椅，次序而座。小喽啰都来参拜了新大王，大吹大擂，饮酒庆贺。苗龙说及："林住持近来得了异术，远寄这一道灵符，救李二哥出来，实为奇异。"李秀道："林住持别后，不知逃往何处去了？他是万夫之敌，又兼能行术，苗三弟既知他踪迹，何不接他上山，天下无人敢当矣。"薛志义道："贤弟不知。林住持向日逃难之时，亦曾经我这里过，再三款留不住，坚辞去了。目今在魏国石楼山庄上。为贤弟受苦，又去求他上山，同举大事，欲要攻破皇城，救取贤弟出来。林住持再三推托，止传授灵符一道，以救贤弟，果得相会。我山寨中若得此人，何愁四海群雄？"

  正说话中，适值沈全执壶斟酒。李秀看了道："这人好生面熟，那里曾相会来？"沈全道："小的好几次到大王店里吃酒耍子，又来赔钱,大王却忘了?"苗龙笑道:"兄岂不知,这就是钟守净那话儿的对头,浑名唤做蛇瘟沈全。"李秀拍掌道:"这厮真实是个蛇瘟,男子汉一个浑家也管不得,容他去相交和尚。罚一大觥酒。"众人抚掌大笑。沈全彻耳通红,自斟着酒吃,禀道:"三位大王止念感恩,不思报怨。林老爷大德,因当重报,钟和尚大恶,不可不诛。就是小人们,也是有气性的,见淫妇奸僧通情来往,忿忿怀恨,怎能够一刀砍死,才消些气。可奈身单力弱,孤掌难鸣,没奈何暂且含忍。今三位大王如此英雄,有了军马,何不杀至妙相寺,将这些淫秃尽行诛戮,也教江湖上好汉传说一声,岂不是留芳百世!"李秀拍着桌子道:"这人也讲得是。蛇无头而不行,大哥三弟,何不择日起兵,杀这些和尚,以消林住持之恨?"苗龙笑道:"薛大哥与小弟每每在心要发军马,诛此恶僧。因无良谋,不敢兴兵。日者已曾请林住持上山商议此事,他有回书在此,二哥一看,便知分晓。"令管文房头目,取书出来。李秀看罢,笑道:"据林住持所言,皇都地面,一时难以进兵。依小弟愚见,杀这钟和尚,只在反掌之间耳。"薛志义道:"二弟何计可以杀之?"李秀道:"若依我这一计,不必兴兵发马,厮战争持。止用我兄弟三人,管取结果了一寺和尚。"苗龙道:"这妙相寺殿宇广阔,僧众极多,不比小的去处。本寺和尚,何止五七百众,外有游方挂搭僧人,不计其数,怎地只我三人,就能杀得许多和尚?"李秀道:"大哥勇猛,三弟聪明,却不知兵行诡道。比如寺中和尚,要我等一个个亲手杀过,毕竟有些漏网,安能尽绝?必须如此如此而行,管教他一寺秃驴,尽遭毒手。走了半个,不算好汉。"薛志义道:"此言暗与韬钤合,初出茅庐第一功。"苗龙道:"倘有追兵,不放出城,如之奈何?"李秀道:"这又有计了。只消恁地这般。若有官军追来,杀他片甲不回,方显我弟兄们英雄手段。"薛志义大笑道:"有如此妙计,何况杀这几个秃驴,便与梁主争衡,又待何如!"三人大悦。酣歌畅饮,尽乐通宵。李秀自差人到鸡嘴镇搬取浑家和伴档上山欢聚不题。

再说钟守净自从在梁主驾前暗用谗言，逼林澹然离寺之后，放心大胆，昼夜和黎赛玉取乐。本寺大小和尚暗暗怨骂，只畏钟守净财势滔天，又见林澹然的样子，因此钳口结舌，无人敢谏。有正气些的，都离寺云游去了。便是行童来真，通了消息，又有奉承钟守净的，背地说他搬嘴弄舌，以致林澹然知风逃窜，这钟守净听了大怒，把来真朝捶暮打，受苦不过，也逃亡去了。次后沈全回家，暗中又着人去害他性命。有人通风，沈全得知，弃家逃命。钟守净又在本府用了钱，诬告沈全做窃盗在逃人犯，叠成文卷，做了一个照提。自此拔出眼中钉，挑却肉中刺，果然朝朝七夕，夜夜元宵，恣意淫欲，往来无忌。后来赛玉有孕，钟守净央赵婆赎一帖堕胎药，打下了冷子官，再不孕了。

光阴似箭，不觉又早过了三个年头。此时正值太清二年正月元旦之日，年规拜忏斋天。当日钟守净率领寺中大小僧众，在大殿中拜诵水忏。将近午后，霎时间狂风大作，灯烛皆灭，满殿拥起烟雾。钟守净大惊道："这是何故？"言未毕，只见正梁上飞下一条大蟒蛇来，遍体皆黄，亮如金色，双睛闪烁，口中喷火，身长二丈有余，昂着头张开大口，径奔钟守净。守净慌张无措，拼命往东首罗汉堂跑躲。众和尚丢了经卷，各自逃生。那蟒蛇不奔别人，怒目切齿，飞也似来追钟守净。守净赶入罗汉堂里，却无去路，蛇将近身，踊身一跳，跳上寿亭侯关爷神厨里法身之后，做一堆儿蹲着。那蛇见了关爷圣像，昂头张望，不敢上厨，只在四围盘绕。钟守净躲在厨里，身子惊得软了，牙齿捉对儿厮打，颤栗不住。暗想这蛇奔上来之时，性命却在顷刻间了，心里越慌。猛听得一人高声喊入罗汉堂来道："住持不要慌，有我在此！"听声音时却是徒弟雷履阳。这雷履阳原是弄蛇的乞丐出身，亏着族叔在寺做道人，荐这侄儿与钟守净为徒。因他能言会话，随机应变，守净最是听信他，待为心腹。当下见蟒蛇来赶钟师父，他还倚着旧时手段，撩起半截道袍，伸拳裸臂，大踏步抢向前来，捉那蟒蛇。那蛇见了雷和尚，昂头喷火，径奔过来。雷履阳伸开大手。吐出涎唾，将手擦了，跳上一步，来捉蟒蛇，却好蟒蛇直撺上来，被雷履阳一手抓住七寸，意欲提起来搠死。不期这蛇重的厉害，双手也提他不起，被蟒蛇调转尾梢，豁刺地左脸上打了一下。雷履阳打得昏晕，欲待挣扎，那蛇又调起尾梢，右脸上复打一下。雷履阳叫一声："啊呀，不好了！"手已撒开，睡倒地上。那蛇昂起头来，将雷履阳脖颈上紧紧地盘绕住了，圈将拢来，抵死不放。

钟守净在神厨里张望，看见雷履阳被蛇盘住，大声喊叫："快来救人！"这台寺和尚道人行童，各持器械，呐喊上前。那蛇见众人来的凶涌，放了雷和尚，撺起罗汉堂半空，盘旋了一会，满身是火，光焰射入，看得众和尚眼都花了。又听得一声响亮，如山崩地塌之声，那蛇冲破两扇格子门撺出去。众僧一齐发喊，赶出后殿花园里来。那蛇回头将众人看了几眼，径溜入荷花池里。此时腊尽春初，雨雪甚多，水平池岸。众人无可奈何，只得回身讨论道："且去救了雷师兄，再作理会。"复进罗汉堂来，钟守净已在那里啼哭，雷履阳七窍血流而死，僧众惊得面如土色。钟守净哭了一会，众僧讲蟒蛇溜入池中去了，守净吩咐："打点棺木盛殓，抬出门外权厝，待春尽下火焚化。"

当晚钟守净和满寺和尚，俱心惊胆颤，不敢就枕，聚做一处商议。钟守净道："有此异事，实是不祥。"一个和尚道："这黄蛇钻入池内，谅无窟穴可出，乘今夜无人知觉，车干池水，除了这孽畜，也省得住持与我等悬悬挂胆。"钟守净道："此言论得是。"即忙取出三架水车，装起车头水轴，选十数个后生和尚、精健道人，傍池边架起三道车来，一齐踏动，戽起池水。刚刚车了一夜，方才水干。只见池心里插着赤亮亮直逼逼的一条物件，半截埋在土里，半截露出土上。众人看了，指道："兀那黄的不是蛇也？"钟守净向前观看，却原来不是蛇，是林住持那一条熟铜禅杖，俱各大惊。有一个勇健胆大的和尚，脱了上衣，跃身跳入池内，来拔这禅杖，就如蜻蜓推石柱一般。莫想分毫摇动。招呼众人相助，有几个兴高的少年和尚，都跳下池中，一齐摇拔。不摇时尤自可，众僧用力摇拔之时，更是作怪，那禅杖一步步缩入土内去，一霎时不见了。众人面面相觑。钟守净分付道人："取几柄锄锹来，掘下去看。"众和尚呐一声喊，并力掘土。正是：

  从前作过事，没兴一齐来。

不知掘下去见些什么异物，且听下回分解。

第十五回
佞子妙相寺遭殃　奸党凤尾林中箭

诗曰：

崔巍宝刹耸云端，顷刻俄遭烈火燃。
佛骨尘埋沙土冷，香魂飘泊剑光寒。
万钟公子今何在？百计贪夫此夕残。
豪侠神谋真莫敌，陡教名姓震区寰。

话说钟守净令众和尚尽力掘地，掘深丈余，并不见禅杖踪影。众僧用尽气力，都疲倦了，道："住手罢，寻他则甚？"钟守净那里肯歇，大喝道："胡讲！务要掘见禅杖，方才罢手。"众人没奈何，只得又掘下去七尺有余，掘着一块石碣，竖立土内。众人见了，并力掘起石碣，抬上岸来。细看时，碣上却有两行大字，被泥壅了不甚明白，用水洗净，方见上面篆着二十个字道：

少女树边目，人驮二卯哭。善者福自生，恶者祸相逐。

钟守净看了，辗转寻思，默然不语。众和尚心下也都省得，林澹然是个刚直好人，钟守净是个奸淫恶辈。铜杖化蛇，预先警报，乃不祥之兆。见钟守净面庞变色，低首无言，众僧勉强解劝道："林澹然谤君叛逆，岂不是个恶人？逃窜远方，眼见得旦夕遭殃了。住持老爷是个修持积德的善人，将来寿同山岳，福并吴天，岂不是果证菩提？上天告戒，乃住持之善报也。雷师父乃前定之数，住持爷不必忧疑。"钟守净听了，自心里护短也是这般解说，稍觉心宽，笑道："汝言正合我意。汝等劳碌了一昼夜，各去歇息，待后补做道场便了。"众人收拾水车锄锹，各各归房不题。

忽然又是初八日了，钟守净吩咐管厨房和尚，整办香斋，初九日斋供玉皇寿诞。次日五更，寺中和尚都起早执事，道人、行童等在殿上焚香点烛，供献斋食，请钟住持上殿拈香，参拜玉皇请佛。次后众僧俱来焚香参圣，敲动钟鼓，诵经念佛，直至平明。殿上来烧香的士女，络绎不绝，挤满殿中，念佛之声，闻于数里。将近日午，钟守净正在大雄宝殿高台上宣扬经典，忽见殿前两道上的人纷纷却立两旁，让一位官长入来。前面罩着一柄黄罗伞，后边随从着一二十个虞候，侧首一匹白马，上骑着四五岁一个孩童。看看走近殿侧，钟守净认得是枢密院右仆射牛进。原来这牛仆射年过五旬无子，曾在妙相寺玉皇案前，许下七昼夜水火炼度醮愿祈子。后来夫人马氏有孕，生下一子，寄与玉皇案下，名叫玉仙。满月后还了此愿。自此凡逢玉帝生辰，必领玉仙来妙相寺拈香拜寿，直至道场散后方回。当下钟守净忙下台来，接进迎殿，焚香拜圣。又领玉仙到台上拜了玉帝，方和钟守净见礼，留入方丈待斋。钟守净陪着牛进、玉仙，进后殿穿堂花园内闲玩半晌，复上台念佛看经。不觉红日将沉，天色已暮，遍处点上灯烛。至初更天气，钟守净穿了千佛法衣，戴上毗卢帽，沐手焚香，上坛捻诀诵咒，散五谷，接引饿鬼，超度亡魂。已过半夜，化纸送圣。钟守净发付众徒弟，陪着一班儿平布施主后殿吃斋，又托赵蜜嘴陪伴一伙女檀越在禅堂吃斋，自却陪牛进和缙绅在正殿上吃斋。少顷众人皆散，牛进谢了钟守净，令老都管抱公子玉仙同回。这玉仙看道场顽耍，身子困倦，却睡着了。钟守净道："公子既睡，不可惊动，就在小僧房内暂宿一宵，明早送回。夜静更深，去亦不便。"牛进称谢自回，却留老都管和一家僮，伏侍公子在寺内安歇。钟守净送罢香客，分付道人等："好生前后照管，小心火烛，谨闭门户。"自回卧室，脱衣而睡。

此时已漏下四鼓，钟守净正睡思朦胧，忽然梦中惊将醒来。只听得人声喧嚷，呼呼地就如雷轰潮响，兼有烨燧之声不绝。守净急开眼一看，只见火光透室，四下皆亮，惊得浑身发颤。慌忙披衣起来开门，外面火光大起。道人飞跑来报道："住持爷，不好了，正殿上火起，风势甚猛，快寻出路逃生。"钟守净喝道："胡说！快快教合寺僧众运水救火。"说话未完，只见后殿火光焰焰，黑烟竟起。钟守净正慌之间，又见侧首禅堂屋上撺起烟焰来，心下大慌。急忙欲复奔入卧房，库房门首早见火焰飞腾，惊得手足无措，顾不得金银宝贝，翻身抢出库房门外，几乎被门槛绊倒。忽见几个和尚喊叫道："住持爷，快往后门逃走，前门去不得了。山门外一伙大汉执刀拦杀，奔出去的，都被砍倒。我们特来报知。速奔后门，还有生路。"钟守净听了，唬得心胆皆碎，回身随着这几个和尚，一齐赶到后门来。刚刚走过穿堂，将及后门，门口转过一条大汉，手拿朴刀喝道："贼秃，往那里走！"一刀砍来，砍倒一个和尚，余者四散逃走。钟守净见了，不敢出后门，抽身转入穿堂。此时穿堂四围皆已着火，周围火光乱舞，烈焰飞腾。寺中没一处不着，果是山摇海沸，地塌天崩。可怜这些光头和尚，东西乱窜，喊哭之声不绝。钟守净欲向前，被火烟隔住，不能向前；欲退后，怕人拦杀，不敢退后。心下惶惶无计，进退不得。正急迫战兢之际，只听得霹雳一声震响，穿堂侧首砖墙崩倒，将钟守净压于墙下。这一场大火，真好利害，但见：

浓烟匝地，烈焰烘天。千千匹火马喷红云，万万道火龙飞赤电。三尊铜佛，莲花台上放光明；四下泥神，黑雾丛中消色相。观世音焦头烂额，说不得美貌庄严；韦驮神有甲无盔，安在哉英雄猛勇？房房鼎沸，喊声一片似轰雷；处处奔腾，炎烛半天如白日。真不异火牛复国，田单毒计保齐城；又何下赤壁鏖兵，公瑾施谋焚操贼？焰到时尽成灰烬，风卷处皆作尘砂。由你铁柱也都熔，便是石楼须粉碎。奔逃无路，众和尚葫芦爆碎似椰瓢；叫杀连天，众好汉铁面无情如黑煞。只有些儿好处，灵魂随佛到西方；更是分外便宜，师祖徒孙同下火。金碧诸梵天，须臾一火燃。只因小和尚，毁却大庄严。

再说薛志义、李秀、苗龙三人，定计火焚妙相寺，乘这玉帝生辰，苗龙等预先在钟山蒋侯店后埋伏喽啰，次后陆续进城。候道场已散，苗龙等在大雄宝殿四下里放起火来，弟兄三个来往杀人，寺外喽啰拦截和尚。此时正月，天气甚寒，夜深火起，人人都在睡梦中惊醒，身子寒抖抖地，兀自把捉不住，谁敢前来救火？更值春初，东南风大发，风催火焰，火趁风威，遍寺火光飞舞。这近寺人家，俱备慌张，你我不能相顾。但见儿啼女哭，弃家撇产，各自逃生。况这妙相寺殿宇甚高，火光照耀，满城一片通红。地方人等，飞也似分投各衙门报知，比及官府知觉，催军救火时，火势正旺，山门口金刚殿上被风卷得烟火万道，满空乱舞，火气熏灼逼人，立脚不住，谁敢上前救火？只是远远地站着呆看，叫苦不迭。又见山门口杀死和尚，血流满地，谅得有歹人放火，一发不敢入寺内来了。

再说沈全随薛志义进得城内，自寻僻静去处藏身，至四更尽放火。趁着火势冲天，带了同伴喽啰，径奔到自家门首，只见门里点着两三盏灯，听得赵蜜嘴叫道："大娘子快些，火烧出墙外来了。"赛玉和长儿无心答应，口中只是求神唤佛，一面收拾箱笼物件。原来赵婆因赴玉皇会夜深了，就在黎赛玉家借宿，未曾着枕，寺中火起，慌急打点出门奔走，被沈全一脚踢开大门，抢入屋里，大喝："淫妇，这番无处去了！"黎赛玉见义大提刀赶进，料来不好，惊得魂先没了，手脚麻软，跌倒地上。沈全提刀欲砍，见了浑家姿色，臂膊不觉酥软了，举刀不起。傍边转过一个喽啰，喝道："蛇瘟真没伎俩，故此淫妇做出事来，见了如何不杀？"说罢，一刀将黎赛玉砍死。赵婆见势头不好，欲待走时，被沈全拦住，照头一朴刀砍倒，又复一刀，结果性命。长儿也被喽啰杀了。沈全将细软物件和喽啰束缚身边，也放起一把火来，一齐出门，到寺前趁着苗龙等，只管拦路杀人，因此寺外救火的不得进，寺里逃生的不得出。可怜只为钟守净一人，连累了多少生灵性命。这寺中和尚走不出的，三三两两，互相拥抱，焚死于火内。或有逃出寺外来的，又被苗龙等邀截杀了，或被房屋墙垣压死，或你我推倒，被人踏死。寺中和尚，十死八九，这火内逃得性命的，真是天大之福。薛志义、苗龙、李秀率领喽啰，正放火杀人之间，远远见救火官军渐次来了，不敢停留，招呼喽啰等一同取路出城。奔到城门边，已五更将尽，城门开了，一齐大喜，涌出城外。喽啰已备三匹快马，路口等候。薛志义、苗龙、李秀跨上雕鞍，火速加鞭，率领喽啰取路而回。

话分两头。再说牛仆射自道场散后，留公子玉仙在寺中安歇，自回府中，只觉心惊眼跳，坐立不安。心下疑惑，正欲脱衣去睡，家僮飞报妙相寺火起，惊得手足皆颤。忙差虞候、干办一二十人，赶到寺中救公子出来。牛进府衙离妙相寺有二里之遥，虞候等约莫去了半个时辰，不见回报。牛进如坐针毡，心忙意乱，自骑一匹快马，带领家僮纵马加鞭，奔到寺前来。只见火势奔腾，黑烟大作，欲急走入寺里时，傍人报说寺内有歹人放火杀人，若进去决遭其害。牛进听了，不敢入寺，只得停马，喝教大小军士一齐救火。这些军士口说救火，如同玩耍一般，敲了一声锣，一齐扒上屋去，立住脚看火。但听得摇旗呐喊，那里敢上前。牛进看了，气得爆燥如雷。教家僮等四围打听公子消息，不见下落，心内空焦。直到五更，风势渐息，火光渐衰，军士们方敢向前，救灭余火。天大一座寺院，顷刻变成白地，烧死僧众，臭不可闻。牛进才知儿子玉仙和老管家等，皆死于火内，仰天顿足号啕。正悲间，守门军士飞报："北门有强徒数百，夺门出城去了。"一连数次飞报，又见贴寺居民来说："有邻人沈全浑家黎赛玉和赵尼姑、小使长儿三口，被人杀死，放火烧屋，幸得邻居地方等救熄。"牛进想道："我一向闻人传说钟守净和一妇人有奸我也不信，今日放火杀人，强徒凶恶，岂不是为着奸情来？谅这伙贼决然是林澹然为首，京城内辄敢大胆横行。若不早除，必为大患。此时去尚未远，调军急急追赶，一鼓擒之，以泄此恨。"当下忙回枢密院，一面上本奏闻，一面点选精兵二千，马军五百，差院判史文通，骁骑校目马瑞，率领众军，立刻起程追赶强寇，并力向前，论功升赏。史文通、马瑞得了将令，火速驱军出北门，如风卷残云一般追来。

再说薛志义等一行人，离城不远山僻处埋锅造饭。才吃罢，正欲起行，猛见后面尘头大起，薛志义看了，指道："二位贤弟，你看后边尘起处，必有追兵到来。都要并力迎敌，杀败来军，方显豪杰。"苗龙道："追军若到，诱他至埋伏处，前后夹攻，可获全胜矣。"说话间，喊声渐近。薛志义将喽啰一字儿摆开，纵马向前候战。史文通、马瑞率领军马，旋风般追来。看看赶上，只见前军摆开，一将生得十分勇猛，骑着一匹黄骠马，头戴一顶青扎巾，身穿绿锦袄，手持大斧。背后马上二将，一样打扮。两旁一字儿列着数百喽啰。二人看了，马瑞道："观此强寇，不可轻敌。他已有准备，可将军马布成阵势，然后挑战。"史文通大笑道："将军素称英雄，今见几个小寇，何心怯也？就此冲锋过去，我当助战，有何惧哉！"马瑞被史文通言语一激，即提刀跃马，大喝道："大胆狂贼，快下马受缚，免污刀口！"薛志义骂道："你这一干害民的死囚，直来我老爷手中纳命！"马瑞大怒，舞大杆刀，劈面砍来。薛志义横蘸金斧，拦头劈去。两个一来一往，一上一下，战到十数合。薛志义提斧，往马瑞面门劈来，马瑞急忙闪过。薛志义倒拖大斧，拨马便走。马瑞喝道："泼贼奴，逃往那里去！"纵马赶来。薛志义领着苗龙等一行人，落荒而走。后面马瑞紧紧追来。史文通见马瑞得胜，大驱马步军兵，摇旗呐喊，杀奔前去。薛志义约走五里之地，回马又战数合，拨马又走。马瑞杀得性发，那里肯住，一直追过钟山。正到凤尾林埋伏之处，苗龙放起号炮，马瑞吃了一惊。只听得金鼓齐鸣，山田里突出人马来，不知多少，将马瑞人马冲作两截，前后不能相顾。薛志义、苗龙、李秀牵转马头，喝教众喽啰一齐奋勇冲杀，前后夹攻。马瑞见有埋伏，况薛志义武艺高强，料不能取胜，不敢恋战，拼死杀条血路便走。史文通逃不脱身，被乱箭射死马下。薛志义驱喽啰截杀官军，就如砍瓜切菜，杀得尸横遍地，血流成渠，夺得马匹器械无数。薛志义见马瑞去得远了，也不追赶，收兵取路，径回山寨。一路上鞭敲金镫，齐唱凯歌，无人敢阻，望风而避。到了寨中，杀牛宰马，犒赏喽啰，整各筵席庆贺。

原来这埋伏计，都是李秀定下的，官军果然中计，杀得大败亏输。只剩得马瑞匹马逃生。进得城门，把吊桥高扯，吩咐紧守北门，奔入枢密院来。正值谢、牛二仆射聚集大小官员，议论此事。探子飞马报说："官军杀败回来。"众皆大惊。马瑞进堂上叩头请罪。牛进喝问："汝等怎不用心，以致兵败？"马瑞道："非小将不用心，乃史院判之过。"牛进怒道："汝乃武士，史院判只系文臣，汝今大败而回，反推他人之过。"马瑞道："不知何处来这一伙强寇，甚是猖獗。为首一将，武艺高强，手提大斧，骁勇无敌。以下喽啰，人人精锐。小将追及之时，彼已预有准备。小将欲排阵交锋，史院判执定说不须布阵，小将奋勇先出，和那贼厮战。那贼败逃，催军追赶，不期赶至钟山，突出大队人马，将我军分作两截，前后夹攻，首尾不能相顾。史院判死于乱箭之下，小将独力不支，只得回马。"牛进大怒道："惯战之将，不知兵法！须信佯输诈败，必有伏兵，如何不小心提备，反遭贼寇之败，又丧了史院判性命？这分明与贼通谋；反归罪于他人。败军之将，有何面目来见！"喝左右将马瑞枭首示众。谢举急止道："不可，不可。胜败兵家之常，不知虚实，误败一阵，非故纵也，且未可自残手足。但削去官职，待后立功赎罪。我等且议大事，以覆朝廷。"牛进道："本该斩首，谢大人劝免，削去本职，待立功之日，另行区处。"当下叱退马瑞。

谢举道："皇城内地，前清宁卫申报，牢中逃脱死犯一名李秀，系林和尚窝主，今又被贼盗放火杀人，伤了官军，杀了院判一员，我等枢密院官，体面安在？圣上问及，何以答之？"牛进道："不知何方来此强寇，如此猖獗。或就是逃犯李秀勾引来的，亦未可知。若不早除，国家大患。我思非林澹然那秃厮，不能如此大胆横行。"谢举道："那林和尚虽然触驾而逃，倒也是一个刚直汉子。这一场事，分明是钟守净自取其祸。既为僧家，不守戒律，贪淫败德，反怪同袍之谏，诬林澹然私通外国，逼得他无地容身，故此啸聚亡命强徒，放火杀人，害了许多无辜生灵，又复损官杀卒，其势不小。奏过圣上，必须发精兵能将征剿，事不可缓。"牛进道："大人所见，正合吾机。只索速奏，请发兵征讨。"

二人说话间，忽报一人飞马而来。近前下马，入内相见，却是内宦洪侗。怀内取出手诏道："万岁爷闻知妙相寺被火，僧人道变，速速宣二位枢密商议大事。"谢举、牛进急具朝服，上马入朝。到金銮殿拜舞已毕，武帝道："五更时分，朕闻有火，披衣起来，见火光冲天，喊声震耳，朕心骇然。今早方知是妙相寺被盗焚劫，卿等岂不知之？钟守净生死若何？"牛进道："满寺僧人，不留一个。钟守净压死于墙下，尸首尚存。臣中年止有一子幼小，因到寺中烧香，亦遭焚死。寺院尽为灰烬。臣已上表奏闻，即差骁骑校尉马瑞领军追剿。叵耐那贼乃是昔日逃僧林太空为首，劫去窝犯李秀，率领凶徒数百，精勇无敌，马瑞反遭其败，院判史文通监军，亦遭阵亡，被他脱逃而去。伏乞圣旨，兴大势人马，拣选良将征剿此贼，方除国患。"武帝听罢，潸然泪下，道："何期钟守净仁善真僧，不能圆寂归西，可怜横死于岩墙之下。敕命合龛，好生焚化建塔。"又道："皇城去处，有寇如此，边隅之地，更当若何？若不早除，诚为腹心大患。二卿职司枢密，速宜遣将出师，捕此恶僧，斩为万段，以消朕恨。赐卿便宜行事，不必奏请。"牛进、谢举谢恩而退。回枢密院，将妙相寺被焚及官军杀伤情由，备细行下文书，各府州县查检深山僻岭、边海沿湖，如有贼寇潜藏，本郡官员，速宜申奏，以便本院发兵征剿。如本境官员有能剿捕贼寇，擒获解京者，连升二级。倘知而不奏，纵贼养奸者，拿问治罪。这文书雪片也似行下各府州县去。

却说钟离郡太守姓邵，名从仁，字德甫，为人慈祥清慎，莅任未及一月。当日升堂理事，接得枢密院文书看毕，对承行书吏商议道："目今建康妙相寺被寇放火杀人，恣行劫掠，不知何方盗贼，如此强梁？今枢密院行下文书来，着各府州县挨查申奏，汝众人可知本郡所辖各县地方，何处险峻幽僻，可藏贼寇，一一查报，以便申奏。"内中一个老成书手禀道："本府所管州县一带，都是西北偏僻之境。其中山岭甚多，啸聚剪径的，不止一处。只有定远县剑山极其险峻，周围百里。山顶有一寺，名弥勒寺，内藏一伙强人，尤为凶险。为头三个大王，智勇兼全，部下聚集千余亡命之徒，专一打家劫舍，白日抢掳。本府与各州县老爷，屡次招军剿捕，不能取胜。近日招军买马，其势愈大。数日前人传皇城被盗，焚寺杀人，沿路劫掠，都谅着是这伙强寇。今日详枢密院发下的文书，亦为此事，必是此盗无疑。"邵从仁道："前官好无见识，既有大寇横行，即当申委征剿，何故懈玩，纵盗为虐，养成贼势？今日不速征剿，更待何时？"众书吏禀道："这一伙强盗，不比别的小贼，虽然劫掠枭勇，中间多存仁义，因此小民悦服，官军难捕。"邵从仁道："胡讲。既为劫盗，无非是杀人放火，劫夺不仁，有何好处？"众书吏道："老爷不可轻看了此贼。这寨主姓薛名志义，生得虬髯黑脸，两臂有千斤之力，人皆叫他做黑判官。初上山为盗时，纵性杀人，无所不为。近来不知怎地改过，只取人财，不害人命。这远近地方穷苦百姓，反赍助些银两，得以过活。"邵从仁笑道："你等为贼所愚，这是他诱人之法。穷苦百姓不得衣食的，有些赍助，都从这厮为盗了。"书吏道："不是顺他为盗。老爷管下二州六县地方，风俗习顽，恃强欺弱，倚富凌贫，豪贵之人，暴戾者多，屡为不公不法之事，欺压小民。及至兴向告理，反是贫民受苦。这薛志义专一怜贫济困，剪戮豪强，小民或被豪富所欺，到他山寨中诉冤，反赠银两，或送米布。不拘远近，亲自带领人马，将恃强为恶之人，登时杀戮，放火烧屋，掳劫一空。良民善士，毫无侵犯。过路单身客商，并不加害。百两之内，一丝不取；百两之外，十取二三。英雄落难之士，必赠盘缠，故此远近尽皆悦服。本郡各县老爷，几次差兵擒剿，这些士兵捕卒，见了他谁敢交战，望风而走。因此官军不能捕捉。"邵从仁听罢，发付众人散去。退入后堂，寝食俱废。心下踌躇："这一伙强寇所为，意不在小。如此假仁借义，除暴怜贫，乃是收买民心之计。目下朝廷专信释教，持斋看经，不理国政，四方盗贼蜂起，干戈日兴。倘或旦夕为乱，百姓附之，岂不我处先遭其害？彼时玉石俱焚，泾渭莫辨。不如及早申明省院，调遣名将，起大队人马来，方可除得此寇。"连晚修成文书，差一个老成干办，星夜进京枢密院申报。

当日牛进、谢举二仆射接得钟离郡公文，拆开看时，道：

钟离府知府邵从仁，为剿寇靖国安民事：卑职所辖郡县，地界俱西北山僻之境，盗贼易于潜匿。目今朝廷专重释教，滑贼益多。无事则结党为盗，事发则削发为僧，虽加严缉，而缉捕人员，眼见是盗，不敢擒获，只碍皇上敬信之故也。本府所属定远县剑山弥勒寺中巨寇，姓薛名志义，绰号黑判官，有万夫之勇。部下健卒喽啰，约有数千余人。横行劫掠，假仁借义，买结民心。度其所为，非止劫盗而已。本郡官兵收捕，屡为所败。近奉明文妙相寺火焚杀戮僧众一事，非此大寇，不敢如是横行。卑职夙夜乾乾，侦查的确，已行募集乡兵操演训练，专候奏请天兵，检选大将，并力剿除。若更迟延，切恐酿成大患。

伏乞照详施行。

二仆射看毕，谢举道："此贼巢穴离皇城颇远，来往亦须数日，为何一路并无拦阻警报，任彼进退自如？"牛进笑道："钟离郡至京城路程虽远，然一路无人阻挡，皆是这一班贪位无能鼠辈，各保身家，畏刀避剑，故此贼得以毫无忌惮。目今既有下落，速宜征剿。"谢举道："我国自圣上创业以来，又早二十余年，销兵偃武，人不知战，老成之将，俱已凋谢。目今将士虽多，止可充数而已。智勇足备者，略无一二。征讨贼寇，所任不得其人，多至丧师辱国。愚意奏过皇上，大开教场，聚集大小将士，演试武艺。坛上挂先锋印一颗，选弓马熟娴、武艺出众者为先锋，领军剿捕，庶可奏凯。大人尊意若何？"牛进道："尊论甚善。"二仆射一面奏请圣旨，一面出榜晓谕诸将，约于正月二十七日，聚集教场操演武艺。如原在军伍而不到者，必以军法从事。

至期黎明，上自总戎都督，下自部卒小军，齐入教场。各各戎装披挂，皆依队伍而立，甚是严整，专待谢、牛二仆射到来。少顷，听得炮声响处，前呼后拥，谢举、牛进已到。众文武官员一齐打躬，迎入演武厅上。行礼罢，同上将台。左位谢举，右位牛进，其余官僚，文东武西，各依职位序坐。众多将士，一字儿排列两旁。果然是弓上弦，刀出鞘，旗帜遮云，刀枪灿雪。众将躬身听令。三通鼓罢，宣令官上将台，跪请枢密老爷将令。谢举传令："教合营各卫军士，摆成五方阵势。"宣令官执着令旗，飞也似下将台上马，遍传将令。只见号旗麾动，众军士随着队伍，纷纷绕绕，排下五方阵势。金鼓喧天，演阵已毕。牛进传下将令道："目今朝廷多事，变故日生，武备久荒，将士不堪任用。近日妙相寺被定远剑山大寇焚劫一空，本院奉圣旨发兵征剿。今日操演将士，择日起兵，奈无智勇之士为前部先锋，特于诸将中，挑选武艺拔萃者，挂先锋印，统领三军，征讨贼寇，功成升赏。"出令罢，教军士在演武厅东首，远一百八十步地上插一长竿，将先锋印挂在竿头；演武厅西首，也远一百八十步地上插一长竿，将一领细锦团花战袍挂在竿上。先射印，后射袍，有能两箭射落袍印者，即授先锋之职。军士打点完备，金鼓震天。

号声未毕，右队门旗影里，闪出一员少年大将，生得面如冠玉，唇若涂朱，眉清目秀，状貌魁梧。身穿一领绿门红锦战袍，头戴一顶凤翅金盔。腰系袖花金带，脚穿花村战靴，骑着一匹白马。跃马而出道："小将无能，试取此印。"不知这将官姓甚名谁。正是：

  主帅坛前施号令，将军马上逞英雄。

毕竟这员将官夺得先锋印否，且听下回分解。

第十六回

夺先锋诸将斗勇　定埋伏陈玉麇兵

诗曰：

旗帜铺云刀灿雪，将军阵上分优劣。
力堪举鼎显彪熊，箭发穿杨驰骏铁。
挥戈上逼星斗寒，投鞭下使江流绝。
恃强不识有阴符，锦袍应溅英雄血。

话说教场中演武，一少年将官出马。众军视之，却是将门子弟，姓夏名景，官拜金吾卫骁骑将军，惯使长枪，武艺精熟。众军都道："这将军必夺先锋。"夏景纵马向演武厅东首来立定，弯弓搭箭，飕地一箭，先锋印早已坠下。众军士一齐喝彩，鼓角齐鸣。夏景霍地下马，取了先锋印，挂于带上。飞身上马，跑过演武厅西首来，一眼觑着锦袍，扳满弓，搭上箭，口里喝声道："着！"一箭射去，性急了些儿，射不着锦袍，只听得刺地一声响亮，却中在竿上，众军士也一齐喝彩。谢举、牛进在将台上看的分明，笑道："好箭，虽不中，不远矣。"问宣令官："那射落先锋印的是谁？"宣令官禀道："是金吾卫骁骑将军夏景。其父夏振宗，现在朝为直殿将军。"牛进笑道："不枉了将门之子。"即传令夏景："虽射不下锦袍,一箭也中竿上,先锋印已夺,宜任此职。"言未毕,只见左队门旗影里闪出一员大将,身长九尺,腰大十围,方脸阔额,粗眉大眼,相貌堂堂,威风凛凛,攘拳奋臂嚷道："夏将军,可将先锋印留下,让我来挂。"夏景道："此印我已夺了,二位枢密大人钧令委我本职,汝何敢来挽夺?"那将道："适间枢密大人将令,原说先射印后射袍,印袍俱落,方为先锋。今你止射得印,岂可便充此职?你不见那长竿挂的锦袍还在竿上飘扬么?"有诗为证:

  莫讶区区一锦袍,先锋阵上显英豪。
  弓弦响处随声落,方信将军武艺高。

  众人视之,乃是镇国将军施大用。原是辽东军卫出身,因剿苗寇有功,官至三边守备。历年守边平静,升为本职。当日在教场中,见夏景射了先锋印,却射不下锦袍,故来争夺。夏景道："你虽说得有理,且看你手段如何。你就先射锦袍,射得坠时,就让印与你射。二者中式,奉让先锋。只是射不中时,休怪笑话。"施大用喝道："不必多言,先锋稳取我做。"将台上二枢密见二将争论,忙传令道:"诸将不许争竞,但能射得袍印者,即是先锋。"夏景闻令,不敢做声,立马观看。施大用得令,纵马到演武厅西首,带住马辔,挽起袍袖,左手弯弓,右手搭箭,一眼觑得分明,对锦袍射一箭来。只听得弓弦响处,锦袍随箭而下。众军士喝一声采,鼓角齐鸣。施大用纵马取袍,披于身上。夏景见施大用射却锦袍,只得把先锋印交与宣令官,依旧挂在竿上。施大用道："马上放箭,何以为能,且看我平地取之。"说罢下马,走过演武厅东首,离长竿一百八十步,抬起宝雕弓,搭上狼牙箭,对着长竿射去。只见先锋印滴溜溜跌落尘埃,金鼓大震。有诗为证:

百步穿杨技果奇，从今再见养由基。
弓开满月流星坠，夺取先锋金印归。

施大用放下弓，拱手道："惭愧。"只听得一片声喝彩。施大用取了先锋印，飞身上马，向将台上声喏道："谢枢密大人袍印。"夏景看了，心下不忿，大叫道："先锋印本是我挂了，如何你搀越夺去？好好将袍印来分了，袍是你得，印是我挂。"施大用道："将令已出，谁敢有违？你为何不学我将锦袍射落？"夏景怒道："你偶尔得中，乃分内之事，何足为奇。你敢和我比试武艺么？"施大用笑道："就和你见个高低，惟恐动手处有伤和气耳。"夏景大怒，手挺兵器，欲战施大用。谢举、牛进见了，忙传将令禁止道："今日操演将士，拣选先锋，正要出军剿贼，不可自相争斗。二虎相角，必有一伤，倘有疏虞，于军不利。施大用袍印俱得，准为先锋。夏景武艺精通，即令押后，监管粮草。待日后论功升赏。"施大用听令，即弃枪下马，夏景只是不服，喊叫道："印是小将先射落，怎地反被后射的夺了去，死也不服。今日定要和施大用分个强弱。"争嚷不已。牛进怒道："吾令已出，谁敢执拗！"叫军士捆下，重责四十。谢举忙劝道："军法固当如此，只是坏了他父亲夏君体面。我有主意在此，依前另取一件锦袍，着夏景再射，如射得袍坠，再定先锋。射不中，然后以军法治之，使他无怨。"传下将令。夏景听说复射锦袍，心下暗喜。宣令官将一领战袍系在竿上，夏景也不上马，也离竿一百八十步站定，不转睛的看着锦袍，抖擞精神看清射去，锦袍随箭坠地。鼓角喧天，军士齐声喝彩。夏景忙上将台听令。

谢举和牛进商议道："此一节亦为难处。二人皆射中袍印，定谁为先锋是好？定了一人，这一人未免不服，岂不复起争端？"牛进低头想了一会，笑道："有处了。"传下将令："施骠骑、夏骁骑二人箭法皆精，武艺俱熟，手段相等，难以定夺先锋。戎事以勇力为先，今将台侧首插帅旗的石墩，重有千斤，二人之中，有能双手举起，离地三尺者，即挂先锋印。若再不遵，仍前争竞者，定按军法。"施大用、夏景得令，都各卸下盔甲锦袍，摩拳擦掌，赛勇斗力。夏景抄起衬衣，奋勇先向前，双手来摄这石墩，挣得满面通红。掇起石墩，离地尺余，力不能胜，只得放下。施大用见夏景举不起石墩，高声道："小将军请开，待我老施来举。"大踏步向前，将石墩仔细看了几眼，八字脚立定，用尽平生之力，双手掇起石墩，足有三尺余高。上下将士齐声喝彩。大用左右顾盼，然后轻轻放下。牛进对谢举道："这将的气力，恰也看得过了。"

谢举未及回答，只见黄旗队里，拥出一员壮士，但见：

> 头戴绿锦袜额扎巾，身穿滚袖蜀锦战袄，脚登黑色战靴，腰系绣衣裹肚。生得面如噀血，身似金刚，一部落腮胡，两只铜铃眼。眉生杀气，目射金光。

虎一般拥出来，大叫："这石墩重不上千斤，举不过三尺，何足为勇，也教众人喝彩？待我举与你看，以夺先锋。"将台上牛进看见，问："这将官是谁？现居何职？"宣令官下将台问了名姓，上台禀覆道："这勇士姓樊，名武瑞，是国舅王骠骑将军麾下听用旗牌官。"牛进喝道："无名下将，辄敢来争夺先锋，与我乱棒打出。"谢举道："用人之际，何分贵贱？看他勇力超群，即当拔用。"牛进默然不语。即传令教樊旗牌试举石墩，看取勇力如何。樊武瑞得了将令，抠衣上前，双手将石墩轻轻掇起，就如提瓦片相似。离地五尺有余，自将台南首走过北首，自北首又转南首。周围反覆三次，依旧轻轻放下，面不改色，气不喘息。满场将士都看得呆了，不知这勇士有多少气力。《西江月》词为证：

> 试看精神抖擞，谩夸膂力豪雄。将军八面有威风，提起山摇地动。一似卞庄打虎，犹如蒯聩诛龙。子胥举鼎振秦公，武瑞英名堪共。

谢举、牛进大喜，差宣令官叫樊武瑞上将台来。樊武瑞随宣令官到将台上跪下，谢举笑道："看你仪表不俗，果是勇力过人，不减伍明辅举鼎之威。你平日精熟那一件武艺？"樊武瑞禀道："小旗牌惯舞大刀，兼能使飞叉，百发百中。"牛进令取大刀飞叉与他，试看能否。樊武瑞叩头谢了，飞身下将台，跨马提刀，在教场中卖弄手段。初时刀法尚缓，后来精神抖擞，前冲后捌，左旋右盘，就如花锦相似。看的人都看得眼睛花了，人人称羡。樊武瑞舞罢大刀，又使飞叉舞了一回。将叉往空中一掷，约高三丈，翻身接入手中，满场人尽皆喝彩，真实手段高强。舞罢，下马听令。谢举道："樊武瑞武勇绝伦，足称万人之敌。赐金牌一面，锦袍一领，取印与他挂了，定为先锋之职。施大用、夏景，为中军左右羽翼，各赐银牌一面，花红金鼓迎回。"次后二枢密上轿回衙，大小将士各自散讫不题。

次日早朝，谢、牛二枢密将所选之将，面奏武帝，择定本月吉日出军。先遣先锋樊武瑞领马军五千，步军一万，克期进发。次后点牛进心腹之人、左将军陈玉，同左右两翼大将施大用、夏景，共领马步军兵三万，一同讨贼。当日起程，但见：

　　旌旗招展，绣的是神虎神龙；彩帜飘摇，画的是飞熊飞豹。震居甲乙，重重叠叠翠攒青；离属丙丁，焰焰烘烘红簇绛。乾临壬癸，腾腾黑雾锁天涯；兑守庚辛，阵阵白云升碧汉。中央戊己，高标着金纂杏黄旗；绣袄亲军，手执定皇封传令剑。前面摆千千队画戟钢刀，后面列万万行铜锤铁斧。亮铮铮漫天兵刃，密匝匝遍地干戈。鞍上将雄赳赳勇猛胜蚩尤，步下兵气昂昂英雄欺项羽。压倒韩侯临赵地，绝胜王翦出秦关。

牛进亲自送别，吩咐陈玉、施大用等，用心剿贼，早献捷书。陈玉道："不须恩相费心小将稳取破贼，奏凯而回。"当下陈玉众将等辞别牛枢密上马，领军士取路径渡大江，陆续进发。一路征旗蔽日，杀气漫空，大刀阔斧，杀奔钟离郡来。

再说薛志义、苗龙自从救了李秀，放火烧了妙相寺，杀死和尚，回到山寨，终日饮酒庆贺，不觉十余日。一日正饮酒间，薛志义提起杀钟守净一事，苗龙道："托二哥妙算，把这些腌臜秃驴杀得尽绝，也替林住持报了冤仇，也泄了我弟兄们不平之气。但只是坏了许多官军，又杀他一员主将，朝廷知道，焉肯罢休？必然发兵征剿。倘一时官军掩至，我这里若无防备，难以抵敌。须是整顿喽啰，准备厮杀。"薛志义掀髯笑道："贤弟素称量大，今日何以自怯？自古道：'水来土掩，兵至将迎。'那厮被我们杀得片甲不回，心胆皆碎，谁敢再来？纵有军马，直教他一人一骑，不得回乡。"李秀道："三弟之言，大哥不可不听。皇都去处，杀伤官军，在你我做皇帝也容不得，岂肯干休罢了？大哥，你看早晚必有大军来也，须要定计待他。先入一着，庶不临期慌乱。"薛志义道："既如此说，二位贤弟有何良策？"苗龙道："大哥一面操练喽啰，打点器械，安排檑木炮石，紧守山寨。待小弟去东魏林住持那里走一遭，一则报说烧寺杀钟和尚之事，二则求请他来山寨里帮助解围。大哥心下何如？"薛志义道："若得林住持来甚好，只怕他未必肯来，徒劳往返。"李秀摇头道："不稳，不稳。那林住持若肯来时，当初不苦苦要去了。近来他得了异术，神通广大，但求他的妙计或是法术儿，传来退敌，助助军威也好了。"苗龙道："你说得是。待我亲去求他，或来或不来，临机应变，再作道理。"薛志义道："若贤弟肯去，明早就行。"苗龙道："事不宜迟，明早就动身。"

次日苗龙吃了早饭，换了一套衣服，扮做客商模样，藏了银两礼物，问了沈全路程，辞别薛志义、李秀下山，取路往东魏地界来。一路饥飨渴饮，夜住晓行。他原是飞檐走壁的人，不愁关津难渡，已过了梁魏交界关隘。又行了数日，早到石楼山下。苗龙访问林澹然住处，遇一个土人道："什么林澹然，我这里不省得。但过此上南去一里多路，张太公庄上，有一位游方和尚，德行清高，莫非是他。你去问看。"苗龙谢了,拽开步径寻到张太公庄上来。走入柴门里面,静悄悄并无一人。苗龙在佛堂门首立了一会,又不见人出来。移步进佛厨边,咳嗽一声,厨后转出一个黄胖道人,问道:"是甚人在此?"苗龙拱手道:"这里莫非是张太公庄上么?"道人道:"正是,公有何话说?"苗龙道:"贵庄里有一位林长老可在么?小子特来拜望,有烦转达。"道人说:"林老爷虽然在庄,只是今日有些薄事,不暇接见,足下另日来罢。"苗龙道:"小子不远千里而来,求见长老,岂有不见空回之理?烦乞引进。"道人道:"足下高姓?既是远来,且在佛堂侧首厢房里暂坐,待晚上替你通报。"苗龙谢道:"若得如此甚好。在下姓苗,建康人。"那道人开门,领苗龙转入佛堂东首厢房里坐下。道人进去不多时,捧出一盏茶来。苗龙吃了,道人接盏,依旧进去了。

　　苗龙独自个坐了一会,甚是寂寞,暂且踱出厢房外来闲看。转湾抹角,走入禅堂,穿过西廊,直出香积厨外,见一个小小弄儿,苗龙走进观看。踅出弄口,只听得隐隐喊杀之声。暗想道:"却不作怪么?这庄子里为何有喊杀之声?来得蹊跷。"抬头一看,只见弄侧有墙门一座,门儿紧紧闭着。苗龙捱近在门缝里张时,惊得魂飞天外。原来墙内有空地一大片,约五六亩开阔,中间一座土山上坐着林澹然,身披火焰裰衫,赤着一双脚,右手仗一口金镶宝剑,在那里作法,指麾五百余个壮士厮杀。身穿红绿二色,全副披挂,手执青白旗号,各分队伍,奋勇鏖战,因此呐喊。苗龙悄悄在门缝里张望,埋头伏气,不敢转动。看了半晌,只见林澹然将剑尖指着,口里喝道:"两军暂歇。"这些大汉,各依号色分立两边。林澹然又口中念念有词,喝道:"五雷真君律令敕。"倏忽之间,众军士无影无形,尽皆不见。有诗为证:

　　　　秘箓有威灵,能藏百万兵。
　　　　胸中多武库,试动鬼神惊。

苗龙暗想道："这法术实是玄妙，不要冲破了他。"抽身复进弄里，依原路走入厢房等候。傍晚方见道人出来问道："适才足下何处去了？教我遍处寻你不见。"苗龙道："方才我去闲玩，故此失候。殿主可曾通报么？"道人道："林老爷看经完了，我已说知，足下就随我进来。"苗龙随着道人同行。道人先入厅里禀道："外面姓苗的远方人，特来访老爷，等候半日了，现在门外。"林澹然知是苗龙，教请进。苗龙走进厅门便拜。林澹然忙扶起道："不须行礼。"苗龙立起来唱了诺，禀道："久别恩爷，心常悬念，今得一面，足慰渴想。敢问林大爷向来安乐么？"林澹然道："贱体粗安，常感你弟兄们厚情，每恨无由相见。前承厚礼，受之未答，今日为何得闹到此？"苗龙道："小人弟兄们久仰大恩，未伸孝敬，日前差沈全问安，蒙赐华札。今有一事，特来拜求，兼有些须礼物奉献，聊表微意。"说罢，打开包裹，取出一个赤金钵盂来，双手捧上道："别样金银宝物，谅住持爷是不受的。小人费了一片心，寻得个巧匠，打就这钵盂，送恩爷早晚盛斋供佛，伏乞笑留。"林澹然接了道："贫僧本不该受，难得你一片好心若不领时，反拂了你的美意。权且收下。"苗龙见林澹然受了，不胜之喜。

　　林澹然令厨下办酒饭相待，自己陪着饮酒。苗龙问道："向蒙恩爷灵符救出李季文来，今已在山寨中坐第二把交椅，感激恩爷不尽。这法术果然灵验，不知还有甚奇术，使小人一见么？"林澹然笑道："这过街老鼠又来调慌了。适才在墙外门缝里张望的是谁？却假来问俺。"苗龙失惊道："这等说，恩爷已看见小人了？"林澹然道："贫僧早已觑见是你，故演完了这场戏法。若是他人窥觑，俺即收了，不与他见矣。"苗龙道："好妙法，此是撒豆成兵之术。"林澹然笑道："此乃小术，何足为异。日前李秀若不是俺用那法儿救他，怎到得你山寨里来入伙？如今山寨中兴旺么？"苗龙道："感承住持大德，敝寨甚是兴旺，钱粮颇有。只是目下惹出一场大祸，小人特来见恩爷，求解救之策。"林澹然道："老僧再三嘱付，待时而动，为何又惹甚大祸出来？"

苗龙将放火烧妙相寺，杀了钟守净及满寺僧人，沈全杀了黎赛玉、赵尼姑，又杀败了官军，备细说了一遍。林澹然大惊，埋怨道："你这一伙卤汉，忒也大胆。皇都禁城内，好去放火杀人的？真是寻死之事。怎地逃得出这龙潭虎窟？"苗龙道："都是李季文定下计策，离城钟山凤尾林蒋侯庙中，埋伏喽啰，内外夹攻，因此官军大败，杀了他主将一员。"林澹然道："钟守净这厮，贪财好色，谄佞小人，自取其祸，杀之不足为过。可怜这一寺僧人，贤愚不等，尽皆死于非命，这冤孽如何解释？又杀死官军若干，朝廷必用大军至了。"苗龙道："山寨中兵卒虽精，不过数千，怎生样敌得官军，保全得性命方好？"林澹然思了一会，对苗龙道："这山寨幽僻去处，前后并无接应，又无城廓可据，大队军马一到，如泰山压卵。倘团团围住，放火烧山，如何处置？只绝了汲水之道，也是死了。如今没什么妙计，三十六着，走为上着。你快回去，教薛判官众人收拾金银财物，烧毁寨栅，打发喽啰散伙。汝弟兄三个快逃入东魏来，再图事业，庶免此祸。"苗龙道："小人来而复去，往返路程遥远，倘官军已至，如之奈问？"林澹然道："这也说得是。待俺揲一蓍，以占凶吉何如。"遂乃焚香点烛，请圣通诚，揲得高卦之九四爻。看爻辞云：

突如其来如，焚如，死如，弃如。象曰：突如其来如，无所容也。

林澹然大惊，拍案道："罢了，罢了，此大凶之象。九四臣位也，与六五君位相逼，恃强凌主，猝制君威。是以阳迫阴，刚而犯上，非顺德也。过刚太激，取祸必惨。故焚而死，死而弃，何所容其身乎？正应在下数日之中，主众人丧身殒命。"苗龙惊惶无措，慌道："此事恩爷怎地设个法儿解救得么？"林澹然道："大数已定，虽诸葛复生，不能救矣。"苗龙道："既然如此，待小人急急赶去，探看消息何如。"林澹然道："去亦迟了。若去必遭其祸。此数应在七八日之间，决有信息。你只在梁、魏交界地方紧要路口等候，必有人到，切不可过界口去。若有人至，即可同到俺庄里来，再作计议。"苗龙听罢，两泪交流，跌足痛哭。林澹然劝道："哭亦无用，今夜且安宿一宵，明早起程，打听消息。"苗龙只得收泪在厢房里安歇。那里睡得着？翻来覆去，眼也不合，巴不得鸡鸣。正是：欢娱嫌夜短，寂寞恨更长。捱到五更，起来梳洗，道人已打点饭食停当，伏侍苗龙吃了，辞别林澹然，出了庄门，依旧取路而回，不在话下。

　　再说薛志义、李秀打发苗龙起身之后，即在寨中亲自操练喽啰，打点器械，吩咐紧守四面隘口，整顿迎敌官军。不数日之间，探马飞报，朝廷发军五万，漫山塞野，杀奔前来。薛志义也自预先准备，即分拨喽啰下山对敌。却说陈玉、施大用等军马已到钟离郡，将军屯扎城外，分立五营。太守邵从仁迎接入城，到公厅相见，设宴相待。陈玉问道："剑山乃本郡所辖地方，既有大盗，为何不早驱除，以致蔓延日久，恣行杀害？目今天威震怒，钦差下官等前来剿戮，郡守有何良策，乞请见教。"邵太守道："卑职无能，滥叨厚禄，临任未久，民情不能尽谙，军旅之事，一无所知。只是此盗假仁借义，买结民心，其志不小，故卑职请天兵早行除剿。幸得老大人列位将军到来，此贼合体，必在指日奏凯矣。"陈玉道："大军初临，未知此盗虚实，明日先着樊先锋试探一阵，然后用计破之。"邵太守道："大人主见甚明，正当如此调遣。"当夜席散，送陈元帅等诸将出城回寨。

　　次日陈玉出令，着樊武瑞先领马军五千，步军一万，进兵定远，直捣剑山贼寨。樊武瑞得令，催军奋勇杀奔剑山来。陈玉等大军随后进发。伏路喽啰，早已报入大寨。薛志义吩咐李秀谨守寨栅，自领三千喽啰，全身披挂，杀下岭来。两边排成阵势，射住阵脚。樊武瑞立马于门旗下。只见对阵门旗开处，鼓声震天，拥出一员贼将。怎生打扮：

头戴镔铁凤翅盔,身披锁子连环甲。骑一匹高头乌锥劣马,拿一杆铁柄蘸金大斧。

那将出阵大叫:"那一个讨死的贼敢来挑战?"樊武瑞骤马当先,大叫道:"吾乃陈元帅部下先锋大将樊,奉圣旨特来擒汝这伙小贼。天兵到此,不下马纳降,更待何时?"薛志义大怒:"汝等无道,百姓遭殃。可恶你这班不思尽忠报国,老爷正要兴兵吊民伐罪,今日却自来送死。快下马免汝一斧。"樊武瑞大怒,舞刀跃马,杀过阵来。薛志义横醮金斧迎敌。两个一来一往,战了三十余合,不分胜负。樊武瑞暗暗喝彩。二将又斗了数合,樊武瑞虚砍一刀,拨转马佯输而走,薛志义不舍,赶入阵来。樊武瑞看薛志义来得渐近,背取飞叉,照心窝一叉刺来。薛志义早已看见,侧身躲过,遂不再追,回马跑入本阵。

樊武瑞大喝:"泼贼走那里去!"放马赶来。薛志义笑道:"我放你去罢了,如何又来纳命?"两个又斗四十合,薛志义回马便走。樊武瑞赶来,薛志义斜拖大斧,拈弓搭箭,看得清切,射一箭来,正中樊武瑞的马头。那马就回跑到门旗边,负疼前足跪倒,将樊武瑞掀翻地上。薛志义飞马轮斧,拦头便砍,却得牙将奋死救了性命。薛志义大杀一场。施大用、夏景左右两支救军到,接应去了。薛志义得胜,收点喽啰回寨。李秀接着大喜,设宴庆贺。

樊武瑞进入中军请罪,陈玉道:"据你武艺,不在那贼之下,为何挫动锐气?"樊武瑞道:"小将和那贼交战,也不见高下,正追赶间,不提防战马被他射倒,故有此失。明日再战,誓杀此贼,以报今日之仇。"陈玉笑道:"胜败兵家之常,何足为罪。我向闻人说剑山大盗薛判官,英雄无敌,今日果然。必须施计擒获此人,其余小寇不足破矣。"发付樊武瑞回寨将息,谨守营寨,不可出战,待我设计破之。众将听令,各自回营,按兵不动。

次日黎明，薛志义领喽啰下山挑战，陈玉传令："众将士不可出营，妄动者斩。"薛志义教喽啰裸衣辱骂，至日晏方回。一连三日不见一军出来。薛志义心下疑惑，和李秀商议。李秀道："大哥不可轻敌。彼大军到此，按兵不动，必有诡计。况苗三弟往林住持去求计，未见回音，我和你深沟高垒，谨守四面关隘，待三弟回时，另作良图。不可挑战，落他机阱。"薛志义笑道："二弟说话太懦。看彼先锋，不过如此，其余将士可知。总有雄兵百万，吾何惧哉！我只要杀得他一人一骑不回，方遂吾愿。"昔贤有诗叹曰：

兵骄必败从来有，将在谋而不在刚。
盖世英雄何所恃？试看项羽丧乌江。

薛志义不听李秀之言，次日平明，又率喽啰，擂鼓呐喊，杀下岭来。不见敌军，喽啰依旧裸衣赤体，千般辱骂。巳时直至未末，众心已懈，正欲回军，只听得一派鼓声振地，官军寨中旗帜皆起，万余军士拥出一员大将，乃左翼将军施大用也，大叫："何等泼贼，辄敢大胆骂战！"薛志义定睛看时，却不是樊先锋，另换一将，生得猛勇。但见：

头戴销金兽口扎巾，身穿团花绿锦战袍，外罩铁叶龙鳞锁子甲，腰系钑花柳叶黄金带。左胁下挂一张雀画铁胎弓，绣袋内插数枝利镞狼牙箭。身骑惯战枣骝马，手执纯钢丈八枪。

那将跃马而出，薛志义并不打话，横斧杀来。两员将战至数合，施大用架隔不住，拨马而走。薛志义骤马赶来，约走里余，施大用回马战了几合，拨马又走，薛志义怕有埋伏，不敢追赶。正待抽马转身，只听得鼓角齐鸣，夏景从东南上斜刺里杀来，手执方天画戟，纵马喝道："狂贼至此，快下马受缚！"薛志义大怒，挺斧来迎。两个战上三十余合，夏景力怯，虚刺一戟，放马往西而走。薛志义杀得性起，大喊一声，紧紧随后追来。约赶半里之地，夏景勒转马头，往北落荒而逃。薛志义单骑急迫，赶过前山谷口，不见了夏景，勒马复回旧路。正走之间，又听得金鼓喧天，树林中闪出一员猛将，却是樊武瑞，笑道："铁判官到此也要化了，不要说是雪判官。快下马投降，收你为部下小卒，不然，顷刻即为无头之鬼。"薛志义喝道："胡说！你是我手里败将，走的不算好汉。"樊武瑞道："今番决不饶你！"舞刀劈头就砍。薛志义持斧架住，拼命相杀。正是：

  欲求生富贵，须下死工夫。

不知二人胜败若何；且听下回分解。

第十七回
古崤关啜守存孤　张老庄伏邪皈正

诗曰：

敢死英雄已作神，存孤今复有孩婴。
诡言悲切能酸鼻，巧语凄其最动情。
赚渡古崤离大厄，潜修禅室乐余生。
邪魔侮道欺真觉，正法维持一坦平。

话说樊武瑞和薛志义两个奋力战有百余合，樊武瑞卖个破绽，跃马沿山而走。薛志义大喝："败将休走！"奋勇追来。不上数十步，猛听得一声响亮，如山崩地塌之势，薛志义连马和人，跌落陷坑。四围伏兵齐起，挠钩枪戟乱下，薛志义纵有铜头铁臂，到此如何施展？谅道不能脱身，大叫一声，拔山腰刀，自刎而死。可怜半世英雄，化作南柯一梦。有诗为证：

盗贼全其名，自刎黄泉下。
堪嗟降房人，遗臭千年骂。

却说众军士抓起尸首，送入陈元帅寨前来。陈玉令取下首级，尸骸抬在一边，即时传令："三将并力一齐攻上山去。剿除余寇，洗荡山寨，不可迟延。如能先登者，算为头功，退后畏缩者斩。"樊武瑞、施大用、夏景听令，三将合兵一处，摇旗呐喊，鼓声振天，奋力杀上岭来。

再说败残喽啰逃得性命的，奔回山寨，报说薛大王败阵而死，官兵顷刻就到寨中。喽啰听说，魂飞魄散，你我不能相顾，各自逃生。守关喽啰望见大队官军拥至，如波翻浪沸一般，尽皆抛枪撒剑，弃关而走。官兵拥至岭上，放起连珠号炮，陈元帅大兵掩到。山寨里喽啰东逃西窜，自相践踏，死者不计其数。李秀听报薛志义已死，官军杀来，大哭道："薛大哥不听良言，致有此败，我留这残躯何用，不如死休！"正要投崖，忽见沈全忙来抱住，哭道："二大王，不走更待何时！"李秀道："薛大王既死，我岂忍独生？今愿相从于地下。你当快走，不要为我耽搁，误你性命。"说罢，投山侧深崖而死。

沈全救之无及，只得含泪逃出后山。正奔走间，见一个大汉，右手执剑，左手抱着一个孩童，慌慌张张，走入树林中去。沈全叫道："前面走的是谁？"那汉子回转头来，沈全认得是薛志义随身心腹勇士胡小九。原是陕西人，昔年为一友落难，不顾家业，起身救之。后来这友负义，反唆人告害，因此小九忿怒，将他杀了，逃至剑山，投在薛志义部下。薛志义见他识些拳棒，做人忠直，收留帐下为一名头目。当日见官军上岭，正慌慌逃走，奔出后寨，忽见一女子，弃一小儿于地。胡小九看时，原来是薛志义的儿子贞儿，年方二岁。那女子原是掳掠来的，弃子而逃。胡小九想道："大王爷有恩于我，今死于非命，止有这一点骨血，我若不救他，就是负义之人了。宁可我舍命，不可使薛大王绝后，逃不脱时，情愿同死。"即忙抱了贞儿，拼命逃窜。树林中却好遇着沈全，慌忙道："沈大哥快来，同你一处逃命。"沈全道："你抱着公子，怎么行得动？不如弃了好走。"胡小九垂泪道："大王爷待你我不薄，可怜他半世飘零，止存这点骨血，若临难忘恩，弃他自走，禽兽不如了。你要自去，我必须要救小主人，生死愿同一处，以报薛大王平日之恩。"沈全道："你既有救主之心，我岂无存孤之意？适随所言，乃是探你之心。我情愿和你舍命救小主，一处逃生。"胡小九大喜道："既如此，快走快走，官兵入寨了。寻条活路，再作道理。"沈全道："四面喊声大震，官兵围裹将来，若走不迭，必遭杀害。快随我来，有一个僻静去处，尽可藏身。"

　　胡小九听说，随着沈全，趱入树林深处。傍着一座土山，跳落山岩，却是一带石磡。磡边有一大土洞，石块堵住洞口，外窄里宽。沈全领胡小九忙撩开石块，抱着小主钻入洞中，甚是深邃，山隙透入亮来，又不黑暗。仍将石块塞了洞口，转入深处，二人拂地坐下。喘息既定，胡小九将些干粮果食，与小主吃，两个也自吃些。胡小九问道："沈大哥，你如何知此处有这土穴？"沈全道："小弟时常有些掳掠的金钱，或是大王赏赐的物件，屡屡失去，没处安藏。闲时寻得这个去处，山野僻静，足迹不到，并无人知。此洞甚是弯曲，藏风纳气，天生成的。所有财宝，都埋在这土里，我掘起你看。"说罢，双手去掘开泥土，只见一块石板盖着。沈全揭起石板，取出两三包金银，与胡小九看，说道："有此金银，尽可度日。"胡小九道："小弟正思量身边没有分文，怎生逃得性命，今大哥有了财物，放心可以逃难。"两个不敢高声，商商量量，在土穴中藏身，不在话下。

　　且说陈元帅定下计策，将薛志义诱落陷坑杀了，驱兵扫荡山寨，就如风卷残云，把这些喽啰杀得七零八落。一面收拾金银财宝、粮食货物，装载上车，送入营中，一面放火焚烧山寨。又差军四围远近，搜杀余党。即日班师，回至钟离郡。知府邵从仁迎接入城，府厅上饮太平宴，庆贺大功，赏赉军卒。数日已毕，军马奏捷回京。一路无话，直抵建康，陈玉率领樊先锋等，入省院参见谢、牛二枢密。陈玉将征剿薛志义功劳细陈一遍，递了功劳簿，进上财货等物。谢举、牛进大喜。次早朝见武帝，备奏此事。武帝传旨，升陈玉为都督府左督大将军，先锋樊武瑞、施大用、夏景，知府邵从仁等，各升三级。随征军士，俱各犒赏不题。

　　再说沈全、胡小九和贞儿在土穴中藏身躲难，怕有搜山官兵，不敢出洞，忍饥受饿，存了数日。幸而荒僻去处，无人寻到。打听得官军退去了，方才敢离穴，一步步担着干系，取路往北而行。出了村口，两个上饭店吃些酒饭又走。胡小九道："如今和你计议，往那里去安身是好？"沈全道："我已筹画在此。他处难以藏身，不如奔入梁州，东魏去投林住持。寻着三大王，另作生计。"胡小九道："我也是这般想，只恐关隘有阻，怎的过去？"沈全道："自古说，有钱十万，可以通神。若有人拦挡时，用些钱财，自然脱身过去。"二人穿了破损衣服，装做乞丐模样，抱着贞儿，一路小心而行。

　　走了数日，已近古崤关口，乃是梁、魏两国交界去处。胡小九抱着贞儿，沈全提着破篮，拄了竹杖，正要过关。两个管关军士，劈头拦住，喝道："站着！我看你二人身上虽然褴褛，规模生得雄壮，决不是求乞的。莫不是不良之人？解开衣服，担检明白，方才放你出关。"胡小九垂泪道："小人两个原不是乞丐之人，负一身莫大冤枉，逃难至此，望乞二位长官怜悯，放我过去，实是再生之德。"一个军士喝道："胡说！有甚冤枉？决是奸细。拿去见关主，查问端的，方可放行。"沈全哀求道："小人两个不是奸细。因无生理，投托吴郡一富户为门客，家主石音，是一奢遮豪杰。大妻乔氏无子，娶一妾名为似兰，生下小人手中抱的小主，年方二岁。不想家主病亡，主母乔氏，听弟乔三唆哄，将妾似兰药死，乔三谋夺家财，又要将小主暗害。小人等拼死救出逃难。乔三知觉，用钱买嘱官吏，告小人两个盗财脱逃，出牌逮捕。若被捉去，小人等死不足惜，只是可怜见小主被他害了，绝了石门后代。望二位开天地之心，救拔小人三个性命。"说罢，泪如雨下。胡小九就在破衣袋中，摸出两小锭白银，约有三两多重，递与军士道："没甚孝顺，止有这两锭银子，是小人救命之物，奉与二值长官买酒吃。我等自沿路求讨，度口而逃，乞求方便则个。"那两个军士见沈全说得苦楚，心里也有些动情，又见了这两锭银子，一个接上手，一个道："可怜他两个倒是义士，舍生救主。自古天上人间，方便第一。"取一锭银子递与沈全道："看你苦恼，还你这些去做盘缠。快走，快走。"沈全、胡小九谢了，拽开脚步，径出关外。二人暗暗说道："好干系，险些儿露出事来。不是我两个这张嘴，怎能够脱离虎穴！"二人不胜之喜。

走了数里，却是荒僻村坊，觉得有些饥渴。只见路口一座酒饭店，且是住得好。但见：

  前流溪水，后植桑麻，四围垂柳绕低墙，几树娇花迎酒旆。鸡鸣屋角，打柴樵子初回；犬吠篱边，沽酒游人突至。炊烟直上，新醅未熟酒先香；炉火偏红，烹宰方完肴味美。当炉村妇，虽不比文君，也浓画两道远山眉；掌灶酒生，辱没了司马，也单吊一条犊鼻绔。正是门临冲要生涯好，路达通衢车马多。

二人抱着贞儿。奔入店里，拣副洁净座头，将贞儿放在桌上。叫酒保先打几角酒来，摆下菜蔬鱼肉之类，开怀对饮。又拿几样果子，与贞儿吃。二人吃酒说话间，听得壁边有人酣睡，鼻息如雷。胡小九道："青天白日，如何这等好睡？"站起脚来，在窗眼里打一看时，见一人面壁睡着，将一幅旧布被盖在脸上，浓睡不醒。两个且一递一钟吃酒。少顷酒保盛饭来，胡小九问："间壁睡的这个汉子，莫不是你店里使用人？灶上正忙，怎地这般好睡？"酒保道："不是本店用的人，是外方客官。因等一位相识同买货物，赁我房儿借宿，一连住了八九日。早晚到关边伺候相识，日间无事，只是打睡哩。"

酒保说话未完，只听见那睡的人已醒了，打几个呵欠，高声问道："店小乙哥，这时分却好放晚关了么？"酒保答道："这时候将人放关了。"沈全、胡小九听得这人声音，都失惊跳起身来，打窗眼里窥觑："呀！原来不是别人，却是三大王。"胡、沈二人心下暗喜，怕人知觉，不敢做声。只见苗龙走出店前来伸一伸腰，双手擦着眼睛，周围一看，认得是沈全、胡小九并薛志义儿子贞儿坐在那里，吃了一惊。不好说话，对二人丢个眼色，出门上南去了。二人早已会意，即算还酒饭钱，抱着贞儿奔出门来。向南走不多路，苗龙已立在前面路口，正要问故，见胡小九与沈全包着两行珠泪，来往人多，又不敢交言。苗龙引着二人转入山弯，到一座冷庙里来。四顾无人，苗龙忙问："你两个来此，莫非大王爷有些不测之事么？"胡小九、沈全拜倒哭道："自从三大王起程之后，至第四日，官军已到。初次薛大王领兵交锋，不分胜负。二大王谏阻，要谨守山寨，待三大王回来再行对敌。薛大王不听，次日引战，被官军用计掘下陷马坑，三将轮流挑战，诈输诱落坑中，人马皆亡。随即驱兵入寨，尽皆洗荡，鸡犬不留。二大王已投崖而死，想夫人亦不可保。小人两个拼命，救得贞公子逃脱，在此得见将军一面，实是万死一生。"苗龙听罢，顿足捶胸，不胜痛苦，大哭一声，昏绝于地。胡小九、沈全慌忙搀起，叫唤多时，方得苏醒，哭道："薛大哥、李二哥呵，指望兄弟三人同成大业，永远相依，谁想死于非命，半途而别，怎能够再得相逢！"哭啼不止。胡小九再三劝解。苗龙接过贞儿来抱了，垂泪道："贞儿恁的福薄，父母双亡，教你如何存济！"展转悲思，泪如泉涌，带泪道："天色已暮，前途难行，不如且回店中安歇，明早动身，到林住持庄上去商议安身之处。"三人复身回到关口饭店中来。吃罢晚饭，苗龙和贞儿同榻，胡小九、沈全自在外边床上歇宿，一夜无话。

次日鸡鸣，三人起来梳洗，算还房钱。沈全抱着贞儿，胡小九背了包裹，三人出门，取路往张家庄上来。数日已到。苗龙领着二人，径入佛堂内，正值林澹然在佛座边念佛，见苗龙领着两个人走入来，心里已明，却问苗兄打听剑山消息何如。苗龙向前，领胡小九参拜了澹然。沈全是见过的，亦行礼毕。苗龙将薛志义、李秀败死情由，哭诉一遍。林澹然垂泪道："可惜豪侠之士，死于非命，可怜，可怜！"胡小九又将救薛志义公子逃难，撞见沈全缘由，细细陈说。苗龙号啕痛哭，吐血满地。林澹然劝慰道："大数预定，不可逃也。死者不复活，哭之何益？今幸苍天垂祐，使他儿子得生，薛氏一脉不绝，此乃万千之喜。"教胡小九抱贞儿过来，坐在膝上，展转细看。生得鼻高眉耸，眼细口方，两耳垂肩，顶圆额阔，果然容颜出众，骨格非常。林澹然看了半晌道："此儿相貌不凡，非等闲人也。异日长成，必为大器。"又对苗龙等道："你三人不必烦恼，就在俺庄里过活罢了。用心看取此子，日后有所倚靠。"就在佛案前焚香点烛，替贞儿改名，寄与如来案下，叫做佛儿。苗龙道："小人看了薛大哥这等英雄，未免无常之苦，今日情愿削发为僧，皈依佛教，早晚伏侍住持爷，寻一个好结果。"沈全、胡小九一齐道："小人等作了无边罪孽，今日也愿同大王皈依释道，修一个来生因果。不知住持爷容纳否？"林澹然道："善哉，善哉。汝等肯悔前愆，回头是岸，一念之悟，便证菩提，何所不容也。"苗龙、胡小九、沈全听说，满心欢喜。林澹然道："今日凑巧是个吉日。"分付道人安排素食，斋供天地诸佛，又请一个剃头待诏来。林澹然教苗龙等三人跪于佛前，宣扬忏悔，摩顶受戒。削发已毕，对佛取名，苗龙法名知硕，沈全法名性成，胡小九法名性定。三人拜罢诸佛，转身又拜林澹然为师。当日斋宴，尽欢而散。次日备办祭礼，设薛志义、李秀神位，望空遥祭，苗知硕等痛哭一场。自此已后，苗知硕三人在张太公庄上出家，随着林澹然修持，将这佛儿如掌上真珠一般看待。

正是寒暑代催，昼夜相趱，不觉又是三个年头了。有词为证：

> 钟送黄昏鸡报晓，昏晓相催，世事何时了？
> 万虑千愁人白老，春来 依旧生芳草。

忙处人多闲处少，闲处光阴，几个人知道？
独上小楼云杳杳，天涯一点青山小。

这佛儿年已五岁，极是聪明伶俐，百般乖巧。张太公父子常到庄上来探望闲耍，向已备知佛儿和苗知硕等来历，敬重他们能仗义救主。佛儿又生得容貌异常，必大有福气，甚相爱惜，每每馈送布帛钱米、果品点心来抚养他。忽值残冬已过，又遇新年，张太公和大郎同到庄上来，与林住持贺节。相见礼毕，林澹然留住张太公父子饮酒。佛儿出来闲耍，林澹然叫佛儿过来，见了太公并大郎，佛儿即过来唱喏。张太公父子回礼，笑道："佛儿不要去顽耍，在此陪我吃杯酒。"佛儿就和太公一凳儿坐了。太公问道："佛儿新年却是几岁？"林澹然道："交新年是五岁了。"太公合掌道："阿弥陀佛，日子这等过得快。向年小儿幸遇老师救了性命，就是那年冬底完亲，娶媳令狐氏。感神天护祐，至次年秋间生一小孙，新正却好也是五岁了，正与这佛儿同庆。南无佛，南无观世音菩萨。"林澹然道："向日令郎恭喜添丁，不觉又是数载。正是只愁不养，不愁不长。令孙好么？贫僧未得一面。"太公道："托赖老师福庇，小孙亦颇聪敏。且是生得面庞丰厚，体态魁肥，不似小儿懦弱。"林澹然道："生此好令孙，皆出长者积德所致。"太公称谢，又道："今春老朽意欲延一师长在舍，教小孙读书。如成馆时，佛儿可到舍下与小孙一同攻书，饮膳之类，寒家甚便。"林澹然道："如此甚美，惟恐搅扰不安。"太公笑道："说那里话，既是相知，何扰之有。"说罢，吃斋而别。闲话不题。

光阴荏苒，又见青梅如豆，桃李争妍，早是二月初旬。有古词为证：

燕子呢喃，景色乍长春昼。睹园林万花如绣，海棠经雨胭脂透。
柳展官眉，翠拂行人首。向郊原踏青，恣歌携手，醉醺醺尚寻芳酒。
牧童遥指孤村，道杏花深处，那里人家有。

林澹然手扶藜杖，庄前闲看花卉，远远见一个童子走近庄来，却是张太公家僮。林澹然问道："大哥远来，有何话说？"家僮道："太公拜上老爷，目今家下请得一位门馆先生，特着小人传简来，接佛官进城，和小官同师学业。"林澹然道："日前太公已曾说及此事，果蒙见招。烦你拜上太公，待俺选择入学吉辰，送他来也。"留家僮吃些酒饭，写一回帖，发付回城里去了。林澹然细查历日，二月十五是个开心入学吉辰。选定此日，备办酒菜帖礼之类，着道人挑了，唤苗知硕送佛儿入城。又嘱付佛儿："不可顽劣，要听先生训导。"佛儿随知硕来到张太公宅上；太公迎接进去，领佛儿拜了先生，送上礼物，留苗知硕宿了，次日方回。佛儿取名薛举，张太公孙子取名张善相，两个年纪虽然止有五岁，却喜天资颖悟，聪敏过人，读书经国成诵，言辞答对如流。先生与太公说："令孙和薛举，皆是非凡之器，异日必当大贵。"太公暗喜，将这薛举看待如至亲骨肉。

不觉又是半月。忽一日薛举思念林住持，猛然啼哭起来，定要回去探望。张太公令一老仆送回城外庄上来。二人携手，迤逦行出城门，陡然阴云四合，骤雨倾盆，老仆抱了薛举。闪入凉亭避雨。亭侧有一玄武阁，阁前有一头陀，赤眼大鼻，黑脸兜颐，身披破衲，胸挂戒刀，耳坠金环，足穿草屦，盘膝坐于蒲团之上，手击木鱼，口里诵着番经。老仆问傍人道："这师父在此打坐，布施些什么？"一人答道："这头陀是个番僧，来此月余了。不化米粮斋供、布帛金银，要化一位真施主。众人问他化什么真施主，又笑而不答。疑他是痴颠的人，并无肯斋供他的。虽然数日不食，亦不胜饥，却也是一桩怪事。"二人正说间，那头陀诵经已毕，忽抬头见了薛举，猛然惊骇。熟视一回，欢喜道："在这里了。"即收拾木鱼经袱，藏于袖中，立起身来，对天呆看。

少顷云开雨散，现出一轮红日。老仆撩起衣服，将薛举背在肩上，赤着脚，乘湿而行。随后那头陀也出了亭子，跟着同走。行至萧侍中庄前，老仆觉走得力乏，放下薛举，街坡上坐了暂歇。那头陀忽然突至面前，对脸上吹了一口气，老仆仆倒地上，半晌方醒。开眼看不见了薛举，心下惊慌。四下叫唤寻觅，杳无踪迹，只得复进城来，见太公备言此事，举家惊愕。太公同老仆连夜出城，到庄上来见林澹然，告诉薛举被番僧摄去情由。苗知硕、沈性成、胡性定三人张惶痛哭垂泪。林澹然道："不妨。这番僧既有如此手段，必是个法家，等闲不肯害人性命。明早俺亲自寻访，决有下落。"宽慰太公等安寝。

次日黎明，林澹然一行人同到玄武阁中，询问消息。原来这阁内止有女尼师徒二人，师名碧霞，徒名自解。碧霞貌美多能，与邻僧私通，淫欲过度，双目失明，朝夕悲啼嗟怨。忽闻自解说："阁前打坐头陀，生得奇异。"特设盛斋相待，头陀送药点眼，三日后两目复明，敬之如神。当下师徒二人，迎林澹然等入静室献茶，澹然细问头陀来历。碧霞道："头陀在此月余，终日危坐诵经，数日不食亦不饥。医目如神，等闲不与人说话。不知何故，摄去小官？"林澹然道："俺已谅这僧家，是一异人。但不知他在何处挂锡？"自解道："昨傍晚时，我点佛前琉璃，听得阁外二人私语，说可到叶贵人香火院来。莫非是他的安歇处？"张太公道："有一个叶贵人香火院，又叫着永龄庵，离此西南上十数里，地名半亩塘便是。但此院本来兴旺，近来出了妖怪，白昼迷人，因此僧众散了，屋宇僧房无人敢住。"林澹然道："若如此说时，可以推寻这头陀毕竟是个妖怪无疑。快去，快去！"

众人别了二尼回庄，令苗知硕、胡性定两个藏了短刀，到半亩塘打探。二人至院前，日已流西，但见四围墙垣坍塌，房屋歪斜，山门紧闭，十分寂寥。苗知硕对胡性定道："你往前进，我从后入，里面相会，看果有人否。"苗知硕抄路到院后来，后门也是关上的。一带土墙甚高，却不甚坏损。苗知硕用出那旧时手段，跳入墙内一望，茅草过人。分开草莽而进，便是厨房。转过天井，将近方丈，忽见里边隐隐灯光，听得有人言语。苗知硕暗想，这样荒凉去处，何人敢在此藏身？悄悄捱近壁外张望，只见薛举和头陀两个，席地而坐，薛举居上，头陀侍侧。一个黑脸行童，手执酒壶，站在边傍。那头陀斟酒，双手高擎道："主公请酒。"薛举推开不饮。头陀笑道："主公宽怀，臣自锡兰山国泛海南来，寻觅真主，共图大业。十载不能际遇，岂料主公在于此地。今日君臣相会，莫大之喜。臣等行囊已备，明早随主公渡海去也。"薛举垂泪道："我只要回庄去见林老爷，谁和你去渡海。"苗知硕见了暗喜，算计道："不要冲破了他，且去与林住持商议，乘夜间来取人，迟必行矣。"轻轻溜出墙外，急至前门来。塘口被物一绊，过头跌了一交。爬起看时，却是胡性定横睡在地。苗知硕扶起问时，胡性定摇头道："唬死我也，几乎与师兄不得相见。适才我从墙缺里蹔入去，行至金刚殿侧，突然跳出一只锦毛大虎，扑将过来。我挣命急走，跃出墙外，幸那虎追至墙边便回去了。多分胆已惊破，手足酥软，故睡在这里等你。"苗知硕扶着同行，把所见之事，亦说一遍。二人急急回庄，见了林澹然，备说前事。林诸然道："既如此，事不宜迟。"冷众人吃罢酒饭，留太公主仆二人管庄，点起十数个火把，带了枪棍刀杖弓箭。原来澹然初进庄时，已打下一条浑铁禅杖防身，当下一同取路往半亩塘来。到时五更已尽，林澹然手持铁杖，和胡性定守住前门。苗知硕、沈性成率领道人撞仆，围定后门。

将次黎明，只听得门环响处，一个行童开出门来，见了林澹然，跌转身跑入去了。胡性定就欲赶入去，林澹然止住，不许进去。只见里面托地跳出一只锦毛大虎来，摆尾跑蹄，径扑林澹然。澹然倒拖铁杖，望后跳退数步，那虎却扑了一个空。复扬威大吼扑来，澹然侧身闪过，便双手直挺铁杖，向着虎口。那虎又掀起两爪一扑，澹然乘势举铁杖戳入虎口，借力一捺，那虎扑的便倒，胡性定举刀乱搠。近前细看，却是一只纸虎，二人大笑。林澹然持杖撩衣，大踏步踏入院门，高喊道："何处妖僧，辄敢白昼摄人！快快送还，看佛面饶汝残生，不然杖下无情，死期顷刻。"一路喊将入去。只见殿内闪出一个番僧，生得十分勇猛，有《丑奴儿令》词为证：

>　　脸如锅底眉如剑，眼似铜铃，手似钢针，怪肉横铺处处筋。
>　　耳带金环头卷发，丑赛幽魂，猛赛天神，叱咤风雷顷刻生。

　　那头陀奔出甬道上来，手舞两口戒刀，直取林澹然。澹然见他来得凶，不敢轻敌，将铁杖架定，退出门外空阔平坦处，方才交手。二僧斗上百余合，不分胜败。胡性定心惊，又不敢助战。忽闻人声喧嚷，苗知硕等将行童绑缚了，绕出前来。那头陀看见，万分恼怒，奋力恶战，又斗四五十合。头陀逞生平手段，将两把戒刀幌一幌，掷起半空，径从林澹然顶门上劈将下来，势名"二虎投崖"。林澹然见戒刀飞起，忙抢向前一步，斜挺禅杖，接着戒刀，咭叮当皆打落尘埃，势名"单龙搅海"。头陀见刀砍不中，急取流星锤飞掷过来，林澹然用杖隔开，滚将入去。头陀弃锤而走，澹然飞步赶上，头陀奔至半商塘口，踊身跳入塘中，倏然不见。随后胡性定等拾了戒刀，一同追来。澹然说："头陀已跳入水中。"苗知硕道："塘水甚浅，这厮决无去处。"便要下水去捉。澹然道："这头陀休小觑了他。入水必然远遁，任彼自去。"且押了行童，回转永龄院来，问行童讨取薛举。行童道："主公藏在方丈中笼子里。"众人齐入方丈，打开竹笼，果然薛举在内。薛举见了澹然，扯住衣袖啼哭。澹然垂泪，忙唤苗知硕抱了。林澹然将行童拷问头陀来历，行童供招道："咱名马哈笃，师父麻旭剌，原系西番锡兰山国僧。因见国王无道，上下离心，国中皆欲推尊咱师父为主。师父自言福薄，难以承受，又说本国气数未绝，不可妄举，亲至中华，觅一有大福者，立为国王，以安百姓。游方数载，未得真名。昨见薛主公，不胜欢喜，故请至院中，意欲渡海回国，共举大事。不知冲犯太师法驾，乞留草命。"澹然又问："麻旭剌通何武艺，精何法术？"马哈笃道："师父上通天文，下知地理，阴阳术学，无所不精。善能役鬼驱神，呼风唤雨，深明遁甲，平地能飞。戒刀两口，静夜常鸣，削铁如泥。又有连珠箭一枝，并不空发。游遍九州，未逢敌手。"澹然笑道："今日俺是个敌手了。"令道人带了行童，同出院门，取路回庄。

行有二里之路，猛听喊声如雷，大叫道："还我行童来！"喊声未绝，只听得弓弦响。林澹然急抬头，箭已飞到，忙将禅杖拨去。未及回射，又复一箭来。正中眉心。澹然望后便倒，右手已将箭接住。麻旭剌见澹然跌倒，放心赶来，不提防林澹然暗扯弓弦，一箭射去，射中麻旭剌左耳，穿入金环。麻旭剌吃那一惊，带箭而走。林澹然不赶，一行人径从官道而行。约至十余里，前阻一条阔溪，过溪来，就是张家庄了。溪上有一根木桥。林澹然正要上桥，忽然阴风惨惨，黑气漫漫，迷了去路。耳中只听得神嚎鬼哭，大浪汹涌之声。众人心慌，林澹然大笑道："众人勿惊，无事。"手仗宝剑，口中念念有词，喝声道："疾！"一霎时云开风息，依然日色光明。

澹然率领众人过了木桥，回至庄前，远远见庄门大开，苗知硕抱着薛举，先入门里。转过竹屏，只见张太公和老仆，皆背剪绑了，吊在树枝上。张太公高声叫："快来救我！"林澹然看了大恼，急向前解下太公，苗知硕将老仆放了。太公说："适才庄外走入一个黑脸头陀来，把我二人吊在这里，那头陀抚掌大笑，见老师来了，将身一闪，不知何处去了。"澹然扶着太公道："可恶这厮，若还拿住，也请他在树枝上一耍。"正说话间，禅堂里闪出头陀，手持利剑，喝道："林和尚快来纳命！"澹然撇了太公，舞铁杖拦头打去，头陀杖宝剑砍来。二僧恶战良久，头陀剑法渐缓，被澹然一杖，破了剑法。头陀心慌，收住宝剑，踊身一跳，跃起屋檐，寂然不见。澹然令道人闭上庄门，将马哈笃带入后园关锁，同太公等进方丈酒饭。张太公道："天下有这样怪人，若不是禅师法力浩大，怎么是了？"林澹然备将赌斗夺回薛举一事，与太公说知，太公甚喜。苗知硕道："头陀虽然败去，必要复来缠扰，这番林爷施大法力，开除这厮便了。"太公道："老朽看这番僧亦有神通，急切恐擒他不住。"林澹然笑道："看此僧还能复来否，来则必入俺圈套矣。"大家商议一回。倏尔天色已晚，令苗知硕等陪侍太公禅房安寝，二道人停灯守护。林澹然带剑坐于佛堂之内，秉烛诵经。

将及初更，只见一只紫燕，从窗眼中扑将入来。飞鸣数声，倏忽变成利剑二口。初长不过一尺，佛堂中旋舞，渐渐长至丈余。二刀冲击，铮铮有声，疾如飞电，闪烁生光，只在澹然跟前盘绕。澹然端坐不动，看看逼近身来，将次刺及咽喉，澹然大喝一声，二刀铿然坠地，化成两股青烟，飞空而散。澹然暗暗发笑。猛地里起一阵怪风，佛堂门无故自开，倏地一声响，见黑丛丛匾大一个蝙蝠，飞将入内。眼射金光，口吐黑气，展开两翅扑向前，要伤澹然。澹然暗念神咒，伸开右手二指，将烛焰剔将过去，落在蝙蝠身上，焰腾腾烧着毛羽，蝙蝠便回身飞出门外。林澹然仗剑追将出去，蝙蝠扑落天井中，现出原相，却是一领蓑衣，被火烧毁半幅。澹然复进佛堂，依旧禅椅上盘膝坐了，凝神静养。一时间禅椅咯咯地动将起来，似有人抬的一般。移下天井中，又移进佛堂内，往来数次，摇得澹然坐不安稳，几乎跌下。澹然由他自移，只不采他。忽然椅边立着一个死尸，披发赤身，面色丑恶，双眼反上，舌头吐出数寸，捱近澹然身边。澹然正欲拿他，被那死尸一把抱住，紧紧扣定不放。又且腐烂，臭气难当。此时澹然虽言不怕，也觉心内有几分悚惕。连忙默诵灵咒，喝声："值日神将何在？"忽有两个黄巾力士，手持烧红铁炼来擒死尸，这死尸鬼叫一声，忽然不见。澹然分付道："有劳二位神将，侍立吾侧，为俺护法。凡有邪魅来侵，即便擒拿，勿使近吾法座。"二力士应诺，立于两旁。澹然正欲安心趺坐，不觉连椅便倒。椅后忽有一大深坑，黑洞洞，气腾腾的，澹然连椅陷于坑内。亏了两个力士，将澹然提出黑坑，头脸都磕伤了。澹然大怒，命力士下坑捉怪。力士正欲下坑，倏然地裂复合，澹然也无如奈何。仗着剑念了一遍净法界真言，发付力士且去，力士领法旨去了。

澹然凝神静养一会，早听四野鸡鸣，于是垂目低眉，返观内照。坐至天明，令道人汲水烹茶，邀太公等同坐禅堂内，谈说夜间变化之事，众皆惊惧。又闻庄外人声喊叫，澹然急出庄来，见几个邻舍，哭啼啼道："侵早有一丑脸头陀，一面行过村口，口中喃喃的骂着林爷，猛可里将手一招，不知何处来了几只大虫，当路哮吼，我等不能行走，乞林爷救命。"林澹然道："不妨。"走进沸堂，取纸画符十余张，密念真言，付与邻人："将符去紧要路口贴了。人家门前并转弯处，俱把石灰画成大白圈子，自然无事。"邻人拜谢，依此而行，群虎果然不见。至今有虎处都画白圈，是这个传流故事。

林澹然送众邻出庄，回转方丈，正要举着吃饭，忽闻臭气逼人，原来碗中饭粒，变成大蛆。澹然怒道："叵耐这厮无状，被他吵恼一夜，俺不与他讨论罢了，他反戏弄于俺。"正恼怒间，猛然一阵心疼，几乎晕倒。澹然定神正性，急诵驱邪梵语，方得疼定。忙开书筐，取出一个花纸做成的虾蟆，头上四足，俱画了一道符，将针钉于地上。大笑道："俺本不欲与这厮相斗，奈何屡犯于俺，不得不报之耳。"于是赤胸裸身，仗剑作法，口中念念有词，将剑尖指着虾蟆，那纸虾蟆忽然自动。张太公、苗知硕一班人，正在那里看澹然行法，猛听得大喊救命，这头陀从屋脊上骨碌碌滚将下来，跌在天井中。头与四肢，如有绳索缚缚的一般，向上趋做一团，高声叫痛，恳求饶恕。澹然正色道："汝从何处盗来邪术，妄欲害人？白日拐骗，纸虎拦截，五谷变蛆，种种不善。俺与你素无仇隙，何忍蛊毒相欺，无端降祸？若非俺正法自持，险些儿命遭毒手。尔且讲这幻术是何人传授？初入旁门，辄敢与俺赌斗。今已被困，有何解脱之术，任汝施展。"麻旭刺道："咱家神通，俱系天心正法，乃护法韦驮尊者传授，遍游四海，未遇对头。今逢高手，破了咱法，命悬禅师之手，乞看禅门共教之情，大发慈悲，宽恩赦宥。"林澹然笑道："这厮又来胡讲。那韦驮佛是释门护法显圣正教辟邪尊者,岂有传法于汝妖僧之理?这不是打诳语了?"麻旭剌道:"咱家西番并无诳语,禅师如不信时,可放咱礼请尊者即刻现身。"林澹然道:"汝果能请得尊者金身下降,即便与汝拜为兄弟。"张太公阻道:"老师不可轻信其言,彼是脱身之计。若放他时,又要作怪。"澹然道:"不妨,任彼腾那变化,出不得俺手里。"便拔起虾蟆之针,口中念了解咒,麻旭剌依然好了,立起身来,对澹然稽首,澹然答礼。麻旭剌整衣肃容,叩齿念咒,踏罡步斗,观想凝神。倏忽之间,数道金光从西而至,半空中彩云之上,现出韦驮尊者法像。有《西江月》为证:

凤翅金盔耀日,连环锁甲飞光。手中铁杵利如钢,面似观音模样。脚下战靴抹绿,浑身绣带飘扬。佛前护法大神王,魔怪闻之胆丧。

林澹然见了尊者金身。欣喜无限,率领太公等焚香顶礼,麻旭剌亦俯伏于地,齐声念佛。半晌后,渐渐彩云散去,韦驮不见。林澹然邀麻旭剌同入禅堂,对佛立誓,拜为兄弟。忙整素斋款待,放出行童同坐吃斋。二僧各诉衷曲,互相敬服。澹然又问:"永龄庵内,向有妖怪迷人,贤弟可曾见否?"麻旭剌道:"有一小怪,弟已除之。"张太公问:"是何怪物?"麻旭剌道:"咱初入庵,夜间打坐,忽听小徒马哈笃叫喊,急出瞧之,见一黄鼠,嘴尖耳大,其形若豕,遍体黄毛光亮,追逐小徒。幸小徒有些膂力,拿一条木棍,与他厮斗,被咱一剑斩之。小徒剥其皮,剔其骨,炙其五脏,烹其肉。其味似饴,其色如玉,饱食一月,便宜了哈笃。"众人抚掌大笑,方知是老鼠作怪。当晚留住麻旭剌庄内宿了。次早麻旭剌作别,林澹然捧出戒刀还了,劝化道:"俺等皈依三宝,但宜谨持道法,以作梯航,岂可恃此妄行,轻慢衣钵?况争王图霸,非俺僧家之事,一有差跌,难免轮回。贤弟速宜灰却雄心,涤除旧染,逍遥西土,无灭无生,也不枉出家人证果。"

麻旭剌感悟，稽首道："承禅师良言，敢不佩服。自此打破迷关，永不受恶缠矣。"林澹然送出庄门，麻旭剌师徒二人飘然去了。后来麻旭剌隐居西番山岛中修道，将法术武艺尽传与侠士徐洪客，扶助张仲坚里应外合，夺了扶余国，做了国主。数年之后，张仲坚复举大兵，助徐洪客杀入锡兰山国，逐出国王，自立为主。此是后事，别有传记不题。

且说张太公主仆别了林澹然，入城去了。这近庄邻人，个个赞叹林澹然法力无边。自此远近传扬，名驰四海。有诗为证：

  大道从来不可贪，贪嗔正亦入邪关。
  慈悲却乃真威武，荡涤魔心上法船。

林澹然自此无事。一日见天色晴和，春光明媚，备办了酒果素食，令道人提壶挈盒，和苗知硕带了薛举，一同出城北踏青游玩。但见士女往来，纷纷不绝。正是：
香尘逐车马，美酒醉笙歌。有词为证：

  郊原春透，花压垂堤柳。满目繁华如旧，正是清明时候。
  轰轰宝马雕轮，纷纷翠袖红裙。一样寻芳拾翠，何妨僧俗同伦。

三人闲玩，沿溪信步而行，同进一座花园内石凳上坐了。举目观看，端的好景致也。但见：

  新篁池阁，花雾楼台，几多曲径护幽栏，数处小桥通活水。假山高耸，下面有石洞玲珑；亭榭精奇，中列着翠屏宝玩。色铺锦绣，生香不断。树交花韵奏笙簧，乐意相关禽对语。转过了桃花径、杏花坞、梅花庄、李花弄，方走到雕檐斗角百花亭；穿过这牡丹台、芍药栏、蔷薇屏、荼蘼架，才显出净几明窗千佛阁。双双白鹤长鸣，两两鸳鸯交颈。荷花池内，鱼翻玉尺戏清波；来凤轩前，鹦吐人言称佛号。烂柯岭岩嵝寂静，春宴堂金碧交辉。阴阴古木欲参天，灼灼娇花齐向日。果然在在堪歌舞，正是人人可举觞。

林澹然等三人坐于石凳之上，门首忽见一人，头戴逍遥巾，身穿豸补鹤氅，随着十余个家僮，牵着一匹白马，吆吆喝喝，走入花园里来。众人见了，尽皆回避。林澹然心里已省得是个旧相识了，只是不动身，看他怎的。正是：

　　一叶浮萍归大海，人生何处不相逢。

不知这人是老林什么相识，且听下回分解。

第十八回

梁武帝愎谏纳降　虞天敏感妻死节

诗曰：

　　忠言逆耳拂君机，暗里藏奸国祚移。
　　纳土降书初上献，渔阳鼙鼓即相欺。
　　旌旗蔽野飞禽绝，杀气横空烟树迷。
　　抗守孤城弓矢竭，虞公大节感贤妻。

　　话说林澹然北郊游玩，偶于花园内遇一故人，对苗知硕道："这人来得跷蹊，俺们偏坐着不动，看他如何施展。"知硕道："弟子也看这人不得。"林澹然故意眼观他处，只不动身。那汉走近石凳边，见林澹然等三人端坐不动，发怒道："官长至此，谁不回避？汝两个腌臜秃驴，恁般大胆，兀自坐着不动。"林澹然道："你这官人，好生多事，俺们出家人云游至此花园一乐，与汝有何干涉，要回避你？甚不知趣。"那汉愈恼，喝家僮："打这秃厮。你还敢光着一双贼眼看我，决是不良之辈，挖出他这一双眼珠。"家僮正要动手，林澹然笑道："且住，有话讲。俺出家人遨游四海，那一个英雄豪杰、贵戚朝绅，不钦敬俺来？谁似你这厮油嘴花子，反来呼喝人。"那汉大怒，喝教跟随人:"与我痛打这秃贼一顿,锁了去。"家僮向前来打,被林澹然双手架住。一个赶入来的,澹然飞起右脚踢中肩窝,倒在地上。又一个撞近身来,澹然将左手一点,翻觔斗又跌倒了,其余人役不敢向前。那汉亲自动手,伸拳攘臂,赶近前来,提拳便打。苗知硕见了,正要放对,林澹然呵呵大笑道:"侯大哥不须如此。你记得当初在太原高丞相府中相聚时么?"那汉听了,即忙住手,将林澹然仔细再看,拍手道:"足下莫非是林参爷么?"林澹然道:"小僧便是,大哥久违颜范了。"

那汉不是别人,乃高欢部下一员大将,姓侯名景。自幼习文,屡因不第,弃文就武,投于高欢麾下为谋士,最是贪婪凶暴,诡谲多谋。习学得一身好武艺,屡立功勋,高欢用他为帐前管粮大使、奋威将军。因思林澹然英勇出众,每每虚心交结。林澹然见侯景心术不端,惟是面交而已。侯景自从林澹然避难离魏之后,用钱贿赂朝中臣宰,不数年升为尚书左仆射、南道行台总督大将军,与高欢品职上差一级,甚有权势。以前高欢在朝时,侯景畏其材智,不敢妄行。当时高欢已死,无人制御,纵意横行,位兼将相,势倾朝野。高澄袭父之职,名行素亏,又且短于材略,欺侯景是他父亲部下出身,屡屡侮慢侯景。侯景又恃官高爵大,不以高澄为意,因此有隙,两下结怨,不愿同朝。侯景贿嘱近臣蒋旌在魏主面前赞襄,奉旨差往河南镇守,掌握兵权,以观内变。当日便道赴任,却遇清明令节,乃稳住人马,独与家僮辈郊外寻春取乐,偶至花园,遇着林澹然。此时侯景炎炎之势,把谁人放在心上?况酒后糊涂,林澹然又做了僧家,将言语激恼着他,怎生认得?因澹然说出旧交,方省得是林时茂,不胜之喜,笑道:"林大哥许久不会,竟不相认了。别后心常感念,今得相会,实出偶然。向闻大哥云游梁国,何幸又得在此?"林澹然道:"一言难尽,从容细诉衷曲。久仰足下执掌兵权,名重东魏,今日为何闲暇,到此游玩?"侯景道:"小弟之事,亦容细剖。大哥如今宝刹在于何处?"林澹然道:"贫僧不居寺院,亦非庵庙,暂栖止在本县城南张太公庄上。因见景物撩人，故往郊外踏青遣兴，幸会吾兄。"侯景道："既然大哥寓处不远，小弟毕竟要到贵庄奉谒。"林澹然不好推辞，答道："尊驾枉顾，蓬荜生辉。"二人携手而行，同到庄上来。后面知硕、佛儿家僮等众，牵马随入庄里。

林澹然侯景重复叙礼，办斋款待。侯景问及林澹然到梁朝出家事，林澹然将妙相寺为副住持，因钟守净贪淫忤谏，反生诿害，逃难至张太公庄上情由，细说一遍。侯景叹息不已。林澹然问道："目今高丞相辞世，公子高澄比乃尊德政何如？"侯景摇头道："大哥不要提起高澄那厮，说起来令人切齿。他那已往的奸淫恶迹，大哥尽知，自从高丞相捐馆之后，无人拘束，纵意妄行，把父亲向日赶逐去的无赖棍徒，依旧招集部下，放僻邪侈，无所不为。有一个奸险膳奴，姓兰名京，原是衡州刺史兰起之子，高澄待为心腹，生杀予夺之权，皆出其手。其弟高洋，屡屡劝谏不听。目今招军买马，积草屯粮，其意要篡魏以图大业，只畏小弟一人，不敢轻发。况兼宰辅、台谏，各为身谋，朝廷大事，悉委高澄。见弟掌兵，心怀妒忌，暗暗劝主上削去小弟兵权。小弟谅来终须有祸，故此暗用贿赂，谋差出外，镇守河南，离却此人，以图后举。高澄这厮，度量浅狭，我虽出镇外延，料他不久必然生情害我。小弟渴欲请教，不知大哥踪迹何在。今日偶尔相逢，实乃天赐其便。今者梁武帝朝政何如？臣宰才能比东魏何如？"林澹然道："梁、魏之政，兄弟也。当时武帝初登大宝，励精图治，恩威兼著。朝中文武，各展其材，甚有可观。自天监已来，皈依释教，长斋断荤，布衣蔬食，刑法太宽。文臣武将，俱从佛教。小人日亲，君子日远，四方变故渐生，据险为乱者，难以屈指。况兼岁歉国虚，民不聊生，梁国不日为他人所有矣。"

侯景听了，拍手大笑不止。林澹然心里暗想："梁朝无道，此人鼓掌而笑，决非好意。"就问道："足下闻武帝政乱而喜何也？"侯景四顾无人，低言道："小弟有一桩大事，存心久矣，因无机会，不敢妄行。今闻大哥谈及梁主酷信佛教，变乱日生，谅此事只在反掌间，故不觉喜形于色。弟之出镇河南，本欲据地叛东魏以归梁国，只虑武帝拒而不纳，故一向犹豫。今闻梁主可以蒙蔽，正合我进身之机会。我魏主宠用高澄，不日必有内祸。小弟别兄而去，即差使献土降梁，以图大事。事成之后，发兵灭魏，剿除高澄，然后迎请大哥同享富贵，岂不美哉！"林澹然道："足下此计虽妙，只是背主降仇，非大丈夫之所为也。既与高澄不和，不若弃职归山，守田园之乐，恰养天年，清名垂于不朽。何必驱驰名利之场，以为不忠不孝之人也？"侯景道："大哥不知，当今之世，顾不得名节，说不起忠孝。桓温道得好：'大丈夫不能流芳百世，亦当遗臭万年。'若是胶柱鼓瑟，眼见得家破身亡。"林澹然暗想，这人平素奸巧，劝之无益，就随口道："足下才猷素著，德誉日隆，况能驾驭群雄，保安黎庶，何虑大事不就？但俺与兄间别多年，今幸一会，只且开怀畅饮，重聚旧情，不可言及世务，以混高兴。"侯景笑道："大哥见教甚妙。且尽今宵之乐，另日求教。"二人说罢，称觥举爵，吃得酩酊，当夜就留侯景在庄宿了。次日侯景吃了早膳，辞别林澹然之任，早已车马骈集。澹然送出应外，侯景附耳道："小弟昨晚所言之事，只可你知我知，切莫轻泄于外。"林澹然点头道："不必叮嘱，后会有期，再得请教。"二人分袂而别。

侯景跨上雕鞍，带领人众，往河南莅任，整理军务，抚巡地方。甫及数月，忽探马飞报朝廷有旨到来，天使已临驿馆，侯景忙排香案迎接。大使开读圣旨，侯景听读到"念卿汗马之功，更兼才堪鼎鼐，岂可出镇边隅？旨意到日，驰驿回京，同理朝政大事"，心下已知是高澄之计，暗想："我未莅任之先，预料有此宣召，今果然矣。"谢恩毕，整备筵席，管待天使。饮宴之间，侯景问道："皇上差下官出镇河南，甫及数月，为何又宣下官回朝？这是大臣荐举，还是皇上圣意？"天使道："是高丞相推举老大人回朝，同理国政，故特旨而来。老大人急整行鞭，趋朝面圣。"侯景道："边关要害，不比寻常去处。军粮未散，且无镇抚代职之臣。待下官调停了此两桩，即便回京。"天使道："君命召，不俟驾而行。老大人就行才是。"侯景高声道："将在外，君命有所不受。这里是边关紧要去处，不时敌人侵扰，若委托不得其人，必误朝廷大事，岂可造次去得？天使先回，下官在各衙门考选有才能者权掌本镇，即便趋朝。"使臣不敢再言，告辞去了。

侯景心下不安，请心腹谋士丁和商议。这丁和是一个辩士，极有胆量，亦通武艺，在侯景帐下为参谋官。向前见了道："主公唤小官，有何使令？"侯景道："我有一件大事不决，和汝商议。目今朝廷重用高澄，遣我出镇边地，未经数月，仍复召回。此是高澄那厮定计害我了。若回京，有凶无吉；若不回，又逆了君命。这事何以区处？"丁和道："先发者制人，后发者制于人。既是高爷要害主公，不如先下手为强。明日即矫诏，称说高澄有篡位之心，发本省军马杀奔京城，先除高澄，后灭魏帝。主公身登大宝，小官执掌兵权，谁敢抗拒？岂非一举两得之计？"侯景道："举兵图业，亦是一计。但魏朝人物还多，兵粮尚广，只恐拥一镇之兵，以敌通国之众，犹如以卵击石，岂能万全？此计不妙，再寻万全之计方好。"丁和道："主公之言甚当，小官另有一计。除非是据守本境，遣一辩士到梁国献土纳降，梁武帝决然重用主公。那时从容定计，待时而举，有何不可？"侯景大笑道："参谋此计，甚合吾机。事不宜迟，明日即烦卿赍降表舆图，往梁朝纳降，以避此祸。"次早写下降书，收拾金珠宝贝并地图，交与丁和，取路到梁国来。把关将认得是侯总督部下将官丁和，不敢拦阻。过了关隘，梁国守关将问了来历，亦不阻挡。一路无话，直至京师。

丁和一路打听得武帝宠用的心腹大臣，却是大司农朱异、司空张绾，二人当权，朝廷听信。丁和藏了金珠等物，先闯入朱异府里来见朱异。朱异问其来意，丁和道："敝主是东魏总督大将军侯景。久仰老大人盛德，欲见无由。今因与本国高澄不睦，特差小官献上河南十三州地境，归降大国。犹虑圣主不容，先差小官，恳乞老大人鼎赞，玉成其事，必效犬马之报。无甚孝顺，有些须薄礼献上，望乞笑纳。"即奉上金珠礼物。朱异见了大喜道："你主将既有美意归顺大梁，此是背暗投明，知机之士。明日早朝，待我先奏圣上，引你朝见。"丁和叩头而退。又将了金珠到张绾府中来，同前一般献了，说侯景纳降一事。张绾也大喜收了，发付丁和，早朝伺候。

丁和次日五更，赍了金珠宝物、降表、地理图，到阁子门外等候。朱异。张绾会见，先议定了。少顷武帝临朝，众文武朝见已毕，朱异执简当胸，俯伏金阶，启奏道："东魏镇守河南尚书左仆射、南道行台总督大将军侯景，差使臣一员，献土投降，未得圣旨，不敢擅便。以臣愚意，邻国之臣，纳土来归，乃我朝一统之机也。伏乞圣鉴。"武帝令宣和入朝，至殿前山呼舞蹈，俯伏阶下。武帝道："卿是何官？侯总督何故叛魏来降？未审真伪，难以准信。"丁和奏道："臣姓丁名和，职居侯总督部下参谋。主将因见魏主昏蔽，听信丞相高澄逸言，屡屡杀戮大臣，主将虑祸及身，故有此举。窃计良臣择主而事。方今大梁皇帝圣武仁慈，德过尧舜，不归何待？专遣微臣，敬献河南十三州地上，以为进身之阶，伏乞圣仁容纳。"武帝道："卿且暂退，待朕商议。"丁和谢恩而出。

武帝与众臣道："今东魏侯景献土来降，朕意得景，则塞北可清，寰宇可平，此机会亦为难再。卿等以为何如？"尚书左仆射谢举出班奏道："近岁以来，与魏连和，兵甲不兴，边境无事。若纳叛臣，又生衅端，非国家所宜也。"言未毕，大司农朱异上前奏道："皇上圣明御宇，南北归心，今若拒而不纳，后来贤路闭塞，裹足不入梁矣。今天下无不宾服，止有东魏跋扈不臣。彼国材兼文武者，惟有高欢、侯景二人。幸高欢已死，侯景来降，魏国虚无人矣。得景则彼国虚实我尽知之，乘隙加兵，东魏之地，反掌可得，此正一统天下的大机括，岂可不纳侯景之降？"司徒萧介连声道："不可，不可。"武帝道："卿主意若何？"萧介奏道："臣素闻侯景为人，不忠不孝，奸佞谗谄。虽有微才，受高欢大恩而致重位；高欢初丧，坟土未干，即怀叛心。假镇关西，宇文泰不容，故复投身于我。此等奸佞之徒，不可使之入国，收用必生后患。"武帝道："也见得是。"正欲听信，不受降表，又见左班中一员大臣踊跃而出，众人视之，却是司空张缅，近前奏道："圣主驭世，惟以收揽人材为先。久闻侯景才优学富，智勇足备。东魏如重用之，非我国家之利也，边境岂得安宁？今幸彼君臣不和，上下猜忌，侯景来降，天假其便，此是至难得之机会。古云：天与不取，反受其咎。能臣输赤来归，天下可指日一统。若不收其降表，不受其土地，彼必转而投献于他国。土地非我有，能臣为彼用，生起衅端，我国焉得太平？失算甚矣。陛下受其降表，任之大爵，景必尽心竭力，以报陛下。臣断以纳降为是。"武帝道："朱卿与张卿之言，其理最胜。若不纳其降，是闭贤路也。"当下命收了降表、舆图，御笔亲书圣旨，封侯景为大将军，爵河南王。又赐锦袍玉带。宣丁和进朝，发付回河南，约日来降。丁和叩头谢恩出朝，拜谢司空张缅、大司农朱异，赍了圣旨钦赐袍带，取路回到河南。进府参见侯景，先将见朱异、张缅之事说知："武帝欲待不受降表，甚亏朱、张二人竭力赞襄，武帝方允，封主公为河南王。"细说一遍，即将锦袍玉带呈上。侯景大喜。戴了金冠，穿了锦袍，紧了玉带，拜谢天地祖先，升丁和为左军耀威将军。河南十三州地界，俱差心腹将士把守，不服魏朝统辖。

话分两头。却说高澄要害侯景，屡次在魏主驾前谗言：侯景拥重兵在外，必有歹意，速取回朝诛戮，以除大患。故魏主颁诏，召回京师。此时使臣已回，说侯景要给散军粮，择官交代，方得回朝。高澄心下疑惑，差人打听消息，不数日，边郡官表章雪片也似到来，奏陈侯景据河南十三州叛魏归梁，乞圣上早发兵擒剿。次后打听的将士俱还，说侯景果实归梁，早晚必兴军马犯境。高澄心下惊惶，忙集众文武同会都堂，商议此事。众官齐道："既是侯景反叛，宜奏过土上，作急调遣人马，征讨叛逆，此为上计。"高澄道："发兵讨叛，固不必说，但众将之中，无侯景敌手。况连年饥馑，军粮不足，何以处之？"使军司杜弼离座道："吾有一计，管教东魏有泰山之安。不必兴兵发马，只消一纸书到梁，使梁主与侯景自生猜忌，边境无足虑矣。"高澄道："先生有何妙计，离间梁国？"杜弼道："东魏西梁，两相侵扰，因此结仇。近十余年，梁武帝皈依佛教，以清净慈悲为本，不乐征伐，故久不动刀兵，两国无事。丞相莫若一面发兵，侵他边境，一面遣人致檄于梁，以求通好。武帝若肯仍旧议和，则落我圈套中矣。"高澄道："两国相和，莫非武帝便不受侯景之降了么？"杜弼笑道："非也。丞相明烛天下，些须诡计，怎么不知？侯景那逆贼，包藏祸心据守河南，意欲自图大业，非真心降梁也。若武帝与我国连和，景意不安，必生变乱。彼时梁国与侯景自相攻杀，我这里高枕而卧，坐观成败，以逸待劳，有何虑哉？"高澄道："先生高见甚明。"当下奏过魏帝，一面赍诏，命边塞统兵官发军攻梁；次后修书，差护军都尉郑梓臣往梁国来。

再说武帝当日临朝，枢密院司农卿傅岐奏道："目今东魏发数万之众，侵犯边界，攻打城池甚急。文书申呈本院，伏乞圣旨。"武帝道："既魏国有兵犯境，卿等檄本处官员谨守城池。若军马缺少，钱粮不敷，卿等斟酌调停，亦须添军增饷，何必奏请。"傅岐领旨，正欲退朝，只见近臣奏东魏丞相高澄，差官赍檄，午门外伺候。武帝即传旨宣魏使进朝。郑梓臣到金銮殿山呼舞蹈已毕，将高澄檄文献上。近臣接了，展开御案之上。武帝看檄云：

侯景自生猜忌，远托关陇，凭依为奸，献土伪降，狼子野心，终成难养。今陛下乃授之以边缺，假之以兵权，未有不忠于魏而尽忠于梁者也。时堪乘便，则必自据淮南，亦欲称帝。但恐楚国亡猿，祸延林木；城门失火，殃及池鱼。不若梁、魏修和，使景无隙可乘，诚为两利之术。愿陛下察之。故檄。

武帝看罢，对众臣道："适才傅司农奏说魏兵犯境，今高丞相复有檄来，以求和好，或战或和，卿等以为何如？"傅岐道："高澄起兵，侵我疆土，军强马壮，兵未交而奉檄求和，必是离间之计。因陛下重任侯景，侯景必竭力以辅我朝，故发书连和，欲使侯景怀疑，必生祸乱。若许通好，正中其机。陛下斩其来使，传檄侯景，令谨守边城，何虑高澄入寇。"武帝道："卿言甚善。"喝军士簇下郑梓臣，斩首报来。武士正欲动手，朱异忙止住道："不可。"便奏道："臣闻两国相争，不斩来使。今高澄虽然侵边，未曾损我一民寸土，又奉书求和，是以礼来讲信修睦。我堂堂大国，反不能容物，使陛下失礼于小邦，召天下人非议，是何道理？自古静寇息民，和好为上，何必糜费钱粮，惊扰百姓，以兴兵结怨哉？况兵家胜负难期，搅有挫失，反伤中国气象。依臣愚见，连和者，久安常治之策也。伏乞圣鉴。"武帝踌躇了半晌道："卿言有理，岂有大国而反失礼于小邦？和之是也。"遂不听傅岐之言，教光禄寺办宴相待。修下国书，发付郑梓臣回魏，于是两下罢兵息战不题。

却说侯景自从降梁之后，心下不安，不住使人打探梁、魏两国消息。当下有人报说东魏发兵十万，攻打边城紧急。侯景正欲调兵出关拒敌，不数日，又见探子报说，高澄有檄文连和中国，梁主已许和好，魏国回军，两边罢战。侯景心中惊疑，忙请丁和商议道："我当初叛魏降梁，只指望梁主东征，我好于中取事，不期高澄那厮移檄连和中国，武帝许诺，两国和好，梁主必然生疑，不重用我了。倘夺我兵权，削我爵禄，那时进退两难，岂不坐受其毙？请君计议，何以处之？"丁和笑道："主公熟谙韬略，区区小事，何足为虑。当今之时，主公掌握兵权，拥数十万之众，扶魏则魏捷，助梁则梁胜，如韩信在齐之时，成败之机，系此一举。武帝重释轻儒，贤人隐遁；承平日久，武备荒疏。主公乘此兵精粮足，武士乐用，猝起大军，直捣建康，迅雷不及掩耳，势如破竹，攻破京城，令其大位。那时再除东魏，一统天下，乃帝王之业也。若迟延不决，梁、魏同心，或左右夹攻，则我进退无路，岂不束手待死！"侯景大笑道："先生陈说利害，使我顿开茅塞。事不宜迟，就此点兵前进。只有一件，前叛东魏，今又反梁，名分不正，难以服人。怎地设一个名号才好？"丁和道："目今临贺王正德，贪婪犯法，得罪于朝廷，武帝屡屡责罪，因此临贺王愤恨，阴养死士，蓄积粮草，专待内变。主公何不修书一封，奉之为主，诱他同起军马，共伐武帝。事成之后，缓缓图之。这是临贺王为乱首，罪不在我，何虑人心不服，大事不成？"侯景大喜。慌忙写下云笺，差丁和星夜去见临贺王正德，吩咐如此如此。

丁和领了言语，辞别侯景而行。不则一日，已到京师，日间不敢进见，捱至夜间，叩门请见。管门官道："黑夜之间，大王饮宴，有事明早来罢。"丁和道："有机密重事，要见大王。烦乞通报。"管门官见说是报机密事的，只得通报。临贺王即教丁和进密室里相见。丁和参拜已毕，将侯景书双手奉上。正德拆开细看，书云：

> 臣河南王侯景，敬启殿下：今天子年迈政荒，所为颠倒。大王属居储贰，仁政远孚四方景仰，执掌权衡，声名赫奕。反被一二奸臣所谮，重遭废黜，人心共愤，四海称冤。大王何不乘此天与人归之时，奋勇除奸，早正大宝，以副亿兆之望。景虽不才，愿效一臂之力，若有驱役，万死不辞。诚千载一时之机会也，臣景执鞭以待。

正德看罢，未能决断，差内臣连夜召长史华一经议事。华一经承召来见正德，礼毕，临贺王访华一经至后殿，将侯景之书，与之观看。一经观毕，临贺王道："此事还是如何？"华一经道："殿下尊意若何？"正德道："孤屡被朝廷叱辱，此恨未消，患无羽翼，暂且隐忍。今得侯景相助，正孤扬眉吐气之时，如何不允所请？"华一经道："殿下尊意，虽然如此，自臣观之，乃是侯景诱殿下之术耳。"正德道："何以见之？"华一经道："侯景叛魏归梁，非其本意，正欲使梁、魏交兵，就中取事。不意魏与我国连和，侯景大失所望。事梁不屑，归魏不能，手握兵权，焉肯俯首听命于人之下？意欲大举，又恐人心不服，故借大王之名，以自行其志。殿下不可为侯景所愚。"临贺王道："孤与侯景，素未相识，彼焉知孤心中之事，敢来愚惑？今孤正欲借侯景兵力，雪我心中之忿，长史不必多疑。"华一经见正德之意已决，不敢再谏，唯唯而退。正德不听长史之言，出殿对丁和道："孤有此心久矣，亲无隙可乘。今得侯将军相助，深遂孤愿。多拜上你主，早晚发兵，孤当内应。机事在速，不可迟误。"教内库官赏丁和银五十两，彩缎四匹，发付回去。

丁和领赏，拜辞临贺王，径回河南。见了侯景，将上项事备说一遍。又道："临贺王专等主公早晚起军，彼为内应。"侯景遂调选人马，择日起军。马步军兵共三万七千，战将五十员，用丁和、马之俊二将为左右羽翼，浩浩荡荡，杀奔建康城来。是时承平日久，民不习战，闻得侯景起兵寿阳，军马骤至，远近惊惶。一路守城官将，望风而逃。侯景兵不血刃，夺了二十余处城池。当日丁和率领军马，杀到睢阳城下，只见城门紧闭，城上四围，遍插旌旗。丁和回马，至中军报说："睢阳城有人把守，难以前进。"侯景大怒，号令众军，用力攻城。金鼓喧天，喊声大振。

却说本郡刺史姓虞，双名天敏，举孝廉出身，为人廉能清正。已知侯景作反，杀进关来，一面急申朝廷，请兵救应，一面调拨军兵，把守城池。当日闻得侯景军到，吩咐军士四门谨守，自上城楼观看。只见侯景骑着黄骠马，穿绣锦战袍，金盔金甲，耀日光明。领一班部将，在南门下耀武扬威攻打。其余将士，分攻四门，团团围住。真个是杀气连天，旌旗蔽日。虞天敏见兵威甚锐，心下忧道："我这城池，是紧要地方，若被他得了，到京都如破竹之势。欲要出战，兵微将寡，力弱难支；待要固守，奈何钱粮缺少，米谷不敷，又恐坚守不住。"心里烦恼不决，只得回衙，和夫人史氏计议。夫人道："相公主意,还是如何?"虞天敏道:"拒敌不能。守城无力,不如弃城而走,再做区处。"夫人大怒道:"相公素读圣贤之书,不知忠孝之道?朝廷大俸大禄,除你为一郡刺史,身享富贵,荫子荣妻。今一朝贼至,即欲弃城而走,岂大丈夫之所为也!妾不忍见君为不忠不孝之人,请先死以报国恩。"虞天敏所夫人所说,满面羞惭,谢道:"承夫人指教,下官岂敢背国忘君?无奈孤城难守,食君之禄,自当死君之事。"史氏道:"相公此言,才是为臣之道。城中粮食尚可支半月,朝廷若知侯贼作乱,早晚必发救军。君当尽力守城,激励军民,或者可以保全,不可知也。"

虞天敏大喜,亲自巡城。督军守护。城外军士临城攻打者,皆被檑木炮石打伤,因此不敢逼近,远远固定,放炮呐喊不息。虞天敏昼夜不得寝息,严督守城。侯景见数日攻城不下,遣一辩士进城来说虞刺史投降,大封官职。虞天敏大怒,将辩士斩首,掷下城来。侯景见了大恼,号令将士奋力昼夜攻城。务要打破。虞天敏多方守护,一连又困了十余日。城里粮米已尽,百姓啼哭,忍饿守城,心坚不变。

虞天敏只指望救军到来,终日悬悬而望,那里见有一个军卒。原来表章到枢密院,都被朱异、张绾藏下,并不奏闻,因此无人救应。虞天敏见势已危迫,百姓惶惶,尽皆饿倒,城池将陷,对夫人恸哭道:"贼势甚大,城内绝粮,军民饿困,城必破矣。下官早寻自尽,岂可受辱于狂贼之手?奈何累及夫人,怎生是好?"夫人道:"相公差矣,此时正是你我死节之秋。尽忠报国,成万代之美名,有何虑哉!"夫妇两个抱头大哭一场,双双悬梁而死。李府跟随人役,半日不见刺史出来料理,都到内衙看问。只见家撞丫环等哭做一处,说老爷夫人同缢而死。见者无不垂泪。外面军士并百姓,闻本官和夫人已死,都弃枪撇剑,各顾性命,城内一时鼎沸。城外将士见城里哭声震天,已知有变,三军一齐奋勇,攻破城门,杀入城来。杀入如切腐草,放火焚烧,掳劫睢阳一空。军威大振,遂杀奔丹阳郡来。前有横江阻截去路，虽有舟船，俱小不能渡江。侯景着人从旱路抄过丹阳，见临贺王正德，说无大船，难以过江。正德即发大船百余艘，诈称载获渡江，来接侯景。侯景大喜，即时渡江，至采石歇马。次日率领三军，摇旗呐喊，杀奔丹阳，将城四面围住。

却说城内公卿士庶见侯景兵至，个个惊骇，人人惶惑。临贺王正德于晚间写密书一封，扎在箭上，射下城来。军士拾得，献与侯景。书上说：明日午时，可领军攻打东南二门，自有内应。次日平明，侯景号令众将："午时三刻，一齐并力攻打东南二门。先上城者为头功；退后者斩！"平明呐喊攻打，看看午时将到，只听得城里一片声喊，东南二门大开。侯景策马先入，随后诸将，一齐进城。满城士女军民，乱窜逃亡之声，山摇地动。嚣扰之间，恰好到张侯桥边，远远见桥左三五百军士，簇拥一员大将，坐在马上。两边排列牙将，俱全身披挂，刀剑森森，甚是严整。侯景纵马向前迎敌，那边牙将高声问道："来将莫非是侯总督么？"侯景答道："孤亲身在此，前面大将是谁？"牙将道："三殿下临贺王是也。既是侯将军，何不下马？"侯景听得是临贺王正德，慌忙跳下马来，上前相见。临贺王迎入府里，朝见已毕，一面出榜安民，诸军不许妄杀，禁止掳掠，谨守城门。号令一出，安堵如故。一面摆列筵宴，款待侯景。当下临贺王坐了上席，侯景侧坐。

二人酒至数巡，临贺王道："孤才菲德薄，屡被主上之辱，久欲雪此冤忿，奈无羽翼。今得候将军大材辅佐，是天以将军赐孤也。今日之事，富贵共之。但主上军马尚多，钱粮广大，孤与卿军不满数万，将不过数十人，只虑大事难成，反招类犬之诮。贤卿有何高见？"侯景笑道："臣在东魏，闻殿下尊名，如雷贯耳，故不避斧钺，冒死来归，以辅真主。殿下今出此言，何太懦也。臣从寿阳起兵至此，兵不血刃，先声到处，望风而降。所谓兵家胜败，在主帅之谋略，不在士卒之多寡。此处至台城不过咫尺，取天下只在旦夕。殿下早正大位，移诏各处，历数武帝昏聩，以致天下大乱之罪，伐暴吊民，奠安四方。臣等分兵守住险要，不顺者夷其三族。则反掌之间，天下定矣。"临贺王大喜道："孤之大事，全仗卿运筹决策，断不负卿。"二人尽欢而散。

次日即改造皇殿，大赏三军。诸事完备，临贺王就于丹阳城即皇帝位，建号龙平元年，众臣朝贺。封侯景为太宰寿阳王，总督中外诸军事。丁和为枢密院右仆射，王朝为左司农，其余文武官僚，各各开用。下诏旌表死节忠臣虞天敏夫妇，命建祠立祀，春秋二祭。诸事已毕，侯景奏道："陛下已登大宝，梁主虽然年老无用，天无二日，民无二主，须及早攻破台城，除却外患，方保万年天位，贵富无疆。倘再迟延，各镇勤王兵至，岂能无虑？伏乞圣鉴。"正德道："卿言最当。有烦卿率领三军前去，朕为后应，务要万全必胜。"君臣二人商议已定，随即起兵前进，一路杀奔建康。军势浩大，无人敢当，将城围困。

却说梁武帝改元太清三年，寿已八十六岁。此时谢举等一班老臣，俱已挂冠致仕去了，朝廷政务，尽委朱异、张绾，自惟终日念佛修行，持斋吃蔬而已。当初在妙相寺讲经说法，自从被薛志义烧毁，复在同泰寺谈经念佛。时值正月中旬，武帝在同泰寺和道众拜忏诵经，只听得隐隐金鼓之声。问近臣何处喧声不绝，近臣道："万岁不问，臣不敢奏。一向闻得侯景作反，与临贺王正德同谋。临贺王已僭称帝号，这金鼓之声，想必是侯景军马来也。"武帝怒道："何得妄言！若侯景为乱，如何镇守官员无一通表章奏来？"近臣道："自从东魏高丞相差使移檄，与陛下连和之后，侯景就作乱起兵。河南至京都一带地方，告急表章雪片也似到枢密院来，请发救兵，急如风火。张司空、朱仆射二人，只是隐匿不问，瞒昧陛下，以至如此。陛下急宜差官探听消息。"武帝道："焉有此事？朕待侯景不薄，岂敢造反？况朱异、张绾，朕之社稷臣，焉肯为欺君罔上之事？"

正不信之间，又听得方丈外人声喧闹，原来是司农卿傅岐见侯景围城，飞马到寺，撞入方丈里来，俯伏地下，连称："祸事！祸事！"武帝大惊道："有甚祸事？卿且平身说来。"傅岐道："日前臣曾谏陛下，东魏求和，是反间之计，陛下不听，以至侯景逆贼作反。自河南起兵杀至丹阳，势如破竹，无人阻挡。各镇请救表章，皆被朱、张二仆射隐匿不闻。臣虽闻得消息，恐皇上不信，未敢妄奏。今侯景辅临贺王正德登了帝位，僭号龙平，军马不知其数，喊声震天，已将京城围得铁桶，早晚城已将陷，陛下还在此念佛看经，如何是好！"说罢大哭。武帝道："事已至此，哭之何益？自我得之，自我失之，亦复何恨？"忙上銮舆，与傅岐等还朝升殿，召文武百官商议战守之策。

众官齐集殿庭，武帝宣朱异、张绾，当面叱道："向日侯景归降，是汝二人劝朕收纳，后来东魏高澄求和通好，又是汝二人力主连和，以致侯景逆贼，心疑作乱。各处告急文书申院，二人又藏匿不闻。今日贼军围城，破在旦夕，你二人有何退敌之策，速宜裁处。不然不必见朕矣。"张绾、朱异二人，满面羞惭，顿首伏罪，半响不敢回言。傅岐道："朱仆射、张司空瞒蔽圣聪，招引叛贼，本宜问罪。但今贼寇临城，势若泰山，且理战守之策。退贼之后，再行区处。"武帝怒气不息，叱退二人。宣傅岐近御座前道："今日之事，全仗贤卿筹画，救朕危急。"傅岐俯伏道："臣才浅识薄，惟恐独力难支。伏乞陛下速选大将，统领羽林军士，背城一战，以决兴亡，岂可束手受困。"武帝道："朕闻兵戈之声。心胆皆碎，方寸乱矣，不能主持。择军选将，任卿为之，生死存亡，决于天命。"说罢，两眼垂泪，口中念阿弥陀佛不辍。众臣怏怏而散。傅岐辞了武帝出朝，径到教场中，调遣军将。选施大用为先锋，樊武瑞、陈胜为左右救应使，自为主将督军，打点出战。正是：

马临险地收缰晚，船到江心补漏迟。

毕竟此一阵胜负若何，且听下回分解。

第十九回

司农忠愤大兴兵　梁武幽囚甘饿死

诗曰：

　　愤发捐躯报国恩，何期天不祐忠贞。
　　山河指日归他姓，社稷须臾没虏尘。
　　幽闭深宫愁莫识，节裁御膳渴难禁。
　　最怜一代兴邦主，至此方知佛不灵。

话说傅司农奉旨发兵出战侯景。次日平明，全身披挂，手持长枪，坐下乌骓马，率领先锋施大用等，马步羽林军三万，大开北门迎敌。侯景见城里有兵出敌，即退一箭之地，排成阵势，立马于门旗之下。左首丁和，右首马之俊，两阵对圆。傅岐亦排成阵势，争先出马。怎生打扮？有《鹧鸪天》为证：

　　金甲金盔衬锦袍，乌骓马上骋英豪。忠贞贯日三秋烈，壮气如虹万丈高。
　　藏豹略，隐龙韬，赤心为主敢辞劳！只因不忍金瓯坏，双手擎还归圣朝。

傅岐大喝："侯景逆贼何在？"侯景纵马出阵，应道："你是何人，大胆骂阵？"傅岐见侯景身躯魁伟，相貌堂堂，盔甲鲜明，声音响亮，乃喝道："看你一表非俗，受朝廷大恩，不思尽忠，反为叛贼。今日天兵在此，快下马投降，姑饶一死。"侯景大笑道："你等狂徒，不知天命。主上佞佛，烟尘四起，百姓受其涂炭，西北有倒悬之危。我今日应天顺人，特来吊民伐罪，诛戮奸邪，神人共快。速宜倒戈卸甲，迎接大军入城，不失封侯之位。倘或执迷，打破城池，玉石俱焚，悔之晚矣。"傅岐大怒，回顾道："谁人与我擒此逆贼？"已见鸾铃响处，先锋施大用舞刀跃马出阵，大喝道："小将诛此狂贼。"侯景更不打话，挺起长枪，直取施大用。施大用将大杆刀劈面砍来。两个一来一往，杀至三十余合，不分胜败。樊武瑞在阵前见施大用赢不得侯景，舞动浑铁九节钢鞭，拍马夹攻。那边丁和见了，手持大斧，喝一声，跃马接住樊武瑞厮杀。四员大将，奋勇鏖战。只听得金鼓之声震地，施大用阵后大乱，军士奔走，却原来是临贺王正德，率领三万余军，抄过城西。傅岐首尾受敌，不能救应，只得单骑奔入城内。临贺王不追傅岐，催督三军，抄施大用、樊武瑞阵后杀来，杀得梁兵七断八续。施大用见阵势已乱，不敢恋战，败阵而走。侯景不舍，奋勇赶来，施大用兜住马，拈弓搭话，觑侯景来得渐近，一箭射来，正中侯景左腿。侯景大怒，带箭骤马赶来。施大用措手不及，被侯景一枪，刺于马下。樊武瑞见施大用败走，也牵转马头，奔回本阵。丁和背后紧紧追赶，却好两个马尾相连，樊武瑞回身，将鞭照头劈下，丁和躲闪不迭，一鞭打伤左臂，丁和弃斧而走。樊武瑞见兵势已败，不敢追袭，鸣金收军进城。背后侯景拥大军压来，势如山倒。樊武瑞只领得一半军马入城，将城门闭上，其余尽被杀散，降者不计其数。侯景大胜一阵，依旧将皇城四面困住，喊杀之声，震动天地。

却说傅岐单骑进城入朝，到了金銮殿上，喘息不定。武帝惊道："贤卿为何如此狼狈，莫非出兵不利么？"傅岐俯伏哭道："臣力竭矣！被逆贼侯景，叛臣正德，前后夹攻，因此大败。施先锋等不知下落。"

武帝道："朕从早至今，日已过午，不退朝以待卿报捷，却原来大败而回。此天亡我也。"傅岐道："臣初督军出战，施大用与侯景舍命厮杀，未见胜负。樊武瑞奋勇助阵，那边一少年将迎敌。正厮杀之际，不期临贺王领生力军，从城西抄路杀来，将臣军马冲作两截，锋不可当，因此抵敌不住，臣只得退回。施、樊二将陷在阵内，不知生死若何。"武帝跌足道："早不听贤卿之言，以致今日众寡不敌，非卿之罪，实朕之过也。快打探施、樊二将消息，速来覆朕。"只见飞骑来报，施大用阵亡，樊武瑞战败而回，俯伏午门待罪。武帝教快宣进殿。樊武瑞进得殿上，大哭道："施先锋被侯景所杀，军马三万，折其大半。非臣不肯尽力，奈彼众我寡，势不能当，以致大败。"武帝叹道："此乃天败，非人力所能支也。朕今已年老，死不足惜，只是遗笑于后世，岂能无恨？目今贼势猖獗，城内军少，难以再战。勤王之师，一时未集，傅司农与卿等用心督军守护，待朕静思良计，以破此贼。众卿暂退。"傅岐、樊武瑞和众文武，俱辞帝出朝，分头守城，不在话下。

却说侯景杀败羽林官军，刺死施大用，军威大振。丁和打伤左臂，侯景着人抬入营中医治，亲督军士昼夜攻城不息。守城军士因赏罚不明，粮食不继，渐渐逃亡去了。傅岐又在阵上吃了惊，回衙呕血斗余，卧床不起。梁武帝只在后殿弥陀阁上吃斋诵咒，看弥陀经、消灾忏，拜斗禳星，以求佛力护祐，观音菩萨救苦，止望暗退敌兵，保安社稷，再无他计。

却说朱异、张绾被武帝面辱一番，心怀惭忿。当下见侯景布云梯飞炮，攻城甚急，看来城已将陷，势不可支，两个私身计议。朱异道："即今贼势浩大，国祚颠危，城破只在旦夕。我两个见机而作，守些什么？不如令人出城暗通消息，献了城门，迎接军马入内，庶不失富贵。不然城破之日，不见得你我为侯景出力的好处，徒死无益。"张绾道："仆射主见极高，宜速为之。"连晚写下降书，差一个心腹健儿，装做卖柴村民，夜半吊下城去，被侯景军士捉住。送入寨里来。健儿道:"小人是朱仆射差来见大王的,有机密大事相报。"侯景见说,即教去了绳索,问:"朱仆射差你来,有甚话说?"健儿在头发里取书献上。侯景拆开看时,写道:"君侯起仁义之师,吊民伐罪,四海引领而望,孰不归心?今城内兵粮两尽,惟赖傅岐筹画守御,又遭病剧不起。君侯可于明日辰时,驱兵大进,不佞开宣政门以迎大驾。非为身谋,特救满城生灵之命耳。薰沐恭候,切勿失期,以误大事。枢密院左司农朱异、司空张绾再拜。"

侯景看罢大喜,重赏健儿,吩咐道:"拜上你主人,明早攻城,不可失约。事成之后,不愁富贵。"健儿叩头谢赏,出得寨门,到原吊处,已有人在彼伺候,复吊上城来。见了朱异、张绾,将侯景言语说了,二人大喜。

次日平明,侯景号令众军,摇旗呐喊,金鼓震天,攻打宣政门甚紧。只听得城里炮声响处,城门大开,朱异、张绾驱家僮并本院军士助力,迎接侯景军马入城。侯景纵军掳掠,放火杀人,满城百姓,尽遭荼毒。侯景率领猛士五百,径入朝堂。正殿上不见武帝,急搜太极殿中。此时武帝盘膝坐于禅床上,合掌念佛,见侯景来到,安坐不动。侯景稽颡拜于殿下。武帝道:"朕待卿不薄,何以至此?朕年已九十,视死如归。卿欲篡位,何不斩朕首去?"侯景俯伏地上,不敢抬头,汗流满面。连声道:"臣该万死。今日臣起军马,非敢为叛,欲斩不忠负国之臣,以清殿陛,并无他意。"武帝道:"贤卿如此忠孝,虽周公、伊尹,何以加焉。朕年迈力衰,不能理政,得卿辅佐,实惬斯怀。"侯景道:"臣暂告退,清理军务。明日早朝,再见陛下。"说罢,叩头退出朝门外来。正走之间,御道上遇着朱异,幞头象简,身着朝衣,足穿朱履,见侯景来到,慌忙跪下道:"小臣失迎大王龙驾,伏乞宽宥。"侯景双手扶起,笑道:"朱仆射不须如此。孤与公总是朝廷大臣,何出此言,使孤含愧多矣。"将士簇拥侯景,同入枢密院中。堂上坐下,即出号令:"救灭城中余火,禁止军士剽掠,犯令者斩。"

军令遍示城中。

稍得宁贴，侯景又聚集满朝文武，如有一人不到，枭首示众。文武官僚，畏惧侯景威势，悉到枢密院中听令。侯景在众官中看了一遍，问道："司农卿傅岐怎么不见？"张绾道："傅司农不知进退，抵拒大王，战败受惊。今早大军入城之际，病重身故。"侯景呵呵大笑道："却便宜了这厮。先锋樊武瑞何在？"朱异道："想已逃窜，乞大王遣军追获，明正其罪。"侯景道："这厮乃网中之鱼，无能鼠辈，何足介意。你众官在此，孤有一事和尔等商议，不知合众论否。"众官齐躬身道："愿听大王钧旨。"

侯景道："孤兴兵到来，非有他意，只因主上重佛轻儒，朝政废弛，境外干戈日竞，盗贼蜂起，国家危在旦夕。孤故不远千里，欲除君侧首恶，选诸太子中有才高德尊者，早正大位。主上听其修行自便。众官以为何如？"朱异、张绾当先谄佞道："大王之论极是，乃伊尹、霍光之举，名正言顺，大合人心，有何不可！"众官也只得齐道："随大王主裁，谁敢不服。"侯景又笑道："孤欲除君侧之奸，汝等以为何人？"众官面面相觑，不敢回答。侯景正色道："朱异、张绾，背主忘君，滥叨爵禄，卖国市恩，苟图富贵，天地间第一罪人也。此等奸臣，留之误国。"喝军士将二人绑出，枭首示众。号令才出，只听得一声喊，将朱异、张绾簇下，绑出斩了。须臾间两颗首级献上，众官惊得股栗不安，俱面如土色。侯景道："诸君不必惊惶。孤除此佞臣，以儆其余，与众官无干。"当下大小公卿，尽皆散讫。

侯景暂于枢密院中住扎，聚集一班儿将官谋士商议。丁和向前道："主公今欲何如？"侯景道："孤自从征战以来，千军万马之中，枪刀密布，剑戟如林，生死须臾，不以为惧。今见萧公，使人自惭，不敢仰视，岂非天威难犯？自今以后，不可再见之矣。"丁和、王僧贵一齐道："主公攻破京都，取天下已在反掌，何不杀了武帝，早正大位？"侯景道："孤有此心久矣。奈武帝牙爪未除，须索缓缓图之。"

众人道:"主公所见甚明,臣等不及。"自此之后,侯景将心腹亲近之人,布满诸路,据守各处紧要关隘。朝廷政务,皆自掌管,故旧大臣,黜退不用。从正月至五月,将武帝幽囚于静居殿中,拨四名亲随牙将看守。凡宫人侍卫,一概不许近前。饮食衣服之类,亦各裁节,不能应用。武帝每日暗暗垂泪,只是念佛以捱朝暮。侯景拥甲士横行街市,每出外,家家闭户,为之罢市;入朝,百官俯伏以待。武帝受尽凄凉,苦楚万状。

当下却值太清三年五月十八丙辰日,武帝受饿数日了,早晚止吃得一碗糜粥,并无他物。心下忿怒,只觉心隔饱胀,咳嗽不止,又无一个心腹之臣问候,亦无一个宫人伏事。武帝叹气道:"朕当初多少英雄,赤手打成天下,身登九五,威倾朝野。也只为孽海无边,冤愆有报,故此皈依我佛,要图圆寂后,径归西方净土极乐世界,莲花化生。谁想遭遇侯景逆贼,将朕幽闭在此,求衣不得衣,欲食不得食,历尽艰难。昔日英雄何在?想必天地有所不容,佛教亦无益也。"说罢,泪如雨下,愈觉心头饱闷,咳嗽喘息不止,倒在御床上。回头问庖人道:"朕口甚渴,有蜜水可将一碗来暂解。"庖人道:"宫中止有血水,焉有蜜水!陛下要止渴,只有一杯浊水在此。"武帝道:"就是浊水,聊且将来解渴。"庖人将半碗浊水,递与武帝。武帝喝了一口。但觉秽气触鼻。仔细看时,却是半碗浑泥浆,内有两头虫盘跳。一时怒气攻心将碗掷于地上,愤怒道:"一代帝王,却被小人困辱!早知今日佛无灵,悔却当初皈释道。"再欲说时,神气昏聩,口已含糊,舌头短缩,不能言语,但道"荷……荷……荷……",遂气绝而崩。可怜立国英雄,饿死于台城之静居殿中。有诗为证:

> 梁君崇释斥儒风。岂料身空国亦空。
> 作俀已无君与父,又何执法责臣忠?

后贤又有诗叹曰：

干戈四境尚谈经，国破家亡佛不灵。
覆辙满前殊未警，浮屠犹自插青冥。

当下庖人传出外来，言圣驾已崩。侯景闻知，一面委官整理丧事，亲率群臣入殿，奉太子世赞即位，是为太宗简文皇帝。改号大宝元年，加侯景为相国，封二十郡。侯景心下不足，自称汉王。自此朝政皆属汉王所掌，文武百官，凡事先禀过汉王，然后奏知文帝。

临贺王正德见侯景奉太子即位，心下大怒，聚集众文武商议道："叵奈侯景这贼，将书激朕起兵，原说诛戮主上，事成之后，朕登大宝，共享富贵。不期逆贼破城以来，不得一面，今又立世赞即帝位，全不是起兵初意。朕被其所卖，甚为可恼。不诛此贼，何以泄忿！但恐众寡不敌，众卿有何妙策？"长史华一经道："昔日侯景致书陛下，臣已谏阻，莫堕其术中，陛下不听，以致今日。此贼不久必篡大位。臣闻鄱阳王贤能英武，有精兵数万，谋臣极多。陛下何不修密书，连合鄱阳王，两下起兵，共诛国贼，何愁大事不济？"临贺王大喜道："卿言甚善，朕当从之，逆贼合当授首。"于是修成密书，差心腹都尉羊琰赍书送至鄱阳王处，暗合连兵，以剿叛逆。

羊琰藏书发内，径出南门。行不数里，只见前面一簇人马，远远行来。羊琰立定看时，乃是汉王侯景，带着数百军士，吆喝而前。羊琰路次难避，终是心虚，慌张不定，急闪入路口庵院中回避。侯景坐在马上，远远看见一个将士探头张望，行步怆惶，心下疑惑。正欲查问，只见闪入庵中去了。即着军士唤出来看，却是羊琰，跪于马前，面色变异。侯景问道："汝为何事慌张如此？"羊琰战栗不能答应。侯景笑道："必有奸谋。"令军士搜检，发内搜出书来，呈上汉王。侯景拆开看时，书云：

叛贼侯景，凶狡奸伪，欲图篡逆，反以弟为奇货。初诱合兵，以除君侧之恶，不期城破之后，幽上于静居殿中，绝其饮食，饿死台城。此贼怀不良之心久矣，终必篡位。今特致书于贤王，求起一旅之师，共诛逆贼，碎尸灭族，以祭先灵。乞兄早正大位，副兆民之望，国家幸甚，天下幸甚。

侯景看罢大怒，双手加额道："感皇天庇祐，得获奸谋，不然孤三族皆休矣。"即将羊琰斩了，带领军士，火速进城。当晚发精兵三千，部领家将，径将临贺王府门围住，亲自杀入府中，满门良贱尽皆诛戮，席卷财帛，寸草不留。又将临贺王押入景阳楼内绞死。有诗为证：

宗党阴谋骨肉欺，岂知一旦亦诛夷。
从来善恶谁无报，为子为臣宜鉴之。

话分两头。再说林澹然自从侯景相别之后，光阴迅速，不觉又更了几遍的寒暑。终日修样炼性，返本还元，容颜倍加光彩，身体更觉精神。苗知硕、沈性成、胡性定三个不离左右，早晚随着林澹然看经念佛。薛举依旧送在城里张太公家，和张善相同窗肄业，共习诗书。当下年已十岁，二生天资相等，性格不同。这薛举悟性最高，只是不肯读书，候先生不在，翻筋斗，打虎跳，扯拳拽脚，嬉耍喊叫。年纪虽小，气力颇雄，举一二百斤之物，如同等闲。这张善相秉性聪明，读书三五遍即能默诵，古书坟典，过目不忘，下笔成章，雅爱清净。先生每每责罚薛举，致书与林澹然，说薛举不肯用心，比初进学时大不相同。林澹然已识他是个好人，只是护短，不十分拘束。

闲话休题。却又是初夏天气，但见乳燕飞华屋，新篁遍丽园。林澹然和苗知硕在庄后小园中槐下闲坐，苗知硕问西天天竺国我佛如来修行得道根源，林澹然将如来辞父归山，苦修证道的事，细说一番。自下午讲起，不觉红轮西坠，冰镜高悬，并无纤毫云翳。林澹然道：

"初夏光景，清和可人，难得这般皎洁的月色。良宵美景，莫要辜负了。"教道人移桌椅在茶蘑架边，摆出酒肴，对月而坐，苗知硕侧坐相陪。二人饮酒谈笑玩月，遣兴怡情，许久，又早夜深更静。林澹然正举酒杯在手，仰面看月，忽见东南上一星，其大如斗，自南而西，色煌煌欲坠。林澹然道："知硕，你看此星为何如此？"苗知硕抬头看时，失惊道："住持爷，此星却也大得利害，为何一步步流过西来？"林澹然道："此星不比诸星，乃北极紫薇之象。今自南向西，其光将坠，多应在梁武帝身上有些不祥，或被侯景所弑，未可知也。"知硕再欲问时，只听得一声响亮，大星已坠，其光四散。两个惊骇叹息。林澹然道："紫薇星已坠，武帝休矣。只是百姓遭于涂炭，何时四海清平？"叹息了半晌，苗知硕将手指道："那月边随着这两颗星，其光闪闪烁烁，比诸星大而且朗，正照本城之内，是何星也？"林澹然笑道："天机玄妙，非汝所知。此二星乃大贵诸侯之象，正照本城，应出英雄豪杰。然而星光带杀，黎民必遭荼毒，天下安得太平。"

　　林澹然又将星象一一指点与知硕道："凡星者，精也。万物之精，上列于天，各属分野。二十八宿以经之，金本水火土五星以纬之。如星宿一离次舍，即有灾难。又如流星入斗口，主有刀兵。五星入斗，秦地不安。天乌星现，上人失德，辅臣为祸，干戈离乱。三台为宰辅，妖彗来侵，主大臣谪贬，小人得志。天盖星现，国有阴谋，君弱臣强，天下兵乱。天汉星、地汉星若有光芒，人主宜修德以禳之。毛头星其光烛地，大水为灾，夷狄侵中国。太白入南斗，君王下殿走；若经天，主变乱。毛头星有七八名，一名挽枪，一名煞星，一名武联，一名扫帚，一名文班，一名招摇。此星总不宜现，现必有灾。辰星原在月后，若在月前，期年之中，防兵革。天狱星现，兵火立应。天雁星其光青色，三四丈长，现必生殃，主兵荒贼盗。天兽五星，不宜明亮，若还皎洁，天下刀兵。若贼彗同现，十年方可安宁。天秤亦匕星，如仲夏之夜明朗，主大雨，平地行舟，年荒米贵。南箕老人六星，立夏半夜起看，如皎洁，年丰太平；如昏暗，岁歉乱生，不能尽述。大凡天下将治，文宿当空；天下将乱，恶煞出现。成败兴亡，皆由大命。星象先呈其兆，贫穷贵显存乎其人。俺与你历尽艰难，受遍险阻，在死生关里逃得出来，亦是气数不绝，非关俺辈之能也。"苗知硕点头嗟叹道："承住持爷指教，顿开茅塞。"二人一面吃酒，一面谈说，又早见斗柄横斜，月轮西转，三更已尽。林澹然令道人收拾杯盘，各回房歇息。次日着苗知硕、胡性定二人，到梁国去打听武帝消息，顺便访问杜都督家眷安否如何。二人辞别起程，不在话下。

一日，林澹然因天气炎热，在庄前竹阴中乘凉，见一个婆婆，年逾七十，头鬓皓然，但见：

蒙头霜雪，瘠体龙钟。眼昏不见光明，耳重那间谈笑。面皮多皱，荷包打就折纹多；牙齿全无，口瘪何曾言语朗。欲啖未沾先出唾，无因独自只摇头。

这婆子领着一个小童，生得面阔口方，身躯雄壮，携手径入庄里来。林澹然看时，是近邻专做媒的潘妈妈。走近前来对林澹然万福道："住持老爷，一向不会，尊颜越发清健了。"林澹然答礼道："妈妈贵冗，许久不面，一向兴头得利么？今日有何事，到俺敝庄来？这小官可是你的令孙么？"潘婆道："老身穷忙，不曾到贵庄望得住持爷。这小厮不是我孙子，来路远哩，小儿日前在梁国带来的。今日为这冤家，特来见老爷。"林澹然笑道："见俺有何话说？"潘婆道："这小厮今年十一岁了，自小父母双亡，寄养在邻居。因侯景作反，掳掠民间子女财帛，自河南直到京都，尽遭焚劫。这小厮收留的人家，也被劫掠一空，只得将这小厮出卖。小儿为商，打从那里经过，见他生得有些古怪，就买他回家使用。不期这小厮怠懒，镇日和小孙们厮打相闹，几番欲要赶他出去，又可怜是外国人，伶仃孤苦；欲要留他，又被他同吵不过。老身淘不得这许多气，想着住持老爷曾说少个扫地闭门的童儿,老身思这清闲去处,没有与他一辈的厮闹,可以安身,故将这厮送与老爷使用。若说起粗用,却也做得。不知老爷肯收留么?"林澹然道:"难得妈妈一片好心。小厮儿俺这里尽可用得,若是这等顽劣,不肯服性,惟恐难以教训。或有逃亡走失,如之奈何?"潘婆道:"老爷但放心,虽是拗劣,慢慢地训诲得好。走失之事,决不妨的。目今离乱之世,柴如珍宝米如金,嫡亲父子,兀自不能相顾,那有闲钱养别人?不怕他飞上天去了。"林澹然道:"妈妈说得是,贫僧便收他不妨,但不知多少身钱?"潘婆道:"小儿买来时,说道身钱连盘费共用了三两有余,又养了他两个多月,这也提不起了。任凭老爷见赐罢。"林澹然道:"岂有此理。公平交易,如何少得你的?"即抽身到房里,取出白银三两递与潘婆,又留住吃了酒饭,潘婆千欢万喜,作谢别了林澹然就行。

　　那小厮将潘婆衣裳一把扯住,睁着两眼道:"老妈妈,好呀,你得了银两,把我撇在此间,就去了咦?"潘婆道:"我儿,我送你在住持爷这里快活,只像落在蜜缸里,好不受用哩。"那小厮道:"我只同妈妈回去,不要这光头受用。"潘婆喝道:"胡说!你在住持庄上,享的是清福,住的是高屋,穿的是好衣,吃的是陈谷。小心伏侍老爷,大来决有长进日子。我另日再来看你。"那小厮道:"寺院中有许多不好处,妈妈要钱,却将我断送在这里。"潘婆道:"寺院中有何不好?"小厮道:"光头们吃的是冷斋饭,咬的是硬馒头,穿的是破衲衣,嚼的是蔬菜食。不见荤腥面,那里讨酒喝?若有些儿差错处,还要打两个大头搭。若还俊俏些,就要把沙弥来解渴。只是同妈妈回去的好。"林澹然笑道:"这顽皮,却会油嘴,一发溜撒。你只见庵观寺院的和尚贪财好色,明蔬暗荤,遮人眼目。俺庄内须与他们不同,荤酒俱有,待人甚恕。只是你肯小心勤谨,管得你暖衣饱食,逍遥快乐。"那小厮才笑道:"若恁的说时,将就可以度日,慢慢再寻出头日子。"林澹然道:"妈妈请回,小厮留在这里,不和他一般见识。"潘婆道:"老身告回，这猢狲拗劣时，住持爷不须打得，只拿去剥皮揎草便了。"那小厮喊道："老猪皮止可将去鞔鼓，那里还揎得哩。"潘婆怒道："今日既送与住持爷，就是住持爷的人，不好打你。快快改过，休得如此尖嘴伤人。"那小厮瞅着眼道："酒醉食饱，骗了钱钞。只怕你尿急，那厢去放问是好。"引得林澹然也忍不住笑起来。潘婆恼道："这小泼皮胡言乱语，我骗了谁家的钱钞？我是走千家踏万户的，老实为本，谁与你小猢狲放屁辣臊！"说罢，提起手中扇子，劈头就打。林澹然拦住相劝。那小厮笑嘻嘻地钻来钻去躲避。潘婆有几分酒醉，被小厮混了半晌，却有些眼花了，倒将林澹然打了一扇。那小厮一直跑进佛堂里，拍手笑道："妈妈忒也惫懒，上门来打和尚。"林澹然怒喝道："你再如此胡缠，我就要开棒了。快进去！"那小厮见林澹然发怒，把舌头伸了一伸，走入佛厨后面去了。潘婆气得喘吁吁地道："小不死，气杀我也！"林澹然教行童拿一杯苦茶，请潘婆吃了，送出庄门。潘婆作谢，别了自回。

　　林澹然转入方丈里坐定，令道人叫那小厮过来。小厮听唤，即忙走进方丈里站着，问道："老爷叫我有何吩咐？"林澹然道："适才你冲撞潘妈妈，甚是该打。初次饶恕一遭，以后改过，不得如此无状。言语要谨慎，行动要小心。"小厮道："老爷吩咐，下次再不敢了。只是气这潘妈妈不过。他的儿子何曾将银子买我来？原是个专一设骗的拐子，坑害人家儿女。拐我来时，瞒着我家，只费得两个烧饼，麻了我嘴，说不出，就领来了。在他家过了两个月，做了许多事，还要'小猢狲''小短命'不住的骂，并不曾吃得一餐饱饭。今日将我卖与老爷，他又白白地骗了银子去，细想其情，甚为可恼。"林澹然听罢心里暗想道："看这小子容颜古怪，相貌稀奇，言语甚有经纬，决非落后之人。"当下因他生得面阔口方，取名叫做阿丑。

　　至晚，苗知硕、胡性定从梁国而回，放下包裹雨伞，对林澹然稽首毕。苗知硕抬头见侧首立着一个小厮，生得异样，便问道："住持爷，这小厮是何处来的？"林澹然道："适才潘妈妈送来，卖与俺庄内使用。难得他老人家一段好情，收留在身畔伏侍。"说罢，就叫阿丑过来见了苗师父和胡班首。阿丑向前唱了两个喏。林澹然令苗知硕、胡性定且去洗了尘土，吃些酒饭，慢慢地来讲话。二人出方丈去了。阿丑走近林澹然身边，问道："方才来见老爷的那一个矮和尚，老爷快烧一道黑符，遣他出去。"林澹然喝道："这狗才，又来胡讲。以后不许叫和尚二字。唤那矮的长老做师父，那瘦长的长老做班首。你初进得门，怎么就教俺遣苗师父出去？"只见阿丑将手指着自己的眼睛，说出这句话来。正是：

　　有智不在年高，无智枉活千岁。

不知阿丑识得苗知硕是什么人，且听下回分解。

第二十回

都督冥府指翁孙　阿丑书堂弄师父

诗曰：

> 人生如梦寄尘中，梦觉尘缘总是空。
> 浪荡形骸同泡影，浮沉踪迹似飘蓬。
> 魂游地府方知父，宿借禅门始认翁。
> 戏术弄师堪绝倒，将军原不类儿童。

当时阿丑将手指着自己的眼睛道："老爷，那个矮师父何处来的？却是一双鼠眼，有些要偷东摸西、挖墙撬壁的勾当。倘日后做出事来，岂不连累老爷？"林澹然喝道："咄！你小厮们省得什么，如此胡说？师父知道，活活打死。快不许多讲。"阿丑拍着手，呵呵地笑出方丈去了。林澹然暗想："这小厮恁般乖觉，为何就识苗知硕会做贼？这都是他的灵根宿慧处。"自此以后，遂纵放阿丑顽耍，不甚拘束。

苗知硕吃罢饭，走入方丈里来，林澹然问打探梁国消息和杜都督家眷下落何如。苗知硕道："侯景自别住持，即投梁国。不期东魏高澄用反间计与中国连和，激变侯景，反入台城，将武帝活活逼死。朱仆射、张司农、临贺王等，俱遭杀戮。目今是武帝太子世赞即位，封侯景为相国，兼平章事，又称为汉王。这天下不久是侯景篡了。那杜都督身丧之后，其妾冯氏，耽孕十七个月，生下一子甚好。岂知不数年间，大母、次母俱患疫症，相继而亡，家业又被火焚，其子不知下落。果然是家破人亡，实为可怜。"林澹然听罢，潸然泪下，悲叹不已。

且说这阿丑无拘无束，每日山前山后顽耍，没兴时跳在溪内洗浴，千般百样，在水里嬉戏。不觉月余。当下时值炎天，十分酷热，薛举在城内张太公家读书，先生见天气暑热，告别回家去了，张太公着人送薛举回庄上来。林澹然教他早晚温习书史，薛举那里肯读，终日和阿丑耍拳舞棒，踢飞脚，跳四平，庄前庄后，左右邻舍，家家搅遍。有几个村老，走到庄里告诉林澹然道："贵庄这两位小官，十分顽劣，村前村后几家邻舍，被他搅得不耐烦。溪边鱼网时常扯破，园中花果屡次偷吃，若小厮们阻挡他，就寻相打。况兼力大，谁敢抵手？狗若吠时，即提起尾来掤死便是。我们老人家说他几句，他也不听，一味鸟娘鸟爹的乱骂。村老们因住持老爷的人，又不好伤触他，只得忍气。今日特来见住持，望乞美言教诲，戒他下次，省得坏了邻舍之情。村老无知，斗胆冒读。"林澹然道："贫僧隐居于此，竟不知这两个畜生在外如此生事，乃贫僧之罪也。列位老丈请息怒，待山僧重责这厮，容日请罪。"众老一齐道："住持如此忠厚，却是我等得罪了。"起身告别，林澹然留茶，送出庄门去了。

澹然自回禅堂里念佛。直到天暮，方见薛举和阿丑笑嘻嘻地回来。林澹然喝教二人跪下，两个不知是何缘故，在禅堂佛厨前跪了。林澹然提竹片在手里，骂道："好两个畜生呵，一个不成主，一个不成仆，相呼厮扯，那里去生事来？打搅得村坊不宁，大胆冲撞邻里父老。先打这狗才，后打这畜生。"薛举道："我一向不曾顽，阿丑指引道：东园果子好吃，西池鱼儿好摸，打人骂人，都是他教的。冲激邻舍，也并不干我之事。"阿丑争道："大叔，你在城读书不曾回庄时，我也镇日价遍处闲耍，为何不曾有一个人来告舌？自你回来，日逐引我去打搅东邻西合，就有许多唇舌，如何却都推在我身上？"林澹然怒道："这狗才还恁般花嘴巧舌，如何说得过！"提起竹片，将阿丑打了十数下。次后来打薛举，打得两下，苗知硕、胡性定、沈性成一齐来劝。林澹然骂道："以后若再如此，两个俱是一百竹片。今晚不许起来，直跪到天晓才放。"林澹然带怒入方丈里去了。

薛举、阿丑跪在禅堂里，你我互相埋怨。未及一更天气，苗知硕自悄悄来领薛举进去睡了，阿丑却独自一个跪在那佛前，不见有人出来放他。心里烦恼，想道："悔他娘鸟气么，薛大叔引我惹了邻舍，却把我两腿儿熬打，双膝儿受跪，他却苗师父领进去睡了，留我一个，冷清清跪在这里，守着琉璃灯。呸！这都是那潘婆害我。不如趁今夜无人知觉，悄地到他门首，放起一把火来，烧得那厮人离财散。净净光光，才消得我这一口怨气。"忙忙的寻了引火纸札，带了火种，溜出庄前，爬起靠墙杨柳树上，往外一跳，出了庄门，取路径奔潘婆家来。走过村场，又过了两重岗子，正落山坡，猛地起一阵旋风，豁喇喇树叶，如雨点般满头飘下。行不数步，又起一阵风，刮得满山树木飒飒地响。阿丑打了一个寒噤，远远见两盏灯光从侧首山坳里闪闪烁烁射出来，阿丑笑道："月色不甚明亮，正好借此灯光，顺路同下山去。"低头急走，忽然平地起一个霹雳，振得地动山摇，原来是一只吊睛白额大虎。见了阿丑，将口挂地吼这一声，扬威竖尾，径来扑人。阿丑见了，叫声"阿呀！"急转身复跑上山。回头看那虎时，已扑近身边，阿丑就钻入树林中。那虎也赶入来，阿丑慌了，急急溜上一株大松树，蹲在顶上。那大虫昂头向上看了半晌，两爪揎地，将头挂着树根，猛地吼了一声，树枝振动，阿丑险些儿跌下来。两手紧紧抱住大枝，看着下面那虎，又将树根啃啮。阿丑暗想："这畜生若咬断树根，如何是好？"心生一计，扯开裙裤，放出溺来。口里念道："撒了惊尿，免生疾病。"那尿热腾腾浇将下去。大虫仰面看上。阿丑取出腰间火种，点着纸，劈头丢下，刚刚撒在大虫的左眼里。那虎烧得眼疼，打个滚，跳过对山去了。

阿丑欢喜，忙忙溜下树来，不期踏着枯枝，括地一声响，树枝连人滴溜溜跌落尘埃。树高势重，阿丑跌得昏晕而死，一点灵魂，缥缥渺渺，独自而行。一望时尽是荒郊旷野，但见阴风惨惨，冷雾昏昏。并无一人来往。阿丑心下惊疑这："这光景不是潘家去的路了。"放着胆，趄向前去。行了十余里，前面见一座城池，城顶上数道黑气冲起，四周并没屋舍人烟。看看走近城边，蓦然城门开处，突出数个夜叉，生得鬼形怪状，面目狰狞，种种奇异之像。手执钢叉刀棍，将阿丑擒住道："这厮来得甚好，大王的福也。造化，造化！"阿丑心慌要走，奈何挣扎不脱。两下正自扯闹，忽见一老者，皂衣幅巾，须长鬓白，手拄拐杖，飞奔前来，喘吁吁喊道："留人还我！留人还我！"夜叉喝道："尔是甚处毛神，敢在此大呼小叫？"老者道："我是小蓬山土地。有一大贵人，误来汝处，我一路追寻，原来在此。快快放他转去，免受天谴。"夜叉道："我这枉死城无屈死的鬼，无放还的人。这小子既已到此，再无放理。"说罢，扯着阿丑驱入城去，土地一手拖住不放。两下里扯来拽去，终是双拳不抵四手。你道矮矮一个白须老子，怎能扯得过这几个长大凶鬼？弄得这老儿一面咯咯地呛，拖着阿丑，满地打滚。阿丑心中大恼，奋力跃起，夺过夜叉钢叉，向前乱搠。土地挺拐杖，没头没脸打将过去。夜叉一齐举兵器相迎。倏然一骑马飞到，马上那员大将，口称是值日巡察功曹，奉东岳并城隍之旨，特来留杜贵人回去。夜叉大咤道："我等奉五殿阎罗天子圣旨，守此城中，岂有容易转去得的？"功曹大怒，拔出腰间宝剑，也杀将过来。夜叉不能抵敌，奔入城内去了。功曹将阿丑抱于马上，策马而走。只听得后面喊声大振，回头见数百牛头马面，鬼卒夜叉，簇拥着一员鬼将，骑着黑龙来追，旗号上书"无厌大王"四字。怎生模样？有《西江月》证，但见：

疙瘩脸浑如泼靛，狮子口一似著硃砂。铜铃突眼露獠牙，赤发彭松可怕。头戴金冠耀日，身穿绛服飘霞。手持大斧跨龙蛇，声若巨雷叱咤。

功曹忙将阿丑放下，交与土地道："这鬼王极是凶恶，若贵人被他抢去，万无生理。汝等急往南走，我自单身迎敌。汝等去远，我才回马。"说罢，截住鬼王厮杀。这土地引着阿丑急往南走，后面鬼卒，又飞步来赶。二人十分危迫，忽听得呵道之声自东南而来，见百余战士，旌旗羽盖，相继拥至。中央彩舆之间，端坐一位王者，又有数十个军士，肩驮钱串，跟随车后。土地正欲喊叫，那大王早已先知，唤土地领阿丑相见。又令战士大呼功曹停战，功曹拨马去了。鬼王厉声问："来者是何冥官，阻我战阵？"大王道："孤乃冥曹总司掌案，忝居王位，足下岂不相认？孤家九世积德，蒙上帝恩赐一子，今偶误来至此，足下何相迫乎？"鬼王听说，意欲收兵，众鬼卒一齐喧哄道："大贵人误来，正大王代生之日，我等亦好出头。千载奇逢，非同容易，若一错过，后会难期，大王岂可轻轻放过！"鬼王听了，又复来抢阿丑。大王喝车驾退后，令军士将金钱百余串，撩掷过去。那鬼王见了钱，笑嘻嘻忙将手接，堆叠满肩，回身入城去了。众克卒喧哗不息，军士将银钱四下抛撒，鬼卒们攘臂争夺，乱抢一空，尽皆满面堆笑而散。

功曹、土地等随车驾回府。进了大殿，大王慰劳二神，侧殿设宴相款。手抱阿丑，垂泪道："我儿这般长大了。今日若非东岳牒文传报，此时汝已堕落孽城之内。"阿丑道："大王，你是何人，这样爱我救我？"大王道："我非别人，乃汝亲父，杜都督名成治的便是。"阿丑听了，扯住杜成治衣襟，大哭道："你既是我父亲，在此做官快活，如何将我流落，伏事别人？"杜成治亦哭道："我儿，可怜你命薄，遭此流离颠沛。幸喜林禅师收养在庄，不致受苦。顷者游弈大使接得岳府牒文，报称汝入冥司，已近柱死城，故我亲来救你。又赖土地、功曹已先在彼相援。"阿丑道："我要到潘婆家去，路遇大虫，上树躲避，不期失足跌下，心忙意乱，错走路径，撞见这伙凶鬼，缠了这一会。那生得丑恶怕人的，是什么大王？十分可恶。"杜成治道："这魔王自从有地狱，即据枉死城，收录一切横死伤亡魂魄，暴虐贪利。凡冥府诸曹官，典殃满转生阳世，为官清正。惟此魔罕得托生，数百载间，倘有大贵灵魂自入枉死城者，方可代位。然后此魔得生阳世，位极人臣，欺君罔上，蠹国害民。若吴之伯嚭，秦之商鞅，汉之董卓，皆是此魔转世，荼毒生灵。自汉末到今，将及四百余年，彼大数又当转生阳世，故今要抢汝入城代职。但此辈小人，惟利可动，故我不惜数百万冥钱，救你性命。"

阿丑道："我听得人说，世上恶人，死后决落地狱，受诸苦楚，不知真假？若真有，我要看一看耍子。"杜成治道："地狱阴险，汝不可观。但人心一念善，在在天堂；一念恶，种种地狱。比如我为父的，生前正直，死后为神。上帝复怜忠义，赐汝为子，以昌后嗣，这是做好人的报应。"阿丑道："我今只跟你做官，接续后代，不去伏事那林和尚了。"杜成治道："我儿，你不知这林禅师，乃是救你公公的大恩人。我为报恩，救了林禅师性命，反把自己性命送了。我生前不曾孝养得你公公，故今不能托生。有一事嘱付你，月余之后，你公公到庄来，你可认他，留公公在庄上，小心孝顺，就如孝顺我一般。"阿丑道："我并不曾见公公面，如何认得？"杜成治道："你公公名唤杜悦，今年八十二岁了。须发皓白，手拄拐杖的便是。"阿丑道："莫非方才同我来的老头儿么？"杜成治道："不是。你公公生得瘦长清健，左手背上有三点寿癍，右脚面上有一颗黑痣，以此为认，决然不差。你的生日，可记得么？"阿丑道："我从小没了爹娘，那里知道？"杜成治道："你是太清元年二月初七日亥时生的，乃遗腹之子。因你生母冯桂姐耽孕十七月所产，故名过儿。你今快快回去。"阿丑扯住不放，哭道："我只是随你在此快活，不回去了。"杜成治道："此处是阴司地府,你不知道,况是梁国地方,你若不去,就不得活了。"阿丑方才放手,垂泪欲行,杜成治道:"我儿且住,还有一句至紧言语,几乎忘了。若你伏侍公公归天之后,你已成人,千万将公公骸骨归家,葬于祖坟上,尽我之心。我的骸骨,已沉埋梁国,须日后还乡。族中尚有亲人,你可归宗认取。暂时落籍,久后必然发迹。我阴灵暗中护你,你当切记于心不可忘了。"

父子们正要分别,忽殿后转出二位夫人,将阿丑抱住,号啕痛哭。阿丑认得两个母亲,也放声恸哭起来。功曹、土地突至殿上道:"天色酷暑,日已过午,贵人作速回阳,迟则房舍欲坏,有误大事。"杜成治也催促快去,这母子三人,牵衣执袂,不忍分离。杜成治将手指着殿外道:"兀的不是鬼王来也!"阿丑急回头看时,倏然不见了父母,但见一片长江,阻住去路,滔滔大浪,从脚跟边滚来。功曹抢阿丑上马,腾空而起,但闻风雨之声。远远见山顶上人马攒绕喧嚷,功曹对阿丑道:"为你一人,惊动了诸处神祇,都在此守护。"言毕,骤马奔至山顶。土地将阿丑撮着脚,颠下马来。阿丑大叫一声:"颠死我也!"

此时林澹然合庄人,都在那里看守。原来当日林澹然因庄门不开,不见了阿丑,着人四下寻觅。有人报说,有一小厮,如此模样,跌死在山上。澹然带了人从,亲自来看,果然是阿丑,跌死在松树之下,一齐啼哭。澹然将阿丑浑身抚摸一遍,忙拭泪道:"不妨,不妨。此子相貌端厚,决非夭折者,汝等不必悲啼。"忙打点茶汤药饵,又令人倚树张盖遮蔽,众皆环立看守。将及申刻,忽然阿丑大叫一声:"颠死我也!"众人惊喜。胡性定忙将阿丑扶起,澹然即调定神散灌下咽喉,渐渐回神,手足活动。开眼看了众人,方知是死去还魂。此时村邻过往来看的人甚多,都与林澹然贺喜。澹然谢别众人,雇轿抬了阿丑回庄,用药调治。数日后,阿丑精神复旧,依然好了。澹然细问跌死根由,阿丑将前后事一一诉说,只不讲出父亲吩咐之言。澹然方才放心。

阿丑依旧顽耍。心下只恨那大虫几乎落命，对薛举道："我这条性命，险些儿落在那山猫口里。怎么拿住他，打死这孽畜，方泄此恨。"薛举道："不难，我帮你去捉。只是没器械，难以近他，又不识大虫穴在何处，惟恐寻他不着。"阿丑道："那山猫谅只在此山前后，容易寻的。若要器械也有。"薛举道："器械在何处？"阿丑溜入苗知硕房里，偷了一条铁尺，一把短刀，又问邻舍借了两枝笔管枪。两个径到小蓬山上来，只向峰峦曲坳、树木丛杂之处，寻了一遍，不见踪迹。看看天晚，阿丑将器械寄在山下人家，取路回庄。

次日，二人吃罢午饭，复往山上来，穿东过西，走遍深岩穷谷，又寻不见。二人疲倦，暂在石磴上坐了歇力。阿丑道："那夜毛虫被我烧伤了眼睛，看他撺过隔河山上去了，莫非窝穴在对门山里？"薛举道："既然如此，决有下落，快快寻去。"二人下山，头顶衣裳，手拖枪杆，渡过河去。爬上岸，拭干了身上，穿了衣服，飞奔上山。趱过山顶，恰是一片平阳地，周围都是大竹。二人穿入竹林，只见地上一带鲜血，两个随着血迹而走，行不上一箭之路，忽见血淋淋一只人手，吊在树根上。阿丑道："大叔，你见么？"薛举道："这毛虫又在此伤人，决在左近了。"二人直寻出山弄，不见有虎，复回原路，走出竹林，下山行近洞口，猛听得㳫㳫水响。急抬头看时，正是那大虫，口里衔着一只黑犬，渡河过来。二人抖擞精神，挺枪布定。那虎不知，爬上岸，放下黑犬，把身子抖了几抖，双爪按住狗颈正要动口，不提防阿丑大喝一声，一枪刺来。大虫急舒右爪一抢，那枝枪杆，早被搭折，阿丑倒撞下去，跌在坡下。大虫欲张口来咬，被薛举一枪戳去。大虫弃了阿丑，兜转身来扑薛举。薛举刺不着，忙闪入树傍，大虫扑了一个空。薛举复挺枪乱刺，大虫将前爪按一按，向前扑来，被阿丑跳起身，拔刀向虎臀上乱砍。大虫哮吼，翻身来扑阿丑，薛举乘势尽力⼀枪，刺入虎颊。那虎两爪向上一搭，刮地一声，又将枪杆断为两截，反把枪头击入肉里。那虎负疼振怒，奋力跃起，从半空扑将下来。薛举乖滑，忙转入树后躲过。此时心下也觉有些慌张，急招呼阿丑下水回去。

二人跳入河内，那大虫也踊身跳将下来，没水扑入。对岸樵夫见了，喊叫："那两个孩子，快没上流逃命！"不知这两个顽皮是一双水葫芦，大虫落水，正中了二人之机。阿丑见虎赶来，钻入水底，抄转虎后，浮出水面，双手将虎尾揸住。大虫虽然力猛，水中四足悬空，不能着力，反被阿丑拖住。薛举走水如登平地，从侧首划拢，飞身跨上虎背，两手揪定虎耳，尽力按下水去。大虫性发，吼一声翻身乱滚，将二人滚落水底。岸上人跌脚叫苦，呐喊驱逐。那虎昂头掉尾，浮水奔转东岸。只听见潺潺水响，二人翻波踏浪，跳出水面，一齐跨上虎背。阿丑紧抱虎颈，薛举倒扳虎尾，用力按住。大虫不能转动，又复钻下水去，二人复滚落虎背。大虫跃出水面，奋力没近岸边，又被阿丑、薛举赶上，拽定长尾，倒拖转河中。虎挣去，人扯来，两下挣扎多时。那大虫头垂爪慢，骨都都水灌入口内，顷刻间沉落河心，这二人兀自死命扯住不放。两岸的人，都看得呆了。有几个渔翁胆大的，下水来没入水底摸那虎时，四爪拳拢，侧卧水内。忙唤二人放手，一同游过河西上岸，取两件好衣，与二人换了，送酒食压惊。本村邻近人，听说两个孩童，打死了一只大虎，都来围住了看，个个摇头咬指喝彩。众渔户驾舟，摇至河中，打捞死虎，令四个健汉扛抬，随后有一二百人，同送阿丑、薛举回庄。此时日已平西，林澹然正立在庄前，见这一伙人闹丛丛抬着一只大虫前来，惊问其故。众人将阿丑、薛举打虎之事说了，合庄人尽皆骇异。林澹然又惊又喜，即令猎户将虎开剥了，虎肉、五脏散与众人，虎头、四爪送与张太公，止留虎皮自用。邻众作谢散去。后人有诗，单赞杜、薛二子幼年打虎之勇。诗云：

天生豪杰年幼冲，徒手格虎人中龙。
此日峥嵘露头角，四海烈烈扬英风。

阿丑自打虎之后，每每思念冥中父亲所嘱公孙相会之语，不敢远出，只在庄前伺候。一日午饭后，身子困倦，坐在槐树阴下打盹。一觉睡去，直至将晚未醒。正鼾睡间，被人叫唤惊觉。站起身，擦着眼睛，口中咕咕哝哝骂道："是那一个鸟娘养的，惊醒我的睡头。可恶，可恶。"只见一个老者，立在面前，笑道："小官儿这等嘴尖骂人。我老人家因贪赶路程，天晚遇不着饭店，到贵庄借宿一宵，因此惊醒你，休得发恼。"阿丑仔细看时，这老者生得白净面皮，长髯似雪，身躯瘦健修长，容貌清古。头戴一顶漆纱道巾，身穿青绢沿边黄布道袍，腰系绒绦，脚着多耳麻鞋，手执龙头拐杖。阿丑心下大惊道："异事！阴府父亲所言，果然不虚。"忙应道："老公公，里面请坐。适才睡梦里，失口冲撞，莫怪。"老者道："多谢，多谢。好一个乖觉官儿。"阿丑领老者进庄内禅堂椅上坐下，走入方丈，见林澹然禀道："外有一位老者来借宿，不知老爷肯容他么？"林澹然道："是单身，还有伴当？"阿丑道："止是一个老儿。生得极其清健，像道人打扮，并没甚伴当。"林澹然道："既是孤身老者，留宿一宵不妨。你去掌起灯来，待我出去接见。"阿丑即在佛面前点琉璃，又烛台上点起一对红烛。

林澹然步出禅堂看时，两下俱吃一惊。原来老者不是别人，就是杜成治之父杜悦是也。当时林澹然认得是杜悦，杜悦认得是林澹然，两下不期而会，心下大喜。叙礼已毕，分宾主坐定。林澹然道："自从老丈分别之后；经今十余年。贫僧深感厚恩，未尝顷刻敢忘，不意今日偶尔相逢，真是奇遇。老丈一向何处栖身？目今为何事，打从小庄经过？"杜悦道："一言难尽。老朽自与老爷拜别后，屡屡在边庭打探小儿成治消息。闻人传说，小儿已为都督，老朽打点行装，欲赴梁国任所，希图一会。不期命蹇，染了疯疾，满身麻木，不能行动，几乎命染黄沙。又亏永清僧弟接入庵内，请医调治，整整在床睡了数年。不意客岁永清又已弃世。闻人传说，小儿为救游僧，被朝廷提究，一时惊死，人离家破。老朽恨不得身生两翅，飞去寻觅，无奈染此恶疾，止好朝夕悲哭而已。去冬方得病体痊安，可以行动。今措置盘缠，要到梁国访问的实下落，不想得遇老爷，实出望外。"说罢，两泪交流。林澹然亦垂泪道："令郎官为总兵都督，仁威远播，朝野皆钦。小僧向年曾与相会，言及老丈传与家报，都督见书大恸。临别时托小僧传上老丈，或得会面，速至武平圆聚。不期令郎为释放小僧，贻累身死，是小僧害了令郎。每思及此，肝胆皆裂。日前已着小徒到梁打听宝眷消息，都说道令郎身死之后，有妾冯氏，生得一子。不幸令媳夫人和妾，相继而亡，家业又遭回禄，令孙不知下落。小僧拳拳在心正欲着人寻访令孙踪迹。今得老丈至此，实为天幸。但可伤永清老师早已归西，未及一吊，贫僧负罪实多。老人家不须远涉风霜，只在敝庄安养罢了。"杜悦听罢，苦切不胜，哭道："我那儿，我那孙子呵，却从何处得见你也！闪得我老骨头无投无奔。"说罢，跌足痛哭。

　　正哭间，屏风后转出阿丑来，将杜悦衣襟一把扯住，叫道："我的公公，今日方才得见你面！"杜悦悲苦不禁，被这阿丑扯住，没作理会处。林澹然喝道："这畜生又来疯颠作怪，什么模样！"阿丑喊道："阿丑不颠，今日认公公也。"林澹然怒道："这畜生，谁是你公公？不放手时，活活打死。"杜悦道："老爷且慢打，其中必有缘故。小官，你为何就认我是你公公？"阿丑放手道："前月那夜跌死，见我父亲杜都督，哭说林老爷救我公公杜悦性命，如此这般，细细嘱付。说公公月余后，必来庄上，教我相认。又说我是遗腹子，妾冯桂姐耽孕十七个月生的，名叫过儿。适才公公和老爷说及借宿缘由，与冥府父亲说的无二，不是我公公是谁？"杜悦道："莫非你听得我与林老爷所讲，就捏出来的？"阿丑道："我自小不认得爹娘，又不知前前后后的事，如何捏得出？公公你不信时，将左手出来看。父亲说，公公左手背有三点寿瘢。"杜悦笑道："这小官忒也灵变，见我左手拿着拐杖，有三点瘢，就说是父亲教的。"阿丑争道："这寿瘢是我看见了，父亲还说公公右脚面上有一颗黑痣，难道也是我看见了谎说的？"杜悦听了，愕然大惊，对澹然道："果然老朽脚面上有此黑痣，真是我的孙儿了。"林澹然笑道："世间有这样异事？阿丑初来时，俺便觉有些心动，不想公孙今日于此相会，真乃千古奇逢。"杜悦将阿丑细看，声音笑貌，实与杜成治有几分相似，不觉扑簌簌泪如雨下，一把将丑儿抱住，悲喜交集。阿丑也扯住杜悦叫公公。林澹然道："老丈不须发悲，公孙奇会，莫大喜事。"杜悦谢毕，林澹然教道人摆下酒食贺喜。杜悦上坐，林澹然下陪，阿丑打横，仍旧改名过儿，三人尽欢而饮。林澹然道："一向感承令郎救命之恩，奈无门路可报，今得老丈与今孙在此，实惬俺怀。"杜悦称谢不已。林澹然心下大喜，酒阑席散，着道人掌灯，送杜悦耳房安歇。

当夜林澹然想起杜成治释放致死情由，今幸公孙相会，于此养其老，抚其孤，亦可以报其德了。但永清长老代俺视发皈禅，复赠礼物，心常感激，欲见而不可得；今又仙游，不胜伤感，一夜不能安寝。次早起来，备办祭礼香烛，设立神位，请杜悦为祭主，向西遥祭。林澹然跪下，亲读祭文云：

> 维大齐天保八年七月望日，沐恩剃度弟子林太空，谨以香花蔬食，清供于圆寂大恩师永清住持之灵曰：唯师菩提早证，彼岸先登。舍慈航而普度群迷，转法轮而弘施戒律。念人空尘俗武夫，荷蒙济拔。棒喝之下，收转雄心；摩顶之余，顿开觉路。恩同天地以无涯，欲报涓埃而莫罄。敬陈菲供，用展鄙私。尚飨。

读罢，涕泪交流，恸哭一场。杜悦、过儿和苗知硕等，无不垂泪。祭毕，杜悦拜谢，方才散了祭余。

是夜三更，林澹然入定之际，恍惚见两个青衣人带着一个和尚，项上系着铁索，向前稽首道："承法师盛祭，特此相谢。"林澹然跨下掉床看时，正是永清长老。林澹然执手悲咽，问道："吾师戒行清高，立心正直，既已谢世，即当往生净土，何至于此？"永清道："贫僧出家以来，谨守清规，毫忽不敢妄行。只因昔年盖造观音堂，缺少钱粮，写一纸借契，往山下万员外家贷银二十两。那员外是一位好善长者，不收文契，照券兑银与我，说道不取利息，止要还本。不期那长者半载之后，抱疾而亡，其子幼小，贫僧延捱未还，负此一件钱债。临终之后，将我押至冥司。阎罗天子大怒，喝骂出家人不持戒行，瞒心昧己，负债不偿。本当押赴阿鼻，幸不犯酒色，尚有可解。暂禁本狱，待填还此债，方转轮回，托生阳世。贫僧久系囹圄，无便可出，昨感法师祭礼，阎罗天子放我出来，道：普真卫法禅师祭汝，乃是汝一条托生门路。着这二人弓；我至此叩谢。烦法师令家兄往问月庵，对徒孙卜了性说，取我那一纸北山弄口的田契，原田五亩，价值四十余银，送至万员外家里。说此一段因果，其院君必然收领。若得如此，则贫僧有托生之机。乞法师留神，万万莫误。"林澹然听罢，惕然惊骇，应允道："明日即使令见前去，不必忧虑。"又与青衣人役道："看山僧薄面，去了绳索。"那二人道："禅师严命，焉敢有违。"即取下铁索。永清长老千恩万谢，作别回去，林澹然方才醒悟。

次早就对杜悦说知，杜悦悲惨不已，打点行囊，就央苗知硕作伴，即刻起程。不一日来到泽州析城山下，径进问月庵，却好卜了性迎着见礼，问道："杜老大贵恙痊可，说往武平郡寻觅令郎，何以至此？"杜悦将永清长老负债托梦，与林澹然取契情由说了一遍。卜了性大惊，一面整饭管待，一面取契，与杜、苗二人，同至万员外家，对院君拜还，说此情由。院君欢天喜地，收了田契，再三留住酒饭。杜悦等辞谢回庵，与卜了性作别，取路回庄，覆了林澹然。林澹然大喜，夜间又梦永清长老来作谢，眉开眼笑，不是以前愁苦形像。向前道："贫僧荷蒙法师教度，今将托生四川青州府中富家为男，向后还有相见之日。"林澹然再欲问时，早已惊醒。自此以后，杜悦留在庄里过活。

时序易迁，光阴迅速，又值仲秋天气。城内张太公着家僮来说："先生开馆，接薛小官读书。"林澹然即打发过儿与薛举同进城去攻书。杜悦欢喜，自送孙子到馆中来。与先生相见礼毕，献上礼物，求先生与过儿取名，先生即取名为杜伏威。杜悦自回庄去，不在话下。

却说这杜伏威行动百般伶俐，但到读书，磕睡就来。况兼甚是顽劣，只待先生回去，就和薛举扑交要拳，攀梁溜柱。先生频频责罚，二人烦恼，暗中商议。薛举道："叵耐先生无状，屡屡责我两个，此恨何以报之？"杜伏威道："有一妙法，弄这老杀材，管教他命在须臾。"薛举道："这老猾贼焉能够摆布得他死？"杜伏威道："要他死何难，但系师长，于心不忍，止令他死去还魂，泄我二人之气。我识得一种草药，甚青翠可爱，是一牧童教我的，生在城外一座土山上。他说这药名为鬼头塞肠草，第一厉害。譬如怪这个人，将这草抹在他溺桶上，那人放溺时，这草的毒气就钻入肚里去，立刻肚腹作肿，前后水火不通。不消三二日，断送一条性命。或擦在他裤子上也好。我问他，害人性命，也不是妙药。牧童说，另有解药。如若骗人胀了一二日，要解时，用粪清汁吃下，登时可解。我把这药草紧紧记在心里。如今老死囚苦苦与我作对，不如将此草奉敬他一奉敬，即报了此恨了。"薛举道："药草却在城外，怎地一时取得？"杜伏威道："趁今晚赶出城，明早取了药草，登时奔进城来，尚不为识。"薛举道："果然如此甚妙，快去快来。"杜伏威即抽身拽开脚步，临晚闯出城外。时天气尚热，在山凹里蹲了一夜，待天色微明，上岭拔了草，藏在抽里，依旧取路奔入城来。

却说先生侵早起来，不见杜伏威，问张善相："杜伏威何处去了?"张善相道:"不知。"问薛举,也道不知。直到辰牌时候,杜伏威喘吁吁地来了。先生喝道:"你不读书,却往何处去闲耍?"杜伏威道:"学生昨晚在门首,见庄内道人来城里买水果,说我公公身子不健,学生心下计念公公年老,连晚出城探望,幸而已好。今早林师太着我进城来。昨晚心忙,不曾禀过先生,乞饶恕这一次。"先生道:"瞒我出城,本该重责。闻公公有病,连晚问安,尚有孝顺之心今次饶你,快去读书。"杜伏威将脖项缩了几缩,舌头伸了两伸,且去哼哼地读书。捱到日午,先生吃饭,杜伏威趁入先生卧房里,掀开马桶盖,将袖中药草揉烂,涂在马桶四围沿上,依旧盖了,复身入学堂来。心中暗想:"这草药未曾试过,不知有灵应否?且看何如,再做计较。"半日无话。

看看天色将晚,先生进房里去方便,坐在马桶上,只觉得腿和阴子屁孔就如有物辣的一般,刺得生疼。先生立起身来看时,马桶又是洁净的。复坐了,欲大解时,挣了半晌,挣不出一些。要小解时,挣得面红耳胀,撒不下一点。先生心下大惊道:"这又是作怪,为何水火俱闭了?"不多时,陡然阴囊胀大如斗,腰腹作疼,两脚移动不得,只得上床睡了。捱至更深,愈觉疼痛不止,渐加沉重。

正是:

  天有不测风云,人有暂时祸福。

毕竟先生性命何如,且听下回分解。

第二十一回

窃天书后园遣将　破妖术古刹诛邪

诗曰：

> 秘篆真符出洞天，男儿获此可登仙。
> 灵文初试钦神鬼，兵法新传继侠禅。
> 春日密韬文豹略，秋香公忿牝鸡冤。
> 妖淫胆丧英雄手，只恨衰椿不大年。

话说先生得病，十分沉重，张善相忙入后厅，和张太公说知先生病重。张太公慌了，亲到书室来看，见先生睡在床上，不住声叫疼叫痛。张太公问道："老师染何病症，这般呻吟苦楚？"先生哼道："学生蒙长者相延，感激不尽，多是福薄，不能消受。一时无故染此笃疾，竟莫测致病根由。天降灾殃，谅来多死少生。若有疏虞，望乞收殓，若得骸骨归乡，感恩于九泉之下。"张太公劝道："不妨，耐心调理，决然无事。"太公口虽劝慰，心下忧慌，当晚接连三四个医人诊脉，这个道是感冒风寒，那个道是虚火所激，又有的说是中毒，又有的说是犯邪。三四个医生东猜西扯，没做理会处。大家商议了多时，共撮一剂表寒散大解毒驱邪的药。太公亲自煎与先生吃下去，只指望病好，岂知反添胀痛，揸床拍席，几次发昏，搅得张太公一家不安。使人去占卜祈签，说道犯了什么二司大王、三郎五道，又有阴魂作祟。太公登时安排祭礼，邀请道士禳星发檄。缠了一夜，先生病体愈重，不曾减得分毫。有诗为证：

　　医卜由来出圣书，个中精奥少人知。
　　祈禳药饵皆无益，说破真方病即除。

却说杜伏威和薛举一床睡着，两个暗暗地冷笑。直到天明，薛举醒来，对杜伏威道："那鸟娘养的，不知夜来心事何如？"杜伏威应道："这会儿正当紧要处，铁汉子也要化做汁哩！须待临期，方可解救。"两个在床里说笑，不提防隔墙有耳。张家一个丫环，名唤嫩红，托茶出厅上与太公吃，打从杜伏威窗外经过，听见他两个在床上这般说笑，却思量道："若如此说，这两个小官必然知先生病的来历。"递茶与太公吃毕，嫩红对太公说："我适才托茶打从杜、薛二小官窗前过，听得薛小官口里这般问，杜小官这般回答。若要先生病症好，除非问他两个，便知端的。"太公惊道："原来如此。小小年纪，只恐是说耍，你去叫他两个出来，待我问他。"嫩红走近房前叫："两位小官，太公相唤问一句话。"两个应道："来也，来也。"即爬起穿衣。薛举道："叫我二人说什么？莫不是走了马脚？"杜伏威道："不妨，有谁人知道？若问时，只推不知便了。"同出厅来，对太公唱喏。太公笑道："先生这样病重，你两个可也睡得安稳？怎地救得他，方是师生之情。"薛举道："好笑！我年幼小，但晓得读书，那里会医病？"杜伏威笑道："太公真是年纪高大，有些颠倒。昨晚那几个有名的医士，却也胡猜乱猜，医不好病，反来问我小厮们怎生救得他，这唤做活捣鬼。"太公心里暗想道："若说破了，这两个猢狲决然一口赖住，不如且哄他一哄。"当下笑道："既是你们不能救先生，只索罢了，为何反冲撞我老人家？快进里面吃早膳。"两个板着脸走入去了。

不多时，太公着家僮单叫杜伏威出来。杜伏威问道："太公又唤我何事？"太公道："先生在房里睡着叫苦，你进去问一问安，才成个学生的道理。"杜伏威道："太公说得是。"即到先生卧房中去了。太公走入轩子内来，见薛举靠着桌儿吃粥。太公埋怨道："你这小厮忒也狠毒！自古道：天地君亲师。先生如父母一般，怎地下得毒手，将他害却性命？"薛举睁眼道："太公好没来由！先生自染病，干我鸟事？"太公道："这小厮还要嘴硬！适才问杜伏威，他说都是你弄那法儿去害先生，又说还有甚法儿可解，他已一一招认，你还厮赖？"薛举大怒道："这小猢狲！你自怪先生责打，去城外寻什么鬼头塞肠草做弄先生，反推在我身上。"太公道："他说有药可解，你快说出，不干你事。"薛举道："什么药解！将粪清汁吃下去，便好了。"太公也不说破，忙令家僮去买了粪清，烫热了，与先生吃下去。顷刻间腹内骨碌骨碌的响了几阵，要净手。太公叫另拿个净桶与先生，一连解了两三次，疼止肿消，果然一时平复。睡一觉，吃些粥汤，便下得床来，坐在房里将息。只听见门外人声喧闹，有人厮打。先生走出门看时，却是薛举和杜伏威揪发狠打。先生喝住了道："我病体略得宽爽，你两个又在这里厮闹恼我，成甚规矩！"薛举、杜伏威见先生骂，俱各放手，气忿忿两下立着，俱不做声。张太公拄着拐杖，跑出来道："先生不要发恼，你的性命，全亏他两个相救。"先生惊问其故，太公将鬼头塞肠草、粪清解毒缘故说了："两个互相埋怨泄漏了机关，因此厮打。"先生怒道："不争这两个小厮如此无礼反来捉弄师长！"太公道："看老朽薄面，不要计较他罢。"先生踌躇一会，叹口气道："令孙学问日长，须请经儒教授，以成大器。学生才疏学浅，恐误令孙大事，即此告辞。况薛、杜二子，今虽粗卤顽劣，察他气宇不凡，他日必成伟器。学生明早拜别太公便行。"太公再三款留，先生坚执要去。太公无奈，次早赠送修仪礼物，待了酒席，告别而去。

太公见先生已去，令家僮送薛、杜二生回庄。林澹然见了，问二子何故回来,家僮将弄先生的事端,告诉一遍,故此先生不乐,辞馆而去。林澹然大怒道:"两个畜生恁地不知抬举,不用心攻书写字,反去干那蛊毒魇魅的事,甚为可恶!"拿竹片要打,苗知硕等劝住,骂了一番,打发家僮回城。至九月初旬,张太公另请一位西宾,又着家僮来庄里见林澹然,接杜、薛二生读书。林澹然唤两个同到方丈中道:"目今难得张太公另请一位先生来,呼唤你二人赴馆,你两个收拾快去,若再如前做出事来,重责不恕!"杜伏威摇手道:"不去,不去。当今离乱之时,读那两行死书,济得甚事!不如习学些武艺,图一个高官显职,有何不可?不去读那死书了。"薛举道:"我也不去,只随着老爷学武艺罢。"林澹然心里暗想:"这二人分明是武将规模,何苦逼他读书,且由他罢。"便道:"你两个不去读书,小小年纪,却学甚武艺?不去也罢,但不许在外面生事,早晚要担柴汲水,勤谨做工。若有不到处,一体罪责休恨。"薛举、杜伏威齐道:"情愿跟随做工,不去赴馆了。"林澹然写帖辞谢,发付家僮回城去了。

  时序易迁,转眼间又是隆冬天气。时值十二月十九庚申日,正合通书腊底庆申,一切修造、迁葬、祭祀、求神、俱吉。张太公家里新塑一尊值年太岁灵华帝君,延接一班平日诵经念佛的老道友到家念佛。先一日,着苍头具柬到庄里接林澹然、杜悦等同临佛会。林澹然甚喜,次早同杜悦、苗知硕、胡性定、沈性成入城里来,留薛举、杜伏威和道人、行僮等看庄。薛举和一班小厮们自去闲耍,道人、行童等无事,到日午吃些冷饭,闭上庄门,各自放倒头寻睡去了。这杜伏威独自一个在禅堂内弄棍舞枪。耍了一回,走入方丈里开食厨,寻点心果子吃,不见一些。心里想道:"昨日厨内有若干果子食物,今日为何一空?毕竟是老爷藏过了。"径奔到林澹然卧房里来,只见房门紧锁,无匙可开。当下生个计较,撬开红漆禅窗,从窗槛上爬进去,寻着食箩,取出几个炊饼来吃,又藏些果子在袖里。正要抽身跳出,忽见经桌上堆着几部经卷,杜伏威逐本拿起来看过,翻到书底,寻出一卷书来，甚是齐整，比诸书不同：绿闪锦的书面儿，白绒线装钉，正面签头上写着"天枢秘箓"四个楷字。揭开看时，雪白绵纸上楷书大字，是林澹然亲笔誊写的目录，上写着"遣神召将卷之一"。杜伏威逐张揭开细看，却是些法术符咒变化的神书。心下大喜，将书藏在袖中，复翻身爬出窗外，将窗扇依旧闭上，一溜风走到方丈里坐定，悄悄开书，默诵那词咒。

至晚不见林澹然回来，薛举和道人、行童，俱已睡了。杜伏威虽然睡在床上，一心想着"天枢秘箓"，眼也不合。想了一回，暗把读过的词咒，又背一背看，恰也一字不忘。心下算计道："趁今夜老爷等不在庄，道人等又都熟睡，不如乘着星光月色，请一请神将，试看他来否？"忙起来披了衣服，悄悄走出房外，拽步入后边花园里，依书图谱，按着罡步，捻着诀，口中念动真言神咒。可煞作怪，霎时间只见狂风骤起，吹得毛发皆竖。风过处，忽然现出一尊神将，生得身长丈余，头大如轮，三眼突出，两鬓蓬松，赤脸红须，獠牙似锯，头戴束发紫金冠，身穿锁子连环甲，脚登黑皮靴，手执镔铁锏。高声问道："吾师宣召，有何法旨？"杜伏威见了，唬得魂飞魄散，目瞪口呆，这花园里一时无躲处，跌转身，拼命奔入墙侧东厕里藏避。又听见那神将大喝道："既召吾神，为何不出来相见！果有甚的差使？"杜伏威寒簌簌地抖，不敢做声。那神将见没人回答，又喝道："法师既无差使，召我何为？快快遣发我去也！"杜伏威心里想道："我只读得召将的神咒，不曾见甚遣将的法儿，怎么打发得他去？只躲在东厕里不做声便了。"那神将见无人答应，在花园内四围寻觅，行至东厕边，觉有生人气，发怒提锏打将进来。奈东厕是秽污之处，要上天庭，不敢入去，只将铁锏东敲西击，呼呼喝喝，直到五更，四下里鸡鸣了，那神将只得飘然而去。这杜伏威在茅厕上蹲了一夜，惊得骨软身麻，不能动弹。捱到天晓，精神困倦，不觉就睡着在东厕板上。

却说林澹然、杜悦等，在张人公家内做一昼夜道场，至天明吃了早饭，辞别太公回庄。薛举同道人等都出庄来迎接，只不见杜伏威。林澹然问："杜伏威何处去了？"薛举道："昨晚和我上床同睡，天明起来，不见了他，不知那里去了。"道人、行僮一齐道："果然昨晚闭门，一同歇息，今早不知去向。"林澹然笑道："这小子又不知何处顽耍。"着道人、行僮，庄前庄后、小房侧屋处遍寻觅，并不见影。一个行童寻到后园内假山边，花树丛中，到处寻过，亦不见踪迹。打从西首穿径而过，只听得东厕里鼾声如虎。行童探头张望，却正是杜伏威睡在那里，慌忙叫醒道："小官人为何在这香筒里打睡？住持老爷和你公公回来寻你哩，快去，快去！"杜伏威怒道："我正睡得熟，你这狗才大胆，来搅醒我的睡头。"行童道："这是什么所在，还要贪睡？遍处寻你不见，却反嗔骂人，且去见老爷，不要拖累我。"杜伏威道："见老爷却待怎的！"同行僮进禅堂里来。

　　林澹然问道："俺不在庄，你夜间却往何处顽耍？"行僮掩着口笑道："小官睡在后园东厕里打鼾，适才还嗔我叫醒了，口里兀自咕咕哝哝地骂。"杜悦恼道："这野畜生奇怪得紧，真好不知香臭，为何在这茅厕里睡？"林澹然道："你因甚好床好席不睡，反去投坑厕当作安乐堂？"杜伏威瞪着眼不做声。林澹然见他如此，思量了半晌，猛然省着：昨日卧房窗子不曾上得插箭，书籍不曾收拾得好，莫非窃见天书，在后园胡乱干什么勾当出来？喝令杜伏威跪在佛厨前，急抽身到卧房，开了锁进内，看窗子时，又是关的。但见桌子上书卷，已是翻得乱乱的。慌忙开书厨寻三册天书，只有中下两册，不见了"天枢秘箓"，桌上细细检寻，也不见有，谅来是杜伏威偷了。就问道人："昨日夜间曾听见甚的响动么？"道人都道："没有甚的响动，但是睡梦中，听得远远有呼喝之声，不知何处？"林澹然道："不必说了，是这小泼皮干出事来也。"即唤杜伏威："快拿天书还我！"杜伏威不敢隐匿，袖中取出来，双手递上。林澹然接了笑道："你昨夜请何神道？可直说来免打。"杜伏威道："昨日我看见这书上面，第一卷就是召请天神天将。我日间暗暗将词咒记了，乘老爷不在，黑夜园中试耍。才念得几句咒语，不知怎的这般灵验，一尊神道就来了，生得厉害怕人。我慌了，只得躲避东厕里，被那尊神道大呼大喝，东敲西击，寻人厮打，直到天晓方去。因吃了惊，故此一时睡去，乞老爷饶恕则个。"林澹然道："还是你造化！若不往茅厕里躲避，这一铁锏打做肉泥。罢罢罢。也是前定之数，这本书就传与你，朝夕用心攻习，不可漏泄天机，异日求取功名，皆在此书之上。"杜伏威接了天书，公孙二人拜谢。以后逐日杜伏威求澹然指点传授，一步也不出门，昼夜习演天书、兵法变化之术。有余工夫，在后园里同薛举习学十八般武艺，杜伏威使一杆长枪，薛举使一枝方天画戟。数年间，两个武艺都已精熟。

　　杜伏威又早十六岁了，薛举年登十五。一日林澹然在禅堂里闲坐，正值早秋天气，金风初动，天色微凉。杜伏威、薛举二人闲立在檐下，林澹然唤二人近前道："我向来教你们的武艺，未知二人谁勇谁怯。趁此清秋天气，你两个比较手段高下若何，以决前程。"杜伏威、薛举二人听了，心下欢喜，提着枪戟，敢勇争先。林澹然喝教："住手。不是这样争斗，轮枪动戟，恐有伤损。"令道人取两株直细竹竿，竿梢上紧紧扎了旧布，上都蘸了湿石灰。二人各穿一件青布道袍，仅拿竹竿在手。澹然分付道："各要用心，道袍上如着灰点多者，即为输论。"两个笑嘻嘻地挺着竹竿，丢一个架子，分开脚步，各逞手段，一来一往，在园中斗了八九十个回合。林澹然喝令暂歇。两个斗到深处，那里肯住？两条竹竿，就如龙蛇飞舞。二人复斗四十余合，林澹然又喝教住手。两个收了枪法，林澹然唤近前看，杜伏威肩膊上着了两点，左腿上着了一点，薛举只右臂上着一点。林澹然笑道："若论狡猾，薛举不如杜伏威；武艺精熟，杜伏威不如薛举。两个还要用心习学，不可懈怠。"杜伏威、薛举一同谢了。自此二人更加精进，每日操练武艺。又是月余，正当八月初旬，但见：

> 凉飚荐爽，井梧一叶飘零；溽暑退收，征雁数行嘹呖。闺中少妇忆征夫，砧声韵急；边塞戍军悲苦役，画角凄清。甫睹流萤穿户牖，又闻蟋蟀叫阶除。

杜伏威、薛举一日在庄外闲耍，听得人传说铁佛庵后庭桂花盛开。二人禀知林澹然，要去一看就回。澹然应允，二人欢喜无限，往铁佛庵来。进入后园，果然桂花开得十分茂盛，香闻数里。这花园有百余亩宽阔，傍墙左右，俱种桂花，约一二千株，深浅黄白相间，尽皆开放。园中游赏之人如蚁，俱席地而坐于桂花树下，酣歌畅饮，热闹得紧。昔贤僧仲殊有词为证：

> 花则一名，种分二色，嫩红妖白娇黄，正清秋佳景，雨霁风凉。郊墟十里飘兰麝，潇洒处旖旎非常。自然风韵开时，不许蝶乱蜂狂。把酒独揖蟾光，问花神何属。离兑中央。引骚人乘兴，广赋诗章。几多才子争攀折，嫦娥道三种清香：状元红是，黄为榜眼，白探花郎。

二人看玩半晌，徐步出庵，行至村口酒店中坐下，小酌数杯。店家搬过酒肴，两个正饮酒间，只听得店后人声喧闹，侧耳再听，却像一个少妇声音，闻得骂道："你这老不死的猎狗，馕饭的歪货！阎罗天子偏没眼睛，不勾你这老怪物去，我好恨也！"又听得一个老妇人呜呜咽咽的哭。那妇人恨恨地骂不绝口，又一男子劝道："我的娘，不要恁的淘气了，骂这老死坏打什么紧？反恼坏了你自家的身子，耐烦些罢了。"那妇人又发狠骂道："冷枪戳心的忘八，长刀剁脑的乌龟，热油灌顶的杀才，要你劝我怎的！你的两只鸟眼又不瞎，好端端的一个孩子睡在桌上，教那老猪狗看守着，为何不用心任他跌下地来，跌了一个青疙瘩。我的肉呀，好疼也！若平安无事，只索罢休；我这块肉若有半点儿差池，剥你这老猪狗的皮！"一面骂着，一面将碗儿盏儿家伙，打得乒乒乓乓地响。这男子陪着冷笑道："我的娘，好意劝你，岂知反恼着你。是我劝的不是，该打，该打！"那妇人千乌龟、万老狗骂个不休。

杜伏威听了，心中甚觉厌恶，见店里一个老妪在窗前绩线，问其缘故。老妪低低道："二位官人请酒，待老身从容告诉。敝村中共有五七百人家，都倚傍着这相闹的富户过活。"薛举道："这厮是什么人？如何有此力量，养活得满村百姓？"老妪道："这富户姓羊名委，号做畏斋。祖父贩卖私盐，做成偌大家业，田园广有，屋宇尽多。本村民户，若非种田赁屋，即是借本经营，个个与他有首尾，资着他的，因此受他管辖。"杜伏威道："适才被骂哭的，与那骂人的女人，却是兀谁？"老妪蹙着眉头叹道："可怜，可怜！那哭的是羊委之母亲封氏，孀居已久，只靠着羊委一子。那悍骂的是羊委的妻子尤氏，倚着父兄势耀，纵着自己泼性，打夫骂婆，终日价吵闹。老身在此间壁住，受他絮唠，好生听不得。"杜伏威道："你贵村好邻舍，这没妇人忤逆不孝，何不连名呈举？遣他离了此处，也得清净。"老妪摇着头道："天呀，谁敢在太岁头上动土？人若惹了这女人，小则撩裙秽骂，大则服卤悬梁。年前这女人拿着一条杆棒，正在门首打汉子。一位过路客官见了，大是不平，讲道：男子汉堂堂六尺之躯，顶天立地，不能正室家，反遭妇人凌辱，这样人空生在天地间，不如死休！这尤娘子听了，大发雷霆，丢了丈夫，敲起锣来。少顷隔溪走过他父兄、庄客一干人，将这客官痛打一顿，结扭到官。两下大兴词讼，经过数重衙门，方得完结。"薛举道："这厮丈人、舅子是何等之人，敢如此胡行？"老妪道："他丈人名唤尤二仁，是本府提控。长子尤大伦，充总镇司椽史。次子尤大略，是本县押司。三子尤大见，有些膂力，捕盗得功，做了总管府营长。一来家道富足，二来衙门谙熟，三来人强势旺，故此任意横行，谁敢逆着他？当初此村名为雁翼街，自从尤娘子嫁来，却改名雌鸡市了。每年春秋二社，羊家为首，遍请村中女眷们聚饮，名为群阴会。羊家新刊一张十禁私约刷印了，每一家给与一纸。又于土谷神祠张挂禁约，各家男子，都要循规蹈矩，遵守内训，犯禁者责罚不恕。稍违他意，便率领凶徒打骂，因此人人怕他。"杜、薛二人拍掌大笑，又问道："妈妈，那私约上怎的讲来？"老妪道："有一纸在此，奉与郎君自看。"打开针线匣，取出禁约，递与薛举。薛举展开和杜伏威一同观看，《禁谕》写道：

雌鸡市地方人等公议，为禁约事，凡例十余，各宜遵守，开列于后。
计开：
一、禁嫖赌。凡赌者必致盗妻之衣饰而反目，嫖者未免忘妻之恩爱而寡情。有一于此，巨恶不赦。本村男子有犯此禁，绑至土地庙内，社长责青竹片三十下，罚银参两，以助公费。
二、禁凌虐正室。世上女流最为烦苦，生育危险，井臼艰辛，如鸟锁樊龙，鱼游鼎釜。尔等男子宜体恤深加爱护，低头下气，受其约束。倘有恃己凶暴，侮慢正室者，拘至庙中，鸣鼓叱辱，任从本宅娘子亲责巴掌数十，仍罚银一两公用。
三、禁擅娶妾媵。凡人子嗣，自有定数，岂因嬖宠而可广延？好色之徒，假正室无嗣之由，别买娇姿，朝夕取乐，结发反置不理，深可痛恨。凡我乡中，宁使绝后，毋得轻娶侧室。违者面涂煤靛，众共杖之。即判将妾离异，财礼公用。
四。禁狎昵婢仆。凡美婢俊仆，每能夺主之爱，侵嫡之权，殊当痛革。我乡中有丰裕者，只许蓄邋遢苍头、粗蠢婢子，聊供使令而已。犯禁者罚米二石斋僧，其婢仆尽行驱逐。
五、禁丧妻再娶。古云：烈女不更二夫。妇人重醮者为失节，则男子失偶再娶者岂为义夫？本境如有鳏居，不问年之老少，子之有无，一概不许续弦重娶。犯者任娘家白白领回，毋许争执，不服众殴。
六、禁夫夺妻权。盖妻为内助，乃一家之主。事无巨细，成当听其裁夺，然后施行。若男子不先禀命，辄敢自行专主者，头顶重石一块，跪三炷香；不愿跪者，打嘴巴二十五掌。
七、禁纵饮游戏。夫耽乐饮酒，则房闱情疏，博弈游畋，则枕席爱浅。本境除婚丧、群阴社、馒房、庆诞贺育之外，毋得呼朋拉友，引诱少艾，酣饮博唱。犯者罚钱二千，赏守法者。
八、禁出入无方。世上男子心肠最歹，在家不畅，必然出外鼠窃狗偷，暗行欺骗奸淫之事。女流深处闺中，焉知其弊。今后男子凡出，必须禀命正室，往某处，见某人。归则禀覆明白，方许进膳。如有倔强汉擅行出入，或作暧昧事而诡言遮饰者，不许饮食，罚水十碗，拔出鬓毛，打孤拐二十下。

九、禁妄贪富贵。功名富贵，从来天定。世之贪夫俗子，不思安分守己，妄图侥幸，抛妻撇子，久出远游。那知妻守孤灯独宿而泪零如雨，室中寂寞对月而梦逐云飞。千样离愁，百般慨叹。纵使利得名成，而既往青春，已成虚度，此恨怎消？反不若耕种开张，夫妻欢聚，母子团圆，免使深闺有白头之叹。即出佳者，必挈妻子同行，共享富贵，勿致妇南夫北，两下参商。有违此禁，群起而攻。未获富贵于未来，先作俘囚于床下。

十、禁不遵条约。国有政，家有法，总属天理人情，共宜遵守。前禁九条，俱齐家正身之本，束缚狼心狗行之规，至要道也。苟能遵此，可称仁里；否则伤风败俗，浇莫甚焉。倘有鼠辈不遵前约，则先痛打而后议罚，必不轻贷。

右禁约乃众社长之公议也。凡我同盟，互相劝勉，学做好人。其中设有不才女人，为夫隐过者，合乡女眷共叱辱之，罚公宴一席。凡我社中诸女眷，两邻知而不举者同罪。犯禁之汉不受约束，众嫁其妻，使永为鳏夫。

某年月日，右约谕众知悉

二人看罢，踊跃大笑。薛举大叫道："好一个正身齐家之本，妙，妙！"老妪摇手道："官人禁声，切莫闯祸！"此时杜伏威有几分酒意，怒上心来，厉声道："这悍妇只可欺那缩头乌龟，敢惹谁来？若荡着小杜，教他知我拳头滋味！"老妪慌张道："是老身多口的不是了，郎君切莫高声。若惹了这癫疯子，老身便是死也！"杜伏威瞋目道："老妈妈怕他怎的？那泼妇人来和你厮闹，我自对付他，莫怕。"薛举起身道："日已将西，大哥去罢，莫理这闲事，拖累老妈妈受气。"正要算还酒钱出门，不期那妇人早已听得，一片声骂将出来。原来这老妪和二人讲话之间，妇人领着儿子在天井中闲坐，听得此言，一霎时面青眼赤，躁暴如雷，撇下儿子；奔出门来大骂道："何处来的死囚，闯祸的猴子，与这老死鬼诽谤老娘？剥了这老死鬼的皮，揪了这猴子的毛，才见老娘些些手段！"惊得老妪慌做一团，锉到地上。杜伏威大怒，先走出门，薛举随跟出来。二人看那妇人时，委实生得雄壮。但见：

> 头挽一窝丝，鸦鬓浓铺煤黑；脸堆三寸粉，桃吞阔抹指红。乌丛丛两道浓眉，光溜溜一双怪眼，耳坠珠镶，手圈金镯。穿一领鱼肚白生绢衫儿，胸前突挂两枚壮乳；系一条出炉银软纱裙子，脚下横拖一对划船。柳眉倒竖，犹如罗刹下西天；星眼圆睁，却是夜叉离北海。

杜伏威厉声叫道："兀那泼婆娘！你敢揪谁的毛？我正要抽你这忤逆悍妇的筋，你还敢大胆来骂人！"那妇人两手拈了石块，劈面打来。杜伏威低头闪过，跳一步向前，将妇人照胸膛一指，妇人仰面跌倒在地。羊委听得门外喧嚷，急出看时，见浑家被人打倒，十分恼怒。急提一条扁担，照杜伏威劈头削下。薛举接住扁担，只一扯，把羊委撞入怀来。薛举飞一拳去，正中鼻梁，鲜血迸流，晕倒地上。邻舍们都来相劝，一面扶起羊委，搀进屋内。那妇人奔入去，提出一面锣来，当当地敲响。杜伏威分开众人，劈手夺过锣，撩入溪里。妇人将杜伏威衣襟扭定，大头撞来。众人喊叫："男不与女敌，郎君不可动手！"杜伏威让妇人撞了几下。此时满村男妇，云屯雾集，过往的人都立住了脚看打。忽然喊声起处，屋旁抢出十数个健汉来，乃是羊家庄客，各各手持柴棒，攒住二人乱打。薛举两臂一架，早夺了一条大棒，向前打来。众人那里抵挡得住，着棍的纷纷跌倒，谁敢迎敌？呐一声喊，四散走了。那妇人兀自扯住杜伏威的衣服，只死不放。杜伏威性发，双手提起妇人，向空地一撩，方才放手。杜伏威得脱身便走，行不数步，那妇人脚大，如飞赶来。杜伏威回身照脸一掌，打了一个跟跄，又将他衫子一扯，扯断了带子，顺手一拽，却似蛇褪壳一般，衫儿脱下。妇人赤着身子，露着双乳乱跳。杜伏威想道："一不做，二不休，索性教他出一场丑！"又倒拖妇人过来，将裙裤尽皆扯下，浑身精赤。众人呐喊远看，并没一个人向前解救。看官：你道世间男女厮打，毕竟是男子，不是旁人，理应呵叱救援，为何袖手旁观，不行救应？原来这尤氏平日嘴尖舌快，动口骂人，幼年做下些不端的事情，受人几次羞辱。年近三旬，买脱了相交主顾，另立起一个门户来，假卖清乔做作。男子们有事，抢向前吱吱喳喳，巧辩饰非，佯狂诈死，挑拨丈夫，逞强压众。本村妇女看了样子，谁肯学好？故村前村后亲族邻友，个个是厌恶的，外虽趋承，内怀嗔恨。见这般凌辱他，反畅其意，都暗念道："恶人自有恶人磨！"这女人浑身脱剥，赤着两片精皮，少年子弟见了，个个竖起旗竿来。老成的看此景象，甚不过意，见杜、薛二人青年精勇，行凶泼打，庄客等皆近他不得，谁肯舍着性命轻敌？人人畏缩，不敢向前。这妇人虽是凶顽悍泼，到此地步也只索软了，满面羞惭，口中喊骂，两手遮着阴处，没命的奔走，恨不得一脚跨到家里。幸一个家僮将一领布道袍撩将过来，妇人接住披在身上，低着头奔回家去。杜伏威、薛举分开人丛，跳将出来，手提杆棒，笑吟吟取路回庄。

　　正走间，猛听得后面锣声振耳。杜伏威笑道："锣声响处，必有人追来了。"薛举道："纵有十面埋伏，吾何惧哉？"行过二里多路，天色将晚，黑云四起。只见路口林子里一声唿哨，冲出二十余人，各执器械。为首一人，身长体壮，眍眼大鼻，头顶竹笠，身穿直袖短衫，手搦一柄大钯，邀截路口。原来是羊委的丈人尤二仁，听得隔河锣响，谅是女儿有事，正欲来救应，有人报知备细，慌集家僮仆，又请了一位教师，名为朱百文，抄路伺候，刚刚相遇。朱百文跃出路口，见了二人哈哈大笑道："我说是甚样两个三头六臂扳不倒的大汉，兀的是城隍庙中一双小鬼！乳腥尚臭，辄敢横行？"薛举大怒道："汝这眍眼贼囚，有甚手段，敢开大口？速点火把送我二人回府，稍有迟延，每人头上受我一棒！"朱百文舞动大钯，劈脚面扫来，薛举举棒隔开。二人搭上手斗了数合，朱百文一钯搛近膝边，薛举仍退让过，那钯呼的一声响，又见搛至耳根，被薛举一棒掀开，跨进一步，随手棒下，朱百文躲闪不迭，右腕上着了一棍，扑地倒了，钯已撇在一边。尤二仁父子家僮一齐上，杜伏威迎住，一棍早已打倒一个。薛举从旁攻进，两条棍如龙飞电掣，尤家人不敢遮架，只听得唰唰地响，人着棒，个个损伤，棍着棍，根根断折。两下正厮斗间，忽然大雨骤至。伏威当先，薛举断后，直打出路口。尤二仁见天黑雨大，二人勇猛，不敢追袭，只得互相搀扶打伤的人，抽身回去，连夜延医疗治不题。

再说这两个顽皮得胜，冒雨而走，奈何天色黑暗，路途泥泞难行，一步步捱出溪口，浑身透湿。只见溪西有一座庙宇，二人奔至庙前门槛上坐了，商议候雨住再行。看看捱到夜半，倏然云开天霁，一轮皓月当空。二人抬头看时，扁额上写着"孤忠"二字，一同进庙观看。正中神厨内乃是楚相国范增神像，两旁从神俱已零落。薛举道："向闻人说孤忠庙内，白昼出鬼。虽然走过几遍，未曾进内一观，看着何如？"杜伏威道："我正要捉个鬼儿耍耍，进去，进去！"此时破壁中透入月光，照得明白。两个步入东廊，湾湾曲曲，趱进一座土墙。里边是一片大园，谁见败草过腰，蛩声满砌。园尽头有三间大楼，二人登楼凭栏四顾，甚有景趣。正看间，忽见一人闯入园内，手中捧着枕褥走近楼下，少顷趱将上来。二人骇异，将身躲了，暗中偷觑。见那人披着发，赤着脚，生得丑陋，彪形虎体。二人看了，不知是人是鬼，且不做声。只见那人脱去衣裳，裸身赤体，两手捻诀，双眼直视月中，踏罡步斗，口中念念有词。倏忽之间，空中一妇人，赤身披发，乘风而至，直入楼中，见了那人，蓦然睡倒。那人忙抱褥子与妇人垫了，将枕枕了头。妇人如醉的一般，任他所为。杜、薛二人，即闪入神厨后黑影中藏避，悄悄张他。只见那人浑身精赤，搂抱着女人，正欲云雨。杜、薛二人看了，按纳不下，跃出大咤一声，喝道："何处妖邪，来此行这不法之事？不要走，吃我一棍！"那人吃了一惊，急忙跳起，跑下扶梯。二人随后追下，直赶出土墙外，寂然不见。二人不敢追出，复上楼看，那妇人赤条条仰睡不动，二人问时又不答应。杜伏威道："这妇人被那厮妖法所迷，须用法水解之方可。"正要下楼取水，忽听楼下喊骂："无知贼子，败我美事，快下来，与你见个高下！"伏威、薛举挺棍奔下扶梯，那人手持双刀，退出天井中。伏威与薛举两条棒围住厮并，三个人鏖战良久。那人被薛举看清，一棍击中眉心扑的倒了。薛举便夺过一把刀，将那人首级割下，挂在柳树枝头。搜检身上，裙带上系葫芦一枚，内藏丸药。

　　杜伏威取了葫芦，将药撒散到廊外涧中，舀了一葫芦水，先念了解咒，含水喷在妇人脸上，妇人方醒。见了杜、薛二人，惊惶惭愧，没处藏身，将褥子扯过遮了下身，一堆儿蹲着发抖。杜伏威道："不须惊怖，暂且消停定性，与我说知备细。"妇人坐了半晌道："妾身庞氏，住在柳家村里，孀居守节，只有一个儿子。三月前来了这个人，异样打扮，说是外国人，善看三世图，能知过去未来之事。我斋他一饭，就要他看三世图。他问了我年庚八字，就讲出我亡夫的名号来，说亡夫生前造孽，现在地狱受苦，直交罪满，罚生阳世变为鸭。我等妇人，一时没见识，听信其言，啼哭求他超度。他道只有一条门路，可救亡夫脱离地狱，转生人道。妾再三求恳，他要我顶发四十九茎，中指甲二枚。问他要头发指甲何用，他说：'发者，取法舨三宝；指甲者，名指日超升。这是佛爷爷秘传。'我依数剪顶发指甲与他，稽首去了。当日脱衣就寝，猛然满腹作痒，忽然一阵冷风吹我出门。腾空而起，到此园内方住。那人预先在此，拥抱我上楼，任情淫污，直到鸡鸣醒时，依旧在家床上，不知为何。如此将及三月，夜夜摄我到此。不知此人是个什么人，亦不知他姓名。今遇郎君，乞为救援。"薛举道："你可知这楼子是甚去处么？"妇人道："不知。"薛举道："这是孤忠庙后楼。"妇人道："若是孤忠庙，与我寒家相近，过溪去转出松林，便是柳家村了。"薛举道："我等不是凡人，乃范相国直班大将，领相国之命，诛此妖贼，以救你性命。你可急急回去，莫露风声；若泄天机，受祸不浅！"妇人道："感尊神救护，誓当重塑金身，焉敢泄漏！奈何身上无衣，怎生回去？"薛举令妇人站开，将褥子扯作二幅，令妇人身上围了。薛举、杜伏威引领下楼，径出庙外。妇人顶礼，悄悄过桥去了。

此际漏已五鼓，二人取路回庄，不敢敲门。直至天色大晓，道人开门，见了二人，冷笑道："赏得好桂花！如何赏了夜桂？住持爷好生着恼，杜公公一夜不睡，见面时有些儿不尴尬哩！一条竹片眉毛上滚了。"二人不应，走入庄里，到苗知硕卧房来。知硕见了，甚是埋怨。薛举将日间相打，夜内厮杀之事，细细说了。苗知硕大骇道："好呀，出门就去闯祸！天幸得胜而回，若有差池怎了？"少刻进禅堂中来，澹然正怒诘二人一夜不回之故。二人不敢隐讳，一一将前事禀知。澹然道："畜生好胆！他家妻子不贤，与你二人何涉？醉后行凶，倘一时失手伤人，如何区处？夜间厮杀，虽是救人一命，事非切己，总属卤莽。设有决裂，汝二人取罪非轻，自去分理抵当，权寄下五十竹片。"二人暗喜，只在园内较习武艺，足迹不出庄门。

话分两头。再说尤二仁父子商议，次早府中进状，但不识二少年名姓，难以行词。尤大略道："人名树影，死谁遮隐得过？明日必定要探听出那厮名姓来，然后告理。"尤大伦道："我昔年催趱钱粮，打从小蓬山经过，见河内二小子打死一虎，人都说是张家庄上的人。今看这二恶少面庞相似，莫非就是他？"尤二仁道："若果是张家庄上的，乃林澹然的人了。莫去惹他。"各去寝息。未及五更，只听得扣门声急，开门看是羊委家僮，报说："昨晚大娘子忿气不过，赶入何家酒店，和那老妈妈厮闹，不合将他胸前撞了一停，那妈妈就叫心疼，将及半夜，呜呼哀哉死了。官人娘子都去山后躲避，特令小人报知。"尤二仁跌脚叫苦，慌忙着人分投府县去打听消息。

且说何老妪有一兄弟，姓曾名仙，是本县罢吏，也是个熬不烂的闲汉。他有三件本事，人不能及。第一件，一张好口，能言善辩；第二件，一副呆胆，不怕生死；第三件，两只铁腿，不惧竹片衙门。人取他一个浑名,叫做"曾三绝"。当日见姐姐与羊家厮闹而死,正是挠着痒处,写了一纸状子,往广宁县中告理。知县差人检验收尸,随即拘唤一干人犯候审。当日又有一伙保正里甲等,呈说本都孤忠庙后园杀死一人,身首异处,系游方之人,不知姓名。现存凶器戒刀二口,棍棒二条,事于人命重情,地方会同呈举。知县又差人检看尸伤,着落保正买棺盛贮,一面行下公文,限委缉捕人役,遍处缉访凶身不题。

这尤二仁父子,见曾三绝是一个劲敌,只得暗买求和。衙门上下里邻人等,皆用钱贿嘱。县官又听了人情,朦胧审作误伤人命,判数两银子与何老妪的儿子断送,两下息了讼事。但尤氏先遭杜伏威当众人前羞辱露体,气忿不过,实思痛打何老妪一顿,出这一口恶气,不期何老妪死了,受这一惊不少。又因讼事耽忧,背上忽生一疽,其大如斗,昼夜呼疼叫痛,合著眼便见何妈妈冤魂索命。求神禳解,日加沉重,其疽渐渐溃烂,臭不可近,遍生小蛆,洞见五脏,捱至月余而死。远近之人,无不称快,以为忤逆不贤之报。有诗为证:

尤家女儿不足怜,凶顽应得受灾愆。
最异纵妻羊委子,也随流俗保残年。

再说杜、薛二子,暗里探听何妈妈身故,两下构讼,继后又闻尤氏患疽弃世,两人心窝里撒下了一块。只是无辜拖累何妈妈损其一命,此亦天数难逃,只索罢了。这杜悦因那夜孙子不回,心内惊忧,一夜不睡,又值秋凉,冒了些风寒,染成痢疾症候,年老力衰,淹淹不起。止是:

世无百岁人,枉作千年计。

不知杜悦病体凶吉如何,且听下回分解。

第二十二回

张氏园中三义侠　隔尘溪畔二仙舟

诗曰：

> 年少郎君伸大义，星前盟结金兰契。
> 离亭执袂暗销魂，歧路牵衣垂血泪。
> 倥偬孤客伴残灯，孟浪狂夫运怪异。
> 津头咫尺有蓬莱，谁道无仙嗟不遇。

话说杜悦年老受惊，又因深秋凉气侵人，冒寒伤食，得个痢疾症候，血气衰弱，奄奄不起。林澹然请医调治，竟无功效，日加沉重。杜伏威侍奉汤药，昼夜不离左右。杜悦自觉病势危笃，叫杜伏威请林澹然、苗知硕、胡性定、沈性成、薛举都到床前坐了。杜悦垂泪道："老朽公孙在此叨扰，感激住持厚德，虽至亲骨肉，不能如此。正要求住持指迷，不期大数已到，病入膏肓，今将回首。老朽年过八旬，寿元已足，死复何恨，只是受了住持莫大深恩，今生未有所报，须待来世效犬马之劳。"林澹然道："老丈何出此言？使贫僧愧赧无地。虽染贵恙，宽心调养，自然痊可，不必忧烦。"杜悦道："老年人患痢，十无一生，若要再活人世，须是仙药灵丹。小孙伏威，心性卤劣，得老爷教诲提携，老朽虽在九泉，不忘大德。"又对苗知硕等道："老朽承列位厚情，义同瓜葛，不想命尽今日，乞看薄面，照管小孙则个。"又叫薛举道："伏威与你共亲笔砚，情胜同胞，异日贫富相扶，患难相救，保全异性骨肉之信义，莫学薄幸人也。"薛举连声应诺。又唤杜伏威道："我儿命薄，未识父面。不期二母俱亡，家业荡尽，可伤，可伤！若非林老爷收养训诲，未免流落天涯。感得皇天庇祐，使我公孙相会，实出望外。今我病笃，命在须臾。我死之后，你可学做好人，务为世间奇男子、大丈夫，替祖宗父母争一口气，不可懒惰游侠，自甘不肖。我之骸骨，不可流落他乡。你父亲也曾嘱付，随便时要带回故土祖茔埋葬，使我魂有所栖，方全你孝顺之心。"说罢哽咽，两泪交流。杜伏威放声大哭，林澹然众人，亦皆垂泪。当日晚间，杜悦气绝而终。杜伏威几番哭绝，众人再三劝慰。入殓已毕，停柩侧首厫厅里，尽皆挂孝。林澹然亲自主坛，又请邻近寺院僧众，做功德道场，超度亡魂。到七七四十九日，将灵柩抬出庄外空地上。张太公父子和邻近念佛道友僧众，都来相送。林澹然执火把在手，口里念偈道："大众听着：将军杜公名号，平昔素存忠孝。精神直透昆仑，威力能擒虎豹。咦！从今跳出火坑中，一点灵魂归大道。"林澹然念罢，放火焚化棺木已毕。杜伏威拜谢澹然并众人，款留张太公众道友，吃斋而散。次早杜伏威拾骨，痛哭一场。有诗为证：

  衰柳寒蝉泣素秋，商风飒飒下汀洲。
  人生自古谁无尽？贵贱同归一土丘。

  林澹然将杜悦骸骨藏在宝瓶内，封了口，着杜伏威祀奉安顿，朝夕供养，如在生一般。杜伏威见公公已故，心下十分惨切，思量冥中父亲嘱付之言，公公临终之语，一夜睡不熟。次早起来，进方丈见林澹然，唱了喏。林澹然问："今日为何起得这样早？"杜伏威垂泪道：

"弟子有一事,禀上老爷。公公临终,叮嘱要送骸骨归乡土埋葬。弟子遵祖父遗言,今欲暂归乡土走一遭,一者完了葬事,二来也好认一认宗族祖居,不知老爷心下肯容去么?"林澹然点头道:"这也难得一点孝心。葬骸骨,认本宗,都是不忘本的念头,甚好,甚好,便放你去也不妨。但是路程遥远,未曾走过,如何认得?况你年纪小小的,那曾经历艰苦,又且单身独自,俺却放心不下。"杜伏威道:"我年纪虽小,承老爷训诲,深晓武艺,精通法术。虽未走过,口便是路,纵然一身,何愁险阻?"林澹然道:"正为此故,俺不放心。惟恐你倚传法术,卖弄手段,惹出事端,为祸不小。一路上须当小心谨慎,勿露圭角,不可使在家性子。今日星辰不利,不宜出行,待后日打发你起程。"杜伏威应诺,走出禅堂外,撞着薛举,杜伏威扯住道:"我后日送公公骸骨回岐阳去,目下就要和贤弟久别了,心中不舍,如何是好?还有张兄弟,许久不会,欲同贤弟进城一别,未知肯同往么?"薛举道:"大哥孤身独自,路途不惯,何必匆匆急往?便从容数年去也未迟。"杜伏威道:"公公遗嘱,岂敢违慢?今虽暂别,不久就回,与贤弟相聚。"薛举见留不住,一同来禀林澹然,要进城里去别张善相。林澹然道:"这也是同窗兄弟之情,但一见便来,不可耽搁。"杜伏威和薛举应允。

两人携手,奔入城来张太公家,先见了太公。杜伏威道了来意,太公道:"善相在房里读书。"慌忙唤出来相见。薛举道:"张三弟,目今杜大哥要送公公骸骨还乡,后日便收拾起程,特来造府与贤弟相别。"张善相惊道:"大哥在这里,情同骨肉,何必定要回乡?此一去,未知甚时再得相见。"说罢,不觉泪下,薛举、杜伏威一齐拭泪。杜伏威道:"贤弟不须伤感,我此去多只半年,少只数月,便回来相会。"张善相道:"虽然暂别,小弟心实不舍,今晚暂留舍下,相叙一宵,明早送行。"薛举道:"难得贤弟美情,大哥明早去罢。"杜伏威道:"惟恐老爷见责。"张善相道:"不妨,但有言语,都在小弟身上。"

于是杜、薛二人被张善相苦苦留住，整办酒肴款待。张太公道："衰老不得奉陪。"自进里面去了。三个开怀饮酒，细谈衷曲。看看天色晚来，彩云之上，捧出一轮明月。张善相唤家僮将酒席移在后花园里过月亭中饮酒。又吃了数巡，张善相举杯在手，对二人道："小弟有一句话儿，二位哥哥不知可能听否？"杜伏威道："贤弟有话但说，何所不从？"薛举道："大哥后日准拟长行，贤弟有言，趁今晚尽情剖露。"张善相道："我三人同堂学艺，总角相交，虽然情犹骨肉，但不知日后何如。世间多少口头交，无情汉，饮酒宴乐，契若金兰；患难死生，视同陌路。翻云覆雨，变态不常。此辈真可痛恨！我兄弟所当鉴戒。小弟愚意，趁此良宵，三人在星月之下，结为生死交，异日共图富贵，患难相扶，不知二位哥哥尊意若何？"薛举道："我有此心久矣，贤弟亦有此心，真可谓同心之言，最好，最好！"杜伏威道："二位贤弟果不弃鄙陋，三人结义，但愿生死不易，终始全交。"张善相大喜，令家僮焚香点烛，三人拜于月光之下。杜伏威先拜道："某杜伏威，生年一十六岁，二弟薛举，三弟张善相，俱年登十五。今夜同盟共誓，愿结刎颈之交，虽曰异姓，实胜同胞，不愿同日生，但愿同日死，富贵共享，患难相扶。皇天后土，鉴察此情，如有负心，死于乱箭之下，身首异处！"薛举、张善相皆拜誓已毕，重整酒肴，三人欢饮，直至更深彻席，三友同床而寝。

次日，杜伏威、薛举吃罢早膳，拜谢张太公父子，辞别要行。张善相对太公道："杜大哥明早起程，往岐阳郡去安葬他公公骸骨，孙子意欲同到庄上相送一程，不知公公容否？"太公道："契友远别，理应相送。你要去便去，明日须索早回，省我挂念。"张善相同杜、薛二人，别了太公出城，见林澹然唱喏。林澹然道："今日难得张郎来此。"薛举道："昨夜我等三人，对月立盟，拜为生死交。张三弟因送大哥起程。故此同来。"林澹然也喜道："正该如此。"令厨下整办酒席款待。当晚林澹然令连夜打点行囊路粮停当。次日平明，杜伏威拜辞林澹然、苗知硕众人等起程。林澹然再三嘱付:"一路谨慎小心,不可倚法术武艺惹祸,早去早回,切莫羁滞!"杜伏威一一领命,背上包裹雨伞,提了骨瓶。林澹然和众人,一齐送出庄门而别。薛举、张善相两个陪行,走十数里,杜伏威道:"二位贤弟请回,不必远送了。"张善相、薛举二人不忍相离,都道:"再送一程不妨。"三个说些心事,又走了十里多路,却遇三岔路口。杜伏威道:"二弟今番可请回,天色过午了,若再送我,赶回不及矣。"张善相执手垂泪道:"大哥此去,未知甚日方会,遇便早寄音书,省我弟兄悬念。"薛举垂泪道:"大哥一路上须要小心渡水登山,百宜保重。重阳时候,弟等专望兄回。"杜伏威悲咽应诺,牵衣执袂,不忍分别。立了一会,杜伏威道:"愚兄此去,不久即回,二弟不须挂怀。"三人只得拜别,杜伏威怏怏而去。薛举、张善相凄惨不胜,一眼盼望杜伏威渐渐去得远了,方才拭泪回步。

不说薛举张善相弟兄回庄,再说杜伏威别了张薛二人,拽开脚步,往西而行,到晚投店安宿。次日却值天色阴雨,西风飒飒。杜伏威吃罢早饭,算还店钱,驮了包裹,提了骨瓶,撑着雨伞,穿上麻鞋,趱程行路。有诗为证:

> 路滑程途远,风凄细雨来。
> 世间何事苦?最苦旅人怀。

一路里凄凄凉凉问路而走,也有志诚忠厚的,老实指点;也有浮浪的,指东话西。迤逦行了数日,已至金明郡石州地面。当日申牌时分,觉得腹中饥饿,就在河西驿前官道旁酒饭店中,放下行囊雨伞,拣副座头坐下。酒保忙搬过菜蔬酒饭来,杜伏威自斟自酌,一连吃了数碗酒。只见一个俊秀后生,穿得十分华丽,但见:

丰姿清丽，骨格轻盈。身穿一领紫花色云布道袍，袖拖脚面；腰系一条荔枝红锦绒鸾带，须露膝傍。头戴绿纱巾，高檐长带；足穿紫绢履，浅面低根。细桶袜，白绫裁就；长柄扇，斑竹修成。摇摆身躯，却似风中杨柳；生来面貌，犹如月下桃花。爱俊俏，隆冬还只着单衣；喜华丽，盛暑何曾离色服。谈吐间，学就中州字眼；歌唱处，习成时调新腔。果然俊俏郎君，好个青皮光棍。

那后生走入店里来，对着杜伏威坐了，呼喝道：“快拿好酒嘎饭来！”杜伏威看时，却是昨夜同店安宿的。两下见了，俱各拱手。

那后生急急忙忙吃了酒饭，见杜伏威出门，他也还了酒钱，随后赶出店来，趁着杜伏威同行。问道：“大哥从何处来？往那里去？却独自一个走路？”杜伏威答道：“小可岐阳郡人氏，有些薄干出外，今特回家。”那后生道：“在下正要往岐阳郡去取讨账目，幸与大哥同路，甚妙甚妙。”杜伏威道：“足下带挈，小可万幸。”那后生又问：“大哥高姓尊行？”杜伏威道：“在下姓杜，排行第一。”就问：“足下尊姓贵表？”后生道：“小弟姓裘，贱号南峰。”二人一路说长道短，不觉天色已晚，四野云垂，二人同入客馆投宿。次日天明起来，梳洗吃饭。杜伏威打开银包，称银子还宿钱，裘南峰一把捺住，附耳轻轻地道：“一同吃饭，两处还钱，岂不折了便宜？待我还了，明日总算就是。”杜伏威点头应允。裘南峰算还店帐，一齐出门趱路。闲话不叙。看看日暮，裘南峰道：“杜大哥，今日多行了些路程，不觉疲倦，不如觅店安宿何如？”杜伏威道：“裘大哥说得是，且投店家，明日早行。”二人说罢，又走了一里多路，见山嘴边有一座冷净客店，外挂着一面招牌，写道：“蔬食酒饭，安寓客商。”但见：

芦帘高挂，茅草低垂，所几根老竹权作栏杆，锯一片松杉聊为门扇。柱子上弯下曲，破壁有骨无泥，梁栋东倒西歪，侧首全凭戗柱。摆几张半旧半新椅凳，铺两处不齐不整座头。夹壁尽是芦柴，墙屋何曾砖瓦？这般冷淡生涯，到处也贴些借人诗画；恁地萧条屋宇，近邻惟只有村老往来。盆景尽栽葱与韭，客来惟有酒和汤。

二人进店歇下，裘南峰道："我两个走得枯渴了，店官，好酒打几角来，鱼肉切两盘来，快些快些！"店主道："我这里只卖豆腐蔬饭，村醪白酒，没有什么荤菜老酒。客官要时，前面镇口去买。"杜伏威道："便将就吃些罢了。"裘南峰道："淡酒豆腐，怎地吃得下？大哥慢坐，待我去买些来消遣。"说罢，起身出门去了。不多时，提了一只白煮鸡、烂烀猪蹄、数样果品、一大壶美酒，笑嘻嘻走入店来叫："小二哥，你与我切鸡肉，烫好酒，搬到客房里桌子上来。"店小二应允，早点上一盏灯，二人对坐饮酒。杜伏威道："扰兄不当。"裘南峰打恭道："怎说这话！途路中何分彼此，聊遣寂寞而已。"数杯之后，裘南峰满满的斟了一杯酒，双手敬与杜伏威，说道："大哥请此一杯。"杜伏威接了道："小弟与足下相处数日了，何必从新又行此客礼？"裘南峰笑道："小可敬一杯酒，有一句话儿请教，请吃过这杯，然后敢言。"杜伏威心中暗忖："这话却是怎地说？且吃了酒，看他说什么。"举杯一饮而尽。裘南峰又斟上一杯，陪着笑脸道："妙年人要成双，不可吃单杯，再用一杯成双酒。"杜伏威接过酒来，又一饮而尽，停杯道："足下有何见教？"裘南峰风着脸，一面剔灯，一面低低道："小可生来性喜飘逸，最爱风流，相处朋情，十人九契。有一句心腹话儿，每每要说，但恐见叱。今忝相知，谅不嗔怒，故敢斗胆。自前日晚上和大哥旅宿之后，小可切切思思，爱慕大哥丰姿清逸，标格温柔，意欲结为契友，曲赐一宵恩爱。倘蒙不弃，望乞见容，我小裘断不是薄情无报答的，自有许多妙处。"杜伏威暗笑："这厮说我的性格温柔，我却也不是善男信女！彼既无状，必须如此如此对付他。"心下算计定了，佯笑道："兄言最善，朋友五伦之一，结为义友甚好。"裘南峰只道有些口风，乘着酒兴，红了脸推近身来，笑道："没奈何，路途寂寞，小可已情极了，俯赐见怜，决不敢忘大恩。"便将杜伏威一把搂定。杜伏威推开道："这去处众人属目之所，外观不雅，兄何仓猝如是？"裘南峰双膝跪下，求恳道："店房寂静，有谁来窥？小弟欲火如焚，乞兄大发慈悲，救我则个！"杜伏威扶起道："兄不必性急，果有此情，待夜阑人静，伴兄同寝便了。"裘南峰欢喜无限，不觉跳舞大笑，复满斟一杯，敬上杜伏威，杜伏威饮毕，双手接杯，忙忙献菜，曲意奉承。裘南峰自己亦吃得酩酊大醉。

又早二鼓，店内人俱寝息。裘南峰数次催逼上床，杜伏威道："待小弟也回敬一杯。"于是满斟一大卮酒，暗暗画符念咒，连与裘南峰道："见只饮此一杯，即当就枕。"裘南峰接酒笑道："承恩赐，敢不跪饮。"举卮吃下，一时间不觉眉垂眼闭，四肢如绵，昏昏沉沉睡倒地上。杜伏威笑道："这个才是性格温柔。"独自坐了，将桌上酒肴吃得罄尽。起身剥下裘南峰衣巾鞋袜来束缚了，撩在床头；复寻了店老官上帐的旧笔，画符在裘南峰脸上，将他头脸浑身四肢尽皆变黑；又把头发抖散，打成细辫，倒垂下来，推入床下，然后熄灯就寝。

将及五鼓起来，开房门叫店小二点灯炊饭。吃罢算还店钱，正欲出门，小二道："且住。为何这般时节，天色未明，便要行路？昨晚有一标致官人与郎君同来，怎的不见，你却独自一人先去？"杜伏威道："日昨路遇这人，偶尔同投宝店，夜间与我吃罢酒饭，一同上床安宿，及至醒来，不见了这人。检看行囊，我失去道袍一件，不知这厮是人是鬼，有些惧怕，故此赶早行了罢。"小二道："古怪，古怪！小店从来不曾有鬼，况我又是不怕鬼的元帅，学得个法儿，专要提鬼。什么邪鬼，大胆敢人我门？若被我拿住，抽了他的筋，还不饶他哩！我料那人决是个贼，偷了道袍溜墙走了。"杜伏威趁口道："是了，是了，贼盗无疑。但房内未曾细看，你还须拿灯到处检点方好。"小二道："鬼也不怕，怕什么贼！贼经我手，奉承他一顿拳头，打得做鬼叫。"杜伏威哈哈大笑，别了小二出门。心下暗思："店小二这厮夸嘴说不怕鬼，我今放出那黑身鬼来，看他怕也不怕？"当下且不行路，抄至店家后门黑影中,念动解咒,放裘南峰醒来,侧耳听着。

只见这店小二初时强说不怕鬼,不怕贼,心下实有几分害怕。欲待睡了,虑贼复来;欲要照看,又怕有鬼。踌躇暗算,不如叫起小三,做个帮手,令小三执了灯,自拿一条戒尺,同进客房里。正有些心虚,忽然见床下钻出一个披头黑鬼来。二人惊得毛骨悚然,魂飞胆颤,大叫"有鬼",戒尺乱打。原来这裘南峰苏醒,浑身冰冷,头发条条垂下,心里惊疑为何如此。抬起头来,蹬地一声,撞着床顶,额角上磕了一个大块,一手揉疼,一手四围在黑地里们摸,不知是何处。忽见灯光射入来,才知道睡在床下。刚刚钻出头来,早被小三瞧见,喊叫"有鬼",小二举戒尺就打。裘南峰差认是劫盗入房,大呼"有贼",小三丢下灯,滚出房去了。小二单身,慌做一团,口中不住叫"有鬼",手脚酥软了,将戒尺着力打去,却是轻的,故此裘南峰不致伤命。裘南峰迎了几尺,将小二劈胸扭定,灯都踢灭了,两个黑暗里结做一块厮打。杜伏威在后门外听了,笑得跌足。

这店老官夫妻,年纪高大,每夜托店小二管理,二人先去睡了。当夜睡梦中,听得喊叫有鬼,又叫有贼,失惊地撑醒来,夫妻二人忙穿衣服点灯,一同奔出外来,只听得客房里喊叫。老官儿道:"却不作怪!我店中焉得有鬼?怎么又唤有贼?"妈妈胆怯,将灯递与老官道:"我自进去,你叫那小三起来看看。"说罢,两三脚跑入去了。老官儿挂着伞柄,硬着胆,咳嗽道:"呸!鬼怕他怎的?若是贼,径自捉了送官。"正待向前,猛然一阵冷风劈面吹来,呼地一声,将灯吹灭。老官儿吃那一惊,提灯回身,往里就走。不提防门槛傍有一鸡笼,绊了个倒栽葱。欲待挣扎起来,又被鸡笼的蔑头儿将短发扎住;再也挣不脱,灯盏抛在一边,口里也叫起"有鬼"来,连笼内鸡惊得乱啼。房内妈妈躲在被窝里发抖,听见老官儿叫得慌,没奈何,只得又点灯来看老官,却睡在鸡笼边。妈妈道:"老官,这不是鬼,你被鸡笼绊倒了。"忙挣起来。

此时客房里兀自喊叫，夫妻同到客房来，看见一个披头黑鬼和小二滚做一团相打。老官儿举起伞柄正欲帮打，裘南峰大叫道："地方救人！"妈妈听了，止住老儿道："听他声音响亮，想必不是鬼，你且问他端的。"老官儿高举伞柄喝道："小二且住手！你那厮是何处横死亡魂，来此作祟？我与你今日无冤，往日无仇，快去，快去！"裘南峰道："咦！你这老儿，你的眼珠想不生在眶子里的，怎么将好人认作鬼，打得我好！明日和你讲话！"小二提过灯来照道："你不是鬼，谁是鬼？为何浑身这样炭一般黑的，岂不是焦面鬼？"裘南峰听了，方才分开发辫，低头一看，失惊脚跌道："晦气，着鬼了，着鬼了！"忙扯壁间一条手巾系在腰下。小二笑道："你现是鬼，还有甚样鬼敢来魅你？"裘南峰道："你不知，昨晚同来投宿的那个小后生却是个鬼。明明同他一处吃酒，不知怎生将我迷倒，剥去衣巾，摄我在床下。这发辫与浑身黑，都是那小鬼变弄我的，又遭你毒打一顿，我好气也，我好恨也！"小二道："倒也好笑。那郎君说你偷他一件道袍走了，故此赶早而去，怎么反说他是鬼？他又说你，你又说他，莫非都是鬼？今夜真是着鬼了。"老官儿道："据你讲来，你是个人，必然着鬼迷是实。"跳上前，将裘南峰打了两个左手巴掌。裘南峰越发气得爆跳，嚷道："老头儿这般可恶！你既知是人，为何又打我两掌？我裘南峰可是被人打巴掌的么！"店老官方晓得他唤做裘南峰，赔礼道："兄不要嚷，我这里风俗，凡着鬼迷的，定要打几个左手巴掌，方脱邪祟。"裘南峰低头忍气嗟叹道："我老裘怎般晦气，难道真实着鬼？"妈妈笑道："定是你不老成，被那小后生戏弄了。岂有鬼迷人，剥去衣巾的道理？"裘南峰省悟道："妈妈讲得是，醉后着了这恶少年之手，想他必是个剥衣贼，剥我衣服走了。"

妈妈见他两手紧抱肩膊，寒沥沥的噤颤，心下不忍，忙唤小三烧汤，与裘南峰洗澡，愈洗愈黑。又进房里取两件旧衣与他穿了，打散发辫。梳头已罢，房中遍处寻觅衣服不见，对妈妈哀告道："趁黑夜兀人知觉，暂借衣服穿去，明日连房钱一并奉还。若日间出去，这黑脸如何见人？"妈妈道："衣服便借你穿去不妨，你这脸上黑如何处置？"老官儿推道："请，请！拿这付嘴脸别处顺溜去罢，不要在此胡缠，大惊小怪。蒿恼了半夜，承盛情请行！"裘南峰自知惶愧，满面羞惭，不敢多言，又不知这黑是怎生的。低头出门，懊恼无及，将一身华丽衣衫，尽弃于店家。数日后，店小二团赶老鼠，寻出他衣服来，对老官说。老官道："是你的造化，毕竟有些黑鬼疑心。"就与小二穿了。一日，有一伙商人投宿，夜间闲话中，见店小二穿得华丽，问起情由。小二将客人见鬼厮打之事，细说一遍。众商问这人生得怎么模样，姓甚名谁。小二道："初来时如此装束，面庞儿生得俊俏，他说姓裘，号南峰。后来着鬼，浑身如墨一般黑了。"众商拍掌大笑道："这小裘是我们敝乡人，怪见日前回家，身如黑漆，面似灶君，原来是这个来历。近日面色亦渐白了。你不知这人不务生业，出入花街柳巷，偷良家妇女，哄富室小艾，行奸卖俏，最为可恶。今遭此戏弄，天报之也。"傍人闻此，编成四句歌儿唱道：

羊肉不吃得，空惹一身骚。变鬼因贪色，风流没下梢！

再说杜伏威听店家喊叫厮闹，忍不住发笑，次后渐渐寂静无声，心下暗忖："摆布得这厮够了。"拽开脚步，趁着残月之光，不觉趱过许多路程，饥飧渴饮，夜住晓行。一日五更，起得太早了些，行有十余里，抬头打一看，呀！对面阻着一条大溪，不能前进。心里暗想："这溪不知是甚去处，又不见一只渡船，莫非走差了路头？且坐一坐，待天晓再行。"正欲歇下包裹，靠一株大树坐下，猛听得上流咿咿哑哑摇橹之声，远远见一个汉子，坐在船尾上，手里摇着橹，顺流而下，口里唱山歌道：

水光月色映银河，慢橹轻舟唱俚歌。算你争名图利客，何如溪上一渔蓑。

杜伏威正欲叫唤，只见船头上立着一个汉子，手提竹篙，也唱山歌道：

一叶扁舟任往来，得鱼换酒笑颜开。风波险处人休讶，廊庙风波更险哉。

歌罢，两人大笑。

杜伏威立在溪口，高声叫道："那撑船的家长过来，渡我过溪去，重谢渡钱！"船上二人听得，撑船傍岸，招手道："要过渡的，快上船来。"杜伏威即跳上船，放下包裹骨瓶，坐在中舱。那船头上的渔翁将船点开，尾上坐的，依旧上了划桨，慢慢地荡过对岸来。杜伏威问道："小可要往岐阳郡，过渡去是顺路么？"那船尾上渔翁应道："对岸正是岐阳郡的便路。"杜伏威心下有些疑惑，偷眼看这二人形容生得甚是古怪，衣服又且跷蹊。船头上的人，苍颜鹤发，瘦脸长髯，穿一领缁色绢衫，腰系一条黄麻绦子。船尾上那人，长眉大耳，阔脸重颐，穿一件黄不黄、黑不黑细布长衫，腰间也系一条黄麻绦子。俱赤着脚，蓬着头。杜伏威思量这二人来得奇异，又不好问得，低着头，坐在船舱里自想。不移时，摇近对岸。杜伏威立起身来，取十数文钱递与那摇橹的道："多承渡我过来，薄礼相谢。"二人一齐摇头道："我这里是个方便渡船，不要这青蚨酬谢。有缘的便渡他一渡，无缘的休想见我们一面。"杜伏威道："天下无自劳人的道理，既烦二位长者渡我，岂有空去之事？"船尾上渔翁笑道："足下，我说与你知，你不要慌。我这里到岐阳郡地方，便是四五十个日子，还走不到哩。"杜伏威失惊道："此是什么去处，与岐阳郡这般遥远？依长者之言，莫非错走了？"船头上渔翁笑道："君非错走，不须疑愕，管取早晚送你到岐阳就是了。我家茅舍，离此不远，过那山嘴便是。欲留足下一茶，万勿见拒。"杜伏威暗想："此二人非凡，决不是歹人，便到他家里去，不怕他怎么样了我。"遂应道："多蒙长者见招，必须造府拜谢。"二渔翁欢喜道："我才是个有缘人。"一个搀着杜伏威，提了行李骨瓶，跳上岸来；一个收拾划桨，把小船揽在枯杨树上。二人引着杜伏威穿林度径而行。却早天色黎明，杜伏威举头周围观看，果然好个境界，不比世俗凡尘。又走了数里，过却一重小山，二渔翁指道："那竹篱柴门之内，即吾家也。"杜伏威近前细看，只见：

  无甚高楼大房，只见几椽茅屋。前对一弯流水，后植数竿修竹。四围山峰突兀，遍处青苔映绿。古柏苍松叠翠，灵芝仙草争毓。

  那长髯的渔翁，走近柴门，轻轻咳嗽一声，呀的柴门开处，里面走出一个青衣童子来。三人同进草堂，二渔翁请杜伏威坐下，转入草堂后去了。杜伏威四围闲看，草堂虽不高大，却是明亮精致得好。堂中摆十数张斑竹胡床，上面一张供桌，供奉着一座篆字牌位。四壁诗画精奇，阶前花卉秀异。暗暗称羡道："好一个清幽去处！"正看玩间，只见那二渔翁装束的整整齐齐，头戴一顶逍遥巾，身穿褐布道袍，腰系丝绦，足穿云履，不是渔翁打扮，飘飘然有神仙之表，步出厅来，和杜伏威重施客礼，分宾主而坐，教童子点茶。茶罢，又摆出果饼相待。杜伏威躬身问道："小可蒙二长者厚情，叨此盛款。敬启二位长者，不知高姓尊名，贵境是何去处？"那瘦脸长髯的答道："村老姓姚名会，表字真卿。这一位仙长，姓褚名崇阳，表字一如。我二人俱是婺州金华县人氏，幼习儒业，长欲大展经纶，救民涂炭。不期生不逢时，值战国之末，秦皇并吞六国，坑陷儒生。村老二人，见世已乱，不可有为，一时弃家逃避，泛海盘山，寻幽觅胜，路逢老者，引我二人到此。初时授我养神炼气之术，渐至辟谷飞升。敝地非尘寰，乃仙境也，与凡俗相隔不通，世人难以到此。今足下偶尔相逢，乃前缘宿会耳。"杜伏威大惊道："二位仙长自周末避秦乱来此，至今却有七百余年，二位非真仙而何！"即倒身下拜。二仙扶起道："不须行礼。君非凡夫，前世亦是仙僚，只因有过，谪降尘凡，了却世缘，以俟登真解脱也。"

杜伏威再欲动问，只见草堂后走出一个紫衣女童，生得柳眉凤眼，窈窕轻盈。缓步向前，启一点朱唇，请道："天主奉过杜君，二仙长可陪进见。"姚真卿、诸一如皆道："天主有请，杜兄即当参见。"杜伏威暗思："看这洞天美景，决非鬼怪妖邪。"遂安顿了行李骨瓶，起身随着二仙步入草堂后，却是一重高墙。走入墙门里，别是一天世界：层山叠水，分外清奇；白鹤青鸾，盘旋飞舞。沿墙而走一箭之地，乃是一座高庭大宇，当门一座三层四滴水玲珑砌就牌楼，上有一个朱红扁，扁上金字写着"清虚境"三字。转入门楼里，是三间大院落，两侧长廊。二仙领杜伏威从西首廊下而进，敞庭上静悄悄并无人迹，果然是一点红尘飞不到之处，惟见阶前白鹿成群，仙禽逐队。三个行人敞庭，杜伏威抬头看上面时，只见龙楼凤阁，画栋雕梁，岩崤高大，上插云霄，珠玉之光，灿烂夺目。四围紫玉栏杆，上下珠红门扇，内外俱是白玉石砌地。地上珊瑚、玛瑙、琅玕，奇珍异宝，不计其数，看之不足。

少顷，两个紫衣女童邀道："天主专候，杜郎可速上楼来。"二仙领着杜伏威，打从侧首扶梯上去。那根扶梯却是一株紫檀做就的，上得楼时，惟闻异香喷鼻，祥云缥缈。杜伏威步入楼中，上首金珠宝座之上，坐着一个真人，即是天主了。生得骨瘦如柴，面黑似漆，头颅上披几绺黄发，耳珠上挂一对金环，双眼有光，长眉盖颊。身上披一领阔领大袖柳青道袍，腰边系一条八宝缀成藕褐绦，赤着一双红脚，高高坐在上面。杜伏威近前，倒身下拜。拜罢，长跪于前。天主开言道："杜郎别来无恙？请起讲话。"杜伏威起身，恭恭敬敬侍立于傍，不敢动问。天主唤玉女献浆。紫衣女童捧出一个真珠穿的托盘，四个碧玉茶盏，满贮雪白琼浆，异香扑鼻。杜伏威接上，一吸而尽，其味甘美清香，顿觉身体轻健，气爽神清。立了一会，天主道："杜郎年登几何，那方人氏，因甚事打俺荒山经过？"杜伏威答道："小人年登二八，本贯岐阳郡人氏，不幸幼年父母双亡，幸倚一位有德行的释家姓林，号澹然，抚育成人。今因先祖身亡，特送骸骨回乡埋葬。路阻大溪，幸蒙二仙长扁舟济波，指引得见天颜，三生有幸。"天主笑道："汝之出处，俺已知之，试问之以卜信实否，果是诚笃君子也。你那住持林澹然，非凡世之人，乃俺传教第一座弟子，因犯了酒戒，谪下凡尘，历千磨百难，方成正果。尔亦非他，是俺掌管丹炉的童子，因污了混元天尊牌位，贬伊下界，受些折磨。汝可济民利物，归于正道。"指着二仙长道："此二人也是俺的徒弟，特教他引尔来见一面，然后回岐阳郡去。"杜伏威听罢大喜，再拜稽首道："弟子凡胎浊骨，不知往事，今得祖师指示，大梦方觉。"二仙长立于座侧，微微而笑。

天主又令金童玉女摆下酒席，白玉石桌上，排列龙肝凤髓，火枣交梨，玉液琼浆，珍馐异果。天主上坐，姚会、褚崇阳、杜伏威侍坐于傍。酒至数巡，褚崇阳问道："杜郎亦曾晓得什么技能否？"杜伏威道："弟子凡愚痴蠢，只通武艺，若技能之事，一无所知。"姚会道："君平日亦好琴否？"杜伏威道："琴乃雅乐，格神灵，养性情，其妙无穷。平素虽爱，奈何未曾习学，不解音律。"天主道："真卿可操一曲与他听。"紫衣女童取出一张白玉古琴，异常奇美。这姚真卿接了，放在玉桌上，和起弦来，命女童焚起一炉龙涎旃檀香。姚真卿端坐，弹一曲商角之调，为《神化引》，果然音韵悠扬，指法精妙。天主又唤褚一如："你也弹一曲。"一如承命，转轸调弦，改为蕤宾调，鼓一曲《潇湘水云》，更是清逸，令人有遗世之想。弹罢，天主教二真人就传此二曲与杜伏威，杜伏威欢喜拜受。二真人教了数遍，杜伏威吃过了仙馔，不觉腹智心灵，立时就会了，心中暗喜。天主又道："二卿再弹《广陵散》之曲，与杜郎听。此曲自嵇仙去后，无人知得。卿可传与杜郎,以为他年作合张本。"姚真卿承命,先弹一遍与杜伏威听。弹毕,果然音韵不从人间来。然后褚一如传与杜伏威,原来是慢商调,小序三段,本序五段,正声十八拍,乱声十拍,杜伏威俱学毕。

天主道:"后边还有后序八段,方成一曲,今日且不要传完。"杜伏威叩首禀道:"蒙祖师赐教,如何不传完?"天主道:"其中有一段姻缘,汝当成就,故留此有余不尽之意,以待他年天缘凑合。汝当记取。"杜伏威不敢多言,心中暗想:"只这般弹得,已为绝妙,何必传完?"只见褚崇阳开言,禀出一句话来。正是:

  高山流水知音少,不是知音不与弹。

不知诸真人说出什么话来,且听下回分解。

第二十三回

清虚境天主延宾　孟门山杜郎结义

诗曰：

琼楼开宴待佳宾，一派箫韶声彻云。
凤髓龙肝盛玉器，交梨火枣贮金盆。
暗藏诗句传仙旨，明渡扁舟识宦情。
携手河梁叹轻别，缪君端的重豪英。

话说褚崇阳禀道："琴已传完，兴犹未尽，可唤女童二人对舞以佐觞，乞法旨。"天主道："这也使得。"便唤过白衣女童二人，一名飞飞，一名倩倩。天主吩咐："汝二人试舞一回侑觞。"二女领命，作回风之舞，其势翩翩可喜。又作天魔舞，更如鸾凤乍惊，胎仙展翅。舞毕进酒。天主又道："可唤紫衣女童，试歌一曲侑觞。"那紫衣女童启一点朱唇，露两行玉齿，慢敲象板，唱出清歌，词名《武林桃》：

碧霞宫殿，海上十三洲。玉箫新调，云际响箜篌。报道高人来也，数声铁笛，几点浮沤，一片清秋。

女童唱罢，杜伏威称羡不已。褚崇阳举紫玉杯，斟麻姑酒，敬杜伏威道："杜君满饮此杯，莫负高兴。"杜伏威接下，一吸而罄，当下不觉醉将上来。杜伏威顿首谢道："承天主、二仙长赐酒，极尽其乐，酕醄大醉，不能复饮矣。"天主笑道："杜郎不知，此酒乃玉液琼浆，其味醇美迥异，非有缘者，岂能尝此？然多饮一杯，可多增数年之寿。今既醉，亦不宜强饮。"令童子收拾杯盘，四人环坐而谈。杜伏威一面听说话，不觉沉沉睡去。天主吩咐女童，移杜伏威至楼下伏侍看守，二仙长亦自散去。

　　杜伏威一觉醒来，翻身开眼，忽见女童立在身傍。杜伏威戏牵其衣，女童微微含笑。杜伏威忽然自省道："这是仙境，不可如此。"又见一个青衣童子侍立于侧，慌起身整衣，问童子道："天主和二仙长何在？"童子道："天主在楼上静摄，二仙长在草堂上围棋。"杜伏威暗想："我在楼上饮酒，如何却在楼下？我一生最爱的是围棋，今二仙对弈，何不学他几着？"即随童子步出草堂，果见诸一如、姚真卿对坐石桌上着棋。童子移过石鼓，与杜伏威坐下。杜伏威用心看二仙对弈，一黑一白，侵杀攻守，机关莫测。其实二仙信手而下，不用一毫心思。将次完局，姚真卿拍手笑道："褚君已负半着矣！"诸一如也笑道："果然输了半着。"杜伏威不信，细细数来，果是褚一如少却半子。杜伏威道："弟子不知进退，欲求二仙长指教一二，不知肯否？"褚一如道："君既欲学，予岂吝教？我与君对局，真卿从傍点拨。"杜伏威道："乞饶数子，方敢求教。"褚一如道："若饶子，则进退攻取之法，难以指示，且对局，自见玄奥。"杜伏威从命对弈，自初着起，姚真卿即教以守角、活边、进腹、据险、攻取自守、弃子争先，千变万化之法，细细逐一详说其妙。一来也是杜伏威有缘，二来还是天资敏捷，听姚真卿点拨，心下恍然省悟。一局方完，略差数子。童子献上果品仙茶，三人吃罢，换局再着。褚一如又开说玄妙，与天地阴阳相合，四时万物同流。杜伏威更觉心胸开彻，顿无尘俗气味。棋完，覆局又着,三局之后,杜伏威信手下来,并不差错,前后照应合法。褚一如道:"围棋到此,世间无敌手矣!"杜伏威欢喜无限,叩首拜谢。二仙扶起道:"不须行礼,但今日天色将暮,君在此再宿一宵,明早相送。"杜伏威道:"弟子飘然一身,上无父母挂牵,下无妻室之累,意欲在此伏侍二仙长,以求一个长生不死之术,不愿去了。"褚一如笑道:"若说修行二字,尚早,尚早。君一者令祖骨殖未归乡土,况且尘孽未消,必须受千磨百难,方可归隐修真;不然隐修无益。"杜伏威不敢复言,低头受教。当夜无话。

次日天明,褚一如唤杜伏威起来说道:"君宜速去。若耽搁一日,误却如许大事。"杜伏威心里暗想:"便多住一二日何妨,怎么就会误事?分明是逐客之意。"当时不敢多言,应声道:"弟子正要拜别。"姚真卿道:"蔬食果品,可用些行路。"杜伏威随意吃了,起身道:"弟子欲见天主拜辞,不知可否?"褚一如、姚真卿齐道:"天主正要见你,吩咐些言语,你可速去。"杜伏威随着二仙进大殿,上楼见天主,行礼毕,叩首道:"弟子杜伏威有缘,得蒙天主垂恩,二仙长指引,感激不胜。今日要回岐阳郡去,殡瘗公公骸骨,特来拜辞,更有下情叩问。念弟子是遗腹孤儿,父母俱丧,虽得冥中父亲叮嘱,骸骨存于梁国;但不知是何地方,恳乞天主明言,使弟子得以收殡,实为万幸。"天主答道:"善哉,孝哉!必获三骸,翠微龙泄,位止三台。"伏威不解其意,稽首道:"弟子一时不解。"天主笑道:"日后自明,姑记之。更有数言,伊可切记。终身事业,定于此矣。"说罢,袖中取出一张紫云笺来,教女童递与杜伏威。杜伏威接了看时,却是八句诗。写道:

　　遇喜不为喜,逢忧岂是忧。囹圄百日患,舒抱莫含愁。栈阁成基业,深渊解组休。五十三年后,依然上玉楼。

看罢，不知是什么说话，长跪道："天主所赐诗句，主何凶吉？"天主笑道："天机隐秘，后自有验，不须细问。还有两个仙方，一名祖师应饥方，一名神仙充腹丹，合炼成丸。出路者带数十丸，可以耐饥，可以避兵逃难。切宜珍藏，不可轻泄。"令童子写方与杜伏威，其方云：

《祖师应饥》方：
　　核桃仁（四两）　杏仁（一斤煮熟去皮夹）　甘草（一斤）　小茴香（四两炒熟）　管仲（四两）　白茯苓（四两）　薄荷（四两）　桔梗（二两）
　　各为细末和匀。每服一丸，噙在口内，遇诸般草木叶或松柏叶，细嚼化成汁咽下，依旧气力不减。此方神效应验，不可胜言，切莫妄传。

《神仙充腹丹》：
　　芝麻（一升）　红枣（一升）　糯米（一升）
　　共为细末，蜜丸如弹子大。每服一丸，水下，可一日不饥。

杜伏威收了丹方，又拜了数拜。别却天主，下楼出外草堂上，拜谢褚一如、姚真卿二仙长，背上包裹、骨瓶，提了雨伞，就要走路。姚真卿笑道："君且莫慌，还须我二人送你过渡，方可行得。"杜伏威大喜，跟随二仙，取旧路径到溪口。一望不见了渡船，白杨树下，只系着三尺阔、七尺余长一片木筏。杜伏威问道："为何不见渡舟，却是木筏？"褚一如道："我这里名为隔尘溪，舟来筏往。这打船作筏的树木，俱是本山斫伐。若是别处的，见水即溺。故此凡人难以到此。"说罢，三人一齐上了木筏。二仙轻轻点开，不半个时辰，已到彼岸。姚真卿、褚一如道："杜郎放心前去，出西北二十余里，即是大路。他日再得相逢，则此告别。"说一声"去也"，筏已离岸，一阵风过处，二仙早都不见。杜伏威恋恋不舍，呆呆地独立在溪边，张望了半日，不见人迹，咨嗟不已，只得拽开脚步，取路往西北而行。

自早行至日午，一路上并无人迹往来，亦无豺狼虎豹。直到申牌时候，盘过几重山岭，远远见前面路口有人行动，杜伏威方才放心，趱步向前，原来是一条大路。杜伏威虽不甚饥，心下暗想："且到店中沽一壶酒吃，就问路程。"行过路口，只见北首一间草舍，帘外酒旗飘扬。杜伏威奔入店里，放下行囊，拣副座头坐下。酒保拿过一壶酒来，摆下蔬菜。杜伏威筛一碗酒，呷了一口，摇头道："不中吃，不中吃。这样酒，怎地下得喉咙去？"叫酒保快换酒来。酒保口覆道："我这乡村地面，都是些村醪水酒，那里去讨好酒来与你吃？"杜伏威笑道："没奈何，略好些的换一壶，也将就吃罢。"店主听得，唤酒保到后面卧房里窨下的，打几角来与客官吃。酒保忙去换一壶出来。杜伏威吃时，也觉无味。因为吃了琼浆玉液，这些村醪淡酒，焉可上口！当下将就吃了数碗。店主将杜伏威目不转睛的看觑，看了半晌，问道："少年客官，从何处来，打从敝境经过？观君相貌清奇，光彩异常，丰神秀爽，莫非是求功名，往中国去的么？"杜伏威道："小可岐阳人氏，为因送先祖骸骨归乡，不求功名，亦不往中国去。但此去岐阳，路境不熟，乞求指点。"店主道："据君尊相，贵不可言。今要到岐阳，离此前去不远，即是永宁关黄河渡口，郎君便要登舟。若遇顺风，不数日已到贵境；若风不顺时，也须耽搁几日。但近来黄河内孟门山上聚集一伙强徒，极其勇猛，白日拦截船只，劫掠客商。老瘦之人，抛于水底，精壮后生，掳回山寨。郎君此去，切须保重。"杜伏威谢道："多蒙长者指教，深感大德。但目今初冬之际，贵地还这般和暖？"店主笑道："客官用酒不多，却早醉了。如今桐华虹见，草木茂盛，节过清明，正是季春天气，为何反说是冬令？"杜伏威才信所遇之处，果是仙境，住得三日，又早半年光景。含糊应道："小可自是取笑。"起身算还酒钱，拱手而别。迎着西风，往前进发。傍晚投店安歇，次早挽店主雇船。

　　船上却是一伙客商，人货已齐。当晚开船，凑着一天顺风，正是：

风便行舟速，犹如箭脱弦。

　　两日之间，将近孟门山下。此时天色渐暝，船家长将船拢在湾里，声扬道："列位客官，前面孟门山不是好去处，贼人出没之所。今日天暮，船已不能上前，只得在此捱过一宵。众人醒睡，各要小心。"众人一齐应道："正是，大家都要醒觉些。"杜伏威思量："那日店主人所说之言，果然不谬，此地真系有喊。不要管他，区自安心睡他娘。"一面心里思量，一面船外四围张望，只见远远地又有数只船来。众人呐喊道："前面来的，莫非贼船？"船家摇手道："不是，不是。这乃和我们一样的客船，来得甚好。我们五七只夹做一帮，提铃喝号，互相巡警最妙。"果然来船至近，都是客船。大家欢喜道："今日船只拢做一处，若有盗贼，互相救应。"一齐道："说得是。"当夜七只船连做一帮，每船出二人巡更管守。杜伏威吃了一肚酒，放倒头只是呼呼打鼾睡着。有几个老诚的客商道："终是少年心性不老练，这般干系去处，却也这样睡得着。"有的道："不要管他，各讨得个平静便了。"

　　是夜，守至二更，提铃喝号之声不歇。忽听得唿哨响，众船上客商一齐爬起，推蓬喊道："不好了，想是小人来了！"喊声未毕，月光之下，只见有二三十只小船，四围攒绕拢来，各将挠钩把客船搭住。只听得呼呼之声，一派水响，将船浇得透湿。众人立脚不住，都滑倒在船舱里发抖，被喽啰抢上船来，一个个绑缚定了，逐件儿搬取金银货物、粮食器皿。其夜杜伏威因连日辛苦，吃了几杯酒，正昏昏沉沉睡去。酣睡之间，只觉手足疼痛，一时惊醒。撑眼看时，已被绳索捆住，不做声假做睡着。众喽啰笑道："不知何处来这一个鸟娘入的，三五十年不睡哩。捆得恁紧地，只是不醒。"有的道："不须多说，拿去见大王便了。"杜伏威暗笑道："见你娘鸟，不必说了，坐定是那话儿。任他劫去，且到天明再处。"

　　看看东方发白，猛然间前面一片鼓声响亮，细乐齐鸣。众船上一齐道:"大王爷来了!"杜伏威开眼偷觑,只见众贼船一字儿摆开,齐齐跪下,一派声叫道:"叩大王爷爷!"对船上高声发付道:"起来!"众喽啰齐齐答应了,一声喊,都各站起身来,两边分开,让那只大楼船进来。那船上两边排列刀枪旗帜,剑戟弓弩,船头上两个全身披挂的贼总管,问道:"昨日夜间,众军士曾凑得多少行货?"小船上回禀道:"托大王爷洪福,拿得七只客船的货物金银,专候大王爷钧令。"那船上又问道:"人不曾走脱么?"众喽啰禀道:"一个也未走脱,俱捆缚在船舱里。"那总管又道:"都带到山寨里来,领大王爷赏。"众喽啰齐应一声,口里嗖着哨子,将船摇动,飞也似奔入山寨里来。船上众客商哭哭啼啼,都道这回断送了性命,怎得回家去见妻儿老小?一面各各流泪悲苦。杜伏威只是呵呵地冷笑。

不多时,船已到寨口。杜伏威偷眼看时,只见众喽啰将大船摇拢岸边,船上有三五十个将官,都妆束的甚是威严,在中船舱里伏侍着一个寨主,走出船头上来,生得长身阔脸,大眼红须,头戴一顶凤翅金盔,身穿一领绛红袍,腰系碧玉带,脚着锦皮靴。众将扶上岸,跨上金鞍骏马,吆吆喝喝,一班儿将官簇拥先去。这些众喽啰,一半搬运货物行囊,一半扛抬捆缚的人。看看轮到杜伏威,两个小喽啰将杜伏威手脚向前缚住,把一根竹扛穿了手脚,就如抬猪的一般,四马攒蹄,扛进寨里来。杜伏威心里暗想道:"叵耐这两个撮鸟狗男女,将老爷也要摆布起来。不要慌,弄一个手段儿与他看,方才认得我老爷哩!"这一扛儿抬着了,便朝着天,呼三口气,口中念念有词,喝一声:"疾!"身子就如千余斤重的。两个喽啰压得骨软筋疼,只得放下。两个大惊道:"却又作怪!适才这厮扛上肩,只有百来斤重,为何一霎时重将起来,不知重了多少,此是何故?"一个道:"我和你辛苦一夜,又不曾吃些酒食,故此扛不动。左右是这个人,怎地会得重起来?"这个笑道:"有理。"两个不识轻重,又来扛抬,挣得筋出汗流,不能举动。众喽啰商议道:"不信两个人抬一人不动,四个人扛他,看是何如。"又添上两个，四个喽啰呐一声喊，叫声："起来！"抬上肩，弯着腰，那里立得起？个个挣得满面通红，依然放下扛子，一齐惊骇道："异事，异事！我们再添上数人，看是如何。"共有十余个喽啰，扛的扛，扯的扯，拖的拖，抬的抬，就如钉在地上的相似，一步也移趱不动，扛子都弄折了。一个小喽啰大恼，提起鞭子，劈头打下。只见"扑"的一声响爆起来，照喽啰自鼻梁上着了一鞭，打得鼻血交流，跌倒地上。众喽啰都道："不好了！这一个却是有法儿的光棍，快去禀大王爷知道，来摆布他。"留几个喽啰看守杜伏威，有几个跌弹子跑入寨内，禀道："小的们夜间拿的财货宝物客商，俱已解入寨来。只有一个人，恁地异样，这般古怪，如此跷蹊。用鞭打时，反又打着自己。这决是个有邪术的妖怪，请大王爷钧令。"那大王坐在帐中虎皮交椅上笑道："这些狗才，好无见识！若是会行法术的，用那犬马之血，劈头浇下，自然不能变化。先将这一班人暂丢在廊下，待我自去杀了这厮，再来酌酒。"

众头目将校簇拥着那大王，一直奔出沙滩上来。见众喽啰攒聚看守着杜伏威，大王喝令："快取狗血来！"喽啰登时活活杀了两只大，将血盛在盆内。正要向前浇下，杜伏威念动咒语，大喝一声，骤然乌云罩地，天日无光，狂风大作，走石飞砂，霹雳之声，震动山岳。惊得那大王和众头目喽啰等，魂不附体，各不相顾，抱头掩目，东窜西奔。少顷云收雨息，霹雳住声，依然天清日朗，大王方才立住脚，众喽啰四围依旧聚集做一处。那大王立在土坡上，远远见那绑缚的人，绳索都断，手里抢一杆长枪乱舞，喝骂道："你好好送我老爷出港去，万事皆休，不然把你这一伙毛贼，一个个儿断送性命！"那大王按着胆，手里挺起朴刀，大踏步奔落土坡来，高声叫道："请好汉上前打话。"杜伏威见这大王抢下土坡，也挺枪向前，却好两头相撞。杜伏威喝道："请我老爷有甚话说？你做一寨之主，若知人事的，快快送还我行李财物，佛眼相看；少若迟延，立刻教你身为齑粉！"那大王笑道:"好汉子,赛武艺,不赌法术。你若赢得我手中宝刀,不要说是你的财宝,连众人的一发送与你去。若不通武艺,专弄幻法害人,不算做奇男子!"杜伏威拍着胸,呵呵大笑道:"强盗头儿,说得有理。不许弄甚法术,只消我这枪头一影,管教你命丧黄泉!你纵教众喽啰一齐过来,转眼俱为小鬼。"那大王咄的一声喝道:"不须多讲,看刀!"丢一个架子,将刀劈面砍来。杜伏威闪一闪,挺枪照心搠去。二人一来一往,奋力相持,斗上五十余合,不分胜败。合寨喽啰,看得呆了,个个暗地喝彩。

　　杜伏威和大王又斗上十余合,那大王卖个破绽,托地跳出圈子外来,厉声道:"好汉,住手说话!"杜伏威也收住枪问道:"有甚话说?"那大王陪着笑脸道:"不须战了,请好汉到敝寨,自有议论。"杜伏威心下暗想道:"这厮战我不过,莫非要暗算我么?且看他如何摆布。"就道:"寨主不欲与小可厮并,只索还了行囊,待我去罢。"那大王道:"非也,正欲屈留足下到寨,有一言请教。若怀暗害之心,身首异处!"杜伏威见如此罚誓,弃了手中铁枪,整衣向前相揖。那大王一面吩咐将校,将壮士行李好生看管,一面执了杜伏威手,同行过了许多关隘,进寨里来。背后随着喽啰头目,不知其意,皆各惊疑不定。杜伏威脚虽行路,眼却四面观看:这山甚是高大,四围皆水,进有里余之地,一周遭尽是合抱的大杨树,树里一片平阳之地,地尽头即是土坡。坡两旁皆筑土墙,墙内一带木栅。离栅百十步,俱是窝铺廊房。再进内,就是高城。城有四门,门首俱有头目管守,城上遍插旌旗,入城内有数百间军舍。又进半里之路,方才到得寨前。但见剑戟如林,枪刀密布,寨左右二边,一带长廊敞屋,马围仓廒。进了头门二门,守门的尽是雄兵壮士。三门之内,方是大殿。堂上高悬一匾,匾上写着三个大字:"天乐堂。"大柱上贴一对门联,右边道:"不事王侯,暂乐自来富贵。"左首道:"愿求英杰,同图创业规模。"前后左右,都是高庭大厦;趋跄出入的,皆持大戟长戈。

那大王携住杜伏威手，同入殿内，行礼分宾主而坐。杜伏威躬身道："将军尊姓大名，何以在此享福？今日率会，实出宿缘。"那大王道："小子洛州人氏，姓缪，双名一麟，表字公端。因幼年有些力量，不避威权，人皆号我为二郎神。向来借贷富室资本，出外经商，不期命蹇，舟覆黄河，负人财物，无颜以归故里，进退两难，暂且投此山寨中落草。寨主鲁思贤见小可有些武艺，收在部下做一头目，掌管出入钱粮。因为有功，日加亲信。不料寨主出河生理，被客船暗射一箭身亡，众喽啰推我为尊，做了寨主。身虽为盗，实有良心，一向慕求豪杰，同图大事，往往交接江湖上好汉，大都是羊质虎皮、见利忘义之辈，无一人可与交者。今幸遇足下，青年磊落，相貌魁梧，况有法术惊人，武艺出众。小弟不胜爱慕，欲屈尊驾在此寨中，结为金兰之契，共享荣华，同图事业，未审尊意若何？"杜伏威道："多承相爱，惟恐小可无福耳。"缪公端道："既蒙不弃，敝寨万幸。但不知足下贵姓尊名，祖居何地？"杜伏威道："小弟姓杜，贱名伏威。祖贯岐阳郡人氏，幼亡父母，流落他乡。今因送先祖骸骨归葬，偶逢将军，实出意外。"缪公端大喜，忙排筵席，结为兄弟，二人欢饮。酒至数巡，杜伏威道："承寨主大哥美情，感激无地，小弟有一言相禀，未知听否？"缪公端道："有话见教，焉敢不从。"杜伏威道："小弟在此快乐饮酒，可怜这一伙客商，捆缚疼痛，心中不忍，此酒怎能下咽？"缪公端忙令喽啰将那一伙客人尽皆放了，各与酒食压惊。将所携财物，十取其二，余者付还众人，打发回去。又差喽啰驾船，送出港口。杜伏威拱手称谢。

自此杜伏威在缪一麟寨内，终日大吹大擂，饮酒作乐，连住了十余日。杜伏威猛然想起："我在这里终日贪恋快乐，公公骸骨焉得回乡？仙境尚且不居，况山寨里非是久恋安身之所，不如辞别归去，另图事业。"当下来见缪一麟道："小弟承大哥提携，本该早晚听令，奈先祖骸骨未得归葬，因此悬悬在心。今日暂别，事毕之后，再来相从，乞求原谅。"缪一麟道："贤弟在此，本不该放去，但令先祖归葬事大，不敢勉强。但事毕就来，莫失信义。"杜伏威道："若忘兄长厚情，非大丈夫也。"缪一麟忙整饯行筵席，饮罢，交割了行李，托出一盘金银，赠为路费。杜伏威再三推辞，缪一麟笑道："二弟若不收去，实有见外之意。"杜伏威只得收了，拜别就行。缪一麟选一只快船，亲自送出河口，相揖而别。杜伏威另雇船只，取路往岐阳郡来。正是：

　　路上有花并有酒，一程分作两程行。

不知此去与宗族相会否，再听下回分解。

第二十四回

伏威计夺胜金姐　贤士教唆桑皮筋

诗曰：

> 遣兴由来托手谈，何期就里起波澜。
> 枰张坐隐阴阳局，思远冲开虎豹关。
> 合浦明珠重出海，乐昌破镜复还圆。
> 谗言构动萧墙变，片舌能摇泰岳山。

　　话说杜伏威别了缪一麟，迤逦来到岐阳郡，背着行李，奔入城内，一路寻访杜姓宗族。有土人指引到良市地方，寻着一座倒塌的台门，上挂一个牌额，横书"冢宰之第"，传书"左仆射杜良枢立"。原来杜悦的曾祖，曾为宋朝左仆射，故此称为冢宰。杜伏威一向闻得杜悦说，祖上曾做官来，看此门风，是个旧家气象，谅必是了。也不问人，一直走入厅上，只见厅内正中间悬一大旧扁，上写"补衮堂"三字。杜伏威叫一声："里面有人么？"少顷，一个苍头出来问道："你是谁，到此寻何人的？"杜伏威道："我是杜仆射子孙，久出在外，今日特来归宗，烦你通报。"那苍头见说是自家宗族，即忙进去通报。不多时，一个长者走出来，头戴折角幅巾，身穿沉香色纻丝道袍，生得容颜苍古。杜伏威向前施礼,那长者慌忙答礼,问道:"足下何来,是那一房枝派?未曾会面,为何流落他乡?"杜伏威道:"宗末名唤伏威。先祖名悦,绰号石将军,自小离家出外,求取功名,曾在高丞相麾下为旗牌官。所生一子,是宗末的父亲,双名成治,出仕梁国,为都督总兵官。只因名缰利锁,不得回乡,不期中道而亡。宗末是遗腹之子,在他乡异国,受尽苦楚。前岁得会先祖,不想先祖去秋染病弃世,吩咐要送骸骨回祖茔埋葬,故此不惮驰驱,千里送骸,特地寻访而来。敢问长者,与先祖曾相识么?"那长者答道:"我向来闻先人说,有一位族叔讳悦,自小习学枪棒,浪迹江湖,久无音耗。"即教家僮:"问妈妈取家谱出来,细细查看。"原来杜悦果是这长者的堂叔,杜成治是族兄。杜伏威却未有名字,乃是侄辈,论起来还在五服之内。杜伏威即拜了叔叔,又进内拜见婶娘。那长者大喜,吩咐家僮办酒饭相待,将骨瓶供养中间,长者焚香拜罢,然后就坐。饮酒之间,长者问伏威年庚,并一向踪迹何处。杜伏威一一说了,便问道:"叔叔排行第几,有几位弟兄?"长者道:"愚叔排行第三,名讳应元,续弦孔氏无子,因而又娶一妾。"说到"一妾"二字,就哽咽说不出。杜伏威问道:"叔叔为何不说了,如此发悲?"杜应元摇手道:"不要提起,慢慢地与贤侄说。"当日酒散,打点杜伏威在耳房安歇。杜伏威心下暗想:"三叔因甚说及妾字,便哽咽不言,必有缘故了。"一夜睡不着。

次早杜应元吩咐家僮来福,伏侍杜伏威到各房族探望,拜认宗枝。杜伏威路上问来福道:"三爹眉头不展,面带忧容,昨日说及娶妾二字,咽塞不言,莫非婶婶不容么?还是因甚烦恼?你必知道。"来福笑道:"大叔不问,小人也不敢说。主母十分贤德,并没妒忌之心。家主不为别的烦恼,说将来连大叔也好笑哩。"杜伏威道:"为甚好笑?你且说来。"来福道:"家主平日在家无事,和一班儿朋友们闲耍,或是围棋双陆,或是饮酒笑谈。家主的围棋甚高,本地能对敌者甚少。与人赌赛，十有九胜。前岁娶一位姨娘，名唤胜金姐，甚是袅娜，又且勤谨，家主极是得意的。目下遇了一个晦气星，是巷口桑参将的公子桑嘉，诨号叫做皮筋。家主与他围棋，赢了他些银两，兼有些古董。那厮气忿不过，不知何处寻了一个游方道人，棋高无敌。桑皮筋领了来，与家主对弈数局，不分胜负。次日来接家主到他家饮酒，酒醉之后，又与那道人围棋相赌，家主一夜就输却数百余金，这也罢了。谁想醉后兴狂竞气，桑皮筋出一妾，家主也出一妾，写定文契，胜者得人。两下忿气相持，家主依然输了。那厮款住家主，不放回家，雇轿来诈说家主中风，接胜金姐快去伏侍。主母惊慌，欲待自往，无人看管家财，忙着胜金姐上轿去看。只见那厮家内喧哄说道：'你家主人赌棋立约，将你输与我衙内了。'不由分说，将胜金姐推入内室。这正是：酒醉打杀人，醒来悔不得。白白地将一位美妾送与人了。家主无奈，吞声忍气，含泪而回。欲要告理，叵耐那厮财势滔天，又是赌输的，明明写开了，不敢和他争执。欲待罢了，心中不舍。况胜金姐不服那厮使唤，几次悬梁自刎，被人知觉救醒。那人恼恨，将他幽囚别室。邻人传说与家主知道，家主心如刀割，告诉人也无益，因此悲伤不乐。"杜伏威听罢，拍手笑道："三叔何不早与我说？恁地小小事情，有何难处！管取人财两得。"来福惊道："大叔果能如此么？"杜伏威道："诳你作甚？看我替三叔出气。"

两个一面说，一面走。探望已毕，依旧回家。进得前厅，来福飞也似奔入内室。杜应元夫妻二人，坐在房中纳闷，见来福喘吁吁地走来，齐问道："你伏侍大叔各家探望，俱得见么？"来福道："俱见了。小人路上闲话，将爷博弈的事告诉大叔，大叔笑道：'三叔怎不早言？这等小事，何必耽忧，管教人财两得。'故小人急来禀知。"杜应元怒道："这多嘴奴才，又来生事！"孔氏道："我看伏威侄儿，相貌非凡，既然口出大言，或者有些技能，也未可知。不如请他来商议。"杜应元点头，即叫来福请杜伏威入房里坐定，妈妈将前事又说一遍。伏威笑道："请叔父婶娘开怀，不必忧烦。侄儿略施小技，管取破镜重圆，落花再续。"杜应元道："贤侄有何妙技？说了好教愚叔放心。"伏威道："若说别的技术，小侄不敢自负，若说围棋二字，颇有些精妙入神的着数。依小侄愚见，只须如此如此。"杜应元夫妻心下虽是欢喜，还有些半信半疑。孔氏取过棋枰，令叔侄暂试一局看。二人对弈，杜应元输了，直饶至六子。杜应元大悦，当日就写下两个柬帖，着家僮往桑衙接桑皮筋及道人二人次日小酌。桑皮筋接了帖子，和道人商议道："这杜老儿杀得心胆皆寒，不敢出头，怎地今日又来请我们酌酒？"道人道："有甚事故！这老头儿今日必摆布得些财物，又思复帐了。贫道和公子再去赢他些钱钞，教这老儿梦中也怕。"桑皮筋拍着手笑道："师父说得妙！"摩拳擦掌，巴不得天晚。

次日辰牌时分，杜应元一面着人去桑行邀请，一面叔侄二人在厅上计议打点。少顷，报桑皮筋和道人到了，接入厅上，礼毕。桑皮筋见侧首坐着杜伏威，生得人材魁伟，相貌威严，心里暗想道："三老官何处请这个人来，莫非也会手谈的？"开口问道："这位是何人？"杜应元道："是舍侄杜伏威，在外日久，近日才回。"道人接口道："好一位令侄，大有福相。"说话间，酒席完备，四人传杯弄盏，行令欢饮。到下午家僮撤席，另换酒肴，并不提起胜金姐。桑皮筋乘着酒兴道："老丈还肯见教一局么？"杜应元道："败军之将，不敢言勇。心下也欲请教一局，奈何囊中空乏，不敢骂阵。"桑皮筋道："老丈太谦了，赌一东道何如？"杜应元道："这却使得。"桑皮筋道："如负一子，出银二钱，以为次日东道之费。"杜应元道："二数太多。"道人道："输一着，罚银一钱罢了。"二人首肯，摆下棋枰对局。杜应元连输二盘，共少四着半，两下大笑而罢，重赴酒席。将及更余，道人起身谢别。桑皮筋道："酒兴虽尽，棋兴正浓，谁敢与我再对一局么？"杜应元推辞道："老朽年迈神衰，目力不足，对局必输。若公子不弃，待舍侄请教何如？"桑皮筋道："更好，正要领教。"杜伏威道："小子无能，公子相让几子方好。"道人道："且对一局，便见优劣。"二人分开黑白，摆下棋枰。但见：

沿边而下谓之立，不连而入谓之干，粘连勿断谓之行，以我拦彼谓之约，远粘不断谓之飞，斜行粘活谓之尖，连而不断谓之粘，斜侵拂彼谓之绰，连子直入谓之冲，隔路相对谓之关，可断先视谓之觑，死而结局谓之毅，虎口先断谓之扎，相当抵住谓之顶，离而为二谓之断，以子按头谓之捺，以子击节谓之打，隔子偎敌谓之跷，闭之不出谓之门，深入破眼谓之点，傍通其子谓之透，逐杀不止谓之征，先投虎口谓之抛，后应打子谓之劫，先截后斫谓之劈，聚子点眼谓之聚，促彼急救谓之抄，连子直破谓之刺，逼拶不歇谓之盘，两子夹一谓之夹，玲珑不漏谓之松，两围不死谓之持。

诗曰：

棋虽小数与兵通，胜手何须用诈攻。
神识预周应莫敌，先人一着妙无穷。

道人用心窥视，杜伏威棋子甚是神捷，不动心思，随手而下，自然合机成局。桑皮筋输了一盘，心下不忿，佯笑道："愚生酒后神昏，况闲谈甚无趣味，杜兄须赌些什么，才有意兴。"杜伏威道："任公子尊意若何。"桑皮筋道："少赌些罢，十两一局，胜者得采。"杜伏威应允，二人复整棋局，对垒间，杜伏威又胜了。道人劝公子道："夜已深沉，请公子回行，明日再来顽耍。"桑皮筋红着两颊道："有这等事。怎地就回去了？务要取胜方归。这两局是我屈输了，皆因钱少，故此不能动棋兴，须多出些采头才妙。"杜应元取出一百两白银，放在桌上，对桑皮筋道："日前小妾送在公子处，问得人说，拗劣不从。老朽将此银子，着舍侄与公子相赌。舍侄胜，乞还小妾；公子胜，袖银回府。何如？"桑皮筋大喜道："老丈慷慨知趣。"对道人道："师父，你看这一回毕竟是我赢了。"道人袖手不言。当下桌上点着四枝大烛，照得明亮。桑皮筋张口咬指,千思万算,右手两指拈着棋子,却似发伤寒病一般,不住的摇颤。杜伏威谈笑自若,信手而下,杀得桑皮筋棋子四分五裂,应接不及。桑皮筋又输一局,大叫一声:"罢了!"推枰拍案而起,呆笑道:"明早送还尊宠。"拽步往外就走。杜伏威扯住道:"公子慢行,乞留文约,明早可以抬人,不然何所凭据?"桑皮筋道:"咫尺之间,何须文券,明早抬人便了。"杜伏威道:"这话难讲。久闻公子作事,不甚浏亮,明日倘不还人,如之奈何?这正是当面错过了。"桑皮筋大怒,骂道:"那里来这野畜生,不知上下,恁般可恶!不看老杜分上,送你到县家去重加究治!"杜伏威激起性来,将桑皮筋劈胸扭住,骂道:"我把你这狗男女、臭强盗、鸟娘养的泼皮!赌钱须要明白,只许你骗人,怎地就要送我?莫说别的,便要砍你这颗驴头,有何难处!先奉承你一顿拳头。"提起右拳,正待要打,杜应元一把扯住道:"侄儿不得无理。"道人也劝道:"分明是公子的不是,为何就出言伤人?杜君亦不可如此粗卤,要全令叔体面。"杜伏威方才放手。桑皮筋赌气不肯写券,定要回去,杜伏威决不肯放,两下争竞不开。有诗为证:

　　势豪倚势欺人,伏威忿气不服。
　　凡棋那比仙棋,落局难妆骗局。

看看五鼓鸡鸣,道人道:"公子与杜兄吵闹,终无了期,贫道为二公和解。公子耐心暂坐,贫道和管家先去着人送杜老丈尊宠过来,然后公子回府,还是如何?"杜伏威道:"师父见教得是。若如此,万事皆休。"道人辞别而去,不移时,一乘轿子,送胜金姐回来。杜应元不胜欢喜,唤妈妈领进去了。桑皮筋见了,气得目瞪口呆。杜应元道:"公子今番可请回府罢。"桑皮筋也不做声,大踏步走出门外,指着杜应元骂道:"我把你这两个贼胚死囚!不要忙,定弄得你家破人亡,才见手段！"一头骂，一头走。杜伏威又欲赶去，杜应元拦门阻住，各自散了。

桑皮筋怒气填胸，回家对道人说："此忿何能消得！"道人笑道："公子，你好度量浅狭！胜败得失，此乃常情。比如公子胜时，杜公不动声色。今日之失，乃是还他故物，又不伤公子己财，何必如此忿激？"桑皮筋道："钱财如粪土，便输了千万，也不动心；只叵耐杜老儿的那个狗男女甚为可恶，必须结果了这厮性命，方消此恨！"道人劝道："公子不须发怒，自古说：相骂无好言。公子暂时宁耐，待他那侄儿去了，再骗这杜老子耍他一耍，消这口气未迟。"桑皮筋见道人婉转相劝，把一腔子气，早挫了几分。但是面无喜色，心下闷闷不悦。吃罢早膳，和道人往街坊上闲行散闷，信步走到一个去处，却是锦营花阵，风月之丛，唤做留情巷。这都是行院人家居住，共有五七十名美妓。桑皮筋东顾西盼，这些娼妓都认得桑公子，俱起身厮唤桑皮筋，一路谈笑取乐。正走之间，只听得背后有人叫道："桑相公好快活，吃了茶去。"桑皮筋回头看时，是一个帮闲相识，怎生模样？

> 淡白眼兜脸，焦黄屈曲须，一钩鹰嘴鼻，两道杀人眉。赤眼睛如火，甜言口似饴，笑谈藏剑戟，评论带黄雌。蜮伏妆人状，狐行假虎威。讦私夸嘴直，趋势过谦虚。遇富腰先折，逢贫面向西。挥毫多白字，嫁祸有玄机。屈膝求门皂，陪钱结吏胥。见财浑负义，矫是每云非。性黠精词讼，臀坚耐杖笞。吮痈何足异，尝粪不为奇。呵尽豪门卵，名呼开眼龟。

原来这人姓管，名贤士，本巷居住。祖上原是仕宦出身，不知怎地干了坏天理的事，生下管贤士的父亲，名唤管窥，自小嫖赌，丧了家业，因而做些穿窬的勾当。浑家阎氏，又与外人通奸，丑声播扬。这管贤士却是奸生子，俗语称为杂种。后来这管窥做出事来，经官发配边地，不知尸首落在何处。阎氏却随了本地一个棍徒栗尽度日。这管贤士随娘改嫁，跟着栗尽学些拳棒，习写词状，专一帮闲教唆，挑哄人兴词告状，他却夹在中间指东说西，添言送语，假公营私，倚官托势，随风倒舵，赚骗钱财。唱得几句清曲，晓得几着棋局，凭着利口便舌，随机应变。凡是公子贵客，喜他一味的奉承不过，少他不得。城里城外，遍处有人识得他，故人取他一个绰号，叫做"管呵脬"。又因晚爷姓栗，别号"栗刻呵"。年至三旬之外，娶得一个妻室，复姓上官氏。此妇父亲名唤仕成，原在本郡衙门前居住，专靠做歇家糊口，最是奸狡险恶，剜人脑髓。凡是结讼的士客乡民，在他家里寄居，无一个不破家荡产。这女人貌虽窈窕，性极淫悍。因管呵脬和几个旧相处小官来往，每每夫妻争闹。管贤士不听妻言，上官氏寻思：夫既拐得小官，偏我相处不得朋友？即和隔壁富商黄草包通奸，管贤士禁止不得，只索做了开眼龟。这正是祖宗不积，所以男盗女娼。邻居少年，见他夫妻每日争风厮闹，戏编曲儿四只以讥之，曲名《桂枝香》。

　　代上官氏骂夫：
　　爱你庞儿俊俏，怪你心儿奸狡。不念我结发深恩，反道那无端恶累。心旌自摇，心旌自摇，慢骂你薄情轻佻，耽误奴青春年少。暗魂销，几番枕冷衾寒夜，缩脚孤眠独自熬。
　　代管呵脬答妻：
　　虽怜你腔儿窈窕，可惜你性儿粗糙。嘴喳喳一味䦨酸，怎当我心儿不好。更纷纷草茅，纷纷草茅，这些关窍有何风调？那通宵，恁般空阔深如海，争似陆地行舟去使篙。
　　上官氏又骂夫：
　　深情厚貌，心同虎豹，只图那少艾风流，全不顾傍人嘲诮。泪珠儿暗抛，泪珠暗抛，挤得个今生罢了，两分张各寻巢巢。小儿曹，木墀花戴光头上，受这腌臜，惹这样骚！
　　管呵脬又答妻：
　　心雄气暴，终朝聒噪，大丈夫四海襟怀，岂屑与裙衩争闹！羡当今宋朝，

当今宋朝，愿与他死生倾倒，难回你别谐欢笑。谩推敲，任予延纳三千客，让你黄家一草包。

这管贤士原与桑皮筋会酒顽耍过的，当日在留情巷里偶自遇着，桑皮筋应声笑道："小管，许久不见。"管贤士道："一向穷忙，久失亲近。大相公是个福神，一向洒落么？"桑皮筋道："惶恐。近来受了一场腌臜臭气，心下十分不乐，因此到这里消遣一回。"管贤士耸着两肩，戏着脸道："相公是天地间第一个有财有福的快活人，有甚烦恼处？终不然有那一个不怕死的来冲撞相公。"桑皮筋叹口气道："不要说起，说将来气杀人！"管贤士道："相公有甚闲气，和小人说知，这怒气登时便消了。"即款桑皮筋、道人到家里坐下，慌忙叫上官氏出来见了。茶罢，管贤士又道："大相公委实有甚烦恼，见教何妨？"桑皮筋道："敝邻有一个姓杜的老儿，是个诚实君子，每和学生博弈赌赛，互相胜负。虽然输一些，不过排遣取乐而已。日前来了这位游方师父，围棋甚高。承师父指点几个局势，说数着玄机，学生比前顿然悟彻，和那杜公赌赛，胜了他数百金。又亏师父亲自与他对局，赢得他一个美妾，且是有趣了。"管呵脬将扇子在桌上敲一下，插嘴道："妙妙妙！后来却怎么？"桑皮筋道："不期杜公那里寻一个什么侄儿来，素不会面，又是别处声音。这杜公请我与师父酌酒，酒间后不觉棋兴勃然，和老杜又对弈起来，且喜又胜了几局。"管呵脬啧啧摇头称羡道："大相公醉后还如此胜他，好棋，好棋！"桑皮筋道："咦，好棋！咳，不想那侄儿接上，和我相持，我费尽神思，他却并不在意，就如风卷残云，一连数局，杀得我举手无措，连银子与那娇滴滴美人儿，俱赢去了。"管呵脬跌脚道："呵呀，可惜，可惜！银子倒是小事，这美妾把他复了转去。真是气杀！相公摆布他才是。"桑皮筋道："妾与银子输去，这也罢了。我说黑夜之际，难以抬人，明早送还尊妾。老杜到也肯了，叵耐那侄儿野蛮，反说我放刁说谎，出言不逊。我不曾骂得几句，反被他结扭一场，捏起拳头，只待要打。你晓得我平日也有几分手段的，不知怎地被他结扭，竟自挣扎不得。若不是老杜和这师父苦劝，一顿拳头奉承在我身上了。只得连夜还人，方才放我回衙。你说世间有这样异事么？今早我定要摆布他，师父再三相劝，我心下尚是忿他不过。"管贤士睁着两眼喊叫道："有这样异事？反了，反了，世间都没王法了！王孙公子被人殴辱，下一等的不要做人了？这位师父好没主意，见公子被小人所愿，不出力相助，反来劝阻。若是小可在时，路见不平，任他什么好汉，也要和他跌三交，岂肯吞声忍气，受小人之耻辱，被人笑话！"桑皮筋被管呵脬数句言语耸动，大怒道："管兄说得最是！转思再思，越发可恼，还是怎地断送他才好？"

道人道："贫道云游四海，见识颇多，凡事忍耐些好。圣人云：若以责人之心责己，恕己之心恕人，方是君子。譬如公子与管兄相赌，公子胜了，焉肯空手而回？自古赌钱不隔宿，当下放了公子回府，次日讨人，公子不肯还时，奈何！杜子取约，也是正理。贫道看那个侄儿，不是善良君子，所以劝公子将就罢了。"管贤士笑道："师父劝桑相公的言语，都是橘皮汤、果子药、太平话儿。但不知让人容易，下次公子难做事了。若说那厮是个本分老成的人，倒不必和他计较；既是个嚣薄子弟，决不可轻放了他！天下英雄好汉，小可眼里不知见了多少，只怕大相公或忍得耐得。若依小可主意，只消我笔尖儿一动，管教他立刻遭殃。"这唤做：

抡刀不见铁，杀人不见血。棒打不见疼，伤寒不发热。毒口不见蛇，蝎尾不见蝎。苦痛不闻声，分离不见别。世上若无此等人，官府衙门不用设。

桑皮筋跳起身来喊道："这方是说话！师父是个出家人，都说的是好看话儿。我桑相公就怎地包羞忍耻，被小人所辱罢了？"管贤士道：

"正是，正是！出家人图个安闲自在，我俗门中要替父母争一口气。自古道：人争一口气，佛争一炉香。恨小非君子，无毒不丈夫。大相公自己要张主，若用我小管时，上天入地，亦所不辞！"桑皮筋大喜道："今日听了管兄数句良言，使我心中烦恼，顿然消了一半。"道人见这光景，心下暗想："这桑皮筋额角上现了黑气，眼见得撞入太岁网里，正是各人自扫门前雪，莫管他家屋上霜。"立起身来辞道："小道有些薄事，暂且告别，晚上再会。"管呵脬巴不得道人去了，便道："师父有事，不敢相留。"送出门去，回身吩咐浑家陪桑相公暂坐，自却去买些酒肴相待。

　　三人一面吃酒，一面计较。桑皮筋道："无辜相扰，甚是不当。但摆布得那厮，方见盛情。"妇人道："无物相待，公子休怪。"管贤士道："这般小事，何须费心。相公写状，要把令尊老爷出名，先去府中呈告，说有虎棍积赌杜某叔侄二人，专一妆局骗人，开场肆恶。有男某人素习儒业，祸遭恶某网罗，到家局赌诓银五百余两。某不忿，令男理取，反遭恶党毒打垂危，乞天剪恶维风。上告这一状准来，不怕那厮不破家荡产。"桑皮筋低头将状语想了一遍道："承见教，词语甚佳。但家君见了赌字，不推不肯出状，兀有一番烦恼。这事掣肘，如何行得？"管呵脬道："相公多少伶俐，这用术之处，却不省得！比如今日未告之先，令尊老爷知道，必然阻挡，或加责骂，亦未可知。待我小管替相公在本府先告准了，然后禀知老爷，那时令尊自然承认。谁肯把嫡亲儿子去吃官司？还有无穷巧妙，不必细说。临期自见。事妥之后，只要公子将小管做一个人看觑，便教小管吃屎，也是甘心的。"桑皮筋笑道："说那里话！事毕之后，自当重谢。但不知几时可以递状？"管贤士道："事不宜迟，就是明日。一应事务，都在我小管身上，不须挂念，相公打点见官就是。"桑皮筋道："千万在心，不可有误。"管贤士道："这是我自家的事，不消吩咐。"二人再饮几杯，管贤士托故先出门去了。桑皮筋当晚就与他浑家宿歇。有诗为证：

孚室犹然训惕中，涉川何事侈谋工？
须知怨小宜容忍，莫使青萍染落红。

次早桑公子自回衙里去。这管贤士在邻妓家充了一餐早饭，悄悄地闯入杜应元厅上来，叫一声："杜老先生在么？"杜应元正在家内闲坐，忽听得有人叫唤，踱出来看，乃是管呵脬。二人声喏坐定，杜应元问道："管兄早来，有何见谕？"管贤士道："小侄昨闻老丈惹出一桩天字第一号是非，特来通知，及早可以解释。"杜应元笑道："老拙一生守分，兄所素知，有甚是非相涉？"管贤士道："这桩事不成则已，若成利害不小！"杜应元问："何事？"管贤士道："昨与桑公子会酒，公子说与兀谁赌博，输却五七百两银子。他父亲知道，写了一纸状子，朱语是'局赔杀命事'，要去本府告理，恐字眼有不到之处，特差人接小侄去商议斟酌，却原来是告老丈和令侄的。小子思量，都是邻比之间，怎下得这样毒手？若构讼时，老丈毕竟要受些折挫，故小侄特来暗通消息，及早裁处方好。"杜应元道："围棋相赌，无非东道相聚而已。后来老朽因酒后输却一妾，幸舍侄旋璧。桑公子有甚银两输与我处？纵使告来，他也要舍着自己对我。"管贤士道："小子亦知老丈忠厚，未尝与人争竞。但不知当今世态恶薄，只以势利为先。俗言说：贫莫与富争，富莫与官斗。倘对理之际，官官相护，偏听一面人情，老丈岂不受辱？正是识时务者，呼为俊杰。还须小心陪礼，省了一场大祸。古人道得好：学吃亏，多忍辱。小侄乱言，无非为邻比间情分，任凭尊意。"杜应元心里暗想：这厮也说得是。就问道："承足下厚情见教，但不知怎生小心陪礼？"管贤士道："这有何难！只要老叔费几贯闲钱，办一个齐整东道，请桑公子一酌，以外还须一二十两色银使用，这是非登时散了。管教一座冰山，化作半山雪水。"杜应元道："东道是容易的，一二十两银子，却在那处使费？"管贤士道："老丈虽然齿德俱尊，不知世情活法。目今桑公子相处的朋友，都是一班游手好闲、帮讼教唆的豪杰；跟随出入的，都是一伙贪嘴图利、狐假虎威的悍仆。假如桑公子肯息讼，这一些人唆唆哄哄，毕竟又生起枝节叶来。故此要这些银两撮化与这伙人，方得平风静浪，终不然小侄敢误老丈大事？"杜应元谢道："深感盛雅，待舍侄回来商议，踵门请教。"管贤士道："晚上即求示下，大抵还是收拾的好，小侄就此告别。"杜应元相送出门，管贤士又回头道："请早自裁度，免贻后悔。"杜应元点头领诺。少顷，杜伏威回来，杜应元将管呵脬的言语说了一遍。杜伏威仰天大笑，正是：

  画虎画皮难画骨，知人知面不知心。

毕竟杜伏威怎的回覆，且看下回分解。

第二十五回

遭屈陷叔侄下狱　反图圄俊杰报仇

诗曰：

> 嗜利凶徒驾祸殃，暗中罗织害贤良。
> 英雄束手甘囚禁，衰老含冤继死亡。
> 怒激风雷驱魍魉，重开日月创家邦。
> 从兹将士如云集，会见岐阳作战场。

话说杜伏威听叔父诉管贤士之言，不觉大笑。杜应元道："贤侄如何好笑？"杜伏威答道："我不笑三叔，笑那管呵脬。来说是非者，即是是非人。有了一二十两银子，不会打官司，反与光棍骗去使用？若说围棋赌胜，人之常情，我虽不合，他也不应。他说输五七百两银子与我，有何凭据？任那厮告去，不妨事。"杜应元见侄儿说得有理，放下了心，安坐不动。叔侄二人且去备办牲礼，邀请亲族，同往祖坟，将杜悦骸骨埋葬。祭祖已毕，杜伏威拜谢了叔婶，就要打点起程。杜应元道："贤侄初来，未曾备得一杯酒相待，嫡枝骨肉，谅不见嫌，怎忍弃我就去？"杜伏威道："感承叔父婶娘厚情，本该在此侍养，但来此日久，恐林老爷悬念，故欲拜辞。"孔氏道："粗茶淡饭，侄儿休得嗔嫌要去。况小管之说，未知真假，贤侄稍停数日，见一个分晓，你也去得放心。"杜伏威道："婶娘恁地说时，小侄再留数日。"夫妻二人，欢天喜地款待着他。杜伏威自去合那祖师救饥丹和神仙充腹丸。

再说管呵脬等至黄昏，不见杜应元覆话，心里暗想："这厮不来见我，正好放心行事，今番怪我不得！"当晚写成状子，笔削了出门入户的字眼，次日黎明，扮做桑参将管家，投文队里进去，递了状词并帖子。这岐阳郡太守，覆姓诸葛，名敬，字秉恭，为官清正，立性廉明。当下见了帖子状词，使唤管贤士上前问道："你家主好没来由！自己儿子赌钱，不能训诲，反告他人骗诱。若市到赌博情由，连你家公子也脱不去了。"管贤士禀道："小的家主，平素并无只字入公门，今值不得已事，干渎爷爷。公子素习儒业，足不出门。今春偶遭恶邻杜应元，收一来历不明之人，假称亲侄，凶顽狡猾，又嫖又赌，善语能言，奸诈百出，赚诱我家公子饮酒嫖耍，次后引入赌场。叔侄二人妆成圈套，设席骗公子饮酒，一夜之中，骗去金银五百两。家主盘库赏军，库中钱粮却没了一千余两。局赌之物，即系朝廷钱粮，不得不告。伏乞爷台作主。"太守笑道："若说是库中钱粮，为何被公子窃出赌博？是你家老爷不谨了。状子暂准，待后审实，再行议拟。"管贤士叩头而出。昔人有《唆讼赋》一篇，以著其恶。赋曰：

> 世道衰而争端起，刁风盛而讼师出。横虎狼之心悬沟壑之欲。最怕太平，惟喜多事。靠利口为活计，不田而农；倚刀笔作生涯，无本而殖。媒孽祸端，妄相告讦；联聚朋党，互相舞文。阀阅婚姻，一交构遂违秦晋之好；公平田地，才调弄便兴鼠雀之词。搬斗两下相争，捏证打伤人命，离间同胞失好，虚装罢占家私。写早讲价，做状索钱，碎纸稿以灭其踪，洗牌字而误其迹。价高者，推敲百般，惟求耸动乎官府；价轻者，一味平淡，那管埋没了事情。颠倒是非，飞片纸能丧数人之命；变乱黑白，造一言可破千金之家。捞得浮浪尸首，奇货可居；缉着诡寄田粮，诈袋在此。结识得成招大盗，嘱他攀扯冤家；畜养个久病老儿，撺渠跌诈富室。设使对理，则硬帮见证而将无作有；或令讲

和，则抵银首饰面弄假为真。律条当堂可陈，法令随口而出。茶罢闻言，即鼓掌而欢笑曰："老翁高见，甚妙甚妙！吾辈真个不及。"酒阑定计，乃侧首而沉吟曰："学生愚意，这等这等，执事以为何如？"以院司为衣钵，陆地生波；藉府县为囮媒，青天掣电。朝来利在于赵，乃附赵以毙钱，晚上利在于钱，复向钱以倾赵。又能舌舌李客之言，送于张氏之耳；复探张氏之说，悦乎李客之心。刚强辈图决胜，则进嘱托之谋；愚弱者欲苟安，则献买和之策。乘打点市恩皂快，趁请托结好吏书。倘幸胜则曰：非人力不至于此。倘问输则曰：使神通其如命何。

或造不根谤帖，以为中伤之阶；或捏无影讦单，以贾滔天之祸。彼则踞华屋，被文衣，犹怀虎视之心；孰敢批龙鳞，撩虎须，声彼通天之恶？故欲兴仁俗，教唆之律宜严；冀挽颓风，珥笔之奸当杀。

管呵脬径奔桑参将衙内，见了桑皮筋声喏道："大相公贺喜！状词已准，准备见官对理。"将状抄与桑皮筋看了。桑皮筋大喜，留管呵脬书房里酒饭，取银十两，递与管贤士道："烦兄衙门使费，如少再来取罢。对理之词，临期还乞指点，千万用心莫误。"管贤士道："一应使费，衙门上下，都是小人承管，对词亦是不难。只有一件，令尊大人处，公子宜早讲明，作速见官断送那厮，不可停留长智。"桑皮筋道："多承指教。"管呵脬得了银子，作别去了。

晚上，桑皮筋对父亲说知此事，求父作主。桑从德大怒道："畜生不潜心经史，暗行赌博，效下流所为，又生事告人，大胆来对我说，可恼可恨。咄！"桑皮筋见父亲盛怒，不敢多言。折转身望内房里就走，见母亲白氏，细说前因："今已告成，父亲又不肯管，倘若讼事输了，被人耻笑，只索往水中一跳，倒也干净，免得露丑。"白氏心中忧虑，对桑参将道："我和你夫妻二人，只有一子，虽是不肖，岂忍坐视？见官时受些叱辱，不惟我与你失了体面，倘畜生做些不测之事出来，那时悔之无及。"桑从德道："我也知道，奈是赌博之事，贻害最大，今次若纵了他，日后怎肯改过？待他危急，自有道理。"夫人道："虽然如此，父子之情，还当覆庇他，严加警戒下次便了。"这桑参将被夫人三言两语说动了情,只得打轿上府,至迎宾馆,候太守相见礼毕。茶罢,桑参将将前事细诉一遍。太守道:"老先生驾临,无不领教;只是令郎公子,入于赌场,难分彼此。学生若不整治一番,纵其得志,下次老先生愈难训诲。况钱粮乃朝廷重务,令郎盗出赌博,老先生亦失于检点矣。学生药言,老先生莫罪。"桑参将被太守抢白数句,气得闭口无言,返身相辞回衙,对夫人道:"知府反把钱粮诬畜生赌博,怎生是好?"夫人道:"既太守作难,只令家僮去对理,嘉儿只不出官,钱粮又不缺少,彼亦无奈我何。"桑参将道:"此言亦可,不去催他构提,轻放那厮罢了。"因此两下将这场讼事搁定了。将及半月,不期诸葛太守父亲身故,一壁厢申详丁忧文书,一壁厢打点奔丧回籍,将府印交与府丞掌管。

那管呵脬时常在府门前探听,一知太守丁忧,忙入桑衙通报,桑皮筋大喜。你道为何?原来这本府府丞,姓吴名恢,向与桑从德交往情密。虽是儒林出身,性兼贪酷,一味糊涂。有这个机会,故此大喜。当时桑参将闻此消息,忙往府中将上项事和吴恢备细说了。又道:"今得老公祖署事,乞求清目,感恩不浅。"吴恢满口应允道:"既是令郎被人赚赌,学生即时拘审究罪,只消数字见谕,何烦老先生大驾亲临。"桑从德称谢而别。管贤士和桑皮筋道:"这场官司,幸落在老吴手里。有了令尊面情,必然大胜。但老吴有些毛病,最贪财物。倘杜应元叔侄争气,用了见识,先送礼物进去,劈了令尊体面,胜负之间,未可必也。依小管愚见,还须先下手为强,将些财物送与吴公,方是万全之策。大相公意下何如?"桑皮筋道:"兄甚在行,见识高妙。但是家君不肯,如之奈何?"管贤士道:"古人说得好:孝顺官司,忤逆道场。公子贯朽粟陈,金银满库,何在乎三五十两银子?就瞒着令尊将私蓄之物,亲自送入吴二府衙内,自然老吴欢喜,随意奉承,要问那厮一个死罪,也是肯的。"桑皮筋笑道:"些须银两,何足为惜!但告状虽是家尊出名,我亦是本府犯人,岂有亲自送银之理?

足下著有门路,烦劳转送何如?"管贤士笑道:"吴公署印过龙的人,我尽相熟,只是银两重托,小可不敢承当。还要选一个能事的盛使自去方可。"桑皮筋将手指着管贤士道:"小人哉,管见也!我既托你做事,岂有疑你之心?我衙里这班狗才,都是囊糠躲懒的驴马,焉可托以机密重事?足下不必多疑,放心行事。"说罢,走入里面,取出五十两一锭大银,送与管贤士道:"烦兄即便行事,停妥时复我一声。"管贤士道:"不须大相公叮嘱,管取停当,只恐少些。"说罢,袖银别去。原来这五十两银子,不是送与吴府丞的,乃是管呵脬指官诓骗之法。若是吴公,这五十两如何打得他倒?

管呵脬拿了银子,笑嘻嘻奔回家来,递与浑家。浑家道:"这银两从何处来的?"管呵脬道:"连几日赌输了,手中甚是干燥,幸遇着一场公事,赚得这一锭银子,尽够我数月滋润。"浑家又问:"怎地有这若干?"管呵脬道:"那桑公子是个桑皮筋,平日有些臭吝,被我骗他告状,将这银子教我送入吴府丞衙内。我想桑参将正掌兵权,炎炎之势,不愁吴府丞不奉承,何必又送礼物?被我一片巧言,立刻哄得银子入手。你且藏下,慢慢地受用。"浑家欢喜,将银子藏了不题。

再说杜应元与杜伏威道:"管呵脬所言之事,将有半月,怎不见动静?"杜伏威道:"毕竟是那厮调谎。"杜应元道:"早是贤侄说破,不然,已被那厮哄赚。"二人正说话间,只见门首走入两个人来。你道是谁?原来是府里公差。有《挂枝儿》为证:

着青衣,进门来,大呼小叫。两小弟,奉公差,那怕势豪。不通名,单单的,称个表号。有话凭吩咐,登门只这遭。明早里拘齐也,便要去点卯。

吃罢茶,就开科,道其来意:有某人,为某事,单告着伊。莫轻看,他是个,有钱的豪贵。摸出官牌看,一字不曾虚。急急的商量也,莫要耽误你。

吃酒饭,假做个,斯文模样。我在下,极愚直,无甚智獐;他告伊,没来由,真真冤枉。说便这等说,还须靠白镪。不信我的良言也,请伊自去想。

酒饭毕,不起身,声声落地。这牌生,限得紧,岂容误期!有银钱,快拿出,何须做势?若要周全你,包儿放厚些。天大的官司也,我也过得水。

接银包,才道声,适间多谢。忙扯封,估银水,如何这些?我两人,不比那,穷酸饿鬼。轻则轻了已,不送也由伊。明日里到公庭也,包你烂只腿!

杜应元迎到厅上坐下,问道:"二兄何事光顾?"那二人道:"两小弟是本府公差,奉吴爷钧牌,奉请二公讲话。"杜应元心下已明白了。一个公人腰边取出一纸花边牌票,上写着:"为局赌事,原告官宦桑从德,抱告人桑聪,被告犯人二名杜应元、杜伏威,干证管贤等。"杜应元看毕,即办酒饭款待,送了些差使钱。公人约定听审日期去了。杜应元烦恼道:"悔气!没来由惹下一场官司,怎生区处?"杜伏威道:"三叔不须忧虑,小侄自去分理。谅这小小讼事,何必介怀!任他妆甚圈套,我临期自有主见。"

过了数日,公人掏了原被告、干证等,齐到府中候审,一同堂上跪下。吴恢见了桑皮筋,慌忙请起,立在傍边问道:"公子被光棍赚赌,委实骗了几多银两?从实讲来。"桑皮筋道:"罪人素习儒业,不省赌博之事,被恶邻积棍杜应元叔侄二人,百计引诱,先入行院,帮闲嫖耍;次后引归家内,灌醉赌钱。一夜之间,输却五百三十四两银子。妆局赚骗,心实不甘,冒渎公祖老爷,乞求天判。"吴恢笑道:"黑夜饮酒,又非贸易之时,为何带这许多银两?"桑皮筋青了脸,不能回答。管呵脬见了,心中想道:"决撒了!"连忙跪向前几步,答道:"黑夜饮酒,公子委实不曾带银。只因醉后糊涂,为小失大。始初输得不多,公子忿气相持,落了圈套,积输五百余两。公子欲回,被杜伏威恃强相劫,不放转动,直待家僮送银完足,方得回行。这是小人亲见,并没半毫虚谎。"吴恢喝道:"你是何人,辄敢多言!"管贤士叩头道:"小人状上有名,干证名唤管贤士。"吴恢又喝道:"桑公子在杜应元家里相赌,你为何知其备细?"管贤士道:"小的与桑公子、杜应元二家,俱系贴邻,灯火相照。当夜五更,忽闻得有人喊叫,仔细听时，是桑公子声音，大声叫局赌杀人。彼时小人恐连累排邻，急起来穿了衣服，开门一看，却是杜应元家里吵闹。小人敲开门入去问时，桑公子与杜伏威扯做一块，一个要取银，一个不肯。小人替他和解，即忙着桑衙管家回去取银来交足，方得放回。此乃目击之事，伏望爷台明镜。"杜应元道："小人世代儒门，安贫守分。嫖赌二字，乃下流之事，素所深戒。只于闲暇之时，和桑公子围棋消遣，或赌一二东道，未尝赌甚财帛，怎么就叫做局赌？都是这管贤士唆哄成讼，费老爷天心。不要说五百银子，便是五十文钱，也不曾见有。"管呵脬搀口道："杜应元，你在青天爷爷跟前，尚要推赖？眼睁睁见你雪白银子挢了进去，彼时你还道：'小管，累兄了。'我和你都是邻比之间，护得那一个？天理人心，难逃公论。"

吴恢手拈长髯笑道："这老狗才还要胡赖。着围棋便是赌局之讹，赛东道即是骗钱之法。眼见得局赌骗钱了，尚赖到何处去？从实供招，免受重刑。"杜应元道："小人和桑公子委实未曾相赌，并无钱物往来，都是管贤士捏词唆哄兴讼，又来硬证。伏乞老爷明镜烛冤，救拔小人残喘。"吴恢喝道："老奴贱骨，不经刑罚，焉肯成招？"叫左右："上起夹棍来！"两旁皂隶吆喝一声，正欲动手，杜伏威高声叫道："不必夹我叔叔，赌钱赚物，都是我一身所为，招承就是，何必动刑！"吴恢将杜伏威看了几眼，笑道："此子年纪虽小，却也老实。快快招来，省受苦楚。"杜伏威道："五百三十四两银子，是小人得了，但不知桑家是那一个家僮送来的？还是甚物包裹？几锭、几件、几十块？说得明白，小人一一还他。"管呵脬道："是一皮箱藏着，五十三封零一小包，是桑衙来寿、进顺两个苍头扛到你家，何须胡扯！"杜伏威道："黑夜扛银，银在箱内，为何你备知数目？"管呵脬道："我将银一封封打开，递与你叔子，还上天平兑过，方收进去。是我当面交割的，缘何不知详细？我处银与你，不过要息两家争闹。我与你是甚冤家，苦苦昧心害你！"

吴恢道："是了，看此镂馊光棍，岂不是个赌贼？快快上起夹棍来！"杜伏威伸出脚来，厉声道："桑皮筋、管呵脬，头顶上是什么东西？任你夹上几百棍，银子没有是实！"吴府丞大怒，喝教动刑。两班公人响一声喊，把杜伏威拖番，将左脚放上夹棍，杜伏威只不做声。吴恢道："这泼皮还不招来？"杜伏威道："便是右脚上再用夹棍也不招！"吴恢喝左右将右脚一发双夹了。杜伏威伸着两足，任凭公人收紧绳索，纥铮铮地夹拢来，恰似夹木头石块一般，动也不动。吴府丞和满堂吏书皂甲等，都看得呆了，一齐想道："世间有这等铁骨钢筋，不怕疼的！"吴恢又教左脚上先敲五十棍。公人提起杖来，用力打下，但听朴朴之声，就如打在牛皮之上，并不叫半声疼痛。一连打了二十余下，忽听一声响，夹棍连绳俱断了。吴恢没做理会处，叫："且将杜伏威丢下，把那老头儿上了夹棍。"这杜应元怎比侄儿有法术，老皮肉上，略将绳子收紧，即喊叫连天。吴恢又教行杖。杜应元实熬不过，只得招认有银，俱已花费散了，情愿变产赔偿。吴恢令放了夹棍，写下供状。将叔侄二人，发下狱中监候，放公子干证等散去。桑皮筋管呵脬和一伙探望的亲友，酌酒庆贺去了。

值日牢子带杜应元、杜伏威二人入监房里来，但见：

<blockquote>昏惨惨阴霾蔽日，黑沉沉臭恶难闻。牢头一似活阎君，狱卒施威凶狠。无数披枷带锁，几多床押笼墩，四肢紧缚鼠剜睛，几白皮抽粗棍。</blockquote>

当日狱内上下人役等，都得了钱财，打点一间洁静房儿与二人安身。此时杜应元心下烦恼，止不住腮边流泪。杜伏威见了，十分焦燥，踌躇了半夜，暗想："我要脱身，反掌之易。奈是带累三叔受苦，怎生区处？"蓦然计上心来，必须如此如此，三叔方可出狱。数日后，吴府丞提杜应元二人比较。杜伏威禀道："小人叔侄两个，俱已收监，要赔桑衙银两，何人措置？老爷将小人监候，放叔叔回家，变卖

产业，以偿桑行。不然，今年监到明岁，银子从何而来？"吴府丞道："也说得是。"将杜应元讨了保状，暂放回家，限十日之内完纳。过限无银，重责再监。将杜伏威依旧关禁狱中。

　　杜应元别了侄儿，出离府门，回家来见了妈妈孔氏，抱头痛哭。杜应元哭道："我生年半百之外，未曾受此苦楚。不知前生怎地种此祸根，今日遭这桩屈事？"孔氏劝道："官杖天灾，系于大数，不必怨恨。但吴府丞判偿桑衙的银两，何以措置？"杜应元道："今日这狗贼放我回来，限定十日内变产完纳给主，将侄伏威复关禁大监，这场冤祸怎了？"孔氏道："五百余两银子，非同小可。纵使变卖家产，也不能就有。"胜金姐整治茶饭，请二人晚膳。杜应元茶水不沾，妈妈也不动着。夫妻烦恼，进房安宿。杜应元睡于床上，忧思凄怆，无计可施。捱至夜半，推说东厕净手，暗入书房内自缢而死。孔氏兄夫主起去多时，心下猜疑："员外讲去净手，为何不来睡？"慌忙披衣起来，叫丫环点灯到东厕寻觅，不见有人。四下里将灯照觅，并无踪影。孔氏惊惶，急唤胜金、来福等起来。来福寻至西首书房里，只见家主高高悬在梁上。来福叫道："不好了！妈妈快来，员外缢死在此了！"孔氏魄不附体，忙奔入来，放下看时，浑身冰冷，气已绝了。举家号啕。孔氏痛哭，跌足号呼道："天呵，天呵！此枉此冤，皇天可鉴。愿同归九泉，赴冥司告状，杀此二贼！"放声大恸，不觉扑然倒地。胜金等连忙将汤灌时，已不下咽，骨都都痰如潮涌，顷刻而亡。可怜醇厚夫妻，负屈含冤，双双死于非命。当下惊动左邻右舍，家家起来探望，见杜应元夫妻二人，俱已身死，无不垂泪嗟叹。天色已晓，一片声传说：桑衙父子倚官托势，活活逼死人命。消息传入岐阳府来，吴恢闻得此说，却也局促不安，不敢升堂审事。桑皮筋等都各心慌，只有管呵脬呵呵笑道："倔强老贼，不知通变，端的送了残生。不要说这两条狗命，便再死几个何妨！"有诗为证：

腹中怀剑笑中刀，从此图围生祸苗。
斧劈头颅倾狗命，至今人鉴管呵脖。

却说杜伏威正在牢房里纳闷寻睡，忽见禁子道："杜郎好睡哩。"杜伏威笑道："禁子哥，这不见天日的去处，不寻睡却做什么？"禁子道："一桩祸事临身，你还睡得着，竟不知哩！"杜伏威道："被人屈陷，身居缧绁之中，晦气不小，还有甚祸事来寻我？"禁子道："令叔自缢身亡，令婶哭绝而死，你还安心不动？"杜伏威失惊道："那有此话？禁子哥，莫非取笑？"禁子道："满城传说，遍处闻知。今早报官，吴爷不敢坐堂，岂是哄你？"杜伏威听罢，跳起身来，大喊一声道："罢了！"惊得禁子慌张无措，连忙掩住杜伏威口道："这牢狱中，不是大惊小怪之处，莫带累我吃棒。"杜伏威一手拉开道："我杜爷纳气坐监，皆因怕拖累了三叔。今已弃世，复何虑哉！禁子哥，你为人忠厚，我不害你，快快躲避。"说罢，口中默诵真言，蓦地里霹雳一声振响，摇天动地，惊得众狱卒禁子没处藏身，一齐暗暗地叫苦。那雷声就如擂鼓一般，霎时间鬼哭神嚎，阴风惨惨。杜伏威大叫："在狱众多好汉，有胆量的，一齐随我打出狱去，杀这赃胚，替民除害！"只见一片声相应道："我等愿随豪杰逃生！"杜伏威当先手持短斧，斫开牢门。监内有一二百个囚犯，同声呐喊助威，一直杀入府堂上来。

杜伏威首先抢入私衙，此时衙里也预有准备，迎出十数个虞候干办，挺枪持刀拦住，被杜伏威一斧一个，尽皆斫倒，领着一伙囚犯，直奔府丞房里来，四围寻找不见。杜伏威将一个丫环揪倒，踏住胸脯喝道："吴恢躲在何处？"丫环指道："都藏在那床下。"杜伏威一斧杀了丫环，与众好汉扯开床来，果见吴恢和一美妾，躲在床下。杜伏威一手按住，喝道："好赃狗！贪财趋势，屈陷良民，今日逃那里去！"吴恢跪在地上哀求道："乞饶性命，下次学做好官。"说话未完，头已落地。众好汉动手将美妾斫为肉泥。吴府中是男是女，杀得尽绝。杜伏威领众人，复身杀出府门外，径赶入参将衙里来。参将夫妇数不该死,因儿子不肖,三日前却搬进参将府廨宇内,和一班儿僮婢自住去了。衙里止有桑皮筋妻子和儿女小厮丫环七人,杜伏威尽皆砍死,单不见了桑皮筋。杜伏威心下不忿,令人四下搜寻,寻至侧厅天花板上,搜出一个老家僮来,捉至杜伏威跟前,问桑皮筋在何处。家僮道:"适才和管呵脖到张一儿家里吃酒去了。"杜伏威大喝道:"引我去见那厮,即饶你命!"家僮道:"愿引爷爷去捉,只求饶命。"一个好汉押这家僮引路,杜伏威和众好汉后随,顷刻间到了张一儿门首。只听得楼上唱饮欢笑,杜伏威赶入中门,一个汤保在灶下烫酒,问道:"是那个撞入来?"早被一斧砍死。杜伏威首先登楼,只见桑皮筋上坐,两个妓者和管呵脖侧陪。管贤士一见杜伏威走到,惊得魄散魂消。正待往窗外逃生,被杜伏威拦腰一斧斫倒,顶门上又复一斧,登时一命归阴。桑皮筋惊得锉倒窗边,挣扎不得,况且醉后,口里哼哼地只叫:"饶了罢,不告了。"杜伏威道:"我今日替你抽了这条筋!"被众好汉刀斧齐上,斫做七八段。有诗为证:

  莫言报施惨,害人乃自害。
  天道岂无知?今日方称快。

  两个妓者并那引路的家僮,都战抖抖地跪着,磕头叫饶命。杜伏威道:"不干这两个油头事,饶你去。只是你这个老狗才,别人要杀你家主,你就引来杀他,卖主求生,不义之甚!"一发杀了。一齐哄出门外,放起一把火,都抢到杜应元家内。伏威忙教胜金姐收拾细软、衣裳首饰、金银珠玉之类,教来福领了一班家僮,随我逃命,一面将杜应元夫妻尸首,扛在后园墙下,推倒墙而掩之,就将宅子放起一把火来。众好汉商议道:"打从何门出去,方是活路?"杜伏威指道:"从东门杀出,自有处可以安身,只要齐心奋力,方得死里逃生。"众好汉一同应道:"生死愿随,并无异志。"此时喊声动地,火光烛光满城中鼎沸，家家闭户关门，个个藏身避迹。看官，你道如何没人拦挡？事起仓猝，桑参将又离家甚远，就是要报官发兵，一时疾雷不及掩耳，任彼施为。杜伏威一伙，直杀出城外来，行不数里，却是东湖阻住去路。杜伏威吩咐众好汉抢夺船只："且渡过河去，若有追兵，亦好厮杀。得胜之后，径落黄河，到那个去处，即是我等安身活命之所了。"众好汉向湖口寻找得十余只小船，缆作一处，却又在乡村前后百姓人家，抢劫些钱米布帛、柴薪酒肉锅灶之类，下船安顿了，摇船的摇船，煮饭的煮饭。此时天已昏暮，点起柴火，努力摇过湖来。

早是三更天气，众好汉上岸，席地而坐，大家吃了酒饭，沿湖取路而走。不五七里之间，天色已明，只听得后边金鼓齐鸣，喊声大振。杜伏威谅有追兵来到，拣一个空阔地面，将众人两下分开，做雁翅相似。选两个老成的，守护着胜金、来福等，躲在树木丛密去处。自却盘膝坐下，腰边解下一个锦绒搭膊，抖出两个大纸包，一红一绿。先打开绿纸包儿，众人瞧看，却是一包剪成的稻草。杜伏威左手捻诀，口中暗暗有词，喝一声："疾！"那些草变成四五百匹骏马。又打开红纸包儿，却是一包赤豆。杜伏威又捻诀念词，喝一声："变！"那一包赤豆变作四五百个大汉，生得容颜怪异，状貌狰狞，身长丈余，手中各执器械，各分队伍，排列听令。杜伏威喝道："后面追兵近了，众壮士可用心攻杀，有功者赏，无功者一火焚之！"众大汉一齐上马，只见前面湖口上流头无数船只，摇旗呐喊而来，看看近岸。杜伏威看时，约有千余军士。为头两员将官，全身披挂，立在船头上，指着岸上骂道："寻死贼奴，杀人放火，罪孽贯天！逃往何处去？"指麾军士摇船傍岸，杀近前来。正是：

　　人如猛虎摇山岳，马似游龙撼海涛。

　　不知两边胜负若何，且听下回分解。

第二十六回

山径逃踪锄秃恶　黄河访故阻官兵

诗曰：

贪淫秃子狠如蛇，计入深山狎俊娃。
衰柳暂为云雨榻，层岩权作蝶蜂衙。
色空不悟三乘法，炮烙方知一念差。
寄语阇黎须守戒，莫教血肉喂馋鸦。

　　话说杜伏威见官兵杀上岸来，口中又念真言，喝众大汉上前迎敌。那一边军士呐喊摇旗，正欲接战，猛地狂风滚滚，天昏地暗，石走砂飞。官兵都是步军，眯了眼不知东西南北，被杜伏威人马一冲，杀得大败亏输。为头两个将官，先自逃命走了，众军各不相顾，乱窜奔走。杜伏威驱大汉掩杀，就如砍瓜切菜，大半杀死岸边，余者落水逃命。后边众好汉只顾追袭，据抢盔甲器械、粮食行囊。杜伏威抢了一枝铁杆长枪，把败残军直追出岸口来，只见一个军士被追得慌，急切没处躲，钻入乱草窝里。杜伏威捉住问他："这军兵是何处发来？两员将官却是何人？快快实说，饶你性命！"那军士道："小人等是岐阳郡管下各州县调遣来守御的官军。那两员将官，一个是桑参将麾下督阵官刘勋，一个是麟游县长枪手教师屠胜。这两个逃生走了，若回去见了桑参将，必另调追兵。昨晚发兵时，已行飞檄各处关津知会，教严加守备。将军此去须要小心。"杜伏威道："本该杀你，看你言语诚实，饶你残生去罢！"军士磕头而去。

杜伏威回转旧路空阔地上，查点众汉，不曾伤折一个。口中默诵真言，把人马依旧变为草豆，将来收藏过了。这些逃牢的好汉，都惊骇下拜道："老爷真天神也。有此法术，怕甚官军！我辈可以放心前去。"杜伏威分付道："你们只要一心一意随我杜爷，不愁不富贵。"内中一个好汉问道："不知爷爷今往何处去寻个安身立命的所在？"杜伏威道："黄河之中，有一孟门山，乃是宜川所属地方。山上有一相识弟兄，姓缪，名一麟，据山创寨，聚集千余喽啰，钱粮广有，劫掠往来客商，抢夺四方财帛，近来山寨里甚是兴旺。日前我打从那里经过，与他比试武艺，不相上下，因此结为八拜之交，留我在寨中共事。奈因送先祖骸骨归葬，故别了他到我三叔家内栖身，不期遭此大变，送了我叔婶两条性命。如今径往孟门山上入伙，大家图个快活。"众好汉齐声道："我等也常在江湖上做些私商买卖，一向闻得缪公大名，不想发觉，监禁在狱，自分此生不能再睹天日。感爷爷救拔，死里复生，情愿执鞭，生死相随。"

杜伏威道："虽如此说，今日我们胜了一阵，必定有追兵再至。这里到孟门山旱路去，快煞也得四五个日头，一路都有城池关隘，倘或前逢拦阻，后有追兵，岂不前后受敌？"一个好汉道："爷爷见得极明。就是我们聚着二百余人同走，未免惊人眼目。虽是爷爷有法术，若遇关津，只爷爷可过，我等众人，复遭罗网。小人倒有一个小见识，不知好否？"杜伏威道："有甚计较，快快说来，及早打点走路。"那汉道："小人虽没甚武艺，自小跟着一位穿窬师父，学得一身飞檐走壁、腾波跃浪的手段，常在黄河出没，路径颇熟。这里从旱路去，是一条官路，穿过金牙关，数日间可到永宁关口。下了黄河，船若风顺,不一日到得孟门山了。其次即从这里盘过野人坞,径落黄河,便是风顺,也要三五日到宜川地方。还有一条小路,暂过杜阳城,往东南而走,一路俱是山径,极其幽僻,人迹罕到。渡溪盘岭,也须十余日光景,方可到得宜川县。我等分做三路,着几个扮作客商,几个扮作乞丐,或扮些走方卖药的、打卦耍拳相脸的,陆续行动,庶免官兵追袭。此计若何?"杜伏威道:"这议论甚妙。众人听我说,如有要回乡里的,各从其便;要到孟门山去的,分作三路而行,都约至宜川县驿前取齐。快快决断,莫迟疑误事!"众好汉一齐道:"我等蒙爷爷脱离大难,生死愿从,并无二心。"

杜伏威道:"既然如此,不可失信。我在黄河渡口,着人相等。列位姓名,俱乞留下,以为相见之证。"众人欢喜,都道好,就由这一个识路径的好汉姓名写起,原来姓朱,名俭。次后一一书写明白,共二百五十七人。杜伏威将纸单儿收了,发付众人各自装扮走路。众好汉俱拜别,分头起行。杜伏威将前合成的丸药,散与众人,分付道:"倘不遇酒饭店,吃此数粒,可以耐饥。"又与朱俭商议道:"我本该从大路去,奈有先叔之妾系累难行,若有阻挡,甚为不便,烦公指引从小路去罢。"朱俭道:"小人引导,往小路去为妥。"当时多人,一半从大路而走,一半揎过野人坞径下黄河去了。只有三十一人和朱俭、胜金姐、来福,又有僮婢二人,跟从杜伏威共三十七人,同行小路。一路果然幽僻,走了数日,并无个人烟。杜伏威带得有祖师丹药充饥,自不必说。

至第五日,一行人正趱路间,只见大雾漫空,对面不见。正是:

樵子不分柴径,老翁失却渔舟。漫天漫地,怎辨南北东西;如雨如云,罩尽江山社稷。嘹嘹孤雁,也不知何处悲鸣;滴滴流泉,那晓他何方漏溜。进一步,退一步,浑如大海没津涯;闻其声,昧其形,俨若梦中相聚会。前途昏杳,莫非误入鬼门关;后路模糊,不是阳间花世界。耳畔只闻山鸟叫,面前不睹虎狼行。

朱俭道："今日偏不凑巧，前去正是凤凰岭，极其险峻，内多虎狼。值此大雾，怎生行走？"

杜伏威道："既然前途险峻，暂且停步，待雾息再行。"朱俭等道："说得是。"众人拣一洁净之地，坐做一处，等候雾收再行。正坐之间，忽听得有人声不住的喊叫："救命！救命！"众人细听，却是个妇人声音。杜伏威道："却不作怪！这深山僻岭之处，为何有妇人叫喊？"朱俭道："莫非是不良辈在此干些勾当么？"一齐起身四围寻找。

此时大雾渐渐收起，现出日光。朱俭听着声音，向北寻去。不上四五十步，只见山凹边树丛之中，两个胖大和尚，将一个年少妇人赤条条背剪，绑在一株大柳树上，在那里淫媾。那妇人哭啼啼的，不住叫喊。朱俭见了，不觉怒从心起，两眼圆睁，大踏步向前喝道："贼秃驴，怎地在此造这迷天大罪！不要走，看打！"抽出身边铁尺，眼光头上正要劈下，不提防这一个和尚在傍隔开铁尺，只一脚尖，将朱俭踢倒树边，挥拳就打。背后杜伏威等一齐赶到，正是寡不敌众，犹如众虎攒羊，将两个和尚打倒。叫胜金姐替那妇人解了绳索，穿上衣服。即将那绳索绑缚了两个和尚，丢在树根边。次后问那妇人："你家住何处？为何随着这两个秃厮，在这里干这般勾当？"

那妇人一头哭，一头诉道："小媳妇住在前村，地名朱家坞。妾身程氏，丈夫朱庆。十日前来了这个爆眼红珠的和尚，拜求丈夫，要借门首打坐。妾身不容，倒是丈夫道：'他是佛家弟子，化缘度日，与他门外坐坐何妨？'这和尚坐在妾家门首，早晚诵经念佛，且是至诚。妾见他虔心，或茶或饭，丈夫不在时，就自拿些与他吃，一连十余日不去。今日五更，妾因有孕腹痛，丈夫起早进城赎药。出门之后，听推得门响，只道是丈夫转来，忽见这打坐和尚同那个长脚和尚闯入房里，一个将妾绑住。妾欲叫唤，他将一把明晃晃尖刀搁在头上，喝道：'若叫一声，割落你头！'一个收拾财帛，驱妾出门，来到这里，绑缚树上淫污。妾无奈，只得喊叫，天幸老爷们来救了性命。"说罢就拜。

杜伏威大怒，持刀正要砍这两个和尚，朱俭上前道："爷爷且慢动手。一刀一个，他却死得便宜。将这两个落地狱的狗秃，我且教他慢慢受用些疼痛方好。"令胜金姐和妇人站远些。和尚见势头不好，哀求饶命。朱俭道："你不要叫，老爷亲自伏侍你。"将两个剥了下服，扳转身来，仰面朝天，寻些干草及枯死的树柯，将和尚的坐褥儿割碎，取出棉花，夹草带枝，扎缚在和尚阳物上。来福笑道："原来这两个小秃驴怕冷，这般日色，还紧紧的护这一身棉絮，头上又戴个棉搭儿。"众人道："体要取笑，且看朱大哥做作。"只见朱俭身边取一块火石，敲出火种，将硫黄淬着。那乱草树枝与棉花，且是枯燥易着，一步步烧到阳物上来。两个和尚十分疼痛，喊叫连天，欲要挣扎，被绳索捆缚。众好汉又把棍棒两边拄定，动弹不得。原来人的皮肉是有油的，见火愈着，况有那些引火之物，直烧得皮焦肉烂，臭气熏蒸。两秃驴熬疼不过，连声哀告，只求早死。杜伏威拍手大笑道："闻你这小和尚坐化，特地替你下火。"又烧了半个时辰，看看气绝，不能动了。朱俭教众人动手，刀斧齐下，砍为肉泥。可怜凶狠游僧，因色化为野鬼！

杜伏威领了一行人，和那妇人同过岭来。走到午牌时分，远远见烟光透起，乃是一村人家，约有三四十家。那妇人指道："前面正是我家了。"朱俭道："你们且慢行，待我先去探看你家还是如何。"说罢，三两步跑到村口，只见闹丛丛围着数十人，在那里大惊小怪的叫嚷。立住听时，一个后生跌脚哭道："天呀，不知怎地被那秃厮骗去了！"有的道："和尚是色中饿鬼，见你浑家有些姿色，毕竟拐骗去了。"有的道："朱兄，你常不在家，想是大嫂和那和尚有情，勾搭上了，通同走脱。"有的道："朱大嫂是老实的人，决无此事！作速四下寻觅，或者还走不远哩。"三三两两，议论不定。朱俭分开众人问道："你们为甚事，在此喧嚷？"内中一个答道："客官，你自行路，莫管这闲事。"朱俭笑道："便与我说说，我在下专一抱不平，与人出力，或者管得这事，也未可知，何必遮盖？"又一个道："客官，一桩古怪之事，门不开，户不开，房中不见了红绣鞋。就是敝地朱兄，五更出门，往城里赎药。他的浑家，被一个打坐和尚骗去了。房中金银首饰，细软东西，盗得一空，故此烦恼，又不知上南落北，来踪去迹，那里去寻觅？"朱俭笑道："原来如此。只要重出赏钱，朱兄浑家，在我身上包还他，不须惨切。"众人喧哄道："这客官倒来取笑！你既应承，必要下落。"朱俭道："拐骗之事，报信不实者，即为通同，岂可妄说？"将手向北指道："那来的可是你浑家么？"朱庆和众人回头一看，远远见程氏来了。朱庆喜从天降，慌忙跑向前，扶了谭家到门首，问道："怎么你被那秃驴骗将去了，又如何与客人们同回？"程氏将捉去奸淫，幸逢这伙客人救了性命，烧死和尚情由，哭诉一遍。朱庆忙向杜伏威、朱俭倒身下拜，便欲款留一行人酒饭。杜伏威把那金银包裹还了朱庆，辞道："我等是要赶路程买货的，恐耽搁误了日子，不必酒饭。但有一事相托，乞莫推故。"指着胜金姐道："这是我的族中姐姐，因丈夫在宜川县为客身故，今随我便道，同往奔丧。奈因娇怯多病，不能前进，意欲寄居尊府，留此丫环相伴。待我一到宜川，即在车儿来接，那时并酬谢礼。"朱庆道："若不是官人恩赐，朱某怎能够人财两得！今令姐路途不便，舍下尽可安身。常羹菜饭，不嫌轻慢便好，怎讲这酬谢的话！"杜伏威甚喜，将带来细软财帛，交割与胜金姐收管，附耳低言，说了几句要紧关旨的话，别了朱庆夫妻，即和来福等一行人，匆匆趱路去了。朱庆因款留不住，心下快快不已，满村人尽皆感激。程氏接引胜金姐到家内，洒扫一间静室，安顿二人，早晚殷勤相待，不必细说。

且说杜伏威和朱俭沿途笑说："遇此一桩奇事，那和尚与这妇人无缘，撞着我等，打散了风流阵。"互相谈笑，不觉又走过了数十里路，天色已晚，分投饭店安歇。次日又同趱路，一连行了数日，看看将近宜川。杜伏威问："此去尚有多少路程？"朱俭道："前面已近黄河渡口。"杜伏威道："我先渡过寨里去见缪公端，你领众人就在这里候那两路来的弟兄，取齐渡河进寨，不可有误！"朱俭道："小人理会得，爷爷先去，众人一到，即来参谒。"朱俭与一行人，四散各寻觅饭店安身。

杜伏威单身行到黄河渡边，并无一舟来往，心下焦燥，只得脱了衣服，泳过河去。看官听说：伏威自小是泳水惯的，又有法术，所以这广阔黄河，不一时泳过对岸。到得山边，只见遍地尸骸，满场血肉，无一只船来接应，比前大是不同。杜伏威心内疑怪，且上了岸，穿衣望前面进行。至土墙边，栅门紧闭，寂无人声。杜伏威高声叫道："栅内有人么？"叫声未绝，栅里一声梆子响，弩箭炮石乱射出来。杜伏威吃了一惊，忙叫："不要放箭！我是杜爷，特来拜谒大王，快开栅门！"守栅喽啰上前细看了，认得是杜伏威，即忙开门放入。杜伏威问道："紧闭栅门，坡上尽堆尸骸，却是何故？"喽啰道："爷爷，说不得。缪大王身被重伤，卧床不起。爷爷来得正好，见了便知端的。"杜伏威忙赶进关，奔入寨中。合寨喽啰，尽皆欢喜，急入帐中通报。缪公端令接入卧榻前相见。杜伏威随入房内，举目看时，有《北寄生草》为证。但见：

　　凄惨惨愁添绪，急煎煎火燎眉。浑身疲软精神淬，喘吁吁难统貔貅队，气昏沉怎把官军退？咭冬冬怕听鼙鼓振边关，扑簌簌揾不住英雄泪！

缪公端卧于床上，呻吟道："贤弟，你缘何许多时方来？"杜伏威道："从容细禀衷曲。大哥为何如此狼狈，端的因着甚来？"缪公端请杜伏威坐于床榻之上，嗟叹道："自贤弟别后，不及数日，报湖上有一只官船经过。小喽啰说是鄜州知州周陞，为官贪酷，百姓受其毒害，任满朝觐,满载而归。当下我闻报,即传令头目率领喽啰,将周陛一家老幼尽皆杀了,取其金银归寨。船上有逃得性命的,飞报本州,转申延州府。叵耐那太守蒋励发军数千,驾舟围逼水寨。见阵数次,胜负未分。近日又添了一个勇将,是镇守高奴城军官俞福,前来助战,身躯雄伟,使开山钺斧,勇不可当。我与他厮杀,连输三阵,身中数箭,卧不能起。喽啰被他杀伤了一半,寨子破在旦夕。幸得蒋太守身发重疾,暂收军马回去。算他不日必要复来,我正在此无计可施,喜贤弟到来,吾无忧矣!就请贤弟为山寨之主,督理军务。"杜伏威道:"大哥不须忧怖,且自调理贵体。那厮来时,小弟先试一阵,另有良计破之。"缪公端道:"贤弟作主,有何惧哉!"

二人谈话间,只听得炮响鼓鸣,人声鼎沸。探事喽啰飞报入来:"蒋太守病痊,率领将官俞福,军士数千,驾舟围逼水寨,比前番更是浩大。"缪公端见说,战栗不安。杜伏威笑道:"大哥不必惊惶,待小弟挺身退敌。"即披挂提枪上马,带领数百喽啰,开关迎敌。只见河中数百只战船,团团围绕,逼近岸口。遥见一大将立于艨艟之上,头带凤翅金盔,身穿白锦战袍,上罩鱼鳞细甲,手持大斧,指麾众军呐喊攻打。杜伏威见了,下马登舟,将战舰一字儿摆开,擂鼓摇旗,向前迎敌对阵。俞福见有人邀战,把大船飞也似摇动,直冲过来。两下鼓声振天,箭如雨发,彼此射住阵角。少刻两船相合,杜伏威厉声道:"你等何处鸟军,敢擅攻大寨,自来纳命?知进退的速返征旗,不然教你立刻身葬鱼腹!"俞福笑道:"大胆狂徒,不思改邪归正,尚敢大言。早早卸甲归降,免汝一死!"杜伏威大怒,挺枪就刺。俞福持大斧劈面砍来,两个在船头上交锋。斗不数合,蒋太守恐俞福有失,指麾众军助战,四面围裹将拢来。自古寡难敌众,小喽啰如何抵得住?拨转船头,各自奔散。官军箭如飞蝗,中箭落水者,不计其数。

杜伏威立在船头,**奋勇鏖战**,并无半点儿惧怯。太守跨落小舟,亲自擂鼓助阵，大叫："不要走了贼首！"众官军将船四围攒绕，把杜伏威困在当中。摇桨驾舟的俱射下水去了，单剩杜伏威一人，那船无人驾驭，便横转来。杜伏威呵呵大笑，照俞福面门虚搠一枪，俞福侧身躲过，杜伏威弃枪，跳入水中。俞福忙令善泳水军士三十余人，下水来擒。杜伏威见了卖一解数，名为"鲫鱼爆"，从水底跃起，离水面丈余，悬空打一筋斗，直撺过数箭水面，头向下，脚朝天，复钻入河心。众军都没入水底来拿，被杜伏威拔出腰刀，排头见砍将过来，几乎杀个尽绝，只见骨都都血水泛出河面。俞福、蒋太守看了，情知着了手，并跌足叫苦。不提防杜伏威从水底钻到蒋太守船边，将船梢尽力一摇，太守立脚不住。扑通的跌入水中。俞福见了，急令军士救援蒋太守上船，暂且收军。有诗为证：

何处来飞将，英雄压孟门。
纵横波浪里，官卒可平吞。

再说杜伏威从水底游到河口上岸，回寨来见缪公端。缪公端又惊又喜道："适才喽啰报官军势大，被他战败，贤弟已投水中，为何得生而返？"杜伏威笑道："官兵虽众，俱非精锐。俞福虽勇，亦非万人之敌。今日故意挫动一阵，使官军放心围困山寨。我这里且谨守数日，自有破敌之策。兄长安心，管取高枕无忧。"缪公端暗思："今日一战，大败而回，又说甚破敌之策？"心下虽然疑惑，不敢再问，且传下号令，吩咐守关喽啰，添上檑木炮石，昼夜防卫，不在话下。

蒋太守被杜伏威撺落水中，俞福救起回寨，心下大恼。次日正欲调军攻打山寨，忽哨马报："岐阳府提营团练使叶荣，引军助阵。"此是桑参将因杜伏威反狱，合家被害，急欲报仇，刻期发兵追袭。见屠胜、刘勋败阵逃回，将二人即时罢黜，缉拿杜门亲族，勘究杜伏威去向。原来那日反乱之时，杜伏威恐祸贻亲族，已令人分头通报，尽皆弃家逃窜去了。只有杜应元之舅孔窍，远房侄儿杜橛，避在城外山中，缉着被获到官。孔窍供称杜伏威令来福招引，欲同往黄河孟门山逃难等情。桑参将把二人下狱监候，复选步兵一千五百，委叶荣统领，星夜追至黄河渡口，助蒋太守剿贼。蒋太守、俞福接见，设宴款待。叶荣细问贼巢虚实，蒋太守道："贼首缪一麟连败数阵，身中三箭，闭关不出，贼巢将破。近来添了一个贼将，不知何处来的，年方弱冠，十分骁勇。日昨交锋，被俞将军逼落水中，令军士下水擒捉，反被杀伤。不意贼将在水底将我战船扳翻，尽皆落水，险些儿身葬鱼腹。今幸将军驾临，必有奇策。"叶荣道："看他山寨，不过一洼之地，况贼首杀败，破之甚易。虽有乳臭小寇，何足虑哉！"附耳道："只须如此如此，贼巢指日可破。"蒋太守甚喜。当下叶荣传令："本部军士，每一人要芦柴一束，初更取齐进发。"

此时众军打点齐备，尽皆衔枚，轻舟前进。二更尽，直抵黄河上岸，逼近木栅，数处堆起芦柴，一面放火烧栅，一面擂鼓呐喊。关内喽啰急放弩箭炮石，官军愈加攻击。喽啰飞报寨里，杜伏威知觉，忙披挂绰枪上马，飞奔关前，只见木栅四围皆已烧着。杜伏威弃枪，披发仗剑，口中念动真言。霎时月色无光，骤雨大降，却是杜伏威运黄河之水，浇灭大火。众官军淋得衣甲透湿，无处藏身。少顷雨住，狂风大起，刮得众人立脚不定，个个惊慌乱窜。叶荣禁遏不住，也放马落荒而走。后面喊声大振，大队喽啰点起火把，簇拥杜伏威追出关来。叶荣回头看时，追骑已近，平欺杜伏威年幼，不以为意，带转马，舞刀接战。杜伏威枪尖早到额前，叶荣躲闪不及，面中一枪，倒撞马下。杜伏威割了首级，驱喽啰四下搜杀官兵，四鼓尽，收军回寨献捷。缪一麟鼓掌大悦，方信伏威英勇，前言果不谬也。有诗为证：

不识孙吴妙，徒知用火攻。
烈烟随火灭，诡计已成空。

当夜俞福引本部官军，驾数十只大船，渡河接应。初时见火光竞起,倏然又雨降火熄。少顷又见火光明亮,喊声不绝;心下惊疑,催军急急摇船前进。忽见水中逃命官兵,爬上船来,报说战败,主将已被少年贼将所杀。俞福大惊,即驾舟转回南岸,与蒋太守备言其事。合寨惊愕,不敢逼近寨栅,只将军马隔河远远围困,缓缓攻打。

再说朱俭其一行人在饭店里候了数日,众好汉陆续来到,同至僻静处照会了。朱检查点人数,共一百三十余人。正要觅船渡河,只听见金鼓喧天,喊声振地。朱俭惊问店主人:"这喊战金鼓之声,却是何处?"店主道:"客官不知,离我这镇头五七里路,即是永宁关口。黄河之中,有一强盗,姓缪名一麟,号公端,身长九尺,武艺过人,聚集千余喽啰,倚山傍河,创一大寨,打家劫舍,拦截客商,数年无人敢近。今因劫了鄜州知州的官船,知州一家尽被杀死,本郡太守蒋爷发军征剿。这喊杀之声,又是两下交战了。"朱俭听罢大惊,心中暗想道:"正欲投奔缪公,不期与官军交战,怎生过去见得杜爷?"心内忧煎,且吩咐众人密密四散藏顿,不可被人识破。自却离了饭店,沿河打听消息。远远见官军撑舟驾橹,纷纷攻寨,朱俭只得在河岸尽头枫树下坐地,想道:"怎的得到寨里,通一个信息也好。"当日不归饭店,挤着命走到路口茅店里,沽几壶酒吃了,复到河边探望。看看天色将晚,官军撤围四寨。月色朦胧,朱俭独自一个,在堤上走来走去,踌躇不决,又不知到大寨有多少路程,又无船只,不敢下河泳水。闷昏昏的再到枫树下坐了一会,不觉酒涌上来,一觉睡翻在草里。

却说山寨里每夜拨两只快船,差十个喽啰轮班出来巡哨。当夜悄悄寂寂,把船摇近对河,听得岸上大树下打鼾之声,谅来是官军细作,轻步上岸,将朱俭绑了,扛下小船,飞也似摇过河来。到山下吹一声哨子,伏路的喽啰自来接应。朱俭兀自在醉中未醒,直待扛上岸来,方觉臂膊疼痛,问小喽啰:"你们为甚事绑我到此?"喽啰道:"不须多说,请你去山寨中见大王讲话。"朱俭暗想:"这必是大寨里巡风的了。"且不做声，任他扛上山来。早有人报知寨里，杜伏威升帐，叫押进细作来。杜伏威看见原来不是细作，恰是好汉朱俭，慌忙唤喽啰开绑，引进后寨见缪公端。朱俭将上项事细说一遍，又道："急切里要到大寨通个消息，却没门路，天幸得接诊绑来见杜爷。"杜伏威道："我正要着人接你众人，不期官军催战，无暇及此。"朱俭道："适见官军势大，将军未可轻敌。"杜伏威道："数日前曾和官军对阵，被我杀一大将，砍死官兵无数。但俞福等恃众欺敌，一时未肯退兵。你众人虽拼命欲来救应，这一二百人做得甚事？况且又无大将统领，怎生厮杀？我虽有法术，水面上难以施行。今有密书一封，烦你星夜赶到河东广宁县石楼山下张太公庄上，送与林澹然师太，如此如彼，尽在书中。速去速来，不可迟误！此是要紧军机，足下莫辞跋涉。"朱俭道："将军差遣，生死不辞。事不宜迟，即此便往。"杜伏威写了书，取白银五十两，差两个喽啰掉船送出河港。朱俭从僻路上岸，沿河闯出大路，不分昼夜，努力奔驰。不日已到广宁县界，一路访问端的，寻到张太公庄上，见个道人在庄前灌园。朱俭声喏，要道人引见林师太一面。道人领入庄里相见了，呈上杜伏威书银。林澹然着行童安顿了行囊，陪朱俭酒饭，次后拆书看时，那书上写道：

  自别恩师，茕茕负祖骸骨，途中奇遇，不一而足，未暇悉陈。抵岐阳，幸遇先叔，赖完葬事。继闻先叔失妾，略施小技，立使壁旋。无如构讼，不肖亦陷缧绁。问官糊涂，害叔自到，婶母继死，痛哉痛哉！虽奋力报仇雪愤，敌退追兵，而一路阻滞，不能径运。石楼缪公端者，曾于中途结盟，彼独霸黄河，投之庶可自庇，乃今又为官军所迫，恐其玉碎，不肖亦难瓦全。伏惟恩师俯怜小子，速遣薛弟出奇计来援，则阖寨幸甚。事切燃眉，翘首而待，匆匆不尽，使者能详。只候万安，慧照不一。
  薄具白金五十两，作供佛之费，叱存是幸。
伏威百拜。

林澹然掩书叹道:"小小年纪,才出门就惹出大事来,招动干戈,如何布摆!"当晚在后园内细观星象,见东北上将星朗朗,分外光明。心中暗想:"这星象分明应在三个小子身上,须索救他才是。"次早叫薛举近前,问道:"男子生于天地,还是乐守田园安分的好,还是能文会武显耀的好?"薛举承问,不慌不忙,躬身说出这句心事来。正是:

　　宁为世上奇男子,不作人间小丈夫。

毕竟薛举如何答应,且听下回分解。

第二十七回

计诈降薛举破敌　图霸业伏威求贤

诗曰：

自古兵机仗诈行，多于诈处立奇勋。
凤雏昔日欺曹贼，薛举当年救缪君。
义人延州施沛泽，仁翔宜县解灾屯。
云龙风虎英雄聚，继迹桃园霸业成。

话说薛举因林住持问其志向，回言道："人生天地，若图安逸，畏刀避剑，岂是顶天立地的大丈夫？自古男子生而桑弧蓬矢，以射四方，须要建功立业，显亲扬名，以流芳百世，成个须眉男子！"林澹然点头而笑，取杜伏威书与薛举看。薛举看毕道："杜大哥一路磨折，又被官兵围困，小子愚意，必须急去救他，才是同盟之义。不知老爷尊意若何？"林澹然道："俺心下也如此想，只怕你年轻力薄，武艺未精，放心不下。"薛举道："某承老爷训诲，论武艺亦不在人之下。弟兄有难，焉可坐视不救？虽有官军百万，何足惧哉！"林澹然道："杜伏威虽然被困，精通法术，断不至伤身。但今离乱之际，君不君，臣不臣，冠裳倒置，赏罚不明。贪官污吏，安享荣华，孝子忠臣，反遭屠戮。苍天厌乱，必然否极泰生。汝等学成文武，应天顺人，取功名正在今日。趁杜伏威遭围，你可如此如此，以解其困，乘机创业，早寄捷音。俺即着张善相来赞助你。还有一句创业捷法，图霸秘经，你须记取。天地以好生为德。圣人云：不嗜杀人者能一之。凡攻城掠地奏捷之日，切不可屠戮生灵，伤残善类。除暴救民，以安四方，此是收拾人心的大机括。若徒恃血气之勇，杀人放火，自取灭亡耳。戒之，戒之！又有秘符一道，与汝珍藏，设遇急难，握符掌中，即刻可以远遁。汝年已长，且身躯雄伟，明早加冠，然后起行。"薛举顿首受教。有诗为证：

> 禅机高出帝王师，不与兵家共守雌。
> 笥内秘文神鬼泣，直教三侠义声驰。

次早，林澹然打叠行囊，焚香点烛，对佛祝告，为薛举冠带已毕。薛举先拜天地诸佛，复身拜了林澹然、苗知硕等，急急收拾，与朱俭动身，取路往延州郡来。数日间，已到永宁关口。朱份去各店中，引众好汉来见了薛举，暗暗知会秘计，准备诘问时回答的言语，件件停当。然后带了众人，都投蒋太守寨前来，只见枪刀密密，旗帜森森。管寨门将士喝道："两军对拒，此是何处，汝等乱走！"薛举道："在下要谒见太府蒋爷，烦乞转报。"那将士道："蒋爷正在此征剿孟门山大盗，用军之际，你有何急事要见老爷？"薛举道："小人正为军情而来，闻知府太尊围困缪一麟，月余不能破其巢穴，特来投军，以助一臂之力。"那将士忙进中军通报。蒋太守吩咐令入寨来，薛举向前参见。蒋太守看薛举堂堂一表人材，丰标洒落，甚是欢喜。却又心中疑惑，问道："少年壮士，何处人氏，姓甚名谁？习何武艺，来此投军？"薛举道："小人姓赵，名起凤，本贯河南人氏。自小习成十八般武艺，箭可穿杨。闻知老爷征剿黄河巨寇，特聚四方壮士百余，愿投麾下为前部先锋，征剿贼盗。以图功绩出身。"蒋太守笑道："看你年纪尚幼，焉能破贼立功？况从远方而来，未审虚实，莫非是缪贼奸细，到我这里探虚实的么？"薛举正色道："小人是河南安阳县中丞御史赵成璧之孙，常德郡别驾赵燮之子。往岁父亲解粮至京，从黄河经过，被此贼一箭射死，尽劫粮米。此贼与小人不共戴天之仇，恨不能啖其肉，碎其尸，沥血以祭先灵。今闻老爷兴兵征剿，小人尽散家赀，招集四方壮士，特投麾下，誓擒此贼，以报大仇。不意老爷反生疑惑，可怜一片赤心，使人目为贼党，冤屈无伸，此仇怎报？不如寻个自尽，以表真心！"说罢号啕大哭，拔剑自刎。蒋太守慌忙跳下座来止住道："我特戏言，以试壮士耳，何遂轻生？卿果能杀贼立功，必当保举重用。"薛举拭泪谢道："某倾心赤胆而来，与此贼势不两立，老爷如肯任为前锋，破此小寨，如摧枯拉朽耳。若不能生擒此贼，必投黄河而死！"蒋太守大喜，即用为本府领军校尉，其余同来壮士，逐名收入军册。有诗为证：

成功不厌诈谋深，侠骨何曾畏鼎烹？
太守座前轻白刃，试看舌剑屈人兵！

少顷，俞福进寨参见，看见薛举在寨外点名上册，问蒋太守道："壮士何来？"蒋太守将赵起凤投军之事说了。俞福道："虽然为父报仇，未审其中虚实。小将愿为前锋，将此人统领本部壮士，为后军救援，庶无他变。"蒋太守道："我看此少年甚是骁勇，其情真切，谅非虚假。此正用人之际，不必多疑，正欲使彼为先锋，以观其才能耳，将军何须过虑。"俞福不言而退。

再说朱俭引众人随薛举投了蒋刺史，自己却依旧到河边俟候。当晚巡哨喽啰认得朱俭，舣舟到岸，下了船径到大寨，参见二位大王。杜伏威问道："差你去干事如何？"朱俭道："小人见了林老爷，呈上爷爷书信。林爷看了，即差一个少年将军姓薛的，暗受密计，已引众好汉诈投太守麾下去了。小人特来回覆爷爷，准备厮杀，必有好音。"杜伏威大喜，赏了朱俭。此时缪公端箭创已愈，病体平复。次日杜伏威整办筵席，替缪公端贺喜起病。合寨大小喽啰，俱赏酒肉，大吹大擂，饮酒作乐。缪公端问及朱俭求救之事，杜伏威笑道："兄长宽怀饮酒，不数日管取蒋太守首级献于麾下。"公端且喜且疑。

正酣饮之际，只听得战鼓冬冬不绝，人喊马嘶。守关喽啰飞报入寨来："官军队里新添了一员少年将官，引大队人马弃舟上崖，围绕大寨。速请主帅军令。"杜伏威道："快牵过战马来！"提了长枪，跨马出门迎敌。缪公端、朱俭俱上马，引五百喽啰协助。官军队里见一员少年将官，正是薛举，全身披挂，立于门旗之下。遥见对阵门旗开处，飞出一员大将，率领喽啰呐喊而来。薛举知是杜伏威来了，把戟一招，摆成阵势。杜伏威见了薛举，二人心领神会，更不打话，一个使方天戟劈胸就刺，一个舞铁杆枪急架相还，斗上三十余合，不见胜负。官军阵上，恼了将军俞福，使动开山大斧，奋勇助战。好汉队中，惹动了寨主缪一麟，用长矛努力相持，两边喊声震地。酣战之间，内中输了一将，翻身落马。众人看时，却是杜伏威被薛举一戟打下马来，众军士挠钩搭住，活活绑了。缪一麟正和俞福厮杀，忽见杜伏威坠马，心下大惊，不敢恋战，撇却俞福就走。俞福不舍赶来，追至关下，缪公端勒转马头，左手挽弓，右手搭箭，看俞福来得较近，一箭射去，俞福躲闪不及，射中左臂，倒撞下马。众军士只顾救俞福回去，不来追赶。缪公端收聚败军，奔入关里，随后朱俭、喽啰陆续皆到。缪公端跌足道："输了一阵犹可，杜弟被他擒去，必然送了性命，折吾左臂。天丧我也！"大哭不止。朱俭附耳道："将军休慌，杜将军落马遭擒，此是计策。他吩咐小人，军机秘密，不可泄漏。今晚教将军整顿喽啰，饱食严妆，渡水劫寨，里应外合，大事成矣！"缪公端听罢，如梦方觉，心花顿开，一天愁闷，都撇在九霄云外。即忙点视喽啰，伤折不多。传令准备渡河劫寨，不在话下。再说俞福被射了一箭，不敢追赶，收军驾舟回寨。蒋太守见赵起凤擒了杜伏威，大喜，将杜伏威囚在陷车内，着军士看守，待捉了缪一麟，一同斩首。重赏赵起凤，令随军医士，医治俞福箭创不题。

却说缪一麟当夜黄昏时候，点起合寨喽啰，委两名贴身能事的权守寨栅，自却和朱俭众头目，悄悄地离了大寨，撑船渡过对岸。正到半渡，只见上流头有七只小船，唿哨而来。缪公端等吃了一惊，又不好相问。那船看看摇近前来，朱俭在船头上仔细看时，却原来不是别人，乃岐阳郡同出狱的好汉，因风不顺，整整等了十余日，后得顺风，将舟傍近孟门山，又见官军和缪、杜二人厮杀，不敢近前，只得将船远远停泊港里躲避。当夜见月明如昼，官船俱撤围去了，又是顺风，故此众好汉摇船过山岸来，却好两舟相撞，遇见朱俭。朱俭暗喜，即对缪一麟说了众人来的缘故。缪一麟吩咐众人，便可相助劫寨。众好汉应诺，一齐扬帆驾橹，奋力摇过对岸，时已三更二点。蒋太守寨内，寂无人声，盖因战胜了，全不在意。虽有数个伏路小军，尽被喽啰杀了。此夜月色微明，风声飒飒，缪公端率众喽啰呐喊向前，砍开了寨门，只见寨里已自有人接应。原来薛举先着人通知杜伏威，各藏暗器，等候接应。听得寨外喊声，知是缪公端、喽啰已到，即教打开陷车，当先放出杜伏威来，抢了一枝长槊，口中暗诵真言。只听得风声大作，霹雳交加。薛举共众好汉一齐动手，一面放火，一面杀人，合寨火光，照耀如同白日。此时蒋太守梦中惊醒，见寨内四围火起，惊得心胆俱碎，急忙奔出寨口，欲要逃命，被火烟逼住，不能出寨。复回身望寨后而走，正遇着薛举，手起刀落，将蒋太守砍为两段，取了首级。众军士皆睡梦中醒来，人不及甲，马不及鞍，东逃西窜，不被杀死，即被烧死，焦头烂额者，不计其数。俞福箭创疼痛，正睡不着，听得金鼓喊杀之声，情知有人劫寨，急欲挣扎，众喽啰早到，连床砍为肉泥。杜伏威、缪公端合兵一处，抢掳得器械粮食甚多。杜伏威即教搬上船，拽起顺帆，一同回寨。蒋太守大寨，顷刻化为白地。正是：

> 喜孜孜鞭敲金镫响，笑吟吟齐唱凯歌旋。

须臾船已傍岸，缪公端等同至大寨，和薛举叙礼。问及表字，薛举道："小弟贱字翀之，杜大哥字君武。"缪一麟又问："青春几何？"薛举道："虚度一十六岁，杜大哥长我一年。"缪一麟道："翀之既冠，君武何以迟滞？今日乃战捷吉期，为贤弟加冠何如？"杜伏威应允。缪一麟令喽啰杀牛宰马，祭赛天地。杜伏威冠带。三人拜罢，大排筵席庆贺，另着小头目陪新来众好汉饮酒，合寨喽啰，皆有犒赏。当下缪公端、杜伏威、薛举、朱俭四人次序而坐，酣歌畅饮。缪公端道："小弟叨居山寨数年，颇称自在快乐，不期被蒋太守、俞福这厮困逼太甚，屡战屡败，势如垒卵，自分不能再立。天幸杜大哥降临，山寨有主。又赖薛大哥诸弟兄勇力，神机妙算，报仇雪愤，解我之困。感佩大德，何以报之？"杜伏威道："患难相救，自是弟兄们分内事，大哥何出此言？只是饮酒尽醉便了，不须称谢。"薛举道："小可幸会缪大哥，恨相见之晚。战胜攻取，赖诸弟兄之力，予何功之有？今日叙义，须索尽欢，尔我相忘，不必拘拘形迹之间。还有一语，古人云：人无远虑，必有近忧。虽有智慧，不如乘势。先发者制人，后发者制于人。今日侥幸，一战围解，倘若四远官军云合，并力来攻，何以当之？愚意不若乘此战捷之势，立起帅旗，招军买马，求贤纳士。先取延安府以为根本，次攻鄜州，后取朔州，西图巴蜀，东取太原，据城守险，此王霸之业也。缪将军、杜大哥以为何如？"缪公端道："壮哉斯言！甚合小弟之意。今不兴兵，更待何时！"杜伏威道："薛二弟之论虽高，缪大哥之议太速。兵者，凶器也，须量力而进，岂可造次？俗语云：成则为王，败则为寇。当今天下四分五裂，英雄竞起。我等器械未备，军卒未练，粮草未足，焉能成事？若攻得一城，破得一邑，进有所据，退有所守，方可转动。今若轻举，倘有疏虞，岂不自贻其悔？依小弟之见，缪大哥守寨，薛二弟佐之。留五百喽啰，在此河口及中流险要之处，阻截来往客商、仕宦船只，凡一概财物，十取其三，不可杀害良善。积少成多，这钱粮不是有的了？然后招军买马，接引四方豪杰，军马以渐而盛。一面待小弟率领五百喽啰，前取延安府。若得此城，就是根本。选英雄之士，镇守地方，然后东征西取。次第施为，庶可无失。"薛举、缪一麟同道："杜兄所言，乃是万全之策。"缪一麟又道："据险拦截客商，这是我的分内之事，不须薛君帮助，招军买马，也是我一力支持。薛君可辅佐贤弟攻城略地，方得成事。"薛举慨然应诺。当晚席散，闲话不提。次日，杜伏威拣选五百壮健喽啰，和薛举别了缪公端，驾起舟楫，渡过对岸上马，摇旗呐喊，杀奔延安府来。有诗为证：

兄弟两同心，师行神鬼惊。
将军威武重，何复有坚城？

却说当时梁武帝被侯景逼死台城，立武帝第三子世赞为帝。在位二年，侯景弑之，又立豫章王世记登基。未及数个月，即禅位于侯景。景即位称帝，郊天大赦，改元太始，天下大乱。时有梁朝大将二员，一名王僧辨，一名陈霸先，见侯景僭位，另辅佐梁武帝第七个太子湘东王讳绎字世诚为帝，即位于江陵，大发兵讨侯景。侯景屡战屡败，与百余骑东走，追及斩之。不二年，湘东王又为魏主所执。陈霸先复立贞阳侯渊明即位，因朝内变乱，逊位与太子晋安王登基。次年，晋安王即禅位与陈霸先，国号陈，建号永定，是为陈高祖皇帝。此时江南地面，已属陈高祖所辖，这江北地方，尚属东魏。岁次庚午，乃孝静帝武定八年也。魏主进高欢之子、高澄之弟、太原公高洋位为丞相，封齐郡王。八月朔日，魏主下诏禅位于齐郡王，于是高洋即皇帝位，国号齐，改元天保。延州府却属大齐地境。这延州太守蒋励，乃齐帝的宠臣右仆射皮景和之内侄。景和一力荐拔为延州府太守，管辖二州七县，地方广阔，钱粮极多，人烟稠密，百姓富庶，是一个膏腴的都会。蒋太守临任已来，残忍苛刻，百姓尽遭其害。当日听得心腹人报说，黄河孟门山有一伙大盗，广有财帛，钱谷如山，近日杀了郦州知州。因怕别郡领兵来征剿成功，得了财物，故此亲自提兵剿捕，不期遭薛举诈降计，死于非命。逃命军士飞报府丞汤思忠，合府大小官员，尽皆失色。汤府丞速着人赍公文下各县，令招兵守城；一面急急申文至枢密院。转奏齐主，请发救兵征讨。

原来这延州府，离黄河只隔得一百余里，所辖宜州县，贴近黄河。本县知县姓郑名琦，正坐早堂。探事的飞报将来说："蒋太守全军陷没，官身亦被杀了！"又汤府丞有紧急公文下来说："孟门山贼势猖獗，杀损官军。蒋刺史、俞福皆遭其害，各县严守城池，待部文到日，一同出兵征剿。"郑琦看罢，心下忧惊，与书吏计议道："日前蒋太守要征此贼，我再三谏阻，且从容动兵，蒋太尊反怪我懦弱，发怒而去。今日全军陷没，太尊被害，本县失于救应，罪坐不小，如何裁处？"吏书禀道："蒋太守全军陷没，朝廷坐罪老爷，此事犹缓，可以辩解。如今贼军战胜，其势浩大，本县贴近贼巢，倘贼寇一时临城，如何抵当？乞老爷早发军健民壮人等防守四门，再议征剿之事。"郑琦道："此言甚当。"正欲点军守城，只听见喊杀震天，金鼓不绝。探子飞报："黄河强寇拥大队喽啰，围逼城下。"郑知县慌聚县丞、县尉、幕宾、书吏上城来看，只见众喽啰拥着马上两员大将，呐喊摇旗讨战。郑琦仔细看那两员将官，一般打扮。但见：

　　束发金冠耀日，雕鞍神骏腾云。锦袍细甲放光明，画戟蛇矛辉映。左首马超再世，右边吕布重生。伏威薛举两超群，二虎将当先出阵。

郑琦看城外二将奋勇，部下喽啰却是不多，心下亦不甚慌。回头问县丞道："战守二策，何者为先？"县丞傅明答道："城池狭小，军少粮稀，只宜谨守。飞申本府各道发兵救援，并力退贼，方可保全。"县尉奚良，原系军卫出身，恃着自己积些武艺，抗言道："贼军乃乌合之众，何足介意？堂尊若与晚生军士数百，立斩贼首，报捷台下！"郑琦壮其言，即拨军士一千，民壮三百，大开南门。奚良披挂上马，手提大刀出阵。两边布阵已完，奚良跃马向前，大喝："觅死贼奴，杀害蒋刺史，正欲兴兵擒拿，碎尸沥血以祭蒋公，今反自来投死，快快下马受缚！"杜伏威道："当今朝廷多事，皆是你这干贪官污吏。荼毒生灵。我老爷特兴义兵，代天讨罪。你若知天命的、早早下马归降，可免一死。"奚良大怒，拍马舞刀杀来。杜伏威正欲迎敌，薛举一匹马早已飞出，两骑相交，刀戟并举。二人战十余合，奚良一刀砍来，薛举闪过，却破个空。薛举复身照心一戟，将奚良刺于马下。众军无主，四散奔走。杜伏威、薛举乘势追击。郑琦在城上见奚良被刺，惊得面如土色，慌叫闭门。杜伏威军马早到门边，闭门不及。城内军士只得拦住厮杀，被薛举一连刺死十余人，军皆四散。杜伏威一马当先，直入城里。此时城中鼎沸，人民各不相顾，狼奔鼠窜，嚎哭振天，军士降者大半。郑知县单骑而逃，县丞傅明不知去向。

杜伏威、薛举入县衙，坐于堂上，出安民榜，禁止军士杀掳，犯者枭首，百姓安堵如故。开仓发粟，赈济孤老贫穷。击动县堂大鼓，聚集耆老乡民社长、六房书吏，传下号令："凡有不到者，全家处斩！"人皆惧死，互相引荐，一时聚集县堂参见。众人禀道："将军呼唤，有何台旨？"杜伏威道："我兴兵到此，非为财帛子女，只因官吏不仁，万民涂炭，特来诛剿贪酷，替你百姓除害。你们可实实说来，本县中有什么英雄豪杰，孝子顺孙？皆当实报，不可隐讳，亦不许伪报。"众人道："本县窄小，没甚豪杰，只有在城善庆桥堍下一少年书生，姓查名讷，字近仁，文材出众，极是个孝顺的人。甘守清贫，不希荣禄。县主郑爷时常周济,坚辞不受。这一人是个奇士,余者俱是村夫俗子。"薛举又问:"郑县尹、傅县丞做官何如?"书吏道:"郑县主为官清廉,傅二尹为人刚介。这二位老爷,百姓皆感仰其德。"杜伏威便传令:"郑知县、傅县丞二家老小宦资,着人护送回家,不许侵犯。"耆民百姓,欢喜而散。杜伏威、薛举二人,带甲权宿县衙。

次日,杜伏威差书吏人等,赍金帛重礼,到查讷家内聘请进县。查讷辞疾,坚执不受。书吏回覆,杜伏威道:"是我差了。我当亲往礼请,才是求贤之道。"乃与薛举带数个将校,步行到查讷家中。查讷迎入草堂,相见坐定,献茶已罢。杜伏威看那查讷,但见:

> 眉列青峰,眼澄秋水。韬光姓字,奇谋未许外人知;抗志穷檐,饱学自夸王帝佐。端庄尔雅,沉雄处没半点轻浮;慷慨牢骚,谈笑里伏万余兵甲。不是子牙再世,应知邓禹重生。

查讷道:"小生无学无能,株守蓬荜,何劳二位将军大驾光降,有失远迎。"杜伏威道:"当今国家变乱,盗贼蜂起,百姓遭殃,四海有倒悬之危。小将特兴义兵,除暴安民,非图金帛子女而来也。古人云:良禽择木而栖,良臣择主而事。某虽赳赳一勇夫,渴有求贤之志。闻君大名,如雷贯耳,敬奉微礼,欲屈尊驾,共救生灵,替天行道,望勿峻拒为幸。"查讷道:"某一介书生,不谙世务。况老父年高,朝暮难离膝下,不能奉命,将军休罪。"薛举道:"某弟兄二人,竭诚奉谒,敦请足下,为公非为私也。尊翁年虽高大,接入县衙,亦可奉养。足下坚执不从,眼见得满城百姓尽遭殃也。"查讷一听此言,心甚感恻,方才允道:"待某禀过老父,愿侍将军听教。只恐才疏学菲,有负二公重托耳。"有诗为证:

> 才出茅檐意气浓,二十八宿罗心胸。
> 宜州一诺军机定,位看天山早挂弓。

杜伏威大喜，唤从人献上礼物。查讷收了，禀知父亲，同伏威等上马入县衙来。杜伏威大排筵席庆贺，一面令查讷权掌县印。查讷推辞不受，只居行军记室之职。正饮酒间，哨马报："延州府府丞汤思忠，带领五千军马，数员大将，把城池四面围住，速请主将出令。"查讷笑道："汤府丞此来，是自送其死耳。"薛举问道："汤府丞为人何如？"查讷道："这府丞姓汤，名思忠，冀州人也。一味好财贪色，酣酒吟诗，乃富家子弟，白面书生，不谙韬略。今日之来，岂不纳命？"杜伏威道："请问足下，大兵临城，何以退之？"查讷道："二将军英雄无敌，何故下问于鄙人？"杜伏威、薛举再三请教。查讷道："杜将军领五百军马开门迎战；可败不可胜，别有良计。"杜伏威慨然起身，披挂上马，手执长枪，选军五百，大开城门出战对阵。汤思忠随从六员大将，一员是统制司正统使常泰，一员是副统使乐正年，一员是统制司把总王连城，一员是本府都总管钱向，一员是副总管沙应龙，一员是毗丰卫护卫申千秋。各各全身披挂，骑着战马，手执兵器，两阵对圆。汤思忠立马阵前，高声喝道："何等狂贼，辄敢杀害大臣，僭据城廓，快快下马受缚，免污我刀！"杜伏威道："你这些害民的猪狗，杀得尽绝，方畅老爷之意。那一个送死的，快向前来！"官军队里，一员大将，手持大斧，拍马出阵。众视之，乃是正统制常泰。两马相交，战不十合，杜伏威拍马回阵。常泰不舍，奋力赶来，杜伏威弃盔散发而走，奔入城内。随后常泰、汤思忠号令众军，依旧将城紧紧围了，昼夜攻打。

却说薛举接应杜伏威入城，同进县衙坐定。查讷问道："来将何如？"杜伏威道："敌军虽众，不足惧也。若用我那所藏将士，这数千军立刻化为齑粉，但遵恩师吩咐，不敢擅用耳。"查讷惊道："小生看本城军马不过千余，难以敌众，故先令将军试探一阵，然后出奇兵胜之。将军既有军士，何不用之以取胜也？"薛举笑道："杜将军将士藏在衣袖里，近仁要看，即时可至。"查讷道："或者是杜将军胸中有数万甲兵否？既有军马，小生愿求一见。"杜伏威就于县堂上，身边取出寸草赤豆，口中默诵真言，喝声道："疾！"顷刻间变成军马。杜伏威又念咒语，军士各依队伍，坐作进退，不差分毫。查讷看了道："请收了法，机贵秘密，不可泄露。"杜伏威右手捻诀，大喝一声，军马依然变为草豆。查讷道："杜将军有此妙术，神鬼莫测，斩将必矣！"杜伏威道："此法是我恩师林爷传授，甚是玄妙。临别时，他再三嘱付，说此法只可护身，用于急难之时，不可恃此幻术，妄行杀戮。圣人云：邪不胜正，妖不胜德。若专仗此法，恐其有失。不信只看黄巾、赤眉等辈，便是样子。因此不敢擅用，乞足下另设良策破敌。"查讷道："尊师所言，语语金玉。自古及今，未有以邪术而得天下者。兵以正合，以奇胜，经权互用，方合玄机。杜将军暂且解甲休息。三日之后，必然破敌。"当夜欢饮，直至更深罢席。薛举守东南二城，杜伏威守西北二城。号令严肃，军士齐心。次日平明，查讷升堂理事，张挂榜文，晓谕居民："城内人多粮寡，难以支持。凡百姓人等愿出城者，听其自便。守门军士，不可阻挡。"城中百姓贫乏者，携男挈女，尽皆出城就食，络绎不绝。正是：

宁为太平犬，莫作乱离人。

不知查讷是何奇计以破官军，再听下回分解。

第二十八回
汤府丞中计败兵　杜元帅纳言正位

诗曰：

> 摘句寻章一腐徒，敢当重任执兵符。
> 羽书未报三军捷，浪战先迷八阵图。
> 慷慨少年欺信布，奇谋策士胜孙吴。
> 德敷黎庶居尊位，不让当年胯下夫。

话说汤思忠同六员将百般攻城不下，数日后，军心渐渐懈了。汤思忠无计可施，传令暂且退军，再作道理。常泰禀道："某看那贼武艺，不在小将之下，怎交锋未及十合，便作败而走，莫非其中有诈？亦须准备。"王连城笑道："常将军过虑。鼠窃狗盗之徒，只希劫掠而已。今遇大军，心胆皆碎，望风而走，乃怯也，有何诈计！只顾催趱攻城，不可退悔。"杨思忠道："王总抚所见甚明。"正议间，忽见小军来报道："城内百姓无粮，携老挈幼，俱出城外就食。"汤思忠下令道："百姓出城，听其所往，军士毋得乘机掳掠，违者斩首！"令方出，又见报有一伙百姓投入营门，要见老爷，有机密重事来报。汤思忠令："只许为头的进见。"军士引数个为头的百姓入寨，汤思忠喝道："汝等众人，有甚话说？莫非城中奸细么？"那百姓叩头道："小人们不是百姓，原是本城军校。贼首杜伏威、薛举破城劫掠，势不可当，小人们战败，只得佯投贼兵部下。原来这贼不为争城夺郡，只图财帛子女，将县库劫空，正要覆回巢穴，不意老爷军到，将城围困。目下城内乏食，贼心甚慌，欲回水寨，又无出路。众贼计议，今晚偷开东门逃走。小人们探得这个消息，妆做村民，杂出城外，特来报知，以求重赏。"汤思忠赐以酒食，和众将商议道："贼兵无粮，今夜逃遁，未知虚实何如？"常泰道："众贼大肆掳掠，谅粮草尚足久支。今据城未及十日，便说无粮，其中必有奸计，主将不可轻信，堕其计中。依小将愚见，只是催军围城。外无救兵，不久内变，城自破矣。"总管钱向道："无粮之虚实，虽然未审，战败欲逃，此是实情。今且将报信军士监候，主将遣将二员，各带一千人马，埋伏东门僻处，待贼众出城之时，放起号炮，半腰里截住，后兵就夺城池。主将起合寨军马，赶杀前军，使贼兵前后不能相顾，管取大胜。"汤思忠大喜道："钱总管之计甚妙。言亦不可信，机亦不可失，事不宜迟！"一面将军校监候，一面遣兵埋伏，差正统制常泰，领步军一千，出东门离城十五里东南地名石佛村埋伏，差护卫申千秋，带领步军一千，出东门离城二十五里西北地名珠梅庄埋伏，俱听号炮响，一齐引军杀出，就势夺城。二将听令而去。又差总管钱向，领军三百，带诸色号炮，离城琵琶岭高阜处埋伏，觑贼兵出城，放起连珠炮为号，接应两处伏兵。汤思忠和沙应龙、乐正年、王连城，率领军马，准备捉贼记功。有诗为证：

  漫无奇计欲成功，不识人间有卧龙。
  螳臂撼摇徒自毙，致令千载笑汤公。

  话分两头。再说查讷暗定妙计，拣选精细喽啰十数个，妆做乡民，到汤恩忠寨内传报消息，自和薛举、杜伏威在城楼上饮酒作乐。

至申牌时分，探事的报说："敌人分军四出，不知何意。"查讷笑道："汤府丞中吾计了。"杜伏戚道："官军移动，必是复来攻城，军师怎知中计？"查讷道："将军不须问，今夜管取杀败官军，明日请将军在延州府城中高坐。"当下就传将令：薛将军带领精壮喽啰五百，本县壮士五百，至黄昏大开东门，径奔黄河渡口。每一人背包裹一个，如遇伏兵，尽皆抛弃，违者立斩。遇着敌兵，尽力追杀，只看红灯出城为号，就是接应兵到。又并朱俭带领弓箭手三百、长枪手三百，亦出东门马家堰土山上屯扎，若见火起，即出村口，射官军后阵。长枪手各带红灯笼一个，守护箭手。杜将军带领马步军一千二百，在东门外离城僻近处埋伏，只看官军杀进城时，拦阻回路，准备捉人。三将听令，各自打点去了。查讷连夜差军士城门内掘下陷坑，四下埋伏挠钩手，各各摩拳擦掌，等待交战。有诗为证：

妙算谁相匹，神机第一流。
运筹挥羽扇，谈笑觅封侯。

再说延州府府丞汤思忠，当晚遣兵调将已定，然而自领马步军兵，离寨伺候。总管钱向领了三百军士，至黄昏左侧已到琵琶岭山上，撒开炮架，一眼望着山下。等到更余，此时月色明朗，望见山下西北上，火光冲天而起，军兵无数行动。钱向即忙放起号炮，知会两下伏兵。申千秋听得炮声震天，率兵杀出珠梅庄来，却好与薛举两军相遇。薛举倒拖画戟，拍马先走。后面喽啰将包裹尽皆弃掷而走。申千秋策马挺刀，来赶薛举。军士不顾厮杀，且抢包裹。薛举正走之间，只听背后申千秋赶来大叫："贼将休走！"薛举勒转马头喊道："寻死的快来纳命！"两马相撞，兵器变加。不三合，申千秋被薛举一戟刺死马下。众喽啰见主将得胜，勇气百倍，翻身冲杀过来。这边官军因抢物件，队伍已乱，又无主将，四散落荒而走，被喽啰大杀一阵，尸骸遍野。

薛举正欲回军，远远见东南上火光冲天，喊声大起，又冲出一大队人马来。薛举停马看时，只见四匹马上，四员大将，随着数千军士，飞也似涌来。薛举大叫道："尔等兵已杀尽，何故又来送死？"王连城拍马向前骂道："贼奴中吾钱总管妙计，早早下马受缚！"薛举大笑道："蠢奴！何曾中你之计，你等反中我家之计了。坡下一将，已被我刺死，你等又来受用这条画戟。"王连城激怒，舞动大刀，劈头砍来。薛举挺戟就刺，两军呐喊。二将斗了十余合，不分胜负。汤思忠拍马观看，心下惊惶，又令沙应龙、乐正年二将助战。沙应龙也使方天戟，乐正年用双铁简，二匹马刺斜里杀过来。薛举抖擞神威，一条戟挡住三般兵器，一来一往，又斗上二十合。薛举卖个破锭，荡开阵角，败阵而走。三将不舍，一齐拍马赶来。薛举约走半里之地，三将看看追上，薛举斜倚画戟，弯弓搭箭，看得清，射得巧，飕的一箭，刚中乐正年肩窝，翻身落马。薛举回马就刺，王连城、沙应龙二人抵住厮杀，众军救乐正年上马，已是昏晕将绝。薛举和二将战上数合，带马又走。二将忿怒赶来，追过山嘴，忽然鼓声乱响。薛举急抬头，见一片红灯，照耀山顶，心下暗会，忙策马奔上山来。后边二将狐疑，正欲回马，薛举已至山上，一声梆子响，山上乱箭射下，急如飞雨。沙应龙所乘战马，腿上着了火箭，负疼滚倒，将沙应龙掀翻地上，胸膛上被马踏坏。王连城忙来救援，身上已着数箭，昏晕倒了。众军中箭着伤死者甚多。山上朱位和薛举合兵一处，回身追杀下来，杀得尸横遍野，血流成渠，降者不计其数。朱俭取了沙应龙、王连城首级，复取旧路杀回城来。

再说统制官常泰，领兵在石佛村埋伏。当夜更尽，听得炮声振天，即带军士呐喊杀奔城下，见城门大开，并无一人阻挡。常泰心下暗想："贼党无粮，故弃空城逃遁，虚插旌旗，谅无人马，当先指麾军马杀入。"猛听得天崩地裂之声，军士一齐叫苦，都跌入陷坑内去。

常泰情知中计，急忙带转马头，奔出城外。城内伏兵齐出，杀得官军大败。常泰顾不得军士，单马落荒而走。不上五里，一声鼓响，闪出一枝军马，当头一员大将，正是杜伏威，拦住去路，大叫："匹夫！待走那里去？杜爷候你多时。"常泰大怒，奋力恶战。二将斗四十余合，不分胜负。众军打攒攒布成簸箕阵，围逼拢来，正待并力擒捉，只见尘头起处，又拥出一队军马来，却是薛举、朱俭回军。薛举见杜伏威战常泰不下，拍马挺戟夹攻。常泰措手不及，被薛举生擒过马绑缚了。其余军士，尽皆投降。杜伏威大获全胜进城。天色黎明，查讷率将校迎接入县衙坐定。军士推过常泰，立于阶前。查讷慌忙下阶，亲解其缚，请入堂上而坐。常泰顿首道："败将请诛，何敢当将军重礼！"查讷道："当今兵戈载道，万姓疮痍，豪杰拊髀，人人思奋。我等替天行道，拯救苍生。将军不弃，愿同举大义。"常泰感激请降，拜于阶下。杜伏威扶起逊坐。有诗为证：

  自分生平铁石肠，输忠期把姓名扬。
  只因朝内多奸佞，致使将军一旦降。

  当日设宴庆贺，犒赏大小三军。查讷查点军籍，共得降军四千余人，良马五百余匹，粮草器械甚多，心下大悦。和杜伏威、薛举道："汤府丞战败，单骑逃去，不如乘此大捷之势，攻破府城，以为根本，然后攻掠诸县，广蓄钱粮，大事就矣。"杜伏威、薛举道："先生之言，正为迅雷不及掩耳，深合玄机。就此进兵，不可迟滞。"常泰坐于侧席，低头不语。查讷道："常将军既蒙不弃，即当请教，为何低首不言？"常泰道："败兵之将，不可言勇。感蒙二位将军不杀之恩，思欲报效，惟恐生疑，不敢言耳。"杜伏威道："大丈夫倾盖若故，白首如新，义气相投，肝胆可照，有何疑哉？久闻将军乃忠义之士，智勇足备，如有见教，焉敢不从？"常泰道："汤府丞一介书生，不知军务。

延州府百姓，被其重敛苛虐者，皆欲食其肉而寝处其皮。今遭战败，必驱军民同守，虽是民无亲上之心，但此城郭颇坚，钱粮亦广，一时难以攻破。攻战之际，未免百姓遭殃。小将有一计，此城反掌可得。"查讷拱手道："愿听将军良谋。"常泰道："将军今夜放小将回城，见汤府丞，某须如此如此说时，彼必听信。将军便进兵来攻，某为内应。但入城之后，望将军禁止杀戮，实为万幸。"查讷离席称谢道："常将军妙算，非某所及。就此进兵，将军切莫有误。"常讷道："大丈夫一言既出，驷马难追，岂有变更？"即折箭为誓。当下席散，常泰收拾了当，初更开城门去了。薛举道："常统制初降，未知其心。近仁纵彼出城，倘有变诈，反堕其计。"查讷道："将军放心。某素知常公少立名节，秉性坚贞，此行管取成功。明日某与杜将军为前部。将军为后应，同往攻城，朱诚庵守卫本县，纵有诡计，亦不足虑。"又遣牙将宋斐带兵五百，追赶常统制，望见城池，便要回军，不可前进。一一分拨已定。

却说汤思忠领众将，和薛举交战，见前军得胜，薛举败走，忙催军策马，随后追来。正走间，败残军士迎着，报道："王、沙、乐三将，俱被杀死，全军尽没，常统制兵败被擒。"汤思忠大惊，忙收转马，逃回府城，催军守护四门。当夜二更，军士报："城外常统制单骑叫门，黑夜不敢擅开，乞请钧旨。"汤思忠自上城楼来看，常泰高叫："开门！后面追兵来也。"汤思忠终是懦儒，不知兵法，见一人一骑回来，忙令军士开门迎进。惊问道："统制不回，诸将战死，下官手足无措。今者何以得脱而回？"常泰道："小将听得炮响，即出军袭城。不期彼有准备，我兵大败。回军死战，正欲脱身，路遇一员少年壮士，马上挂着沙应龙、王连城首级，他两下夹攻将来，小将难以应敌，无奈诈降。幸喜贼将无谋，遽尔听信，待小将以心腹。被我黄昏窃了二人首级。砍开城门，逃奔出来。彼已知觉，故有兵来追赶。"正言间，只见远远火光明亮，追兵渐近，呐喊鼓噪，将至城下。常泰道："贼兵黑夜，决不敢临城，主将休往。"少顷，追兵果然退去。常泰笑道："我谅昏夜之间，贼兵焉敢近城！"汤思忠大喜，留常泰在府衙安歇。

次早探马报："贼党杜伏威、薛举，引军马数千，声言要取城池。"汤思忠忙请常泰商议。常泰道："恩府督军护阵，小将出马，力擒贼首，则余党自散矣。"说罢，绰枪上马，大开东门出城，摆成阵势。遥望军马已到，两阵对圆。门旗开处，拥出两员少年骁将。常泰高声骂道："逆贼无知，正要兴兵征剿，今大胆返城求战，是自送其死耳！"薛举骂道："忘恩背义之徒，有何面目夸口！"常泰听了大怒，挺枪跃马，冲过阵来。薛举挺戟迎战，两军呐喊。二将斗上二十余合，薛举拖戟回阵。杜伏威出马交锋，数合之间，常泰虚搠一枪，望城内就走。背后查讷、薛举、杜伏威三将，率领军士，紧紧接尾追来。汤思忠见常泰败回，亲自摧军出城接应，倏然追兵已到面前，慌忙回马逃命；被薛举飞马赶近门边，活捉膝上。常泰招集众军进城，尽降其众。杜伏威、薛举、查讷、常泰，都到府堂坐定，押过汤思忠，跪于堂下。杜伏威指着骂道："害民贼子，贪酷狂夫，百姓遭尔荼毒，钱谷被尔侵渔，今既被擒，有何理说？"汤恩忠道："懦儒滥叨爵禄，不能为国家出力，反遭尔等所擒，一死何辞！但闻建王霸之业者，不绝人之嗣。仆年半百，只得一子，今方三岁，乞将军可怜。"说罢，伸颈受戮。查讷道："汤府丞为官虽贪，临难不苟，姑饶其命。"杜伏威喝道："戕民之贼，本该族灭，查军师怜宥，免汝一死。"叱军士放去。汤思忠得了性命，抱头鼠窜，收拾家小，连夜回乡去了。但见：

忙忙似丧家之狗，急急如漏网之鱼。平日间装模作样，诈百姓财物，俨是活阎王；今日里鼠窜狼奔，保一家首领，宛然真小鬼。说不起绷刑吊拷，自问了绞斩徙流。离亭那有饯行人，沿路绝无馈送客。支不动驿夫轿马，捉不得公用舟车。行一程，耽惊一程，惟虑省悟复来追；思一事，烦恼一事，这次再无余羡得。仗着那硬舌头，为人再世；饶了这穷性命，得放还乡。林下情愿呷清汤，当道何为不作福。杜伏威称须放手，汤思忠是下场头。

查讷出榜安民，开仓赈济。次日建立招贤馆，延接四方豪杰之士，数日间，接得数俦大将。一人复姓皇甫，名实，字硕卿，陕西富平县人。生得身长九尺，大眼钢须，惯使九节铜鞭，武艺出众。一人姓曹，双名汝丰。字公厚，陕西巩昌郡人。生得身材魁伟，状貌狰狞，面如衋血，须似钢针，能用大刀，有万夫之勇。因武举不第，隐居山村打猎，闻杜伏威招贤。特来相投。又有一人覆姓尉迟，双名仲贤，字子用，朔州单阳人氏。生得身长面瘦，骨格清古。善使流星锤飞枪，有百步穿杨之箭。为打死人命，逃窜江湖。今特来投。一人姓黄名松，字尔耐，年方二十余岁，生得容颜清丽，虎背熊腰，能使双刃大叉，本县人氏。因见杜伏威开仓赈济，招贤纳士，有仁义之风，故至招贤馆拜见。黄松就举荐本郡城外卢家湾有三贤士，姓王，弟兄三人，胸怀经济之才，腹藏孔孟之学，熟谙兵书，深通韬略，人都称他为"王家三俊"。长名骐，字孟龙；次名骒，字仲良；三名骧，字季昂。屡次刺史辟请不就，将军须当礼聘，可为梁栋之材。杜伏威即差黄松赍金银玉帛，往请王家三俊。弟兄三人闻黄松说杜、薛二将有仁义之风，不可违逆，欣然受聘，同黄松到招贤馆投拜。杜伏威、薛举大喜，排筵庆贺。

次日，查讷请杜伏威升堂议事。杜伏威居中而坐，左首薛举，右首查讷，东边一带，是王骐、王骒、王骧、常泰；西首一带，是皇甫实、曹汝丰、尉迟仲贤、黄松，次序而坐。查讷开口道："列公在此，某有一言。杜将军自兴义兵已来，屡战屡胜，得了郡县。招贤纳士，英雄归心；吊民伐罪，应天顺人。仁义之声，播于遐迩，王霸之业，翘首可成。前贤有云：蛇无头而不行。鸟无翅而不飞。虽有英雄，杂乱无统，纪律不行。今日杜将军当正大元帅之位。掌握兵权，诸位将军，尽听号令，量材擢用，或掌钱粮册籍，或理民情词讼，或专任征伐，或督理粮草，或专司行贤，各供乃职，则上下齐心方成体统。列君意下何如？"众人同道："查近仁所见极明，所当如此。乞杜将军早居元帅之位，以副众望。"杜伏威道："小可因见纪纲颓废，万姓流离，故兴兵马，招接英豪，共斩乱臣之头，以救黎民，以安社稷。事定后，择有德者居之，仆等北面而事，庶无所利，人心皆安，天理亦合。今若率尔自大，妄居帅位，甚非义举。"皇甫实、黄松两个跳起身来谏道："今者烟尘四起，人人称雄，我等闻将军大名盛德，故来相从。将军若坚执不允近仁之义，则人心携贰，各怀犹豫，大事去矣！"王骐兄弟三个亦劝道："查君之言，深达事体。统制无主，人心不摄，不如权就帅位。又非称王道寡，有何僭妄？早发兵马，以图他郡，此是正理，何须推逊？"薛举道："诸君之言甚善，大哥暂为主帅，统摄军马，何必过谦！"杜伏威只得应允，就改延州府为都统元帅府，府前立一面帅字杏黄旗。诸将尊杜伏威为都统正元帅，薛举为都统副元帅，查讷为军师，王骐为副军师，王骁、王骧为参军。常泰、曹汝丰为先锋，朱俭、黄松、尉迟仲贤、皇甫实，俱为护军校尉。当日杀牛宰马，祭天享地，大赦囚犯。王骐又道："名位已定，人心悦服。本郡所管二州七县，皆是钱粮丰足之处。诸县易攻，只有鄜州城廓完固，人心坚附，况且钱粮极广，一时难以攻破。若得此州，则诸郡不足定矣。"查讷道："王孟龙之论最善，元帅宜听之。"杜伏威道："任从军师调遣。"查讷传下将令：副元帅薛举，率领马步军兵五千，王骐为参谋，尉迟仲贤、常泰为左右羽翼，即刻起程攻取鄜州；次拨曹汝丰、皇甫实二将，带领步军三千为接应，陆续进发；其余将士，尽随杜元帅守护城池。有诗为证：

元帅开牙杀气腾，风雷号令最严明。
一朝荣贵君休讶，今日方知显将星。

却说薛举一行人马,至隆镇村下定寨栅,领军四面围定。鄜州判裴澄,为官清正,善识天文,在任日久,深得民心。因是知州周升任满朝觐,至黄河被缪一麟所杀,上司以委裴澄署印。自齐显祖天保九年莅任以来,已是五载。此时显祖、肃宗二君,相继而殂。其孙世祖即位,改元河清。世祖皇帝柔懦无才,宠信嬖佞。居东宫时,有幸臣二员:和士开、穆提婆,甚是得宠。因世祖登基,即以二人为左右二枢密,执掌朝纲,总理国政。凡是有金宝贿赂者,升擢显位;清廉公正者,黜退贬谪。因裴澄是个清官,无甚金银浸润,假以不救堂官为由,奏陈世祖,差四个武士提裴澄至京师勘问。裴澄打点和武士启行赴京。刚遇薛举提兵攻打城池。裴澄安慰了四个武士,督兵四门守护。夜间上城巡视,仰观天象,见将星朗朗,照于本城。心中暗想:"目今皇上无道,宠用佞臣,主星昏暗,太白后入帝座,不久国家将亡。今和、穆二贼无故拘我至京勘问,此去必遭陷害。古人云:识时务者呼为俊杰。哲人要知机,不如背了武士,归降来将,再图后事,未为不可。"正是:

情知不是伴,事急且相随。

当下裴澄命将四个武士留下,不知这四人性命如何,且听下回分解。

第二十九回

轩辕庙苏朴遭擒　延州府伏威遇弟

诗曰：

> 敢言直谏配三仁，远谪边隅作去臣。
> 设计定谋催劲敌，输忠尽节重天伦。
> 生前誓作奇男子，死后当为正直神。
> 万古芳名垂竹帛，苏君端不愧儒绅。

话说裘澄仰观天文，见将星朗朗，照于城内，知难与争锋，有心归服杜伏威。回衙和心腹人计议，暗将四个武士逐出，城上竖起一面降旗，差亲随军校，往薛举寨内递上降书。薛举看罢喝道："此是用诈降计诱我入城，若要是真降，着裘州判亲来，吾才不疑。"军校回城，备细说了。裘澄道："既已归降，必须亲往。"换一身素服，亲捧版册、舆图、印信，步行到城外薛举寨内跪献。薛举慌忙扶起道："久闻足下才德，欲谒无路。今幸相从，实慰渴想。"裘澄道："卑职老迈无能，株守鄜州，受齐显祖宠禄，不能尽忠报国，甚为赧颜；又遭辅臣嫉妒，将欲提回勘问，心所不甘。闻将军兴仁义之师，大驾到城，倾心愿投麾下，不思爵禄之荣，惟求泉石之乐。幸蒙不加诛戮，感激非浅。"薛举大悦，逊之上坐，设宴相待，酒罢，并马进城。安民已毕，差快马飞报帅府。

杜伏威、查讷大喜，就委王骐权掌州印，请薛举、裴澄同至帅府相见。薛举接了回文，别了王骐，与裴澄众将回至延州帅府，下马入堂参见。众观裴澄，一表非俗。但见：

> 头戴儒冠，身穿素服，果然一貌堂堂。淡黄脸，三丫掩口髭髯，骨格非常。眉隐江山秀气，胸罗锦绣文章。惯识天文，也知地理，熟谙行藏。不是寻章摘句，果然定霸图王。

杜伏威道："久闻裴君大名，今得从事，何幸如之！"裴澄道："老朽樗栎庸才，时乖运蹇，故主之恩未报，反罹奸党之谗。自分身遭缧绁，感蒙仁主收录，誓当报效，决不负恩。"杜伏威亦设宴款待。饮酒三巡，查讷道："本府七县二州，惟鄜州富庶而险固，今得裴公相从，真乃天意，非偶然也。但其余州县未曾归附，不识何计可以取之？"裴澄道："卑职虽不才，蒙元帅、军师垂问，这数县县宰，俱与某契厚。广乐县县令谭希尧，汾州县县令姚鸾，敷城县县令姚凤与姚鸾是嫡亲兄弟，这三人俱是齐显祖天保六年除授，与卑职相交最久。文安县县令王大爵，广安县县令伍通，宜君县县令柏台，此三人莅任未久，相交虽浅，颇亦义气相投，不必废元帅张弓只矢，只须卑职片纸。唤来拜投麾下。上郡州知州席铭，恃材傲慢，外有虚名，内无实学，不过一腐儒而已，攻之亦易。只有白土县县令苏朴，是个谪官，才兼文武，智识不凡。天保元年举孝廉，历仕外郡，声名籍籍，盗贼屏息。朝廷嘉其才，于天保八年升为谏议大夫，直言敢谏，权奸敛迹。今上新登大宝，宠用和士开、穆提婆二人，此公上书切谏，忤了朝廷，谪为白土县县尹，最得民心。惟虑这一县难以攻拔，军师须选大将，定良谋，庶几可得。"查讷道："既承明教，乞公作急修书，致于诸县。若得归附，白土亦不足虑也。"当日帅府击鼓传令，诸将皆集。查讷分拨出军：大元帅杜伏威为主帅，常泰副之，曹汝丰、尉迟仲贤为合后，共起精兵五千，去攻取白土县。又令黄松为正将，皇甫实为副将，率领精兵三千，攻取上郡州，即日起程。一面拣选能言军士，赍书分投往各县去了。裘澄暂授帅府参谋，参赞军机，兼署延州府郡丞。查讷、薛举诸将等，俱有守城不出。

且说黄松、皇甫实二将，不一日已到上郡州，令军士摇旗擂鼓，并力攻城。知州席铭探知消息，分拨军民守卫，聚集佐贰官员、书吏人等商议。席铭道："贼兵攻陷延州郡，杀了蒋刺史和镇抚俞福，近来裘州判又举城纳降，贼势猖獗，为首二人，英雄无敌，今既临城，如何区处？"吏目邹闻道答道："本州城廓坚固，一时难破，所忧者，惟粮草不敷耳。堂尊大人谨守城池，火速差人赍檄各郡求救，内外夹攻，方可退贼。"席铭从其计，添军各门固守，遣军健出城，分投各郡求请救兵，并不出战。当晚黄松解围下寨，和皇甫实计议道："席知州一书生耳，闻我兵至，焉敢迎战？意必发书邻近州县请救，这早晚恐有人出城。公宜分遣人要路拦截，使彼内外消息不通。城中无粮。救援不至，数日间。城自陷矣。"皇甫实道："主将所见极明。即遣精卒把守东西南三处要路。北首是大寨，谅无人敢过。"将及天晓，三处军士，果然获得数个奸细。解进寨来，细搜身上，俱有求救文书，尽皆杀了。急催军士，并力攻城。果然城内人多粮少，百姓饥荒，怨哭之声不绝。

这城中有一富户，姓甄名雍，原来是个破落户出身，为人刁钻奸巧，佛口蛇心，专务足恭谄佞，习成一家生理，俗言叫做"惯扛帮"，又唤做"乌嘴虫"。帮衬着宦家子弟，赚得些钱钞，纳了本州提控，倚官托势，剥削小民。役满贪缘，当道选作辽州黄泽镇巡检，兼管税务，盘诘客商车辆，大获财利，被人告发。上司驱叱回乡，做成偌大家业，广置田产，只是悭吝鄙啬，为富不仁，亲族邻友，毫无所及。

惟图便宜，不顾行止，若得分毫利益，任你唾骂谈论，漫不为意。因此人人怨恶，目为小人，取他一个浑名，唤做"缩头龟"。有诗为证：

> 看人颜色吃人亏，打骂由他我自为。
> 笋壳包成花子脸，任藏名号缩头龟。

众百姓见黄松等人马攻城甚急，城内粮食不敷，暗中三三两两商议道："缩头龟家里钱财满库，米粟如山，我等受饿，他却闭门饱食。我等不如打进他家，抢掳粮食，大家吃些，免得饿死，料官府自救不暇，焉能禁治百姓？"内中有一人，与甄雍是邻居，姓张，排行逊六，向前道："诸君所言虽妙，但是只图一时之饱，不思杀身大祸。比如抢了缩头龟粮米，就是白昼抢劫，与强盗何异？此乃犯法的事，倘然究治，如何脱身？为今计，不如先差得当之人，吊出城去，投降来将，约定今夜举火为号，砍开南门，接引大军进城。我这里黄昏打进缩头龟家里，将他满门良贱，尽皆杀了，掳劫家财粮食，放起一把火来，就势往州衙前也放一把火，迎接杜伏威人马入来。我等可保身家无事，还有重赏哩。"众人齐道："这算计甚好！事不宜迟，倘露了风声，其祸不小！"当下就叫张逊六扮做渔翁，披蓑戴笠，扒出水门。走不半里，被伏路军拿入黄松大寨。黄松细问来历，张逊六细道前情。黄松道："莫不是席知州使你来的？难以听信。"张逊六磕头道："席铭那厮，不知民情艰苦，一味糊涂。城中缺少粮食，百姓大半饿倒，小人等只为生死二字，来见将军。若有虚诈，将小人监禁于此，但看今夜何如？"皇甫实道："既如此说，不必疑心。今夜苦果火起城开，便是他的功劳，必有重赏。"黄松将张逊六拘留寨后，遍示众军严装饱食，以待内变。

再说甄雍是夜谨闭前后重门，和一妻二妾子女们，在后厅花轩里饮酒作乐，说说笑笑道："看这些不成才的花子们，日常间不肯节俭，今遇兵火，却都饿死，怎比咱老爷饱食暖衣，这等快乐！虽是咱天生的造化，却也要人力经营。咱每日积趱钱财，省俭日用，故得如此，提挈你众人享福。自古一人有福，挈带满屋。"说罢，大笑不止。唱道：

> 咱快活心胸，肉满春台酒满钟，直饮到昏钟动，倾几个青花瓮。
> 嗏！醉了乐无穷。娇娇陪奉，洗脚登床，便把云云弄，管什么围城不透风！

"大娘子与两个小娘子，各奉我一杯，再唱出与你听。"

> 三位娘行，一个幡竿两木桩。立起似笔架样，坐倒似山形状。嗏！
> 与你熟商量：今宵当长，明夜轮他，后夕在三娘帐！不若今夜都来共一床。

"你儿女们也敬我一杯，我再唱一出你们听。"

> 白脸黄边，二物从来入手艰。或把绳儿贯，或作攒丝面。嗏！财与命相连，有他饱暖，骨肉团圆，庆贺深沉院。富贵由人，说什么天！

这甄雍正在家饮酒取乐，疯獐疯智的骄其妻妾，忽听得门外一片喊起，数百人手执器械火把，一拥而入。甄雍见势头不好，情知劫掳，急忙闪入卧房躲避。未及进门，被一好汉劈头一棍打死，一门老幼尽行屠戮。众好汉搬运粮米，收拾金银衣饰停当，四围放起火来。只见州衙前又早火起，城门大开。城外黄松、皇甫实见城内有变，火光烛天，忙驱军马拥入南门，杀进州衙，据住了库藏，溷杀官军，单单走了席铭，不知去向；家眷人等，亦被乱兵所杀。黄松率军救灭余火，出榜安民。次早打开仓廒，将米粟尽散与被火百姓，大赈贫穷，差张逊六至延州元帅府报捷。查讷、薛举闻之大悦，重赏张逊六，授为百夫长，帮助黄松权掌州事，听候调遣不题。

再说杜伏威军马杀奔白土县来，哨马报道："自上城外，已立下三个大寨。中寨是县尹苏朴，左寨是县尉戴大儒，右寨是弓箭教师顾天丽，三寨共有二千余军，号令整肃，准备已久。"杜伏威传令："离城二十五里，依山傍水，扎下营寨，商议进战之策。"常泰道："衷州判甚言苏朴之能，元帅不可轻敌。"杜伏威笑道："猥琐小敌，何足介意！明日一战，誓擒此贼。"常泰道："元帅虽然英勇，遇劲敌不可造次。明日某与元帅冲锋引战，尉迟公与曹将军领兵接应，庶无失误。"杜伏威从其言。次日平明，俱全身披挂，将军马分为二枝：杜伏威、常泰领马步军三千，当先搦战；曹汝丰、尉迟仲贤领步军二千，在后督阵。大刀阔斧，杀向前来。苏朴知杜伏威军马已到，隔夜预先筹画了，令左右二寨，如此出兵接应。当下披挂齐整，绰枪上马，出营布阵。两军对圆，二将出马，苏朴高叫："何处狂贼，敢擅离巢穴，来此搦战？"杜伏威马上躬身道："末将久仰侍中大德，故尔轻造。侍中名闻寰宇，才任栋梁，而为区区一县令，智士为之不平。不若与小将共起义兵，扫除逆党，同享富贵，岂不美哉？侍中俯纳愚言，庶不陷于贼臣之手。"苏朴大笑道："汝乳臭孺子，晓得什么！吾以忠孝传家，岂从贼党为寇？我擒汝献俘，如拾芥耳。"言罢，挺枪跃马，杀过阵来。杜伏威正欲迎战，一马早已飞出，乃是副将军常泰也，手持大斧，接住厮杀。二将斗了二十余合，苏朴拍马回阵，常泰赶来，被苏朴背射一箭，正中常泰右足。常泰吃了一惊，拨马便回。苏朴飞马赶来，杜伏威拦住接战。数合后，苏朴拨马又走。杜伏威大喝道："那里走！你那背射计，射得我么？"骤马紧追，赶过对阵，苏朴已闪入门旗里去了。猛地里一声梆子响，弩箭如雨点般射来。杜伏威情知中计，慌忙勒转马头，左肩上已着两箭，负疼带箭而走，苏朴一骑马紧紧追来。众官军见伏威已败，俱大喊围将上来。正在十分危急，恰好曹汝丰、尉迟仲贤步军早到，两下混战。又听见西南角上喊声大振，一彪人马骤至，却是弓箭教师顾天丽，手挥铁槊，领军杀入阵来。又见东南角上也喊声大振，一彪人马拥至，乃是县尉戴大儒，手执双剑，率军冲杀过来。两枝生力兵，势不可当，将杜伏威人马困在核心，自辰至午，冲突不出。部下的将士，损折甚多。三处官军，渐渐围逼。杜伏威无奈，只得披发仗剑，口念真言，将剑往西北一指，霎时乌云罩地，霹雳震天，狂风大作，走石飞砂，又毒蛇猛兽，凶神厉鬼，随风而至。吓得官军惊怖无措，抛戈撇剑而走。苏朴等亦皆弃阵逃去。杜伏威与三将乘势大杀一阵，收军回寨。常泰、尉迟仲贤、曹汝丰皆贺道："元帅真天神也，不然我等都被擒矣！"杜伏威笑道："今日是我欺敌太过，误中奸计，若非法术破之，几乎狼狈。"诸将士俱疲惫了，各赐酒食将息，谨守营寨不题。

再说苏朴回寨，查点军士，伤损不多。和戴大儒、顾天丽商议道："杜贼已入吾彀中，将被擒获，不料用此妖法脱困而去，实为可惜。兵不厌诈，今晚谅彼战胜，不作准备，乘机劫寨。二公以为何如？"顾天丽道："此计甚妙！今夜劫寨，可保全胜。"当夜二更，顾天丽当先，苏朴继后，带领精兵一千，悄悄进发。到得杜伏威寨边，已是三更，众军发喊杀入。果然杜伏威不曾准备，俱在梦中惊醒，慌张乱窜，你我不能相顾。杜伏威听得喊声大起，寨内火光透亮，急披甲绰枪上马，冲突出来，怎当箭如飞蝗，不能前进，复身穿出寨后奔走。顾天丽见杜伏威单骑出寨，欺他独自一人，策马赶来。看看追上，杜伏威回身迎战，二将斗了十余合，顾天丽额中一枪，翻身落马。杜伏威人马被官军一冲，自相践踏，尽皆溃散。直到天明，苏朴收军自回去了。

杜伏威聚集败残人马，少刻众将皆到，查点军士，折伤大半。杜伏威屯扎不住，只得同诸将回延州郡来。查讷、薛举接见，备言致败情由。查讷道："前者裴参谋致书各县，未见动静，黄将军已取了卞郡州，不期大元帅反败于苏朴之手。胜败兵家之常，不足介意，必须起大队人马，薛元帅同行，方可成功。"众将皆然其言。当日再添军士，共马步军七千，杜伏威、薛举、查讷、常泰、曹汝丰、尉迟仲贤共六员正将，杀奔白土县来。但见：

军行腾起地中尘，遮空蔽日；马走踏翻拦路草，偃土摇风。枪刀喷雪闪烁，迸万道寒光；旗帜蒸霞招展，动半天杀气。马上将神威凛凛，浑如恶煞下云端；步下卒面目狰狞，好似夜叉离地狱。进退不参差，军容严肃；衔枚虽疾走，队伍整齐。果然将帅堂堂阵，到处人称正正旗。

哨马探听，急急报入苏朴寨中。苏朴笑道："我正要贼军尽来受戮，免劳跋涉。"此时另选一员健将龚德渊代顾天丽之职，传令二寨不可出兵。两下相拒数日，并不交战。薛举对查讷道："兵贵神速，如此对拒不战，此县何日可破？倘附近救兵齐至，何以御之？"查讷道："某已算计定了，迟延数日，探彼虚实，今已尽知。只有中寨坚固难攻，左右二寨，吾先出奇兵以捣之。若得此二寨，则中寨把持不定，必奔入城。那时另有秘策，取县在反掌之间。"薛举大喜。查讷传令："正元帅杜伏威、大将曹汝丰，率领精兵二千，攻打左寨；副元帅薛举、副将尉迟仲贤，率领精兵二千，攻打右寨。正先锋常泰，率领精兵三千直取中寨。三处俱初更进发。左右二寨放心杀进，不可退步，管取成功。得胜之后，两路抄转中寨之后，待苏朴离寨追袭常将军之时，即打入彼寨，放火焚之，杀回邀截敌军。"又吩咐常泰道："将军至彼，不可便杀入，但擂鼓呐喊，虚作攻击之势，使敌将不敢出寨。则左右二寨，无兵救应，破之必矣。但听我这里号炮一响，便抽军回，倘追兵掩至，且战且退。只看阵后火起，复杀回夹攻，可获全胜。若我令箭一至，即当合兵攻城，切勿有误。"众将等受令而去。各自打点起兵。

先说常泰一枝人马，一更动身，三更尽方抵苏朴大寨，一齐擂鼓呐喊，直逼寨前。苏朴正在中军帐秉烛观书，未曾解甲，忽听得寨外喊声人众，已知敌军临寨，传令众军："不许妄动，妄动者斩！"又拨弓弩手五百，营门口埋伏，"若敌军进寨，即发弩射之；如彼军退，我亲自追赶，必擒贼将。"于是两下拒住，但呐喊擂鼓，并不交战。

再说杜伏威一枝人马，二更尽已到戴大儒寨口，寨内还有灯火。杜伏威一马当先，斩寨而入，势不可当。原来戴县尉在帐内饮酒，不提防敌兵骤至，不敢迎敌，上马穿寨后而出。走不半里，黑影中撞出一彪军来，却是大将曹汝丰，喝道："快下马受缚！"戴大儒惊跌马下，被众军捆了。前寨军士，大半被杜伏威所杀，践踏死者无数。这右寨龚德渊，也被薛举军马砍入寨来，人不及甲，马不及鞍，大半杀死，降者亦多。当下龚德渊见势大，单马逃生去了。这两枝人马破了左右二寨，径抄到中寨之后。

常泰率军在寨前鼓噪，虚张攻寨之势，听得连珠炮响，忙抽军回身便走。苏朴见敌兵阵脚移动，率领精车随后追来。常泰且战且走，约数里之地，苏朴阵后火起，常泰情知两路兵到了，复转身跃马，持斧直取苏朴。苏朴挺枪来迎，未及交手，哨马飞报大寨已被敌军放火焚烧，两路人马大至。苏朴惊慌，无心恋战，拨马而逃。背后常泰追来，正慌急间，见前面火光中二少年大将，拦住去路。三处人马合将拢来，官军大败，各自逃生。苏朴单骑拼死杀条血路，奔入城门，将门紧闭，拽起吊桥，只带得百余个军士进城。可怜三寨官军，皆死于枪尖马蹄之下。

苏朴入城，分拨军士紧守四门。杜伏威三处人马，抢得器械盔甲粮草甚多，只见查军师令箭已到，吩咐："苏朴军败入城之后，三处人马并力攻城，只留西门放一条走路。今日西戌二时，务取此城，迟延不进者，定按军法！"众将分拨人马，杜伏威攻南门，薛举攻北门，常泰攻东门。城上炮石乱下，自平明直攻打至申时，将士俱已疲弊。

飞马又到,传军师将令:"诸军不许擅退,今晚务要入城,违令者立输!"但见:

士卒吐舌摇头,道这次须当努力;将军咬牙切齿,誓破此然后休兵。稍缓些儿,军令施来无面目;若懈退却,鬼头刀下不容情。传号箭,各营知悉,人人奋勇扬威;飞羽书,大小齐心,个个冲锋陷阵。有这般急性军师,不放些儿婉窾;有那样英雄元帅,身先士卒登城。即如铁桶也攻开,便是金匦须粉碎。

众将士遵奉将令,奋勇攻击。将近初更,彩云之上,微露一钩新月。只见城内喊声起处,北门大开,薛举、尉迟仲贤拍马先入,诸军随后继进。各门守城军士,见敌军进城,都奔窜逃命。杜伏威拥入南门,常泰打入东门。

苏朴正在马上催督守城,闻报北门已有军马入城,顾不得家眷,见西门无兵攻打,径出西门而走,马不停蹄,奔了半夜,却走到周水河口,一路无人追赶,心下暗喜。此时走得人困马乏,巴不得下马暂歇,又恐追兵赶来,勉强又行了两箭之地。忽见路傍一座大庙宇,庙门上钉着一个大匾,上镌着"轩辕庙"三个金字。苏朴下马人庙,向神位拜了数拜,祷祝道:"下官苏某,蒙圣恩除授谏议大夫,不幸忤了朝廷,谪贬为本县县令。塞遭狂寇杜伏威攻破城池,家小被陷,乞神明显灵助阵。若得兴兵讨贼,克复城池,功成之日,奏闻朝廷,重修庙宇,大塑全身,愿祈鉴察。"祝毕,席地而坐。神思困倦,正欲睡去,只听得一声梆子响,殿后抢出四五十条大汉来,将苏朴执缚已定。原来是查讷预料苏朴必走这一条路,故留西门放他,预先埋伏健车于轩辕庙内,候苏朴入庙,即将捉下。当下众军正等个着,将苏县尹解入县来,城中安宁如故。杜伏威一行人都在公堂坐下,将苏朴、戴大儒二人和家眷尽皆监下,犒赏众军。

次日,查讷亲自到县贺喜。杜伏威等诸将迎入堂上,设宴庆贺。薛举道:"查近仁神机妙算,虽子牙复生,不能过也。发三路兵捣营,使彼三处各不相顾，此计易见。早知城内必有应兵，此是何术？非某等所知，乞军师教之。"查讷道："小术何足为异！二位元帅攻破左右二寨，抄入中寨时，某已预选勇士四十余人，取所杀官军盔甲、旗号、腰牌，妆作齐军，乘乱随苏县尹杂入城内，约定黄昏月上，砍开北门，迎接大军入城。但留西门放苏君出走，欲生获之耳。此时为何不见擒来？只恐逃脱，又留一心腹大患矣！"杜伏威等听罢大喜道："军师神算，卧龙、凤雏不能及也。昨夜军士于周水河轩辕庙中，生擒苏朴这厮，监禁在此。待军师到来，斩首号令，以泄日前劫寨之忿！"查讷道："元帅差矣。当今之世，得人者昌，失人者崩。似苏君智勇足备，世所罕有。某之用计生擒，不忍杀害。正欲得之以助元帅取威定霸，岂可因一时小忿，囚禁以辱之？"众服其论。

　　查讷即同杜伏威、薛举亲自进狱，将苏朴、戴大儒释放，换了衣冠，请出堂上，以礼相待。又将两处家小尽皆放出，寄居民家安顿。查讷一心只要以思义感动苏朴，使彼投降。不期苏朴心如铁石，不肯转移。查讷等再三殷勤劝慰，待之上宾，苏朴向南而坐，闭口不言，众人无可奈何。戴大儒颇有归顺之意，见堂官如此，不敢开言。查讷吩咐人役伏侍苏、戴二人宾馆安置。苏朴至夜半，候众人睡熟，解下里衣鸾带，自缢而死。天晓人知，报入衙里，查讷大惊，齐出来看视，不胜伤感。即令厚殓已毕，任苏朴家眷搬丧回故土安葬。戴大儒心下凄惨，不愿功名，拜辞要去修行。查讷亦赠金帛，释其全家眷口，团聚而去。这一节乃是查讷大德之处。有诗为证：

　　　　仁主好贤若渴，将军视死如归。
　　　　德沛黄泉瞑目，恩施亦于扬眉。

　　再说各县听得杜伏威军马临城，惊惶无措，有的议坚壁固守，有的议出兵对垒，有的议发文书求取救兵，主张不定。正慌急间，接得裴州判书札。书云：

> 不佞澄夜观乾象，主星暗弱，将星倍明，正照此地。杜将军者，师行有纪，勇力绝伦，真英雄也，难与争衡。不若倒戈纳降，庶称明哲。鄙意如此，其从与否，则惟尊裁，毋致后悔。特此驰达，以尽平日相知之雅。余不赘言。

这广乐县县令谭希尧见了裴澄之书，差人往各县计议。各县回说裴君见识最高，城池又大，兀自归降，我等城小民稀，粮草不足，焉能据守？幸彼攻取上郡州、白土县二处，胜败未知，候有消息，再作区处。数日间探马报说，敌将黄松攻破上郡州，知州席铭弃家逃遁。各县惊疑。次后又报杜伏威军马打破白土城，县尹苏朴尽节而亡。谭希尧问了二处消息，火速移檄各县，共约纳降。广乐县谭希尧、汾州县姚鸾、敷城县姚凤、文安县王大爵、宜君县柏台，俱城上竖起降旗，差人赍降书册籍，诣元帅府投纳。裴澄差人引各县使者至白土县拜见杜伏威，递了降书。伏威大喜，重赏来人。随即行文，委谭希尧等照旧供职，掌理县事。只有广安县知县伍通不纳降书，弃城遁去。查讷令王骧权署县印。

杜伏威得胜，班师回延州府来，大小将士迎接入城，至元帅府参见。杜伏威开筵庆贺，酒过数巡，杜伏威举杯对查讷道："不佞招集义兵，锄强扶弱，无心得地。感蒙军师妙计，兵不血刃，一连下了数郡。虽是根基创立，奈何地僻民稀，东有周师，南有陈国，西有齐军。倘三国齐心并力来攻，前后受敌，正犯了寡不敌众之语，军师何以处之？"查讷笑道："不须主帅费心，查某已主张了也。齐世祖初登大宝，国家多事，况和士开、穆提婆二奸臣执掌朝纲，蒙蔽主聪，谅来一时军马未得就动。陈国君臣猜忌，连年饥馑，自守不暇，何暇伐人？惟周朝称为隆盛，君臣缉睦，却又与这里地境隔远，若军马涉险而来，粮食转运不继，又防陈、齐二国乘虚直捣其后，料他决难动兵。这三处人马，都不足为虑也。今主帅已得数郡，粮食可支十年，人马将及万数，退可自守，进可攻取，所少者人才耳。主帅速宜招贤纳士，延揽英豪。若得谋臣如云，武将如雨，何愁基业不弘，规模不大哉？吾观武州、南安、朔州三郡，地阔人稠，钱粮广大。得此三郡，亦可与周、齐、陈鼎足而角矣。"正谈论间，军士飞报："东门外一员大将，带领数千雄兵，大张旗鼓，势欲攻城。"查讷、杜伏威都吃一惊，急登城楼观看。杜伏威见了那将，不觉踊跃大笑道："故人来也！"正是：

漫言久旱逢甘雨，今日他乡遇故知。

不知来将是何故人，且听下回分解。

第三十回

沈兰劫寨陷全军　牛进迎街惩大恶

诗曰：

> 齐君千驷夸豪富，没世无名总是空。
> 采蕨首阳彰大义，辞金暮夜荫三公。
> 强梁牛进图鸿业，谄佞周乾作祸丛。
> 恶贯满盈灾害至，昭然天理岂相容！

话说杜伏威见了城下那一员大将，大笑道："公端既来，吾事成矣！"薛举也笑道："果是缪兄，今日方会。"查讷等惊问何人，杜伏威道："这是我结义之兄，姓缪，名一麟，字公端，本贯河南人氏，有一身好武艺，在黄河孟门山上聚义，和我偶尔相会，拜为刎颈交。日前杀败蒋太守，曾立大功。为打延州府，各自分兵，他在黄河港口招军买马。向因征战，无暇遣使迎请，今日自临，必是招得军马来相助也。"查讷道："元帅得这枝兵，如虎添翼，速开门迎进。"杜伏威与众将下楼迎出城来，那将厉声高叫："君武，罴之，别来无恙，可贺可贺！"杜伏威一马当先，笑迎道："缪大哥，来何迟也？"缪公端拍马向前，两下拱手大喜，并马入城，诸将随后。吩咐带来众军，暂于城外屯扎。

杜伏威等进城,到帅府下马升堂。众将上前,一一相见已毕,坐定。杜伏威道:"自从与兄长拜别之后,倏尔数月。近日托兄福庇,一连得了几个城子,正要差官迎请,幸蒙驾临,小弟不胜欣跃。"缪公端道:"闻贤弟连捷,小可特来奉贺。"薛举道:"日前烦大哥招兵之事,不知已得多少人马了?"缪一麟道:"赖二贤弟虎威,数月间,招得健卒万余,良马八百匹,粮草亦多,这也不在话下。更获得一件无价活宝,专来进贡。"杜伏威、薛举同笑道:"公端获甚异宝?乞借一观。"缪一麟道:"此宝乃杜君武瓜葛。一月前,喽啰来报,关下一对男女,要见什么杜将军。我谅杜将军必是贤弟了,开关令进。那一对夫妇道是杜阳城凤凰岭朱家坞乡民,为因日前留一有孕女人,说是一位杜客人之姐,路途不便,难以同行,暂寄在小人家内。自别之后,杳无音耗。这女人十月临盆,产下一个俊秀孩儿,将及弥月,方说他是岐阳府杜员外应元之妾安氏,名为胜金。夫主被凶徒诬陷而死,幸员外亲侄杜某救援,逃难至此,得生孩童,奈何昼夜啼哭,梦寐不宁。今杜某在黄河孟门山缪将军寨中,特说小人夫妻二人伴送到贵寨来。我问他名姓,他说姓朱名庆,讲起昔日妻子被奸僧所劫,仗杜客官之力,将和尚焚死,夫妇感德,故送母子两个还将军报恩。可煞作怪!这小儿到我寨中,啼哭便止了。我已赐金银酬谢二人而去,今送此子同胜金姐来与贤弟抚养,骨肉相逢,岂不是世间的活宝!"即唤随行军士,轿中抬过胜金姐来,两下相见,悲喜交集。胜金姐双手将孩儿递与杜伏威,伏威接过,抱于怀中,细观容貌,生得磊落非常。想起日前叔婶双亡之事,不觉腮边泪落,哽咽不已。薛举、查讷齐劝道:"令先叔先婶虽遭陷害,幸生遗腹之子,后裔有人,不须悲切。"杜伏威谢了众人,令胜金姐母子,后堂暂息。备办筵席庆贺,尊缪一麟为帅府督理粮储大总管之职,又命查讷犒劳新招勇士。另拨后堂房屋一所,与胜金姐居住,带来丫环仍旧伏侍,又买婢子二人炊爨,供胜金使用。一连数日欢宴，众心大悦。

一日，查讷请杜伏威、薛举升堂议事，聚集大小将士参见。但见：

> 旌旗密布，刀戟齐排。将军显八面威风，士卒列千群虎豹。人人贾勇，个个披肝。纶巾羽扇，军师谈笑运神机；宝剑金符，元帅登堂颁号令。果然杀气冲牛斗，须信英风振海隅。

查讷道："目今连得了数个州郡，杀了蒋太守，朝廷闻知，早晚必起兵来，其敌不小。吾闻兵法有云：三军司命，粮食为先；兵不宿饱，徒多无益。大元帅速遣大将，统精兵夺取附近城池，资其府库钱粮，以充兵饷。兵精粮足，那时虽有大敌，可保无虞，此今日之急务也。"杜伏威道："承军师指教，但不知发兵先攻何郡？"缪一麟道："某久闻朔州府钱粮广大，百姓富强，若得此郡，便是基业。况有一件妙处：那郁郅县有一宦家，田园万顷，产业极多，金银满库，米粟如山。论此家私，果堪敌国。我们得这家财物，尽够军粮支应，煞强似得几处窄小城池。"查讷笑道："世间也有这等豪富之家，不知此家姓甚名谁，平日为人若何？"缪一麟道："若论这人心地，却也利害，比我们江湖上好汉还狠十倍。我山寨里常有被他所害的穷民来投奔诉说。这人姓牛名进，绰号'牛剜心'，当初为梁武帝枢密院右仆射，极贪极酷，冒禄妄功，逢君之恶，一味糊涂，所以致富。后因侯景作乱，杀戮大臣，用计逃回，大置田产，广放私债。门下又用了一个知趣的帮手，实是狠毒，姓周名乾，原是枢密院判官，因他残忍不仁，人人叫他做'周剥皮'，助这牛进为恶。抢人产业，夺人妻女，大斗重秤，克剥小民，轻则私行吊拷，重则赂官断送。还要说人情，讲公事，买良为娼，贱买贵卖，掠人女子，养作瘦马。故此十年之间，家私巨万。这等恶人，纵使碎尸族灭，不足为过。"说话未完，只见杜伏威咬牙嚼齿，怒发冲冠，离座大怒道："杀了这厮，剐了这厮，油内烹了这老煞才，方出我心中之气！我与他有不共戴天之仇，每欲擒来剐其驴心，以祭先尊，一向不知下落，故尔羁迟。今闻公端言及，此仇可报，此忿可雪矣！"查讷等惊其故。杜伏威将父杜都督救林澹然，被牛进奏劾梁武帝，差武士提究惊死之故说了，后牛进与周乾、史文通私自抄没家产。二母相继而亡，以致飘零流落，冥中相会，从头备说一遍，因此与他有不共戴天之仇。言毕，失声恸哭，诸将亦各嗟叹。查讷劝道："主帅不必悲伤。今日缪总管提起此人，乃元帅先尊之灵也。乘此机会，只索整兵踏破朔州，擒此老贼报仇便了。"有诗为证：

饮恨终天未得伸，欲诛仇寇慰亲灵。
今朝恶满难回避，远在儿孙近在身。

杜伏威拭泪，商议攻取之策。查讷传将令：以常泰为正先锋，曹汝丰副之，领马步军五千为前队；杜、薛二元帅领马军三千，步军七千为中队；查讷、黄松、缪一麟领马步军五千为合后，直走朔州郡。诸将得令，陆续往南进发，其余将士，俱留延州帅府驻扎。

且说常泰、曹汝丰二将领军将朔州府围困，鼓噪攻城。城中刺史梅先春急聚合府官员计议军情。梅先春道："杜伏威巨寇猖狂特甚，蒋太守、俞福等皆遭其害，汤府丞弃家逃窜，苏侍御逼得自缢而死。某前者急递求救表文至京，久不见援兵来到，目今贼势甚锐，何以当之？"府判沈兰道："某观贼势甚大，若出军厮战，恐非万全。喜得本郡城廓厚固，壕堑又深，粮草丰足，尽可坚守。待彼势懈，出奇兵袭之，一战而可擒矣。"梅先春道："公言乃金石之论。"遂亲自督军守城，多设檑木炮石，检点各门军士。常泰、曹汝丰率众并力攻城，城上檑木炮石打将下来，军士多致打伤，不能近前。一连攻打数日，无一些破绽。报后军已到，常泰迎着杜伏威、查讷，备言其事。查讷道："常将军可远远围城，不可太通，徒损军士，待我另设良计以破之。"于是离城二十里太白山南，屯下三个大寨：中寨杜元帅，左寨查讷，右寨常泰。三寨中，每日早间出兵攻打，下午撤兵回寨。又早过了十余日，城中愈加严谨。

查讷道："攻此小城，半月不下，城内固守，如之奈何？"杜伏威笑道："久矣哉，不用吾法矣。此城难破，只得弄那法术，试看城内怎生救应。"

查讷道："除是如此，或者可以攻破。"杜伏威出令："三寨军士，并力攻打东南北三门，只留西门不打。"城内梅太守、沈通判见了，商议道："贼人今日只留西门不攻，其中必有诡计，西门愈加要添兵守护。"城外杜伏威亲督三军，并力攻打三门，城上诉如飞蝗，不能近城。捱至申时，杜伏威率领千余马军，扛了四五个竹笼，径奔西门，打开笼子。伏威马上仗剑念咒，喝一声："疾！"只听得呼呼风响，笼内飞出无数火龙火马、异兽毒蛇，齐飞上城头，盘旋冲突。守城军士见了，尽皆惊倒，各顾性命而走，自相践踏，死者甚众。只见火龙火马口中吐出火焰，将城楼四围烧着。霎时间烈焰飞腾，西门鼎沸。杜伏威传令，提三寨之兵，尽打西门。梅太守看了，惊得面如土色，手足无措。沈通判忙出军令：军士妄动者斩！立刻教取人溺、蒜汁、犬马之血，望空乱泼。那火龙火马，愈加炽甚，不能浇灭。原来林澹然之法乃天心正法，非金刚禅之邪法也，所以非秽物可破。沈通判慌了，亦无计可施。梅太守急中生出智来，命军士齐上，把附近民居房屋尽行拆毁。那火龙等只烧得城楼，遇石遇空即止。沈通判忙教把檑木乱石抛下乱打，杜伏威军马立脚不住，只得远远退军回寨。但见：

旗幡皆倒卷，步骑尽回身。金以静之，惟间聒耳锣鸣；鼓以动之，那用喧天催战？将军快快，士卒狺狺。望营投止且埋锅，解甲休兵齐下寨。

杜伏威与查讷商议道："我今日用此法，以为无人敢当，不期城内又有如此豪杰，军师何以处之？"查讷道："某闻城中粮米，可支数年，廓厚壕深，郡官甚是贤能，一时未必可破。另有一计在此，所重不在攻击。闻朔州城内尽是富室豪家，人民繁杂，寸土如金，所少者柴薪耳，必要出城樵采。如今但分军四门，昼夜围困，不容柴木入城，不过半月，城中必然有变。有米无柴，岂能久守？百姓自然慌乱。那时乘机而进，此城可得矣。"忽哨马报西北上有数千人马，杀奔前来，不知是何处军马。杜伏威、查讷、薛举率众将一齐准备迎敌。原来这一枝军，是南安府刺史班僖，因探马飞报朔州府被围，贼攻甚急，与幕宾封大宾计议，发军救应。敦请一员大将，姓樊，名武瑞，原是河南人氏，前任梁武帝殿前护驾骠骑大将军，因剿薛志义有功，重加宠用。后侯景篡位，不回原籍，径往南安州避难。素有英名，礼请来解朔州之围，带领步车五千，裨将数员，杀至朔州。却好杜伏威两军相撞，各布成阵势。樊武瑞一马当先，大喝："何处贼奴，敢侵我城池，杀害百姓？快快下马受缚，免污我刀！"众军视之，怎生模样？有《南柯子》为证：

白发如彭祖，银髯赛老聃。提刀跃马敢争先，一似黄忠杀下定军山。
功成弥勒寺，名扬薛判官。藏锋敛锷已多年，今日一军惊机尚童颜。

常泰挺枪跃马，大骂："何等匹夫，自来纳命？"一合之中，若不擒汝，不显英雄！"樊武瑞大怒，舞大刀一面砍来，常泰挺枪架住，二人战二十余合，不分胜负。两军呐喊，声振山岳。城内看见是南安救军到来，通判沈兰慌忙率领裨将袁良臣、王照、邓晖及精兵五千，大开东门，杀出接应。缪一麟、黄松迎住，两头厮杀。这边樊武瑞和常泰又斗了十余合，常泰架隔不住，看看败阵，曹汝丰舞手中截头大刀，飞出阵来助战。樊武瑞力敌二将，全无惧怯。薛举立马观看良久，见常泰、曹汝丰战不下那将，对杜伏威道："大哥可分兵一半前去助缪大哥，敌住城里之兵，待小弟去擒那一员大将。"说罢，即分兵一半，挺方天画戟，飞马而来，大喝："来贼且往！快快下马受死！"樊武瑞更不打话，提手中大刀，接住厮杀。数合之中，薛举一戟，早刺伤樊武瑞左臂，翻身落马，众牙将并力救回。薛举招动大军，冲杀过来，杀得官军大败。众将单救得樊武瑞和数百败残人马，抄小路逃到南门。城上见了，急开门接应入城去了。再说沈通判人马和缪一麟厮战，王昭被黄松一箭射中心窝，死于马下。沈通判心慌，跑马先回。众军见了，各自逃散。梅太守亲率大军，救援沈通判入城。

　　杜伏威大胜一阵，斩首千余级，夺得器械马匹无算，收兵回寨。天色已晚，大赏三军，饮酒作乐。忽见群鸦数十，自西北向南而飞，鸣噪不已。查讷道："主帅和诸位将军，看此鸦鸣，主何凶吉？"薛举道："皓月初升，群鸦疑以为晓，故此飞鸣耳。"杜伏威道："不然。鸦鸣不祥之兆也。西北方位属金，金方主杀，群鸦自西北而至南，金火相战，必有杀气从空而起，故此飞鸣。以我度之，今夜防有贼人劫寨，不可不备。"查讷道："元帅言者是也。梅太守若坚守不出，此城实为难破；若来劫寨，则自送城池与元帅，中吾计矣。只须如此如此，必擒此人！"杜伏威大喜。当晚查讷调遣人马，先令副元帅带精兵三千，到南门外离城一里东北山僻处埋伏："只听喊声起、炮响之际，领军乘势夺取南门，这是要紧第一个所在。"薛举领军去了。次令常泰、缪一麟、黄松、曹汝丰四将各领兵二千，寨外四下埋伏："只等中军炮响，一齐杀出。如遇敌兵，尽力追赶，直至离城三里，放起号炮，和薛元帅并力夺城，不可怠慢！"常泰等四将领兵埋伏去了。"杜元帅可守中军，待敌将入寨之时，布起风雷，惊怯其胆，敌兵必退。然后率精兵继进，攻取城池。"查讷独守大寨，分拨已定。

再说梅太守接得樊武瑞、沈兰两处败兵入城，知王昭中箭身死，又没了千余人马，心下忧闷，与众将商议。樊武瑞道："小将初交锋，那两个贼渐渐输了，后来冲出一员少年贼将，其实武艺出众，勇力绝伦，被他刺中左臂，幸喜伤浅不妨。誓擒此贼，以报一戟之仇。"沈兰道："久闻老将军英名盖世，今反被鼠辈所欺，如之奈何？"樊武瑞道："胜败兵家之常，固不足道。目下贼兵大胜，其志必骄，决无准备。我这里选精兵数千，待夜静径劫大寨，出其不意，决然取胜，贼党可擒。"梅先春、沈兰齐道："老将军深谙孙吴，此计大妙！"当晚选精锐军士五千，饱食严妆，人衔枚，马勒口，樊武瑞、袁良臣为先锋，沈兰、邓晖为后应，悄悄开南门进发。有诗为证：

老将偷营胆如斗，人尽衔枚马勒口。
平欺孺子不知兵，强中更有强中手！

到得杜伏威寨前，已是半夜。樊武瑞听得更传三鼓，指麾军士呐喊杀入寨中，却是空寨！樊武瑞叫苦不迭，急教退军。众心慌乱，望后便退，只听得寨后炮声响处，震动山岳。忽然狂风骤起，霹雳交加，四下伏兵尽起，火把齐明：东南常泰杀来，西南缪一麟杀来，东北曹汝丰杀来，西北黄松杀来。四下喊声，如翻江搅海，惊得樊武瑞、袁良臣心胆皆落，不顾军士，放马先逃。后面军马被杜伏威冲作两截，中枪着箭者，不计其数，降者千余人。常泰四将紧紧追赶着樊武瑞、袁良臣。沈兰、邓晖领兵正来接应，只听得前军大喊，炮声震天，已知中计。二人慌忙拨转马，麾军速退，后面追兵已近。樊武瑞随着沈兰一同奔走，将近城边，只隔里余，又听得后边连珠炮响。沈兰笑道："贼兵施放号炮，虚张声势，惊我等也。今已近城，不必心慌。"樊武瑞道："且奔入城，再作区处。"二人商议间，只见东北上火把齐明，喊声人振，冲出一彪人马，势不可当。沈兰等大惊，拼命冲突而走。背后一员少年将，手挺方天戟，大叫："不要走了沈通判！"这里袁良臣、邓晖二将，舍命护卫沈兰奔到城边，仗得梅太守领兵开城接应。沈兰人马刚入得城，薛举军马已到，仓猝闭门不迭，被薛举一骑马一枝戟，当先抢入城里。袁良臣、邓晖并牙将一齐向前来挡，薛举大喝一声，将邓晖一戟刺于马下，其余惊散。梅太守见势大难敌，单骑逃走，袁良臣只保得沈兰逃命。

薛举引军大进，后边常泰诸将陆续杀到，杜伏威大队人马如潮涌杀来，将朔州府据住，四下放火杀人，喊声不绝。杜伏威、薛举各带数百军士。围住牛进、周乾两家宅子。杜伏威杀入牛进府中，不分良贱老幼，尽行屠戮。单剩得牛进一人，反剪绑了，先着人监锁在狱，用心看守，然后抄札他家私，把粮食尽解入府，放起火来。牛进房屋顷刻化为灰烬。

再说薛举杀入周乾府中，遇人便杀，只不见了周乾。拿住一个丫环，说："昨日早上出去未回。"薛举问道："何处去了？"丫环道："我是偿债的，来得四五日，那晓得他出没所在。"薛举收住宝剑，叫军士背他出外，饶了性命。其余不分男女，尽皆杀了，鸡犬不留。把细软财物，装载起解，也放火将住宅烧毁了。此时天色黎明，查讷军亦到，鸣金收军。杜伏威令遍处张挂榜文，有人擒获梅知府、沈通判、樊武瑞投献者，赏银三千贯。生擒周乾投献者，赏银五百两。将首级来献者，赏银三百两。其余将士，尽皆赦宥不究。有诗为证：

堪笑牛周二贼臣，胸藏矛戟起奸心。
一朝天理还相报，财散人亡化作尘。

再说梅先春弃府撇妻，单马逃命。出了北门，骤马加鞭，如飞而走。行数十里，忽然遇见沈兰、袁良臣，三人掩面而哭。沈兰道："如今失陷城池。两家老小不知下落，这事怎了？"梅先春道："早知如此，只依足下坚守，不致今日之苦。反被樊武瑞害了，恃勇劫寨，堕贼奸计。我与你上不能保封疆，下不能全妻子，进退无路，不如一死。"沈兰道："堂尊差矣！大丈夫为国忘家，岂因家室被害，即欲自经于沟渎？目今南安府刺史班公智勇足备，且城池坚固，人强马壮，不如投之借兵报仇，以复朔州，有何不可！"梅先春从之，三人径到南安府来叫门。城上见说是朔州刺史，即忙通报。班僖开门迎接入城，相见毕，梅先春哭诉其事。班僖道："学生见贵郡被贼围困甚急，故令樊将军领兵前来救援；不期反中贼人奸计，失陷城池，害了宝眷。今无别说，须作速传檄诸近州郡，借兵救援；急急写表申奏朝廷，发军征剿。我和你招募勇士，聚集乡兵，操练将士。待诸处兵会，并力杀贼，务取城池，以复列公之仇，此为上策。二公不必忧心。"梅先春、沈兰拜谢。正说间，管门军士报樊将军回府。班僖迎入惊问："将军何以得还？"樊武瑞请罪道："失却朔州，小将之罪也。昨晚劫寨，误中奸计，城门东北冲出一队人马，势不可当。小将谅不能胜，只得走回，再作商议。"班僖道："今彼起兵讨贼报仇，樊将军还肯向前否？"樊武瑞道："小将愿决一死战，以雪前忿。不擒贼首，誓死沙场！"班僖大喜，商议起兵。

话分两头，再说杜伏威占住朔州府城，取府库钱粮，一半收入公用，一半散给百姓。将梅太守、沈通判家眷，安顿在府衙不许一人擅入。出榜安民，设宴庆贺。席间谈及牛进为恶之事，杜伏威大怒道："几忘了要紧大事！"叫狱内取出牛进来，裸衣赤体跪于堂下。杜伏威指着大骂道："老剥皮！日读圣贤之书，心存狼虎之毒。汝既位至公卿，不思辅国爱民，一味贪财好色，剥民脂膏，食人脑髓，虽碎尸万段，不足以雪万民之怨！我且问你：那林澹然长老与你有甚冤仇，苦苦逼他逃窜，无立锥之地？那杜都督老爷和汝有何仇隙，可怜害得他人亡家破，含冤莫伸。也有今日拿住的日子！"牛进叩头道："老朽自知所为过分，虽死亦可矣。但追拿林和尚与抄札杜都督两桩事，皆是钟守净那秃驴唆哄朝廷，以致如此，非关老朽作孽。便是放债一节，将本觅利，岂是贪财？妾媵虽多，皆因乏嗣，亦非好色。生平或有些不公不法的小事，今已灭门绝后，是以报之。老朽年过八旬，无用之物，乞将军怜悯，赦宥一喘。自今以后，改恶迁善，学做好人便了。"杜伏威笑道："这花嘴老贼奴，到了此际，兀自巧语花言，说得自己身上干干净净，一些事都没了。"叫左右掌嘴行刑。军校齐喝一声，将牛进提住头发，打了一二十个巴掌。杜伏威怒气不息，喝左右扯下去，先打五十闷棍。军校吆喝一声，揪发倒拖下堂，打不上数棍。牛进年老，熬不得疼痛，一时晕死。杜伏威喝教喷醒来。军校提起头来喷水，渐渐苏醒。复令行杖。有诗为证：

势焰滔天气概豪，英雄谁敢不低头？
须知运败彰天理，一顿皮鞭打老牛。

正喧哄间，只听得门外擂鼓声急，杜伏威问："有何事故？"管门军校报进："有一壮士擂鼓，口称要报机密大事，见了元帅爷方肯说出。"杜伏威叫令进来。那壮士进见，跪禀道："小人姓吕，排行第十，家住府城外。昨日山上打猎，遇着恶官周乾在一小庵躲避，小人拿获在此。这周乾日前替人追私债，将小人父亲吕毅活活逼死狱中，今特解送元帅爷，以报昔日之仇。"杜伏威大喜，喝教："快解这厮进来，待我看他怎么样一副凶嘴脸，号做周剥皮！"只见三五条汉子，将周乾背剪花绑了，解入府里来，跪于阶下。见了牛进，俱各低头不语。杜伏威见了，不觉毛发倒竖，大喝一声："你这驴心狗肺的贼子，误国害民的蠢奴，罪恶深重！不知你驴心生得怎地模样？我先取来看一看，然后剥皮，以应尊号。"周乾道："今日如此，悔无及矣，只求早死。"杜伏威笑道："奸贼子！你求速死，我偏教你慢死，生受些儿苦楚。"令军士用细索将周乾手指脚指绾了，吊起来悬空挂于梁上，用黄荆条自头至足，浑身打遍。周乾叫苦乞饶，薛举、查讷等拍手大笑。打了一回，唤库吏取出白金，赏那壮士吕十回去。吕十叩头领赏而去。杜伏威令放下周乾来，取朱墨二色，将牛进脸上涂了红朱，周乾脸上搭了黑墨，俱各背剪两手。牛进项上插一面白旗，上写着："欺君误国，剥削小民，残害忠良，奸脸凶恶犯人一名牛进，游街示众。"周乾项上插一面黄旗，上写着："贪功冒赏，谗谄阿谀，阴险助恶犯人一名周乾示众。"拨数十名军校押着，往本城四门游遍，要牛进、周乾口内自叫犯罪情由，如不叫时，令军校以利锥锥其手足，至晚方回。众军校领了将令，簇拥牛进、周乾出府，走遍六街三市。二人怕受锥子，只得口里自称罪犯。看的人千千万万，仅各拍掌欢笑说："有天理，报应不差！这是作恶的样子。"直至天暮，解回府中，正是：

　　善恶到头终有报，只争来早与来迟。

　　不知二人生死若何，且听下回分解。

第三十一回

报仇沥血祭先灵　释怨营坟安父骨

诗曰：

　　人生处世若浮沤，何用攒眉作远猷？
　　金谷园中花已老，馆娃宫里水长流。
　　英雄到底谁无尽，恩怨临头就肯休？
　　断首刳心剿双恶，游魂地下默含羞。

　　话说杜伏威预先在堂上摆下故父都督杜成治神位，陈设祭礼，点了香烛，宣读祭文已毕。杜伏威对灵恸哭，将牛进、周乾跪于神位之前。杜伏威亲自动手，剖二人之心，沥血祭献，烧化纸钱，着刀斧手剥了周乾之皮，藏于府库中，以戒后人，将尸首弃掷郊外。有诗为证：

　　忆昔炎炎势，语出神鬼惊。二人相倚奸，公论著其名。
　　天道原好还，今日祭先灵。剐人仍自剐，剥众剥吾身。
　　锦衣玉食夫，旷野喂饥鹰。寄语当权者，胡不留人情？

当晚查讷、薛举和一班将官，置酒与杜伏威贺喜，尽欢而散。

次早商议发兵取南安府，忽哨马来报："南安郡太守班僖同梅知府、沈通判、樊武瑞领大军杀奔前来。"查讷笑道："正欲兴兵去取南安，他却自来，省了我多少钱粮。以逸待劳，安有不胜？"薛举道："某夜来得一异梦，请军师解之。"查讷道："元帅请道其详。"薛举道："五更之初，梦进一树林，内有一大将，黑脸胡须，魁梧异众，坐于两大木之间，双手撰著，身下跨着一人。那大将呼我之名，指道：'此汝父之仇人也，吾儿何不报之？'惊觉醒来，颠倒寻思，不解其意。"查讷低头暗想，半晌问道："元帅之先尊大人，莫非是与樊武瑞有甚仇恨否？"薛举道："常闻住持爷和苗师父说，先父因火烧妙相寺，杀了和尚官兵，梁武帝敕陈玉为总兵督军征讨，先尊中计而亡。说彼时有一大将，姓樊，失其名号，好生英雄了得，莫非即是樊武瑞，也未可知。"查讷道："向闻武帝国樊武瑞征讨有功，甚加宠用。后侯景作乱，将武帝逼死台城，武瑞耻与同朝，挈家逃遁，不知去向，今却依附班刺史，兴兵到来朔州。害先大人者，必此人也。"薛举道："军师何以见之？"查讷道："撰著者，乃是爻辞也。两木之中夹一爻字，身下跨着一人，岂不是个樊字？今班僖和樊武瑞领兵而来，适合令尊大人梦中相告，事非偶然，此仇当雪矣。"杜伏威众将皆服其论。薛举大怒道："这樊武瑞既是杀父仇人，如何当面容得他过？大哥与军师，乞助一臂之力，今日誓擒此贼，以祭父灵！"杜伏威道："叔父之仇，即我之仇。我父之仇既雪，叔父之仇如何不报？当并力擒之。"薛举大喜，随即点起马步精兵一万五千，同众将出东门外平川旷野之地，布成阵势，专候敌兵到来。

少顷，见东南上金鼓震天，喊声渐近，漫山塞野，官军来到，排成阵势。两下射住阵角，南军门旗开处，闪出一员老将，怎生打扮？

堂堂相貌白虬髯，铁甲笼袍锁子穿。劣马如龙刀灿雪，威风凛凛胜灵官。

这老将军正是樊武瑞，手执钢刀，坐雪白马。左首一员副将袁良臣，右首一员副将张雄，俱全身披挂，手挺长枪，身骑劣马。杜伏威看罢，对薛举、查讷道："来将甚是英勇，不可小觑了他，须设计以破之。"薛举瞋目大叫道："大哥是何言语？长他人锐气，灭自己英雄。不须一军相助，你看我单骑力擒此贼！"说罢，便手挺画戟，一骑马冲出阵前，大叫："来将通名！"樊武瑞喝道："吾乃骠骑将军樊武瑞便是。汝岂无耳，不闻我英名，辄敢侵夺城池，杀戮百姓？"薛举听见是樊武瑞，不待言毕，跃马挺戟，杀过阵来，樊武瑞将刀架住。两员大将抖擞精神，战五十合，不分胜负。樊武瑞心下暗想："这小小竖子手段高强，胜他不得，必须如此。"提起大刀劈面砍来，薛举侧身躲过，樊武瑞带转马头便走，薛举不舍，放马赶来。樊武瑞觑薛举来得近，掷起一把飞叉，劈胸刺来。薛举早已照见，将戟杆拨开。樊武瑞见掷他不着，暗暗称羡，口中大叫："贼子慢来！"薛举喝道："走的不算好汉！"说话未毕，又一把飞叉，贴右耳擦过。薛举吃了一惊，不敢再追，拨马复回本阵。樊武瑞回马赶来，叫道："泼贼快快下马受缚！"渐渐赶上。薛举看樊武瑞马头不远，横担画戟，取弓搭箭，飕地一箭射来。樊武瑞正赶，猛听得弓弦响，连忙躲闪，一箭射中头盔。樊武瑞奋怒赶上，薛举回马又战，两个大展神威，再斗三十合，不见输赢。

官军队里恼了一员虎将张雄，挺枪骤马，出阵助战。北军队里正先锋常泰出马，接住厮杀。斗了十余合，张雄被常泰一枪刺于马下。袁良臣大怒，跃马挺枪，直取常泰。曹汝丰手舞大刀，骤马迎敌。数合之中，曹汝丰卖一破绽，拨马回阵。袁良臣放马追来，曹汝丰翻身一刀，袁良臣躲闪不迭，伤着左臂，负疼跌于马下，众军士擒缚回城。樊武瑞见张雄、袁良臣二将落马，心慌胆怯，不敢恋战，倒拖大刀，落荒而走。薛举骤马来追，樊武瑞奋勇杀出阵后，走不上一二里，只见彩旗招扬，金鼓喧天，闪出一员少年大将，正是大元帅杜伏威,喝道:"樊贼休走,快快下马!"樊武瑞大怒,提刀冲杀。后面薛举又到,二将夹攻。樊武瑞措手不及,被薛举生擒过马,掷于地上,众军缚了。有诗为证:

> 老将驰驱已白头,提刀矍铄觅封侯。
> 早知一旦英名丧,悔不林泉作远游。

官兵无主,抛戈弃甲,奔走逃生。班僖、梅先春遥见樊武瑞被擒,惊得魂不附体,放马而逃。可怜沈通判走不迭,死于乱军之中。杜伏威催军大杀一阵,官兵尸如山积,流血成河,夺得马匹器械极多,降者甚众。鸣金收军入城,府中坐定,大赏三军,犒劳诸将。牙将等解樊武瑞、袁良臣二人到来,站于堂下。薛举咬牙切齿,大骂道:"逆贼死奴,是吾杀父大仇,今日被擒,尚敢不跪。先剜汝狗心,沥血以祭亲灵,然后碎尸万段!"袁良臣连忙双膝跪下,樊武瑞挺立不跪。薛举大喝道:"泼贼何为不跪?"樊武瑞面不改色,笑道:"我这一双膝,不屈于人久矣。大丈夫视死如归,今被汝擒,有死而已。任凭鼎烹锯解,剖腹剜心,有何惧哉!"薛举大怒,拔剑欲砍,杜伏威双手扯住,劝道:"樊公威武不屈,真丈夫也!此等豪杰,世所罕见,吾甚敬之。二弟看愚兄薄面,乞恕其罪。"薛举道:"大哥之命,焉敢有违,只是戴天之仇,何可轻放。"樊武瑞道:"我与将军并无半面之识,有何戴天之仇?果尔延颈受戮,亦须说明。"薛举道:"汝记得十年前,剑山薛大王讳志义的否?"樊武瑞听了,方才醒悟,大笑道:"原来为此!当初剑山薛志义恃勇掳掠,火焚了妙相寺,杀死和尚,大败官兵。梁主颁诏,令陈元帅同我等收剿。此时奉诏讨贼,君命所使,不得不然,亦不知是将军先尊也。今将军为父报仇,吾愿就戮。"说罢,伸颈受刀。薛举掷剑于地,双手抱住道:"非敢忘父大仇,实缘将军英杰之士,不由人不爱慕!既出于无心,某岂忍加害?"即忙

解了绑缚,脱自己锦袍,披于樊武瑞身上,纳之上座。史官赞曰:

　　武瑞樊公,铁石心胸。临难不屈,克全孤忠。
　　松柏逊节,莫邪让锋。伏威明达,延揽英雄。
　　薛举好贤,爱慕由衷。倾心下士,不约而同。
　　所以二人,有王者风。名垂竹帛,功勒鼎钟。
　　千秋万载,声施无穷。

　　樊武瑞逊道:"樊某被擒,蒙将军不杀,已为万幸,何敢当此?"薛举道:"久仰英名,幸而一会。甚慰渴怀。"杜伏威、缪一麟、查讷等俱一一相见讲礼,以宾客相待。薛举吩咐军校将袁良臣也放了绑,坐于末席,设宴款留。饮酒之间,查讷道:"梅太守败阵而逃,其胆已落,今宜发兵攻取城池,南安唾手可得。"杜伏威道:"久仰樊将军谋略盖世,骁勇绝伦,幸得相从,天下不足定矣。今欲攻取南安,愿求良策指教,某等拱听。"樊武瑞道:"某乃败军之将,一介武夫,诸将军智勇足备,何下问于小将也。既承明问,则兵法有云,兵贵神速。将军以得胜之兵,长驱而南,智者不及谋,勇者不能力,势如破竹,此城反掌可得。然本郡人民良善,班刺史正直清廉,乞将军怜之。"杜伏威等一齐叹服道:"真仁智之将也。"樊武瑞又拱手道:"败将蒙薛将军、杜元帅赐以不死,铭刻五内,再造之德,生死不忘。但求开天地之心,释放归田。败将老矣,得耕牧以终天年,则莫大之恩也。"杜伏威道:"将军差矣。某等得将军同事,如鱼得水。正欲旦夕聆教,共图鸿业,以享富贵,岂有舍去之理?"樊武瑞道:"仆今年老力衰,非昔日之比。无心轩冕,有意林泉。今幸死中得生,焉敢再贪富贵?恳元帅仁慈,慨许还乡,实感山岳之德。老朽纵留于此,亦无益于元帅也。"查讷道:"樊将军决意归闲,元帅不须苦留,任彼自便,以全其志,亦是美事。"杜伏威应允,樊武瑞顿首称谢,酒阑席罢,起身告别。袁良臣禀道:"末将遭擒,自分必死,荷元帅不杀之恩,得以重生，亦愿随樊将军归耕田园，苟图晚景。乞元帅一体同仁，感德非浅。"杜伏威道："袁公欲与樊将军共乐林泉，亦不敢强留。"随令军校捧出锦缎数端，黄金一笏，赠为养老之资："希二将军晒存，以表相爱之意。"樊武瑞坚辞不受。杜伏威愈加敬重，亲率诸将摆导，送出南门。樊武瑞、袁良臣下马拜别而去。正是：

> 幸得相从鱼水欢，谁知先我着归鞭。
> 黄金不受真豪杰，望断行旌倍惨然。

杜伏威等一行人怏怏回城，一路上称羡樊武瑞廉能忠节，叹慕不已。当晚，查讷传出将令：薛元帅、缪一麟、曹汝丰、常泰、黄松五将，带领马军三千，步兵一万，次日五更造饭，平明进兵，径往南安府，先入城者为头功。次早，薛举率领诸将军马，杀奔南安府来。这班僖、梅先春二刺史兵败回城，无计可施，只得亲率军士守护，以防攻打。忽探马来报："贼将薛举率大队人马，已近城池。"班僖心慌，和梅先春商议："目今贼军势大难以交锋。欲待坚守，怎奈军需不足，如何是好？"幕宾封大宾道："贼势浩大，空城难守，不如暂弃此城，投奔他郡，再留后计。"班僖道："非也。某受朝廷大禄，牧守此城，弃城苟免，岂是大丈夫所为？宁死以报国，焉可弃城而去！"说罢，拂衣入府去了。当夜，封大宾同梅先春私逃出城，不知去向。

却说薛举亲督军士，将城围困，昼夜攻打。至第四日，薛举令军士于北门布起云梯，弃了画戟，手执短刀，身披轻甲，奋勇攻城。自辰至未，两下相拒，呐喊不绝。薛举见城上军校渐有懈意，大喝一声，飞身先跳上城。守城牙将齐迎战，被薛举手起刀落，砍翻十数个，其余都四散奔走。薛举据住北门，诸将相继而上，大开城门。守城军率各自逃生，城内大乱，男女号哭之声盈耳。班太守知城已陷，怀印胸前，向北号泣再拜，赴池水而死。有诗赞道：

血泪涌泉，丹心不毁。身赴清流，一廉似水。

夫人、公子相向大哭，却好薛举、常泰领兵入衙，问其备细。夫人哭告丈夫尽忠死节。薛举叹道："我之过也。"吩咐常泰把守私衙，不许一人擅入忠臣之门。鸣金收军，出榜安民。一壁厢差黄松到延州府迎请杜元帅、查军师军马；一壁厢差心腹将士，把守四门。取办棺木，将班僖尸首捞起，以礼殡殓。发付夫人公子收拾家财，搬丧回籍。开仓赈济贫乏。

杜伏威正在府中商议军情，探马报到："薛元帅破南安，差黄将军露布报捷。"杜伏威大喜，委黄松镇守延州。自和查讷带千余人马往南安郡来。薛举率众将迎接进府相见，诸将一一参谒。薛举将攻打南安功绩备陈一遍，杜伏威大悦，着查讷犒赏众军。又遣缪一麟去打会宁县，薛举天打当亭县，常泰去打长道县，曹汝丰去打成州县。四将各领兵三千，分头而去。却说这四县官员，见杜伏威军势浩大，皆望风而逃，兵不血刃，得了四座城池。

杜伏威与缪一麟等，分路巡行各县。杜伏威马导行至成州县西门驿前，忽听得有人喊叫救命。杜伏威令撤去伞盖，看是何人，见一老妪俯伏街心，叩头求救。杜伏威怜其年老，令军士扶起讲话。那老妪立于马前，搁着两行泪，又不做声。杜伏威道："你有何冤枉，为何不言？"老妪道："爷爷，话长哩。求爷爷车驾到妇人家里，细细诉明。"杜伏威问："你家在何处？"老妪将手指道："那对河大树下墙门内便是。"杜伏威应允，恐有奸诈，令甲士随行。至门首下马，老妪引入中堂，取一把椅子，请杜伏威居中而坐，躬身下拜。杜伏威看他家里虽然颓败，却也华堂峻宇，这老妪举止有礼，必是旧家风范，起身答以半礼。老妪拜罢，侍立于侧，禀道："老身惠氏，亡夫傅峤，是梁朝大司农傅岐的嫡亲兄弟。"杜伏威道："既是傅司农弟媳，乃忠臣亲属，请坐了讲。"惠氏谢了，坐于傍边道："亡夫向来乏嗣，祷于虞舜庙中，然后有孕。将及临盆，忽有一乞儿，持破琴一张，要卖钱五百贯。亡夫素谙音律，即以五百贯买了这琴，配上冰弦，试弹其音，清亮异常。识古的说是东晋旧物，乃嵇大夫所遗，到如今虽千金亦无处可觅。亡夫喜甚珍藏，等闲不与人见。不意生的是个女孩儿，感舜帝所赐，遂名为舜华。这舜华女儿年至十岁，亦颇聪明，亡夫教以调弦，便解音律，亡夫传与数曲，俱弹得精妙。及亡夫弃世时，舜华十四岁了，将此古琴授女儿，叮嘱道："儿当珍藏此琴，见琴即如见父。"舜华痛哭受琴，制一锦囊贮之，自作角调《思亲引》、商调《幽闺怨》二曲，以写愁怀。女工之暇，便弹此曲。数年来，与琴朝夕不离。自亡夫殁后，家业凋零，几次欲卖此琴，又舍不得。一月前，舜华正对月抚琴，倏然云低月暗。起一阵怪风。风过处，闪出一个将军模样的白脸妖魔，将琴劈手夺去。舜华吃了这大惊，便成一个痼症，昼夜狂骂，不省人事。老身闻得元帅爷爷法术通神，必能驱治，故不避责罚，斗胆拜求，乞擒此抢琴怪物，救寡女一命，恩同天地。"说罢又拜。杜伏威道："不须多礼，汝女必中邪了。我夜间为汝治之，看是何祟，以救女命。"惠氏欢喜，忙整酒饭相待。

看看天暮，伏威传令部下将校兵卒，俱暂屯门前空地，不许喧哗。堂中点起香烛只命一家僮伺候。余人皆避。伏威卸下戎服，书符捻诀，杖剑步罡，口中念动真言。霎时一尊值日神将下降，拱立禀命。杜伏威道："今有傅司农侄女舜华，所抚故琴不知是何邪摄去，致此女重疾颠狂。乞吾神查勘，速拿前来，明正雷霆法律。"天将唯唯而去。至二鼓将尽，只见天将乘云，脑揪一人，掷于堂前，禀道："偷琴贼获到，候法旨。"杜伏威灯下看那妖邪，怎生模样？但见：

面团发黑，齿白唇红。三绺掩口微须，一双突睛细眼。头戴簇花万字罗巾，金抹额雉尾针簪；身穿团花锦襕背子，绣裹肚鸾线紧束。下着一条白水裤儿，扎护膝，拨雾撩云；足蹬着一双抹绿软靴，缠腿绷，飞风掣电。唤做惯走路的使者，疾似流星；名为会请客的官儿，速于鹰隼。手内常擎书一简，肩上横担令字旗。

呀，原来是个值日符官使者！杜伏威喝道："汝是何处符使，辄敢兴妖，夺人古玩？"那符使伏于阶下道："小神乃淮河使者，花花太保部下游弈神是也。太保巡河，遥见本宅小姐貌美，意欲娶为夫人，特差小神先夺其所好，后摄其魂魄，至水府成亲。岂料小姐坚执不从，恶言秽骂，太保恼了，将他拘留水府，然亦不敢加害。小神奉上命差遣，乞法师饶恕。"伏威又问："琴将安在？"游弈神道："虽然摄去，尚藏在本宅家庙下，未曾盗归水府。"伏威怒道："胡讲！上帝敕汝等为神，正直济民护国，海晏河清，怎么反行邪淫不法之事，烦天神并擒太保，将此二孽押赴雷霆治罪，施行缴旨。"天将应诺，手提游弈神，腾空而去。此时夜已过半，伏威请惠氏出堂，备言前事："已将妖神押赴天曹，令爱可保无虞矣。"惠氏拜谢，回房看女儿，那小姐倏然苏醒。惠氏忙问："我儿，你向来为何如此？真忧死娘也！"舜华道："失琴之时，见一白脸勇士，挟我至一大殿中。有一花脸穿红袍的将军，迎我进去，两旁乐人吹打，喝我同拜花烛，被我毁骂一场，不肯同拜。那花脸贼将我囚在冷室中，我终日毁骂。适见几个锦衣人手执刀斧绳索，绑缚那花脸贼去了，又引我回来，方得苏醒。"惠氏把杜元帅擒妖之事说，舜华不胜感激。

天色已晓，杜伏威令家僮到家庙中取琴，果然在神柜之下。家僮将琴献上。杜伏威接在手中，细细展视，果系好琴。但见：

　　背断梅花雷氏，尾焦蔡子中郎。天桐地梓合阴阳，音韵清和调畅。
　　三叹朱弦洞穴，一声阿阁鸣凰。当年师旷审精详，堪爱繁奇嘹亮。

杜伏威玩之不忍释手，就命焚起香来，转轸调弦，弹一曲慢商调

《广陵散》，乃当年姚、褚二仙所传也。其曲小序三段，本序五段，正声十八拍，乱声十拍。弹毕，夸奖琴音不已。想此琴之音，与天主楼中玉琴无异，真无价之物也。玩索间，忽见惠氏走出堂来万福道："感元帅爷法力，女儿舜华平复如旧，无以为报。适才爷弹琴之时，小女扶病出来窃听，他道《广陵散》自嵇仙归天之后，无人传此真派，帅爷独精此曲，不知从何得来，怎般精妙？但可惜不全，尚有后序八段，乃袁孝己所续。小女记得亲切，愿传帅爷，以报活命之恩。"杜伏威大惊，暗思："天主传我时，原说还有后序八段，留之不传，以待他年姻缘配合。今此女能弹，莫非姻眷在此，千里能相会乎？"心中已有调和琴瑟之意了，乃佯应道："多谢令爱厚情，目今军务倥偬，无暇及此，容日领教。"便教起马，致谢出门。惠氏跪送说："小女专候帅爷车驾回来，草环相报。"伏威拱手而别。将校簇拥前进，忽见村口有一大庙，扁上写"太保行宫"四字。杜伏威问是何神，居民道："是河神花花太保之庙。"伏威怒道："如此妖神，不宜供奉！"喝军士将神像打倒，立刻拆毁其庙，木料砖瓦，付保正修了学宫。

　　杜伏威回至朔州，大小将士迎接入城，设宴洗尘。伏威将傅小姐失琴被魅之事对众人细说，又道："我观傅妪鼙居贤淑，其女因教可知，意欲求为正室，不识可乎？"查讷道："傅小姐既是司农侄女，乃阀阅名家。母贤，其女必正。元帅聘为夫人，必能内助，有何不可？"薛举笑道："忠臣之女，作配俊杰，门户相当；况传琴之意，凤缘有在，即当遣聘成婚，携带小弟吃一杯喜酒。"杜伏威道："婚姻之事，盖由天定。不可造次。必须禀过住持爷，方可行事。"查讷道："不然！今且先遣聘礼，待禀过林爷，然后完亲，又何妨碍？"杜伏威依言，备黄金一百两、白金五百两、彩缎二百端、明珠二串，挽查讷为媒，花红鼓乐，送至成州县傅小姐家里来。惠氏接见，查讷备道杜元帅求亲之意，仆从献上礼物。惠氏大喜收了，排席款待，送上小姐庚帖。查讷相别，回朔州覆了杜伏威的话。亲事已谐，俱备欢喜不题。

再说缪一麟军马打至长道县界，忽见一军校跪于马前禀道："小人是樊将军差来奉书于元帅爷的。"缪一麟收了书，带那人回朔州府，见杜伏威等。礼毕，将书献上。同拆看得，书曰："沐恩辱将樊武瑞薰沐百拜恩主杜元帅大将军并恩主薛元帅大将军麾下：罪朽被擒，自分幽冥之客；感蒙洪造，慨存蝼蚁之生，虽粉骨碎身，不足少酬万一。匆匆拜别，未悉鄙衷，有一紧要重事，失于禀闻。杜恩主先尊都督大人，当年蒙诏捐馆，太夫人与夫人相继弃世，三位灵车，寄于武平郡城外荒土之内。牛进暗差人焚化，带回朔州，埋在郊外翠微观后粪窖之侧。可怜，可怜！十余年杳无知者。杜元帅可速差人取之。薛恩主先尊将军大人，昔日剑山与陈玉交锋，中计落阱，自刎坑中。尊首已献朝廷，豪骨尚埋土内。虽经日久，踪迹可寻。薛元帅亦宜差人取之，择地安葬，以尽二恩主人子之心，此亦瑞之少报效于台下也。他日重逢，当效草环。万惟台照不悉。"杜伏威看罢，踊跃称谢道："父母骸骨，许久不知下落，昼夜彷徨，睡不安枕。今得此消息，胜如登大宝矣！"薛举道："父亲骸骨未收，人子之心何？久欲求取，无踪可寻。今幸樊将军传示。真天地之大恩也！亦足以报父矣。"问："樊将军今在何处？"军校道："樊爷付书之时说，往终南山修道去了。"杜伏威、薛举向南拜谢，取银五十两，赏那军校去了。

次早，杜伏威沐浴更衣，焚香拜祝了上苍，率诸将上马出城，取路往翠微观来，寻取遗骨。观中道士撞钟击鼓，聚集道众远远跪接。杜伏威等一行人，进殿参礼三清众圣毕，齐到殿后粪窖边，教军士并力掘下去。道众俱备惊骇，不知其故。只见众军用力掘土，至五尺余深，忽掘见一洞，洞中吐出气来，就如烟雾一般。军士便不敢动手，停锄禀覆杜元帅。伏威同薛举、查讷等向前来看，果见烟雾奔腾，盘绕洞口，亦不知是何异故。查讷道："如此浓郁，必非地气，洞内或藏异物。再命军士掘开，便知分晓。"众军士又掘下数尺，乃是一个大窖。只见有一条青蛇，身如斗大，头生短角，眼放电光，约数丈之长，做一堆儿蟠在窖中。见了众人，也不慌，也不忙，渐渐昂头掉尾，露爪扬鳞。杜伏威等众见了，俱备惊愕，远远站开，只有薛举按剑立于窖侧，看他动静。只见霎时间天昏地暗，雷雨交作，霹雳一声，这青蛇从穴而出，乘云驾雾，往东南飞去了。少顷，依旧天清云散，日色光明。众人方知是龙非蛇也。有诗叹查讷不能预知，以致泄气。诗曰：

> 盘龙之穴真天子，何事军师尽渺茫。
> 查讷一言扶帝主，只因不识丧祯样。

薛举招呼杜伏威等入窖里看时，那龙蟠之下，却是三个骨瓶。查讷叹道："主帅无福，樊将军误却大事！此是真龙穴，帝王之地也。若不开掘，数年后，主帅必登大宝。龙气已泄，实为可惜！"杜伏威笑道："近仁之言谬矣。岂有子为天子，而使父母骸骨，埋于粪窖之侧乎？吾宁不得大宝，不忍使父母之骨秽污也。"查讷等顿首道："真纯孝之主也！"杜伏威道："纯孝吾何敢当，但于心有不忍耳。"说罢，俯伏窖内，手抱骨瓶，号啕痛哭。诸将和众军，无不下泪。查讷、薛举再三劝慰，方收泪而谢。将三个骨瓶，用龙锦包裹，亲自捧入翠微观殿上三请台侧，设座供奉。分付道士好生看管，待选地择日停妥，然后来取安葬。道士领命，送出观外。

杜伏威等上马回朔州郡来，当日即差曹汝丰到定远县，去取薛志义骸骨；令黄松往岐阳郡，去取叔父杜应元、婶娘孔氏二人骸骨，仅要悄悄用心行事，不可使人知觉。二将领命，拜辞去了。杜伏威着人寻访堪舆高士，选择风水。延得一个风水先生，姓甄名教，字子化，乃江西人氏，参见杜元帅，与查讷谈论地理，甚得精微之妙。杜伏威委查讷同甄教至朔州郊外观看风水，周围看遍，并无得意之处。忽一日，来到城北花马池侧首，有一块平阳之地，方圆二十余亩，地名御屏埂。前临涧水，后靠高风，青龙白虎有情，秀岭奇峰朝拱，果然好一个去处！有诗为证：

奇贵贪狼并禄马，三合联珠真厚价。
恶神流短吉人长，富贵声名满天下。

查讷和甄教二人下了罗盘，皆看得此处是块真地，商议已定，回朔州禀覆杜元帅，说此地大贵大吉。杜伏威、薛举甚喜，设宴相酬。就选择安葬日期，先差土工四围栽植树木，筑起坟墙。甄教于左右二处，俱点定了穴道，只等黄松、曹汝丰二人到来，一同安葬。

数日之间，黄松已回了，入帅府参见杜伏威，禀道："小将领元帅严命，径到岐阳。不期岐阳郡时疫大作，男女死者塞道，元帅宗族俱搬移无觅。小将寻问土人，指引到杜府基址，已是一片白地。月夜悄悄掘开培土，果见有骸骨二副。小将细细检出，用宝瓶盛贮，谨奉在此，覆元帅钧命。"杜伏威大悦，排宴洗尘。将叔婶二副骨瓶，一并寄予翠微观中安顿祭祀，不在话下。

再说曹汝丰辞别杜、薛二元帅之后，取路往定远县来，一路无话。已到剑山岭下，入酒店沽一壶解渴，乘空问及店主老人昔年官兵往剿薛判官之事。店老人叹道："可惜一位济困怜贫的豪杰，不幸死于非命！当日官军去后，老拙这村中前后的百姓，皆感薛大王恩惠，无不伤感。地方人等，不忍尸骸暴露，即挑土覆掩其尸。后梁武帝既崩，侯景篡位，天下荒乱，村中生出几只大虫来害人。一日早晨，前村童保正过岭公干，走至岭上，跳出一只斑斓猛虎，径扑将来。童保正惊倒，自料必落虎口，不能复活。忽见一个大汉，雄躯黑脸，手执铁枪，大踏步将虎逐下岭去。童保正得了性命，回家与人言及此事，却去村前村后访这大恩人报答，并无踪迹，方才省得这黑大汉非别，乃是薛大王显圣。因此童保正备办牲礼到坑边祭献，教人掘开土，取骨贮瓶埋葬。不期是个僵尸，皮肉分毫不坏，只头颅被朝廷取去。众人惊异，保正雇了高手匠人，照依薛大王面容，用香木雕成一个头，接在腔子上。买了棺木，将尸穿了新衣，殓入棺，葬在坑内，垒上成坟，栽种树木。又是童保正为头，纠集乡民银两，于坟侧造一座祠堂，妆塑薛大王金身，四时祭祀，甚是显灵，求风得风，求雨得雨，疾病灾异，祈祷无不灵应。百姓动了申文，县官转申本府，府申上司，奏闻朝廷，钦奉太宗皇帝圣旨，敕封为黑虎大王，本村土地正神，至今极是灵感。立碑一座，上有四句赞道：

神威赫赫，虎豹潜踪。庇民福国，血食无穷。

曹汝丰道："在下姓曹，这薛大王与在下原系表亲，今日回乡经过，有感于怀，故此动问。乞店主指引坟庙前一拜。"店老人即同曹汝丰到土地庙来，只见庙门首悬着一个朱红牌额，上刊七个大金字道：灵显黑虎大王庙。曹汝丰进庙拈香，拜了四拜，仔细看那神像，果然生得神威凛凛可畏。庙祝留茶，茶罢，店老人领到坟上来看，见周围树木森森，南首坟茔高耸。曹汝丰看了一回，复到店中，晚上秤些银子，付与店主道："明早烦老翁备办猪羊祭礼，到庙中祭献，以表在下亲情。"店老人允诺，收了银子。次早杀猪宰羊，办备祭礼。店主人陪曹汝丰往庙中条赛已毕，就请本村耆民乡老，共饮一醉，以酬其意，席罢散去。曹汝丰辞了店老人，取路而回。到朔州府，军校通报，杜伏威唤入参见毕，曹汝丰将薛志义显圣救民，童保正造坟建祠，奉旨敕封与祭献之事，细说一遍。杜伏威、薛举大喜道："正直为神，此理不谬。"重赏曹汝丰。薛举道："我们日后取了钟离郡，必须大建庙宇，以为万年香火。"此时甄教择日已定，将杜都督和夫人、桂姐三个骨瓶，葬于新坟右首正穴之中；将杜应元、孔氏骨瓶，瘗于新坟左首偏穴。落土事毕，延请僧道做七昼夜道场。水火炼度，荐拔先灵，兼超度杀戮横死亡魂。费了偌大钱粮，方得完事。

忽军校报朱将军来到，杜伏威请入帅府，参拜已毕。朱俭道："久违二元帅钧颜，特来奉候起居。"杜伏威道："生受你远路风霜。"即排宴庆贺。当夜薛举对杜伏威道："我等在此安享，不知林老爷安否若何？久因征战，失于问候，须差人问安，方免住持悬念。二来张三弟间阔已久，亦须致书接他来此，共图大业，才见兄弟结义之情。"杜伏威道："我心下也常常如此想。贤弟言及，正合吾意，不如就差朱俭前去。"薛举道："朱俭曾去过的，正好，正好。"当下修书二封，黄金十锭。吩咐朱俭："到广宁县去见了林住持爷，即和张官人同来，不可羁滞。"朱俭藏了书信黄金等件，拜辞杜、薛二元帅，即忙上马，取路出城，往奔河东郡来。

话分两头。却说张善相自与杜伏威分手之后，林澹然将兵书三卷传授与他，日夕讲诵，深知兵法，熟谙玄机。次后林澹然又嘱付薛举到延州郡救杜伏威去了，张善相独自一人，只觉凄凉寂寞，闷坐无聊。抛撇了六韬三略，堆积着万恨千愁，每日带两个家僮，挟一张弩弓，出城射猎遣闷。一日，张太公有个义子张楠，在外为商。买得一匹好马回家，送与太公。太公欢喜，唤家僮好生看养，笑道："老年人有了这副脚力，出入甚便。"张善相瞒着太公，叫家僮牵出来看，果然好马！但见：

骅骝气概，骐骥良才。欺项羽之乌骓，赛云长之赤兔。临风蹀躞，昂昂千里欲腾空；对月长嘶，翼翼神威真绝影。龙种远从洴渭至，名驹出自渥洼灵。

张善相看了这马，心下十分大喜，叫家僮喂饱了，备上鞍辔，收紧了肚带，上了缰绳，带一条齐眉短棍，挂着弩弓竹箭，跨上雕鞍，随着两个家僮，径出西门游耍。时已午牌前后，来到一个去处，地名醒酒台，乃昔日刘伶醒酒之处。此处有三五里地面，一带平堤，并无树木。西首一溪绿水，北边一座土山，南首数百家人家，东首却是来往之路。张善相坐在马上，看这一带平坦长堤，心中暗想："我骑这半日马，吃吃蹬蹬地，走得不爽快。这土堤平坦，来往人稀，可以驰骋，且放个辔头，爽一爽神，有何不可？"即将短棍速与家僮，跳下马来，将裹肚拴一拴紧，依旧上马、扯起缰绳，足踏铁蹬，连打几鞭。那马放开四个霜蹄，飞也似跑了去，又跑转来。不消半刻，把三五里地面，跑了两个往回。张善相坐在马上，耳边只听得呼呼风响，身似腾云，心中甚觉快活。跑得兴高，飞来飞去，连放了四五个辔头。家僮劝道："好了，日已过午，大叔回家去罢。太公知道，必要作恼。"张善相道："走这数回，才觉有些意趣，怎么就歇了？待我再跑一两回归去未迟。"家僮只得等待。张善相纵马加鞭，又跑一遭。正勒马跑转，不上数丈之外，远远见一汉子，一步一跌颠将来，口里喊叫道："马上的我那儿，你且慢慢来，不要冲了老子，十字街教你鸟娘陪话番打孩！"两旁看的人都叫道："马上官人快带住缰绳，九头鸟今日又醉得不好了，不要去惹他！"张善相看那人时，怎生模样？但见：

　　赤黄眉横攒一字，老鼠眼斜斗双睛。浑身筋爆夜叉形，骨揸脸乱纹侵鬓。头上乱堆虮虱，衣衫尽染泥尘。顽皮疥癞臭难闻，醉后爹娘不认。

张善相听罢，忙将笼头勒住，那马走得性发，那里收勒得住？越勒越跑，一溜烟奔去，将那九头鸟劈胸冲倒，仰面跌翻于地上，又复脸上踏了一脚。张善相心下惊慌，不顾性命的将马打上十数鞭，那马就如腾云驾雾一般，一直去了。

原来这九头鸟姓孙，名鬼车，是本村人氏，专一好赌不材，不务生理。不吃酒时，还有一分人气；若酒醉之后，不怕天地，不分上下，酗酒骂人，诈死缠活，泼皮无赖，就把屎尿不净之物搪了一身，拿在手中，寻人厮打。所以他醉了时，人人皆怕，只得远远避他。当下被张善相走马冲倒，复脸上一脚，踹得脑浆迸流，死于非命。张善相马快，往前走了，那两个家僮却跑不及，被村坊人等围住拿了，交与保正，报知孙鬼车家里。孙鬼车的妻子儿女，一齐哭来，将家僮痛打了一顿。内中有人认得的道："这骑马郎君，是城内张太公的孙子，家道殷富。今日九头鸟踏死得好，虽然误伤，却也寻着主儿，必得一个小富贵。"保正和地方人等，带了孙鬼车妻子黄氏，缚了两个家僮，一齐到广宁县呈告。正是：

  人心似铁非为铁，官法如炉却是炉。

不知张善相果然逃得脱否，且听下回分解。

第三十二回

张善相梦中配偶　段春香月下佳期

诗曰：

　　驰骤青驹惹祸愆，潜踪误入武陵源。
　　暗窥玉女谈衷曲，闷对灵神想故园。
　　恍惚梦中谐伉俪，依稀月下会婵娟。
　　赤绳系足皆前定，须信姻缘非偶然。

　　话说广宁县县令顾吾鼎，当日正坐晚堂，忽见一伙人呈告人命。保正当先递上呈子，将孙鬼车被张善相走马踏死情由诉说一遍。知县唤孙鬼车妻子上前审问，黄氏又递状词，哭诉一番，口词相同。又叫张家两个家僮，问："走马的是你何人？为甚放他逃了？"两个家僮禀说："是小人的小主，名张善相，年方一十六岁，自幼攻书，近日惟好走马射猎。昨日因亲戚送得这匹劣马，小主人牵出郊外骑试，不意撞着醉汉，无心中失误踏死，实与小的二人无干。"知县大怒道："你这两个奴才，不劝家主学好，专骗哄他游走好闲，伤人性命，还说与你无干？着实打这厮！"两旁皂甲吆喝一声，将两个拖翻，各打了二十竹片，发下狱中监候，待拿正犯一并问罪。发放了保正地方人等与黄氏回家候审，并差县尉带仵作去相尸收殓。次日，金牌差四个公人径到张太公家内，提拿正犯凶身一名张善相。张太公办酒饭款待送银四十两，贿嘱公人方便，禀官宽限，另有重谢。自古道：有钱十万，可以通神。那四个公人得了银两，千欢万喜的奉承太公，作别而去。张太公又央人在衙门里上下使钱，保正、排邻俱送了财物，黄氏处又托亲邻买和。妇人家没甚见识，见了雪花般大银子，心下欢喜，放得懈了，因此不来催状。张太公父子二人并不出官，只将这两个家僮监禁在狱。狱卒、禁子等得了张太公贿赂，就如亲眷一般看待，故家僮不受一毫苦楚，将此一场天大人命官司，化作雪消春水。太公一边自着人四下去寻张善相去了。

　　话分两头。再说张善相将九头鸟踏死，心下惊惶，飞马而走，宛如弩箭矢离弦，又像狂风卷败叶，不住脚的奔了数十里，却早走到三岔口。自此时天色已暮，碧云缥缈，推出一轮明月。张善相心下踌躇道："有人追寻将来，认得这马，如何抵赖？不如弃马，单身藏躲避过，今宵又做区处。"当下跳落雕鞍，将马弃于路口，自往西首一条小路便走。行了数里，星月之下，远远见一座花园，四围梅花石砌的高墙，墙边一带柳树。猛听得当当地几声锣响，张善相心中惊道："决撒了！深夜之间，为何有人敲锣？莫非是抄路来拿我的？"轻步近前张望，却是一个老汉在那里卖夜糖，张善相方才放心。立了一会，只见的呀一声，园门开处，墙里走出两个丫环来，拿着一面镜子、两断铁剪，问老儿买糖。张善相自思道："更深夜静，何处可以藏身？不如闪入花园里暂避一宵，免使人撞见，明早再寻活路。"当时将身闪在黑影里，悄悄地踅入花园中去。四围一看，见那东北角上一株槐树下有座神堂，即忙钻入神堂案下藏身，偷眼觑着外面。见两个丫环进门来了，随手就将园门锁上，二人携手同行，一边分吃着那糖。一个道："春香姐，这糖却也有些趣哩，口里甜蜜蜜地恁般滋味。"那一个笑道："腊梅臭丫头，这糖有甚趣味？你还不省得那话儿真有滋味哩。"

这腊梅问道:"却是什么那话儿有趣?"春香道:"你不曾撞着那高兴的哥哥,搂抱着那一会儿,真快活死人,才知道这真滋味。"腊梅笑道:"臭歪货!亏你不羞脸,说出这话来。"春香咬着指头恨一声道:"蠢人!是男是女,谁人没有此情?虽小小虫蚁儿,尤自解得连着尾巴,怎地你这等大了,还不知趣?你若着了手时,性命都不要哩!"腊梅道:"尿精又来取笑!知趣不知趣不打紧,适才开园门买糖,若走进一个掩背贼来,惹祸不小。我和你到太湖石栏杆边四围墙角头看一看,进去睡也睡得安稳。"春香道:"放屁!半夜三更,那个做贼的却好伺候在这里?莫撞着高兴的哥哥。我且闭门快快进去,倘小姐寻时,反吃一顿好竹片。"腊梅笑道:"打我时,都说是你这骚货引我。"二人说说笑笑的进去了。

张善相坐在神堂下,初时听得二人说趣话,暗暗发笑。次后说到花园四围看看了进去时,惊得一身冷汗,魂不附体。又见春香扯了腊梅进去,方才心下放了一块。此时一更天气,不敢出来,躲在神堂下黑影里静坐。只见那月儿渐渐的上来,照得园中花枝弄影,竹杆摇风,好一片清幽景致!张善相正欲出来看玩,又听得开门声响,侧厅里走出一个少年女子来,随着四个丫环。张善相乘着那月光偷眼窥觑,那女子生得十分标致。但见:

> 风梢侵鬓,层波细剪明眸;蝉翼垂肩,腻粉圆搓素颈。芙蓉面,似一片美玉笼霞;蕙兰心,如数朵寒梅映雪。立若海棠着雨,行同杨柳迎风。私语口生香,呖呖莺声花外啭;含颦眉锁黛,盈盈飞燕掌中擎。翠翘金凤内家妆,淡抹轻描倾国态。若非琼玉山头,疑是瑶台月下。

只见那四个丫环,簇拥着这个美人,一步步行至太湖石边荼蘼架侧小亭里来,四面看了一回,斜着身儿倚在雕花朱红栏杆上,仰着个玉团也似梨花白脸玩月。看了半晌,猛可里低头长叹数声。内中一个丫环问道:"小姐特为银河明朗,夜气澄清,来此赏月,为何不见欢容,反增嗟叹?"美人道:"妮子省得什么!"又一个笑道:"我省得了。早上小姐睡起采花,露湿了裙儿,被奶奶说了几句,故此心下不乐。"美人手托香腮,只不做声。又一个道:"我猜着小姐嗟呀的心事了!非为别事,莫非见嫦娥独宿蟾宫,小姐替他烦恼么?"张善相识得就是春香的声音。美人嗔一声道:"啐!你这丫头胡说。"又一个道:"敢问小姐,这月里嫦娥,却是什么样人?为何在月宫里住?"这问的就是腊梅。美人道:"你不知,这嫦娥是夏禹时大将后羿妻子。后羿得了西王母不死之药,藏在房中。后羿出征。其妻窃药逃入月宫,做了太阴星君,侍奉的是许多霓裳羽衣仙子,居广寒宫,逍遥快乐,万古不死。"又一个问道:"小姐,那嫦娥身边玉兔儿与这娑婆树却是什么出处?"美人道:"那里有什么娑婆树,是月照山河之影。月是太阴之精,月中有形如兔,故名为玉兔。"春香又问:"小姐,那玉兔儿还是雄的是雌的?"美人笑道:"这丫头问得好笑。这月里的东西,雌雄焉能知道?"春香笑道:"玉兔儿若是个雄的,想嫦娥亦可暂时消遣。"美人喝道:"胡说!"众丫环都笑起来。言来语去,不觉已是三更。众丫环道:"夜深露重,恐伤玉体,被儿薰得香香的,请小姐睡了罢。"腊梅道:"这一回我们的瞌睡上来了。小姐,明日晚再来玩月罢,恐老夫人觉来知道。"就如群珠捧玉一般,四个女子拥着美人进去了。

　　张善相坐于神堂下偷觑了一会,引得神魂飘荡,心志飞扬。想道:"这女子不知是甚官宦的小姐,不惟生得容颜绝世,抑且博雅风流,举止端详,言词温润,古之西施、王嫱,不是过也。"欲待向前一见,又虑惹起是非。不做美的丫环催促得紧,那美人飘然径自进去了。心中恋恋,好难割舍。静听万籁无声,惟见一庭花影。心下又暗想:"夜已深沉,里面谅无人再来,且出神堂,闲步花阴,细玩一回,聊遣闷怀,有何不可。"初时慌慌张张奔进来,不及细观,至此四面点看,果然好座精致花园,与他处大是不同。但见:

楼台寂寂，花雾靡靡。假山畔玉砌雕栏，华堂中金辉碧映。几处凉亭连画阁，栽四时不谢之花；数曲芳沼接香堤，簇千品奇珍之果。烟霭里清芬扑鼻，仿佛间累落枝头。朦胧月小，双双沙暖睡鸳鸯；惨淡星前，对对玉楼巢翡翠。

　　原来这座花园，是现任齐国右都督大将军段韶的宅子，家资巨万。夫人曹氏，只生二女，长女名球瑛，已适人了。这看月的美人，就是段韶次女，名琳瑛，年已及笄，未曾受聘。这段韶随丞相高欢征讨有功，因齐显祖即位，历升本职，久在朝廷总理军政，故不在家。夫人曹氏甚爱幼女，就如掌上珍珠。女工针指，自不必说，且酷好诗词，善能书画，诸子百家，无不通晓。当下因深秋皓月满庭，不忍就枕，瞒着夫人到花园闲玩一回。不期被张善相窥见。

　　张善相看了花园景致，羡慕不已，因信步走到荼蘼架侧小亭里来，心中自想："方才那小姐倚着这朱栏看月，可惜有四个梅香在侧；若没人时，我张善相与小姐嘲风弄月，做个伴儿，唱和到天明，也免得他数声长叹，几度嗟吁。那些梅香，那晓得小姐心事。"于是就如小姐一般，倚着栏杆看月。正痴想间，忽然踏着一物。张善相弯着腰拾起来看，原来是一条秋罗手帕，香喷喷的精洁得紧。张善相暗喜道："此必是小姐之物，失下在此。我张生有缘，且将来束束腰，就如与小姐并肩一般。"提起来抖去尘土，正要束腰，只见那手帕头儿上影影有些字迹，急看时，却是一首词。写道：

　　　　碧月照幽窗，夜静西风劲。何处凭空跌下秋，梧叶零金井。
　　　　坐久孰为怜？独对衾地影。女侍昏沉唤不醒，漏断金猊冷。
　　　　——《卜算子》。秋夜间坐无聊，书以写怀。琳瑛题。

　　张善相在明月之下看了，字字分明。写得潇洒俊雅，欢喜不胜："我只说容貌绝世无双，那知他精通翰墨，写得这般好字，小名儿叫做琳瑛。天使我拾着，或者凤缘有在，未可知也，"将罗帕藏于袖中。

不觉月轮西坠，依旧走至神堂边，自道："适才在神堂下坐了半夜，不知是何神圣？"向前仔细再看。正面匾上写着六个金字道："灵应大王之祠。"张善相下拜，默祷道："张某不才，惟好驰马试剑，不期误损人命，逃避于此，暂借大王神座下栖身。明早欲寻觅杜、薛二兄消息，以图进取，望大王暗中垂信，一路平安，不遭罗网。若得寸进，大建神祠。"祷罢又拜，就在神堂前坐地，思想欲和那罗帕上的词儿。思了一番，不觉精神昏倦，和衣而睡。朦胧间，但觉身在书房中，见一黄巾力士，手执简帖道："大王有请，乞先生就行。"张善相心下疑惑，不敢转动。力士又催道："大王立等，请速行，不须迟疑。"说罢，拽善相之衣而起，张善相只得随行。约有里余，望见一座殿宇，甚是巍峨壮丽。随着力士走进大门，但见军士缤纷，尽是貔貅虎豹；旗幡竖立，列着天地风云。又进二门，两边一字儿排着戎装将校，个个狰狞可怖，丑恶堪惊。张善相按胆慢慢循规蹈矩而行。黄巾力士道："先生在此少待，我先去通报，然后进见。"力士进去。少刻，见两个锦衣绣袄壮士向前道："大王请进殿相见。"张善相整肃衣冠，步入殿前，只见帘内灯烛荧煌，案上金珠灿烂，正中虎皮椅上，坐着一位大王。怎生模样？但见：

　　头戴嵌宝金冠，身穿锦绣龙袍。腰横玉带，脚着朝靴。相貌端严，威仪凛肃。上首两旁，侧立四个侍女，俱是珠翠宫妆，姿容窈窕。左手站着一带执笔持文、济济衣冠的文士，右边排着一班担戈挺戟、赳赳勇猛的将军。虽非帝王龙庭，却似皇宫凤阙。

张善相走近帘前，侍女喝教："卷帘！"两旁力士，将珠帘卷起，张善相向前下拜。那大王出位答礼道："先生不须行礼，只常揖罢。"张善相再拜俯伏。大王令力士扶起道："孤与先生，乃宾主之分，不必多礼，先生请坐。"张善相谦辞道："仆乃一介寒儒，荷蒙宠召，斗胆拜谒。侍立犹惭，焉敢僭坐？"大王道："孤乃先世名臣，君是当今俊杰，名位相等，请坐毋辞。"张善相再三谦让，垂首坐于侧席。侍女献茶，茶罢，大王道："君今宵幸免于难，园中隐迹，月下奇逢，不亦乐乎？"张善相顿首道："某实不才，误伤人命，意欲避难远逃，权借花园一宿。不期月下偶遇佳人，不知谁家女子，有此绝色？今殿下垂问及此，莫非相识乎？"大王笑道："不然。孤非别神，乃后汉西凉太守马腾是也。受灵帝大恩，职任刺史。不期炎汉数终，奸邪乱国，先有十常侍之变次遭董卓之乱，又遭曹操这奸雄逆贼，挟天子以令诸侯，杀贵妃，勒伏后，幽囚献帝。孤与刘玄德、董承诸君，受天子密诏，誓同戮力，以除国贼。不料事露，刘玄德知机先避，鼎立他方，董国舅诸君皆遭屠戮。后又诱孤入朝，妄加杀害。身亡之后，一灵不昧，承上帝封为五行总督大神，掌天下生杀之权，祸福之事，莫不响应。今夜见君祈祝，故请一见。孤知足下前程万里，莫以小事介意。遇杜、薛二公，功名远大，但当体好生之心，休肆杀戮，皇天必祐。今知足下未偕佳侣，敝主段君有一女，年已及笄，孤作冰人，与君结为秦晋，不亦美乎！"张善相谢道："某路歧相遇，未遵父母之言，岂敢私配？"大王道："赤绳已系，罗帕为媒，足下不须推辞。"即叫掌乐的两班，鱼贯而上，鼓乐喧天。张善相惊疑不定。少顷，后殿珠帘内走出无数娇娥，拥出一位玉天仙子，头戴珠冠，身穿绣袄，腰系缕金细带，足穿凤头朱履，珮玉铿锵，步出大殿上来。又见宾客纷坛，珠围翠绕，檀麝氤氲，箫管并作。上面左班立着一穿红的官，喝教："拜！"张善相躬身下拜，偷眼觑那仙子，却原来就是月下相逢的美人，心下大遂所愿。行礼已毕，大王道："请入后堂欢宴。"十数个虞候，三五对待妾，前呼后拥，迎入后殿坐定，和仙子互相笑语。正合卺饮酒间，忽听得一声锣响，数十公人打入后殿，一齐嚷道："谁家少年，不去攻书，却好骑马，白昼伤人性命，待逃往何处去？你躲也躲得好，我寻也寻得着！快走，快走！省动绳索。"张善相心下大惊，也顾不得玉天仙子，放开两手，只一跳，跳在桌上，拔出腰间佩剑，与众人格杀。正奋勇厮斗，不觉失脚一滑，跌下桌来，口里叫："大王救命！救命！"惊醒来却是南柯一梦。有诗为证：

绰约帝天人，悠扬箫管音。世情皆是假，悠觉梦中真。

张善相惊将醒来，遍身寒栗，两手酥麻。开眼看时，依旧睡于神堂之下。但见残月犹明，疏星数点，浓霜满地，清露湿衣，已是五更天气。心下展转，嗟呼叹息，看看天色晓来，渐觉疲倦，依然睡着不题。

再说段小姐玩月回房，解衣欲寝，袖中不见了罗帕，遍处寻觅，杳无踪迹。小姐倚着薰笼，思量半晌道："必定是适间玩月，遗失在花园中了。这罗帕不要紧，只是上面有秋词一首和我名讳在上，倘有人拾去，如何是好？你看这些侍儿们这般思睡，都去睡了，只留得春香在此伺候。春香，你可执灯快去花园中寻罗帕来还我。"春香道："他们都睡着了，叫我独自个怎生去寻觅？"小姐道："你去叫一个起来作伴便了，不然，明早俱是二十竹片！你等俱随在我后，为何不用心看一看？"春香喃喃的道："夜深人静，重门锁闭了，就使失在园中，这黑夜有谁进园拾取？开门开户的，惊动了夫人，不是要处。"小姐见他说得有理，只得睡了，翻来覆去，有梦难成，好生睡不着。忽然天色黎明，就叫春香起来，园中寻罗帕去。春香咕噜道："方才着枕，睡思正浓，这天还是黑洞洞的，鸦鹊未曾飞鸣，露湿泠泠，何处寻觅？"小姐怒道："这贱人恁般懒惰贪睡！"叫腊梅："取竹片过来！"春香听得取竹片，连忙起来穿衣，擦一擦眼，打个阿欠问道："小姐昨夜进来时把园门锁了，怎生去寻？"小姐道："这园门与大门，俱是你的娘舅孟老儿照管，你可问他取匙开了去寻，切不可对他说是寻罗帕。问你时，只说去采秋葵花浸油便了。你悄悄寻了便来，不可迟延。"春香应诺，走到孟老儿房外敲门。孟老兀自未起，听得敲门响，起来开了，原来是春香："有何事故，大黑早敲门打户？"春香问他取钥匙开园门，要采秋葵花浸油。孟老道："着甚紧要这般黑早去采花？正好睡哩，你要自去。"于是把钥匙与他道："这蜻蜓头是开壁锁的，便是园门上锁不要差了。"春香接了就走。开门入园，遍处寻到，那得个罗帕来？正是：

  烟栖栖花间雾，湿滋滋草头露。
  滑塌塌地上霜，啾唧唧蛩声诉。
  虚寂寂百花亭，黑迢迢芙蓉路。
  嘹呖呖雁声鸣，冷飕飕金风度。
  热急急眼儿睁，忐忑忑心惊怖。

  春香心焦，踏遍了一座花园，只是寻不见，便是东角头有个毛厕，也去张一张。渐渐寻到灵应大王祠堂前，只听得鼾声如雷。春香疑怪道："此处为何有人鼾声？是何物件响？且上前瞧看。"忽见神堂下一个人睡着，吃那一惊不小，又不知是人是鬼，这般鼾睡，趁他未醒，仔细看个分明。"呀！原来是一个郎君，生得俊俏，从何而来？岂不是天大一桩奇事！"不敢惊动他，径跑至小姐房中道："小姐，罗帕儿变做一个人了！"小姐道："怎么说？"春香慌慌张张的道："好奇怪！罗帕倒不曾寻得，只见大王神堂下，天降一个俊俏郎君，且是生得标致，睡熟在那里，莫非是罗帕变的？"小姐道："胡说！这贱人不寻帕儿，在何处躲懒，编这般脱空大谎来说，终不成就罢了！"春香争道："不是说谎，果系有人。若小姐不信时，同去一看，便知端的。"小姐道："我与你同去寻，有了罗帕，再与你讲理。"于是和春香悄悄出了香闺，走到园中，果见一个人，睡在神堂之下。近前细看，真是生得清奇秀丽，相貌不凡。小姐亦心惊道："这少年好生跷蹊！墙垣高峻，后门不开，从何处进来的？除是插翅！看他模样，必是王孙公子，后来定须荣贵。欲待问他，又虑不雅；欲要进去了，这个人来得不明，帕儿又不曾见。况我已亲身到此，夫人知道，岂不生疑？"踌躇了半晌，回头叫春香："你去推醒那后生，问他因何睡在这里。快开后墙门，教他出去罢。"春香向前将张善相摇醒。

张善相开眼看时，见两个女子立在面前，一个与梦中无异，正是夜间月下美人！慌忙站起身来，整衣进前作揖，小姐亦答了礼。春香道："你是谁家郎君，好不达礼！擅入园中，非奸即盗。墙高门闭，怎生样飞进来的？快快出去，莫讨烦恼！"张善相笑道："小生会飞，能飞来亦能飞去。因见你园亭潇洒，景致清幽，暂飞至此，借宿一宵，望乞恕罪。"小姐道："不是这般讲。观君相貌不凡，必非以下之人。何缘得到小园，请道其实。"张善相躬身道："感小姐垂问，只得直告。小生姓张，名善相，表字思皇，本城广宁县居住。昨因郊外走马，遇一醉汉，不期马劣，将他踏倒，误伤其命。地方人等欲拿小生送官，被我飞马走脱。天色昏暮，偶见园门半开，将身入来，暂躲其难。望小姐宽恩，誓当重报！"小姐道："原来如此。足下误伤，谅不致抵命，且请回府。此地离城近，不可避也。"春香道："幸天色尚早，无人知觉，快请出门。"张善相延挨道："小生回家，必被拿去吃官司受苦，望小姐可怜。"小姐怫然道："既不回家，又不出去，这园中岂是君久恋的！"张善相见小姐恼了，陪笑道："小姐见谕极是，不敢有违。但小生匆匆一面，不曾拜问得檀府是何门第？尊严是何仕宦？小姐是何姓字？亦请见示。"小姐道："家君段韶，现任齐国右都督之职，母亲在家。妾身行二，小字琳瑛。萍水相逢，问之奚益？"张善相道："无故不敢动问。小生因慌促中不曾带得盘费，只有罗帕一方，暂卖与小姐作盘费。此乃无价之宝，异日必来取赎。恐其失忘，故尔动问。"小姐闻罗帕二字，忙道："罗帕安在？乞借一观。"张善相袖中取出，将手打开，便念那《卜算子》秋词。小姐见了，玉面通红，笑道："此是儿家故物，君何见欺？"就令春香上前夺那罗帕。张善相急藏袖中，紧紧接定，笑道："小姐之物，何落仆手？不为无缘。小生今日疾作，不能出门。若要此帕返赵，待老夫人出来，当面交还便了。"有诗为证：

> 风月门中排调，自寓许多玄妙。
> 香罗人手为媒，璧合之时返赵。

小姐见如此说，亦无可奈何，问道："郎君不肯还帕，意欲何为？"张善相道："罗帕终须奉还，小恙亦须宁耐。小生因受了惊寒，头疼身热，不能行动。再过一宵，待贱恙稍瘥，那时奉帕拜别而行。"小姐道："妾身怎好作主，若得郎君还我罗帕，别有个商量。"张善相摇头道："我张生不是这般呆子，任凭小姐处治，只是今日不还。"春香在旁嘻嘻的笑。小姐怒道："平白揞勒不还，你笑些什么？拼来弃此罗帕便了！"春香道："小姐又要罗帕，又不肯留这郎君，等到明早，也不为了。依春香愚见，倒有个计较在此。张生，你是个俊俏郎君，若要在此羁留，须做个赖皮花子。"张善相笑道："姐姐，如何计较？"小姐道："贱丫头！你不怕夫人打？这是甚所在，好留他？"春香道："小姐不要恼。春香怎敢私留得？如今没奈何了，张郎可诈作中风，跌倒地上，待小姐去禀老夫人，或者见机而作，留得亦未可知。那时便还罗帕了，岂不两全其美？"小姐无奈，只得依他，令张善相睡在地上，诈作晕死之状。

小姐走到老夫人房中说："春香适才园内采秋葵浸油，忽有一避难郎君，如此这般，躲在神堂下。春香叫他出去，又不肯依。孩儿正要使孟老儿驱他出门，不意此人忽然倒地，双睛直视。口吐痰涎，不省人事，故来报知母亲，如何是好？"夫人听了人怒道："春香这小贱人好打！采什么花？不关园门，放他入来！你女孩儿家，胡行乱踹，意出恁般祸来。这来历不明之人，知他是真是假，是奸是贼？你去看他则甚！"小姐见夫人发话，吓得不敢抬头，又不敢去，进退两难，一身无主，腰肢振振不安。夫人见小姐如此，又恐惊坏了他，转口道："事既到此，须索急急救他，倘死在园中，人知不雅。我与你去看一看来。"母女二人正出卧房，只见春香喘吁吁赶来道："小姐不须惊恐。我看那人双手尚温，心头未冷，面色渐回，鼻息不断，多分不死，只索救他还好。"夫人心下稍安。步进园内，只见张善相卧在草地上，口里轻轻地叫唤，呻吟不止。但见：

眼目略开，朱色唇沾芳草；面若莲花，披发乱头都好。甚处儿郎，来向园中骚扰？酒不醉人，何似玉山颓倒？今知了惜花风扫，更有不眠人早。

夫人叫春香、腊梅二人，款款扶起来坐了。夫人住目细视，见张善相面如冠玉，气色微红。夫人笑道："不妨。"近前问道："郎君为何如此？"叫使女快拿姜汤来，教两个扶着头，两个把热汤就灌。张善相被他灌了两口滚汤，不敢做声，微微开眼偷觑，只见十数个丫环，拥着夫人、小姐在那里悄悄言语。张善相又坐了半响，才开口道："多谢夫人救命，生死不忘大恩。"夫人道："休如此说。你为何人我园中，跌倒在此？但愿得无事便好，这会儿轻可些么？"张善相道："小生因走马踏死了人，逃难暂避此间。夜来感了风露，又兼受了惊恐，一时头颤心烦，因而晕倒。若非夫人、小姐救济，险些儿做了黄泉之客！如今身体渐觉宽爽，只争手脚挣扎不得。"夫人吩咐众丫环："关了园门，外面不可传出，且将这郎君权在东首轩子里将息好了，又作商议。"众使女搀的搀，抬的抬，将张善相扶入轩子内凉床上睡了，不住的茶汤调理，渐渐病体安妥。当夜，张善相自冷笑道："不是这个法儿，如何在此安寝？有些机会了。"

次日清晨，春香送茶到轩子里来，就讨罗帕。张善相接了茶谢道："多承姐姐美意，何以报之？"春香笑道："一时权宜之法，何足挂齿？但不可忘了夫人、小姐大德，将帕儿还了小姐。"张善相道："帕且消停，小生不知进退，有一事相渎。贱躯单衣寒冷，欲烦姐姐在小姐处方便一声，夹衣乞借一件，聊且御寒，不知可否？"春香道："这有何难？"便转身进去。不移时，提了一领夹花绫披风出来，递与张善相道："这件绫衣，是小姐极欢喜穿的，今日偶然脱下，我悄悄拿得在此，官人可暂御寒。小姐若寻起要穿，我便要来拿去。"张善相接了道："多蒙盛情，感恩非浅。罗帕容日送还。"春香去了。张善相暗想："感夫人、小姐厚意，复得大王奇梦，小姐遗了罗帕，又是我拾着，莫非姻缘有在？看这春香妮子，轻言巧语，腼腆温柔，绝有几分风韵。况闻得他春心已动，甚觉有情于我。若得这妮子到手，则蓝桥之路通，罗帕之媒成矣！"看看日午，夫人另着人送饭来。不觉天色又晚，野寺钟鸣，纱窗月上。春香提一壶茶，捧几样细果点心，摆在桌上道："奶奶拜上官人，尊体不健；吃了茶请睡罢。"张善相笑道："小生病体渐可，奈何独宿无聊。这花园中有些害怕，怎得一个人儿伴睡方好。"春香笑道："官人又来取笑，谁人伴你？"张善相一把搂住道："姐姐在此，何谓无人？小生是高兴的哥哥，乞姐姐权赐片时之乐，教你尝有趣的滋味。"有诗为证：

园中旅况甚凄其，拥抱春香笑语私。
娇艳野花偏色美，小轩权作雨云居。

春香双手推开道："官人不要吵皂！这轩子内是丫环们出入之处，倘有人窥见，不惟贱妾受责，官人亦成甚体面？恼了夫人，无容身之地了。断乎不可！"张善相道："小生为姐姐死亦不惧，何怕人见，何虑夫人乎？你若坚执不从，小生便缢死在此！"春香笑道："好涎脸的话儿！官人休要性急，你既有心，妾岂无意？待妾进去伏侍小姐睡了，至夜静时，却来伴官人睡何如？"张善相道："若如此，更感美情。你莫要说谎，去了不来，便不是知味的人儿了。"春香道："妾若不来，身随灯灭！"张善相喜道："既然姐姐有情，且待你进去，小生专心至诚，相候尊驾。"春香得放手，急趋出轩外，摇头道："咦！你好自在心性儿哩,强逼人做事。要我来就你,岂有此理?我不来也!"说罢,嘻嘻地跑进去了。张善相暗想:"倒被这妮子赚了,多分是不肯出来,罢,罢!"展开衾枕,解衣且睡,紧闭了双眼,只是睡不着。侧耳听得谯楼上鼓已二更,月上花砖,星移斗转。正烦恼之间,忽听得有人轻轻的叫唤道:"官人,官人,你好睡哩!"张善相翻转身来,却原来就是春香姐,当下一把抱住道:"姐姐,你好失信人也!等得我月转西楼,闷怀颠倒。"春香道:"我若是失信时,今不来矣。"二人正欲解衣,俄然惊觉,乃是一梦。张善相呼嗟长叹,披衣而起,步于月下。偶见旁边,觉有一人闪来闪去,再看时,正是春香。善相狂喜不禁,搂抱进房,脱衣解带,共枕而卧。交合之间,说不尽绸缪,果然是万种风流,百般情趣。但见:

罗袜交钩,耳畔吁吁气喘;香肩紧靠,腰肢款款春浓。搔头斜溜鬓蓬松,口内轻轻津送。低唤:"才郎且住,微微香汗沾胸。今朝贱妾乐无穷,何日得翠永共?"

云雨才罢,张善相道:"感承姐姐厚爱,适才等你不来,所梦如此如此。不期真得相亲,三生有幸。但小生欲见小姐一面,不识何如?"春香道:"你好似那齐人一般,乞其余,不足,又顾而之他。"张善相道:"你却也晓得书典。"春香道:"奴伴小姐读书,颇通文墨。官人要见小姐,有何主见?"张善相道:"小生有一腔心事,今蒙姐姐赐通宵之乐,欲要相托,谅必不辞。"春香道:"官人有话吩咐,如可用力处,奴无不尽心。"张善相将那夜间窥见小姐玩月,拾得罗帕,梦里情由说了一遍。春香道:"果有这般异事?小姐不见了罗帕,好生着恼。因有这首词并名字在上,黑早着奴到后园来寻觅,方见官人睡在神厨之下。只想送官人出去罢了,不期帕儿果在官人袖中。事情巧合,羁留在此,奴得奉枕席之欢,凤缘素定,非是偶然。日后荣显之时,不要忘了今日,奴便做偏房也罢了。"张善相道:"若忘汝情,小生前程不吉。但会得小姐一面，虽死无恨。"春香道："早上夫人吩咐侍女们，待官人病体稍痊，即教送出。小姐私自吩咐，独教奴用心伏侍，不可亵慢。即此观之，小姐有心于官人可知。但是小姐待人虽宽，持己甚谨，非奴等之比，毫不可犯。奴有一计，未知何如？官人明日依旧装病体沉重，卧于床上，不要行动。再留得数日，然后可察小姐动静；如容有可投之机，贱妾随机应变，又作道理。"张善相甚喜道："感卿之情，小生铭刻不忘！"二人说罢，相偎相抱，贴胸交股而睡。有诗为证：

　　再赴阳台之会，重伸契阔之盟。
　　已作轻车熟路，无烦羞涩神惊。

　　漏下五鼓，春香急忙起来，作别去了。次早，曹夫人又令丫环来东轩看视，回覆说："张官人病势沉重，不能离席。"夫人心下惊惶，又不好对家僮们说知，但暗中郁郁不乐，只令侍女们送茶汤药饵调治。张善相将药都倾于阶下。

　　且说小姐自和张善相会面以来，渐觉神思恍惚，寝食不宁，容颜消减。心下未免有些想慕，染成一病，曹夫人跟前勉力撑持，含糊遮掩。春香因小姐不快，一连数日随身服侍，不离左右，因此不会张善相之面。春香暗想："小姐患病恹恹，不为着张官人，却是为谁？今乘此机会唤他进来，假做送罗帕来还，因而问安，以图一会，岂不是一条活路？"遂乘便脱身，走入东轩里来见张善相。善相道："我的亲亲姐姐，为何数日不见你面，闷死我也！妆病昼寝，度日如年。汝好薄情，数日不来看我，岂不盼杀了人！真要被你哄出病来。"春香道："非我薄情，只因小姐如此如此。"把留情抱病之事，说与善相。张善相听了，不觉手舞足蹈，大喜道："数日纳闷，今忽得此佳音，倍觉精神舒爽。小生就去问安送帕何如？"有诗为证：

闷拥寒衾梦倒颠，起来无意诵诗篇。

忽闻青鸟传消息，一似皇恩降九天。

春香道："官人恁地性急！青天白日，侍女往来，决撒了事情，不干我事。必须待夜阑人静后，官人可从东廊而进，由茶厅转过清晖堂、蔷薇架，南进画阁内，见朱帘垂蔽，内露灯光，就是小姐卧房了。"张善相道："半夜三更，人生路不熟，我那里认得这弯弯曲曲的路径？"春香想了一会道："我有计在此。晚上我把棒儿香点着，插在转弯处为记，官人但看有香的所在就要转弯，妾身接引进去。只是我小姐立志贞烈，禀性端庄，官人须要循循雅饬，以礼相见，切不可轻狂妄动，触犯其怒。奴耽着血海干系，引郎一见，不要贻累妾身受责。"张善相道："不须吩咐，汉家自有制度。"春香道："小姐不时呼唤，不得久待。"便转身进去了。此时方是午牌时分，张善相巴不得天晚，不转睛将日光盼望，就如生根的一般，难得移动。果然是"欢娱嫌夜短，寂寞恨更长"。

渐渐金乌西坠，玉兔东升，又早黄昏时候。张善相整肃衣冠，袖了罗帕，步出东轩。四围观望，并无人迹往来，惟见满庭月色，遍地花阴。向来曹夫人家闺严谨，一应苍头小仆，无事不许擅入中堂。若有差使，先敲云板，然后进见。未到黄昏，俱先闭门睡了，故此内外隔绝无人。当下张善相径进东廊，见插香处便转弯抹角。行到蔷薇架侧，远远见朱帘之内，灯光灿亮，一步步捱到帘子边，却无门户阻挡。原来都是春香私自偷开，放善相入来。张善相到了帘外，心中战栗，不敢进前。正是：

难将我语和他语，未卜他心是我心。

不知段小姐在房中见与不见，喜怒何如，且听下回分解。

第三十三回

计入香闺贻异宝　侠逢朔郡庆良缘

诗曰：

幽闺寂寞暗伤神，着雨娇花力不胜。
兰麝绕廊通秘室，清芬满座绝红尘。
灯前眼角传心事，月下心同得异珍。
百岁良缘从此定，何殊玉杵会云英？

话说春香引张善相直入小姐卧房，到得房前，不敢进去，闪在帘子外探头张望。春香和小姐正在绣几上抚牙牌消遣，小姐忽然抬头，见帘外似一个人影移动，对春香道："夜深之际，为何帘外似有人窥望？你去看来。"春香丢了牙牌，往帘外一觑，假意失惊道："呀！张官人何故在此？"张善相道："小生闻知小姐贵体不安，特来问候，就送罗帕在此。"春香忙转身笑道："小姐，你道帘外的是谁？"小姐道："甚是奇怪，我听得像一个男子声音。"春香道："就是那东轩下有病的张官人。他说闻知小姐玉体不安，特来问候，就送罗帕来还小姐。"小姐道："夜静更深，他何由得至此处？你接了罗帕，好好地快打发他出去。"春香道："张官人特送帕儿来还，况且求之不得，今又为小姐染恙，竭诚而来，也是一片好心。小姐无一言，就这等匆匆的打发他去，似觉拂情，太薄幸了也，连小姐款待他的意思都没了。依春香说，便见一面，有何妨碍！"小姐道："既然如此，请他进来。"春香随出帘请张善相进房，向灯前深深作揖。小姐答礼，分宾主而坐。张善相躬身启道："小生闻小姐贵恙，如患在身，不避斧钺，敬候起居。"小姐道声多谢，即教腊梅烹茶，春香侍立于侧。张善相仔细看那卧房，果然十分清趣，但见：

纱厨笼碧，幽幽檀麝袭人来；绣户凝香，皎皎月华当户白。妆台无半点尘埃，卧室有千般精洁。雕花小几，胆瓶中丹桂一枝芳；素白罗淡水墨点几处梅花瘦。博山炉观音正面，翡翠屏宝鸭斜飞。案头列诗韵锦笺，壁上挂清琴古画。牙牌慢抚，鸳鸯不刺剪刀用；书史勤观，笔砚常亲鸾镜掩。正是：深闺那许闲人到，惟有蟾光透琐窗。

张善相看了，顿觉精神开爽，满室春生。坐了一会，茶罢，灯下偷觑小姐玉容，更加秀丽。张善相神魂飘荡，再启道："小生不才，避难贵园，偶拾罗帕，感蒙夫人小姐错爱，如至亲一般看觑，恩同山岳，将何为报？"小姐含笑答道："些须小惠，何以报为？"张善相又带笑低言道："闻小姐玉体不安，小生惊惶无地，私祝神明，愿以身代。只求小姐身心安乐，小生雀跃不胜。"小姐："贱躯不安，因惜花起早，爱月眠迟，感了些风露之气。今已稍可，敢劳垂顾。昨宵遗帕，不意君收；尊恙已痊，合当掷还，深感大德。"张善相谢道："小姐吩咐，焉敢不从？香罗在此，小生敬纳妆台，特申寸悃。"遂袖中取出罗帕，双手奉上。小姐命春香接过来，收于袖内。张善相道："佳词雅逸清新，非慧敏天成，不能道只字。小生自幼攻书，博览古今，阅人多矣。佳人世代不乏，如纣之妲己、桀之妹喜、幽之褒姒、文公之南威、苎萝之西子、临邛之卓文君、班氏之曹大家、齐之庄姜、晋之骊姬、秦之苏若兰、赵阳台，其余楚娃宋艳、赵女燕姬，不一而足，未更仆数。然其间美色者未必有美才，美才者未必有美德。求其德色双绝、才情兼美如小姐者，百无一二，真绝代之娇姿，倾城之名媛，所谓人眼平生未曾见者也。小生何幸，得拜兰闺，身亲珠玉。昨宵不寐，偶占俚语，敬和瑶词，并求小姐斧削。倘蒙不鄙，慨然指教，感佩非浅。"说罢，袖中取出片纸奉将过来。小姐命春香接了，展开香几之上。小姐举目观看，也是一首《卜算子》词儿，和着前韵。词道：

闺怨写幽窗，笔笔银钩劲。词调清新泣素秋，客况思乡井。
恭荷美人怜，不只离鸿影。惺惺从古惜惺惺，休怯鸳帏冷。

——静仲秋月夕，广宁张善相题和。

小姐看罢，收于袖内。时已更深，回顾众婢，或坐或卧，或蹲或倚，尽皆睡着，只有春香立在桌侧翻白眼，见那眼皮儿再也挣不起。小姐看了微笑，对张善相低言道："偶写俚词，蒙君雅和。君今还是回家，还往他处逃避？视君才貌，必非池中之物，何不求取功名，以图荣显。"张善相道："承小姐美情，小生家在城中世德坊下，家祖张太公字完淳，年已八旬。家君讳找，颇有万贯资财，但未曾出身荣耀。小生今因误伤人命，惧祸断不敢归家。某有结义密友二人，杜伏威、薛举，总角之交，异姓骨肉。三人立志，共图王霸之业。他二人已先到河南去了，我今欲去投他，博一个封妻荫子。若不衣锦，决不还乡！"小姐道："君已聘谁家之女为妻了？"张善相道："小生今年一十六岁，未曾聘妻。盖因小生立誓在前：若无才貌双绝、宦室门楣，决不成双。不是小生自夸，我乃文武全才，岂是寻常女子可配？小生上识天文，下知地理，读孔孟诸子百家之书，习六韬三略孙吴之法，力能举鼎，术可驱神。若无小姐这般人物，小生终身誓不娶妻。"小姐听罢，笑而不言。张善相问道："小姐亦曾受聘否？"小姐道："妾今年亦是一十六岁，未曾受聘。"张善相惊道："某与小姐同庚，且才貌相当，真乃天缘奇遇。然小姐虽有名门宦族、公子王孙为聘，此辈惟知饮酒食肉、醉舞讴歌，那知惜玉怜香、风流博雅，可惜将小姐一生埋没。若不嫌贫贱，与小生结……"张善相说到"结"字，即闭口不言。小姐听了，不觉潸然泪下。张善相见小姐下泪，劝慰道："小生斗胆妄言，实出肺腑，望小姐莫责。"小姐拭泪道："君言虽未终，妾心岂不悟？苏季子岂常贫贱者乎！但此事非妾所得专，自有父母之命，媒妁之言。且郎君之言，亦难全信。"张善相道："小生并不会编谎，且说何处是脱空？"小姐道："其他亦是可信。适所言力能举鼎、术可驱神，二语恐未必然。"张善相道："小姐不信，请尝试之。"

此时春香靠着桌儿也睡着了，张善相与小姐同出香闺，至蔷薇架边，天上月明如昼。善相见傍有石鼓墩儿一个，约重千斤。善相默念助力神咒，暗喝一声："疾！"将手举那石墩，一如无物，离地四尺有余。小姐怕跌下来，忙道："是了。"张善相放下道："若要驱神，恐惊了小姐，只唤一朵彩云与小姐看便了。"乃捻诀念咒，喝声："疾！"只见月傍登时云气聚合，化成五色，鲜明可爱，如锦绣上托着明珠一般。小姐看了大喜道："君言非谬，妾已知之。只是富贵之时，恐把妾身抛弃，别偕佳侣耳。"张善相就对月跪下，盟誓道："小生张善相，年一十六岁，某月某日生。若荣贵之后，忘了段府琳瑛小姐恩情，愿死刀剑之下，葬于鱼腹之中，永不得还乡！"誓毕，亦挽小姐，请其盟誓。小姐道："君放手，妾自立誓便了。"张善相不敢啰唣，拱手而立。小姐从容敛衽，向月万福道："妾段氏琳瑛，年一十六岁，某月某日生。今夕星月之前，与张生善相期百年结发，永效于飞。苟有负心，神明殛之！"誓毕，张善相欣喜不胜，便欲搂小姐之肩接唇。小姐推开正色道："今夕之誓，亦为君非凡品，妾终身有托耳，岂可作败伦伤化之事！妾果如此，淫女子也。君亦何取于妾？妾异日何表于君？倘事不偕，妾愿白首闺中，永不作他人之妇，一死以谢君耳。"张善相道："小姐如此用情，心坚金石，小生粉身不足以报。皓月在上，如张生不得与段小姐同谐连理，成合卺之欢，亦愿终身不娶，永作鳏夫！"小姐道："虽如此说，妾与君皆是空言，将何物表情，为异日合卺之证？"善相道："小生逃难，并无一物。敢借小姐香罗，各分其半。小姐之词，小生收执。小生之词，写在那半幅上，小姐收执，何如？"小姐道："妾与君皆因此帕，得结同心，如此甚好。妾更有一物，乃妾婴儿时所弄，珍藏至今。是玉人一双，一作男形，一作女相，出自异域，其香无比，价值连城。家君因征外国得来，见妾心爱，付妾珍藏。今赠一与君，永为表证。"张善相大喜，遂同进闱中，春香兀自未醒。小姐出帕，剪为两半，付张善相写词。张善相磨得墨浓，剔起灯煤，写那和的《卜算子》词于帕上。小姐开箱，取两个玉人出来，有一尺长，异香满室，果奇宝也。张善相写完，送与小姐。小姐将自写的香罗半幅，裹了女形的玉人，付与善相道："只此一言，永无异说。君功名成就，早早遣媒妁向家君议此亲事，切勿迟延，使妾有白头之叹，作九泉怨怅之孤魂也。"善相双手接了，倒身拜谢，小姐亦答礼。

　　两个相怜相惜，不觉漏下五鼓，将次鸡鸣。那春香惊将醒来，往下一塌，扑的一声，把额角向桌沿上一磕，登时磕起个大块来。春香负疼，欲哭不得，欲笑不得。小姐与张善相看了，俱各好笑。小姐骂道："这些贱人，这等好睡！快掌灯送张官人出去。"春香去叫起腊梅来，腊梅骨都了嘴，只立着不做声。小姐叫："快去生竹炉，烹茶来吃。"腊梅方才走去生火。张善相指着壁上挂的古琴道："茶尚未熟，久闻小姐善此，请教一曲何如？"小姐道："久懒于此，恐亦生疏。"张善相对春香道："烦姐姐把琴桌儿移在月下，太湖石边。"春香只得移出天井中石边，口里道："露冷飕飕的，做这等的事！"张善相将琴放在桌上，掇个小机儿，请小姐弹琴。小姐道："君亦诸此，请先教一曲。"善相道："小生寄指而已，何敢弄斧班门？然而将为引玉，岂惮抛砖。"乃转轸调弦，鼓《雉朝飞》一曲。小姐道："此乃无妻之曲，君何鼓之？今日正当鼓《关雎》一操。"张善相大喜，于是改弦为微音，鼓《关雎》十段：一段王雎善匹，二段大闹周、召，三段即物兴人，四段举德称行，五段风化天下，六段相与和鸣，七段礼正婚姻，八段德侔天地，九段配享宗庙，十段雎鸠和乐。共十段曲终。

张善相弹毕，请小姐弹。小姐不得已，改弦为宫调，鼓《阳春》一曲，命春香将博山炉焚起一炉好香来弹。一段气转滋钧，二段阳和大地，三段三阳开泰，四段万汇敷荣，五段江山秀丽，六段花柳争妍，七段莺歌燕舞，八段锦城春色，九段帝里和风，十段青黄促驾，十一段春风舞云，十二段绿战红酣，十三段留连芳草。共十三段曲终。

张善相倾听之余，自愧弗及，低声道："小姐指法精妙，音韵绝佳，但此秋气似与阳春不合。小姐能鼓《秋鸿》否？"小姐道："虽不尽善，当为君作之。"于是改弦为姑洗清商之调，鼓《秋鸿》一曲。腊梅倾茶来，小姐与张善相饮毕，乃鼓云：一段凌云渡江，二段知时宾秋，三段月明依渚，四段群呼相聚，五段傍芦而宿，六段知时悲秋，七段平沙晚落，八段延颈相依，九段芦花夜月，十段南思浦水，十一段北望关山，十二段顾影相吊，十三段冲入秋旻，十四段风急行斜，十五段写破秋空，十六段远落平沙，十七段惊霜叫月，十段知时报更，十九段争芦相咄，二十段群飞出渚，廿一段排云出塞，廿二段一举万里，廿三段列序横空，廿四段衔芦避戈，廿五段盘序相依，廿六段情同友爱，廿七段云中孤影，廿八段问信衡阳，廿九段万里传书，三十段入云避影，三十一段列阵惊寒，三十二段至南怀北，三十三段引阵冲云，三十四段知春出塞，三十五段天衢远举，三十六段声断楚云。

小姐弹毕，张善相不住口的称羡。忽闻古寺钟鸣，邻鸡三唱。张善相道："小生正欲请教指法，奈何天色将明，又闻小姐善于箫管，不知肯略略见教否？"小姐道："东方欲明，请教有日。箫管之音闻于内阁，母亲必加叱辱，此非今日所宜也。"命红莲掌灯，同腊梅快送张官人出外，明夜再得请正。张善相没奈何，势不可留，只得别了小姐，怏怏而出，心中好生留恋。转过了蔷薇架，走至清晖堂。红莲道："这一回瞌睡上来，身子困倦觉冷，官人自出去，我等进去睡也。"说罢，与腊梅关了角门儿，自进去了。

张善相独自一个，如失魂的，凄凉寂寞。就坐在堂中椅子上，思量："小姐情浓意合，虽不能近身，而脂香粉色，领会已尽。蒙赐玉人，异香扑鼻。只闻说海外有香玉，实未曾见，果然有此等宝物，就如小姐一般，何日得共枕同衾，酬我心愿？"展转踌躇，不觉顿足懊悔起来道："我张思皇聪明了半世，这会儿恁般愚懦？适间小姐虽是假狠，甚觉情浓。趁丫环们俱睡熟之时，把小姐紧紧搂住，便是太湖石边寒冷，也说不得，那怕他叫唤起来。失此机会，知道明夜何如？倘明夜再得进见，挨至五更，定行此法，不由小姐不从，休得差了主意。"自言自语，在堂中不住的走过东走过西，心中好不能放下。天色已明，忽听得呀的一声，门开处，见小丫头翠翘，挟着一把笤帚出清晖堂来扫地，看见了善相，大惊道："官人缘何起得这般早，怎生样进来的？"张善相道："我薄衾单枕睡不着，故等不得天明起来，见这条厅门昨晚失关，信步走进来一看。"正说间，闻得老夫人叫翠翘，张善相一溜烟跑出清晖堂，过了茶厅，由东廊至轩内坐了，取出那玉人来细看，实是碾得细巧，眉发丝丝可数，脸儿如活的一般标致得紧，果然非中国玉工所能造也。看了一会道："如此奇逢，岂可无题咏以记之？"乃调《长相思》一阕云：

　　喜相逢，美相逢，羡入深沉绣阁中。眉稍两意浓。彼心同，此心同；见处更亲合处空。愁闻野寺钟。

情意不尽，再成《南乡子》一阕云：

何事久参商，昨夕桃源误阮郎。罗结同心，双带挽鸳鸯，赠个人儿玉有香。夜短两情长，并下瑶阶拜月黄。海誓山盟，牢记取分张，坐对西风泣数行。

　　轩内亦有文房四宝，张善相取幅笺儿写了，叠做个同心方胜儿，颠倒写"鸳鸯"两字在上，"只待春香姐出来，央他寄与小姐，看小姐如何答我，便知今夜的消息了。"

　　正痴痴里望春香，不意倒是翠翘送漱水出来，说道："老夫人叫官人梳洗了，请进清晖堂有话讲。"张善相心内狐疑，不知有什么话说。于是梳洗毕，紧藏了玉人罗帕，带了笺儿，随翠翘至堂中，老夫人已先在彼了。原来翠翘扫地与张善相说话时，夫人听得，叫进房中，问与谁说话，翠翘答是张官人，因茶厅门昨晚失关，故进来一看。夫人听了，心中大疑，忖道："自东廊至此有许多门户，难道都是失关的？况堂后就近着女儿卧房了，张生缘何到得此间？莫信直中直，须防仁不仁，做出些事来怎了？不如打发他离却我门便是。"因此请张善相进来相见。礼毕，夫人道："幸喜贵恙已痊，本欲再留数日，昨相公有家报回来，说朝廷钦差相公巡边，因便归家一省。倘一时到来，难以回避，即刻郎君可作速回府。若欲远行，当具盘费相赠。"遂命云娥捧出白银十两，"送与张官人聊为路费，莫嫌轻微。"张善相听说，如千刀刺心，又如哑子吃黄连，有苦说不出。欲待承命，满望着今日夜间完成好事，怎忍就去了，况不曾与小姐一别；欲不应允，夫人明明赶我起身，怎生延捱得？出于无奈，答道："小子避难，偶入贵国，感夫人不行叱逐，又蒙调治，贱恙得愈。此德此恩，粉身难报。今早正欲拜辞夫人，往南访一敝友，以图后报。适蒙见呼，即此告辞。叨扰已多，心实不安，况赐腆仪，决不敢领。"夫人道："郎君不受薄礼，即是见怪老身，望勿推却。"张善相不敢再推，只得收下，拜了数拜，径出园门。心中思念小姐不得一面为别，怎忍得飘然而去？含泪慢慢地走着。有诗为证：

花发妒狂风,浓云蔽月宫。
镜分银烛冷,簪断宝奁空。
楚馆歌喉绝,阳台好梦终。
璧沉珠玉碎,水涨路途穷。

走不数箭之地,只听得背后有人高叫:"张官人慢行且往,我小人有话相禀。"张善相立住了脚看时,却是段府管大门的孟老儿,向前问道:"老管家,有甚话说?"孟老儿低声附耳道:"春香说官人借了我外甥女儿一付梳掠,他要用的,如何将去了,那里去另买?瞒着奶奶,特叫我来唤官人转去一问,看看放在何处,好收拾。"张善相道:"正是,拜别夫人忙了些个,失忘了还春香梳掠,当得奉还。"孟老儿自去了。张善相忙忙转来,一面走着,心里想道:"毕竟是那人有何言语,假以梳掠为名。今番再见,必有发付小生之话。"

再说春香天明起来,去老夫人房中伺候。正走间,听得夫人在堂上打发张善相出门,心下大惊,展转踌躇,没做理会处。急急跑到小姐房内道:"不好了!不知何故,夫人如此这般,打发张官人起身,出门去了。"小姐慌道:"这等说,张郎已去,不曾与他一别。可怜孤身落魄,一时催逼出门,不知何往。你快去叫你娘舅,悄悄通知张官人,教他转来,传示他笃志功名,以图姻事,不可有负昨夕之情。说我不能出来一面了,如有归鸿返北,便中寄个信音来,莫做了断线的鹞子。"春香领命,急急叫孟老儿追张善相转来,自己立于门内等候。不多时,张善相喘吁吁地走近前来,二人上前,携手而哭。张善相含泪道:"早上夫人发付我出门,不知是何缘故,一时如此催逼,无奈拜别而行。适才孟老唤转小生,小姐有何吩咐?"春香道:"不要提起。昨夜郎君回轩之后,小姐和衣睡了,倏忽间天色大明。我勉强挣醒起来,去到老夫人处来,夫人已在堂上打发官人起身。我闻知心如刀割,报与小姐知道。小姐彷徨失措,不曾与官人一别,和我计议,叫我娘舅老孟请郎君转来，托言失还了梳掠，以诉衷曲。小姐道，郎君孤身落魄，行色匆匆，未曾稍尽微情。恐夫人见疑，又不能出来一面，令贱妾传示你，野店风霜，切宜自重，玉女罗帕，留作后日相见之证。愿郎君此去，前程万里，早遂功名，永偕姻眷，不可负却小姐一片至情。若有鳞便，专候好音，誓不他适。但不知郎君此一行，却往何处去也？"语未毕，泪随言下。张善相挥泪道："小生蒙小姐和姐姐如此错爱，死亦甘心。小生此去，寻那两个契友，共图王霸之业，断不小就功名。倘得进步，必有音相报。愿小姐不负初心，永坚帕玉；姐姐休要弃旧怜新，和小生再偕连理。但我今要见小姐一面，还可得见么？"春香道："老夫人坐在堂前，谁敢引官人进见？官人富贵了，切莫负却小姐深恩，贱妾薄意；苟有变更，必然断送小姐性命。"张善相道："小生若忘小姐和姐姐大恩，死于万刃之下！"春香道："君出此誓，足表真情，速去莫迟，虑人看破。"张善相将笺儿递与春香道："乞寄与小姐，用伸鄙情。"洒泪而别。有诗为证：

　　本落难禁别思悲，晚风吹月上征衣。
　　一湾流水孤村远，几点归鸦又夕晖。

　　不题春香含泪口覆小姐，且说张善相别了春香，心下悲切，珠泪偷弹，只得拽开脚步，取路前进。一连行了数日，早到黄河地面。当日天晚，投一客店安宿，正饮酒间，对座有三个客商，也在那里吃饭。一个道："如今买卖做不得了，天下变乱，兵戈载道，粮税愈重，盗贼日增，如何是好！"一个道："变乱之事，何代无之？但未知何日太平，我等得不见兵革，方才欢庆。"一个道："目今新出那两员年少大将，有万夫不当之勇，部下数十员猛将，四五万精兵，占据延州、朔州、南安数郡，称为正副元帅，四远无人敢当。小弟向日发些粮食过河，被他拦住，自分一死，不料那少年元帅宽宏大度，将我粮食只抽十分之三，又差军士护送过河。这样好人，定成大事，非小可也！"张善相听见，心下暗想："莫非就是杜、薛二兄？我今正要寻他，不如问个端的，省得一路寻访。"当下便拱手问道："尊客，这两位少年将军怎生模样？是何处人氏？姓甚名谁？近日伺处住扎？"那客人答道："一路听得人传说，一个姓杜，顶平额阔；一个姓薛，大脸长躯，年纪俱不过二九，但不知他是甚名字，何处出身。如今现在朔州屯兵。"张善相道："承教了。"说罢安歇，一夜喜不成寐。

次早算还了店钱，取路急投朔州郡来。不数日到得城外，抬头看，果然好座城池，城上迫插旌旗，密布鹿角。张善相高叫开门。城上军士问了来意，忙下城入帅府报知。把门官传报进去："有姓张的故人叫门。"薛举道："有甚姓张的故人，莫非张三弟来到？"杜伏威道："朱俭去久，未见回音，恐不是三弟。"二人同出帅府，骑马上城楼观看。张善相早已望见，高声道："杜、薛二兄，别来无恙？"杜伏威、薛举见了大喜道："贤弟远路风尘不易。"令军士李一匹骏骑，开门迎接。三人并马入城，同入帅府堂上，拂了尘土，相见已毕，叙问契阔之情。杜伏威道："自与贤弟分手，一路受尽艰辛，历遍苦楚。不期变生肘腋，身入图圄。上托林老爷法助，又赖诸贤并力，三弟福庇，仓猝起兵，连得数郡。又叨薛二弟血战之劳，战无不克，攻无不取。但寝食梦寐，无一刻不思贤弟。今得相见，足慰平日郁想之怀。林老爷好么？"薛举道："自别三弟来此，杜大哥相挈，连战连捷。智勇之士，归附如水，兵精粮足，眼见得有几分成事。前特差将佐朱俭赍书礼拜谒林老爷问安，兼请贤弟同谋进取，为何不与朱俭同来？"张善相道："林老爷身体康健的。小弟为一事逃难而来，未曾与甚朱俭相会。"杜伏威忙问："三弟有何事故？"张善相将骑马踏人，乘夜避入段府，花园得梦，夫人小姐相留事情，从头备细说了。杜伏威道："骑马试剑，是吾等分内之事，不足为过。难得段宅夫人小姐如此相爱，实是因祸得福，天赐良缘。旦夕间必为贤弟成就此亲事。"于是请查讷、缪公端诸将上堂相见，大排筵席庆贺，连日饮酒欢聚。

忽一日朱俭回来，径入帅府参见。薛举道："前差你去勾当，为何许久才回？"朱俭道："小人承元帅严命广宁县公干，幸得一路无阻，先见林住持老爷，献上书礼。林老爷不胜欢喜，看书罢，问小人就回还是要往他处去，小人道还要进城去参见张太公乔梓，就请三相公同往朔州，与二位元帅共赞军机。林住持笑道，不必去了，庄中即请出张太公父子来相见，备说三相公走马伤人，地方告在本县，太公用钱捹案不行，暂于庄内躲避，三相公逃窜，不知去向。张太公昼夜思念苦楚，泪眼不干。林老爷卜一神数，说道：在外平安，有因祸得福之喜。太公略觉心宽。留小人住了数日，方得拜别起行。林老爷有回书在此，再三拜覆二位元帅。"说罢，将书呈上。杜伏威等三人一同看书，书云："视汝书，已悉往事。今闻连捷，又兼戮仇葬父，皆人子所当为之事，可喜可喜！近者张郎，因驰马误伤人命，不知逃窜何方，以致构讼。太公父子，几被缧绁。赖钱神着力，暂尔宁贴。吾料张郎必投汝处，可同赞军机，共拯黎庶，莫徒恃勇妄杀，以为愉快也。只此至嘱。"

薛举指着张善相问朱俭道："这位将军，诚庵你可曾认得么？"朱俭道："小人正要动问，此位将军却是何人？未曾拜识。"杜伏威笑道："这位正是张三相公也。诚庵未到，他已先来，所谓不期而会。"朱俭大喜道："张相公何不早言，只是袖手而笑？"朱俭起身又拜。张善相扶住道："劳诚庵远涉，失迓为罪。老祖老父在林住持爷庄上，不得尽情，莫怪，莫怪！"朱俭道："承元帅重委，何敢言劳！尊驾已到，亦不负小人走一遭也。"众皆欢喜，重设席庆贺。

忽探马报："武州郡刺史田龙秋用大将冯谦为前锋，自为后队，共起马步军兵二万，战将数十员，杀奔前来，速请元帅军师调兵迎敌。"杜伏威聚集大小将士商议。查讷道："田刺史为人，某所素知。本贯河内人氏，托亲韩长鸾之势而得显位，无才无德，不足介意。但冯谦这厮，原是军卫出身，不惟骁勇过人，兼有奇幻之术。若先得除此人，田龙秋自然丧胆。"薛举道："古云妖不胜德。我等往往血战，非图利禄，不过除暴救民，为苍生计也。皇天祐我，岂惧彼妖术？我明日出军，务教大捷。"张善相道："敌兵远来，利于速战，宜坚守何如？"杜伏威道："三弟之言虽善，然今敌已临城，若不接战，是示怯也。必须大杀一场，使彼胆落，则后无人敢正视朔州矣。"计议未毕，冯谦军马已到，将城四面围绕。杜伏威道："今日之战，众将谁敢任前锋先出？"只见一人攘臂向前，威风可畏，高声叫道："小将愿为前部先锋！"众人看之，却是缪一麟。查讷道："公端为先锋，允称其职。"就着薛元帅、曹汝丰为左右救护，率领精兵一万，大开南门出战。

冯谦见敌军出城，号令众军退数箭之地，排开阵势，鼓声大振。缪一麟一马当先，高叫道："我老爷招集义兵，上除暴虐，下救生灵。尔等匹夫大胆攻城，是不知天命也！"对阵门旗开处，闪出一员大将，身骑劣马，手舞大刀，正是冯谦。怎生装束？但见：

  韬略深明志气高，全凭法术善兴妖。护身铠甲金星灿，嵌顶盔缨烈火飘。骑猛兽，执钢刀，威风凛凛显英豪。袋中试取弓和箭，曾向围场夺锦标。

冯谦拍马向前喝道："无知泼贼，蠢尔狂徒！不知安分，敢据城叛乱。天兵压境，即刻化为齑粉，尚敢胡说！"缪一麟大怒，跃马挺枪就刺。冯谦舞刀，劈面砍来。二人战三十余合，不分胜负。曹汝丰看见冯谦刀法愈精，缪一麟枪法渐渐散乱，心下想道："先锋若有疏失，岂不大丧锐气？"便舞起大刀，拍马杀出助战。冯谦接着交锋，并无惧怯。三个鏖战良久，冯谦虚砍一刀，带转马便走，缪一麟、曹汝丰两匹马紧紧追来。看看赶近，冯谦斜放大刀，取出宝雕弓，搭上翎毛箭，拽满弓弦，回身一箭，却好射着曹汝丰右臂。曹汝丰弃刀于地，缪一主麟单马救护回阵。冯谦拍马赶来,大叫:"泼贼体走!"将及阵门,侧边恼犯了一员年少英雄,骑着乌骓马,手挺方天画戟,大喝道:"逆贼慢来,薛爷在此!"冯谦撇了缪一麟,接住薛举厮杀。二人又战五十余合,冯谦架隔不住,横拖大刀,拨马而走。薛举、缪一麟招动大兵随后掩来。

不上半里之地,只见冯谦除下兜鍪,披发仗剑,口中暗念灵文,霎时间天昏地暗,日色无光,狂风大作。风过处,只见无数的鬼兵,红须赤发,头如车轮,身长丈八,腰扎虎皮,手执铁棍,乱纷纷空中打将下来。缪一麟心慌,也顾不得薛举,放马先自走了。众军士被风刮得站身不住,大头鬼又凶猛打下来,阵脚大乱,四散逃生。薛举见众军俱散,也带转马头,杀条血路而走。后面冯谦率众将蜂拥赶来。薛举见追兵甚急,回身接战,圆睁虎眼,喊声发雷,骤马挺戟直冲入敌阵。冯谦部下诸将一齐迎住。薛举手起一戟,刺一将于马下。两下正奋力交锋,半空里大头鬼拿铁棍又劈头打来,薛举急中省悟,忙念降魔咒,那大头鬼随风远远四散。薛举放胆大杀,力敌众将,挑四将落马。冯谦慌了,暗射一冷箭,正中薛举左膝。薛举带箭回马,冯谦与众将来追,看看赶上,薛举大喝一声,转身飞马又冲过来,势如猛虎,众将不能抵当,纷纷倒退。冯谦大怒,舞刀独战,交手三合,被薛举戟尖刺着袍袖,顺手一拖,冯谦险些儿拖下马来,幸得两下用得力猛,将袍袖扯断。冯谦受那一惊,不敢恋战,拍马回阵。薛举紧紧追来,众将要救冯谦,只得抵死迎住。薛举一枝画戟,神出鬼没,若舞梨花,遍身解数。官军看了,个个魂惊胆颤,都喝彩道:"这小将军是楚霸王再出世也!"后薛举至蜀,称为西秦霸王,亦应众官军一时之识。有诗为证:

    薛举英雄不可当,朔州今日赛当阳。
    方天戟摆蛟龙尾,到处人称小霸王。

薛举正酣战间，冯谦翻身杀回，战够多时，薛举又挑一将下马。众将心惊，正要走，忽然金鼓乱鸣，大队官军来到。原来是田太守闻报众将战不下一个年少贼将，故亲统大军赶来，指麾军马，四面围裹，欲擒薛举。薛举抖擞神威，怒目挺戟，盘旋鏖战。田龙秋见薛举手舞画戟，诸将不能近身，急令放箭，四围攒射。薛举见箭如飞蝗，忙除下兜鍪抵箭，右手持戟，迎着兵刃，敌军杀近身的都被搠倒。田龙秋愈怒，亲执号旗，催督将士并力来攻，薛举毫无惧怯。正大战间，喊声又起，一彪人马杀入重围，势不可当。敌军纷纷退避，薛举乘势杀出。这是杜伏威见前军败回，薛举单身冲突转去，恐有疏失，急引一枝生力军前来救应。随后张善相、缪一麟等又引精兵数千继进，两军混战，互相折损。直至日色将沉，两下收军罢战。

查讷接应入城，解甲休息饮酒。缪一麟举杯道："薛元帅真天神也！敌将作法，我与诸军皆退，元帅匹马反杀进敌阵，如入无人之境，挑他名将十数员落马，全身而返，今古之所罕见。敬举一杯。"薛举接杯道："乃大元帅与诸君福庇，某何能之有？今日这一场厮杀，彼军亦胆落矣！邪鬼无踪，勇夫缩颈。冯谦这厮，被我一戟刺中袍袖，几乎坠马，不意袖断遁去。彼军围散数次，近身者刺死不计其数。我左膝上中了一箭，拔出箭簇，犹觉微痛。这会儿平复如旧矣。"查讷道："某闻三国赵云在长坂坡救主，冲入曹兵重围中，退而复进者数次，斩将夺旗，无人敢当，人称虎将。今日元帅大器不减子龙昔日之勇也！"薛举道："赵子龙吾何敢当？但不折锐气为侥幸耳！"众皆敬答不乏，于是合席庆贺。薛举吃得酩酊大醉，扶入帐中睡了不题。

再说官军回寨，田龙秋点将，没了十余员，心中不乐。诸将甚称薛举之勇，冯谦道："贼将青年骁勇，果然难敌。法术不能侵犯，或者彼亦能通法术。今日可惜失计，不用得那毒龙妙法，放彼脱去。明日交兵，必须下毒手擒之。"田龙秋道："仝仗将军妙用，若擒得此人，胜斩数十员贼将。"当晚不题。次日，田龙秋、冯谦率大军逼城搦战，只见城上偃旗息鼓，寂无人声，心中疑惑，不知是何计策。正是：

> 雪隐鹭鸶飞始见，柳藏鹦鹉语方知。

毕竟两下怎生交战，且听下回分解。

第三十四回

善相破法斩冯谦　士开解围推段帅

诗曰：

> 延州城外毒龙飞，绕阵俄遭烟火迷。
> 左道谩夸施妙用，真人应自有天机。
> 鹡鹞岂并冲霄翮，萤火难争丽日晖。
> 元老荐贤期奏凯，行看虎豹出皇畿。

话说冯谦率大军攻城，见城上旌旗不整，鼓角无声，心疑有计，不敢逼近，但远远围困攻打。将及午后，忽然鼓声振响，城门大开，一骑马飞出城来，后随数千步军。马上那将乃是正元帅杜伏威，单搦冯谦出马。二将更不打话，斗至数合，薛举马军又到。冯谦一人怎当得两员虎将，勒马便退。杜、薛二将追来，冯谦急了，依旧仗剑作法，蓦然天昏日暗，风砂大作。杜伏威也默诵咒，喝声"疾"，依然天清日朗，风砂皆息。冯谦见破了法，又念咒语，满空中大头鬼，不计其数，手持铁棍，劈头乱打。杜伏威口中也念念有词，只见半空中现出一尊金甲神人，身长三丈，腰大十围，手持降魔真幡，拂拂而来。大头鬼见了真幡神，不觉现出本相，纷纷坠落尘埃，原来都是纸剪的。

冯谦见又破了法，心下慌张，忙勒马跑上土坡，口念真言，忽见黄雨如注，从空而降。杜伏威、薛举冒雨紧追，猛然酸气逼人，浑身麻木，一阵邪气从七窍钻入腹中，肺气上壅，喷嚏不止，霎时间头晕眼胀，脚软手酥。杜伏威连声道："好利害也！"忙招呼薛举回阵，众军马都立脚不住，一齐奔回，势如山倒。背后冯谦率军追杀。查讷、张善相在城上远远望见二人败阵，忙催军接引进城。冯谦又将城四面围定。杜伏威、薛举进了帅府，喘息不已，口渴欲饮，只觉心隔作酸，猛地恶心一阵，吐出黄水斗余，方才宽爽。出阵军兵，尽皆大吐。杜伏威心下烦苦，张善相道："大哥不须烦恼，适才我在城楼上，遥见有吸髓毒龙，从下而上，盘舞空中，口喷黄水。此是毒龙吸髓之法，破之亦易。"薛举道："贤弟为何知此法术？"张善相道："林住持所传兵书上有之，大哥如何忘了？"杜伏威道："贤弟既知此术，适才何不破之？"张善相道："今日不破其法，正要使彼得胜，以骄其志。彼再恃法，必堕吾之计中。姑延数日，擒此贼将。"众虽称善，心下未服，查讷亦怀犹豫，不敢多言。

冯谦一连攻打数日，城内无一兵出战，暂且解围退去。张善相见了，当晚升帐，号令诸将出兵：令常泰引军五千，一更尽出城，埋伏西方僻处，黄松领军五千，一更尽出城，埋伏东方僻处，来日午牌时候，只看雾起炮响，抄出贼人阵后，尽力进攻。又请薛举领步军二千，离城东南十五里井字弄僻处埋伏，又着缪一麟领步军二千，离城西北十里独虎山埋伏，明日午时，但看雾起炮响，杀出拦截，两下并力大战，不可退步。又请杜伏威领马军三千、步军五千，明日开城出阵对敌，奋勇格杀，他若又施毒龙吸髓法。众军一面奔走，一面口中暗念"唵阿游阿哒利野婆呵"神咒，自然无事。诱彼追赶近城，只看雾起，放起号炮，以待接应。又着尉迟仲贤部领五百军士，各带狗血蒜汁，待冯谦危急，作法欲遁时，用血泼去。"查近仁率兵守城，我自临城楼作法，必获全胜。"查讷见张善相调拨军马，井井有条，暗中啧啧称善。黄昏时分，常泰、黄松、薛举、缪一麟各自领军出城埋伏去了。

次日平明，杜伏威饱食严妆，专等辰时，大开城门，引军出战。两下排开阵势，那边冯谦出马，这里杜伏威自迎，更不打话，一往一来，枪刀并举，战五十余合。杜伏威奋起神威恶战，冯谦拖刀败下阵来。杜伏威追赶，冯谦依旧披发仗剑作法，顷刻黄雨大降。杜伏威和众军且走且战，口里都念"唵阿游阿哒利野婆呵"，果然毒气不侵，人人无事。冯谦只道众军着了迷，追过阵来，渐至城边。张善相在城上布起大雾，顷刻间对面不见。又听连珠炮响，冯谦心慌，回马便走。早听得雾中四下里鼓声大振，西北上缪一麟杀来，东南上薛举杀来，城东黄松从后杀来，城西常泰从后杀来，杜伏威招引众军，呐喊来擒冯谦。冯谦见四面俱有伏兵大将，势不可当，况大雾昏迷，部下军士，看看折尽，甚是慌张，几次冲突不出。只听得四下喊叫道："不要走了冯谦！"心下正慌，将走到井字弄，却好撞着薛举，二将交手数合。冯谦终是胆怯，不敢恋战，拨马便走。薛举放马来追，前面缪一麟挺枪拦住，前后夹攻。冯谦忙倚大刀，拔出腰间宝剑，口中暗诵真言。只见剑尖上放出两道火来，火焰有三丈之长，双手舞剑，就如两条火龙蟠旋，焰腾腾四面火光飞舞。势不可近。薛举正欲念咒，张善相在城楼上早已见了，即忙捻诀念咒，将剑一指，冯谦火焰霎时尽灭。冯谦见破了法，马上又念灵咒，驾起一朵红云。腾空而起，直上青天。尉迟仲贤看见，便教军士将狗血蒜汁，乱洒上去，冯谦从空跌下尘埃，薛举照喉一戟，刺死于地，其余军士尽皆投降。果然杀得尸如山积，血流成渠。有诗为证：

  幻法能教上九天，何期一旦破真禅。
  冯谦自恃人无敌，至死方知学未全。

张善相收了雾，仍旧天色明朗，号令诸将马不停蹄，连夜擒捉田龙秋，攻破武州郡，方许回军。诸将一齐乘势来擒田刺史。

　　再说田龙秋领军来接应冯谦，路遇败残军士来报："冯将军被敌将诱入阵中，一戟刺死。"田龙秋听说，惊得魂飞胆破，放马逃生。又见背后尘头大起，追兵到来，不敢入城，单马从小路抄往径州去了。杜伏威领众将一直来到武州城下，不见了田龙秋。杜伏威道："田龙秋乃釜中之鱼，不必追赶。若得此城，胜田龙秋多矣。"当下催军将城固定，金鼓之声，远闻数里。

　　此时已是黄昏，城外火光照耀，如同白日。守城官府丞秦伯建是儒士出身，连晚聚集本府大小官员，计议守城之策。幕宾孙是梧道："田刺史不知利害，偏听冯将军之言，倚恃法术，将军士尽行出征，空城而战，不料全军皆覆。如今孤城难守，军不满千，尽老弱之辈，百姓们号哭，粮食缺少，此城破在旦夕。城若一陷，玉石俱焚，百姓尽遭涂炭。依小生愚意，不如权且投降，以救一郡生灵之命。"秦府丞道："受国厚禄，一朝背之，是为不忠。只宜坚守，以尽臣节。"孙是梧道："不然。事有经权，不可执一。大人尽忠报国，固是臣节；殊不知当今天心不顺，直道难容，尽弃仁义，竞于势利。连岁兵戈不息，盗贼蜂起，继之税繁赋重，田土荒芜，眼见得时运两穷。自杜伏威起兵已来，占据数郡，势甚猖獗。各处求救表文至京，并不见朝廷发一军救应，皆是燕雀处堂，上下偷安，岂知桑土绸缪之道？我等若不早决去就，祸必旋踵而至。不若降之，以免一郡生灵之苦，此为权变之策。"秦伯建低头不语。众官一齐道："孙参谋之言甚当，大人须当从之，以救一时之急。"秦伯建道："明早就着孙参谋前去通说投降之事，若待以礼，即便投降；如若骄慢，另作区处。"众官商议已定。

　　次日，城上竖起降旗，杜伏威见了，令军士撤围，暂退一箭之地。少顷，孙是梧出城，步行到寨。见了杜伏威，行礼已毕，献上降书。杜伏威大喜，待以上宾。孙是梧道："卑职无才贱士，何劳将军重礼？"杜伏威道："久仰参谋盛德大名，今得一见，足慰下怀。"孙是梧道："秦府丞使卑职归降，非贪富贵，实为一城生灵。将军进城，勿伤百姓，将军之大德也。"张善相道："古人云：'行一不义，杀一不辜而得天下，不为也。'我等兴义兵以除暴乱，正为救百姓于水火。今参谋以此见教，足征爱民。"随即号令三军，进城时不许惊扰百姓，若妄杀一人，妄取一物者，定按军法。孙是梧拜辞杜伏威，复入城内，将杜伏威待以宾礼，号令三军之事说了。秦伯建大喜，率领大小官员，一齐白衣素冠，步行至杜伏威寨里拜降。杜伏威设宴款待，宴罢进城，秋毫无犯，百姓安静如故。

当日捷书到朔州郡，查讷委王骐掌领郡事，自却单马来见杜伏威道："今日兵威大振，元帅可将得胜之军攻掠旁郡，管取兵不血刃，唾手而得，不宜迟缓。"杜伏威道："军师之言甚善。"随遣薛举领兵五千取静宁州，常泰领兵五千取固原州，缪一麟领兵五千取高平县，杜伏威自领马步军三万随后，取岐阳郡。其余军马，尽随查讷守城。薛举、缪一麟、常泰分头领军攻取三处城池，俱望风而降，果然不动张弓只矢，连得二州一县。三将回兵，都随杜伏威一同往南进发，来取岐阳郡。一路里军威整肃，黎庶安然。军马已到岐阳，当晚离城二十里地名杜阳山扎下营寨。次日，率领大军攻打城池。

此时，桑参将已死，岐阳郡新任刺史姓和，名用行，乃和士开之族侄，士开特引为岐阳刺史。为官清廉正直，爱民如子，轻徭薄赋，百姓乐业，更是谋略沉毅，常不满其叔和士开之所为。当下见城外军威甚锐，围绕攻城，与部下一班将士计议，都各要请军出战。和用行道："贼兵方来，其势甚锐。久闻杜伏威等俱是万夫之敌，难与争锋，坚守为上。尔众将士受了朝廷厚禄，都要用心固守城池，待我申闻上司，转奏朝廷。若得救兵到来，方可退敌。"众将无言而退。和刺史做成文书，连夜申了上司具表，差人星夜偷出水门，径到京都枢密院参见了和士开、穆提婆二人。

原来此二人是小人出身，因逢迎皇上得位，升为左右二仆射，执掌朝廷大权。自杜伏威起兵之后，失了几处城池，遍处求救，表章到枢密院，都是二人留下，竟不奏闻。连日有数十道求救表文申到，二枢密也有些惊骇，在堂上议论此事，又见岐阳郡表章来到，二人知和用行被围，不敢隐匿。此时齐世祖湛禅位于其太子纬，即位称为后主，改元天统元年。次日五更，后主升殿，和士开、穆提婆进朝，三呼舞蹈毕，后主道："今日无事，二卿可在侧殿陪朕弈棋，以消长昼。"和士开奏道："臣有军机重事奏闻陛下。"遂将杜伏威起兵连夺数郡之事，一一陈奏："目今岐阳刺史和用行被围甚急，破在旦夕，有文表申到本院，转达天庭。臣等不敢隐匿，乞陛下圣鉴，速发兵征剿，庶解此危。"后主展开奏章看了，大惊道："这杜伏威何等之人，辄能聚众为乱，占据城邑？为何州郡官不合兵剿灭，养成到今？"穆提婆奏道："臣闻杜伏威年不过二十，力敌万夫。部下纠集数十员大将，皆是勇猛之士，因此府县官每每征讨，不能取胜，反致失陷城池。陛下速宜差大将出兵，不然，岐阳亦不可保矣！"后主道："可调诸路军兵十万，再选老将智勇足备者一员为帅。其余将士，任二卿选择，即日起兵，不可迟滞！"和士开奏道："臣举一人，现为都督府右都督将军段韶。此人才兼文武，智勇超群，况且曾征服海外诸蛮，老成持重。若使为帅剿贼，管取指日成功。"后主道："朕知此人乃智勇兼全老将，贤卿所举得人。今日可在朝否？"只见武班中走出一员老将，但见：

  清奇古俊，腹中有数万甲兵；勇毅沉雄，闻风则千人辟易。名驰海外，诸蛮莫敢不来王；誉动齐邦，是处人闻皆起敬。果然单刀如入无人境，只手能擎半壁天。

那老将正是段韶，金带紫袍，幞头象简，白髯碧眼，相貌威严。

俯伏金阶，口称万岁。后主道："今有贼将杜伏威，聚集亡命，攻掠城邑，势不可当。郡县屡失，近又围逼岐阳，势甚危急。和仆射荐卿为主帅，统领三军，征剿贼寇。卿可用心扫除边境，朕早晚专望捷音。"段韶俯伏道："臣樗栎庸材，感陛下知遇，宠禄过分，敢不效犬马之力！"后主又问："众臣之中，有谁敢任副将之职，为朕分忧？"只见武将班内，又走出一个大臣，生得阔面长须，身长体壮，文材拔萃，胆量过人，乃是镇西将军齐穆。当下俯伏道："臣虽不才，愿为副将，以解宵旰之忧，助段都督一臂之力。"后主大喜，当殿各赐御酒三杯，锦袍玉带。段韶加升为太宰兼都督大元帅，齐穆为副元帅。二人谢恩出朝。次早，齐到演武场聚集将士，操练三军。就行文书，遍处调遣军马，旬日间共集有十万精兵，选大将四员为左右羽翼虎贲将军：赵银、洪修廉、孔鳌、马信；又选骠骑将军严敬为先锋。当下辞了后主，率领三军，浩浩荡荡杀奔岐阳郡来。

再说杜伏威攻打岐阳城，一连围困二十余日，城内并不放一人一骑出来。杜伏威心下烦恼，见报查军师、张元帅率诸将来到，不胜欣喜。见毕，备言城坚难破。张善相道："此城坚固，一时攻打不下，城中又无动静，彼必有计。"查讷道："久闻和刺史深通谋略，他见我军势锐，不敢交锋，撄城固守，以待救援，早晚必有救军到了。"张善相道："查近仁所见最明。若他救军来时，城内必出军接应，前后夹攻，我等腹背受敌。不若趁未交锋之际，且将军马暂退，让彼合兵后，另设良计破之，擒其主帅，城可得矣。"正商议间，探马来报，朝廷封段韶为正元帅，齐穆为副元帅，严敬为先锋，勇将百员，马步兵十万，杀向前来，离此不远。杜伏威听报，整顿军马迎敌。

再说段韶奉旨，带领大军十万，征讨杜伏威，果是旌旗蔽日，杀气遮天，一路无话。看看来到河东府地面，已近本家宅院，委副元帅齐穆、先锋严敬部领军马先行，自领亲随军健回府探望。曹夫人迎接入内相见了，夫人道："相公莅任数年，不觉须鬓皓然，容颜苍老。如今杜伏威等一伙贼寇，军威整肃，势不可当，非寻常盗贼之比。圣上何不差少年之将前来征剿，却委相公重任？相公年过六旬，精神衰惫，军旅之事，三军性命，社稷安危，非同小可，何不力辞君命，归享林泉之乐？"段韶道："老夫年虽高大，壮志未消。既受朝廷知遇之恩，食禄万钟，官升极品，奉命剿贼，正臣子报效之日，岂敢以年老拒辞？谅此小伙草寇，焉能成得大事！管取一战成功。"夫人见说，不敢再言。段韶四顾，不见女儿，问道："女儿琳瑛为何不见？"夫人道："女儿卧病在床，将及月余，请医调治不痊。"段韶惊道："女儿既是得病，为何不差人报与我知？今得何病，如此淹缠？"夫人叹道："女儿这病，医生们俱说是七情所伤。"段韶道："娇养深闺，焉有此症？"夫人道："这病来得奇异。自八月十五赏月之后，便不茶不饭，思病恹恹，服药无效，脸儿渐渐的黄瘦了，腰肢儿渐觉小了，又不疼不痛，只是思睡。问众婢时，都说不知其故。我好不心焦，与决不下。"段韶道："我向来吩咐春香这妮子贴身伏事，你缘何不问他？可唤他过来见我。"夫人遂命翠翘："快到小姐房中，唤春香来见老爷。"翠翘跑至小姐房中说："老爷回了，问及小姐的病，要唤春香去打哩！"春香慌了道："小姐，老爷要打时，如何说好？"小姐道："你千万莫说出张官人来，十分问得紧时，只说我不见了一个玉人，因此烦恼成病。再问别的言语，只推不知。"只见云娥又来唤了，说："老爷大怒，春香姐快走！"那春香惊得何如？但见：

> 面如土色，唇若蒂青。面如土，飞下了两朵桃花；唇若蒂，摘去了樱珠一点。春心吸吸，气喘嘘嘘。心吸吸乳旁撞鹿，如雨打鸡儿；气嘘嘘脚下越趄，似雷惊孩子。搔头不知痒处，食物不辨酸咸。罪责目下要承当，竹片眼前饶不过。

春香来到堂前磕了头。段韶道："我且问你，小姐这病，是因何起的？"春香道："不知。"段韶大怒，叫取板子过来。春香跪下道："老爷息怒，待春香说。自八月十五玩月之夜，小姐拿那一对玉人儿出来耍弄，忽然次日不见了一个，不知是猫儿衔了去，不知是老鼠衔了去？小姐思想这玉人，遂此得病到今。"段韶道："深闺之中，玉人缘何得失去？必定别有缘故。"春香只言不知，段韶怒起来，打了春香十下，只言不知。段韶无奈，只得自到小姐房中问他，夫人与春香等，都随在后边。

那腊梅丫头先去报知小姐说："春香被老爷打了十下，只招成不见了一个玉人儿，故此得病。如今老爷自来问小姐了。"小姐闻说，叫腊梅将香几儿过来靠了，包了头，装做十分沉重的模样。段韶亲自来到小姐房中，见小姐靠着香几睡。红莲报道："老爷来了。"勉强立起身来，低低道声："爹爹万福。"段韶道："我儿，为何得此病症？"小姐道："不知怎地染这重疾，不肖女多分不久于世了。闻爹爹奉旨讨贼奏凯回来，不如致仕乐享天年，免贻母亲之忧。女儿身死之后，愿爹爹保重，莫增伤感。"说罢，哽咽泪下。段韶垂泪道："我儿宽心调养。这病的根由，说是不见了玉人儿，待我平贼之后，定要缉访这玉人出来还你，不可忧郁伤神。拿那一个玉人来我看。"小姐叫春香在描金梳妆内拿出来递与段韶，段韶看了玉人道："不见的是女身，怎生样不见的？"小姐道："一同安放床头，不知怎生，次早就不见了一个。孩儿着了惊，因此成病。"段韶将玉人放于袖中道："我儿宽心调理，我不日就回来看你，与你追寻这玉人儿。"小姐道："愿爹爹早早得胜回来。"

段韶出了绣房，叮嘱夫人好生看视女儿，即上马带了健将，赶着军马一同杀奔前来，离岐阳城地名雍山扎下营寨。先锋严敬入中军禀道："前去岐阳郡不远，只隔六十里之程，即是贼寨。还是连夜进兵，或是屯兵暂歇，以待明日交战，请元帅将令。"段韶道："黑夜之间，难以交锋，权且安息一宵。明日平明进兵，放起号炮，使城内知觉，出军夹攻，方保全胜。"又吩咐诸军密布鹿角，带甲假寐，以防贼军劫寨。当夜无话。次早五鼓，埋锅造饭，平明进兵。先锋严敬上马，带领步军三万，当先鼓噪杀进。后面齐穆中军放起号炮，段韶后军，陆续继进。城内和太守听得城外连珠炮响，已知是朝廷救军到了。慌忙上城看时，只见尘头蔽日，杀气迷空，漫山塞野皆是军马。远远见中军帅字旗随风飘动，旗上书着"都督大元帅段"六个大字。和太守急率领大小将校、步军五千，大开东门杀出。杜伏威见两下杀来，即将军马分做两处：薛举、张善相领军一万五千迎敌来将，杜伏威、查讷领军一万五千押后，以防城内冲围。薛举之军，却好与先锋严敬军马相遇，更不打话，严敬便向薛举挺画戟，二将战无数合，薛举倒拖画戟，落荒而走，军马四散奔开。严敬率军四下扑赶。这边杜伏威未及动兵，城内和太守军马已到，两下混战。查讷大叫："寡不敌众，元帅可避其锋。"遂带马先走。杜伏威也拍马挺枪冲杀出阵去了，部下军士各自散开。和太守亲自督军冲杀一阵，只见抛枪弃剑，头盔衣甲、粮草器械塞满道路。和太守鸣金收军。段韶传下将令，于城外傍城扎下三个大寨，中寨是大元帅段韶，东南寨是副元帅齐穆，西南寨是先锋严敬，分为犄角之势。

　　和太守先进了城，急令整顿酒席，一面差官犒赏三军，次后迎请元帅等一行人入府堂参见。礼毕，次序而坐。和太守谢道："卑职牧守此郡，不期巨寇临境。困城月余，破在旦夕。若非元帅亲临，城陷必矣！"段韶道："贼寇扰民，本郡州县官即当征剿，为何养成贼势，然后用兵，岂不迟了？数月并不见州郡一道表章，误却朝廷大事，公等责有攸归！"和太守道："卑职新莅任，前官不知何以致此。但这伙大盗，非比等闲，自侵扰以来，连下了十数座城于势如破竹，拥兵十万，战将百员。薛举力敌万人，杜伏威法术高强，张善相、查讷深通韬略，熟谙兵机，非鼠窃狗偷之辈，势如泰山压卵。卑职死守此城，连上表文，方得二位元帅驾临。向来各郡州县。无不行文告急，并不见朝廷遣一军救应，故此失了许多城池，非郡县官之罪也。"段韶叹道："当今皇上初禅大位，宠用和、穆二枢密，只是吟诗吃酒，不理国政。表章至京，必被隐匿，以致如此。"齐穆笑道："和刺史何其懦也！只说得杜伏威英雄，自却畏刀避剑，保全首领，安坐城内，欲待虏之自退乎？"和太守道："卑职力有不能，非敢保全身家以负朝廷。这伙贼寇，委实智勇足备，难与争衡。元帅须用计调兵，方保万全。"齐穆怒道："都是你这些尸位素餐无能之辈，误国家多少大事！我看这伙毛贼，不过乌合之众，有何智勇材能？不是齐某夸口，明日一阵，决擒此贼。若不取胜，非丈夫也！"和太守低头不敢言语。当日席散，闲话不题。

次早五更，齐穆预先传下将令：众军平明造饭，巳时出军。自到段韶寨中相见。齐穆道："昨日和太守夸奖贼寇英雄，今日齐某自领本寨军三万剿贼，不须元帅和先锋助战。预先禀过，然后出军。"段韶道："元帅不可造次，须要三寨参酌，一同出战，以观贼势强弱，庶可万全，不宜轻敌。"齐穆道："某虽不才，曾替朝廷建多少功绩？何在乎这伙无名草寇也！若不取胜，生擒贼首，誓不回军！"段韶道："元帅所言，正是英雄本色，但要用心莫作等闲，挫动锐气。"齐穆得了段韶将令，回寨整顿器械，全装披挂，骑一匹银鬃白马，手提丈八蛇矛，带领大将二员马信、孔螯，一同出阵，看我独建头功。有诗为证：

　　齐穆小儿曹，徒矜志气高。
　　不思螳臂力，欲使泰山摇。

再说杜伏威、张善相、萨举、查讷佯输逃窜，鸣金收军，相隔杜阳山二十余里，扎定营寨。当晚张善相计议道："来将元帅段韶，正是那美人的父亲。交锋之际，须生擒此人，方好成事。若损其命，只恐一段姻缘，空付与东流逝水。恳求近仁良计，何以万全？"杜伏威道:"三弟,我与你金戈铁马,与天下争衡,而溺志于女色,恐非豪杰之襟怀也。但愁不作奇男子,何患世无美妇人。何必恋恋于段小姐?"张善相挥泪道:"大哥有所不知。弟与段小姐月下深盟,神前誓约,若不成双,彼愿白首香闺,一死以报,弟愿鳏居没世,永不别偕,故以玉人罗帕为记。此天下女中之丈夫,非等闲可比。况此女窈窕温淑,知书达理,才识兼高,德色两笔,真有一无二之贤内助也。弟若不得此女为妻,情愿一死以相从于地下,何羡称孤道寡,南面而王哉!"查讷道:"将军不必悲伤。欲与段小姐成亲,亦是易事。但不知段元帅果是美人之父否?擒得敌将,便知分晓。若果是,另设奇计,为将军完此姻事。"杜伏威道:"既如此说,全仗军师妙算。"当夜无话。

次日平明,探马报敌军已到。杜伏威、薛举、缪一麟一齐上马出阵。对阵门旗开处,锦鞍战马上拥出一员大将,正是副元帅齐穆。左首孔鳌,右首马信,三将立马门旗之下。杜伏威一马当先,喝道:"佞臣奸贼,误国之徒;保守身家,兀自不稳,辄敢虎口捋须,自送死耶?"齐穆大怒,骂道:"无端草寇,敢尔猖狂!天兵已到,顷刻化为刀下之鬼。"杜伏威大笑,手挺长枪杀过阵来,齐穆举枪架住。二将奋勇,大战七十合,不分胜败。虎贲将军马信见齐穆枪法缓慢,怕有疏失,手提宣花大斧,拍马助战,这边薛举挺戟接住厮杀。官军队里恼了一员虎将,姓孟名孔,放开战马,舞动大刀,横杀过来,这边缪一麟拍马挺枪迎住。六匹马盘旋驰骋,六员将抵死相持。酣战之际,马信被薛举一戟刺着右臂,翻身落马,部下牙将拚死救回。齐穆见马信落马,心下慌张,不敢恋战,败阵而走。杜伏威、薛举二将紧紧追来。看看赶上,齐穆回马斜按长枪,将流星锤照杜伏威脸上打来,杜伏威侧身躲过。薛举一马飞到面前,齐穆措手不及,被薛举轻舒猿臂,生擒过马,众军向前绑缚。官军阵内数十员将校并力来救,被杜伏威刺死五七个,其余只得退去。孔鳌单马奔走,缪一麟拍马后追。孔鳌见遣将已近,拨转马头,用力一刀砍来,缪一麟一闪,那刀砍了马头，跌倒地上。缪一麟跳在平地步战，孔骜欺他无马，咬牙啮齿裹杀来，十分危急。正是：

  路逢狭处难回避，事到头来不自由。

不知缪一麟性命如何，且听下回分解。

第三十五回

元帅兵陷苦株湾　众侠同心归齐国

诗曰：

老将西征胆气雄，旌旗蔽日马嘶风。
长驱劲卒如貔虎，藐视英豪似稚童。
计堕受围幽谷内，兵穷觖望邃林中。
结姻靖国降三杰，转败为功拜九重。

话说缪一麟被孔赘砍中马首，立地步战，渐渐势危。却好杜伏威一马飞到，冲开将士，救出缪一麟，直取孔赘。孔赘不敢交锋，拨马便走，官军四散奔逃。缪一麟换了战马，同薛举、杜伏威一齐率军掩杀，杀得孔赘头盔倒挂，弓箭皆落。正进退无路，幸遇先锋严敬军马已到，救了性命。严敬接住杜伏威，两下混杀一场，俱备收军回寨。严敬救得孔赘，到段元帅寨内来。段韶发放回营，又着医生调治马信金疮，查点阵亡军士，折有七千余人。段韶大怒，恨道："齐穆小畜生，不谙军务，恃匹夫之勇，轻敌取败，折了许多军士，自又遭擒，丧尽锐气。若不剿除贼寇，难回京都见皇上之面。"即传将令，差先锋严敬次日带领步军二万、马军一万，冲突前锋。又差赵银领军一万为左翼，洪修领军一万为右翼，辰时取齐进兵。段韶在后督阵，拔寨都起，誓擒此贼，方许回军。将令一出，三寨军兵各各打点次日出战。正是：

一更传号令，将卒要齐心。二更刁斗响，专防贼劫营。三更星月冷，喝号与提铃。四更齐束甲，严妆准备行。五更皆造饭，平明大出征。

话分两头。再说杜伏威得胜曰寨，查讷吩咐，将齐穆且收入陷车监禁，教军士看守，好好待之。就在寨内杀牛宰马，设宴庆贺，犒赏三军。杜伏威和查讷等商议："今此一战，挫动彼军锐气，既擒彼将，军师不杀，是何主意？"查讷道："今日不斩齐穆，也为着张将军亲事，就中用计，缓急可图。故留此人，以待后用。"杜伏威等同道："军师所见，非常人所知。"查讷又道："段韶见我们擒了副元帅，必然激怒，明日决起倾寨军马来了。某闻段韶素有谋略，非齐穆可比。明日军势正锐，不可交锋，紧闭寨门，暗伏弓弩防备。数日之外，待其少懈，如此如此用计何如？"张善相拍手道："军师妙计，人不能及。"当日尽欢而散。

次日，官军先锋严敬领马步军三万，一直哨到杜伏威寨前，不见动静，就逼寨空阔处排下阵势，呐喊挑战。次后左右二翼洪修、赵银军马都到，与严敬相见。严敬道："贼寨内不发一卒，未知虚实如何，不敢太逼。"赵银道："小将二人在此拒住，先锋可禀知元帅，再行征进。"严敬慌忙到后军，见了段韶，备言其事。段韶道："贼军不出，必有诡计，不可轻动，堕其计中。汝选三千精锐马军，径冲贼寨，若有变动，随即进兵。若贼寨安然不动，不可妄进，只可擂鼓挑战，待其军出，然后交锋。"严敬领了将令，到前军选精壮久战马军三千，擂鼓呐喊，直冲到杜伏威寨边。只见紧闭寨门，寂然不动。自己呐喊到午，亦无动静，又不敢冲杀入去，马军暂且退后。严敬又教步军裸体辱骂诱战，至晚，只得收军回寨，禀覆段元帅，元帅今夜间谨守鹿角，以防劫寨。次日，段元帅又差严敬引军搦战。自早至晚，紧闭不出，严敬又只得空回。一连三日，按兵不动。

段韶和诸将商议，踌躇不决，十分忧闷。忽见巡哨牙将报入中军，口称有机密事禀知。段韶唤入帐下问之，那牙将道："末将昨夜带数十小卒，巡哨至东南僻路一上山之上，遥见树林中有族旗摇动，军士络绎不绝。又见本村百姓，东奔西窜。小将拿住问时，都说杜伏威乏粮不战，只待黄昏，带领军士近村掳掠，杀害百姓，因此人皆逃窜。小将探得此消息，特来禀元帅爷。"段韶道："贼非无粮不战，必有诡计，今夜再去哨探来报。"牙将领了将令，当夜又差精细军校，分头遍村哨探。次早回覆，都一般说：乡村百姓遭害，贼党到处，鸡犬不留，掳得些少粮食，只够营中一日之费，因此日抢日吃，无心对敌。段韶心中暗想："此等乌合之众，以劫掠为生，或者粮草不敷是实，不趁此时破之，更待何日？"暗传号令，差先锋严敬领马步军二万。申时动身，往西北村一带幽僻去处埋伏，但遇贼军掳掠，鸣金为号，尽数剿除，得贼首者为上功。严敬得令，整顿军马去了。又吩咐心腹牙将分头把守三寨，自带赵银、洪修二将，马步军二万。申时起马，往东南一带僻静乡村去处埋伏，等候捉贼。

却说严先锋领军马往西北上来，到一个去处，高山峻岭，树木丛杂。问土民，说是地名虎啸岗，此正是强盗打劫粮草聚会之处。严敬听了，吩咐众军各处埋伏，只听鸣金为号，会合杀贼。看看天色晚了，黄昏时分，严敬和一班牙将，立在虎啸岗山头观望，见远远尘头起处，火把乱明，有一二千强盗提枪执棍，背驼包袋，喊笑而来。严敬忙鸣金聚众，拍马下山来擒这伙贼。那一二千人见锣声响，追兵齐集，都弃了包裹粮食，打黑火把，尽投东山凹里逃窜去了。官军一齐来抢粮食，严敬禁止不住。又见西山凹边，有千余人，皆驼包裹，手执器械火把，大喊而来。严敬喝道："兀的不是劫贼来也！"忙催军士赶杀，也俱丢下包裹，打黑火把，乱纷纷走了。严敬拍马催军追赶，未及半里，又见一伙强人冲道而来，慌忙杀时，却又四散去了。此时已是更尽，严敬分军四国赶杀，奈何路径不熟，又是崎岖山路，追赶了两个时辰，遇着数伙强人，都皆走了，不曾杀得一个。严敬心焦，领军杀过虎啸岗西首十余里，已是半夜，地名铁檠岭，却是一条小路，两边都是芦苇沙地。严敬勒住马看了一会，喝军马不可前进，且回旧路。

话未完，只听得一声炮响，如半空中打下一个霹雳，惊得严敬等手足无措。抬头一看，四围芦苇尽皆火烧。此时正是初冬天气，西北风甚急，火趁风威，烧得遍地通红，如同白昼。官军被火所逼，烟雾腾空，立脚不住，各顾性命，自相践踏，死者无数。严敬挺枪跃马，冒烟突火而走。不上两箭之地，听得炮响振天，鼓声动地，山凹内突出一员大将，锦袍金甲，白马长枪，喝道："严敬中吾之计，杜爷在此，下马纳降！"严敬并不打话，挺枪就刺，二将交锋。只见漫山塞野皆是军马。杀得官军星落云散。严敬胆怯，夺路便走，杜伏威亦不来追赶。严敬回头看部下，只有十数个军士、两个健将随着。严敬问道："这条山路，可以到得大寨去么？"健将道："此路寂静，无人拦阻，且从此撞出去，再寻归路。"严敬听了，拍马先走。行无半里，听得锣声振地，喊声起处，严敬战马早被绊倒。树林中走出三五百壮士，将严敬、健将等尽皆捉住，不曾走了一个。背剪绑了，解入大寨来。有诗为证：

> 按剑挂征袍，将军胆气豪。
> 今为阶下虏，悔不熟龙韬。

此时杜伏威大胜一阵，严敬部下二万军士，大半被伤，小半走脱。

再说段元帅和赵银、洪修二将，部领二万精兵，往东南村来，到得时已是黄昏。段韶将军士分为十队，遍处埋伏，等候捉贼。自领一枝兵，到一土山边，四面看时，却无树木，光荡荡的一座土山，山上有一座土地庙。段韶叫军士入庙搜检，并无一人，就在庙里坐地，军士埋伏庙之左右。候至更尽，军士报道山下西南火光中是一伙劫贼来也。段韶慌忙上马，果见山下三百余人，手执器械，点着火把，推着三四十辆车子，唿哨而来。段韶指麾众军呐喊，杀至山下。那三百余人弃了车子并火把，四散走了。又见西北首也有三四百人，推着车子走来。官军赶杀时，却又四散去了。顷刻之间，有十数队军士，推着车子，径到土山边，却又走散。段韶看了一会，猛然省悟，跌脚道："误中贼人诡计了！"吩咐军士不可妄动，动者立斩。排成长蛇阵，一字儿列在土山之下。军士立脚未定，四下鼓声震天，火光竟起，喊声大振，军马不知其数。火光中见马上坐着三员少年大将，正是薛举、缪一麟、查讷，指点众军，四面远远把土山围了。只听得一声梆子响，箭如雨发，那十数处粮车，箭到处尽皆火烧。原来车中俱是硫黄焰硝引火之物，火箭到处，焰腾腾火势冲天，风烟乱卷。段韶在土山上惊得魂飞魄散，无计可施。三千军士与十数个护身健将，俱被火逼得没处安身，着箭死者甚多。只听得一片声喊叫道："不要走了段元帅！"段韶和健将道："势已危迫，不如拼死冒火杀下山去，决一死战。"一个健将应道："贼兵甚众，火势正炎。若杀下山去，必然有失。小将看西北角上火势稍缓，贼军略稀，山坡下又有一条白路，不如从此处杀下去，方有活路。"段韶依言，挺身一马当先，健将军士随后，俱拼命并力杀下西北角来。

山坡下百余个壮士拦路，段韶大喝一声，挺枪拍马，杀散众军。下得山坡，又是一将拦住，却是薛举，手挺画戟喝道："段元帅何不早降！"段韶大怒，放马就战。战了数合，薛举卖一破绽，拨转马放开一条大路。段韶拍马冲过，奔山径而走，只带得千余军士，数个健将，其余尽被薛举军马挡住，降者甚多。段韶奔入山径，走无数里，抬头一看，只叫得苦！原来这去处地名苦株湾，是一个死坳里。从土山边进来，只有得这一条路，两边都是崇峦峭壁，前面又是一带大阔溪，并无船只，只可进来，不能出去。段韶在月光下见了大惊，慌忙回马，不期路口已垒断，外有军马重重垒垒把守定了。正是羊触藩篱，进退无路。当下只得和军士团团屯扎，叹气道："一世英名，不期丧于此地！我死不足惜，可恨误却朝廷重托，遗憾九原。"众军健道："元帅休慌，权且捱过今宵，明日我等打探，再寻生路。"各吃些随行干粮，拣空阔处暂且歇马将息。

却说赵银、洪修和七个总管，带领九队人马，分头埋伏擒贼。不期遍处俱有伏军，暗弩陷坑，大半皆被擒捉，只有赵银逃得性命。原来这一条计策，唤做调虎离山之计，都是查讷军师和张善相两人商议定下的。段元帅是驰名的一员老将，万夫莫敌，军马精壮，若与尽力相持，必致有伤。只教军士故意到乡村镇市，遍处抢劫，引诱敌军。打听得段韶部领军马到东南村来，严敬军马到西北村去，都预先埋伏两处军士等候。段韶、严敬，果中其计。当夜要擒段韶亦是容易，只为惜着张善相亲事，查讷吩咐薛举，临战不可相逼，放开一条生路。火车火箭，只远远围住施放惊他，赶段韶入了苦株湾，慢慢又做区处。有诗为证：

军师妙算果通神，变幻风云计划深。
少女不因成契合，老夫应亦被人擒。

此时天色已明，杜伏威军马得胜奏捷回寨，众将士各自献功。杜伏威一一论功犒赏已罢，将严敬、洪修等同齐穆一处监禁，降军万数编入队伍，大排筵宴，弟兄们庆贺功绩。杜伏威道："查近仁妙算入微，有神出鬼没之机，吾之孔明也。"查讷笑道："微末小计，何足为奇！今夜之战，只为张将军姻事。如今把段元帅困在苦株湾，插翅亦不能出，明日释放齐穆、严敬、洪修三将，以礼相待，浼三人为媒去见段元帅，求其令爱琳瑛小姐完张将军这段姻缘。若彼慨然应允，必先送女完亲，方放他出谷，两相和解以待天时；如其推托，只消数日，必饿死于山径间矣。"张善相拱手称谢。杜伏威、薛举击桌欢笑，喜不自胜。当日席散。

却说赵银与逃回军士弃了三个寨栅，奔入城内，对和太守说知此事。和用行大惊道："段元帅被困，吾等休矣！只索严督军士谨守城池。"

杜伏威次早在中军安排筵席，一面差将校到监，取出擒将齐穆、严敬、洪修三人相见。齐穆等见有令箭来取，都叹气道："我等今番休矣！"只见来人传令，尽去绑缚相见。三人不知是何缘故，只得随着将校入中军帐来。查讯见了，唤军校捧过冠带锦袍，替三人穿戴了。杜伏威、薛举、张善相、缪一麟等，一齐迎入中军行礼，分宾主而坐。齐穆道："某等被擒之人，将军不加诛戮，已为万幸，何故待此重礼？"杜伏威道："杜某弟兄三人，因朝廷昏乱，百姓倒悬，起义兵除暴安民，非为私也。义气深重，故尔豪杰同心。公等皆朝廷大臣，不忍加害。今有一事，敢烦齐元帅和二位将军一臂之力，不识可乎？"齐穆三人齐躬身道："某等蒙将军不杀放回，就赴汤蹈火，亦所不辞。不知将军有何使令？"杜伏威指着张善相道："此位张将军，字思皇，是吾弟也。幼年曾聘段元帅次女琳瑛为室，不期段韶那厮倚贵欺贫，负盟悔约，今已被吾用计困于苦株湾内，死在旦夕。看张三弟姻事之面，不忍加害。敢烦三位将军，权为媒妁，以毕良姻。如段元帅慨然听从，则佛眼相看，将擒获军士、器械尽数交还，我等撤围而退，两下罢兵；若段公推阻不从，休想再得生还！烦公等善言赞助，必当重酬。"齐穆三人同声道："这亲事管取在某三人身上，好歹成就，以报将军大德。"杜伏威大喜，开筵相待，互相劝酬，并大吹大擂，尽欢畅饮，直至日暮。齐穆道："某等承将军厚情，叨此盛宴，已酩酊矣。恭承所命，即便告行去见段元帅，将张将军亲事讲成，然后再领盛情。"查讷道："得齐元帅慨然，深感厚意，权且散席。"送出寨门，叫军士牵过骏马三匹，请齐穆、严敬、洪修上了马，作别而行。

　　却说段韶当夜困在苦株湾，四围观望，无路可通。见西南是一条阔溪，心下想道："这就是一条活路了，明日令能惯水军士没过对岸去，求取救兵，或可出此重围。"次日天明，只见对岸旗帜飘扬，已有重兵守把，心下大惊。正在纳闷之际，军士报山嘴边又有一队军马来了。段韶急整兵马，正欲迎敌，近前来只得三匹马，却是副元帅齐穆、先锋严敬、总管洪修，见了段韶，一齐下马。段韶又惊又喜道："三位已遭贼擒，为何得到此间？"齐穆等顿首道："某等三人，仗托令爱覆庇，得留残喘，不然已为泉下之客。"段韶呆了半响，问："此话却从何来？小女在敌宅深闺之中，焉能救得三公性命？"齐穆道："有一段情节奉告。闻令爱小字琳瑛，今庚一十六岁，果然是否？"段韶点头道："果是，公何以知之？"齐穆道："某等遭擒囚于陷车之内，今早忽传令箭，取我三人入中军。某等自谅决死，不期杜伏威等一班将锦袍冠带加我等之身，逊某三人帐中上座，大排筵席款待，酒席间，谈及令爱亲事。座中一少年将军，生得面如冠玉，相貌清秀，姓张字思皇，说是令坦，幼年间曾纳礼，聘第二位令爱琳瑛为室，不料元帅恃贵欺贫，悔了亲事。目下起军发马，也只为着这一段姻缘，以致如此。杜伏威说，若不看小姐之面，我等俱为齑粉，就托某三人为媒，求令爱与张君完此旧姻。元帅若慨然允诺，即时放出，送还军马器械，罢兵休战；倘若执迷，决不干休，定交寸草不留。如今没奈何了，段老爷，救命的段菩萨、段父母，看生灵百姓分上，送令爱小姐与那厮做亲，全国家大事，救我等性命，实乃万代再生之德。"洪修、严敬俱磕头礼拜，恳求道："小姐完亲，上全国家之事，下救数万生灵，未为不可。"段韶听说大怒，气得目瞪口呆，手足俱冷，道："鼠贼以此挟我乎？誓不俱生！"闭目坐了一会，叹口气道："罢，罢，拼此老朽一命，以报皇上知遇之恩。大丈夫视死如归，岂有堂堂大臣，与贼人结亲之理！"有诗赞曰：

> 节义棱棱，纲常秩秩。豪气凌云，精忠贯日。

齐穆又劝道："事已至此，无如奈何，只得从权罢了。比如元帅为国而死，乃臣子分内事，死何足惧！但无益于国家，徒招祸害，杀戮生灵，干戈不得宁息。倘贼党得胜，以数千亡命之徒，围住贵宅，岂有放过令爱之理？令爱果能死节而亡，足继元帅忠烈之志；倘或屈身从贼，玷辱清名，岂不成一场话柄？元帅上不能为朝廷扫除贼寇，自经于沟渎之中，下不能保守身家，使妻女陷于贼人之手，徒然一死，无益于事。为今计，不若将小姐暂许贼人，劝其归服，亦是为国忘家之心，不失济变之哲，忠臣之所苦心，智士之所独断。岂不闻汉元帝以王嫱和番之事乎？堂堂大国之君，且不以此为辱，只为宗庙社稷计耳。元帅还宜三思。"段韶低首不语，半晌道："齐元帅所言，虽似有理，但有三件事，贼人若允，即送小女成亲；如其不然，宁死而不辱！"齐穆道："是那三件事？乞元帅明示。"段韶道："第一件，小女琳瑛，实未曾受聘。贼所言皆虚谬也。某昔日征海外诸国，服六十四岛蛮夷，尽来朝贡方物。一国极远，去古城国三万七千里，土产香玉，进贡之余，亦贡老夫玉人一双，一男形，一女身，精工奇妙，其香特异。老夫携回家下，次女琳瑛爱之，老夫就与了他。不意数月之前，失去女玉人一个，杳然无觅，小女以此得病未痊。如今张郎欲求亲事，我闻其深通奇术，必须觅得这女玉人来配，以完双璧，方可成就。第二件，必要张郎先来拜见，待我观其材貌，果足相当，不辱门楣，方才事妥。第三件更是要紧。吾等奉命出军，不能剿除贼寇，反遭诡计陷害，逼勒成亲，一死尚不足偿败军之罪，况与结亲，则为通同谋叛矣。不惟贻讥千古，抑且取祸目前。若贼人要娶吾女，必须卸甲投降，随我至京，面圣封官，奏过圣上，然后成亲。若能依此三事，我亦不惜一女。不然，宁全家尽斩以报国，任君等与贼行事也。"严敬、洪修俱拱手道："足见元帅慷慨全忠之大节。某等三人去见杜、张二人，若能从元帅三事之命，不必言矣；如其不然，某等亦愿与元帅同死于此，尽臣子之道，岂肯婢膝奴颜，以事贼耶？"段韶大喜道："先锋此言，方合吾意。三公早去早来，吾拔剑以待死。"

齐穆、严敬、洪修别了段韶上马，径到杜伏威大寨来，杜伏威迎入帐中坐定。杜伏威道："适烦三位将军所言亲事，可曾诺否？"齐穆将段韶言语，并要从三事之情，备说一遍。杜伏威笑道："第一件要张三弟玉人为聘，此事最易。这玉人张三弟藏之已久，今献与段元帅为聘物，正合前盟。第二件既结丝萝，未有翁婿不相识面者，亦宜拜谒。但第三件实难从命。我等起义兵以来，所向无敌，何等自在！乃大海之龙，冲天之翼，任吾放荡，不受樊笼。今一归服，便要拘束，倘君心有变，死无地矣。"齐穆道："某久闻诸位将军大名，驰于四海。朝廷用人之际，若得众将军归服，必授显官厚禄，岂有加害之理？某等三人，愿以全家之命，保将军安若泰山。"查讷道："齐元帅与二位将军暂退，待吾等商议定了再报。"齐穆等退入后寨。杜伏威道："查近仁有何高见？"查讷道："某虽不才，叨元帅与诸位将军陶熔，颇知天文星象之理。每于清夜仰观，足知天下变乱之故。紫薇星昏而无光，直待五十年后，方有真命者出，以定天下。目今朝廷与陈、周二国，不过是紫薇驾下列宿而已。杜元帅与我等辈，又为次之。欲取天下，不合天时，甚为难事。自古道：成则为王，败则为寇。今齐后主虽非真命，而高欢父子相承，恩及百姓，地广民稠，一时未可觊觎，只可暂相依附。不如且将计就计，曲从段韶之言，解甲休戈，受了招安。一来归服齐主，取功名于正路，身居荣显，名垂竹帛，亦是风云际会之时，不可错过；二来为张将军完此姻亲。诸君所虑者，朝廷有变耳。以愚度之,决无害也。当今后主株守西北之地,陈、周二国屡相侵扰,是为强敌在外;国家又连年岁歉,国用不支。敌扰于外,兵疲粮尽于内,自救不暇,焉能害人?若得我等相助,如困龙得水,枯木逢春,欣喜无限,有何虑哉?区区愚见若此,乞大元帅诸位将军酌之。"杜伏威、薛举、张善相齐道:"近仁之言,确乎不可易也。只索归服,不必多疑。"查讷又道:"今当先以黄金千两、异锦千匹、白璧二双、明珠八粒为聘,先令齐元帅、洪总管送与段元帅处,行纳采请期之礼。次后张将军即便加冠,令严先锋陪至苦株湾拜谒岳翁,就达归降之意,并献玉人。我寨中一壁厢整备筵席,再差将官邀请段元帅并众将到寨饮宴,再议朝京。"杜伏威一一依查讷所议。

次早,备牲礼祭献天地。张善相冠带毕,请齐穆等三将到中军,杜伏威备说段元帅三事,我等一一皆依,不敢违命。齐穆大喜道:"将军若能如此,乃留侯之从汉高,吴汉之归光武,不惟贵显终身,还得名垂不朽,可钦可敬!"杜伏威道:"张将军亲事,全赖元帅二位将军赞襄之力。今有菲薄聘仪纳采请期,烦劳先送上段元帅,转达愚弟兄微忱。少刻劳严将军陪张新郎即来拜见岳文矣。"齐穆道:"不须将军费心,某等必当尽心为之。"杜伏威差健将八员,随齐元帅送礼到苦株湾内,来见了段韶。齐穆备道其事,送上礼帖。段韶笑道:"诸少年既识大义,归服朝廷,便是一家人了,受之何害?下官岂惜一女,但不知张郎人物何如,学识何如?"齐穆道:"张郎人材,自不必言,且洞识天文,深明韬略,少刻即来拜谒元帅矣。"正说间,将校报道:"山口有数骑拥一少年大将来到。"齐穆看时,却正是张善相,带着锦衣武士,蜂拥而来。齐穆对段韶道:"此正是令坦腹东床。"段韶举目看那少年将官,但见:

　　长躯秀骨,白面重颐。目如点漆,唇若涂朱。头戴束发金冠,足登挽云珠履。身穿绣文龙锦大红袍,腰系雕凤穿花白玉带。骑一匹追风赶电五花马,拿一条四绺攒丝豹尾鞭。果然风流不下周公瑾,倜傥还如吕奉先。

段韶看了,心内大喜。有诗为证:

遥瞻来将真都丽,善武能文多才技。
裘马翩翩美少年,这回不负风流婿。

严敬同张善相来到面前,张善相跳下金鞍,纳头便拜道:"张某蓬茅下士,山僻村夫,无知妄作,冒犯虎威。蒙岳丈天恩宽宥,谨拜尊颜,不胜惶惊。"段韶答礼道:"久闻足下大名,果然才貌双绝。虽是一念之差,且喜改邪归正,随我回朝,富贵永保。"张善相拜罢,袖中取出羊脂白玉美人一枚,双手上献。段韶接了看时,与那失去的玉人无二,暗暗惊异,笑道:"天赐姻缘,凤成两美。今得贤婿如此,不惟小女终身有托,亦不负老夫向来择婿之心。"张善相顿首称谢。少顷,数员将官飞马而来,禀道:"杜、薛二元帅排下筵宴,专候元帅爷赴席,送上请书。"当下段韶、齐穆、洪修、严敬、张善相众人一齐上马,带领部从,出了山口,迤逦行来。正是:

杀气转为和气暖,愁颜相逐笑颜开。

不知后会如何,再听下回分解。

第三十六回

双玉人重逢合卺　三义侠衣锦还乡

诗曰：

> 玉人漂泊久无凭，今日相逢两遂情。
> 龙烛插金来凤阙，紫袍笼玉出宸京。
> 罗帏密绾同心结，锦帕重传旧日盟。
> 众侠承恩归故里，共倾赤胆报明廷。

话说段元帅一行人出了山口，行不半里，便遇着杜伏威等众将远来迎接，齐到寨前下马，前遮后拥入中军帐来。杜伏威扶段韶居中坐了，率众将启居参见。段韶答礼道："蒙众将军盛雅，曲从愚意，归命朝廷，老夫不胜庆幸，何敢当此隆礼？"杜伏威拜道："某等皆因势豪所逼，以致谋动干戈，无非济困扶危，替天行道，不敢妄为。蒙大元帅赦宥纳降，情愿执鞭坠镫，以报殊遇。张三弟又蒙俯赐良姻，既为结契之尊亲，实乃超拔之恩主也。"段韶道："众将军年虽弱冠，各负雄才，文武兼通，正堪为朝廷之股肱，庙廊之梁栋。今能顺天知命，解甲而降，准拟青史标名，流芳千古。下官见皇上，备奏将军等情由，保诸位恩荣媲美。稍或虚言，有如此酒！"言毕，以酒沥地为誓。

杜伏威等叩首拜谢，请段韶居了正席，齐穆次之，其余次序，两榜排列而坐，奏动军中得胜鼓乐。

酒过数巡，段韶举着金杯对众道："老夫获此佳婿，事为偶然。老妻曹氏向来无子，只生小女二人。长女球瑛，适今朝内国子监祭酒经筵讲官张雕，目下因告养亲回家，其家与寒舍只隔里余。次女琳瑛，年方一十六岁。小长女五岁，因老夫久宦在朝，未曾受聘。今得与张郎永侍巾栉，小女终身有托，光我门楣。世间有这般巧事！长女之婿姓张，为文章领袖，次女之婿亦姓张，乃将帅班头。两家一姓，文武联襟，天下最难得者也！非诸将军福庇，老夫安得有此快婿哉？"杜伏威等举杯躬身道："此太宰大元帅阀阅之福，小将等何与之有！"

段韶又问张善相道："贤婿以玉人为聘，谐此姻事，但这玉人老夫昔日征异域得来，乃是香玉，非中国诸玉可比，次女琳瑛见而爱之，遂与玩弄。不意中秋之夕，小女拿出一玩，次早不见了一个，小女着惊，因而抱病，至今未愈。此玉人出此万里之外，纵使钱如山积，何处去买？素闻张郎善于法术，故以相难。不意果得此玉人，又系旧物，不知张婿何术所致？从何处得来？"张善相躬身道："承岳父明问，小婿不敢不以实告。小婿因走马踏死人命，弃马脱逃，至檀府花园后门，见园门半开，时已二更，无奈潜身入园躲避，蹲于灵应大王神厨下。尊婢春香姐适来锁园门，小婿以苦情诉之，蒙不赶逐，匿小婿于园之东轩。次早瞒着夫人小姐，私窃饭食救济小婿。小婿深感其德，遂与订盟，异日寸进，必娶为妾。春香姐遂荐枕席，有一宵之爱。小婿问及檀府姓氏家门，春香姐备与小婿言姓段，老相公在朝为都督之官。夫人曹氏，在家有小姐琳瑛，年方一十六岁，与小婿同庚，美丽无比，未曾受聘。于是促小婿出门，恐夫人知觉。小婿以乏盘费告之，春香窃小姐玉人一枚相赠，云此乃无价之宝，货之可得千金。因此小婿得这玉人，珍藏至今。乃岳丈之旧物也，岂有法术可致？但小婿既与春香订盟，必报其一饭之德。若非春香救援，小婿焉有今日？悖之不祥。今得结丝萝为岳丈之半子，望成就儿女之私，遂小婿得陇之望，并赐春香为妾，俾私情信义为两全也。岳丈大德，铭刻不忘。"段韶笑道："可知小女不见了玉人，更无觅处，乃春香这妮子窃去。老夫要加刑罚，他一味左支右吾，原来是他窃与贤婿。但这妮子是厮役贱婢，岂堪与郎君为妾？既有所约，老夫必当奉赠，只是大便宜了这妮子也。"张善相大喜，顿首致谢。众皆欢悦，尽醉方休。是夜段韶等一班就在杜伏威寨里安歇，部下兵另屯一寨。

次早升帐，诸将聚立。段韶道："诸位将军既已归顺朝廷，不可在此羁滞，幸早早入京面圣。"杜伏威道："某等愿随大元帅朝京，但各处城池守将，俱是某等部下，乞元帅钧旨定夺，然后起行。"段韶道："各处所委守城将士，皆依旧职，不宜更动，奏过朝廷，论材升擢。杜将军随行一班将士，同赴京师。所有十万余众，可分拨各处守卫城池，将军等略带军士朝京。"杜伏威与薛举、张善相、查讷计议此事。查讷道："今观段元帅乃诚实长者，所行之事，尽皆合宜，决无他变。我等选三千精锐军士随行防护足矣。"查讷当下分调军马，令常泰等一班战将守卫各郡城池，王骐、王骒、王骧弟兄三人监守诸郡，以防不测。杜伏威、薛举、张善相、查讷、缪一麟五将，带三千铁骑，随段韶班师。分拨已定，拔寨起行。不数里，已到岐阳驿。刺史和用行，预于驿内办下筵席，邀段韶、杜伏威等赴宴，一面犒赏三军。此是庆贺太平筵席，各无疑虑，开怀畅饮，当晚皆宿馆驿中。次早起行，和知府送了十余里，拜别自回。

一路无话，直抵晋阳。段韶和齐穆商议，发付杜伏威等军士，权在城外梵天寺中屯扎，着严敬、赵银、马信、洪修廉、孔鳌五将相陪游玩。段韶、齐穆二元帅进城，到五凤楼前，早是午牌时分，后主尚未退朝。黄门官启奏，段都督得胜班师，在朝门外候旨。后主大悦，即宣二元帅进朝，俯伏金阶，三呼万岁已毕。后主道："巨寇猖獗，失陷许多城池，赖二卿智勇，一战成功，朕心嘉悦。"段韶将交战中计、招降之事陈奏。后主惊道："二卿老成持重，反道贼人奸计，若非以忠义感动其心几乎丧师辱国。今得归附，皆二卿之功也。"段韶叩头道："臣等侥幸成功，陛下洪福所致，臣等何功之有？但杜伏威等俱少年豪俊，万夫之敌，原非叛逆，皆缘贪官污吏肆志暴虐，克剥小民，激起英雄之气，以致震惊乘舆。今知天命，解甲来归，乃社稷之灵，陛下天威所慑。乞陛下待以优礼，赐以厚禄，团结其心，足为朝廷重镇，管取周、陈二国闻风畏惧，不敢轻觑本国矣。"后主准奏，又问："杜伏威诸将今在何处？宣来面朕。"段韶奏："杜伏威一行军马，权在城外梵天守中，专候圣旨。"后主御笔手诏，赦杜伏威等之罪，差近臣二员飞马召来。两个天使奉圣旨，立刻往梵天寺来。杜伏威等五人见圣旨到了，忙排香案，开读已罢，随即同天使进朝。黄门官引入金銮殿前，山呼舞蹈。后主见五将人材表表，相貌堂堂，喜动龙颜，颁下玉音道："朕闻段太宰所奏，足知卿等忠义之心所有过犯，尽皆赦宥。"杜伏威等叩头谢恩。后主又道："朕嗣位以来，道时不造，干戈竞起，强敌侵凌。卿等尽心为朕出力，必不有负。"杜伏威当先奏道："臣等蓬茅贱士，韦布愚夫，幼读诗书，颇知大义。因见国家多事，贼寇蜂起，故聚义兵为陛下除乱。奈守土官不察，反以外盗相御，势不由己，以致惊动天兵，罪当万死。感蒙天恩，臣等肝脑涂地，不足以报万一也。"后主闻奏大喜，着光禄寺赐宴，议封官职。五将谢恩出朝领宴不题。段韶当驾又将次女琳瑛许配张善相之事，俯伏奏闻。后主道："此卿家事，得婿如此，汝女终身有托，任卿为之。"段韶叩头谢恩。天子退朝，众臣皆散。

次日早朝，百官拜舞罢，大司马韩长驾出班奏道："杜伏威等虽受招安，部下将士数千，原系亡命之徒，屯聚梵天寺中，切近皇城，设有不测，何以御之？乞陛下圣旨，先将他人马调散，然后授杜伏威远方官职。伺彼有隙，缓缓除之，庶免后患。"后主低头不语。尚书仆射和士开向前道："韩司马之言，深达国计，陛下不可不从。臣观杜伏威诸将，年少英雄，抱负不凡，终非久屈人下者。不如及早图之，以免后患。"后主踌躇不决。只见段韶连声道："不可，不可！和尚书、韩司马所奏，误国非浅。当今时世乱离，干戈不息，周、陈二国屡侵边境，疆圉日促，万民涂炭。国家急务，惟在收罗豪杰，延揽英雄，固结其心，藉彼勇力以保社稷，乃为上策。今杜伏威等俱有文武全才，得来归服，国家之大幸也。陛下若委以重任，赐以厚禄，彼必鞠躬尽瘁，以报陛下。何故欲调散其众，疏远其身，以启彼携贰之心？倘一时有变，是激之反也！若说俟彼有过杀之，诛降戮顺，又非朝廷待贤之典。苟虑杜伏威诸将有变，臣敢以全家保之！"后主听罢大悦道："聆卿所论，使朕豁然。杜伏威等当授何官，方称其职？"段韶奏道："臣观杜伏威、薛举精通法术，力敌万人，可当大将军之任。张善相、查讷深明天象，善晓兵机，智勇足备，可居藩镇之职。缪一麟弓马熟闲，善抚士卒，可居边隅保障之职。今西蜀一带地方，自楚州至蒲原、沪雅，蛮僚错杂，朝变夕更，每每杀害官长，劫掠赋税，甚且称王建号，大肆淫毒。从晋末迄今二百余年，殆无宁日，非智勇足备者不能镇之。陛下宜授杜伏威等三人镇守西蜀，得专征伐，则西北一带地方必然无事，可免朝廷北顾之忧。"后主允奏，御笔亲封杜伏威为镇安侯静国大将军，带领本部军马一万，镇守西蜀楚州、江油二郡，管辖三州二十一县地方。封薛举为信陵侯定国大将军，带领本部军马一万，镇守信州、烊砢、昌城三郡，管辖一州二十县地方。张善相为安化侯护国大将军，带领本部军马一万，镇守青州、蒲原、汉嘉、蒙山、沪州等处，管辖三州十七县地方。查讷、缪一麟为显武将军，查讷辅佐杜伏威镇守楚州，缪一麟辅佐张善相镇守青州。各赐黄金千两，锦段三百匹，厩马千乘。其余常秦诸将等，皆授武德将军，分随杜伏威等莅任，待后有功升赏。外钦赐张善相龙烛一对，金花二朵，锦袍一袭，玉带一条，择日段府成亲。段韶加为太宰总督大将军，齐穆升为副总督将军，严敬升为昭勇将军，其余出征将士皆升一级。又着枢密院差官查视延州诸郡县所少官员，量材擢用，补缺拾遗，如夺任者，照旧供职。段韶率杜伏威诸将赴阙谢恩。杜伏威又上表陈奏："臣等感陛下天恩，宠赐爵禄，富贵极矣。恳恩乞赐臣等暂回故乡，省亲祭祖，以彰陛下宠荣。伏乞圣旨。"后主允奏，赐五臣衣锦驰驿还乡。五将谢恩，带随行军马与段韶即日起行。有诗为证：

身惹御炉烟，将军衣锦还。
声名驰故里，誉望振边关。

再表段小姐琳瑛，自夫人遗张善相去后，病体恹恹，渐加沉重。四肢无力，诸事慵亲，未免害了些目傍木、田下心的症候。春香再三劝慰说："小姐，张官人决不负心荣归有日，何苦愁损玉容？"小姐蹙着双蛾，长吁了一口气道："春香，你那知道我心事来？老爷与老夫人许大年纪，并没一个子嗣，只生我姊妹二人。大小姐嫁了张翰林，十分贵显，甚是得所，只我一人未聘。夫人尝说，要将我招个赘婿，奉养天年，只待老爷回来。我尝思张官人之言，这些公子王孙，佳者能有几人，倘招了一个不尴尬的，不如姊夫，岂不误了我终身之事？所以看得张思皇这人英俊天成，纹犀贯顶，乃大贵人之相，抑且与张姊夫同姓，又与我同庚，一时不思，与他月下有罗帕玉人之约。然事不三思，终贻后悔，平白地遇个男儿，怎么就把千金之躯相托！想此人丰标多情，一朝贵显，岂无佳人求配？那时别娶娇姿，那里还记得月下之约？我若永守前盟，夫人逼嫁，必然是死；我若从了父母之命，又背了月下深盟，禽兽不如。进退两难，因此日加沉重。"春香道："小姐且自宽心，若老夫人逼小姐改嫁时，春香就对夫人直言，说小姐已与张官人月下私期成了亲事，难道又好赘得别人？"小姐嗔道："呆丫头，倒说得好太平话儿！羞人答答，这事如何好提？今张官人一别，杳无音信，不知他踪迹何如，安否何如，功名何如，好生教人放心不下。昨日心绪无聊，偶然制得罗帕玉人回文绝句二首，念与你听。"题罗帕诗曰：

罗香一幅半题词，月皦盟深刻漏迟。
何奈可沉鱼与雁，梦入愁念系人思。

回文云：

思人系念愁人梦，雁与鱼沉可奈何！
迟漏刻深盟皦月，同题半幅一香罗。

题玉人诗曰：

双成再面郎如玉，独处坚心妾比金。
香玉远分人异地，凤鸾交拆两同心。

回文云：

心同两拆交鸾凤，地异人分远玉香。
金比妾心坚处独，玉如郎面再成双。

吟罢，泪如雨下。春香道："小姐好诗，颠倒回文，两韵俱和。小姐可写在锦笺儿上，待张郎来时，索落他也和两首。"小姐道："知道他来与不来，多应是九泉相见。"春香道："我倒忘了与小姐贺喜。"小姐问："喜从何来？莫非张官人有书寄回？"春香道："不是张官人寄信，却是老爷杀贼，得胜回朝。早间有报子来说，老爷升官加爵，即便回家，那时玉人必有分晓。小姐请允愁烦。"

不说小姐病害相思，再说段韶与杜伏威等回家，不一日，已到常平镇段府门首。段韶留杜伏威等在客厅安歇，每日大排筵席款待。众军士各给口粮，分投寺院客馆权驻。段韶初到之夕，对夫人细言出征被陷、张善相献玉人求亲招安之事，目今钦赐龙烛金花、锦袍玉带，择日与女儿完亲。夫人惊道："果然有了玉人，真大奇事！"心中暗思："前者园中避难郎君，名为张善相，如何贼中亦有个张善相，莫非就是他？这玉人来得有些蹊跷！"沉吟不决。段韶见夫人不言，又道："还有一段奇事，夫人未知。"遂把张善相避难入园，春香丫头瞒着夫人，与他东轩私合，偷玉人赠张善相，欲娶为妾之事，细细说与夫人："因此这玉人原是故物。"夫人听罢，毕竟疑心那日黑早张善相误入清晖堂之事，终未释然，只得含糊应道："原来是这丫头偷了。蒙圣恩钦赐荣归，了此良姻，又加大爵，正为双喜。只是女儿病体十分狼狈，如何合卺？"段韶笑道："夫人不须烦恼，赤绳所系，自然辐辏。我与你同去看女儿病体若何。"

夫妻二人到小姐绣房内来，灯光之下，见女儿倚桌假寐，令丫环轻轻说知。小姐抬头见父亲来到，勉强支撑，叫一声"爹爹"，依然垂头隐几，不能再言。段韶看女儿时，伶仃瘦弱，形容枯槁，貌若残花，远山颦蹙，全不是旧时模样，不觉泪下，问道："我儿病体，近日少减些么？"小姐勉强答道："从爹爹去后，病势日加沉重。前闻战胜回朝，略觉身子可些。数日来不知怎地，心窝作痛，梦寐不宁，口渴心烦，不思饮食。前者与爹爹玉人，曾带来与孩儿否？"段韶笑道："良缘天定，玉人今已成双，我儿收了。"说罢，袖中取出一对玉人，递与小姐。小姐接在手，辗转细玩，果是原物，喜不自胜，笑道："爹爹此物从何而得？乞与孩儿说知。"夫人道："你爹爹奉诏讨贼，内中有一少年大将，用计困你爹爹在于山谷，不期那大将就是后园避难的张郎。他结义弟兄杜伏威、薛举共聚义兵，据城夺地，势不可当。却为你亲事，愿归服朝廷，散了军马，随你爹爹班师面圣，朝廷俱授高官显职，镇守边疆。又赐张郎龙烛金花、锦袍玉带，择日与你成亲。这玉人，张郎送与爹爹的聘礼。"小姐听罢，笑逐颜开，便起身道：

"原来如此。这一会觉心中宽爽,身体轻松,吃些茶汤也好。"段韶与夫人十分欢喜,叫丫环快拿人参汤,小姐吃了,气爽神舒,病体好了一半。夫人吩咐小姐宽心调养,好生将息。二人归房措办妆奁不题。

自此之后,小姐病体日渐痊可,饮食如旧,不数日,便觉花容精彩,玉体妖娆。段韶选吉日成亲,至期大排筵席伺候。此时衣冠满座,贺客盈门。大女婿张雕亦乘轿前呼后拥来贺喜,送上礼帖,开的是锦段十端、玉带一围、牙笏一执、金台盛四副、豸补金花,外折仪一百两、羊四腔、酒四樽、牲礼之类,不计其数。球瑛小姐亦回家省亲,兼贺双喜,亦备厚礼,皆是珠翠玉珮之类。母女姊妹相逢,不胜欢乐。张雕头戴乌纱,身穿大红绣服,犀带皂靴,先贺了岳丈段韶,次与杜伏威等诸亲相见。杜伏威等俱是锦袍玉带,威仪整肃。次后与张善相行礼。善相头戴乌纱,身穿妆花团龙织锦大红袍,玉带皂靴,丰采异常,宛如文昌临凡。张雕让张善相是新郎,不敢占右。张善相逊张雕是大姨夫,又不敢占先。张雕道:"今日特来奉贺,思皇兄新客也,何必过逊!"张善相道:"姻娅论之,张兄居长,齿爵皆尊,焉得不让!"逊了半日,张雕只得占右相揖,又回逊善相转右再揖,次序而坐,交问表号,叙些亲谊。后说及双玉人重逢之妙,众皆啧啧称羡。段韶又谈及二女大瑛、小瑛,得配二婿大张、小张,一文一武,富贵双全,世之罕有,只听得堂上堂下一片奏动,鼓乐笙箫聒耳,欢笑盈门。少焉吉时已到,堂上点着一对钦赐的合卺龙烛,堂前垂挂珠帘,大张花灯,悬红结彩。小姐头戴珠凤冠,身穿霞披绣袄;张善相换了束发紫金冠,身穿御赐锦袍,腰系蓝田玉带。前后簇拥,同上华堂,瞻拜花烛,鼓吹细乐,迎入洞房。这一段姻亲非同容易,不比寻常,千古奇逢,百年佳遇。

有《乐春风》词为证:

龙烛摇红,金花耀目。漫夸双玉重逢,试看鹊桥初度。绣帷深处,列笙歌,纤手同携，把香肩并弹。俊杰娇娃生一对，彩凤文鸾共舞。须知道，天赐姻缘证果。

段韶陪杜伏威等饮宴，夜阑方散。张善相与小姐同饮合卺之杯，共效于飞之乐。花烛下张善相取出罗帕半幅，付小姐道："玉人先已成双，此帕今宵作合，小姐之帕安在？"小姐亦出罗帕半幅与张生道："自君之别，妾谓此生未必再会，岂料今夕果得成双！"遂命春香缝作一幅。张善相笑道："留取此帕，海棠枝上拭新红也。"小姐道："使妾那夜与郎苟合，今日复何面颜？妾终日思君，作回文诗二首，出以请教。"张善相看罢，大喜欲狂，因说："小生出门之时，亦有二词托春香姐寄与小姐，未审见否？"小姐道："未见。"春香笑道："呀，是妾忘了，不曾送与小姐。"急向奁中检出。小姐看毕微笑。春香道："夜色深沉，二位请自安息，明日叙阔。"说罢，垂帏而去。张善相忙牵其衣道："姐姐，今夜何以发付小生？"春香附耳低言道："小姐在此，贱妾何敢？应须明日上奴床。"张善相大笑，于是与小姐解扣吹灯，鸳鸯枕上，海誓山盟；翡翠衾中，鸾颠凤倒。诉不尽往日相思，说不了今宵欢庆。两人如漆似胶，似鱼得水，乐不可言。

话不絮烦。倏忽光阴易过，又早一月。杜伏威、查讷等上堂见段韶禀道："某等感元帅大恩，完就张三弟亲事，今已弥月。某等叨扰太甚，欲拜辞上台，暂回故乡省亲，拜谒恩师林住持故旧人等，然后赴任，特候台旨。"段韶道："本欲再屈留诸君数日，既欲归省，不敢久淹。明早黄道吉日，奉饯启行。"杜伏威等致谢而退。次日，段韶大设筵席饯行，张雕等俱来相送。饮酒中，段韶对杜伏威道："诸君且同小婿归省；不久再得相会，张郎莅任之日，然后送小女同行。"命家僮捧过金银段匹，聊为赆礼。查讷谢道："感元帅提携厚德，已铭肺腑。所赐金帛，断不敢受。"段韶道："些少薄礼，不必因辞。"杜伏威只得收了。酒阑席散，拜谢而行。张善相进内辞别夫人小姐，随后上马。段韶与张雕亲自送了一程,两下分别。

杜伏威等带领三千军士,取路往朔州郡来,一路无话。到郡之时,常泰、王骐、王骒、王骧、皇甫实、曹汝丰、尉迟仲贤、黄松、朱俭诸将,会同迎接入元帅府坐下,众将参见,各各问安。杜伏威将面圣封官赐亲事体说了,就将御赐官诰文凭给与诸将。王骐、常泰等望阙谢恩,就在帅府安摆筵宴,杜伏威主席,众将逊序而坐,酣饮以叙阔情,至晓方散。杜伏威众将与裘澄、谭希尧诸官作别。裘澄道:"某感元帅之恩,正欲朝暮奉聆教诲,不期又成离别,思之殊为伤感。此后某即挂冠归田矣。"说罢,潸然垂泪。杜伏威众将亦各洒泪,再三宽慰,作别而行。

不数日,已到河东郡,府县文武官员,离城远接。杜伏威一一以礼相待。又早来到广宁县石楼山林澹然庄上。林住持每使人探听消息,已知备细。原来张善相逃窜之后,张太公父子心下忧疑,常到庄上和林澹然讲谈,消遣闷怀。次后张善相到朔州,时有书寄回问安,张太公方才放心。自从杜伏威起兵,攻取州郡并招安之事,林住持一一都知。又有人报说杜伏威弟兄诸人朝廷俱封官爵,早晚将次还乡。时值仲夏天气,林澹然接张太公父子到庄内后园乘凉,赏玩荷花饮酒,忽听得军马喧阗,人声闹哄。道人飞报道:"住持爷,不好了!不知何处来的军马,将庄前围定,怕是贼人。请住持爷出去退他。"林澹然笑道:"痴老子!非是盗贼,必张郎辈回来了。"苗知硕、胡性成、沈性定齐起身道:"我等都出去一看。"往庄外来探望,杜伏威等一行人已到庄前,都下马步行入庄来。苗知硕三人见了,喜从天降,跑出庄笑脸相迎。杜伏威道:"未见林爷,不敢施礼。"吩咐查讷等:"暂在庄前伺候,待我禀过之后进见。"又号令军士依队伍排列,不许喧哗。杜伏威、薛举、张善相三人,整肃衣冠,随苗知硕进到后园亭子上。林澹然见了笑道:"俺说是儿等来也。"张太公父子一见张善相,如获奇珍,堆下笑来。三人向前齐下拜道:"不肖等远离膝下,心切悬悬，久失侍奉，抱罪殊深！今睹尊颜，欢倾肺腑。"林澹然道："汝等别后，闻说骤兴兵马，虽然累战累胜，占据城池，俺心中却只是为汝等危惧。今喜归服朝廷，又得封爵列土，老朽方才放心。今日归来，增辉多矣。但直尽忠报国，毋以爵禄为荣。"杜伏威三人再拜受教。又参拜了张太公，公孙二人，悲喜交集。次后又和张大郎、苗知硕、胡性成、沈性定俱见了礼。

杜伏威向前禀道："不肖因巡按州郡，行至成州县，偶遇傅司农侄女被魅，不肖为之驱邪拯救。其女始痊。昔年不肖负公公骨瓶归葬时，曾于隔尘溪逢姚真卿、褚一如二仙长，引见天主，传以琴棋药饵。又言师爷乃天主第一座弟子，因犯酒戒暂谪尘寰，不肖亦是看丹炉仙童，有罪谪贬，后当修真炼性，复还本元。琴中有慢商调《广陵散》之曲，嵇叔夜殁后，世无知者，命二仙传与不肖，特留后序八段不传。不肖问故，天主言留之以待姻缘配合。不意傅司农侄女舜华善此，感不肖救命之恩，欲传此八段与不肖，以成全调。不肖忆天主之言，欲娶此女为室，以顺天缘。未曾禀命于师爷，不敢擅便。"林澹然道："汝年已壮，宜受妻室。既凤缘素定，天主作合，便当娶之。何必拘拘也。"杜伏威又禀道："不肖收得数员将士，累战有功，朝廷皆授显武将军之职，今从不肖回来，在庄门首俟候，禀过太爷，然后敢进参见。"林澹然道："何不早言？快请进来。"张善相接引查讷、缪一麟等十一位将官进园门参拜，林澹然答以半礼，又和张太公众人见毕。澹然教一行人都在爽心亭坐下，设席相待。又问杜伏威随行军士共有多少，杜伏威道："马步军兵共十万有余，令分往各郡守卫，随行军士止有三千。"林澹然令苗知硕取常住白银三百两赐与众军，每人银一钱，买酒肉吃。众军大喜，欢声如雷。

张太公饮酒之际，问及孙子走马踹死人命逃窜事体，张善相将逃入段元帅花园，马腾大王赐梦，段小姐赠罗帕玉人许结亲，及助杜伏威攻取擒将，计困段元帅于苦株湾，招安面圣赐亲之事，从头诉说。张太公父子、林澹然俱各大喜，顶谢天地。薛举道："不肖等感朝廷恩赐，托太公、师爷福庇，今已列土封侯，各分地境镇守。钦限回乡省亲已毕，即要莅任，就接师爷同去，以便朝夕侍奉。苗、沈、胡三位师父和张太公乔梓，亦求齐至西蜀快乐数月，聊表微意。"杜伏威、张善相又都要接众人同临任所，三人争之不已。林澹然笑道："三人不必争论，俺已跳出红尘，久甘恬澹，岂肯复恋人世繁华？任你隆礼供养，皆所不欲。俺向来垂涎峨眉山景致，内多有道隐者，幸汝等在彼为官，随便至峨眉山顶结一茅庵，炼性修真，兼可寻师访道。俺随身自有用度，不必汝等费心。太公乔梓随善相之任，苗知硕随薛举之任，性成、性定随伏威之任。汝弟兄三人亦不可疏了情分，于春秋二季，巡按边郡地方，访察民情，修葺城池，劝善惩恶，选拔人材，即于便途胜景之处相订一会，以聚交情。上图尽忠报国，次要修身敬士，三来练军爱民。尔等功名富贵，全始全终，以期青史垂名不朽。"杜伏威、薛举、张善相、查讷诸将，齐声唯诺。

当夜席散，次日又设宴款待，一连盘桓了数日。杜伏威禀道："朝廷钦限已近，乞师爷分拨将士，陆续起行，庶不迟误。"林澹然选定吉日，随吩咐缪一麟、王骐、常泰、黄松田将，跟张善相太公父子，同老僧带领部军一千、神将三十员，取路到延州府，添上马步军九千，至青州郡莅任。次拨朱俭、王骧、皇甫实、曹汝丰四将，随薛举带领部将一千、神将三十员，取路到南安郡，添上马步军九千，至信州府镇守。又拨军师查讷、王骒、尉迟仲贤三将，随杜伏威带领部军一千、神将四十余员，取路往朔州府成州县，迎娶傅氏舜华小姐为夫人。完亲之后，添上马步军九千，至楚州郡莅任。嘱咐道人等："看守庄院，洒扫佛堂，田地租息，尽可度日，俺得便还要回庄。"分拨已毕，杜伏威、薛举率众将拜别了林澹然，随即启行。一路风景不能尽述。到了路歧处，只得分袂，各自添军至任。

话分两头。且说张善相公孙送杜、薛二人动身之后，进城来合家圆聚。令狐氏见了儿子，不胜欣喜。此时亲故来庆贺者极多，终日饮宴作乐。张太公一面祭扫先茔，收拾行囊，委托家僮管理田园产业等项停当。数日后，林澹然来到，正欲挈家起马，只见张善相的母亲令狐氏不欲同行。张找再三诘问，又不肯言。张善相跪求，亦不肯允。张太公道：“这又是异事了！”拄着拐杖来问媳妇：“不去何故？”令狐氏道：“可请林太爷进来，方说明白。”张善相急出厅请林澹然进中堂，令狐氏将澹然拜了四拜，潸然泪下。林澹然与张太公等俱大惊，问为何如此。令狐氏敛衽向林澹然禀道：“太爷在上，妾非令狐氏，乃昔年独峰山五花洞中老狐是也。向年送天书与太爷之后，张大郎夙缘未了，又不敢再来。因令狐员外之女病瘵当死，我用法摄去其尸，变作其女。媒妁说合与大郎成亲，情好甚笃。妾五百年修炼之真，尽种此子，今幸功成名遂。妾与郎君缘分已满，故欲拜别，复往名山仙洞，养性修真，求个正果，不恋繁华。只此拜辞而去。”张太公父子并张善相闻言，皆哭起来，说成亲多年，焉有再去之理。张善相扯住令狐氏衣襟哭道：“母亲养孩儿辛苦，未曾孝顺一日，怎忍一旦分离？即欲修行，在任亦可，何必抛弃骨肉，远往山中，教孩儿如何割舍？”放声痛哭。令狐氏道：“我儿不必悲伤。我名登仙箓，非凡女可比，若再恋尘缘，必遭大谴。只望你此去为官清正，爱军惜民，不负林太爷教育之恩。得意处急急回头，尚有相逢之日。”

张善相见母亲去志已决，哭倒在地。张找悲苦不胜，张太公亦嗟吁感叹。令狐氏全无悲感，扶起张善相道：“我儿，吾爱已割，吾志已决，不拂我修真之心，便是孝顺。缘尽于此，哭之何益？”张找执手难分，张善相号啕欲绝。林澹然劝道：“既然缘绝，不可抗违。古云：能养亲之志，称为大孝。须索顺母亲便了。”张善相如何肯放？只见令狐氏从从容容拜了太公，又拜了林澹然，然后与张找作别。这张大郎哭得眼昏，张善相寸肠欲断，正在难解难分之际，忽然不见了令狐氏。张善相撞跌而哭，张找苦痛自不必言，张太公流泪不已。林澹然劝慰说："事已至此,令狐氏去修仙道,又非死别,后会有期,不必为无益之悲,且理正事。"再三相劝,三人然后收泪。后来张善相与杜伏威、薛举弃职修真,云游天下,到独峰山与令狐氏重得相会。那时张找先已在彼,令狐氏传张找、张善相吐纳修炼之法,不知所终,此是后话。

只见张找亦拜辞张太公、林澹然,要往城外澹然庄上修行,不愿随任,暇时兼可进城觉察僮仆、督理田产。张善相苦苦哀求道："母亲既去,不能事奉,岂可又离父亲膝下,旷定省之情?"张找道："汝母倏然分离,我心内已成灰矣!汝既顺母志,亦当顺我之心。但小心侍奉太公,就如孝我一般,不必多言。"张善相无奈,只得从父之志拜别了,只奉张太公、林澹然含泪上前取路,投常平镇段韶府来。

段太宰已差人迎候,一同进府。段太宰与林澹然、张太公行礼。小姐请张太公至后堂见礼毕,前厅设宴款待,其家僮、虞候、将士、军校,各有赏赐。林澹然坐了首席,其次张太公,段太宰下席相陪,张雕、张善相两旁侍坐。酒席间,张善相说起父母修行,不欲赴任之事,泪流满面。又说起后园灵应大王马腾托梦之异,今日果完亲事,兼得显位："日前小婿曾许下心愿,得谐愿望,重造庙宇,再塑神像。今有白金千两,乞岳丈收下,买一空地,盖造庙堂,以酬此愿。"段韶道："贤婿有此善念,老夫自当完就,功成之日,可差人前来拈香。"善相领诺。林澹然、张太公一行人,在段府又住了数日。张善相拜辞要行,段韶道："本待再留数日,奈朝廷钦限已迫,只得相送。"张善相令缪一麟、王骐、常泰、黄松带领军马同林师爷先行,次后家眷起程。段韶夫人赠小姐妆奁极其富厚。锦绣盈箱,金珠满斛,随从十余个家僮使女,又有春香为妾。张太公欣喜,拜谢亲家。段小姐拜辞父母,不忍分离,十分哽咽。夫人与琳瑛小姐皆大哭,众亲族再三劝慰,小姐一一拜别,含泪登车,前呼后拥而去。夫人与琭瑛拭泪回房,段韶乘轿同张雕送了一程,各自分别回府不题。

且说张善相一行人到延安府添上军马，取路往青州郡来。郡县大小文武官员，俱远远出郭迎接。张善相差官盖造帅府，招募勇士，延揽英豪，士民相庆。有诗为证：

> 蓝田种玉配鸾俦，帅府谈兵升虎帐。
> 仁民爱物奏清宁，蜀地驰名张善相。

杜伏威娶了舜华，各自到任，皆励精图治，抚养黎民，所在无不贴服。

再表张善相所守地方，一处名为巴的甸，属汉嘉郡管辖。有一洞主，名罗默伽，自汉末诸葛孔明收伏孟获之后，封其祖乌蛮镇守其地，子孙世居于此。山崖险陋，十倍蜀道。洞丁数万，皆务农耕，内有山田，足以自食。性勇狡猾，刚狠轻生，出入往来，皆佩刀剑。这罗默伽生得身长一丈，大眼红须，满身血肉横生，青筋盘绕，两臂有千斤之力，惯使一件兵器，甚是稀奇，名为铁蒺藜。上阵常骑大象，部下有十万蛮僚，极其勇悍，四远无人敢敌。因此附近土苗酋长畏其威力，尽皆宾服，受其统制。但此人好酒重色，性刚好杀。当下趁阳和天气，二月花朝，罗默伽改换衣妆，带领心腹蛮丁，取路往郡桃源洞寻芳玩景，随路发弩放弹，射猎为乐，早行至洞前。远远见骏马之上，坐着一个年少秀士，后面一乘山轿，跟随数个撞仆，迤逦而来，渐渐相近。罗默伽仔细偷觑，见轿中是一美人，姿容绝世，艳丽惊人，珠翠满头，轻罗衬体。罗默伽不觉眉昏目乱，神魂飞荡。当晚欲夺此女，争奈游人如蚁，不好动手。心下暗想："且随他进洞去饱看一回，又作区处。"

原来那马上秀士不是村民俗子，乃汉嘉郡武阳宦族，姓阮名绘，字本素，是有名的一个才子。轿内美人，便是他浑家尹氏，因患怯症，祷于泸州穆清庙中得痊。夫妻二人，雇轿马跟随仆从到庙还愿，随便到桃源洞游玩。阮绘至洞口,正欲下马,见罗默伽随后而来,心中疑惑,问傍人:"那长大丑汉是谁?"傍人答道:"这是巴的甸洞主罗默伽爷爷,在此踏青。"阮绘听了,心下大惊:"久闻此贼是个勇悍酒色之徒,可知道频频觑我轿中,甚非美事。"即吩咐浑家,不可下轿,自复跨上雕鞍,慌忙乘马起轿,奔西南而去。罗默伽走入桃源洞中,回头望这群人,等了一会不见进来,复身出洞口,轿马俱不见了,忙问洞口之人。有那好管闲事的苗酋,指着西南道:"这一行人从那里去了。"罗默伽吩咐蛮丁飞步追去:"尾那轿夫,在何处停上,快来回报!"正是:

　　有缘千里能相会,无缘对面不相逢。

毕竟这人追去遇着阮秀士否,且听下回分解。

第三十七回

罗默伽肆凶受戮　尹氏女尽节还魂

诗曰：

蜂蝶无知恣浪游，偶途而色起戈矛。
颠狂妄想同鸳帐，烈节捐生誓《柏舟》。
魄返泉途彰大节，躯戕锋镝愧风流。
古今善恶须当鉴，一点狼心好自收。

话说罗默伽复进桃源洞中，观玩景致，见怪石玲珑，奇峰壁立，苍松翠柏交加，白鹤青鸟飞舞，何殊阆苑，不异武陵。罗默伽赏心乐事，徘徊眺望，取过酒樽食罍，席地而饮。渐渐金乌西坠，见那蛮丁走得汗流满面，飞来覆道："秀士一行轿马，穿过碧云峰南下，至一客店中进去了。"罗默伽暗暗吩咐蛮丁，如此而行。按下不题。

再说阮绘夫妻二人，进了客馆，唤家僮将轿抬入后边藏了，将马牵入侧屋喂料，自与洋家进内小阁中坐。这店主原是旧相识，令妻子出来相陪。茶汤已罢，摆下酒肴，店婆作别自进去了，夫妻灯下饮酒。尹氏道："相公向来要和妾身桃源洞中寻芳玩景，今用了盘费到此，为何不进洞一看？慌慌张张赶到这里，却是何故？"阮绘道："娘子不知。晌午洞前那个长大汉子，频频窥觑你，原来是巴的甸洞主罗默伽。久闻这人凶勇强悍，不循道理，贪酒恋色，肆恶横行。娘子进洞游玩，这厮无状起来，如何与他争执？只索避他便了。"尹氏道："原来如此。幸是早早避他，不然怎了。"说罢，收拾杯盘，上床歇息。将至二鼓，忽听得门外人声喧嚷，一片亮光。尹氏夫妻二人穿衣起来，开房门出看，见十余人手执枪刀，一拥入来。阮绘慌忙闪进房，跳窗越土墙而走。那伙强人抢入房中，将尹氏搀出门，推上小车，复身牵出那马，一个大汉骑上，点着十数把硫黄火草，簇拥而去。这店主人合家男女、客商尽惊惶躲避，见强人去得远了，才敢出来。店主人关了门扇，将灯四下照看，并不失一些物件，单单不见了阮秀士夫妻二人。家僮轿夫等慌张无措。店主道："强人打入门来，我只道放火杀人，劫掳财物，谁知只抢了阮相公夫妻两个去了。这事怎处？"一个轿夫道："适才我躲在柜身内板缝里张那强盗头儿，就是日间桃源洞口游玩的巴的甸洞主，想是看上了大娘子美貌，故此强夺去了。相公擒去，只怕性命难保！"众人团做一处，猜疑不定。

　　天色黎明，只听得扣门声急，一齐出来开门，却是阮绘，蓬头跣足奔入店来。众人欢喜相问，阮绘道："我见强人势头来得凶恶，即忙越墙而走，藏在树丛里。今将天晓，方敢回来。我大娘子不惊坏了么？"众人道："大娘子被那巴的甸洞主抢去了。"阮绘听罢，魂飞天外，大恸一声，昏倒在地。众人搀起，急用茶汤灌下，方得苏醒。哽咽半晌，哭道："我那娘子，禀性贞坚，决不被强人玷污。但此一去，必然玉碎，焉肯瓦全？可怜贤哲娇妻，死于强贼之手，今生安能再得相会也！"说罢又哭。店主夫妇劝慰道："大娘子被夺去，未知生死若何，相公须索保重身体，设一计策，救取回来，方是道理。"阮绘滴泪道："老丈不知，我那荆妻，博通书史，谨守妇道，此去必无生理。罗默伽这厮凶顽无比。又不能与之争理，怎生取救？不如死休，与我那贤妻相会于九泉之下罢了。"说罢，跌足而哭。店主道："相公差矣！大丈夫顶天立地，岂可为一个娘子，就这般轻生？强徒肆恶，誓当报仇雪耻，方是男子。若与令正同死，有何益哉？目今新任张爷，镇守青州汉嘉等处地方，为官清正，青年英武，部下有精兵数万，猛将千员。相公何不往青州击鼓鸣冤，求张爷起兵征剿，或者大娘子不死，还有相见之日，未可期也。"阮绘听罢，点头拭泪，谢了店主。吃些酒饭，令轿夫和家僮回家报信，只带一小厮，取路往青州来。

　　到得帅府前，天色已暮。阮绘顾不得天晚，跑入府里擂动大鼓。此时林澹然已往峨眉山去了，张善相在后堂与王骐饮酒，猛听得鼓声如沸，慌忙冠带升堂。把门将士将阮绘带入跪下。张善相喝问："汝是何人？有甚紧急军情，擅击禁鼓？"阮绘禀道："儒士姓阮名绘，本贯汉嘉武阳县人氏，父祖皆叨仕籍。"遂将还愿往桃源洞游玩，遇巴的甸洞主抢去妻子尹氏之情，哭诉一番。张善相沉吟半晌，问道："据汝所言，事系抢劫，自有本处衙门，何必来此缠扰？莫非有仇诬捏？若果情虚，擅击军门禁鼓，难逃三尺。"阮绘道："儒士世习儒书，颇知礼法，焉敢诬陷害人？况儒士家住武阳，罗默伽世守巴的，彼此辽绝，有何仇隙？叵耐那厮见儒士妻子颜色，一时起意，明火执仗，黑夜生生的强抢去了，府县衙门奈何他不得。除是老爷天恩，发兵征剿，方能除此大恶。不惟儒士感戴，一方黎庶，皆沐洪恩。若有半点虚情，甘受责罚。"张善相令阮绘且退府外伺候，连晚聚集将士，商议此事。众官吏禀道："这罗默伽从来肆恶，淫毒无穷，远近人民，尽遭其害。色心最重，若见妇人有些姿色，不论宦族村民，强掳进洞淫奸。不服王化，一味强梁，谁敢与之争理？所以人人切齿。阮生之事，谅非虚谬。"张善相听了，怒发冲冠，瞋目拍案道："世间有此巨恶，若不剿除，使百姓受其荼毒，张生之罪也！"吩咐宣令官晓谕诸将："明早五鼓，率各部军兵，赴演武场听点。"言毕退堂，众人散讫。次日平明，张善相入教场，将士俱已聚集，迎接入厅参见。张善相传下将令：缪一麟为先锋，常泰、黄松为左右护卫，领马军三千、步军一万,即刻先行。自为中军主帅,王骐为参谋,蜀将四员:葛攀龙、贾格、叶重、郑凝睛,统马步军一万五千,次日起马,以为后应。军马陆续起行,杀奔巴的甸来。

再说罗默伽当夜抢了尹氏回洞,不胜欣喜,吩咐洞丁设席,和美人饮酒取乐。尹氏一路就欲寻死,奈蛮丁紧随,无隙可乘。及进洞坐于侧厅,又有人围护定了,心内十分焦燥,泪下如雨。只见数十苗女,名为乌男姑,向前道:"洞主爷爷请娘子赴席,饮合欢酒,结同心带。娘子若肯顺从,不愁不富贵也。"尹氏低头不应,只是悲啼。那伙苗女互相喝彩道:"看这位倭男枯哇,云环撩乱,玉颈低垂,越显出风流态度,怎地教爷爷不爱?"齐向前劝慰。尹氏垂泪不言,亦不动身。乌男姑等只得进去了。少顷,罗默伽改换衣冠,摇摆进厅里来,叫乌男姑:"移席到此,待咱与美人对饮。"霎时酒席移来,罗默伽亲捧金壶,斟蒲萄酒于犀杯之内,双手送过来,笑吟吟道:"美人请此一杯合欢酒,与咱成亲,尊汝为正夫人,一生富贵不尽。"尹氏正在悲愤之际,举手将杯一格,泼了罗默伽一脸一身酒,骂道:"我乃女中丈夫,岂与禽兽为偶?任你鼎烹锯解,休得乱思胡想!我那丈夫是有名才子,一朝风云际会,把你这苗狗碎尸万段!"原来洞蛮最怪骂的"苗狗"二字,罗默伽大怒,喝左右:"将这恶妇绑了!"乌男姑等用绳索将尹氏背剪绑了,罗默伽取出佩刀向前,尹氏并不畏怯,伸颈受戮。罗默伽心中虽怒,见他如花似玉,不忍下手,收住宝刀笑道:"咱将你一刀砍死,却便宜你了。"叫乌男姑:"押去锁禁在后边幽室中,待咱慢慢摆布这厮。"众乌男姑将尹氏去了绑索,搀扶至一空屋内,反锁门儿去了。

尹氏寻思:"此处无人,正好自尽。"又见三四个乌男姑捧些茶汤酒馔,开门进来,见尹氏坐在地上啼哭,乌男姑齐声劝了一番,将酒馔奉过来与他吃,尹氏悲咽不理。众乌男姑使性子闭门去了。看看天色晚来,窗眼里透进一点蟾光,尹氏暗思:"此时无人缠扰,不如早寻死路，以报丈夫之恩，全我一生贞洁。稍若迟延，这厮强来侵逼，此身一玷，虽死何及！"四下一看，空荡荡并无一物，只得将裙带咬下，和膝裤带儿接做一条，从窗槛上立着，乘月光将带子丢过横穿木上，打了一个结头，意欲将头套入。心下又思："阮郎从娶我入门，情同鱼水，未尝片言相逆，讵料半路相抛，未得相依一语。婆婆待我甚厚，恩同母子，今夜长往，不能奉养暮年。"辗转思量，心如刀割，泪似涌泉。悲哭道："节孝不能两全。"望南拜了四拜，将头套入带围，两脚坠下，霎时间气塞痰迷，一命归阴，杳然而逝。可怜贞烈青年妇，七魄悠悠入九泉。

次早，罗默伽又差苗女乌男姑看视，见尹氏悬于横木之上，惊得屁滚尿流，奔回罗默伽卧房报知。罗默伽大惊，亲自出来看，果然玉碎香消，美人悬梁而逝。双手抱住，放下索来，虽然气绝，面色如生。罗默伽心中不舍，追悔道："可惜美貌佳人，是咱性急，一时将他逼死。"试解开他衣服来看，但见酥胸如玉，香气袭人，愈加可爱。罗默伽不觉欲心难禁，想欲与死尸云雨一回，了此姻缘，不枉为人半世。发付众乌男姑都出去："待咱用摩脐过气之法，救此妇人。"众苗女皆散。罗默伽正欲解开尹氏下衣，一霎时乌云罩地，黑气迷天，电光四起，霹雳交加，雷声似擂鼓一般，屋宇四围旋绕，振得地皮也动，屋子也摇。罗默伽惊慌，连忙跪倒磕头祷告："雷神爷爷，雷部将军，饶恕默伽则个，以后改过，决不敢非为了！"俯伏在地。只闻雷霆震击，轰轰之声不绝，自辰时直到午候方止，依旧天晴。罗默伽立起身来，出了一身冷汗，道："惭愧！"即令备办棺木，将尹氏收殓，葬于洞侧高岗之上。

默伽被霹雳惊坏肝胆，卧病在床，数日后挣挫起来，闷闷不乐，心惊肉颤，坐立不宁。一日晚间，有一黑犬端坐于前堂椅上。蛮丁报入。罗默伽令将黑犬杀了，弃尸河内。又一日夜半，罗默伽与夫人睡在床上，那床忽然不推自动，将二人滚进滚出不止。罗默伽大怒。与夫人起来，将床砍为粉碎，移出洞外烧了。又一日，黄昏月上，正饮酒间，窗外有人张望，问时不应。罗默伽推窗一看，见一个人，身长丈二，白脸微须，三只眼灼灼有光，头戴金冠，身穿白袍，手执方天戟，立于槛前看觑。罗默伽大怒，掣宝剑奔出来，劈头砍去。那长人将戟隔开，回身就走。罗默伽飞步紧追，直赶出几层房子，到花园亭子上，钻入土中去了。罗默伽将剑尖划地为记，令人掘土，掘出大铜锣一面，竹片一条，默伽不解其意。次日聚集大小将佐，说此异事，众各议论不一。有西宾王好善闻此数事，私对默伽之子罗统芒道："尔翁贪财好色，残忍不仁，上天示警。再不悔过，丧亡无日矣！"罗统芒请问其故。王好善道："黑犬升座，以畜代人；卧床自动，夫妻分散；锣者，汝家之姓也，竹片者，蔑也，分明罗灭二字，甚为不祥。"罗统芒慌了，乞求解救之策。王好善道："善不积，不足以致福；恶不积，不足以灭身。汝翁积率已久，恶贯满盈，天示诛灭，无可逃也。只有劝尊翁作速悔过，庶几能转祸为福。"师徒二人谈论间，不提防被一家僮窃听。这家僮名唤鸡孤，拨在馆中伏侍，为人狡猾奸佞，每被王好善责骂，因此怀恨在心。窃听了此言，就到罗默伽帐中搬嘴，又道："王师父劝公子药死爷爷，暗袭官职。小人恐事发连坐，不敢隐瞒。"罗默伽吩咐鸡孤好生守看那厮，待至夜静，差人杀此二贼。鸡孤以为中计，欢喜应诺而去。

看官：为人在世，生死自有定数。当时先生与公子命不该死，却遇了一个救星。罗默伽与鸡孤说话，却好苗女瓦剌的送茶来，立在帐外，听得二人言语，不敢进帐，捧茶复身入去，对夫人说："爷爷听信鸡孤之言，要杀公子与王师父。"夫人大惊，欲令人通知，又恐泄露，慌忙写字一纸，藏在蒸饼内，令瓦剌的送入书房，对公子如此如此说好。瓦剌的领命，忙送点心到书房，对公子说："此是夫人亲手所炊，公子与师父自食，莫赏他人。"罗统芒陪侍王好善吃饼，只见饼内微露纸角，隐隐有字。罗统芒取出看时，上写道："适鸡孤在汝父前，诉汝欲杀父袭职许多言语，又说与王师父同谋。汝父大怒，夜深要杀汝师徒二人。作速躲避，勿得迟误！至嘱至嘱。"

罗统芒看罢，惊得目瞪口呆。王好善笑道："悖逆狂徒，不思改过，反欲害人，我与你走为上着。"当晚，师徒二人将鸡孤灌醉了，锁于侧房，急急收拾银两衣服，乘夜而逃，往乌门山躲避去了。

却说罗默伽当夜差一僚丁贾孤来杀公子，只见房门反锁，贾孤掇开进去，不见先生公子，遍处寻看，只有鸡孤睡在房内打鼾。贾孤摇醒问他，只睁着眼不能答应。贾孤提了鸡孤转入帐中；禀覆道："王师父、公子不知去向，只见鸡孤醉倒地上，拿在此间。"罗默伽问鸡孤："公子与师父何在？"再三诘问，鸡孤张目只是不言。罗默伽大怒，拔出佩刀，将鸡孤挥为两段。即差贾孤四下缉访王好善与公子二人下落，又出告示，有人擒获二人投献者重赏。正在烦恼之际，伏路洞丁飞报："张元帅起大军杀奔前来。"罗默伽大惊，号令部下将士，谨守洞门。

却说缪一麟、常泰、黄松率领军士杀至巴的甸，离洞三十里可渡河边扎下营寨。次后张善相军马陆续皆到，左右结成二寨。次日，张善相令先锋缪一麟率部下军渡河，将洞围住。只听得洞内呜呜画角之声，随后喊声大起，罗默伽领五百洞丁，杀出洞来。缪一麟将军马约退半里，布成阵势。缪一麟当先，左有常泰，右有黄松，各持兵器立马阵前。只见对阵画角齐鸣，拥出一员蛮将，正是罗默伽。头戴三尖帽，赤着身，遍体垂挂璎珞，下穿铁叶战裙、虎皮靴，腰悬弓箭，斜挂宝刀，手执一根铁蒺藜，骑着灰毛大象，前后围护数十个身长黑面苗将。部下洞丁，俱是光头披发，赤脚裸身之辈，手执利器。罗默伽风拥骑象而来，常泰手挥巨斧，跃马正欲交锋，不期战马惊嘶跳跃，几乎将常泰掀下马来。黄松见了，忙出阵助战，那马也长嘶惊跳，不肯向前。二人只得带转马头而走，罗默伽随后大驱洞蛮追杀。缪一麟遮拦不住，军士大乱，当不得罗默伽人象壮健，疾走如飞赶上来。黄松正走，被罗默伽一蒺藜打中马膊，那马负疼跌倒，黄松跳在地上，杂于乱军队里而逃。官军在后的尽被杀死，中枪着箭者甚多。直追出二十余里，却遇张善相军到，罗默伽收兵回洞去了。张善相接应缪一麟军马渡河回寨，备问战败之由。缪一麟道："从来征战，未曾见此等异类。那洞主生得丑恶无比，骑着大象，其行如飞。正对阵，常将军出马，无奈马惊不肯向前，因此未曾交锋，即便败走。兼蛮兵精勇，刀剑甚利，难与对敌，黄将军几乎丧命。"张善相道："我自莅任已来，即知洞主勇悍肆恶，蛮兵精锐善战。然而一勇之夫，不知孙吴玄妙，明日破之如擒犬豗耳！"传令次日五更造饭，平明进兵。

次早，张善相令缪一麟、常泰、黄松三将领精兵一万，各带火铳、火箭、火炮一应火器，以冲前锋："若罗默伽骑象出阵，即放诸样火器，象必惊走。待他阵脚移动，向前冲杀，必获全胜，就乘势攻进洞口。我这里随后接应。"缪一麟禀道："蛮僚勇鸷，敢死恶战，恐火器不足以胜之。"张善相笑道："公端何怯也！常将军率火军三千在前，缪公端与黄将军率步军七千继后，一半持长枪，一半执短刀，十人相间为一队，连结而进。长枪刺其上，短刀砍其下，焉有不胜之理！"缪一麟大喜，即时起兵杀过河来，逼近洞口，鼓噪引战。罗默伽骑象拥众而出，两下呐喊。罗默伽奋勇当先，忽听得对阵连声炮响，火箭、火枪如雨点般射将过来，火铳、火炮一齐发作。那大象着了惊，回身就走。罗默伽脑中一箭，翻身滚落尘埃，被乱军砍死。蛮兵见主将被杀，俱奋怒拼死，杀过阵前。官军不能当抵，退步且战且走。正赶杀间，缪一麟、黄松大军拥至，长枪大刀，竭力向前。这一阵杀得蛮兵尸骸满地，血肉成山。随后张善相军马又到，合兵一处，将巴的甸洞门围住，连夜攻打。

却说逃得性命的洞蛮奔回洞中，见夫人报说洞主被杀，蛮兵大败。夫人大哭，慌聚苗将商议。众皆说："洞主贪暴不仁，自取其祸。如今官兵势大难敌，不如早降，庶保性命。"夫人听从，竖起降旗，亲自绑缚出洞拜降。张善相率请将入洞，堂上坐了。唤集近甸百姓，细问洞中之事。百姓禀道："罗默伽贪财好色，残暴不仁，百姓皆受其害。今蒙诛戮，村民得以安生。部下还有一伙助恶凶徒乌蒙车等，求爷爷一并诛之，以除大害。夫人最贤，屡谏其夫不从。公子罗统芒仁慈厚重，秉性纯雅，乞爷爷宥之。"张善相听毕，令人解去夫人绑缚，问罗统芒何在。夫人道："儿子因谏父，父反欲杀之，与师长王好善一同逃窜，不知去向。"张善相问："阮秀士浑家尹氏抢来，今在何处？"夫人道："尹氏遭妾夫所逼，誓死不从，自缢而亡，葬于洞侧岗上。"阮绘听得妻子已死，号啕痛哭。张善相也觉伤感，劝慰阮绘。阮绘哭道："感老爷天恩，发兵剿贼。今巨恶授首，亡妻之冤已泄，儒士欲见尸一面，乞老爷矜怜。"张善相道："汝妻落土将及一月，尸已腐烂，看之何益？我代汝将此情申奏朝廷，请旨建造贞烈祠，受享血食，以彰其节，汝心下何如？"阮绘叩头道："若得如此，亡妻之灵，感恩于九泉之下。但儒士一心要开棺见妻一面，虽死无恨！"张善相见阮绘情切堪怜，令军士掘土开棺，但使一见即掩，军士同阮绘去了。张善相发放罗夫人回内，收捕恶党三十余人，尽斩于洞口。

这阮秀士随着洞丁同到尹氏坟上，阮绘一见土堆，哭晕于地，军士救醒。掘开坟土，拭净棺盖，轻轻用铁锹撬开。阮绘近前看时，尹氏身尸不烂，面色如生。阮绘抱住尸首大恸，将手抚摸其额，微温不冷。阮绘大讶，与众军士商议道："亡妻尚微有暖气，何也？"众军士道："想是土中气旺，故这般暖。如今掘开泄他的气了，反为不美。"阮绘心中不舍，痴心望想，又将右手轻轻弄其鼻边，只觉鼻中有一丝之气，自内而出，心下骇然，令一个军士报知张善相。张善相道："死而复生，世或有此事，只是已一月了。"即亲自上马，率诸将同来看视。阮绘备说额上微温，鼻中有气，实为异事。张善相道："汝妻贞烈，完天地之正气，鬼神呵护，或可回生。吾闻林太师有言：人尸不冷者，亲人拥抱同卧，以口相哺，授其元气，将还魂丹置口中，以汤下之,则可复生。君试为之,万一天鉴节妇重生,未可知也。"阮绘领命,张善相一行人自回。

阮绘借了民间空屋,铺设床帐,遍熏兰麝,将尹氏尸首放于床上。阮绘对面搂抱,以口对口,微微呼吸,接引其气。许久,尹氏忽然叹出一口气来,又一闻咽中有声,自上而下,渐觉星眼半开,玉腕微动。阮绘不胜大喜。阮绘轻轻询问,不能回答。阮绘心下忧疑,忽报张爷差人送丹药至。军士道:"老爷吩咐,将此药用神妙汤调化灌之,娘子若能受药,则回生了。"阮绘致谢,忙煎汤调药,初用一匙送入口中,慢慢的流下咽喉,次后扶起身来,缓缓灌下。一会儿气转神舒,便能说话,将阮绘看了一回,悲伤哽咽起来,带泪道:"妾与官人相见,莫非是梦里么?"阮绘扶着娘子,细细将张都爷发兵杀罗默伽、开棺救醒之事,说与他听。尹氏听了,扯住阮绘道:"我与你真是两世重逢也。"阮绘又道:"娘子死去见甚神鬼,安身何处?焉能身热而气还?"尹氏道:"妾初死并无所见,但昏昏沉沉,如梦里一般。恍惚见一青衣童子,口称山神所差来救济我,与我一粒丹药,其味甚甘,服之不饥。得以再生,皆张爷之德也。"阮绘道:"张爷德同天地,恩若丘山,细思无以为报,谁建祠塑像,晨昏拜祝,求其长命富贵,福禄康宁,子孙昌盛便了。"阮绘挽居民妇女,伏侍汤药,自却飞走到张善相营中拜谢。

此时张善相差人缉访罗统芒消息,土民报知在乌门山中,着人唤来。王好善、罗统芒参拜已毕,罗统芒叩头请罪。张善相道:"汝父积恶,强夺阮秀士之妻,活活逼死,故起兵前来讨罪。本当族灭,百姓说汝仁厚有德,能规父失,今使汝袭父之职,以镇此上。昔日大禹之父鲧治水无功,舜殛之于羽山,举禹使续父绩。禹伤父之功不成而受诛,劳心焦思,居外十三年,三过其门而不入,由是水害皆息,地平天成,百姓安居,玄功不朽。愿汝效之。"罗统芒稽首受教。张善相又赐王好善冠带,职任参谋,辅佐公子。王好善拜谢。罗统芒即袭职参拜了，杀牛宰马，大排筵席，款待张善相。正饮酒间，报阮秀士来拜谢张爷。张善相唤入，问其备细。阮绘顿首说："遵老爷接气之法，妻子渐渐醒转。又蒙老爷丹药，今已能言，进得饮食，特来叩谢。"张善相大喜，令罗统芒、王好善下席相见，命阮绘坐于末席。当日尽欢，大小将士俱有赏赐。

话不絮烦。次早，张善相号令军士班师回郡，罗统芒馈送金帛珠玉、宝玩蜀锦等物，同王参谋率领部属人员，直送出石驼关来。张善相发放回去，罗统芒双膝跪下，禀道："卑职万死，不知进退，有一事禀上，伏乞海涵。"张善相问："有何事讲？"罗统芒流泪说出这件事来。正是：

在世未归三尺土，为人谁保百年身。

不知罗统芒说什么事来，且听下回分解。

第三十八回

土地争位动阴兵　孽虎改邪皈释教

诗曰：

> 灵台方正可生莲，垒积阴功位上仙。
> 解脱便能超万劫，贪嗔端的堕深渊。
> 施仁下役歆民祀，恋色山君返善缘。
> 苦海芒芒无尽处，回头即是大罗天。

话说罗统芒禀道："先君肆毒害民，已蒙都爷正法，但尸骸暴弃荒野，卑职心中不忍，恳乞天恩得赐归土，万代恩德。"张善相惨然道："予几忘了。葬父人子之至情，今赐尔父冠带殓葬，以尽尔心。"罗统芒叩谢而去。张善相车马行不数里，又见阮绘在前途跪送。张善相令人扶起，吩咐好生调理妻室，速宜回家，不可久淹于此。阮绘领命拜辞。

不说张善相回郡，再说阮绘复至寓所，对尹氏说张爷吩咐早回之言。尹氏道："妾身虽狼狈，幸饮食可进，勉强支撑，及早回家，似免孀姑悬念。"阮绘即雇了一辆车儿、一匹骡子，谢了店主，带了小厮回武阳县来。一到家内，老幼尽出相迎，抱头痛哭。尹氏将尽节复活之情，诉说一遍，无不伤感。次后亲邻族友俱来探望，个个称羡尹氏之节，张善相之恩。阮绘择地伐木，建一座大祠，妆塑张善相全身，备牲牢祭献。夫妻二人，镇日点烛焚香，祈祷张爷位至三台，寿登百岁，不在话下。

且说张善相一行人马回青州郡，大小官员出廓迎接入府，设筵庆贺。筵间备言前事，尽皆感叹。张善相具表申奏朝廷，又作书达知林澹然、杜伏威、薛举三处。西蜀百姓，人人称颂张善相的好处，于是威名扬四海，政绩著千年。

话分两头。再说杜伏威自娶了舜华，带惠氏莅任楚州，时亢旱已久，从秋至春，并无点雨，禾稻枯焦，草木黄落，井干见底，溪涧断流。万姓惶惶，皆赴帅府呈告旱荒，恳求赈济。杜伏威与众官道："自我莅任，适当此时，如何赈济得许多贫民？"只见报说安化侯张爷有书，杜伏威唤入，来人将书呈上。杜伏威拆开看时，书云："自别台颜，倏尔逾月。弟所辖巴的甸土官罗默伽，横行肆虐，黎庶受殃，偶于路次窥见阮秀士之室尹氏姿色，强夺逼奸，其妇自到而死。弟起兵剿之，托兄覆庇，巨恶授首，碎尸马足之下，遐迩称快。其子统芒颇贤，弟立为巴的洞主。不意尹氏死后一月，服林太师所赐丹药复生，重偕伉俪，此亦千古异闻。专人奉达，余俟面悉。辱弟张善相再拜。"

杜伏威看罢，将书与众官看了，俱各称贺。杜伏威道："张爷至任，即能剿贼立功，代民除害，甚为可喜。我命蹇德薄，遭此大旱，使黎庶无赖，何以处之？"查讷道："主公初任楚州，仓廒不足，税赋甚轻，若欲赈济，难以遍及。主公何不祷之于神，求一场甘霖以活禾苗？若得田稻成熟，胜于赈济百倍。"杜伏威然其言，即命查讷领一千军，出西门外缙云山下筑坛求雨。不数日，坛场已完，器用俱备，杜伏威和大小官员，尽皆斋戒三日上坛。此时上自缙绅，下及士庶，都出城观看求雨，一齐到坛看时，果然严整洁静。但见：

  坛高一丈八尺，上容千人。横阔数百余步，阶分三级。正中央供奉风云雷雨之神，四周围摆列龙鳄鲸鲵之像。宝鼎香焚檀速，金瓶满贮清泉。旗分五彩，青红白黑间真黄；路设八门，南北东西兼四极。执香玉女着青衣，捧剑金童穿皂服。耳畔不闻人笑语，坛前惟有鹤翩跹。

  杜伏威披发跣足，身穿皂袍，腰系麻绦，手执柳枝，步至坛上。次后，查讯将军士各分班次，陆续上坛，依方位站立。军士二十四人身着青衣，足穿青履，手执青旗，立于东方；二十四人着红衣，穿朱履，执红旗，立于南方；二十四人白衣、白履、执白旗，立于西方；二十四人黑衣、黑履、执黑旗，立于北方；二十四人黄衣、黄履、执黄旗，立于中央。各布方位已定。只听得令牌三响，杜伏威执剑步罡，捻诀念咒，烧符喷水，以剑尖指着风神，念念有词，猛可地一阵风起，拔木扬尘，坛上灯烛暗而复明。又一阵大风来得利害，将坛中黄衣军士尽皆刮落坛下，却将西方白衣军士卷入中央。众人看了惊骇。黄衣军士又不跌伤，但只口呆目瞪，似睡魔时一般。少顷，杜伏威又将剑尖指着云霄二神，念动咒语。霎时乌云蔽合，电光四起，霹雳震天。杜伏威然后将剑尖指着雨神，敲动令牌，烧符三道。牌声未毕，霖雨大降，倒瓮倾盆。坛下官民人等，不惜衣裳，跪于泥泞之中，顶礼天神。坛上杜伏威顶着令牌，两目直视西北，自午至申，足有数尺之水，方才回神，放下令牌。渐听得轻雷隐隐，云开而止，依旧太阳出现。众官请杜伏威下坛，束发漱洗，冠带已毕，簇拥上轿进城。一路上百姓称扬大德，欢声不绝。杜伏威一行人到府，整酒相庆。众官问道："大人作法时，为何将黄衣军士推落台下，又将白衣军士移入坛中，此是何意？"杜伏威道："此乃生克之义也。非我所使，乃神力使然。五行之理，黄属土，白属金，黑属水。适才我烧符请神，水星已至坛，被土星所掩，不能施行，故请东方甲乙之神，克伐中央之土，拂勾陈于坛下，运太白于坛中。太白者，金也。金能生水，故水星得以展布，大雨遂滂沱而降。此是五行相克相生之道也。"众官悦服。自此遍处田禾，尽皆丰熟。远近百姓仰杜爷求雨之功，再生之德，家家感戴，户户讴歌。这消息传入青州，张善相差人报知林师爷。

原来林澹然自从同张善相上任之后，即往峨眉山寻幽觅胜，见连冈叠嶂，复涧重崖，峰峦耸秀，高入云表，长松夹道，古树参天，兔鹿交行，猿猱舒啸。其中洞天福地，美景奇观，不能尽述。远观山顶突起三峰，其二峰对峙，宛若峨眉，故以名焉。林澹然手扶竹杖，足踏芒鞋，后随一仆，援萝蹑蹬，穷岩尽谷，遍处游览，信步来到中峰之上。只见有平地数十亩，宽敞可居，东傍溪流，西连石洞，背倚高岗，前临幽壑，丹枫修竹，青翠郁然。林澹然坐于石上，徘徊顾盼，甚为得意。坐了一会，依旧下山回郡，对张善相说："此地可以结庵。"张善相欲兴工大造，林澹然不允，只于中峰平地，结成草庵三间，中为客座，左为静室，右作丹房。留一仆名为樵云，以供炊爨洒扫。自此林澹然只在庵中静养，足迹不下山者数月，自得静中之趣，道念日坚，精神倍固。前闻张善相征剿罗默伽有功，次又闻杜伏威求雨救济万民，心下暗喜道："二子一能代天讨罪，一能兴利济民，不负俺平日教诲之功。"

一夕，时值深秋，林澹然见窗外月色倍明，如同白日，扶杖出草庵，立于修竹间，仰观皓月，俯听溪流，清风徐来，长空鹤唳，觉神清气爽，非复人间世。正观想间，忽听得东北角上喊声大举，似乎厮杀之意。林澹然心下疑道："此山连亘千里，又非城廓去处，何故有此杀声？"静听良久，喊声不绝，只见阴云四合，月色渐晦。林澹然回庵就寝。次日夜间，正入定静坐，听得东北角上喊声又起，直交夜半方息。数夜如此，不知何故。林澹然唤樵云："你往东北山径一路寻访，看有甚踪迹。"樵云领命，取路往东北而行，攀藤附葛，走了二十余里，见岭下一座庙宇，不甚高大，近前看乃是本山土谷神祠。

樵云走得力倦，入庙席地而坐。一个道人从内捧出三牲祭礼，摆列神桌之上，点烛焚香。道人跪下，祷祝道：弟子庙祝，名号自愚。仰托神灵，饱食安居。不期近日梦一白须，自称新任土地向爷，奉上帝旨，来此山峒，代老爷职，管万民居。老爷应得托生阳区，交代而去，不必踌躇。为甚不忿，战争无虚？使我弟子日夜恐惧。特备三牲，猪首、鹅鱼，水酒一壶，伏望鉴诸，享我微忱，早驾云衢，让向爷来，两下无虞。"祝罢，礼拜化纸。

樵云一一听得明白，抽身回庵，对林澹然备说其事。林澹然讶道："如何有此奇事？待俺亲至庙中，看是何等邪神争斗。"即扶笻步到庙中。道人见了，慌忙磕头迎接进内，坐下献茶。林澹然细问其情，道人说："数日前梦一老者，须发皓白，衣冠济楚，乘马而来。后随人役，口称姓向，奉玉帝旨敕为本山土谷之神，前来交代。小道觉来不信此事，只见从此后一连五七夜，庙前喊杀，直至五更方散，搅得小道不曾合眼。"林澹然道："今夜俺在此过夜，看是何神敢来厮斗。汝且回避。"道人办斋款待。

看看夜静，林澹然仗剑坐于庙前。顷刻间，阴风骤起。远远灯光闪烁，白马之上，坐着一人，数十鬼卒手执器械，呼喝而来，渐至庙前。林澹然按剑大喝道："汝是何处妖邪，假称天旨，来此强夺正神之位？"马上那人大怒，骤马向前，见了林澹然，即忙退避，霎时人马皆散，寂无踪迹。林澹然进庙叫出道人，说其缘故。道人道："新土地被太爷神威所慑，不敢近前，只得散兵去了。"林澹然道："似此行径，不像妖魅所为。敢来代任，必有来历。鬼神之事，理实有之。"当夜就宿于本庙，仿佛中见一人，幞头象简，角带青袍，向前施礼称谢。林澹然答礼道："足下素未相识，何故谢我？愿闻姓氏。"那人道："小人非别，本庙土地是也。因与新任妖神相战数夜，未分胜负，今得太爷所逐，小神特来拜谢。"林澹然未及回答，又见殿侧走出一人，青衣小帽，皓鬓苍髯，向前跪下。林澹然慌忙扶起道："足下何人，休行此礼。"细看来，却像曾有一面之识。那人道："小神乃向上是也，昔日跟随太爷在万善镇饭店分别，太爷如何忘了？"林澹然方才认得是老苍头向上，大喜道："当日俺与你入梁之时，分囊相别，数十余年，并无音耗，每每挂念。汝今何故在此？"向上道："小神昔日得太爷所赐金银，往洛川巩县村间买良田住宅，耕种为生。每岁所获利益，颇为丰裕，除衣食外，余银谷帛，尽数赈济贫乏，砌路修桥，将三十年，所施财谷数千。今夏无疾而终。上帝道小神正直无私，敕封为峨眉山土谷之神，奉旨前来代任。不期旧神抗拒不让，拥兵出战，小神不得不与之争，昨晚太爷在此，欲上前禀知，被太爷神威冲散。谁是谁非，乞太爷作主。"林澹然合掌道："南无释迦牟尼佛！人有善愿，天必从之。得汝为正神，不枉山僧一念。"即唤二土地近前，对旧土地道："此向上者，是俺昔日从事之人，上帝敕旨代汝之任。非妖妄也。汝若抗违，必遭天谴，速宜辞位。不然，即是贪位冒禄之鄙夫，何以为正神乎！"旧土地低头不敢再言，唯唯连声而退，新土地向上拜谢就位。林澹然忽然惊觉，似梦非梦，暗暗称奇。次早，道人来送茶汤，林澹然细说其事，道人惊异赞叹。林澹然回庵，写书差遣人往青州报知张善相。

　　张善相看了来意，差官督工修盖庙宇，又差巧匠妆塑新土地向上神像。一月之间，工程完就。林澹然亲往庙中观看，匠人贴金彩画已毕，一个匠头磕头求赏道："土地神像塑完，今开光明，求太爷赏赐。"林澹然看这匠人好生面熟，听其声音，十分旧识。想了一会，想得起来，拍掌道："你原来在此！"那匠人抬头看了林澹然半晌，也笑道："为何住持爷也在此间？"看官你道是谁？自古无巧不成话，这匠作头儿不是别人，乃金陵妙相寺中钟守净的行童来真。昔日因钟和尚在梁武帝驾前暗进谗言，欲害林澹然，却亏这来真暗通消息，得脱大祸。后来被钟守净凌辱不过，只得逃走还俗。数年后报父之仇，持刀杀入，入县自首，县官依律拟绞。遇梁太子即位，改元大赦，减一等发配西蜀充军。因无生理，习了这一行技艺，奉官差遣土地庙中装塑神像，凑巧得与林澹然相遇。两下俱大喜，乃邀入侧房细谈往事。来真将日前历过苦楚备细陈说，林澹然亦以经过之事说与来真，感叹不已。来真道："小人虽以手艺度日，出家一念，寝食不忘。今得与太爷相会，亦出意外。望太爷与小人祝发，以了终身之事。"林澹然道："汝愿出家，前念不忘，甚为可喜。择日为汝披剃，在俺庵中过活便了。"来真磕头谢了。开了土地光明，道人整顿牲礼祭赛，并办斋款待林澹然已毕，打发匠人散了。林澹然和来真同回庵中，择日替来真诵经落发，法名印月，与樵云互相伏侍林澹然，一面习学经典，讲谈释理。朝暮依依，渐识玄理，宛然一物外僧也。

　　自印月入庵已来，又早小春天气，林澹然吃罢午斋，闭户打坐。入定之际，见一老妪，身穿缟素，与一个年少美妇，身着青衣，闯入庵中，双膝跪下，叩头求救。林澹然喝道："俺这里是清静法门，闲人不得轻入。汝二女人何由至此？快快出去！"那年少女人匍匐向前，滴泪道："妾身黎氏，小名赛玉，因贪淫败德，触犯三宝，被丈夫沈全杀死，一灵堕落，已归言道。今日合有大难，望林太爷救拔。"林澹然合掌道："阿弥陀佛，此皆汝一念之差，致有今日之苦。"又问："那老妪是谁？"黎赛玉道："这就是利口拔舌，做牵头的赵蜜嘴。阳受一刀之惨，阴罚六畜之报，今日也有大难，故同来求救。"林澹然又叹息道："汝欲陷人而反自陷，不过图一时口腹之欲耳，佯名佛头，暗里骗人财物，诱人淫欲，非畜类而何！今日受此阴报不差。既有大难，俺以慈悲为主，焉忍不救。汝二人可避于庵后，有难来，为汝解之。"二女人磕头而起。

　　猛听呀的一声，庵门开处，一个和尚身披五彩袈裟，手执利剑，踊跃直入，大喊道："二淫妇何在？若不杀汝，誓不再生！"林澹然仔细看时，却是正住持钟守净。林澹然迎住道："师兄久不相会，何故要杀二人？此二人是师兄最喜者，出家人戒杀为先，仗剑逐人，非释门之所为也。"钟守净收了剑，与林澹然稽首坐下，躬身道："贫僧不才，有负吾兄大德。向来谨守净戒，毫无所失。师兄之所知也。叵耐赵蜜嘴老狗诱人犯法，骗我钱财。设计定谋，诱黎赛玉成奸。承师兄对月讽言匡正，彼时弟有悔过之心，复被黎氏这淫妇蜜语相牵，令我暗中毁谤，逐兄出寺，致我死于非命。辗转思量，深为可恨！今欲刃之，以泄大忿。"林澹然道："噫，兄言误矣！岂不闻不贪美色者。闭户不纳，秉烛待旦？上人视色如蛇蝎，智士视色如仇敌。语云：水荡舟行，风扬幡动。人若内有主持，外欲何缘得入？昔日赵婆设计，黎氏奸淫，由师兄一念之差，彼方投隙而入。兄不自责而责他人，非悔过迁善之道也。比如兄欲杀彼，彼又欲杀兄，冤冤相报，何为了期？兄但存一念之正，则道可进，冤愆可灭，何为又动杀机？"钟守净低首无言，长揖而别。

　　林澹然醒来，对印月、樵云说知。印月道："太爷心有所思，故见此境界。"林澹然道："久不念及于彼，何思之有？但二女人说今日有难，求俺救之，不知何意？汝二人不可出庵，看今日有何事故。"师徒站在庵前闲谈，又早日色衡山。忽然狂风骤起，撼木扬砂。风过处，一只白犬，一个黑猪，远远从岭上跑将下来，一直奔至庵前，不知从何而至。林澹然早已省悟，即忙让开，放二物奔入庵里去了。只见又一阵腥风刮面，大吼一声，振得山岗也动。一只斑斓猛虎咆哮而来，声如霹雳，眼似明灯，从岭上直跳下山坡，径奔庵前。林澹然忙取宝剑，当门而立，大喝："畜生慢来，有吾在此！"那猛虎剪尾刨蹄，正欲向前扑人，见了林澹然，逡巡畏缩，雄威顿挫，低头屈足，蹲于地上。林澹然收住宝剑，笑道："老钟老钟，汝忘昔日之事乎？但知恋色贪财，不顾禅宗戒律，生前害物，死后戕人，生死异殊，造孽则一。今不思回头归正，到此地位，尚欲恃勇伤生。汝恨此二人坏汝性命，便欲报复，独不念满寺僧人，焦头烂额，中剑着刀，死于非命，为着何人？是何辜乎？可怜，可怜！谈及于此，汝亦当恍然悟矣！俺禅定时，曾劝汝及早回头，秉教迦持，一点灵光复归大道。不然，失迷真性，万劫沉沦，人身不可复得，苦哉，痛哉！汝若肯听吾言，皈依三宝，可尽释往日冤愆，以求再生之福，放下一片雄心，不失本来面目。即当俯首屈足，谛听吾教。"那虎两眼流泪，双足跪下，低头受教。

林澹然又道："汝沉迷已久，非朝夕提醒，不能登于觉路，俺庵侧有一石洞，幽僻可居，汝当栖身于此，听俺讲经说法，渐归正道，但不可妄害生灵。若伤一蚁之命，必斩汝首，终堕阿鼻，难以超生。汝若果有善愿，可三点其首。"那虎将头点了三点，摆尾伸腰，似有喜状。林澹然将剑指着西首道："离此数十步，即是石洞，乃汝安身之所。天色已暮，汝可速去！"那虎在庵前盘旋一会，即往洞中去了。印月、樵云惊道："太爷与虎说了半日话，使我二人担着血海干系。果然畜通人性，低头垂泪，似有悔过之意。古人云：道高龙虎伏。今日方见太爷伏虎之能也。"林澹然笑道："钟守净虽犯色戒，颇有凤缘，好行小惠，亦是他的善根不断。虽堕畜道，一点灵光未泯，闻俺言亦能省悟。此所谓一切众生，皆具佛性，非降龙伏虎也。"印月、樵云稽首信受，方悟性无不善之理。林澹然进庵，呼出一犬一猪，令其回家。二畜蹲踞于地，不肯行动。再三呵叱，反钻入禅床之下躲了。林澹然笑道："汝既知畏死，何不早修？"即将二物留于庵内。

次日，林澹然坐于竹林石上，宣扬佛法，开讲涅槃。印月、樵云侍立左右，那白犬黑猪，低头听讲。少顷，只见那虎昂头掉尾缓步而来，走入林中，向林澹然点头三下，似乎稽首之意，即立于侧首，听谈禅理，猪犬惊惶无措，闪在林澹然座后。直至讲毕，猪犬随林澹然回庵，大虎复归石洞。林澹然令樵云至青州见张善相，取饲虎领给，每日豕肉一肩，朔望则赐羊一腔。自此后，凡逢谈经说法之日，虎不食肉，一虎一犬一猪，相随听讲。初时猪犬见虎慌张躲避，次后渐渐驯熟，或并立顾盼，或同行山麓间，不复畏惮矣。林澹然呼虎为"老钟"，白犬为"老蜜"，黑猪为"小赛"，一呼其名，驰骤而至。山下居民互相传说，中峰有一长老，每日讲经，一虎一猪一犬相随，并不侵犯。远近闻名，皆说林大师是一个得道神僧，故能降龙伏虎。又有好事的，都上山拜见活佛，就求老虎一看。果然虎见人低头伏气，不敢转动，人人称异，个个道奇。上山来看的人，络绎不绝。

却说峨眉山下有一富翁，姓赵，名自宏，业贩生药，家道饶裕。中年娶妾得孕，临产之夜，梦一老僧双手捧日，立于床前。其妾大惊而觉，产下一子，生得额高耳大，面阔口方。赵自宏大喜，弥月后，因梦取名，叫昱儿。渐渐长成至八岁，见荤即吐，哑不能言，未尝一笑，不好戏耍，时常面壁而坐。赵自宏每每叹息道："中年得子，又是残疾无用之人。"心下不乐。闻得山顶有此伏虎圣僧，竭诚斋戒，令家僮抱了昱儿，一同上山来。见林澹然礼毕，备道其事。林澹然闭目定息半晌，回神将右手摩昱儿之顶，说偈道："永清永清，久陷幽冥。倩吾偿贷，方转法轮。托生西蜀，依旧光明。不言不笑，有何不平？"昱儿便开口答道："今见吾师灵光返照，割去愁城，复能言笑。"说罢，相视大笑。赵自宏惊骇问故，林澹然道："天机不可泄漏，难对君言，日后自知也。"赵自宏不敢再问，拜谢林太爷，领了昱儿下山回家，对妻妾备道始末，一家欢喜。择日请师训读，昱儿即名为赵昱。开蒙之后，甚能读书，一目十行，下笔成文。年至十六，举孝廉，每得暇就上山和林澹然讲谈玄理。林澹然传以水遁剑术，后于隋炀帝大业三年，授为嘉州府太守。时犍为县大潭中，有一老蛟作虐害民，兴风播浪，淹没田禾，或变人形，诱民沉溺。赵昱仗剑入潭，与老蛟大战一昼夜，斩却老蛟，潭水尽赤，百姓皆感其德。数年后，弃官修道。后嘉陵水涨，蜀人见昱于云雾中骑白马而下，宋太宗敕封神勇大将军。此是永清长老转世得道的后事，表过不题。

再说林澹然见远近士民拜访者接踵，心下甚是厌恶，长叹道："本欲求静，而反得扰，岂非沽名钓誉之态乎！"暗令张善相挂榜文于山下，禁止居民，不许上山混扰，犯者重究。自此士民不敢上山。林澹然方得一静。

再说薛举至南安郡，添军九千，进发至信州。所属官吏，远远迎接进城。到任诸事皆毕，薛举体访民情土俗，颁号令约束军民人等、差心腹将士巡按州县，拿问贪官污吏，访察巨恶积奸。只见探马名为"夜不收"来报："爷所辖地方，有上官猛姓者，所生一女，名为婎蜚仙，美貌绝伦，英雄无敌。领土兵数千，横行州县，已占据了新宁、建始、栗乡、梁山、通州五县，势甚猖獗，无人敢敌。目今太平县被围，乞爷爷早调兵救援。"薛举听了，即差曹汝丰、皇甫实领铁骑三千征剿。二将得令，选军出师，星夜到太平县来。一路见百姓慌慌逃窜，曹汝丰问："汝百姓为何如此慌张？"百姓口言："被猛家婎蜚仙率兵杀至，势不可当，只得弃家逃窜。避他锋刃。"言未已，见尘头起处，婎蜚仙兵马已到。两阵对圆，曹汝丰与皇甫实并马观看，对阵两面百花旗开处，拥出一员女将，结束得十分标致。但见：

> 眼如秋水，眉似春山，桃花脸撒几络青丝，樱珠口含两行皓齿。头戴束发金箍，后垂叭贝；手执方天画戟，上挂豹幡。犀皮甲软衬绛红袍，狮蛮带紧笼绣裹肚。背插飞刀两口，腰悬短箭一壶。双凤靴斜挑金蹬，朱文镜半掩芳心，弓袋中插一面小小杏黄旗，雕鞍下跨一匹跞跞追风马。杨柳腰藏红套索，鸳鸯勒响玉鸾钩。

曹汝丰看了，夸奖不尽。正欲回马，只见那女将手挺画戟冲杀过来，身边紧护有三百女兵，俱是蓬头赤脚，黄发黑面之辈。后随三千蛮兵，一涌杀至。曹汝丰急轮大刀抵住，皇甫实挺鞭助战，两边混杀。那女将猛然飞起一把刀来，径取曹汝丰，曹汝丰眼疾，侧身躲过。又飞起一把刀，奔皇甫实顶上落下，皇甫实急躲，早削去盔顶斗来大一颗朱缨。皇甫实吃了一惊，拨马便走，怎当得蜚仙的马是千里龙驹，飞马赶上，手里红绵套索上有七十二金钩，望空一撒，将皇甫实套住，拖下马来，蛮兵活捉，囚送土官去了。曹汝丰大败，折兵一半，回见薛举，说女将猛勇难敌，失了皇甫实。薛举大怒，点起精兵五千，令王骧镇守信州，自同曹汝丰领兵至太平县。见隔河一簇人马，往来如飞，两面百花旗招展飘摇。曹汝丰指道："那绣旗下的，就是女将姹蚩仙。"薛举听了，把马一拍，飞身跳过大河，喝道："何处泼妇敢如此横行？"那女将以戟架住戟道："吾乃洞主之女姹蚩仙是也。平生惯使画戟，无人敢敌，不知断送了多少英雄。有誓在先：三合之中，能敌得我画戟者，方与成亲。汝今亦使画戟，恐敌不过时，顷刻即为无名之鬼。可通名来！"薛举道："女流贱婢，谁与你通名！"挺戟便刺，蚩仙跃马迎敌，戟对戟。这一场好杀，若舞神蛟，如飘瑞雪，战八十合不分胜负。蚩仙用计，早掷起一把飞刀，薛举用戟拨了，不能近身。蚩仙见挪不着，又飞起一把刀来，薛举用手接住，回掷蚩仙。蚩仙蹬里藏身躲过，急解下红绵套索，向空撒起。薛举马已到身，正待活捉，不期那套索落下来，将薛举与蚩仙一齐套住，你我牵扯，团成一块。当不得薛举力大，将索扯断，轻舒猿臂，把蚩仙提高马鞍，喝手下绑了。曹汝丰见主兵得胜，大驱军马杀去，蛮兵大败，走不及的，都被砍死。

薛举收兵回城，未及点视兵将，忽报猛土官差人到来禀事。薛举叫令进来，那差来的蛮官跪禀道："小官奉本官差遣，昨者你姹蚩仙小姐无知，擒了将军皇甫实，冒犯虎威，罪该万死！本官不敢加害，以礼款留。不意今日又抗违天兵，姹蚩仙亲身被掳。特差小官送皇将军回城，望元帅天恩，释放小姐妹蚩仙还家，愿进贡方物，拱听约束，立誓不敢复反。所据城县，尽皆奉还，恳求姑恕。"薛举道："汝本官大胆鸱张，本当踏平蛮洞，尽正国法。今既知罪，姑恕这番。我皇将军今在何处？"只见皇甫实进堂请罪，备说土官厚待送还，求换其女之意，薛举道："此女果然英勇，吾亦几为所困。汝力不及，非战之罪也。"命押过姹蚩仙来，去了绑缚，以酒压惊，尽还兵器鞍马。蚩仙上马而去。

次日，土官又差人来请皇将军议事。皇甫实禀知薛举。薛举道："汝试往不妨，看他有句话说？"皇甫实领命而去，直至日晡，回来说："土官只生此女，年方二九，未曾许聘，英雄了得。设誓在先，有敌得过者，愿委身事之，奈遇元帅，实乃天神，而女心悦诚服，不负初言，愿侍箕帚，浼某为媒，未知元帅钧意何如？"薛举道："吾未有正夫人，所随侍者，婢妾而已。此女刚毅武勇，吾甚喜之。但此事必须作书达知林太爷，若许娶时，再作区处。"于是，写书问林澹然之安，并言此事，差官赍往青州。不一日，差官回来，递上林澹然回书。书中说："此女绝世无双，姻缘有在，即当娶为正室，不必计其为苗蛮土俗也，老僧主张不差。"薛举观书大喜，择日令皇甫实为媒，将金珠、蜀锦之类，送至孟土官处为聘。土官收了，大排筵席，厚赠皇甫实，回贡薛举犀角、象牙、珊瑚、玳瑁、碧玉、黄金，奇珍异宝，土产之物，极其隆盛。薛举班师回信州，择定吉日，差皇甫实率兵一千，用彩舆鼓乐迎娶姘蜚仙至府成亲。合卺之后，薛举与蜚仙爱敬如宾，蜚仙生一子，名薛仁郿，后为世子。薛举所辖地方，人人畏服，处处称扬，化为醇俗。

不觉光阴荏苒，岁月如流，又早过了十余年。当下值三月天气，杜伏威预发传帖，约薛举、张善相和文武将士，同到江油大禹庙中，郊天祀地，大排筵席，兄弟叙情饮酒。正欢笑酬酢间，忽探马报周高祖发兵，将邺城围困，烧城西门。齐人出战，周师进击，齐兵大败。后主带百余骑东走，被周人所执圣驾已崩，各地尽属周主。杜伏威弟兄三人听罢，即备祭礼，望东南遥祭举哀，示谕大小官员、军民人等，俱挂孝三日。三人商议起兵，为后主报仇。查讷道："周高祖用兵如神，勇略盖世，近得齐地，国势更张，若与抗衡，恐非万全之策。"薛举道："我等受齐主厚恩，今被周子所辱，义当大兴士马，踏平周上，复夺城池，访后主子孙之贤者而立之，方是臣子之道，岂可束手坐视，据土自安乎？即使兵败国亡，捐躯何恨！"张善相怒道："二哥之言甚当。国家有难，臣子不赴援，非忠也。速宜操练三镇军马，即日起程。"查讷道："二主公但知为国忘家，全忠尽节，不知兵犹火也，不戢当自焚。凡用兵之法，必须知己知彼，百战百胜。若欲以区区三镇之兵，与中国抗衡，是犹以邹敌楚也，安能胜乎？依臣之言，不如据地称王，仍遵齐主年号，养军恤民，以俟天时。不然，徒劳民伤财，无益于事。"薛举、张善相坚执要起兵。杜伏威道："二弟志在报仇，培植纲常；近仁见机自玉，亦通时变。我等主张不定，不如同见林师爷，求其定策，以立行止。"众人齐道："此言甚善。"车驾即日起程。

不数日，来到峨眉山，差官通报。杜伏威等步行上山。参拜已毕，各叙寒温，列坐两旁。杜伏威先开言道："目今齐后主被周高祖所执，境土皆为兼并。薛、张二弟决意起兵报仇，查近仁再三劝据守勿动。不才心无定主，特禀师爷，恳乞尊裁，以决去就。"林澹然道："汝等未来之先，俺已预知。齐国自武成以来，骄奢淫佚，大失民心，国势衰弱甚矣。幸后主好贤勤政，似有返治之机。不期汝等归附后，复骄悖自恣，耽于酒色，信用谗佞，屠戮忠良，骨肉内残，百姓外叛。所为若此，鲜有不败！俺夜观乾象，见周之主星，亦暗昧无光，非能久于人世者，不数年，必倾社稷。汝等不必进兵，当从近位自守之策，以待天时。各宜修缉城地。操演士卒，整顿器械，广蓄钱粮，积德累仁。候中国有变，起而图之，进则可以兼并，退则可以独霸。不宜妄动干戈，伤残民命。"薛举道："师爷之言诚是。但周子贪得无厌，既灭全齐，必有取蜀之意。若待他兵马临城，岂不坐受其制？"林澹然道："周主虽侥幸灭齐，以俺度之，必不敢远图巴蜀。其论有三：西蜀山川险阻，道路窄逼，粮食不继，进退甚难，一也。陈国见周人兼并齐土，岂无觊觎之心？若周师一动，彼必乘虚直捣，以袭其内，二也。大将军杨坚，奇伟有才略，周主虽用之而多疑。若委以国柄，车驾自将西征，则疑生内变；若假以兵权，统军代蜀，则疑有外交。君臣猜忌，焉敢轻动？三也。查近仁之见，与俺暗合。三子不必多疑。"杜伏威三人唯唯听服，再无他议。

　　杜伏威问道："不才久闻师爷畜一虎、一猪、一犬，俱有名号，驯服伏教，乞呼出一见。"林澹然令樵云呼猪犬，印月引虎。樵云走出庵后，高叫："老蜜小赛快来，太爷呼唤！"只见庵后跑出一白犬，一黑猪，摇头掉尾，径奔至林澹然跟前。林澹然将手指着杜伏威三人道："众爷在此，老蜜小赛可向前磕头。"那猪犬向伏威等跟前，将前足跪下，头拄于地。杜伏威等拍手大笑。只见印月逐虎而来，叫道："老钟来了！"众人举目看时，那虎轻身缓步，走向前来，向林澹然点头三下。林澹然道："老钟何不向众爷行礼？"那虎亦向众人点头。张善相对林澹然道："此虎日费领给，为何羸瘦？"林澹然道："老钟初皈依时，俺每日取豕肉一肩饲之，遇朔望则赐羊一羫，极其雄壮。近来一载有余，断荤守戒，惟餐蔬菜淡饭而已，故此羸瘦。"薛举问道："老蜜、小赛为何这等肥壮？"林澹然道："此二者并不食荤，但食山桃野菜。凡听讲后，似亦能解悟静养，所以壮健。"众人惊异。当晚庵中暂宿一宵，次早拜辞下山，三人相别，各各取路回镇。正是：

　　将军不下马，各自奔前程。

　　不知后事如何，且听下回分解。

第三十九回

顺天时三侠称王　宴李谔诸贤逞法

诗曰：

宦游西蜀已多年，深感齐君德二天。
闻讣调兵非浪战，称王据地岂从权？
暴君失位仇先毙，圣主临轩诏入川。
虎斗龙争神变化，各施幻术实高贤。

话说杜伏威一行人马，自回楚州，即于帅府前竖起一面黄旗，上书"尽忠"二字，自立为天定王。封查讷为总管大元帅，都督内外诸军事，王骐为护国军师副元帅，尉迟仲贤为镇国大将军，其余官员，各加官职。薛举回镇打探得杜伏威消息，亦竖起黄旗一面，上书"全忠"二字，自立为西秦王。封王骧为总镇大元帅，都督内外诸军事，朱俭、皇甫实、曹汝丰俱为镇国大将军。以下将士，皆升官爵。张善相知道，亦竖起黄旗一面，上书"精忠"二字，自立为万寿王。封常泰为总镇大元帅，都督内外诸军事，王骐为护国军师副元帅，缪一麟、黄松为定国大将军，以下文武将士，俱加官职。三处俱盖王府宫殿，立宗庙社稷，招贤纳士，积草屯粮，聚集军马，整顿器械。依旧尊奉开王承光元年年号，各杀牛宰马，郊天祀地，祭享宗庙。后贤有诗为证：

> 快气凌霄汉，精忠贯日月。
> 先后如一心，始终尽臣节。

再说周高祖灭齐之后，聚集文武官员、计议取蜀。大都督杨素奏道："臣闻西蜀杜伏威等，国富兵强，山川险阻，近知陛下灭齐，他即据地称王，其志不小。非智勇足备之将，不足以当之。迩者陈人窥我灭齐，心必妒忌，徐、充二州与彼境接壤，岂无垂涎之意？若陛下亲征，提兵远出，彼必乘虚而袭。内难不靖，焉能外攻？臣愚不如先陈后蜀，以次蚕食，方可一统山河，内外无虑。"周高祖心下犹豫不决。忽探马报：陈国差镇南将军吴明彻，督领大军十三万侵犯边界。周高祖笑道："不出杨都督之所料也。"即授杨素为大元帅，总督军马，彭城王宇文轨为副元帅，一同迎敌。杨素率精兵五万，出间道绝吴明彻粮草要路。不及半月，吴明彻无粮，军士尽皆溃散。宇文轨乘机攻进，吴明彻大败，身中流矢，被周兵所擒，部下军马器械辎重，尽没于周。因此结怨，战争不息，两下牵制，周主不敢兴兵入蜀。

建德七年五月，周高祖疾笃驾崩，群臣奉太子赟即位，是为宣帝，建号宣政。未及一年，传位于太子阐，称为静帝，改元大象。静帝宠用一员大臣，职居首相，权倾内外。此人姓杨名坚，小字那罗延，弘农华阴县人也，汉朝太尉杨震之后。其父名忠，出仕东魏，后东魏禅位于周世宗，杨忠又事周为司马，屡建功绩，封为隋国公。忠死，杨坚袭父之爵，执掌朝纲，位居冢宰，总督内外军马。革周朝苛政，更为宽大，选拔人材，躬履节俭，天下大悦。未及一年，进爵为王。是时乃周大象三年春二月也，周静帝下诏，逊位于隋，自居别宫。杨坚遂即皇帝位，建号开皇元年。文臣有高颎、苏威、李林、李谔辅佐，武将有杨素、韩擒虎、贺若弼统兵，天下疆图，隋国已得其七。

此时陈后主叔宝，年幼无德，溺于酒色，光昭殿前起造临春阁、结绮阁、望仙阁，各高数十丈，连延数十间。门窗栏杆妆饰，皆是沉檀异木。外施珠帘，内有宝床宝帐，玩器宝贝，堆积如山，每微风渐至，香闻数里。其上积石为山，引水为汕，杂植奇花异卉，昼夜饮酒作乐。嫔妃彩女皆为女学士，与词人才子共赋诗，互相赠答，选其新艳者，编为乐府新声，择宫女千余，习而歌之。其曲有《玉树后庭花》《临春乐》等，君臣酣歌畅饮，自夜达旦。谏官皆遭杀戮，奸佞滥叨爵位，天下大乱，盗贼蜂起。隋帝遣贺若弼自北道，韩擒虎自南道，水陆并进伐陈，军威大振，沿江守将望风而遁。陈国骠骑将军任忠迎降，引韩擒虎直入朱雀门，来擒陈主，宫中大乱，君臣各不相顾。陈主慌迫，自投御园井中。军人窥见，将绳索引之而上，执送长安。自是陈亡，隋家混一区宇。

隋文帝与文武群臣议道："朕今日成一统，四夷宾服，只有陇西一带地面，被杜伏威、薛举、张善相三人所据，朕欲发兵讨之，众卿以为何如？"贺若弼道："杜伏威等小寇，疥癣之疾耳。臣请得精兵一万，数月间必斩三贼之首，献于陛下。"只见一大臣紫袍金带，象简乌纱，出班谏阻。文帝视之，乃谏议大夫阮绘也。原来阮绘自同尹氏回家，一载后，奉母命往长安访亲，与司徒高颎是两姨兄弟，高颎荐之于隋公，授汉阳县令，历有政绩。后隋公即位，钦取为谏议大夫，直言敢谏，不畏权幸，文帝重之。当下见帝有征蜀之议。出班道："贺将军虽然英勇，不知杜伏威、薛举、张善相三将，非等闲小寇可比。杜伏威深通天文，兼精法术，施仁好义，甚得民心。薛举勇力超群，万夫莫当。张善相抱负奇伟，精通韬略。况路程险阻，粮食不继，彼若深沟高垒，自守不战，则进难与交锋，退又恐其掩袭，徒费钱粮，空劳兵力，无济于事。依臣愚见，只宜遣一介使臣，赐以优诏厚币，诱其归服，此为上策。如彼倔强不从，然后加兵。此乃先礼而后兵，攻无不取也。"隋文帝道："卿言甚善。"随写三道诏书，各赐黄金千两，彩缎千匹，差侍中御史李谔，即日起程。

李谔陛辞文帝，赍诏取路，来到信州地界，却是西秦王薛举所辖。李谔先差部下种将进城通报。薛举差官上城探望，回覆道："只有李御史一人，部下种将数员，仆从数十人而已。"薛举宣王骧、朱俭、皇甫实、曹汝丰上殿商议。王骧道："臣闻李谔乃隋文帝第一个直臣，文武全材，此来决为说客，下说词诱主公降隋之意。必带诏书礼物，主公不可收之。诏书亦不可开读，且先问了来意，厚礼相待，安顿驿中。差官星夜迎请林师爷、天定王、万寿王、查近仁会议定了，然后见机而动，庶无差失。"薛举依言，即差王骧、曹汝丰二将迎接李谔入城，留在馆驿安歇。次日，薛举差官迎请李谔相见。薛举降阶相迎，至殿上相见，宾主而坐。薛举躬身道："久仰侍中大德，关山修阻，不克领教。今幸光临，足慰渴想。"李谔道："区区一介儒生，何足挂齿！久慕大王英名盖世，德政远敷，素所畏服。但大王怀不世之才，抱孙吴之略，战胜攻取，若能辅翼英主，以定天下，虽古良将，莫能过也。何乃窃据一方，僭称年号？位非天子，爵非诸侯，虽然雄霸一时，终非久长之业。今我主上仁明雄略，重贤礼士，天下归心四海宾服，山河一统，只大王等未曾归附耳。吾闻识时务者，呼为俊杰。以一隅而欲与全隋抗衡，如螳臂之捍泰山，多见其不敌也。今主上闻大王等素称忠义，不忍加兵，特差李某送黄金千两，彩缎千匹，诏书一道，礼请归朝。伏乞大王改邪归正，名垂千载。莫以某言为迂，实有益于大王也。"薛举道："承天子洪恩，感侍中大德，本宜拜命趋朝，奈孤等兄弟三人，同盟一体，凡有事务，必待天定王、万寿王相会之后，方有定议。诏书未敢开读，币礼未敢擅收，伏乞侍中海涵。"乃大设宴款待，送于宾馆安息。

过了十余日，林澹然、杜伏威、张善相、查讷陆续皆到信州，薛举迎入，一一相见，备言此事。林澹然道："俺夜观乾象，隋帝亦非真主。闻其为人，猜忌苛察，听信谗言。子弟如仇，多疑好杀，惟以诈力取天下，诸子皆骄恣无德，非久远之基也。圣人云：得之易，失之亦易。只三十年，必为亡周之续矣。但当今已成一统，岂容汝辈各据一方？若不归服，必起战争，生灵涂炭；率尔投顺，又非保全之计。进退皆难，未可造次。"查讷道："某仰观天象，与师爷所论相同。隋帝无德而居大统，加以子孙自相戕贼，亡可翘足而待也。今赖文臣武士协忠相辅，得以夷陈灭齐，禅周主之六位。彼不加兵取蜀，而反以礼聘，是先礼后兵之术也。拒绝之，必起倾国之兵而来，又恐寡不敌众；一旦以土地归之，又虑不能保其始终。为今计，彼以礼来，吾且以礼答，厚待李谔，赠之金帛。隋帝聘币，加倍还之，以为贡献。暂奉其正朔，托言西蜀一带地面，蛮僚错杂，不时变乱，三王镇守数十年，民夷贴服，四境安宁，若一旦擅离，恐僚蛮依旧作乱，百姓遭殃，为害不小。恳乞天恩，钦赐旧职镇守，以为西北保障，岁贡不废。朝廷有事，必来赴援。隋帝若知机，从吾等所请，且暂称臣，牧兵自守，待时而动。如其不然，遣军发马远来，蜀地险峻，粮草不继，我等守险塞要，坚壁不战，待彼师老粮尽，退军之时，然后出奇兵以挠其后，虽不能全胜，亦可使隋军丧胆。又有一计，秋收之际，佯征军马，声言掩袭，彼必屯兵守卫，足以废其农时。彼兵既聚，我即解甲；彼兵已退，我复进军。虚虚实实，使其不得安逸。我再阴蓄精锐，收录英杰，俟隙而举，则天于大事，未可知也。"林澹然道："近仁陈说大计，深合玄机。天数已定，非人力所能斡旋，不如屈节降之，再图后举。"杜伏威、张善相俱备拱听。商议已定。

次日，排香案迎接李谔进殿，开读三道诏书：

奉天承运皇帝诏曰：朕承天命，抚有舆图，四海扩清，妖氛净扫。惟尔西蜀杜伏威等，窃据一方，尚未纳款。朕念生灵涂炭，不忍加兵，特遣殿前侍御史李谔,赍到黄金百镒,彩缎千端,远聘贤豪,委以大任。诏书到日,尔其悉将所莅土地甲兵,归附朝廷,无废朕命,则明良会合,宠渥有加。钦哉!故诏。开皇二年七月日诏。

众人谢恩毕,林澹然上前和李谔相见,次后一一行礼。李谔坐了客席,林澹然坐了主位,杜伏威等次序列坐。李谔见林澹然是一个老和尚,三王以师礼事之,心下疑惑。又看杜伏威、薛举、张善相、查讷等,人材魁伟,相貌英雄,心下十分钦敬。躬身问道:"老禅师高姓尊号,寿龄几何?"林澹然道:"老僧姓林,法名太空,别号澹然。今庚已是九十一岁矣。"李谔惊道:"观吾师尊颜,不过半百,讵料寿近期颐,非全真内养,何能致此!"林澹然道:"老朽虽生,已无益于人世。"指着四人道:"这是天定王杜,这是西秦王薛,这是万寿王张,这是护国军师查,皆出老僧门下,颇识兵机,亦通武艺。适见天子诏书,足感皇上洪恩。又闻西秦王达侍中钧言,铭刻肺腑,本当赴朝面圣,奈其中事有委曲,老僧只得禀明。当初蒙齐后主大恩,封天定王等三将留守西蜀。莅任以来,屡遭蛮僚叛乱,王等再三征讨,方得贴服,数十年幸而安息。今若擅离此地,犹恐变乱复生,残民扰境,为祸匪轻。乞侍中转达圣聪,三王愿称臣奉贡,遵天子正朔,岁岁献纳不废。朝廷如有差调,无不竭忠用命。恳求天恩,锡以王爵,愿为国家西蜀之保障。若得允俞,皆出侍中之赐也。"李谔道:"皇上久闻三位大王英名,故差李某聘请,并无他意。今若称臣贡献,遵奉正朔,足见大王等高明远见,应天顺人,圣主良臣,共成王业。李某回朝,必当为三王转奏。"林澹然等同声称谢。

说话间,筵席已备,邀李谔赴宴,酒至数巡,乐供几套。李谔辞道:"下官天性不饮,感禅师诸位盛雅,不得不领数杯。今已酩酊,即此告辞。"杜伏威道:"粗肴薄酒,非待天使之礼。倘蒙不弃,尽醉为感。"李谔只得又饮数杯,正欲推辞,只见座中查讷起身道:"自古酒以合欢，非选伎征歌，不足以鼓豪兴。鼓乐之类，皆系寻常。仆幼年颇诸音律，亦尝歌咏，今有小诗，意欲献笑侑觞，不识可乎？"李谞道："承不吝金玉，下官拱听。"查讷击节而歌道：

西蜀宣威百万兵，将军号令自严明。旗穿丽日云霞灿，山倚秋宝剑戟增。鼓角声催巫峡晓，弓旌影照锦江春。九重恩泽从天降，悉秉丹衷拜紫宸。

查讷歌罢，清音绕梁。李谞大喜称谢。查讷命内侍进酒，李谞立尽三觥。少顷，薛举、张善相起身道："适查近仁奉歌劝酒，侍中不拒，愚弟兄不能歌，但舞剑以助一笑。"李谞辞道："焉敢劳二位大王，李某实不能饮矣。"薛举道："侍中休笑，试观一击，以侑三觞。"说罢，和张善相即于筵前卸下锦袍金冠，换却扎巾绣袄，手持双剑，拽步出席，到殿中对舞。李谞看了，目炫神惊。有诗为证：

双龙飞跃云霓泣，六尺潜惊鬼魅愁。
试看二王相对舞，直须斩却佞臣头。

张、薛二王舞罢，李谞喝彩道："二王剑法，天下无敌，四海不足定矣！"薛举、张善相逊谢，内侍即忙进酒，李谞又饮三觞。林澹然道："李侍中诚为酒海，杜郎可无侑酒之物乎？"杜伏威道："有，惟恐侍中不可口耳。"林澹然道："他物不足为奇，惟鲜桃庶几下酒。"杜伏威走入殿中，步罡捻诀，口诵真言。只见风过处，现出两个青衣童子，躬身道："吾师有何使令？"杜伏威道："今有天使李大人在此饮酒，无以为敬，可取仙桃二枚，麻姑酒一壶献来。"童子唯唯，腾空而去。少顷，一个童子捧桃，一个捧酒，从空而下。杜伏威接了桃酒，送与李谞，发付二童子去了。李谞惊异问道："童子何人，何为桃酒从空而得？"杜伏威道："此乃仙桃，非凡果也，侍中食之，可以延年。此酒亦是仙酒，侍中饮之，可以除病。二童子仙童也，适从蓬莱至此,今已归彼处矣。"李谔谢道:"下官有缘,得大王赐此仙品,感激不尽。"吃桃之味,香美异常;饮酒下咽,神气清彻,心中大喜。内侍们又欲进酒,李谔再三推辞。杜伏威吩咐撤席。

此时已是二更,天色晴朗,月明如昼。林澹然一行人邀李谔入殿后花园亭子上坐下,闲谈玩月。李谔指月道:"这一轮玉镜,不知照遍了古今多少豪杰,正是皓月照今古,英雄何在哉!"正叹息间,见微风渐起,彩云数道,荡漾中天。李谔道:"云气变幻无穷,倏忽如龙似虎。人情世态,大率相同。"林澹然道:"龙行云护,虎啸风生,此皆世间气物相感,侍中曾见之乎?"李谔道:"下官自幼曾一见活虎,若龙乃神物,绝不可得一睹也。"林澹然道:"张郎试取神虎与传中观之。"张善相承命,袖中取出一小葫芦,长有三寸许。右手执之,左手捻诀,口中默诵咒语,喝声道:"疾!"只听得呼呼风响,葫芦口内跳出一虎,大如桃核,跃在地上,乘风把头一摇,就地滚上数滚,变成一个斑斓锦毛大虎,咆哮可畏。李谔仔细看时,但见:

锦毛遍体,脊上闪一带金丝俐爪四舒,口内排两行剑戟。双睛炯炯,电光闪烁逼人寒;铁尾斑斑,雷震咆哮诸兽恐。须信道风中隐豹,真个是气可吞牛。南山白额人皆惧,东海黄公见必愁。

李谔看了,暗暗称奇。林澹然喝道:"孽畜还不皈依!"那锦毛虎就伏在亭子西首不动。林澹然又顾薛举道:"张郎取虎,尔试取神龙,以助一笑。"薛举承命,即于张善相手中取葫芦过来,亦捻诀诵咒。又一阵风起,葫芦口内飞出一龙,大如蚯蚓。乘着风盘旋数转,变成一条大黄龙,飞舞于园内。李谔仔细再看,但见:

雷霆乘变化,风雨助驱驰。头角峥嵘黄森森,满身鲜甲;爪子峻利赤耀耀,两道虬须。来海峤千里奔腾,过禹门只须一跃。明珠藏颔下,有翻江搅海之威;喉内隐逆鳞,具旋乾转坤之势。若非大禹舟中见,定是延平泽内飞。

那龙盘舞了一会，林澹然喝教收敛那龙，龙昂头蟠于亭子东首柱上。

这时节已有五更，只见斜月挂山，玉绳低转。李谔道："天将晓矣，二位大王可发付二灵去罢。"薛举、张善相又念真言，见两个神将乘云而下，一个三眼四臂，一个三头六臂，奇怪可畏，立于亭前道："吾师有何法旨？"薛、张齐道："今夜李大人赏月，无以为乐，遣水族、山君召二神一戏。伏虎者骑虎，降龙者乘龙，各逞神通，毋得怠慢！"那两员神将应诺，一个乘龙者三眼四臂，一个跨虎者三头六臂，各使器械，共有十般：枪、刀、剑、戟、铲、杵、叉、钯、钢鞭、大斧，在花园内空中一来一往，大杀一场。但见：

  阴云蔽月，杀气漫空。骑龙的怒咨青脸，铜铃眼放万道金光；骑虎的倒竖赤须，血盆口吐千条火焰。一个盘旋转踅，劈开山岳伏龙神；一个跳跃奔腾，掀转乾坤降虎将。刀对斧叮当音响，钯击杵哔剥声鸣。天王见了也躬身，地煞遇时须拱手。

李谔看得眼花，惊得神竦，称羡不已。那神将斗了一会，林澹然喝声："住手！"只见这两员神将，乘龙骑虎，腾空而去，一阵狂风过处，都不见了。李谔不住口喝彩。

林澹然道："二王戏术耳，不足为奇，老俗也取一物相赠。"命内使打扫净室，内置大纸二幅，文房四宝，闭上房门。三王并众人俱拱立以观圣作。只见林澹然手拿蝇拂，口中念念有词，喝声："疾！"将蝇拂柄儿击门一下，听得房中搁笔之声，澹然令开门进看，原来画成两幅好画：一幅画群龙在云雾中，波涛汹涌，名为"群龙出海图"；一图画高岗之上，梧桐之下，凤凰一只，对日长鸣，名为"丹凤朝阳图"，上俱题僧繇写。乃晋朝张僧繇，画龙不点睛之人，真仙笔也。林澹然对李谔道："此幅丹凤图，若久雨不晴，不必诸般祈祷，只把这幅图挂起，即刻云收雨散，红日当空。若挂一月，一月不雨，挂一年，一年不雨。要雨时，必须收起此画，不然，再不能得雨也。这幅群龙图，若久暗不雨，但把此画挂起，立时乌云蔽空，猛雨如注。若要晴时，须收起此画。"查讷问道："师爷，此画实为奇宝。倘两图齐挂，岂不又晴又雨乎？"林澹然道："不然。要雨处方挂群龙图，要暗处方挂丹凤图。若两下齐挂，则晴处自晴，雨处自雨，不相妨碍，所以为妙。若挂作一处，又不大晴，又不大雨，是为阴天。其应如响，不可轻亵。将丹凤图裱起进贡皇上，为镇国之宝。将群龙图裱起，赠与侍中，为传家之宝，聊伸老僧芹意。"李谔大喜，顿首拜谢。

说话之间，不觉城市鸡鸣，已是天晓。李谔身子困倦，就在花园书室里，凭几而睡。午后又整筵席相待。一连住了数日，李谔拜辞告行。林澹然等再三款留不住，只得置酒饯行。杜伏威、薛举、张善相共修三道表章，称臣贡献，各进金银二车，明珠十颗，白玉屏风四架，珠帘二挂，蜀锦千端，璧玉圭一方，仙画一幅。李谔又各各厚赠宝物仙画。林澹然等直送至南陀驿分别。

李谔带了仆从，一路无话，直到京都，朝见隋文帝，舞蹈毕。文帝道："劳卿远使西蜀，事体若何？"李谔奏道："托陛下洪福，入蜀不费辞说，西秦王薛举、天定王杜伏威、万寿王张善相接了圣谕，情愿称臣奉朔，岁岁贡献不废。但言西蜀蛮僚错杂，朝更夕变，性若犬羊，不服王化。一自三王出镇，蛮僚尽皆畏服；若一旦擅离，惟恐生变，百姓遭迍。恳乞天恩，赐以王爵，复镇西蜀，誓不更变。朝廷有事，出军相助。陛下不如将机就机，待以优礼，赐以王位，恩结其心，亦足为西北一带地方之保障。还有一个老僧，年逾九十，德行清高，姓林，法名太空。一个军师查讷，字近仁，上知天文，深通韬略。二人皆精阴符变幻之术，他言上观天象，陛下乃真命之主，所以输诚纳款，有表文进献。外贡金银、珠玉、仙画等件。"将丹凤图陈说一遍。文帝看了大悦，吩咐内帑宦官，将宝贝金珠收贮，仙画镇库。李谔又将夜间酌酒歌舞、桃酒、龙虎变幻之法，逐一陈奏。文帝即敕礼部铸造天定王、西秦王、万寿王金印三颗，造金冠三顶，玉带三条，蟒龙锦袍三袭，珠履三双，宝剑三口，外又敕封林太空为通天护国普静正教禅师，赐一品服，差行人官鲁丑为使，赍奉旨意御赐等物，往西蜀钦赐三王。有诗为证：

昔日三齐伪，今朝三侠真。
不须亲纳陛，声誉振神京。

话说林澹然送李谔起程后，即要归山，薛举苦死留住，先送杜伏威、张善相、查讷回镇。拨宦官十人伏侍林澹然，在后宫花园内，晨昏问候，殷勤孝敬，曲尽定省之道。过了数月，忽报朝廷差官来到。薛举迎接入城，开读圣旨。鲁丑捧过西秦王金印和冠带、锦袍、珠履、宝剑，薛举谢恩已毕，请出林澹然，拜受皇封御服，厚待天使。鲁丑作别起行，到杜伏威、张善相两处去了。三处俱差官上表谢恩。

林澹然在西秦王宫中将及一载，一日要回峨嵋山。薛举只得送别，差内官将士数十余人，直护送至青州张善相处。善相迎接入城，重赏人众，发付回镇。林澹然在张善相宫内又住了数日，要回山上。张善相命摆銮舆自簿奉送，林澹然止住不用，只取山轿一乘，宦官人役，送至峨嵋山而返。樵云、印月接入庵内，稽首问候起居。林澹然坐下，只见小赛摆耳前来，摇头跳跃。林澹然问樵云："老蜜为何不见？"樵云道："大爷去后不及一月，老蜜往山后涧中吃水，失脚跌下崖去，登时跌死。已埋在山凹之内。"林澹然又问："老钟一向好么？"樵云道："老钟向来愈加羸瘦，近有十余日不食，每向太爷禅座前蹲踞瞻望，悲号长吼，似有望太爷不来之意。昨日午时，死于洞内。适才和师兄正欲葬之，不期太爷回来。"林澹然听罢，两目垂泪，长叹道："老钟虽堕畜道，俺一言点化，即能解悟，此去必归正道。可惜临死不曾与之一诀，可怜，可怜！老僧这等命薄，数年已来，张太公、苗知硕、沈性成、胡性定相继西归，幸有老钟相伴，亦为两世之交，今又长逝，深可痛惜！"叹罢，令印月、樵云抬虎放于庵前，四围堆积柴薪，林澹然端坐于虎尸之侧，先念一卷消罪解冤忏，又念一卷楞严上品经，后诵往生净土咒，亲自下火，口中念动偈语云：

　　虎虎虎，眼射金光威耀武，身披文彩斑斓，腹布刀枪旗鼓。三生孽障相牵，两世空来辛苦。一言点化之后，解悟皈依西祖。咦！从今脱却臭皮囊，万道霞光归净土。

　　念罢，举火点着四围，火焰腾腾。林澹然向西合掌念佛，顷刻间，虎已焚化，只有心不毁烂。樵云将柴棒去拨，林澹然止住道："不可！待其自化，方现灵光。"说话未毕，只听口爆之声，心花分为六瓣，五道青烟从中而起，直透半空，结为一处，盘旋半晌，往西渐渐而散。再看时，心已成灰。林澹然大喜，高诵南无释伽佛、南无无量寿佛。印月问道："老钟之心久炼方开，中有青烟冲空旋绕，此是何意？"林澹然道："此乃老钟返本还元处。心开六瓣者，六根俱净。烟分五道者，五蕴皆空。"印月、樵云一齐合掌，同声念佛。次日将虎骨葬于石洞之前，叠土成坟，叠石为基，至今虎润遗迹尚存。有诗为证：

　　生前何事恋烟花？变畜须知一念差。
　　幸悟良言持释戒，灵归西境乐无涯。

　　话分两头。再说隋文帝得杜伏威等归服，一统天下，风调雨顺，四海清宁，仓库充盈，万民乐业，国家全盛，太平无事。文帝有东宫太子名勇，为人柔懦，朴实无智。次子名广，小字阿摩，为人资辨敏捷，贪虐荒淫。初封晋王，贪心不足，欲夺其兄之位，与总管宇文述商议谋害之策。宇文述道："殿下欲谋东宫，何难之有？必须得这个人辅佐，事必成也。"广问何人，宇文述荐："右仆射杨素大有权谋，殿下何不求之？"晋王召杨素密谋此事。杨素道："殿下欲谋兄位，只是承顺父心，曲尽孝道，自然此位可得。"自此宇文述、杨素每每见文帝，称羡晋王仁孝恭俭，谦己下士，有人君之度；东宫懦弱无才，不足以承大统。文帝果然听之。开皇二十年春，文帝下诏废太子勇为藩王，立晋王广为皇太子。晋王既立，未及数月，暗将太子勇毒死。至仁寿四年正月，晋王弑父文帝于大宝殿，自登大位，号为炀帝，改元大业元年。

炀帝登基之后，纵恣为乐，日夜歌舞，不理朝政。钦差舍人封德彝、宇文恺二人营造洛阳显仁宫，南接皂涧，北跨洛滨，起自大江以南，五岭以北，采取奇材异石，纳于其中。又求海内奇花瑶草，珍禽异兽，充入苑囿。自长安至江都，造离宫四十余所。又遣黄门侍郎王弘，往江南造龙舟数万艘，官吏督促严紧，役丁日夜营造，死者相望于道。开永济之渠，引沁水南达黄河，北通涿郡，穿江南河道，起自京口，直至余杭，八百余里。置治口仓于巩城，周围二十里，内穿三千窖。造兴洛仓于路陌北城，周围十里，内穿三百窖，每窖内皆藏米粟，以防急用。五月间筑城西苑，周围二百里，内开大海，方圆十余里，造成方丈、蓬莱诸山，高百余尺。台观宫殿，错落山上。苑内亦种奇花异卉，四时游玩。到秋冬树木凋落，剪杂彩为花，缀在枝条之上；颜色被风吹坏，复加更换。池沼之中，亦剪彩为荷，昼夜笙歌不彻。每遇秋夜月明，纵宫女数千，俱跨骏马，遨游西苑，作《清夜游》曲，马上歌舞。国政废弛，无日不治宫殿苑囿，两京至江都，苑囿亭殿，不知其数，久而益厌。总管宇文恺揣知上意，选天下山川胜景之日献上。炀帝遍览图景，知汾州地势坦平，可以盖造宫殿，手诏工部官员，即于汾州地界造成宫殿，琼楼绮阁，极其光彩炀帝竟在汾州快乐。此时朝廷重敛，有司官员更是贪酷不仁，百姓受苦，辗转流离。胡曾先生有诗叹曰：

> 千里长河一旦开，亡隋波浪九天来。
> 锦帆未落干戈起，惆怅龙舟更不回。

隋炀帝篡位，一统山河，海外四夷，年年朝贡，只有高丽国王，屡岁不来贡献。炀帝大怒，于大业六年春，下诏讨高丽，差幽州总管元弘嗣，往东莱海口，造大船三百只。官吏督役甚严，民夫昼夜立在水中，不敢停息。腰腹之下，尽皆生蛆，死者数万。调发天下军兵，皆会于涿郡。江淮一带船只，首尾连接，千有余里，来往人役不绝，死者相枕。正是：万姓遭殃，黎民涂炭。有词为证，词名《卜算子》：

> 炀帝急差徭，万姓遭涂炭。夫妻手足尽分离，父子不相见。
> 未毕城郭工，又欲兴宫殿。髑髅朽骨积如山，激动英雄变。

隋炀帝调发天下精兵，征讨高丽，诏书到西蜀，杜伏威、薛举、张善相兄弟商议不定。张善相车驾到草庵，参见林澹然，以求良策。林澹然道："隋炀帝弑父之贼，加以荒淫无道，不理国政，上干天怒，下结民怨，眼见得丧亡无日，但不知鹿死谁手。如今又动兵远出，是自取败亡。尔等若助军马，徒送众军性命；如不遵调遣，又背前言，激逆贼之怒，高丽未征，旌旗先指西蜀矣。不如各镇且助兵五千，粮米三千石，托言边郡四散镇守，一时难以毕集。三镇共先进军一万五千，然后陆续进发，待彼征高丽败创之余，自守不暇，岂能问罪于他人？连月来俺占云气，见太原分野，王气极盛，帝星明朗，此地必有真人。十余年后，天下大定，隋朝气数只此而已。"张善相辞了林澹然回青州，发檄文知会天定王、西秦王。三处厚赠天使，各助军士五千，粮米三千石。天使带领军马回朝，覆奏炀帝。炀帝御驾亲征高丽，诏征天下军马，皆会聚于平壤，共一百十二万三千八百人，车驾渡辽。高丽王见隋帝大兵聚集，不敢出战，分兵坚守，暗遣沙垒、邓五斗、武洞、骆思德四将带领精兵，四山焚劫隋军粮草。隋军乏粮，自相变乱，诸将皆无战心，各思退步。高丽王大发军马追杀，隋军大败，众将只护得隋炀帝而逃，全军败没。

大业八年，京城地震五番。六月朔日，有黑气千余丈，飞入太极殿中。七月，有虹光现于玉堂原，城外高山，尽皆崩裂。天下大乱，盗贼如林，各据一方，称王道帝，共有六十四处烟尘。先说一人，姓窦名建德，贝州人氏，军官出身，聚集勇将孙安祖、张金称、高士达，招兵买马，共得五万余人，打州劫县，据地称王。又有一人姓李名密，字玄邃，辽东襄平人，辅佐杨玄感为王。有大将翟让、李世勣、王伯当，起兵黎阳，占据荥阳郡，所向皆捷。据兴洛仓，复驻扎巩城，声势大振。朱仙起兵南阳，称为楚帝。郭子和起兵榆林，号永乐王。王须拔起兵恒定，号漫天王。又有刘武周、林士弘、李子通、邵江海、刘元进、江华、徐圆朗、左才相、梁师都，各各占据城池，互相征伐。遍处表章不绝到枢密院来。炀帝闻报，惊慌无措，御笔亲写诏书，钦差右骁卫将军唐国公李渊为太原留守，虎贲中郎将王威、虎牙中郎将高君雅二人为副留守，调遣关右十三郡军马征讨群贼。

却说李渊字叔德，陇西成纪人氏。其祖李虎仕魏有功，封唐国公。父李昞袭封其爵，生渊于长安，胸生三乳，立性仁厚，袭封唐公。取窦毅之女为夫人，生四子：长名建成，次世民，三玄霸，四元吉。李世民年方四岁，有书生见而异之，叹道："此子龙凤之姿，天日之表，其年及冠，必能济世安民。"李渊厚待书生，既而辞去。李渊惧其语泄，使人分头追杀，竟无踪迹，因以为神。故采其语，名世民。有诗为证：

龙姿凤表自天成，首山能教海岳清。
济世安民真帝主，行看四野息烟尘。

再说李渊奉旨率领高君雅、王威二将，长子建成、次子世民，起马步兵五万，征讨众贼。虽然屡战屡胜，争奈盗贼甚多，朝降暮反，只有山西、河南附近地方，略为平静。忽报边城军士结连胡虏作叛，势甚猖獗，官军屡败，求兵救拔。吏部侍郎裴矩力劝炀帝亲征，炀帝敕虞世基为总兵都督大元帅，带领马步军兵三万为前队，炀帝自统精兵七万、战将百员，御驾亲征。大军将到雁门，虏王突厥撤围而走，诱隋炀帝军马入关，亲督铁骑四十万，攻打雁门劫驾。金鼓之声，振动天地。正是：

龙游浅水遭虾戏，虎入平林被犬欺。

不知炀帝如何退敌，再听下回分解。

第四十回

禅师坐化证菩提　三主云游成大道

诗曰：

  逝水滔滔不断流，浮生寄迹似虚舟。
  垂髫童子霜堆鬓，矍铄禅师雪满头。
  回首功名成大梦，俯思荣辱付浮鸥。
  释归极乐玄骖鹤，万古传扬姓字留。

话说隋炀帝被突厥围困于雁门关，众皆危惧。帝遣元帅虞世基率精兵开关出战，大败而归。炀帝大惊，诏天下募兵，守令勤王。当下屯卫将军云定兴知天子有难，聚集豪杰，起军发马，赴边塞救驾，惊动一个年少英雄，年方十六，聪明勇决，识量过人，前来应募。却是太原留守大将军李渊之子李世民，来见云定兴献策道："突厥敢举兵围天子于雁门，必谓我等仓猝不能赴援。今白昼则引旌旗，左出右入，东进西退，令数十里不绝；黑夜则金鼓之声相应照会，呐喊不息。猾虏必疑援兵大至，望风而适矣。"云定兴依其计，果然突厥疑有大兵，渐渐散围，不敢逼迫。不半月间，各郡救兵皆到。突厥闻知，解围而去，炀帝方得还朝，大赏众将。自此李世民之名，四海尽知，英雄钦服。

　　李世民见天下大乱，盗贼满前，已知隋室将亡，阴有安天下之志，轻财养士，结纳贤豪。有一谋士，姓刘名文静，又一宫监，姓裴名寂，旨与世民相善，密议大事。刘文静道："今主上南巡江淮，李密围逼东都，刘武周已据汾阳宫，群盗殆以万计。当此之际，有真主驱驾而用之，取天下如反掌耳！太原百姓，皆避盗入城，刘某为令数年，尽知豪杰，一旦收集，可得十万人。尊公所统之兵，复且数万。一令之下。谁敢不从！乘虚入关，号令天下，不半年间，帝业成矣。"李世民大悦。对父李渊道："主上无道，百姓困穷，晋阳城外皆为战场。大人若守小节，下有盗寇，上有严刑，危亡无日。不若顺民心，兴义兵，转祸为福，此天授之时也。"李渊大惊道："汝安得出此言？取灭族之祸也！"次日，李世民又道："目今盗贼日繁，遍于天下，大人受诏讨贼，贼可尽乎？愿大人早定大计。"李渊笑道："吾夜间思汝之言，亦大有理。今日破家丧躯亦由汝，化家为国亦由汝！"世民和裴寂设计，暗嘱宫人张、尹二妃设宴宫中侧殿，待李渊酒酣，二妃拥抱，同卧龙床，恣乐通宵。次日，李渊怕事露，定计杀了副留守王威、高君雅二将，遂作符饬内宫监库物赏军，改换旗帜，军声大振。先据晋阳，又取长安，开仓库赈济穷乏，改立白旗，聚集文官武将，大小军士，宰牛杀马，祭赛天地诸神，誓众于野，作檄文遍达各郡。又差众官迎接代王侑即皇帝位于天宝殿，改元义宁元年，大赦天下。时隋炀帝驾在江都，遥尊为太上皇。李渊自立为唐王，都督内外诸军事。

　　此时宇文化及、宇文智、司马德勤、裴虎、孤行达等，扈炀帝在江都，闻知长安李渊有变，自为唐王，心下不平，奸党合谋，于大业十三年夏四月，弑炀帝于玄门之侧，立秦王浩即皇帝位。探马报到长安，李渊大哭，聚众官发丧挂孝，望江都遥祭。当下诸大臣谋士皆有尊李渊为帝之心，禀于李世民。世民与刘文静、裴寂、李靖谋定，差文武官员随司农少卿裴之隐请诏。此时恭帝年幼，即令萧造草诏，愿禅位于唐。百官奉李渊即位，改元武德元年，改郡为州，改太守为刺史，立建成为太子，世民为秦王，元吉为齐王，传檄诸郡，共起军马伐宇文化及。化及败绩，被李世民斩之，传首长安示众，天下稍定。

　　消息传入西蜀，杜伏威升殿，聚集文武商议。查讷当先奏道："老臣近闻唐王李渊禅了隋朝大位，目今又灭了宇文化及，其余诸国，或降或灭，已聚勇将千员，精兵数十万，谋臣智士皆倾心事之，眼见得天下十有七八矣。况兼太原分野，王气正盛，紫微星光彩倍常，正应昔日林禅师之言，主公亦须预备战守之策。又闻李公子世民，仁明英武，识量过人，倾身下士，豪杰景从，有帝王之表，主公不可轻视之也。"杜伏威道："孟子云：五百年必有王者兴。乱极生治。自晋世祖受禅以来，五胡乱夏，继以五代兵戈迭兴，战争不息，群黎涂炭，四海凌夷。以今度之，将及五百年矣，上天岂无好生之德，忍使生灵久困水火哉！太原帝星朗朗，林太师常言此地必有真人，即此推之，李世民非命世之主而何？孤弟兄三人，自十六岁起兵，屈指五十余年。感军师神机妙算。百战百胜。初受齐后主之恩，次感隋文帝之德，以一介儒生而位居王侯，食禄五十余载，富贵久而且极，人生快活滋味，不过如此。吾闻位高者责重，贵极者身危，恋恋于此，祸基不远。意欲遨游方外，寄迹烟霞，辟谷延年，访真修道，卿意以为何如？"查讷道："主公何出此言？大丈夫翘首雄飞，岂甘雌伏？太原虽有真人，大事犹未可必。主公鼎足三国，战将数百员，精兵二十万，进则可以横行天下，退则可以扼守西蜀。唐兵至此，三国互相救援，蜀地必能保全。设或天命在唐，不过奉其正朔，纳款归命，如亡隋故事，则子孙可以永保富贵。主公何故思及方外之事，使英雄气短，谋士志消？人心一解，大事去矣！老臣切以为不然。"杜伏威道："军师之言虽善，但大数已定，非人力之所能为。今以天下事度之，世民应天顺人，仁义播于四海，大物必归唐主。孤若秣马厉兵与之抗衡，必蹈乌江之辙；如称臣纳土，委身事之，又非忠臣不事二主之心，岂不贻笑万世？须待林太师、西秦王、万寿王相会，共议良策。"

君臣正商议间，忽近臣奏："万寿爷有檄文到来。"杜伏威拆开与查讷同看，上写道：即今三月二十五日，乃林太师寿诞，屈王兄车驾早临，同往山中奉祝。专候再拜。杜伏威道："若非张三弟预达，则几乎失忘师爷寿诞。"随差官备办礼物，同军师查讷、世子杜世廉——即杜应元之子，胜金姐所生，乃天定王之弟。时胜金姐已故，因夫人舜华只生一女无嗣，立为世子——老将尉迟仲贤，随从杜伏威起驾到青州郡。此时西秦王薛举车驾已到，万寿王率文武百官出郊迎接。二王入城上殿行礼，设宴相聚，不胜之喜。说及唐朝之事，皆无定议。张善相道："天气融和，万花如绣，明日同二位王兄且去郊外游乐一番何如？"天定王、西秦王同声道好。次日，张善相颁令旨，整备车驾，郊外游玩。杜伏威、薛举、张善相三人，各驾龙车。三位世子——杜世廉，胜金所生；薛仁郧，婵萼仙所生；张一奇，琳瑛所生——军师查讷、文武百官，俱骑骏马，内侍仪从、军兵共千余人，出西门游玩。此时暮春天气，风日晴和，百花开放，山明水秀，柳绿桃红。君臣看之不足。有词为证，词名《瑞鹤仙》：

  悄郊原带郭，芳草路，马迹车尘漠漠。垂杨献山角。荡春风摇曳，珠帘翠箔。鸾呼燕狎，颤巍巍，花枝重压。有山灵劝我，慢解绣鞍，且寻杯酌。不计程途迢递，遇酒逢花，高歌缓颊。君臣共乐，扶酣醉，绕红药。看前村已欲，红稀绿暗，东风何事又恶？任流光过却，犹喜春游兴剧。

看看日色近午，张善相问侍臣道："此地有甚寺院可以暂息？"近臣奏："前去不远，有一个伏龙观，极是高大宽敞，可歇车驾。观后有牡丹国盛开，共数十种，天下无赛。奉殿下令旨，御膳早已整备在观，候驾宴赏。"张善相即命往伏龙观。少顷到观前，观中道众撞钟击鼓，俯伏山门接驾，一齐殿中坐定，道士献茶。内侍奏："后园筵席完备，请三殿下赴宴。"三王同入后园，看那牡丹，果然开得茂盛。但见：

千葩吐艳，万萼呈奇。王楼宝相，杨妃亭畔倚栏杆；魏紫姚黄，飞燕掌中施妙技。迎风向日，浑如带酒新妆；侧面倾心，俨若向人私语。不随桃杏妖娆色，独占群芳卉里王。万寿王吩咐内侍，摘黄白二种，插在古瓶之内，置于席上佐酒。

正宴乐间，只听得隔墙浩歌之声，甚是清亮。王等侧耳听时，歌道：

丹砂九转换成仙，在在为家处处天。一粒粟中藏世界，三升铛里煮山川。白鹤有情呼即至，黄金无色化非艰。身中火枣谁人识，此药原来便驻颜。

歌罢，鼓掌而笑。又一人歌道：

何处是吾家？饥来食绛霞。琴弹碧玉调，炉炼白朱砂。曾经舟化米，亲见枣如瓜。一瓢藏太极，三尺斩妖邪。宝鼎存金虎，元田养白鸦。目前真阆苑，何必泛星槎？

歌罢，二人狂叫大笑。薛举听毕大怒，喝令将官拿观中老道士来见驾，道："这贼道好大胆！孤兄弟在此饮酒，甚人在隔壁高歌狂笑？你辄敢留此等狂夫，放肆搅扰！"着军校拿下，捆打一百。道士俯伏地上，战兢道："小……小道罪……罪该万死，乞殿下天恩饶……饶恕。两月前来……来……来这两个游方道人……"杜伏威笑道："那道士不必慌张，慢慢说来。"道士又禀道："这两个道人拿些银两，定要租墙里那一间房炼丹。小道虑来历不明，再三推阻，二人抵死要住，只得暂许数日。小道暗里窥他两个道者，倒也安静，终日闭目危坐，端然不动，又不见他饮食，不知今日为何风颠起来，惊犯圣驾，伏乞天恩。"杜伏威道："放了这道士。"就差内侍到房内好好叫那两个道人来见，不可大惊小怪。

少顷，内侍官领着两个道人到花园内来。众人举眼看那道人，一个生得苍颜鹤发，瘦脸长髯；一个生得长眉大耳，阔面重颐。身上都穿着一样的百衲道袍，头上都戴一顶斑竹道冠，腰系麻绦，脚穿草履。飘飘然有出世之表，徐步向前，打个稽首道："三位殿下稽首了。"薛举怒喝道："汝是何处野道，见孤等不下拜，敢如此无礼，甚为可恶！"那长髯道人仰天大笑道："贫道乃方外野人，不习君臣之礼，那里省得什么跪拜？"杜伏威道："这也罢了。孤问你二位道者，为何不去云游，却在此长歌狂叫？"那阔脸道人笑道："贫道二人久闻西蜀名山胜景甚多，故云游至此，亦是暂寄蘧庐耳。到此数月，欲觅一施主舍酒与贫道二人，吃个酩酊，未遇其人。适闻酒香扑鼻，不觉兴动，聊发长歌，以遣清兴。"杜伏威道："你二人既要化酒，何难之有？"叫御膳官取一埕酒与二道者饮。张善相问："你二人可用荤么？"二人答道："用斋。"张善相道："杜爷赐你酒，孤赐你一斋。"吩咐内侍整一桌蔬斋，看两个座儿与他饮酒。二道人稽首谢了，旁边坐下，自斟自酌。瞬息间，一埕酒已吃完。杜伏威道："汝二位还能饮么？"二人道："蒙赐这一埕酒，只可与贫道润喉而已，酒兴二字，全未，全未！"杜伏威大笑，吩咐内侍再取酒来。管厨官又取一埕好酒与二人，霎时间又饮尽了。顷刻吃尽了四埕美酒，两个才立起身来，呵呵笑道："这四埕酒，略尝滋味。"向前稽首称谢。

杜伏威道："不必谢了。今你二位乘着酒兴，却往何方去？"长髯道："俺们离此前去，到太原要见秦王李世民一面。"杜伏威道："当今唐天子登基，全仗秦王，以成大业。汝二位去见他何用？"阔脸者道："如今秦王功盖天下，四海扬名，英雄豪杰，莫不归附。李渊得享天位，皆秦王之力。群臣共议立秦王为太子，其兄建成，其弟元吉，暗妒造谋，每欲杀之。贫道去见秦王，劝他弃职归山，随俺两人云游天下，授以长生不死之术，煞强似立身坑阱后，以罹大祸。故欲去走一遭，二来兼求一醉。"薛举大笑道："此狂夫之言，满口胡柴。秦王自起义兵，冲锋冒阵，出万死一生以得天下，正要混一区宇，享太平无疆之福，成子孙万世不拔之业，岂肯随汝远山云游，餐风宿露？言之太迂，深为可笑！"长髯者道："大王但知其乐，不知其苦。俺道人们慈悲为主，方便为门。从唐高祖即位以来，诛邪伐叛，六十四处烟尘，消除了大半。狠征恶战，灭族亡躯，不知丧了多少英雄！当今占据城池，称孤道寡的，尚存一二十家。数年之间，眼见得亦罹此祸。贫道欲一一劝化，使众诸侯急流勇退，避患潜踪。其中肯弃功名、撒富贵而明哲保身者，能有几人？故此欲往太原见秦王，力劝他依行学道。秦王敛手，则众诸侯皆得高枕无忧。这不是贫道们的慈悲方便处？"薛举道："这道人又胡说了！李世民天生英杰，命世奇才，岂不知治世安民、拨乱反正之理！乃一旦弃帝王之业，违仰望之心，而从汝修行学道乎？"道人道："俺二人虽方外野人，颇明天象。每见太原王气郁然，紫微星朗朗拱照，岂不知李世民是一代真主？噫！但恐彼之得意处，即是三大王之失意处也。"薛举怒道："唐朝自得中原，孤等自守西蜀，土壤悬隔，有何优哉？"道人道："大王试说古往今来命世之主。曾有不统一者乎？目下唐主内忧萧墙之变，外有群雄之角，蜀地险峻，路僻粮阻，故迟迟未进。而数年后，内难既靖，群雄尽灭，唐之旌旗，不指西蜀而谁指哉！大王若与之抗，寡不敌众；北面而事之，又惹天下英雄耻笑，此际当如之何？"说得薛举闭口无。杜伏威道："二位仙长确有定见，孤弟兄每每虑及于此，未有成议。今蒙赐教，令人豁然顿悟。孤久慕玄修，梦想仙风甚渴，但恐俗骨凡胎，难到蓬莱弱水，若得仙长破述指路，岂惜区区富贵功名？"那道人道："大王，但恐你心不坚耳。学道何难，修真亦易，堕劫与飞升，乖争方寸间。三位大王起兵以来，虽然杀戮生灵，只为济民利物，身居富贵，行实清廉。况能薄名利，远声色，轻货财，灭滋味，屏虚妄，除嫉妒，侠胆贞肝，灵台炯炯，此皆人之所难及也。若能委脱红尘，逃出罗网，将大位传与世子，割爱分恩，清心寡欲，随贫道遨游四海，浪荡烟霞，吸风饮露，啸傲乾坤，数年间，必悟玄机，定超尘劫。若非宿缘有在，三大王焉能与贫道一面乎？请即长往，不必多疑。"杜伏威三王皆低头不答。道人又道："天定王，天定王，记得隔尘渡头，天主楼上赐酒受教，云五十三年后，依然上王楼。诗犹在耳，何遽忘之？"杜伏威听罢，猛然省悟，离席道："二位仙长莫非就是褚一如、姚真卿么？"道人笑道："阔别久矣，此处重逢。"杜伏威慌忙下拜道："弟子为尘俗所迷，不知大仙驾临失迓，万罪，万罪！"道人答礼道："吾二人奉天主法旨，接引三位到蓬壶学道，以待行满飞升。无由进见，故托酒狂歌，微言隐讽。莫罪，莫罪！"杜伏威拜罢，薛举、张善相、查讷一齐上前行礼。张善相道："此二位仙长与王兄何处曾相会来？何不早言，费了许多唇舌。"杜伏威笑道："就是孤一向对林太师并二位贤弟所言，送公公骸骨还乡时，路阻大溪，得二仙长扁舟济渡，引入仙境，参见混一真人，传授琴棋心法，又赐仙果琼浆，住了两日。拜别之际，真人赐八句诗道：'遇喜不为喜，逢忧岂是忧？囵圄百日患，舒抱莫含愁。栈阁成基业，深渊解组休。五十三年后，依然上王楼。'至今珍佩不忘，历历应验，独有深渊一句不明。今思深渊者，李渊身为唐帝也。适才偶尔相逢，却像曾交半面，颠倒寻思不起，不是仙长自言，几乎当面错过。但孤等愚夫俗子，不识玄机，恳求仙长点化一二，三生大幸。"三王躬身请二仙上坐饮酒，二仙道："贫道不复饮矣。适间所赐美酒，仍在埕中，未曾饮去，借此以试大王耳。告别前往成都府威凤山下小庵内，专候三位驾临，切莫羁误。"杜伏威道："谨遵仙旨，弟子等往峨眉视林恩师之寿事毕，即相会于成都矣。"二仙点首，长啸一声，倏然不见。万寿王等，且惊且喜，一齐上车回朝，整顿礼物，率领三位世子、查讷等，一同起马来到峨眉山。

天定王等下车马，步行上山，进庵参见林澹然。杜伏威、薛举、张善相称觞祝寿，次及杜世廉、薛仁郼、张一奇、查讷上寿了，然后进上礼物，即于草庵之内，次序坐下饮酒。杜伏威将西郊游玩，遇二仙点化，弃位学道之事说了，又道："不肖等三人已许之于成都威凤山相会，未曾禀知师爷，不敢擅便。今见恩师之后，即长往矣。"林澹然道："汝三人功成名遂，皆具仙风道骨。今能同志弃家修道，必能蝉蜕尘寰，登紫府而位上仙，可贺，可贺。况三位世子，俱老成英伟，足继大业，不坠家声。今俺有一桩大事，正欲与汝等一见，今幸俱会于此，亦系宿缘，使老僧无限欢喜。今晚三王、世子与近仁暂宿草庵，明日午时，老僧即当西归永别。"杜伏威等大惊，一同站起身来道："师爷何出此言，使某等神魂欲绝，幸再留几年。"林澹然笑道："明日午时，俺的大限已到，何能强留？今夜与诸君相叙一宵，便当回首。"杜伏威兄弟三人泪如泉涌，悲泣起来。林澹然劝道："三王不须悲切，老僧年已过百，受享逾分，复何憾焉！"杜伏威掩泪道："师爷修炼既久，自当骖鸾驾鹤，羽化飞升，为何又入这境界去？"林澹然道："释玄二教，总属虚无。古佛上仙，须离幻体，虽圣祖佛老，亦所不免。"薛举道："师爷预知未来之事，此一去灵光归于何处，不肖等复可相见否？"林澹然道："脱此皮囊，即归觉路。释道殊途，一时未能遽会。"张善相道："师爷西归，乞留一言，遗世廉等终身佩服，以为蓍蔡。"林澹然道："待三子自问，方可教之。"杜世廉即起身敬问："守己待人之道何先？"林澹然道："立心宜诚，待人宜恕。"又问："事君治民之道何先？"林澹然道："事君宜敬，莫以得失为荣屏；治民宜宽，莫以督责掩仁慈。"薛仁郼躬身问治国治家之道，林澹然道："治国要知民情，辨忠佞，远异端，重农务。治家恭俭好礼，勤职业，择邻居，远损友，勿使妻妾近尼释而多悖乱，勿使子弟爱游侠而无生计。"张一奇整容问处变用兵之道，林澹然道："处变贵于知机，贪者受祸；用兵明于赏罚，吝者遭殃。总之要重英豪，知进退，察虚实，同甘苦。勿以败惰，勿以胜骄。知此数者，为将之道，其庶几乎！"三子拱手受教，重斟美酒，再整佳肴，饮至更深。林澹然令众人安歇，杜伏威等道："只有一宵之会，焉可酣睡？"撤去杯盘，林澹然盘膝趺坐禅床之上，杜伏威等次序坐谈，直至天晚，依依不舍。

　　早膳已罢，林澹然入房内，香汤沐浴毕，换了一身布服，对众人一一合掌相别。印月、樵云二人跪下，泣求修焚衣钵，林澹然但道"静养"二字，再问时，林澹然又道"无欺"，二人言下省悟。澹然即命抬出龛子，放在庵前，林澹然跨入，端坐于内，问印月道："有午时否？"印月道："将是午时。"杜伏威一行人环立龛前，林澹然手持念珠，对众道一声："大众保重，老僧告辞了。"闭目垂眉，一霎时神光出舍，圆寂去了，只见鼻中垂下玉箸来。杜伏威等跌足恸哭，大小官民人等，无不下泪。杜伏威道："且住，有一桩要紧大事，仓猝间不曾问得，深为可惜。"众人问何事，杜伏威道："不知林师爷要何人下火，失于问及。"印月道："大爷已曾吩咐，不必他人下火，回首一昼夜，自有真火从足心而起，可以自焚本相。"杜伏威遂命燃香点烛，设祭修斋，出示晓谕三国官民人等，尽皆挂孝，遍处传说林圣僧坐化，当有真火焚身。遍处传扬，次早上山来烧香的人，若男若女，何止千万！近传官禁喝不许近庵。杜伏威道："不妨，今日林师爷坐化西归，正要百姓观看，以显平昔道行清高，宦官不许禁止。"众人皆捱近龛前，磕头礼拜，诵佛之声，振动山岳。看看午时将至，忽见两股青烟，从龛底而起，渐渐有焰烧着龛子。此时看的人翻江搅海。良久，焰光大炽，焚着林禅师法身，只见一线金光，从昆仑顶上冲出，直上九霄，化成万道霞光，辉煌灿烂，旋绕空中，恍惚是一金身长老，骑鹤冉冉从西而去。杜伏威等俱各礼拜。上自缙绅，下及士庶，无不顶礼合掌诵佛，直至天晚方散。杜伏威一行人。就于庵中宿歇。樵云在禅床坐褥之下，检出一张笺纸，乃是林禅师亲笔写的辞世颂子，送于天定王看。杜伏威三人一同观看，上写道：

杀人如麻，立身似砥。宠辱不惊，恬淡是菲。酒吸百川，肉吞千家。醉卧中峰，羲皇自拟。皓月清风，高山流水。长啸狂歌，何分角微。心证菩提，法舟相肌生彼莲花，逍遥无已。

　　杜伏威将笺文交与世廉，令匠人裱成一轴，藏于宫中侍奉。次早，三王亲自拾骨，用玉匣盛贮，葬在中峰顶上，筑成一塔，四围种植树木，中立碑亭，上镌"普静正教禅师之塔"。侧首建一禅院，命谱看守，名为普静禅院。皆衰经重孝，哭泣祭祖毕，与印月等作别下山。

　　不说杜伏威等回镇，且说草庵内黑猪，名小赛者，自林澹然升天之后，每日必到塔前踊跃哀叫，不及半月，断食死于塔侧。土民义之，即葬在草庵之后，垒土成坟，名为义冢。山下仕宦富民，皆感林澹然神灵，各出资财，拆去草庵，大兴工作，改成一寺，名为飞龙禅寺，中塑太空禅师法像。众立印月、樵云为住持，拨山田百亩，以为供奉，四时焚香，与普静禅院一前一后，香火不绝。后印月年至八旬，一夕忽然坐化，樵云后亦善终。有诗为证：

　　岿然禅塔倚中峰，普静松风送晓钟。
　　造爱及民恩泽溥，至今香火绕飞龙。

　　再说万寿王张善相等驾回晋州，换了吉服，文武官员朝见已罢。张善相道："孤等三兄弟。幼蒙林太师教育之恩，皇天庇祐，十六岁起兵即成大业，至今享五十余年厚福，皆赖众卿之力。回首功名，一场人梦。假饶活却百年，孤等已过大半，郊外二仙所言，使人梦中顿觉。昨送林太师归西，即同二位王兄商议定了，功名已送，正当急流勇退，效范蠡之归湖，学张良之辟谷，脱却利锁名缰，从师云游学道，图一个长生不老，羽化登仙。今后众卿各宜尽忠辅佐世子即位，君臣缉穆，上下齐心，爱民节俭，重贤尊德。或遇唐朝动军，皆要遵依查军师约束，切莫负孤之言。"杜伏威、薛举亦唤杜世廉、薛仁郿吩咐一场。三个世子一齐跪下，大哭道："父王年近古稀，正当安享天年，岂可听信邪道之言，远离乡国？况路途风霜劳顿，惟虑有损无益。愿父王以社稷为重，莫被邪道之所惑也。"三王含笑不言。群臣一同俯伏奏道："愿主公听千岁良言，还宜治国安民，以图大业。再或主公厌繁喜静，将大位传于世子，退居别宫，修真炼性，以娱老景，何必抛家弃国，随二道人远游方外，受千辛万苦，有伤龙体。况修仙修佛原属荒唐，往古来今，有几人飞升，几人不死？三位主公素明理道，为何起这一点念头？伏乞圣鉴，不可远行。"三王笑道："孤等立意已决，众卿毋得多言。"

杜世廉、薛仁郿同道："父王坚执云游，不肖不敢抗拒，但母亲在宫悬望，群臣未得一言，乞父王车驾暂回国都，一言而别，以免母亲愁烦。"杜伏威、薛举道："汝言差矣！孤等既已出家，复何恩爱作儿女之态？不必再言。"查讷向前道："三位主公出家已决，臣等不敢阻挠。但自创业以来，老臣感三主公大恩，言听计从，解衣推食，义实君臣，情同父子，从事五十余年，恩宠过望。今一旦君臣诀别，宁不销魂，使老臣寸肠如割。"言毕悲咽不胜。三世子众臣，俱备垂泪。查讷又拭泪道："老臣设一杯疏酒，为三位主公饯别，伏乞俯从。"张善相道："近仁既有美情，孤等必领其意，立酌三杯，即此长别。"各人饮酒毕，内侍官捧出衣服来，杜伏威、薛举、张善相皆除下金冠，卸下锦袍玉带，脱了朱履，头上换了一条蓝布包巾，身上穿一领黄布道袍，腰系丝绦，足登草履。三王随即动身，三位世子、查讷和众文武群臣。一齐步行送出郭外，众臣掩泪而别。三子大哭失声，查讷等再三劝慰，一同回朝，惨然不乐。

此时王骐、王骒、朱俭、皇甫实、常泰、缪一麟、黄松等一班老臣，俱已谢世。查讷道："国不可一日无君。今日乃黄道吉日，请主公登位，以理万机。"张一奇允诺。查讷率群臣奉世子即位，改号咸兴元年，称为武庚王。众臣奉贺已毕，当晚办宴庆贺。次日，查讷发付王骧、曹汝丰二老将，带领精兵一千，卫送薛仁郿回信州即位。查讷、尉迟仲贤领精兵一千，卫送杜世廉回楚州即位，一齐起马。武庚王率群臣送至郊外相别。杜世廉、薛仁郿单马同行了一比次早分路，各投本国。查讷奉杜世廉即位，称为文德王，改号乐治元年。王骧奉薛仁郿即位，称为义静王，改号履泰元年。三国俱厚赏群臣，赦狱免税，礼贤敬士，操演军兵，互相庆贺，百姓大悦。有诗为证：

世子称孤丕振家，先君游迹遍天涯。
三王鼎立安西蜀，自此升平乐岁华。

三国百姓感念天定王、西秦王、万寿王恩德，各于本郡盖造生祠，妆塑金身，延僧侍奉，春秋二祭，绵绵香火不绝。三王之后，闻王出家修道，亦皆在宫中修焚持斋，皆八十余而终。

再说杜伏威、薛举、张善相三人迤逦而行，不数日已到威凤山下，遇着姚真卿、褚一如二仙，授以内养密诀，长生妙术，游遍天下名山胜境，四海五湖，无所不到。又到独峰山五花洞，重逢张找与令狐氏。令狐氏又传张善相吐纳之法，数年之后，方引到蓬莱参见混一真人。后来俱证上仙，飞升面帝。至唐太宗贞观十三年，钦差薛仁郿为大元帅，领军马十万征讨高丽，对阵之际，面中药箭，昏迷坠马，众将救回寨内，其夜几次发昏，将欲垂绝。次早，忽有一全真，生得童颜鹤发，相貌奇伟；径入寨来，对将士道："山人闻知主帅有难，特来救他性命。"将士听说，道："待小将通报请见。"那全真道："不须相见，但将此药送与主帅服之，其患即痊。若问我姓名，教他看药帖上字语，即知分晓。"将士接了药，再欲问时，全真化一道清风而去。将士惊骇，将药送与医官细说此事。医官看了药帖。计议道："既然仙人赐药，必是还丹。"即将药调化灌入薛仁郿口中，下得咽喉，便觉苏醒，方知人事，数日后金疮全好。医官禀其事，薛仁郿惊异，教取药帖来看，上面写道：

  昔居王宫，今作山人。为汝金疮，远离玉京。尽忠报国，毋忘帝恩。西秦王示。

  薛仁郿看罢泪下，众官惊问其故。薛仁郿道："那全真乃下官家尊也，向年从师学道，云游方外，三十余年，不得一面。今知下官有难，特来相救，已成仙道。全真即西秦王也。"众官庆贺。此一段乃是后事，表过不题。

  再说杜世廉、薛仁郿、张一奇自即位之后，三国俱各承平，万民乐业。每每差人探听三王消息，不知去向。三小王只索焚香祝天，愿赐重逢。唐高祖武德七年，春三月，秦王世民遣军师李靖、大将尉迟敬德、薛万彻，带领马步军兵八万，征取蜀地。大军行至楚州界口，探马报入蜀中，杜世廉和查讷商议拒敌之策。查讷道："目今唐天子已成一统，四海莫不归心，正是王师无敌。主公若与之抗，是逆天也。依老臣之见，不可使敌军入境，先遣能言之士，奉玉玺，书舆图、降表，以见主公知机明哲，唐天子必然重用，不失封侯之位。不然，非保全之策也。"杜世廉道："父王临别时，再三嘱付降唐，今日事已至此，降之为上。但不知武康王、义静王所见若何？"查讷道："万寿王、西秦王云游之际，也曾谆谆戒谕不可与唐王相持。主公速发檄文，通知二国。"正议间，近侍官奏："义静王差官至此，有事陈奏。"杜世廉宣至殿上，拜舞毕，那官道："臣护军都尉吕彝是也。主公见唐兵犯境，思难与对敌，王军师知天命有在，劝主公降后。未知殿下圣意若何，特遣臣拜求圣谕，共作良图。"杜世廉道："孤正为此事运与查相国计议未定，王兄既欲降唐，甚为合理，亦须达知武康王方好。"查讷道："唐军将入境，事不宜迟。主公一面速修表文，一面就烦吕都尉去见薛殿下，报知降唐之事，庶不耽误。"杜世廉就差吕彝去了。不数日，武康王、义静王车驾齐到青州，杜世廉迎接，设宴相聚。此时三国降表舆图，皆已齐备，选能言之士，前去纳款。尉迟仲贤道："老臣闻知唐军先锋尉迟敬德，乃老臣之族侄也。老臣若去相见，事必谐矣。"杜世廉大喜，即差仲贤纳降，交与降表、舆图、金宝、玉帛。

尉迟仲贤领了物件上马而去，行了两日，方到李靖营前。守营军士拦阻，尉迟仲贤喝道："吾乃西蜀大将军尉迟某，特来见先锋有话，快去通报！"军士慌忙报知，尉迟敬德令请进寨相见。尉迟仲贤下马入寨，相见毕，薛万彻问道："将军远来，有何见谕？"尉迟仲贤道："某乃西蜀文德王驾下骠骑将军尉迟仲贤也，领敝主与武康王、义靖王之命，言天兵下临，恐惊扰百姓，三王情愿归服。有劳将军等远涉，故差某赍舆图、降表奉献唐主，金宝、玉帛犒赏三军，伏乞二位将军俯从，某不胜之幸。"尉迟敬德笑道："贵主真知机之英杰，不动干戈，能顺天命，天子必加重用，小将力当保奏。今将军与某同姓，不知仙乡何处？"尉迟仲贤备道乡贯是朔州金吾村人氏，枝派家谱却与尉迟敬德原是叔侄之称。尉迟敬德大喜，重叙尊卑之礼，引入中军，来见元帅李靖，行礼而坐。尉迟敬德达仲贤来意，又说："此位将军是小将族叔。今奉蜀主之命献上降书、舆图、金宝，以归大唐，伏乞元帅钧旨。"李靖大悦道："久闻西蜀三杰之名，今知天命归降我朝，实为知机。下官回朝，必当力荐。"当下收了降书、金宝，设宴款待。尉迟仲贤道："蒙元帅大德，感恩不浅。敝主有命，欲迎大元帅诸将军入成都一会，伏候台旨。"李靖道："三王既已降唐，将军先回，下官率诸将明日即至成都矣。"尉迟仲贤酒罢，告辞而别。

次日，李靖、尉迟敬德、薛万彻俱冠带，不束戎妆，率领数十员裨将，来至楚州城。杜世廉、张一奇、薛仁郿、查讷等已先在城外迎接，进城同入大殿，一一行礼。杜世廉道："某等偏僻小邦，幸蒙元帅诸将军大驾亲临，孤等不胜欣跃。今已降唐，惟虑皇上见疑，乞元帅周全，重生之德。"李靖道："下官童稚之年，已闻杜、薛、张三王镇守西蜀，英名盖世，四海传扬。故我秦王殿下起兵以来，屡欲征讨，下官力止，不欲进兵。今唐军未及接境，而三将军即已纳款，足见知机明哲。下官班师回圣，力保三将军，不失王侯之位。"杜世廉等皆大喜相谢，大排筵席相款，以下裨将军士，俱有犒赏。李靖留在楚州三日，不回营寨，昼夜讲谈兵法，两下甚是相得。至第四日，李靖等拜别回营。李靖道："下官班师在半途住扎，相候将军等同赴京师，不可有误。"杜世廉等顿首领命。

不说李靖回师，且说杜世廉三弟兄收拾宝贝金珠，打点朝京面帝，吩咐众将官谨守各处城池，待唐天子有旨到来，再作区处。一月以后，薛仁鄢、张一奇俱至楚州会齐，带领查讷、尉迟仲贤等勇将百员，军士五千，取路到襄阳府，与李靖相会，一同赴京。不止一日，已到京师。李靖安顿杜世廉一行人在城外，自率尉迟敬德、薛万彻入朝，先到天策府见秦王世民，各道杜世廉等归服之意。秦王大喜，宣至侧殿相见。杜世廉等拜舞毕，秦王道："三卿在蜀，名闻已久，今归于唐，平生大慰。孤德不如汉高，卿才可匹三杰，共享富贵，毋多疑也。"杜世廉顿首道："臣等三人，父子相继，镇守西蜀七十余年。齐、周、隋三世屡经变更，未得真主，故权且自守。臣父与林禅师占天象，预知太原已出真主，天命归于殿下，故昔臣父出家分别之时，谆谆晓谕臣等早归大唐，以顺天命。久欲瞻拜天颜，奈无门路。今蒙元帅至蜀，得解甲相投，殿下天恩，宽宥前愆，臣等不胜惶悚。"秦王道："卿父即杜伏威、薛举、张善相，林禅师即林太空否？"杜世廉道："是也。"秦王道："可惜孤无缘，不能一见高明之士。今既出家，卿可知其消息否？"杜世廉道："臣父叔三人，飘然长往，云游访道，将及十年。臣等差人遍访，并无踪迹，每每挂心未知行藏若何。"秦王道："卿父皆是才高德迈、功行两全之士，何愁学道不成！明日面圣，奏过父皇,建词封赠,以显其功。"杜世廉等叩首谢恩。

次日,秦王亲率四人和李靖等,早朝见驾。舞蹈已毕,秦王至高祖驾前,备细将杜世廉、张一奇、薛仁郚归服之事,和林太空得道坐化,杜伏威等善观天象,命子归唐,仙游情节,一一陈奏。高祖龙颜大悦,赐御宴,授杜世廉为济源侯龙虎将军,薛仁郚为遂平侯金吾将军,张一奇为汤阴侯骠骑将军,子孙世袭官爵,各赐锦袍玉带,彩缎金花。钦差工部官盖造三处府门私第。查讷职授昭勇将军,尉迟仲贤职授安远将军。以下将勇,各各升官赏赉。西蜀各郡州县官员,俱照原职镇守本郡。杜世廉等上表谢恩。唐高祖又敕赐西蜀南平府缙云山下创造殿宇,装塑林澹然、杜伏威、薛举、张善相神像。林澹然敕赠为通玄护法仁明灵圣大禅师,杜伏威赠为正一静教诚德普化真人,薛举赠为正一五显仁德普利真人,张善相赠为正一咸宁淳德普济真人。数月之间,殿宇已成,敕赐匾额,唐高祖亲笔御书三字,名为"禅真宫"。自此远近烧香士女,络绎不绝,最是灵感。百姓祈禳作福者甚多,家家供奉,户户瞻依。至今改为重庆府,缙云山下殿宇旧迹基址犹存。有诗为证:

南平西北缙云山,三子成真逝不还。
万古千秋遗迹在,至今游客指颓垣。

后来查讷致仕,善终于家,其子查衡袭职。尉迟仲贤因随驾征讨突厥,亡于阵中,赠武平侯,子孙世袭其爵。杜世廉、薛仁郚,皆享富贵三十余年,寿至九旬而薨。只有张一奇于贞观十一年,奉旨征剿高丽,舟至鸭绿江。狂风骤起,大浪掀天,战舟将覆,被高丽干部下大将哈都罕儿所获。张一奇义不屈节,自刎而死。唐太宗怜其忠,立祠享祭,赠为郑国公,其子张镛袭授国公之职,后世子孙俱登科甲,直至皇明,依然一大族也。后贤观此,作一词以志感,词名《满江红》。词云：

碌碌浮生，虚度一番岁月。只为是非荣辱，令人周折。舌剑唇枪徒自毙，纷纷蚁阵谁优劣？到头来、未免梦黄粱，空悲切。谁打破，风流穴？谁打散，愁眉结？终有个兴罢，酒阑人歇。明哲知机须及早，等闲两鬓堆霜雪。君不见、三侠弃职访蓬莱，登金阙。